Cliv

Verdwijn

Flamborough

Zwarte Beertjes

Oorspronkelijke titel
Treasure

Published by agreement with Lennart Sane Agency A.B./ECI, Vianen
Vertaling
Ton Koster

ISBN 90 449 2447 8
NUGI 331

Vierde druk, juli 1996

TER NAGEDACHTENIS
AAN ROBERT ESBENSON

EEN TROUWER VRIEND HEEFT
NIEMAND GEHAD

De Bibliotheek van Alexandrië heeft echt bestaan. Had het de oorlogen van godsdienstfanaten overleefd, dan konden we nu beschikken over de wetenschap van niet alleen de Egyptische, Griekse en Romeinse rijken, maar ook van die weinig bekende beschavingen die ver buiten de kusten van de Middellandse Zee opkwamen en ten onder gingen.

In 391 n.Chr. gaf de christelijke keizer Theodosius het bevel alle boeken en kunstwerken die ook maar de geringste heidense indruk gaven, inclusief de leringen van de onsterfelijke Griekse filosofen, te verbranden en te vernietigen.

Aangenomen werd dat een groot gedeelte van de verzameling heimelijk is gered en weggevoerd. Wat daarvan is geworden, en waar het verborgen is, vormt zestien eeuwen later nog steeds een mysterie.

Verdwijning van de Flamborough

2447

Van dezelfde auteur

Dodelijk tij
Het logboek
Duik in het duister
Licht de Titanic!
Vixen 03
Operatie Dragon
Dodelijke lading
Sahara
May-Day
Operatie IJsberg
Het goud der Inka's

De Voorlopers

15 juli 391 n.Chr.
Een onbekend land

Een flakkerend lichtje danste mysterieus in het duister van de doorgangstunnel. Een man in een wollen tuniek die tot over zijn knieën reikte, bleef staan en hief een olielamp boven zijn hoofd. De zachte gloed verlichtte een menselijke gedaante in een doodkist van kristal en goud die een groteske, bevende schaduw tegen de uitgehouwen effen muur erachter wierp. De man in de tuniek staarde enige tijd in de nietsziende ogen, liet zijn lamp zakken en draaide zich om.

Hij bestudeerde de lange rij stille voorwerpen die daar in doodse stilte stonden, in zo groten getale, dat ze een weg naar de eeuwigheid leken uit te beelden voor ze in het duister van de diepe grot verdwenen.

Junius Venator liep door, zijn sandalen sloften nauwelijks hoorbaar over de ongelijke vloer. De tunnel liep uit in een brede gang. Het gewelfde plafond, een meter of tien hoog, werd door bogen ondersteund. In de kalksteen uitgehouwen goten liepen langs de muren spiraalsgewijs naar beneden om doorgesijpeld water naar diepe afwateringskelders af te voeren. De muren hadden holtes met duizenden vreemd uitziende bronzen cilinders. Ware het niet vanwege de grote houten kisten die netjes midden in de uitgehouwen ruimte stonden opgestapeld, dan had deze angstaanjagende plek met de catacomben onder Rome kunnen worden verward.

Venator tuurde naar de koperen plaatjes op de kisten en vergeleek de nummers met die op een schriftrol die hij op een klaptafeltje had uitgerold. Er hing een zware, droge lucht en het zweet begon door het weefsel dat zijn huid bedekte heen te dringen. Twee uur later rolde hij, overtuigd dat alles juist gecatalogiseerd en in orde was, de schriftrol op en stopte hem onder de sjerp om zijn middel.

Nog eenmaal keek hij plechtig om zich heen naar alle voorwerpen in de gang en slaakte een bedroefde zucht. Hij wist dat hij ze nooit meer zou zien of aanraken. Vermoeid draaide hij zich om en keerde door de tunnel terug, het lampje voor zich houdend.

Venator was niet jong meer; hij liep tegen de zevenenvijftig, in zijn tijd bejaard. Van het bleke, gegroefde gezicht met ingevallen wangen en de afgematte, slepende tred viel de vermoeidheid af te lezen van een man voor wie het leven niet meer hoeft. En toch voelde hij diep in zijn hart de warme gloed van bevrediging. Het immense project was met succes voltooid; de grote last rustte niet langer meer op zijn gebogen schouders. Hij hoefde alleen nog maar de lange reis naar Rome te overleven.

Hij liep langs vier tunnels die de heuvel invoerden. Een ervan werd door een enorme hoop puin geblokkeerd. Twaalf slaven, diep daarbinnen bezig met graafwerk, waren omgekomen toen het dak instortte. Daar bevonden ze zich nog steeds, ter plekke verpletterd en begraven. Venator voelde weinig medelijden. Beter zo'n snelle dood dan jaren van ellende in het keizerrijk op een hongerdieet om vervolgens aan ziekte te bezwijken of verstoten te worden omdat ze te oud waren om te werken.

Hij nam de laatste gang links en liep naar een bleke vlek daglicht. De toegangsschacht was met de hand in een kleine grot uitgehouwen. Hij had een diameter van tweeëneenhalve meter – net breed genoeg voor de grootste kratten.

Plotseling echode een verre kreet van buitenaf in de schacht. Er verscheen een bezorgde frons op het voorhoofd van Venator en hij versnelde zijn pas. Als altijd kneep hij zijn ogen samen tegen het schelle zonlicht toen hij naar buiten stapte. Hij aarzelde en bestudeerde het kamp dat even verder op een hellende vlakte lag. Een groep Romeinse legionairs stond om een paar barbarenvrouwen heen. Een jong meisje slaakte opnieuw een kreet en probeerde zich vrij te vechten. Ze brak bijna door het kordon soldaten heen, maar een van hen greep haar bij haar lange zwarte haar. Hij trok haar terug en ze viel op haar knieën in het zand.

Een rauwe bonk van een kerel kreeg Venator in de gaten en kwam op hem af. Hij was een reus die een kop boven iedereen in het kamp uitstak, met brede schouders en heupen en een stel armen als eikebalken die in bijna tot op zijn knieën hangende handen overgingen.

Latinius Macer, een Galliër, was de slavenopzichter. Hij stak zijn hand op ter begroeting en vroeg met een verrassend hoge stem: 'Is alles klaar?'

Venator knikte. 'De inventaris is klaar. Je kunt de ingang afsluiten.'

'Zo goed als gebeurd.'

'Wat heeft die onrust in het kamp te betekenen?'

Macer wierp met zijn kille, zwarte ogen een blik op de soldaten en spoog op de grond. 'Die stomme legionairs werden rusteloos en overvielen een dorp drieëntwintig kilometer ten noorden van hier. Zinloze slachtpartij. Minstens veertig barbaren afgemaakt. Maar tien mannen, de rest waren vrouwen en kinderen. Zonder enige reden. Geen goud, niets dat ook maar een moer waard was. Kwamen met een stel lelijke wijven terug om te vergokken. Verder niks.'

Venators gezicht kreeg een gespannen trek. 'Waren er overlevenden?'

'Ik heb gehoord dat twee man in het struikgewas konden ontsnappen.'

'Die zullen in andere dorpen alarm slaan. Ik ben bang dat Severus zich in een wespennest heeft gestoken.'

'Severus!' Macer spoog het woord tegelijk met een straal spuug uit. 'Die klootzak van een centurion en zijn troep liggen alleen te pitten en onze voorraad wijn op te zuipen. Een hele last om dat luie zootje met je mee te slepen.'

'Ze zijn ingehuurd om ons te beschermen,' herinnerde Venator hem.

'Tegen wie?' wilde Macer weten. 'Primitieve heidenen die insekten en reptielen eten?'

'Verzamel de slaven en sluit de tunnel snel af. En doe het goed. De barbaren moeten het niet kunnen opgraven als we verdwenen zijn.'

'Wees daar maar niet bang voor. Voor zover ik het heb kunnen bekijken, heeft niemand in dit vervloekte land de kunst van metaalbewerking onder de knie.' Macer zweeg even en wees naar de enorme hoop opgegraven materiaal dat boven de toegang tot de schacht door een enorme stut van blokken in een wankel evenwicht werd gehouden. 'Als dat eenmaal valt hoeft u zich over uw kostbare antiquiteiten niet meer bezorgd te maken. Geen enkele barbaar zal er ooit nog bij kunnen. Zeker niet met blote handen.'

Gerustgesteld stuurde Venator de opzichter weg en beende vervolgens kwaad naar de tent van Domitius Severus. Hij liep langs de standaard van het militaire detachement, een zilveren afbeelding van Taurus, de stier, op de punt van een lans, en duwde de bewaker die de doorgang trachtte te blokkeren opzij.

Hij vond de centurion zittend in een kampstoel. Hij bekeek een naakte, ongewassen inlandse die op haar hurken zat en een reeks onverstaanbare klanken uitstootte. Ze was niet ouder dan veertien. Severus droeg een korte rode tuniek, over zijn linkerschouder vastgemaakt. Zijn blote armen werden opgesierd door twee bronzen armbanden om zijn biceps. Het waren de gespierde armen van een soldaat, voor het zwaard en schild getraind. Severus keek bij Venators plotselinge verschijning niet eens op.

'Breng je tegenwoordig je tijd door met het tarten van Gods wil, Domitius?' snauwde Venator met kil sarcasme. 'Met het verkrachten van een jong heidinnetje?'

Severus richtte zijn staalgrijze ogen langzaam op Venator. 'Het is vandaag te heet om naar jouw christelijke gelul te luisteren. Mijn god is verdraagzamer dan de jouwe.'

'Dat is waar, maar jij aanbidt een afgod.'

''t Is maar waar je de voorkeur aan geeft. We hebben geen van beiden oog in oog met onze god gestaan, dus wie kan beweren dat hij gelijk heeft?'

'Christus was de zoon van de ware God.'

Severus keek Venator geërgerd aan. 'Je hebt mijn privacy verstoord. Zeg wat je te zeggen hebt en verdwijn.'

'Zodat je deze arme heidin kunt onteren?'

Severus gaf geen antwoord. Hij stond op, greep het murmelende meisje ruw bij haar arm en gooide haar op zijn veldbed.

'Wil je meedoen, Junius? Jij mag eerst.'

Venator staarde de centurion aan. Een rilling van angst voer door hem heen. Van een Romeinse centurion aan het hoofd van een eenheid infanterie werd verwacht, dat hij een strenge meester was. Maar deze man was een meedogenloos beest.

'Onze taak hier zit erop,' zei Venator. 'Macer en de slaven zijn de opslaggrot aan het afsluiten. We kunnen het kamp opbreken en teruggaan naar de schepen.'

'Morgen is het elf maanden geleden dat we uit Egypte vertrokken. Eén dag extra om van de plaatselijke geneugten te genieten kan er nog wel bij.'

'Onze taak was niet om te plunderen. De barbaren zullen zich willen wreken. Wij zijn met weinigen, zij met velen.'

'Mijn legionairs kunnen elke horde barbaren aan die het tegen ons wil opnemen.'

'Jouw mannen zijn een slap zootje geworden.'

'Ze weten nog steeds hoe ze moeten vechten,' zei Severus met een geruststellende glimlach.

'Maar zullen ze sterven voor de eer van Rome?'

'Waarom zouden ze? Wie van ons wel, als het daarom gaat? De grote jaren van het keizerrijk zijn voorbij. Onze eens zo grootse stad aan de Tiber is een achterbuurt geworden. In onze aderen stroomt maar weinig Romeins bloed. De meeste mannen zijn geboren in de provincies. Ik ben een Spanjaard, jij een Griek, Junius. Wie kan zich in deze roerige tijden nu loyaal voelen jegens een keizer die vanuit een stad ver in het oosten regeert. Een stad die we geen van allen ooit hebben gezien! Nee, beste Junius. Mijn soldaten zullen vechten omdat het beroepslui zijn en omdat ze worden betaald om te vechten.'

'De barbaren konden hen weleens weinig keus geven.'

'Met dat tuig rekenen we wel af als het zover komt.'

'Het is beter om een conflict te vermijden. We vertrekken voor het donker wordt . . .'

Venator werd door een luid gerommel onderbroken. De grond schudde. Hij rende de tent uit en staarde naar de rotswand. De slaven hadden de steunen onder de stut weggetrokken, waardoor een donderende lawine de grotopening onder tonnen rotsblokken begroef. Het wierp een enorme stofwolk op die in het ravijn wegzakte. De echo's van het geraas werden door het gejuich van de slaven en de legionairs overstemd.

'Het is volbracht,' zei Venator plechtig, met een vermoeid gezicht. 'De wijsheid van eeuwen is veilig.'

Severus kwam naast hem staan. 'Jammer dat dat niet van ons kan worden gezegd.'

Venator draaide zich naar hem om. 'Wat hebben we te vrezen als God ons een veilige thuisreis vergunt?'

'Marteling en terechtstelling,' zei Severus effen. 'We hebben de keizer getart. Theodosius vergeeft niet gemakkelijk. We zullen ons in geen enkele uithoek van het keizerrijk kunnen verbergen. We kunnen beter onze toevlucht in een vreemd land zoeken.'

'Mijn vrouw en mijn dochter . . . we zouden elkaar in onze villa in Antiochië weerzien.'

'De agenten van de keizer hebben hen waarschijnlijk reeds onderschept. Ze zijn of dood, of als slavin verkocht.'

Venator schudde ongelovig het hoofd. 'Ik heb vrienden in hoge kringen die hen tot mijn terugkomst zullen beschermen.'

'Vrienden kunnen worden bedreigd of omgekocht.'

Met een uitdagende blik barstte Venator plotseling los: 'Geen enkel offer is te zwaar voor wat wij hebben bereikt. Als we nu niet met een verslag en een kaart van onze reis terugkeren, is alles voor niets geweest.'

Severus wilde al antwoorden toen hij zijn adjudant, Artorius Noricus, de flauwe helling naar zijn tent zag oprennen. Het gebruinde gezicht van de jonge legionair glom van de middaghitte en hij wees naar de rand van de lage kliffen.

Venator hield een hand boven zijn ogen tegen de zon en keek naar boven, zijn mond een dunne streep.

'De barbaren, Severus. Ze komen ons de plundering van hun dorp betaald zetten.'

Het leek wel een mierenheuvel opeens. Meer dan duizend barbaren, mannen en vrouwen, staarden op de wrede indringers van hun land neer. Ze waren met pijl en boog bewapend, met schilden van gelooide dierehuid en speren met punten van obsidiaan. Enkelen hadden korte knuppels, met aan het eind een steen vastgebonden. De mannen droegen alleen een lendendoek.

Ze stonden daar in doodse stilte, zonder enige uitdrukking, even bloeddorstig en dreigend als de stilte voor de storm.

'Een andere troep barbaren heeft zich tussen ons en onze schepen opgesteld!' riep Noricus.

Venators gezicht was asgrauw. 'Dat is het resultaat van jouw stommiteit, Severus.' Het venijn droop van zijn stem. 'Jij hebt ons allemaal vermoord.' Daarna viel hij op zijn knieën en begon te bidden.

'Jouw god zal die barbaren niet in schapen veranderen, ouwe baas,' zei Severus sarcastisch. 'Alleen het zwaard kan uitkomst brengen.' Hij nam Noricus bij de arm en begon bevelen uit te vaardigen. 'Laat de *bucinator* verzamelen blazen. Zeg Latinius Macer dat hij de slaven moet bewapenen. Stel de mannen in een strak vechtcarré op. We zullen in formatie naar de rivier marcheren.'

Noricus salueerde en rende naar het midden van het kamp.

De eenheid van zestig infanteriesoldaten had zich snel in een hol carré opgesteld. De Syrische boogschutters namen hun plaats in aan de flanken tussen de gewapende slaven, met het gezicht naar buiten toe, terwijl de Romeinen voor en achter stonden. In het midden bevonden zich Venator met zijn kleine staf Egyptenaren en Grieken en een medische ploeg van drie man.

De belangrijkste wapens van de Romeinse infanterie in de vierde eeuw waren de *gladius*, een tweeëntachtig centimeter lang tweesnijdend zwaard, en de *pilum*, een werpspeer van twee meter. Als bescherming droegen de soldaten een ijzeren helm met scharnierende kaakplaten die onder de kin kon worden vastgebonden en die eruit zag als een jockeypet met de klep naar achteren. Verder droegen ze een kuras van overlappende metalen platen om hun lichaam en over hun schouders, en scheenplaten. Hun verdedigingswapen was een ovaal schild van gelaagd hout.

De barbaren gingen niet meteen in een stormaanval over, maar omcirkelden de colonne langzaam maar zeker. Eerst probeerden ze de soldaten uit hun strakke formatie te lokken door een paar man te sturen die onverstaanbare kreten slaakten en dreigende gebaren maakten. Maar hun vijanden renden niet onder de indruk van de overmacht in paniek weg, zoals ze hadden gedacht.

Centurion Severus was een te ervaren veteraan om angst te voelen. Hij ging voor zijn troepen staan en bestudeerde het terrein dat was bezaaid met barbaren.

Hij zwaaide hen honend toe. Dit was niet de eerste keer dat hij tegen een enorme overmacht had gestaan. Severus had zich op zestienjarige leeftijd als vrijwilliger voor de legioenen opgegeven. Hij was opgeklommen vanaf gewoon soldaat, was meerdere malen wegens dapperheid onderscheiden in de slag tegen de Goten langs de Donau en tegen de Franken aan de Rijn. Na zijn eervol ontslag was hij een huurling geworden die zijn diensten aan de hoogste bieder verkocht, in dit geval aan Junius Venator.

Severus had een onwankelbaar vertrouwen in zijn legionairs. De zon zette hun helmen en getrokken zwaarden in een gouden gloed. Ze waren goede vechters, gehard in de strijd waar ze slechts de overwinning kenden en geen nederlaag erkenden.

Het grootste deel van de levende have, waaronder zijn paard, was tijdens de gruwelijke reis vanuit Egypte bezweken, dus liep hij nu te voet aan het hoofd van het carré, zich om de paar stappen omdraaiend zodat hij constant een waakzaam oog op de vijand kon houden.

Met een gebrul dat als de branding aanzwol en afbrak, stormden de barbaren de zongeblakerde helling af en stortten zich op de Romeinen. De eerste golf viel onder de lange werpsperen van de soldaten en de pijlen van de Syrische boogschutters. De tweede golf stortte zich op de uitgedunde gelederen en werd als koren onder de zeis weggemaaid. De glanzende zwaarden werden dofrood van het barbarenbloed. Door een stroom van pittige vervloekingen en de snijdende zweep van Latinius Macer aangespoord sloegen ook de slaven flink van zich af en gaven ze geen centimeter prijs.

De formatie bewoog zich in een slakkegang naar voren terwijl ze van alle kanten door de barbaren, met hun onuitputtelijke reserves werden belaagd. In het stof van de uitgedroogde helling vormden zich grote rode vlekken. Steeds meer naakte lichamen stortten levenloos neer. Degenen die van achteren opkwamen, vochten op de lijken van hun kameraden, haalden hun voeten open aan de verspreid liggende wapens, en gooiden hun lichaam tegen de gevreesde ijzeren schachten die borsten en buiken openlegden, waarna ze op de dodenstapel neervielen. In een gevecht van man tegen man moesten ze het tegen de Romeinse discipline afleggen.

De slag nam nu een andere wending. Toen ze merkten dat ze tegen de zwaarden en speren van de vreemdelingen weinig konden uitrichten, trokken de barbaren zich terug om zich te hergroeperen. Ze schoten een regen van pijlen af en wierpen hun ruw afgewerkte speren, terwijl de vrouwen stenen gooiden.

De Romeinen sloten de schilden boven hun hoofd aaneen als het schild van een schildpad en vervolgden stug hun mars naar de rivier, naar de veiligheid van hun schepen. Alleen de Syrische boogschutters konden nu nog onder de barbaren slachtoffers maken. Er waren niet genoeg schilden om ook de slaven te beschermen, en dezen moesten open en bloot onder een hagel van projectielen vechten. De lange, vermoeiende reis en het slopende graafwerk in de grotten had hen reeds uitgeput. Velen sneuvelden en werden achtergelaten. Hun lichaam werd direct uitgekleed en gruwelijk verminkt.

Severus had ervaring met deze manier van vechten, hij had dat al eerder met de Brittanniërs meegemaakt. Zodra hij in de gaten had dat de vijand ongetraind en roekeloos optrad, liet hij halt houden en gaf hij het bevel alle wapens op de grond te leggen. De barbaren, die dit als een gebaar van overgave zagen, werden er zo toe verlokt onbesuisd aan te vallen. Op Severus' bevel werden toen de zwaarden opgepikt en zetten de Romeinen een tegenaanval in.

Wijdbeens op twee rotsblokken staand hanteerde de centurion zijn zwaard in afgemeten, bijna metronomische slagen. Vier barbaren vielen aan zijn voeten neer. Met het plat van zijn zwaard sloeg hij een ander tegen de grond en reet de keel open van een aanvaller opzij van hem. Toen keerde de opgewonden vloed en trok de naakte horde zich tot buiten zwaardbereik terug.

Severus maakte van deze adempauze gebruik om zijn doden en gewonden te tellen. Van de zestig soldaten waren er twaalf gesneuveld of stervende. Veertien anderen waren in meer of mindere mate gewond. De slaven hadden het ergst geleden. Meer dan de helft was dood of vermist.

Hij liep naar Venator, die met een reep van zijn tuniek een jaap op zijn arm aan het verbinden was. Nog altijd had deze Griekse geleerde de inventarislijst veilig onder zijn gordel gerold.

'Hou je het vol, ouwe?'

Venator keek op. In zijn ogen stond een mengeling van angst en vastberadenheid te lezen. 'Jij zult vóór mij sterven, Severus.'

'Is dat een dreigement of een voorspelling?'

'Doet dat er iets toe? Geen van ons zal het keizerrijk weerzien.'

Severus gaf geen antwoord. Het gevecht werd plotseling hervat toen de barbaren een nieuwe regen van speren en rotsen deden neerkomen, die de lucht verduisterde en tegen de schilden afketste. Hij liep snel terug naar zijn positie voor zijn uitgedunde manschappen.

De Romeinen vochten verbeten, maar hun aantal nam af. Bijna alle Syrische boogschutters waren gesneuveld. Het carré werd steeds kleiner terwijl de aanval onverminderd bleef aanhouden. De overlevenden, vaker wel dan niet gewond, waren uitgeput en leden van hitte en dorst. Hun zwaarden begonnen te zakken en ze wisselden ze van hand.

Ook de barbaren waren uitgeput en leden enorme verliezen, maar ze bleven vastberaden elke meter van de glooiende helling naar de rivier betwisten. Rond elke gevallen legionair lagen de lichamen van vijf, zes aanvallers. De lijken van de legionairs zagen er als speldenkussens uit, doorstoken als ze waren door talrijke pijlen.

Macer, de reusachtige opzichter, was in een knie en dij getroffen. Hij bleef op de been, maar kon niet meer met de formatie meekomen. Hij raakte achterop en werd al gauw door een groep van twintig barbaren omsingeld. Op zijn plaats vastgepind zwaaide hij zijn zwaard als een molenwiek in het rond en hakte drie man compleet doormidden voor de rest uit ontzag voor zijn enorme kracht terugtrok en aarzelde. Hij riep en gebaarde ze naderbij om te vechten.

De barbaren hadden een dure les geleerd en weigerden het man-tot-man-gevecht. Van een afstand slingerden ze een regen van speren op hem af. Na enkele seconden gutste het bloed uit vijf wonden. Hij greep de schachten beet en trok de punten los. Een barbaar rende op hem af en wierp zijn speer in Macers hals. Door het bloedverlies viel hij langzaam voorover in het stof. De vrouwen stormden als een horde krankzinnige wolven naar voren en stenigden hem tot een hoop pulp.

De Romeinen werden alleen nog door een zandstenen klif van de rivier-oever gescheiden. Daarachter leek de lucht van blauw in oranje te zijn veranderd. Opeens rees een dikke, zwarte kolom van rook op en voerde de wind de lucht van verbrand hout aan.

Venator schrok en de wanhoop greep hem naar de keel.

'De schepen!' riep hij. 'De barbaren vallen de schepen aan!'

De bebloede slaven begonnen wanhopig en in paniek naar de rivier te rennen. De barbaren zetten een venijnige aanval op de flanken in. Enkele slaven staken hun handen omhoog ten teken dat ze zich overgaven en werden afgeslacht. De rest probeerde zich van achter een bosschage te verdedigen, maar hun achtervolgers maakten korte metten met hen. Het stof van het vreemde land werd hun lijkwade, de droge struiken hun laatste rustplaats.

Severus en zijn overlevenden vochten zich een weg naar de top van de klif, en daar bleef de centurion zonder nog acht te slaan op de meedogenloze slachtpartij om hen heen plotseling staan en staarde stom naar de ramp beneden.

Pilaren van vuur verenigden zich in een rookkolom die als een slang omhoogreikte. De vloot, hun enige hoop op ontsnapping, lag langs de rivieroever te branden. De enorme graanschepen die ze in Egypte hadden gevorderd, werden door een zee van vuur verteerd.

Venator drong zich naar voren en ging naast Severus staan. De centurion zweeg, zijn tuniek en wapenrusting zaten onder het zweet en het bloed. Hij staarde gefrustreerd naar de hel van vlammen en rook, zag de zeilen in een maalstroom van vonken uit elkaar vallen. De gevreesde nederlaag brandde zich in zijn ogen.

De schepen waren aan de oever verankerd en lagen daar weerloos bloot-gesteld. Een troep barbaren had het handjevol zeelui onder de voet gelopen en alles dat vlam kon vatten in brand gestoken. Slechts één klein handels-schip had aan de vuurzee kunnen ontkomen, de bemanning was op de een of andere manier in staat geweest de aanval af te slaan. Vier matrozen probeerden wanhopig het zeil te hijsen, terwijl hun scheepsmaten verwoed aan de riemen trokken om de veiligheid van het diepe water te bereiken.

Venator proefde de smaak van roet en de bitterheid van rampspoed. De lucht zelf kwam hem rood voor. Hij werd verteerd door een machteloze woede. Het vertrouwen dat hij had gesteld in zijn zorgvuldig uitgevoerde plan om de onschatbare wetenschap uit het verleden veilig te stellen, stierf in zijn hart.

Hij voelde een hand op zijn schouder en toen hij zich omdraaide, staarde hij naar een vreemd-geamuseerde uitdrukking op Severus' gezicht.

'Ik had altijd gehoopt dronken van de wijn en liggend op een lekker wijf het loodje te leggen,' zei de centurion.

'God alleen kan de dood van een mens kiezen,' antwoordde Venator vaag.

'Volgens mij speelt geluk een grotere rol.'

'Wat een verspilling. Wat een vreselijke verspilling.'

'Het spul ligt tenminste veilig verborgen,' zei Severus. 'En de zeelui die ontsnappen, zullen de geleerden van het keizerrijk op de hoogte stellen van wat wij hier hebben gedaan.'

Venator schudde het hoofd. 'Nee,' zei hij. 'Niemand gelooft de fantastische verhalen van zeelui.' Hij draaide zich om en staarde naar de lage heuvels in de verte. 'Het is voor altijd verloren.'

'Kun je zwemmen?'

Venator keek weer naar Severus. 'Zwemmen?'

'Als je denkt dat je het schip kunt bereiken, geef ik je mijn vijf beste mannen mee om voor jou een weg naar het water te banen.'

'Ik . . . dat weet ik niet zeker.' Hij keek weifelend naar het water van de rivier en de groter wordende kloof tussen het schip en de oever.

'Als het moet kun je een stuk wrakhout gebruiken,' zei Severus met een harde klank. 'Maar schiet op. Over enkele minuten zullen we allemaal onze goden ontmoeten.'

'En jij?'

'Deze heuvel is een even goede plek als waar ook om onze laatste veldslag te leveren.'

Venator omhelsde de centurion. 'God zij met u.'

'Hij kan maar beter met jou meekuieren.' Severus draaide zich om en koos snel vijf soldaten die niet gewond waren en beval hen Venator op hun sprint naar de rivier te beschermen. Daarna wijdde hij zich aan het hergroeperen van zijn geteisterde eenheid voor de laatste verdediging.

Het schamele handjevol legionairs schaarde zich rond Venator. Daarna renden ze schreeuwend en zich een weg door de verbouwereerde barbaren heenhakkend naar de rivier.

Venator was de grens van uitputting gepasseerd, maar zijn zwaard aarzelde niet en zijn stap was zeker. Hij was in plaats van geleerde een slachter geworden. Hij was allang voorbij het punt vanwaar geen terugkeer meer mogelijk is. Er bestond nog slechts een grimmige koppigheid; alle angst voor de dood was verdwenen.

Ze vochten zich door een gekmakende wervelwind van hitte. Venator kon de geur van verbrand vlees ruiken. Hij scheurde nog een reep van zijn tuniek en bedekte daarmee zijn mond en zijn neus terwijl ze in de rook verder vochten.

De soldaten vielen een voor een, Venator tot hun laatste ademtocht verdedigend. Plotseling stond hij met zijn voeten in het water en sprong naar voren. Zodra het water hem tot zijn knieën reikte, dook hij. Hij ontwaarde een rondhout dat van een brandend schip was gevallen en zwom er verwoed heen, zonder nog om te durven kijken.

De soldaten op de klif sloegen elke aanval af. De barbaren ontweken hun slagen en riepen honend hun verachting terwijl ze naar een zwakke plek in de Romeinse verdediging zochten. Vier keer vielen ze massaal aan, en vier keer werden ze teruggeslagen, maar niet nadat ze nog een paar uitgeputte legionairs hadden uitgeschakeld. Het carré kromp in tot een kleine cirkel van enkele overlevenden die schouder aan schouder verder vochten. De heuveltop lag bezaaid met hopen doden en stervenden. Hun bloed vloeide in stromen de hellingen af. En nog boden de Romeinen weerstand.

De slag had nu zonder onderbreking bijna twee uur lang gewoed, maar de barbaren vielen nog even fanatiek aan als in het begin. Ze begonnen de overwinning te ruiken en verzamelden zich voor de laatste aanval.

Severus brak een pijlschacht vlak bij zijn huid af en vocht door. De grond om hem heen lag met barbaren bezaaid. Slechts een handvol legionairs vocht door aan zijn zijde. Een voor een gingen ze met het zwaard in de hand ten onder, begraven onder een regen van stenen, pijlen en speren.

Severus was de laatste die sneuvelde. Zijn benen begaven het onder hem en zijn arm kon het zwaard niet langer meer opheffen. Zwaaiend op zijn knieën probeerde hij nog op te staan, maar het mocht niet baten. Hij richtte zijn blik ten hemel en mompelde zacht: 'Vader, moeder, draag me in uw armen.'

Alsof de barbaren zijn gebed hadden gehoord, renden ze naar voren en hielpen hem met knuppelslagen uit zijn lijden.

In het water hield Venator zich grimmig aan het rondhout vast en trapte met zijn benen in een wanhopige poging het wegvarende schip te bereiken. Zijn inspanningen haalden niets uit. De stroming en een zuchtje wind duwden het handelsschip verder weg.

Hij riep naar de bemanning en zwaaide wild met zijn armen. Op de achtersteven stonden een groepje zeelui en een meisje met een hond in haar armen zonder enig medelijden naar hem te kijken en maakten geen aanstalten de steven te wenden. Ze vervolgden hun ontsnapping over de rivier alsof Venator niet bestond.

Ze lieten hem in de steek, realiseerde hij zich hulpeloos. Er was geen redding. Hij sloeg met zijn vuist op het rondhout en barstte in hevig snikken uit, ervan overtuigd dat zijn God hem had verlaten. Ten slotte wendde hij zijn blik naar de oever en staarde naar het bloedbad.

De expeditie was verdwenen, in een nachtmerrie opgegaan.

Deel I: Nebula, vlucht 106

12 oktober 1991
Heathrow Airport, Londen

1

Niemand lette op de piloot die zich door de opeengepakte massa verslaggevers en correspondenten in de VIP-lounge wrong. De passagiers in de wachtkamer bij pier 14 hadden evenmin in de gaten dat hij een grote plunjezak droeg in plaats van een attachékoffertje. Met gebogen hoofd keek hij strak voor zich uit en vermeed zorgvuldig de tv-camera's die gericht stonden op een aantrekkelijke, slanke vrouw met een zachtbruine gelaatskleur en innemende, gitzwarte ogen, die het middelpunt van de belangstelling was.

De piloot liep snel door de instapsluis naar het vliegtuig en bleef voor een paar veiligheidsagenten van het vliegveld staan die de deur van het vliegtuig blokkeerden. Ze waren niet in uniform. Hij hief zijn arm in een vriendelijk groetend gebaar en probeerde zich langs hen heen te wringen, maar een hand pakte zijn arm in een stevige greep.

'Een ogenblikje, captain.'

De piloot bleef met een vriendelijk vragende uitdrukking op zijn gebruinde gezicht staan. Hij leek dit kleine oponthoud wel amusant te vinden. Zijn olijfbruine ogen leken dwars door je heen te kijken. Zijn neus was meer dan eens gebroken en over de linkerkant van zijn kin zat een lang litteken. Zijn kortgeknipte grijze stekelhaar onder de pet en de groeven op zijn gezicht gaven hem een leeftijd van ergens achter in de vijftig. Hij was een meter zesentachtig, gezet, met het begin van een buikje. Hij zag er met zijn getaande uiterlijk en zijn blik vol zelfvertrouwen, kaarsrecht in zijn op maat gesneden uniform, typisch uit als een van die piloten die gezagvoerder op een internationaal passagiersvliegtuig zijn.

Uit zijn borstzakje haalde hij zijn legitimatie en overhandigde deze aan de veiligheidsagent.

'Hebben we VIP's voor deze vlucht?' vroeg hij onschuldig.

De keurige en onberispelijk geklede Britse veiligheidsagent knikte. 'Een groep van de Verenigde Naties die naar New York terugkeert – met de nieuwe secretaris-generaal.'

'Toch niet Hala Kamil?'

'Jawel.'

'Eigenlijk geen baantje voor een vrouw.'

'Haar sekse heeft premier Thatcher niet tegengehouden.'

'Die zat ook niet tot over haar nek in de moeilijkheden.'

'Kamil is een schrandere dame. Die redt het wel.'

'Als die fanatieke moslims in haar eigen land haar tenminste niet opblazen,' antwoordde de piloot met een duidelijk Amerikaans accent.

De Brit keek hem even bevreemd aan, maar ging er niet op door. Hij vergeleek de foto op het legitimatiebewijs met het gezicht voor hem en las de naam hardop voor. 'Captain Dale Lemke?'

'Moeilijkheden?'

'Nee, we voorkomen ze alleen maar,' antwoordde de agent effen.

Lemke hield zijn armen van zich af. 'Willen jullie me nog fouilleren, soms?'

'Dat is niet nodig. Een piloot zal echt zijn eigen vliegtuig niet kapen. Maar we moeten uw papieren controleren om er zeker van te zijn dat u inderdaad bij de bemanning hoort.'

'Dit uniform heb ik niet aan om naar een gekostumeerd bal te gaan.'

'Mogen we uw vluchtbagage zien?'

'Gaat uw gang.' Hij zette de blauwe nylon zak op de grond en maakte hem open. De tweede agent pakte het standaard pilotenhandboek en bladerde er doorheen. Vervolgens hield hij een apparaat omhoog met een kleine hydraulische cilinder.

'En wat hebben we hier?'

'Een drijfarm voor een oliekoelingsdeur. Die bleef openstaan, en onze onderhoudsmensen op Kennedy hebben me gevraagd dat ding persoonlijk terug te brengen zodat ze het kunnen inspecteren.'

De agent porde in een dikke bundel onder in de zak. 'Hallo zeg, wat hebben we daar?' Hij keek bevreemd op. 'Sinds wanneer hebben piloten parachutes bij zich?'

Lemke lachte. 'Een hobby van me. Als ik een paar dagen verlof heb, ga ik altijd in Croydon met een paar vrienden van me springen.'

'U denkt er toch niet over om uit een lijnvliegtuig te springen, hoop ik?'

'Niet uit eentje die met een snelheid van vijfhonderd knopen op een hoogte van vijfendertigduizend voet boven de Atlantische Oceaan vliegt.'

De agenten keken elkaar aan en knikten even. De plunjezak werd dichtgeknoopt en het legitimatiebewijs teruggegeven.

'Excuses voor het oponthoud, captain Lemke.'

'Het was een prettig onderhoud.'

'Een plezierige vlucht naar New York.'

'Dank u wel.'

Lemke bukte voor de deur en ging de cockpit binnen. Hij sloot de deur achter zich en deed het cabinelicht uit, zodat iemand die toevallig door de grote ramen van de bovenpromenade keek zijn handelingen niet zou opmerken. Op een manier waaraan was te zien dat hij het had gerepeteerd, knielde hij achter de stoelen, haalde een zaklantaarntje uit zijn jaszak en trok een valluik naar het elektronische compartiment onder de cockpit omhoog dat door een of andere grappenmaker lang geleden tot 'hellegat' was gedoopt. Hij liet zich langs de ladder in de inktzwarte duisternis zakken, die werd onderstreept door het gemompel van de stewardessen die de passagierscabine in orde maakten voor het instappen en het gebonk van de bagage die achterin werd geladen.

Lemke reikte boven zijn hoofd en trok de plunjezak achter zich aan. Daarna knipte hij het zaklampje aan. Een blik op zijn horloge vertelde hem, dat hij vijf minuten had voor de rest van de bemanning zou arriveren. De komende handelingen had hij wel vijftig keer gerepeteerd. Hij haalde de drijfarm uit de zak en sloot deze aan op een miniatuur timer die hij in zijn kapiteinspet had verborgen. Het geheel bevestigde hij aan de scharnieren van een kleine deur naar buiten die door het grondpersoneel voor onderhoud werd gebruikt. Vervolgens legde hij de parachute klaar.

Toen zijn eerste en tweede officier binnenkwamen, zat Lemke in zijn stoel met zijn ogen in het vliegveldinformatieboek. Ze begroetten elkaar vluchtig en wijdden zich aan hun preflight checkroutine. Noch de tweede piloot, noch de boordwerktuigkundige merkte op dat Lemke ongewoon stil en teruggetrokken was.

Hun zintuigen zouden misschien beter hebben gefunctioneerd, als ze hadden geweten dat dit hun laatste avond op aarde was.

In de drukke lounge werd Hala Kamil geconfronteerd met een woud van microfoons en verblindende cameralichten. Met oneindig geduld pareerde ze een salvo vragen dat door nieuwsgierige verslaggevers op haar werd afgevuurd.

Slechts enkelen vroegen over haar tournee door Europa en haar non-stop ontmoetingen met staatshoofden. De meesten zochten naar haar opvattingen over de op handen zijnde omverwerping van haar regering in Egypte door moslimfundamentalisten.

Ze had geen duidelijk idee van de ernst van de onrust. Onder leiding van Akhmad Yazid, een islamitisch schriftgeleerde, hadden fanatieke mollahs een religieus vuur doen ontbranden bij de miljoenen nooddruftige dorpelingen langs de Nijl en de verpauperde massa's in Cairo's krottenwijken. Hoge leger- en luchtmachtofficieren spanden openlijk samen met de islamitische radicalen om de onlangs geïnstalleerde president Nadav Hasan af te zetten. De toestand was uiterst onstabiel, maar Hala had geen nieuwe informatie van haar regering ontvangen, dus moest ze haar antwoorden vaag en dubbelzinnig houden.

Hala gedroeg zich als een sfinx zo kalm en waardig terwijl ze op de vragen antwoordde, zonder enige blijk van emotie. Maar inwendig vochten verwarring en geshockeerdheid om de overhand. Ze voelde zich alleen, buiten zichzelf; alsof oncontroleerbare gebeurtenissen iemand anders omwervelden, iemand die niet meer kon worden geholpen en voor wie ze alleen maar medelijden kon opbrengen.

Ze had model kunnen staan voor het geschilderd portret van koningin Nefertiti, in het museum van Berlijn. Beiden hadden ze die lange hals, delicate gelaatstrekken en gekwelde uitdrukking. Ze was tweeënveertig. Ze had een slank figuur, zwarte ogen, een gladde, bronzen huid en steil blauwzwart haar dat tot op haar schouders viel. Op hoge hakken mat ze een meter vijfenzestig en een op maat gesneden mantelpakje met plooirok liet haar lenige, welgevormde figuur nog beter uitkomen.

Door de jaren heen had ze zich de attenties van vier minnaars laten welgevallen, maar ze was nooit getrouwd. Het hebben van man en kinderen kwam haar vreemd voor. Ze wilde gewoon haar tijd niet besteden aan langdurige relaties, en vrijen gaf haar niet veel meer genot dan een kaartje kopen en naar het ballet gaan.

In Cairo, waar haar moeder lerares en haar vader filmproducent was, had ze als kind elke vrije minuut besteed aan tekenen en in oude ruïnes graven die op fietsafstand van huis lagen. Als uitstekende kokkin en artieste met een titel in Egyptische Oudheidkunde had ze een van de weinige baantjes in de wacht kunnen slepen die voor moslimvrouwen openstonden: wetenschappelijk medewerkster bij het ministerie van Cultuur.

Met veel energie en toewijding vocht ze vervolgens in haar eentje met succes tegen de islamitische vooroordelen en klom ze op tot directeur van Oudheidkundige Zaken en later hoofd van het departement voor Informatie. President Mubarak werd op haar attent gemaakt, en hij vroeg haar deel uit te maken van de Egyptische delegatie naar de Algemene Vergadering van de Verenigde Naties. Vijf jaar later, toen Javier Pérez de Cuéllar halverwege zijn tweede ambtstermijn aftrad omdat vijf door moslims geregeerde landen zich vanwege een controverse over religieuze hervormingen uit het verbond terugtrokken, werd Hala tot vice-voorzitter benoemd. Omdat de mannen die voor haar op de lijst stonden de functie weigerden, werd zij aangewezen de functie van secretaris-generaal te bekleden, waarbij men vaag hoopte dat ze in staat zou zijn de barsten in de organisatie te lijmen.

Nu haar eigen regering op het punt van instorten stond, bestond er een grote kans dat zij de eerste hoofdvertegenwoordiger van de Verenigde Naties zou worden zonder eigen land.

Er kwam een assistent binnen die iets in haar oor fluisterde. Ze knikte en hief haar hand.

'Mij werd zo juist verteld dat het vliegtuig gereed staat om te vertrekken,' zei ze. 'Nog één vraag.'

Een tiental vragen werd op haar afgevuurd en een menigte handen werd opgestoken. Hala wees een man aan die met een bandrecorder in de deuropening stond.

'Leigh Hunt van de BBC, mevrouw Kamil. Indien Akhmad Yazid het democratisch bewind van president Hasan door een islamitische republiek vervangt, zult u dan nog naar Egypte terugkeren?'

'Ik ben een moslim, en een Egyptische. Als de leiders van mijn land, ongeacht de regeringsvorm, willen dat ik naar huis terugkeer, zal ik gehoorzamen.'

'Ook al heeft Akhmad Yazid u uitgemaakt voor ketter en verraadster?'

'Ja,' antwoordde Hala eenvoudig.

'Als hij ook maar half zo fanatiek is als ayatollah Khomeini zou u weleens uw eigen executie tegemoet kunnen gaan. Mogen wij uw commentaar daarop?'

Hala schudde met een charmante glimlach haar hoofd. 'Ik moet nu echt weg. Dank u wel.'

Omgeven door een ring van veiligheidsagenten begaf ze zich naar de instapsluis. Haar assistenten en een grote delegatie van de UNESCO zaten al in het vliegtuig. Vier leden van de Wereldbank voerden op gedempte toon een gesprek in de pantry terwijl ze champagne dronken. De passagierscabine rook naar kerosine en runderrollade.

Uitgeput maakte Hala haar gordel vast en keek uit het raampje. Het was enigszins mistig en de blauwe lichten langs de startbanen vervaagden tot een doffe gloed voor ze helemaal verdwenen. Ze schopte haar schoenen uit, sloot haar ogen en doezelde dankbaar weg voor de stewardess haar iets te drinken kon aanbieden.

Na in de hete uitlaatgassen van een 747 van TWA te hebben gewacht, stond chartervlucht 106 van de Verenigde Naties dan eindelijk aan het begin van de startbaan. Toen door de verkeerstoren toestemming werd gegeven, duwde Lemke de gashendels gelijkmatig naar voren en de Boeing 720B rolde over het natte beton voor hij in de klamme lucht opsteeg.

Zodra hij op een hoogte van 10 500 meter zat, schakelde Lemke de automatische piloot in, maakte zijn gordel los en hees zich uit zijn stoel.

'Even naar het toilet,' zei hij terwijl hij naar de deur liep. Zijn tweede officier en boordwerktuigkundige, een sproetige man met rossig haar, glimlachte zonder van zijn instrumenten op te kijken. 'Ik wacht hier wel.'

Lemke forceerde een lachje en stapte de passagierscabine binnen. De cabinebemanning was bezig met het voorbereiden van de maaltijd. Het rook nog sterker naar runderrollade. Hij gebaarde naar de purser en nam hem apart.

'Kan ik iets voor u klaarmaken, captain?'

'Een kopje koffie,' antwoordde Lemke. 'Maar doe geen moeite, daar zorg ik zelf wel voor.'

'Het is geen moeite.' De purser stapte de pantry binnen en schonk een kop in.

'O, nog iets.'

'En dat is, captain?'

'De directie heeft ons gevraagd aan een door de regering betaald meteorologisch onderzoek mee te werken. Op een afstand van zo'n achtentwintighonderd kilometer van Londen vandaan ga ik een minuut of tien op vijftienhonderd meter vliegen om windrichtingen en temperatuur te meten. Daarna trekken we weer tot normale hoogte op.'

'Niet te geloven dat de directie daarmee akkoord ging. Ik wou maar dat wat dat geintje aan brandstof gaat kosten op mijn bankrekening stond.'

'Die klojo's sturen Washington heus wel de rekening, daar kun je vergif op innemen.'

'Als het zover is zal ik de passagiers inlichten zodat ze niet zullen schrikken.'

'Kondig ook maar aan dat de lichten die ze misschien door de raampjes kunnen zien van een vissersvloot afkomstig zijn.'

'Komt voor elkaar.'

Lemke's blik gleed door de cabine, en bleef even op de slapende gedaante van Hala Kamil rusten. 'Vond je de veiligheidsmaatregelen niet uitzonderlijk streng, deze keer?' vroeg Lemke gemoedelijk.

'Een van die verslaggevers zei dat Scotland Yard een komplot heeft ontdekt om de secretaris-generaal te vermoorden.'

'Die zien onder elke steen een terroristische samenzwering. Ik móest mijn legitimatie laten zien en ze hebben mijn vluchtbagage gecontroleerd.'

De purser haalde zijn schouders op. 'Ach wat, het is even goed voor onze eigen veiligheid als voor die van de passagiers.'

Lemke gebaarde het gangpad af. 'Die zien er tenminste niet als potentiële kapers uit.'

'Als ze tenminste tegenwoordig geen driedelige kostuums dragen.'

'Voor alle zekerheid houd ik de deur naar de cockpit op slot. Gebruik de intercom alleen maar als het belangrijk is.'

'Komt voor elkaar.'

Lemke nam een slokje koffie, zette de kop neer en ging naar de cockpit terug. Zijn eerste officier, de tweede piloot, zat uit het zijraam naar het noorden te kijken, naar de lichten van Wales, terwijl de boodwerktuigkundige achter hem druk bezig was het brandstofverbruik te berekenen.

Lemke ging met zijn rug naar de anderen staan en haalde tersluiks een doosje uit de borstzak van zijn jasje. Hij deed het open en maakte een injectiespuit klaar waarin sarin zat, een uiterst dodelijk zenuwagens. Daarna draaide hij zich om naar zijn bemanning en deed een paar struikelende stappen alsof hij zijn evenwicht verloor waarbij hij de arm van de tweede officier ter ondersteuning beetpakte.

'Sorry, Frank, ik struikelde over de mat.'

Frank Hartley had een grote borstelsnor, dun grijs haar en een lang, smal gezicht. Hij voelde de naald niet zijn schouder binnendringen. Hij keek van de meters en lichtjes op zijn paneel op en lachte hartelijk. 'Je moet het wat kalmer aan doen met de drank, Dale.'

'Ik kan echt wel rechtuit vliegen,' antwoordde Lemke goedmoedig. 'Alleen met lopen heb ik moeite.'

Hartley opende zijn mond om iets te zeggen, maar plotseling kreeg zijn gezicht een lege uitdrukking. Hij schudde zijn hoofd alsof hij zijn zicht wilde verhelderen. Toen rolden zijn ogen naar boven en werd hij slap.

Met zijn lichaam Hartley tegenhoudend zodat hij niet naar één kant zou vallen, trok Lemke de spuit terug en verwisselde hem snel voor een andere. 'Er is iets met Frank aan de hand, geloof ik.'

Jerry Oswald draaide zich op de stoel van de tweede piloot om. De grote man met de zuinige uitdrukking van een goudzoeker in de woestijn keek hem vragend aan. 'Wat scheelt eraan?'

'Kom eens kijken.'

Oswald wrong zijn grote lijf langs zijn stoel en boog zich over Hartley. Lemke stootte toe met de naald en begon de spuit in te drukken, maar Oswald voelde de prik.

'Wat was dat, verdomme?' stootte hij uit. Hij draaide zich om en keek lamgeslagen naar de injectiespuit in Lemke's hand. Hij was een stuk zwaarder en gespierder dan Hartley, dus het gif werkte niet zo snel. Opeens zette hij grote ogen op. Hij had het door. Hij sprong naar voren en greep Lemke bij de nek.

'Jij bent Dale Lemke niet,' snauwde hij. 'Waarom zie je er dan net als hij uit?'

De man die zich Lemke noemde had niet kunnen antwoorden, al had hij het gewild. De enorme handen sneden hem de adem af. Hij werd zowat tegen een tussenschot verpletterd door het enorme gewicht van Oswald terwijl hij een leugen probeerde uit te stoten, maar er wilde niets komen. Hij ramde zijn knie in het kruis van de tweede piloot. Een gegrom was de enige reactie. Het begon hem zwart voor de ogen te worden.

Toen nam de druk langzaam af en Oswald viel naar achteren. De doodsangst stond in zijn ogen te lezen: hij wist dat hij ging sterven. Hij keek Lemke met een verbijsterde haat aan. Tijdens de laatste paar slagen van zijn hart haalde hij uit met zijn vuist en plantte een treffer in Lemke's maagstreek.

Lemke zakte duizelig op zijn knieën. Hij kon nauwelijks ademhalen. Hij zag als in een nevel hoe Oswald tegen de pilotenstoel op de grond sloeg en op de grond van de cockpit terechtkwam. Lemke ging op de grond zitten en hapte naar adem, terwijl hij over zijn maag streek.

Hij kwam moeizaam overeind en luisterde of hij aan de andere kant van de deur nieuwsgierige stemmen kon horen. Het leek rustig in de passagierscabine. Geen van de stewardessen of de passagiers had boven het monotone gedreun van de motoren iets abnormaals gehoord.

Nadat hij Oswald in de stoel van de tweede piloot had gehesen en had vastgesnoerd, droop hij van het zweet. Hartley's gordel zat al vast, dus Lemke sloeg er verder geen acht op. Hij ging achter het bedieningspaneel in de stoel van de piloot zitten en begon de positie van het vliegtuig te berekenen.

Vijfenveertig minuten later liet Lemke het vliegtuig van zijn uitgestippelde koers naar New York in een nieuwe richting afwijken, naar het ijzige noorden.

2

Het is een van de meest barre streken op aarde, waar toeristen niets hebben te zoeken. De laatste honderd jaar hebben slechts een handjevol ontdekkingsreizigers en geleerden het onheilspellende landschap betreden. Op een paar weken per jaar na is de zee langs de grillige kust bevroren en in de vroege herfst heersen er temperaturen tussen de –55 en –60 graden Celsius. Gedurende de lange wintermaanden heeft de duisternis de koude hemel in haar greep, en zelfs in de zomer kan de stralende zon in minder dan een uur tijd door een ondoordringbare sneeuwstorm worden verdrongen.

Toch werd deze onder de schaduw van door gletsjers gewonde bergen gelegen en onophoudelijk door de wind gegeselde desolate grootsheid aan het eind van het Ardencaple Fjord aan de noordoostelijke kust van Groenland zo'n tweeduizend jaar geleden bewoond door een stam jagers. Dateringen volgens de koolstofmethode van opgegraven voorwerpen wezen uit, dat het gebied van 200 n.C. tot 400 n.C. bewoond was geweest, een korte spanne tijds op de archeologische klok. Maar ze hadden twintig door het ijzige klimaat prachtig geconserveerde nederzettingen achtergelaten.

Een helikopter had een geprefabriceerde aluminium constructie neergelaten die door wetenschappers van de Universiteit van Colorado boven het oude dorp in elkaar werd gezet. Een onwillig verwarmingsapparaat en isolatie van schuimglas vochten een ongelijke strijd tegen de kou, maar hielden de eeuwige wind die spookachtig langs de buitenmuren huilde tenminste buiten. De schuilplaats stelde het archeologisch team ook in staat tot het begin van de winter op de afgravingsplek door te werken.

Lily Sharp, professor in de antropologie aan de Universiteit van Colorado, sloeg geen acht op de kou die het overdekte dorp binnensijpelde. Ze zat op haar knieën op de grond van een eengezinshut voorzichtig de bevroren grond met een troffeltje weg te schrapen. Ze zat alleen te werken, in diepe concentratie verloren in haar poging het verre verleden van de prehistorische mensen te peilen.

Het waren jagers van zeezoogdieren die de harde poolwinters in hutten doorbrachten die gedeeltelijk in de grond waren uitgegraven, met lage stenen muren en plaggendaken die vaak door walvisbotten werden ondersteund. Ze warmden zich aan olielampen en brachten de lange, donkere maanden door met het snijden van miniatuurbeeldjes uit drijfhout, ivoor en geweien.

Ze hadden zich in de eerste eeuwen na Christus in dit gedeelte van Groenland gevestigd. Toen, op het hoogtepunt van hun cultuur, trokken ze om onverklaarbare redenen weg en verdwenen, waarbij ze een onthullende schatkamer aan voorwerpen achterlieten.

Lily's doorzettingsvermogen wierp vruchten af. Terwijl de drie mannen van het archeologisch team het er in hun woonhut na het eten van namen, was zij naar de overdekte nederzetting teruggekeerd om verder te graven en had een stuk kariboegewei blootgelegd waarin twintig beerachtige figuurtjes waren uitgesneden. Ook had ze een fijn gesneden vrouwenkam en een stenen kookpot ontdekt.

Plotseling stootte Lily's troffel op iets hards. Ze herhaalde de beweging en luisterde aandachtig. Het was niet het bekende geluid van de rand van de troffel die tegen een stuk rots stootte. Hoewel het een beetje dof klonk, had het toch een absoluut metaalachtige klank.

Ze ging overeind zitten en strekte haar rug. In de gloed van de Colemanlantaarn vielen slierten lang, vol, donkerrood haar onder haar dikke wollen muts te voorschijn. Haar blauwgroene ogen weerspiegelden sceptische nieuwsgierigheid bij het zien van het kleine stukje dat boven de gitzwarte aarde uitstak.

Hier hebben prehistorische mensen gewoond, bedacht ze, die noch ijzer noch brons hebben gekend.

Lily probeerde kalm te blijven, maar ze werd bekropen door een verbaasd gevoel, gevolgd door opwinding. Ze vergat de gebruikelijke archeologenhartstocht voor voorzichtigheid. Ze schraapte en woelde als een razende in de keiharde grond. Om de paar minuten stopte ze en borstelde met een schilderskwastje zorgvuldig het losse zand weg.

Eindelijk lag het voorwerp open en bloot. Ze leunde naar voren. Diep onder de indruk staarde ze naar de gele glans die in het helder witte licht van de Coleman-lantaarn lag te glimmen.

Lily had een gouden munt opgegraven.

Een heel oude, aan de versleten rand te zien. Er zat een gaatje in met een reepje halfvergaan leer aan een kant, wat erop wees dat het eens als hanger of als persoonlijk amulet was gedragen.

Ze leunde naar achteren en haalde diep adem, bijna bang om haar hand uit te steken en de munt aan te raken.

Vijf minuten later zat Lily nog steeds in dezelfde houding, trachtend een oplossing te bedenken, toen de deur van de hut werd opengegooid en een man met een dikke buik en een vriendelijk gezicht tussen zwarte bakkebaarden uit de kou kwam binnenstappen, vergezeld door een sneeuwvlaag. Hij ademde stoomwolken uit. Zijn wenkbrauwen en baard zaten onder het ijs, waardoor hij op een soort bevroren monster uit een science-fictionfilm leek, tot zijn gezicht in een glimlach ontdooide.

Het was doctor Hiram Gronquist, de leider van het afgravingsteam dat uit vier archeologen bestond.

'Het spijt me, Lily, maar je trekt er te hard aan,' zei hij met zijn zachte basstem. 'Pauze. Kom terug naar de hut om je te warmen, dan zal ik je een stevig glas cognac inschenken.'

'Hiram,' zei Lily, en ze probeerde de opwinding in haar stem te onderdrukken, 'kijk hier eens naar.'

Gronquist kwam dichterbij en knielde naast haar neer. 'Wat heb je gevonden?'

'Kijk zelf maar.'

Gronquist voelde in zijn parka naar zijn leesbril en zette hem op zijn rode neus. Hij boog zich over de munt heen tot zijn neus er nog maar een paar centimeter vanaf was en bestudeerde hem van alle kanten. Na enige tijd keek hij met een geamuseerde twinkeling in zijn ogen naar Lily op.

'Je houdt me toch niet voor de gek, hè, dame?'

Lily keek hem streng aan, maar begon toen ontspannen te lachen. 'O, God, je denkt toch niet dat ik die hier heb neergelegd?'

'Je zult toch moeten toegeven, dat het net zo iets is als een maagd in een bordeel tegenkomen.'

'Flauw.'

Hij klopte haar vriendelijk op de knie. 'Gefeliciteerd, dit is een zeldzame ontdekking.'

'Hoe denk je dat die hier verzeild is geraakt?'

'Op geen duizend kilometer is er goud te vinden, en het is zeker niet door de vroege bewoners gemunt. Hun ontwikkeling ging niet veel verder dan het stenen tijdperk. Die munt komt klaarblijkelijk van een andere plaats en een latere datum.'

'Hoe verklaar je dan dat hij tussen voorwerpen wordt gevonden die we omstreeks 300 na Christus hebben gedateerd?'

Gronquist haalde zijn schouders op. 'Voor de vuist weg zou ik zeggen dat de munt waarschijnlijk door een viking is verloren of verhandeld.'

'Maar er bestaat geen bewijs dat de vikingen zo ver langs de oostkust naar het noorden zijn gekomen,' zei Lily.

'Goed dan, misschien hebben Eskimo's uit moderner tijden handel gedreven met de Noorse nederzettingen in het zuiden en op deze plek tijdens hun jachttochten gekampeerd.'

'Je weet wel beter, Hiram. We hebben geen enkele aanwijzing gevonden dat het hier na het jaar 400 bewoond was.'

Gronquist keek haar bestraffend aan. 'Jij geeft ook nooit op, hè? We hebben de munt nog niet eens gedateerd.'

'Mike Graham is gespecialiseerd in antieke munten. Hij kan hem misschien thuisbrengen.'

'Dat wordt een goedkope taxatie. Kom mee, Mike kan er naar kijken terwijl wij die cognac drinken.'

Lily trok haar dikke wollen wanten aan, zette de capuchon van haar parka op en draaide de Coleman-lamp laag. Gronquist knipte een zaklantaarn aan en hield de deur voor haar open. Ze stapte in de kou en de wind die kreunde als een spook op een kerkhof.

Ze pakte het touw beet dat haar naar het woonkwartier leidde en verschool zich achter de grote gestalte van Gronquist. Ze keek naar boven. Het was een onbewolkte hemel, vol sterren, als een tapijt vol diamanten, die de kale toppen in het westen en de ijsvlakte van het fjord naar de zee in het oosten beschenen.

Na een tocht van dertig meter kwamen ze de stormgang van hun hut binnen, liepen nog een meter of drie door en deden de tweede deur naar het woonkwartier open. Na de vreselijke kou buiten was het alsof Lily een oven binnenstapte. De geur van koffie was als parfum en ze trok onmiddellijk haar wanten en haar parka uit om zichzelf een kop in te schenken.

Sam Hoskins, met haar tot op zijn schouders dat dezelfde blonde tint had als zijn krulsnor, zat over een tekenbord gebogen. Hij was een architect uit New York met een passie voor archeologie en gunde zichzelf twee maanden per jaar om waar ook ter wereld bij afgravingen te helpen. Zijn gedetailleerde tekeningen over hoe het prehistorische dorp zeventienhonderd jaar geleden eruit had kunnen zien, waren een waardevolle bijdrage.

Het andere lid van het team, een bleke man met dun blond haar, lag op een brits een paperback vol ezelsoren te lezen. Lily kon zich niet herinneren Mike Graham ooit zonder een avonturenroman in zijn hand of in zijn jaszak te hebben gezien. Toch was Graham een van de meest vooraanstaande veldarcheologen.

'Hé, Mike,' bulderde Gronquist. 'Kijk eens wat Lily heeft opgegraven!'

Hij schoot de munt de kamer door. Lily schrok, maar Graham ving hem handig op en bestudeerde hem. 'Je houdt me voor de gek.'

Gronquist lachte hartelijk. 'Ik zei precies hetzelfde. Maar het is geen geintje. Ze heeft het bij nummer acht opgegraven.'

Graham haalde een vergrootglas te voorschijn en bestudeerde de munt onder de lens. 'Niet te geloven,' mompelde hij geboeid. 'Een gouden Miliarensia. Ongeveer dertieneneenhalve gram. Ik heb er nog nooit eentje gezien. Buitengewoon zeldzaam. Waarschijnlijk tussen de zes- en achtduizend dollar waard voor een verzamelaar.'

'Van wie is de kop?'

'Theodosius de Grote, keizer van de Romeinse en Byzantijnse Rijken.'

'En de letters op de achterkant?' vroeg Gronquist.

'Drie woorden. Het eerste lijkt me TRIVMFATOR. De andere twee kan ik niet ontcijferen. Bijna gladgesleten. In een catalogus kan ik een beschrijving en de vertaling van het Latijn opzoeken, maar dan moeten we wachten tot ik weer in de beschaafde wereld ben.'

'Kun je hem dateren?'

Graham staarde bedachtzaam naar het plafond. 'Gedurende de regering van Theodosius geslagen, als ik het wel heb was dat tussen 379 en 395 na Christus.'

Lily keek Gronquist aan. 'Midden in de roos.'

Hij schudde zijn hoofd. 'Pure fantasie om te suggereren dat vierde-eeuwse Eskimo's contact met het Romeinse Rijk hebben gehad. Er zijn eerder antieke munten op vreemde plaatsen opgedoken. Maar datum en bron zijn zelden tot volle bevrediging van het archeologendom bewezen.'

'Dat kan wel zijn,' zei Graham langzaam, 'maar ik zou er mijn Mercedes voor over hebben om te weten hoe deze hier terechtkwam.'

Ze stonden allemaal naar de munt te staren, ieder verloren in zijn eigen gedachten.

Eindelijk verbrak Gronquist de stilte. 'Het komt me voor, dat het enige wat we weten is dat we met een echt mysterie zitten.'

3

Kort voor middernacht begon de bedrieger aan zijn gerepeteerde procedure om het vliegtuig te verlaten. In de heldere lucht verscheen het verre vlekje dat IJsland was boven de vlakke, zwarte horizon van de zee.

Hij was de doden in de cockpit vergeten. Hij was gewend aan de geur van bloed en het maakte hem niet langer misselijk. Dood en geronnen bloed hoorden bij zijn werk. Hij was even onverschillig voor verminkte lijken als een lijkschouwer of de slager om de hoek.

De bedrieger dacht klinisch over doodmaken. Het aantal doden was een simpele optelsom. Hij werd goed betaald. Hij was een huurling, en bovendien een godsdienstfanaat die voor een doel doodde. Vreemd genoeg was het enige in zijn werk waar hij een hekel aan had voor terrorist te worden uitgemaakt. Dat woord had een politieke bijsmaak, en hij had ontzettend de pest aan politici.

Hij was een man met duizend persoonlijkheden, een perfectionist die slordige autobommen en een kogelregen in een menigte methoden van puberale idioten vond. Zijn methoden waren veel fijnzinniger. Hij liet nooit iets aan het toeval over. Speurneuzen uit allerlei landen vonden het moeilijk om zijn aanslagen van ongelukken te onderscheiden.

De dood van Hala Kamil was meer dan een opgedragen taak. Hij beschouwde het als een plicht. Het had hem vijf maanden gekost om zijn uitvoerige plan te verfijnen, gevolgd door geduldig wachten op het juiste moment. Wat een verspilling, dacht hij. Kamil was een buitengewoon mooie vrouw. Maar ze vormde een bedreiging die moest worden uitgeschakeld.

Hij begon aan een geleidelijke afdaling. Alleen een andere piloot zou de minieme afname in snelheid en hoogte opmerken.

Voor de twintigste keer controleerde hij zijn koers en bestudeerde hij de teruglopende aantallen op de computer die hij had geherprogrammeerd om de tijd en afstand tot het springgebied aan te geven.

Vijftien minuten later vloog het vliegtuig over een onbewoond gedeelte van IJslands zuidkust. Het landschap was een mengeling van grijze rots en witte sneeuw. Hij verminderde de snelheid van de Boeing 720B tot 350 kilometer per uur.

Hij stelde de automatische piloot in op een nieuwe frequentie die werd uitgezonden door een radiobaken op de Hofsjokull, een gletsjer die 1737 meter hoog midden op het eiland oprees. Vervolgens stelde hij de hoogte van de vlucht zo in, dat het vliegtuig 150 meter onder de top te pletter zou slaan.

Systematisch sloeg hij alle communicatie- en navigatieapparatuur kapot.

Bovendien dumpte hij brandstof voor het geval er een kink in zijn zo zorgvuldig gevlochten kabel kwam.

Nog acht minuten.

Hij liet zich door het valluik in het hellegat zakken. Hij trok de in zijn plunjezak meegebrachte uitrusting aan, deed een paar handschoenen aan en schoof een hoogtemeter om zijn pols.

Hij controleerde de harnasriemen. Hij droeg zijn parachute op zijn rug, waarbij de reserveparachute tegen zijn schouderbladen drukte en de hoofdparachute tegen zijn onderrug hing. Hij gebruikte het vierkante model, waarmee je meer vloog dan sprong.

Hij keek op zijn horloge. Een minuut, twintig seconden. Hij opende het ontsnappingsluik, waardoor een sterke luchtstroom door het hellegat waaide. Hij keek naar de secondewijzer op zijn horloge en begon af te tellen.

Bij nul sprong hij met zijn voeten naar voren, gezicht in de richting van de vlucht, door het nauwe gat. De ijzige luchtstroom perste de lucht uit zijn longen. Met een oorverdovend lawaai vloog het vliegtuig verder. Even voelde hij de hitte van de turbinegassen, en toen begon hij aan zijn val.

Met zijn gezicht naar beneden, benen licht gebogen en gespreid, knieën even geknikt, handen voor zich uit, keek Lemke naar beneden. Nergens brandde er een licht op de grond.

Hij ging van het ergste uit: zijn mensen hadden het juiste rendez-vous niet kunnen bereiken. Zonder een oriëntatiepunt kon hij zijn richting niet corrigeren. Hij kon kilometers uit de buurt landen, of nog erger, midden in puntige ijsophopingen ernstige verwondingen oplopen zonder op tijd te worden gevonden.

Binnen tien seconden was hij al bijna 360 meter gevallen. De naald op zijn lichtgevende hoogtemeter naderde de rode zone. Hij kon niet langer wachten. Hij trok de kleine parachute uit het tasje en gooide hem in de lucht. Deze ging open en trok de hoofdparachute naar buiten, die met een geruststellende ruk boven hem openbloeide.

Plotseling blonk een cirkel lichtjes op, ongeveer anderhalve kilometer naar rechts. Toen schoot er een vuurpijl omhoog en bleef net lang genoeg hangen om windrichting en -snelheid te schatten. Hij stuurde bij en begon naar de lichten te glijden.

Nu kon hij zijn mannen goed zien. Lemke bereidde zich voor op zijn landing. Zijn mannen hadden het terrein met zorg gekozen. Zijn voeten raakten de zachte toendra en hij maakte een perfecte staande landing midden in de cirkel. Zonder een woord gespte hij het harnas los en liep buiten de schittering van de lichten. Hij keek omhoog.

Het vliegtuig met de nietsvermoedende bemanning en passagiers vloog recht op de gletsjer toe. De afstand tussen ijs en metaal werd steeds kleiner.

4

In de pantry hield een van de stewardessen haar hoofd scheef om beter te kunnen luisteren. 'Wat is dat voor een raar geluid in de cockpit?'

Gary Rubin, de purser, stapte het looppad in. Hij hoorde een geluid als een voortdurend gedempt gebrul, iets als stromend water in de verte.

Tien seconden na het vertrek van de bedrieger zette de timer de hydraulische arm in beweging. Deze sloot het luik in het hellegat af en maakte daardoor een einde aan het vreemde geluid.

'Het is opgehouden,' zei hij. 'Even was ik bang dat het een luchtdruklek was.'

'Zou je het niet met de captain opnemen?' zei de stewardess over haar schouder terwijl ze de passagierscabine inliep.

Rubin aarzelde. Hij herinnerde zich Lemke's bevel de cockpitbemanning alleen maar voor iets belangrijks te storen. Beter het zekere voor het onzekere te nemen. Het welzijn van de passagiers had hoogste prioriteit. Hij pakte de hoorn van de intercom en drukte op de oproepknop van de cockpit.

'Captain? Met de purser. Zo juist hoorden we een vreemd geluid dat van voor de hoofdcabine kwam. Zijn er moeilijkheden?'

Hij kreeg geen antwoord.

Hij probeerde het drie keer, maar de lijn bleef dood. Even wist hij niet wat hij nu moest doen. In twaalf jaar vliegen had hij dit nog niet meegemaakt. De stewardess kwam op hem af en zei iets. Hij sloeg er eerst geen acht op, maar eindelijk hoorde hij de dringende klank in haar stem. 'Wat . . . wat zei je?'

'We vliegen over land.'

'Land?'

'Recht onder ons,' zei ze met een verwarde blik. 'Een passagier wees me erop.'

Rubin schudde sceptisch zijn hoofd. 'Onmogelijk. We vliegen midden over de oceaan. Hij zal wel lichten van vissersboten hebben gezien. De captain zei dat we zo iets gedurende onze afdaling voor het meteorologische onderzoek konden verwachten.'

'Kijk zelf maar,' drong ze aan. 'De grond komt snel op ons af. Volgens mij gaan we landen.'

Hij stapte naar een raampje en keek naar beneden. In plaats van het donkere water van de Atlantische Oceaan gleed er een ijsvlakte onder het vliegtuig door dat de navigatielichten weerkaatste, zo laag zaten ze. Hij verstijfde en probeerde datgene wat zijn ogen hem vertelden in zinnig verband te brengen.

Waarom had de captain de cabinebemanning niet gewaarschuwd als het om een noodlanding ging?

Bijna alle VN-passagiers zaten te lezen of te praten. Alleen Hala Kamil was in een diepe slaap verzonken. Miguel Salazar, directeur van Buitenlandse Fondsen van Mexico, zat achterin grimmig met andere vertegenwoordigers te praten. Ze keerden terug van het hoofdkwartier van de Wereldbank. Mexico was economisch ingestort en maakte nu een technisch faillissement mee zonder enig uitzicht op monetaire bijstand.

Rubin begon bang te worden. 'Wat is er verdomme aan de hand?' stootte hij uit.

De stewardess zei met wijd opengesperde ogen en wit weggetrokken gezicht: 'Moeten we niet met de noodmaatregelen beginnen?'

'We moeten de passagiers nog niet alarmeren. Laat me het eerst met de captain opnemen.'

Rubin bedwong zijn angst terwijl hij naar de cockpit beende, onderwijl een verveelde gaap forcerend om de nieuwsgierigheid van de passagiers van zijn snelle, bijna rennende pas af te leiden. Hij trok het gordijn tussen de hoofdcabine en de instapruimte dicht en probeerde de deur. Die zat op slot.

Hij bonsde op de deur. Niemand antwoordde. Hij staarde lamgeslagen naar de dunne barrière die de cockpit afsloot. Toen, in een vlaag van wanhoop, trapte hij de deur in.

Rubin stapte over de drempel en keek de krappe ruimte van de cockpit in. Ongeloof, verwarring, angst, afschuw: deze gevoelens vochten om voorrang in zijn geest. Eén snelle blik was voldoende om Hartley ineengezakt in zijn stoel te zien en Oswald op de grond met nietsziende ogen die naar het plafond staarden. Lemke scheen te zijn verdwenen.

Rubin struikelde over Oswalds lichaam, leunde over de lege gezagvoerdersstoel heen en staarde geschokt door de voorruit.

Op minder dan vijftien kilometer afstand rees de top van de Hofsjokullgletsjer boven de romp van het vliegtuig omhoog, gehuld in het spookachtige schijnsel van het noorderlicht.

Door paniek en wanhoop gedreven sprong de purser in de stoel en pakte grimmig de stuurknuppel beet. Hij trok hem naar zijn borst. Er gebeurde niets. De knuppel gaf niet mee, maar toch wees de hoogtemeter een kleine, maar gestage toename in hoogte aan.

Hij was te onervaren om te bedenken dat hij de automatische piloot met brute kracht probeerde af te zetten, terwijl een druk van slechts vijfentwintig pond al voldoende was.

De koude vrieslucht buiten gaf de indruk dat de gletsjer zo dichtbij was, dat je hem kon aanraken. Hij duwde de gashendels naar voren en trok de stuurknuppel opnieuw naar achteren. Dit keer reageerde het vliegtuig traag.

Martelend langzaam hief de Boeing zijn neus en vloog met minder dan 30 meter speling over de ijzige piek heen.

Beneden op de gletsjer stond de man die de echte piloot van Vlucht 106, Dale Lemke, in Londen had vermoord en zijn plaats had ingenomen door een nachtkijker te turen. Er hing een gespannen stilte. Het enige geluid kwam van twee mannen die het lichtbaken en het radiobaken in een helikopter aan het laden waren.

Suleiman Aziz Ammar stond stil als een standbeeld naar de gekartelde en gescheurde muur van de ijsvloed te kijken, onderwijl de seconden aftellend in afwachting van het vlammende vlekje dat de crash van Vlucht 106 zou markeren.

Maar de vuurbal in de verte verscheen niet.

Ten slotte liet Ammar de verrekijker met een zucht zakken. Hij rukte zijn grijze pruik af en smeet hem weg. Daarna trok hij zijn speciaal met de hand vervaardigde laarzen uit en verwijderde de verhogingen van zes centimeter uit de hielen. Hij merkte dat Ibn Telmuk, zijn bediende en vriend, naast hem stond.

'Prima make-up karwei, Suleiman. Ik zou je niet hebben herkend,' zei Ibn, een donker type met een pikzwarte krullebol.

'Is alles ingeladen?' vroeg Ammar.

'En vastgemaakt. Was de opdracht een succes?'

'Een kleine misrekening. Het vliegtuig is op de een of andere manier over de top gevlogen. Allah gunt juffrouw Kamil nog een paar minuten leven extra.'

'Dat zal Akhmad Yazid niet leuk vinden.'

'Kamil zal volgens plan sterven,' zei Ammar vol vertrouwen. 'Zelfs Allah kan het vliegtuig niet eeuwig in de lucht houden.'

'Je hebt gefaald,' zei een andere stem.

Ammar draaide zich om en staarde in de koele, afkeurende ogen van Muhammad Ismail.

De zwarte kraaloogjes boven de zwarte snor in het ronde gezicht van de Egyptenaar straalden van een intense slechtheid, maar misten de indringende kracht. Met al zijn bravoure en oppervlakkige stoerheid bestond zijn enige bekwaamheid uit het overhalen van een trekker.

De onbekende dorpsmollah was Ammar door Akhmad Yazid opgedrongen. De islamitische held was gierig met zijn vertrouwen, schonk het alleen aan hen van wie hij overtuigd was dat ze door een vechtersmentaliteit en een traditionele toewijding aan de oorspronkelijke wetten van de islam werden beheerst. Yazid hechtte meer belang aan streng-religieuze overtuigingen dan aan bekwaamheid en professionalisme.

Ammar sprak zich weliswaar openlijk voor het ware geloof uit, maar Yazid vertrouwde het niet. Hij stond erop dat Ammar zijn dodelijke opdrachten onder het wakend oog van Ismail zou uitvoeren.

Ammar had zijn waakhond zonder protest geaccepteerd. Hij was een meester in bedrog. Al snel had hij Ismails rol voor zijn eigen inlichtingenvergaring veranderd in die van een onnozele hals.

Maar de stommiteit van de Arabieren was voor Ammar een constante bron van ergernis. Koel, analytisch redeneren ging boven hun macht. Vermoeid het hoofd schuddend begon hij geduldig de toestand aan Ismail uit te leggen.

'Er kan iets gebeuren waar we geen greep op hebben. Een opwaartse luchtstroom, iets met de automatische piloot of met de hoogtemeters. Met alles is echter rekening gehouden. De automatische piloot staat op de noordpool afgesteld. Ze hebben niet meer dan negentig minuten vliegtijd. Ik heb alle radio- en navigatieapparatuur vernield. Zelfs als een van de passagiers kan vliegen, zijn ze toch verloren. Hala Kamil en haar vriendjes van de Verenigde Naties zullen in het koude water van de Poolzee verdwijnen.'

5

Dirk Pitt zakte onderuit in zijn draaistoel en strekte zijn benen tot zijn een meter negentig lange lijf zich bijna in een horizontale positie bevond. Hij gaapte en haalde zijn hand door zijn zwarte, golvende haar.

Pitt was een slanke, stevige man die voor iemand die geen tien kilometer per dag hardloopt in een uitstekende lichamelijke conditie verkeerde. Hij had het getaande, gegroefde gezicht van iemand die veel in de buitenlucht verkeert. Zijn opaalgroene ogen straalden een mengeling van warmte en wreedheid uit, terwijl zijn lippen in een eeuwige glimlach bevroren leken.

Kortom, hij zat in een prettige verpakking en bewoog zich met groot gemak onder de rijken en de machtigen, maar hij gaf de voorkeur aan het gezelschap van mannen en vrouwen die hun borrels onversneden dronken en de handen uit de mouwen wisten te steken.

Hij was een produkt van de Luchtmacht Academie, bekleedde de rang van majoor, maar was nu al bijna zes jaar lang uitgeleend aan de *National Underwater & Marine Agency*, afgekort de NUMA, als directeur Bijzondere Projecten.

Samen met zijn boezemvriend uit zijn jeugd, Al Giordino, had hij in en onder elke zee gewoond en zijn avonturen beleefd, en hij had in vijf jaar tijds meer wilde dingen meegemaakt dan de meeste mensen in tien levens nog niet meemaken. Hij had de verdwenen Manhattan Limited-sneltrein ontdekt na door een ondergrondse grot in New York gezwommen te zijn en had het passagiersschip *Empress of Ireland* geborgen dat met duizend man aan boord op de bodem van de Saint Lawrence River was terechtgekomen. Hij had de verloren atoomonderzeeër *Starbuck* midden in de Grote Oceaan opgespoord en hij had de *Titanic* gelicht.

Hij was iemand met een passie om het verleden te herontdekken en die tachtig jaar te laat was geboren, dacht Giordino wel eens.

'Moet je dit eens zien,' zei Giordino van de andere kant van de kamer.

Pitt keek op van een video-kleurenscherm dat de zeebodem honderd meter onder de romp van het onderzoeksschip *Polar Explorer* liet zien, een schip dat ook als ijsbreker kon fungeren. De doosachtige bovenbouw van het nieuwe schip leek op een vijf verdiepingen hoog kantoorgebouw en haar enorme boeg kon, voortgestuwd door machines van 80 000 pk, zich nog een weg banen in ijs van anderhalve meter dik.

Pitt duwde zich met één voet af, draaide 180° op zijn draaistoel die hem op wieltjes drie meter over het hellende dek van het elektronisch laboratoriumruim droeg.

'Lijkt wel een krater.'

Al Giordino zat het beeld op de Klein-sonarrecorder te bestuderen. Met zijn een meter tweeënzestig en zijn brede gespierde schouders leek hij uit losse bulldozeronderdelen te zijn opgebouwd. Zijn donkere krulhaar verraadde zijn Italiaanse afkomst. Zo betrouwbaar en gestaag als de getijden vormde Giordino met zijn droge humor Pitts verzekering tegen de wet van Murphy.

Pitt bestudeerde het door de computer vergrote sonarbeeld. De kraterhelling rees langzaam omhoog naar de rand en daalde toen steil af naar de kraterholte.

'Dat gaat hard,' zei Giordino.

Pitt keek op de echopeiler. 'Van 140 naar 180 meter, en het wordt nog dieper.'

'Rare formatie voor een krater,' zei Giordino. 'Geen spoor van lavarots.'

Een grote man met grijzend bruin haar stak zijn hoofd door de deur van het ruim.

'Hé, nachtuilen, willen jullie iets eten of drinken?'

'Een boterham met pindakaas en een kop koffie, zwart, lijkt me wel iets,' antwoordde Pitt zonder op te kijken. 'Vlakt af op 220 meter.'

'Een paar doughnuts en een glas melk,' zei Giordino.

Kapitein-luitenant-ter-zee Byron Knight, de commandant van het onderzoeksschip, knikte.

Behalve Pitt en Giordino was hij de enige die toegang had tot het elektronisch lab.

'Ik zal uw bestelling aan de kombuis doorgeven.'

'U bent een buitengewoon menselijk persoon,' zei Pitt met een sarcastische glimlach. 'Ongeacht wat de rest van de marine mag beweren.'

'Weleens pindakaas met arsenicum gegeten?' ketste Knight over zijn schouder terug.

Giordino keek aandachtig naar de boog van de formatie die zich verwijdde. 'Een diameter van bijna twee kilometer. Dat moet een gigantische vulkaan zijn geweest.'

'Dat was geen vulkaan.'

Giordino keek Pitt nieuwsgierig aan. 'Heb jij dan een andere naam voor een onderzees pokkenlitteken?'

'Wat dacht je van een meteoorinslag?'

Giordino keek sceptisch. 'Een meteoorkrater? Zo diep op de zeebodem?'

'Sloeg waarschijnlijk duizenden, misschien wel miljoenen jaren geleden in, toen het niveau van de zee veel lager was.'

Plotseling verstijfde Giordino. 'We hebben een doelwit!'

'Waar ergens?'

'Tweehonderd meter naar stuurboord. Licht rechtstandig op de kraterhelling. Een nogal vage echo. Het object gaat gedeeltelijk achter de formatie schuil.'

Pitt greep de telefoon en belde de brug. 'We hebben een probleem met de apparatuur. Trek deze baan tot het eind door. Als we het op tijd hebben opgelost, kunnen jullie omdraaien en deze baan herhalen.'

'Komt in orde, meneer,' antwoordde de officier van de wacht.

'Je had slangeolie kunnen verkopen,' glimlachte Giordino.

'De muren hebben Russische oren.'

'Iets op de videocamera's?'

Pitt keek naar de schermen. 'Net buiten bereik. Op de volgende baan moeten ze het kunnen oppikken.'

Het oorspronkelijke sonarbeeld zag er op papier uit als een bruine vlek tegen de lichtere geologie van de kraterwand, voor het in een computer verdween die de details vergrootte. Het resultaat verscheen even later op een speciaal, extra groot videoscherm. De vlek was een scherp afgetekende vorm geworden.

Overste Knight kwam de ruimte binnengerend. Na dagen vervelend heen en weer varen alsof ze een enorm gazon moesten maaien, en urenlang naar videoschermen en de sonar te hebben getuurd, stond de opwinding op zijn gezicht te lezen. 'Ik kreeg jullie bericht over een probleem door. Hebben jullie een doelwit?'

Noch Pitt noch Giordino gaf antwoord. Ze glimlachten als een stel goudzoekers die de hoofdader hebben aangeslagen. Knight zag hun gezicht en wist het.

'Goeie God, hebben we haar dan echt gevonden?' riep hij uit.

'Heeft zich op de zeebodem verstopt,' zei Pitt. 'Het perfecte beeld van een Russische onderzeeboot van de Alfa-klasse.'

Knight staarde gefascineerd naar het beeld. 'De Russen hebben overal in deze sectie van de zee gezocht. Niet te geloven dat ze haar niet hebben gevonden.'

'Je kijkt er gemakkelijk overheen,' zei Pitt. 'Toen zij aan het zoeken waren was er meer pakijs, zodat ze geen rechte banen konden trekken. Waarschijnlijk zijn ze langs de andere kant van de helling gekomen, zodat de onderzeeboot in de sonarschaduw lag. Bovendien zal de ongebruikelijke ijzerconcentratie op de bodem van de krater hun magnetisch profiel hebben gestoord.'

'Onze mensen van de inlichtingendienst zullen een gat in de lucht springen.'

'Niet als de rooien erachter komen,' zei Giordino. 'Die blijven echt niet aan de zijlijn staan toekijken hoe wij die stunt uit '75 herhalen, toen we met de *Glomar Explorer* hun onderzeeboot van de Golf-klasse onder hun neus wegkaapten.'

'Wou je daarmee beweren dat ze ons verhaaltje over een geologisch onderzoek van de zeebodem niet slikken?' vroeg Pitt sarcastisch.

Giordino keek Pitt met een zure blik aan. 'Spionage is een vreemde zaak,' zei hij. 'De enige reden waarom ze niks doen, is omdat onze onderwatertechnologie beter is dan de hunne, zodat we hen naar hun onderzeeboot kunnen leiden.'

'We zullen ze niet zo gemakkelijk voor de gek kunnen houden,' beaamde Knight. 'Sinds we de haven uitvoeren zijn we door twee trawlers geschaduwd.'

Pitt zei: 'Daarom heb ik de brug juist gevraagd om gewoon onze baan te vervolgen alvorens om te draaien om een kijkje te nemen. Daarna gaan we gewoon door met baantjes trekken. Ik zal contact opnemen met Washington om over moeilijkheden met de apparatuur te klagen. En zo nu en dan doen we een baan over om de indruk te versterken.'

Giordino keek Knight aan. 'Daar trappen ze wel in. Klinkt geloofwaardig genoeg.'

Knight dacht even na. 'Goed, dan blijven we hier niet rondhangen. We gaan gewoon door alsof we niets gevonden hebben.'

'En nadat we met dit patroon klaar zijn, kunnen we vijftig kilometer verder een nieuwe beginnen en net doen of we iets hebben ontdekt,' zei Pitt.

Knight lachte wrang. 'Klinkt goed. Laten we het zo doen.'

Het dek helde lichtelijk naar stuurboord terwijl de roerganger het schip keerde. Ver achter het schip stelde een robotduikboot, de *Sherlock*, automatisch zijn twee videocamera's en een fotocamera opnieuw in terwijl het sonarsignalen bleef uitzenden. De *Sherlock* onthulde details op de zeebodem die tot nu toe nog nooit door mensenogen waren aanschouwd.

De minuten leken wel uren te duren voor de kraterrand in zicht kwam.

'Daar komt ze,' zei Giordino met een lichte trilling van opwinding in zijn stem.

De gladde vorm van de romp kwam onder bereik van de cameralichten en werd in spookachtige blauw-grijze tinten onthuld. Het was nauwelijks te geloven, dat dit Russische vaartuig een kerkhof voor honderdvijftig man betekende. Het zag eruit als een stuk speelgoed in een kikkerbadje. Ze lag onder een scherpe hoek met haar achtersteven naar het midden van de krater en de boeg naar de kraterrand wijzend. Ze lag recht overeind, en was niet in stukken gebroken zoals de VS-onderzeeërs *Thresher* en *Scorpion* in de jaren zestig. Het was nu tien maanden geleden dat ze als vermist werd opgegeven, maar de romp toonde geen enkel teken van aangroei of roest in de ijzige poolwateren.

'Dat komt natuurlijk omdat ze van de Alfa-klasse is,' zei Knight. 'Atoomaandrijving, voorzien van de nieuwste en stilste propellors, romp titanium, dus niet magnetisch en geen corrosie in zout water. Het is de diepstduikende en snelste onderzeeboot van zowel de Russische als de Amerikaanse marine. Iets bijzonders met het stralingsniveau?'

'Een lichte stijging boven normaal,' antwoordde Giordino. 'Waarschijnlijk van de reactor.'

'Dus geen *meltdown*,' concludeerde Pitt.

Knight staarde naar de schermen om een oppervlakkig schaderapport op te stellen. 'Lichte schade aan de boeg. Rechter duikvlak afgerukt. Een groef van een meter of twintig in de onderkant aan bakboord.'

'En een diepe zo te zien,' merkte Pitt op. 'Heeft haar ballasttanks door de binnenste romp geduwd. Ze moet tegen de kraterrand aan de andere kant zijn gevaren. Je kunt je wel voorstellen hoe de bemanning probeerde haar te laten stijgen terwijl ze over het midden van de krater voer. Maar ze maakte meer water dan ze konden wegpompen en is ten slotte tegen de kraterwand aan deze kant gevaren.'

De onderzeeboot gleed langzaam buiten het bereik van *Sherlocks* camera's, maar ze bleven op de schermen turen terwijl ze zich de vreselijke dood voorstelden die altijd op de loer lag voor mensen die het waagden door de vijandige diepten van de zee te varen.

Pas na anderhalve minuut konden ze de nachtmerrie van zich afschudden en hun blik van de schermen losrukken.

Pitt en Giordino konden het er de rest van de reis van nemen. Hun taak zat erop. Ze hadden een naald in een hooiberg gevonden.

'Prima werk, Dirk, en jij ook, Al,' zei Knight warm. 'Dit is waarschijnlijk de beste spionagestunt in twintig jaar.'

'Loop niet te hard van stapel,' zei Pitt. 'Het moeilijkste komt nog. Om die onderzeeboot onder de neus van de Russen vandaan te snaaien, moet het hele karwei waarschijnlijk onder water worden uitgevoerd . . .'

'Hé, wat is dat?' Giordino zat naar het scherm te kijken. 'Het lijkt wel een kruik.'

Pitt keek met roodvermoeide ogen en een bedachtzame trek op zijn gezicht naar het beeld. Het voorwerp stond recht overeind. De nauwe hals had twee handvatten en liep breed uit in een ovale kruik die taps afliep naar de bodem die in het zand was begraven.

'Een terracotta amfora,' concludeerde Pitt uiteindelijk.

'Daar zou je weleens gelijk in kunnen hebben,' zei Knight. 'Die werden door de Grieken en Romeinen gebruikt om wijn en olijfolie in te vervoeren.'

'Wat heeft deze dan in de Groenlandzee te zoeken?' vroeg Giordino aan niemand in het bijzonder. 'Daar, links in het beeld, daar is er nog een.'

Daarna kregen ze nog een groepje van drie in beeld, gevolgd door vijf andere in een ruwe lijn die van zuidoost naar noordwest liep.

Knight wendde zich tot Pitt. 'Jij bent de expert in scheepswrakken. Wat vind jij ervan?'

Na ruim tien seconden antwoordde Pitt nadenkend: 'Ik zou denken dat ze naar een oud wrak voeren waarvan de geschiedenisboekjes zeggen dat het hier niet thuishoort.'

6

Rubin zou zijn ziel wel willen verkopen om deze onmogelijke taak te kunnen opgeven, zijn handen, nat van het zweet, van de stuurknuppel te nemen, zijn moede ogen te sluiten en de dood af te wachten, maar zijn verantwoordelijkheidsgevoel voor de bemanning en de passagiers verhinderde dat.

Eén verkeerde beweging, één kleine beoordelingsfout, en vijftig mensen zouden een diep, onbekend graf in de zee vinden. Het is niet eerlijk, spookte het door zijn hoofd. Niet eerlijk.

Geen enkel navigatie-instrument werkte. Alle communicatieapparatuur was dood. Geen van de passagiers had ooit een vliegtuig bestuurd. Hij was volkomen gedesoriënteerd, wist niet waar ze waren. De naalden van de brandstofmeters trilden onverklaarbaar op 'Leeg'.

Waar was de piloot? Wat had de dood van de cockpitbemanning veroorzaakt? Wie zat er achter deze krankzinnige nachtmerrie?

Rubins enige troost was dat iemand anders de cockpit met hem deelde.

Een lid van de Mexicaanse delegatie, Eduardo Ybarra, had ooit eens als mecanicien in de luchtmacht van zijn land gediend. Zo'n dertig jaar geleden was hij voor het laatst met een moersleutel een propellervliegtuig te lijf gegaan, maar terwijl hij in de stoel van de tweede piloot voor Rubin de instrumenten aflas en de gashendels bediende, kwam de oude kennis met stukjes en beetjes terug.

In zijn driedelig kostuum leek Ybarra niet op zijn plaats in de cockpit, maar er parelde geen zweet op zijn ronde, gebruinde gezicht en hij had zijn jasje niet uitgetrokken of zijn stropdas losgemaakt.

Hij wees door de voorruit naar de lucht. 'Aan de sterren te zien liggen we volgens mij op een koers naar de noordpool.'

'Mijn God, hoe lang vliegen we al naar het noorden?'

Ybarra schudde zijn hoofd. 'Geen flauw idee wanneer de piloot van zijn koers Londen-New York is afgeweken. Volgens mij zijn we over IJsland gevlogen.'

Bij Rubins pijnlijke verwarring voegde zich nieuwe angst. De ene ramp stapelde zich op de andere. De kans van één op duizend om het er levend vanaf te brengen verminderde al gauw tot een kans van één op een miljoen. Hij moest een wanhopige beslissing nemen, de enige beslissing.

'Ik stuur naar negentig graden bakboord. Een noodlanding op land kunnen misschien een paar mensen overleven. Maar zelfs een ervaren piloot kan in het donker geen noodlanding op deze hoge golven uitvoeren. En als we al door een wonder dit vliegtuig aan een stuk op het water konden krijgen, dan zou niemand in zijn alledaagse kleren deze ijskoude zee langer dan een paar minuten kunnen overleven.'

'Het kon wel eens te laat zijn.' De Mexicaanse vertegenwoordiger bij de Verenigde Naties knikte naar het instrumentenpaneel, waar de rode lichtjes van het brandstofniveau knipperden. 'Ik ben bang dat onze tijd in de lucht erop zit.'

Rubin staarde naar de instrumenten. 'Oké, we zetten koers naar het westen tot we vallen.'

Rubin veegde zijn handen aan zijn broekspijpen af en greep de stuurknuppel. Hij was te onzeker van zijn zaak om de ailerons te gebruiken. Hij haalde diep adem en liet de Boeing met behulp van het hoogteroer een vlakke bocht beschrijven. Zodra ze weer op een rechte koers lagen wist hij dat er iets mis was.

'Toerental op motor nummer vier zakt,' zei Ybarra met een hoorbare trilling in zijn stem. 'Schreeuwt om brandstof.'

'Moeten we hem niet uitschakelen, of zo?'

'Ik weet niet hoe,' antwoordde Ybarra onnozel.

O, goeie god, dacht Rubin, de blinde die de blinde leidt. De hoogtemeter wees een continue daling aan. Ook de snelheid nam af. Rubin probeerde het vliegtuig met geestkracht in de lucht te houden. Hij probeerde tijd te winnen terwijl de afstand tussen het vliegtuig en de zee langzaam maar zeker kleiner werd. Zonder enige waarschuwing begon de stuurknuppel in zijn handen te trillen.

'Ze gaat overtrekken,' schreeuwde Ybarra. 'Duw de neus naar beneden.'

Rubin duwde de stuurknuppel naar voren, zich ervan bewust dat hij het onvermijdelijke naderbij bracht. 'Laat de vleugelkleppen neer om ons draagvermogen te vermeerderen!' beval hij Ybarra.

'Vleugelkleppen neer,' antwoordde Ybarra door samengeknepen lippen.

'Daar gaan we dan,' mompelde Rubin.

In de deuropening van de cockpit stond een stewardess met een spierwit gezicht en wijd opengesperde ogen van angst te luisteren. 'Gaan we neerstorten?' vroeg ze, haar stem nauwelijks een gefluister.

Rubin zette zich schrap in zijn stoel, te druk bezig om zich om te draaien. 'Verdomme, ja!' vloekte hij. 'Doe je veiligheidsgordel aan!'

Ybarra keek over zijn schouder door het gangpad. Iedereen realiseerde zich dat het onvermijdelijke niet meer kon worden uitgesteld, en goddank was er geen hysterische paniek. Zelfs de gebeden werden zachter. Kamil troostte een man die ongecontroleerd zat te schokken. Ze leek volkomen kalm en op haar gezicht lag een vreemde uitdrukking van tevredenheid. Ze was echt een heerlijke vrouw, dacht Ybarra. Jammer dat haar schoonheid straks weg zou zijn. Hij zuchtte en keek weer op het instrumentenpaneel.

De hoogtemeter liep terug tot onder 200 meter. Ybarra nam een groot risico en vermeerderde de gastoevoer voor de drie overblijvende motoren. Een nutteloos, uit wanhoop geboren gebaar. Maar Ybarra vond dat hij nog een laatste, uitdagende daad moest stellen, zelfs al zou dat een spoediger dood betekenen.

De duistere golven reikten naar het vliegtuig omhoog.

'Ik zie lichten!' stootte Rubin plotseling uit. 'Recht vooruit!'

Ybarra keek op. 'Een schip!' schreeuwde hij. 'Een schip!'

Nog terwijl hij riep denderde het vliegtuig over de *Polar Explorer* heen, waarbij het de radarmast op nog geen tien meter miste.

7

De bemanning op de ijsbreker was door de radar van het naderende vliegtuig op de hoogte gesteld. De mannen op de brug doken onwillekeurig toen het vliegtuig met de gillende uitlaat van de twee overgebleven motoren over hen heen schoot naar het westen, in de richting van Groenland.

Het gebrul drong tot in het elektronisch lab door. Knight rende naar de brug, met Pitt en Giordino op zijn hielen.

'Wat was dat, verdomme?' vroeg Knight aan de officier van de wacht.

'Een ongeïdentificeerd vliegtuig heeft bijna ons schip geramd, kapitein.'

'Militair?'

'Nee, kapitein. Ze had geen militaire kentekenen.'

'Een spionagevliegtuig, dan?'

'Dat denk ik niet. Alle raampjes waren verlicht.'

'Een passagiersvliegtuig,' suggereerde Giordino.

Knight zei met een vaag geïrriteerde uitdrukking op zijn gezicht: 'Mijn schip in gevaar brengen, wat denkt die piloot wel! Wat voert hij hier eigenlijk uit, honderden kilometers buiten de normale vliegroutes?'

'Ze verliest hoogte,' zei Pitt, die de knipperende lichten in het oosten zag verdwijnen. 'Volgens mij neemt ze een duik.'

'God sta hen bij als ze in het donker een zeelanding maken.'

'Vreemd dat hij zijn landingslichten niet heeft aangezet.'

De officier van de wacht knikte. 'Inderdaad vreemd. De radiokamer heeft niets opgevangen.'

'Heb je geprobeerd hem op te roepen?' vroeg Knight.

'Zodra we hem op de radar zagen. Geen antwoord.'

Knight stond voor een tel of vier naar buiten te staren. Hij draaide zich om naar de officier van de wacht. 'Houd koers. Vervolg het zoekpatroon.'

Pitt keek hem aan. 'Ik begrijp je beslissing, maar ik kan die niet toejuichen. Misschien heeft dat vliegtuig vrouwen en kinderen aan boord.'

'De feiten wijzen niet op een tragedie,' zei Knight streng. 'Ze is nog altijd in de lucht. En als de *Polar Explorer* de enige hoop op redding was, waarom was er dan geen SOS, geen poging om met landingslichten naar ons te seinen. Jij bent zelf vlieger. Kun jij me zeggen waarom de piloot niet rond het schip heeft gecirkeld als hij in moeilijkheden verkeerde?'

'Misschien probeert hij land te bereiken.'

'Neem me niet kwalijk, kapitein,' interrumpeerde de officier van de wacht. 'Ik vergat nog te zeggen dat de landingskleppen omlaag waren.'

'Nog steeds geen bewijs dat ze gaat neerstorten,' zei Knight koppig.

'Dit is geen oorlog, kapitein,' zei Pitt ijzig. 'Ik zou het niet graag op mijn geweten hebben dat honderd mensen omkwamen omdat ik niks deed. De marine kan zich de brandstof best permitteren.'

Knight knikte naar de lege kaartenkamer. Hij sloot de deur achter Pitt en Giordino en zei kalm: 'We moeten aan onze opdracht denken. Als we nu van koers veranderen, zullen de Russen denken dat we hun onderzeeboot hebben gevonden en het gebied uitkammen.'

'Dat is zo,' gaf Pitt toe, 'maar je kunt nog altijd Giordino en mij erop afsturen met de NUMA-helikopter op het achterdek, samen met een paar sterke kerels en wat medisch personeel. Terwijl de *Polar Explorer* blijft doorzoeken, kunnen wij het vliegtuig achternagaan. Als het vliegtuig mocht neerstorten, wat God verhoede, dan heb je tenminste een legitieme reden om van koers te veranderen en een reddingsactie op poten te zetten. Al en ik zullen voortdurend over onze speurtocht naar het mysterieuze, neergestorte vliegtuig rapporteren. Dat zou hun achterdocht moeten sussen.'

Knight zuchtte. 'We verspillen tijd,' zei hij. 'Ga je wentelwiek opwarmen. Ik zal voor medisch personeel en een ploeg vrijwilligers zorgen.'

Rubin had geen poging gedaan om rond de *Polar Explorer* te cirkelen omdat hem daartoe het talent ontbrak.

Het zien alleen van het schip had in de cockpit een glimpje hoop opgewekt. Nu ze waren gezien, zouden redders weten waar ze naar overlevenden moesten zoeken. Een kleine troost, maar beter dan niets.

De zwarte zee ging plotseling in vast pakijs over dat, vergroot door het licht van de sterren, wild onder de voorruit kolkte. Het leek Rubin wel of hij eroverheen sleede. Met nog maar een paar minuten voor het neerkomen, dacht hij er eindelijk aan Ybarra het bevel te geven de landingslichten te ontsteken.

De Mexicaan zocht koortsachtig zijn instrumentenpaneel af, vond de juiste aanduiding onder de schakelaars en zette ze op 'ON'. Een geschrokken ijsbeer werd even in het plotselinge schijnsel gevangen voor hij achter het vliegtuig verdween. Ze schoten over een doodse, bevroren vlakte.

'Jezus, Maria,' mompelde Ybarra. 'Ik zie heuvels, rechts. We hebben land bereikt.'

Het geluk lachte eindelijk Rubin toe. Ybarra's heuvels bestonden uit een barre bergketen die zich achter de kust van Groenland honderden kilometers in beide richtingen uitstrekte. Maar Rubin had ze op wonderbaarlijke wijze gemist en stuurde de dalende Boeing door het midden van de Ardencaple Fjord. Het geluk zorgde ook voor tegenwind, die het vliegtuig meer hefvermogen gaf.

'Landingsgestel uit!' riep Rubin.

Ybarra gehoorzaamde zwijgend. Dat was het ergste wat je bij een noodlanding kon doen, maar in hun onwetendheid hadden ze voor dit soort terrein de juiste beslissing genomen. Het landingsgestel kwam naar beneden en het vliegtuig verloor snel snelheid door de toegenomen weerstand.

Rubin greep de stuurknuppel beet tot zijn knokkels wit werden en keek recht naar het voorbijschietende ijs onder hem. Hij sloot zijn ogen en bad dat ze in zachte sneeuw in plaats van op het harde, niet meegevende ijs mochten neerkomen. Gelukkig wist hij niet dat het ijs maar een meter dik was, veel te dun om het gewicht van een Boeing 720B te dragen. Hij trok de stuurknuppel helemaal terug en de Boeing verloor haar snelheid terwijl haar neus voor een laatste keer omhoogkwam in een zwakke poging zich aan de hemel vast te klampen.

Ybarra was verlamd van angst. Bij een snelheid van 320 kilometer per uur deed hij geen poging om gas terug te nemen, de brandstoftoevoer af te snijden of de elektrische schakelaars om te gooien.

Toen kwam de klap.

In een reflex gooiden Rubin en Ybarra hun armen omhoog en sloten hun ogen. De banden raakten het oppervlak, slipten, en scheurden twee sporen door het ijs. Een bakboordmotor werd losgescheurd en wervelde in het duister weg. Beide stuurboordmotoren raakten tegelijkertijd het oppervlak en verwrongen de vleugel in een massa krijsend, losscheurend metaal. Alle stuwkracht viel weg en de lichten doofden.

Een paar seconden heerste er een doodse stilte. Toen begon het ijs luid te kraken, metaal schuurde kreunend tegen metaal, en het toegetakelde vliegtuig zakte door het ijs het vrieskoude water in.

8

Ook de archeologen hoorden de Boeing de fjord binnenvliegen.

Ze renden net op tijd hun hut uit om het vliegtuig in de reflectie van de landingslichten op het ijs te zien. Ze konden duidelijk de verlichte raampjes en het landingsgestel onderscheiden. Bijna direct daarop kwam het geluid van scheurend metaal en een fractie van een seconde later de trillingen van de klap die door het bevroren oppervlak werden geleid. De lichten doofden, maar het gemartelde metaal bleef secondenlang door protesteren. Toen heerste opeens stilte in de duisternis; een stilte zó krachtig, dat ze het gekreun van de wind overstemde.

De archeologen stonden verlamd van schrik, zonder de kou te voelen, als een stel spookachtige standbeelden ongelovig de zwarte nacht in te kijken.

'Goeie God!' kon Gronquist eindelijk uitbrengen. 'Hij is in de fjord neergekomen.'

Lily's stem klonk geschokt. 'Vreselijk! Dat kan niemand heelhuids hebben overleefd.'

'Allemaal dood, waarschijnlijk, als ze in het water zijn terechtgekomen.'

'Daarom is er denk ik ook geen vuur,' voegde Graham eraan toe.

'Hoe ver, denk je?' vroeg Gronquist.

'Ruim een kilometer.'

Lily zei met een bleek en gespannen gezicht: 'We moeten ze gaan helpen. Ga dekens halen, en warme kleren. Ik ga eerste-hulpmateriaal bij elkaar zoeken.'

'Mike, jij roept het weerstation in Daneborg op,' beval Gronquist. 'Die kunnen het dan doorgeven aan de reddingseenheden van de luchtmacht in Thule.'

Graham verdween met een gebaar dat hij het begrepen had de hut in.

'We moeten gereedschap meenemen om overlevenden uit het wrak te kunnen halen,' zei Hoskins.

Gronquist knikte. 'Prima idee. Ik zal een slee achter een van de sneeuwkatten hangen waar we alles wat we nodig hebben op kunnen laden.'

Nog geen vijf minuten geleden hadden ze liggen slapen. Nu trokken ze haastig hun poolkleding aan en wijdden zich aan hun taken. De geheimzinnige Byzantijnse munt was vergeten, evenals de slaap. Het enige waar het nu op aankwam, was zo snel mogelijk bij het neergestorte vliegtuig te komen.

Gronquist had met veel moeite de beide sneeuwkatten gestart. Hij haakte een grote slee achter de machine die de meeste tijd had gehad om op te warmen. Het had geen moment te lang geduurd. Hij had bijna geen gevoel meer in zijn vingers.

De anderen hadden de voorraden en het gereedschap al voor de hut opgestapeld toen hij kwam aanrijden. In nog geen twee minuten was de slee tot bovenaan toe opgeladen. Graham gaf iedereen een sterke zaklantaarn en toen waren ze klaar om te vertrekken.

'Als ze door het ijs zijn gezakt, kunnen we het wel vergeten,' schreeuwde Hoskins boven de wind uit.

'Dat is waar,' riep Graham terug. 'Dan zijn ze nu al aan hypothermie gestorven.'

'Pessimisme heeft nog nooit iemand gered.' Achter haar skimasker kreeg Lily een harde blik. 'Wat een kerels. Vooruit, laten we gaan.'

Gronquist greep haar bij haar middel en tilde haar op de sneeuwkat. 'Luister naar deze dame, jongens. Het gaat om leven of dood.'

Hij zwaaide een been over het zadel voor Lily en gaf in zijn vrij gas, terwijl Hoskins en Graham naar de andere sneeuwkat in de schuur renden. Hij maakte een scherpe bocht en reed, met de slee achter hen aan bonzend, naar de oever.

Ze raceten over de oneffen beijzelde stenen van de oever het bevroren fjord op. Het licht van de koplamp die voor de handgrepen was bevestigd, zwaaide over het ijs en schiep een krankzinnig landschap van witte flitsen tegen zwarte schaduwen. Daardoor was het onmogelijk tijdig de door stromingsdruk opgeworpen ijskammen te zien, en ze ploegden eroverheen als een reddingsboot door een zware branding. De beste bestuurder had niet kunnen voorkomen dat de slee ging slingeren en zigzaggen.

Lily schreeuwde tegen Gronquist dat hij langzamer moest rijden, maar hij negeerde haar. Ze keek over haar schouder en zag het licht van de andere sneeuwkat snel naderbij komen. Zonder het extra gewicht van de slee hadden Hoskins en Graham hen al gauw ingehaald en gepasseerd. Algauw zag Lily hen als een onduidelijke vlek in een spoor van opgeworpen fijne sneeuw.

In de lichtbundel doemde een groot metalen voorwerp op. Gronquist rukte het stuur naar links. De randen van de voorglijders groeven zich in het ijs en de sneeuwkat zwenkte nog geen meter van een stuk vleugel af opzij. Hij probeerde wanhopig weer op koers te raken, maar de middelpuntvliedende kracht van de plotselinge bocht liet de slee als de staart van een woedende ratelslang heen en weer zwiepen. De topzware slee werd tegen de sneeuwkat geslingerd en raakte los. De uiteinden van de glijders groeven zich in en de slee kantelde. De lading vloog als granaatscherven door de lucht.

De vlakke kant van een glijder raakte Gronquist tegen zijn schouder en hij werd in een wijde boog van de sneeuwkat geslingerd. Zijn capuchon gleed naar achteren en hij sloeg met zijn onbeschermde hoofd tegen het ijs.

De slee had Lily gemist, maar de sneeuwkat hield er eigen ideeën op na. Zonder Gronquists handen op de koppelings- en gashendel bleef hij overhellend in een hoek van vijfenveertig graden staan. Daarna begon hij langzaam te kantelen, waarbij Lily's been vanaf haar heup tegen het ijs werd gedrukt zodat ze hulpeloos vastzat.

Op de andere sneeuwkat keek Graham over zijn schouder om te zien hoe groot hun voorsprong was op Lily en Gronquist. Tot zijn verbazing zag hij hun licht ver naar achteren, onbeweeglijk naar beneden gericht. Hij sloeg Hoskins op zijn schouder en brulde: 'Volgens mij is er iets met de anderen aan de hand.'

De woorden gingen verloren in het lawaai van de sneeuwkat. Hoskins draaide zijn hoofd en schreeuwde tegen Graham: 'Ik versta je niet.'

'Omdraaien. Er is iets mis.'

Hoskins knikte ten teken dat hij het had begrepen en keek weer voor zich. Maar deze afleiding kwam hem duur te staan. Plotseling zag hij een van de voren die het landingsgestel had getrokken, maar hij zat er vlak boven op.

De sneeuwkat vloog door de lucht over de twee meter brede opening in het ijs. Het gewicht van de twee berijders drukte de neus naar beneden, en die klapte met een knal als een pistoolschot tegen de rand aan de andere kant aan. Gelukkig werden Hoskins en Graham over de rand op het ijs geslingerd, waar hun lichamen als lappenpoppen over een pas geboende vloer voortwervelden.

Dertig seconden later ging Graham nog half versuft moeizaam op handen en knieën zitten. Hij wist niet precies hoe hij daar was terechtgekomen. Hij hoorde een vreemd sissend geluid en keek om zich heen.

Hoskins zat dubbelgebogen met een van pijn vertrokken gezicht en hij hield beide handen tegen zijn kruis gedrukt. Door opeengeklemde tanden zoog en blies hij de lucht naar binnen en weer naar buiten en schommelde heen en weer.

Graham probeerde zijn armen en benen. Niets gebroken, alles functioneerde nog. Dat was niet zo vreemd, gezien de dikke kleding die hij droeg. Hij kroop naar Hoskins, wiens gesis in een pijnlijk gekreun was overgegaan.

'Jezus, volgens mij ben ik gecastreerd,' stootte Hoskins tussen twee kreunen door uit.

'Laat eens kijken.' Graham trok beide handen weg en ritste Hoskins gulp open. Hij pakte een lantaarn uit zijn zak en knipte hem aan. Hij kon een glimlach niet onderdrukken. 'Je vrouw moet een andere smoes verzinnen om van je af te komen. Geen spoor van bloed. Je seksleven is veilig gesteld.'

'Waar zijn Lily... en Gronquist?' vroeg Hoskins tussen een aantal ademstoten door.

'Een paar honderd meter achter ons. We moeten om de opening in het ijs heen zien te komen om te zien wat er aan de hand is.'

Hoskins kwam pijnlijk overeind en wankelde naar het wak. De koplamp brandde nog steeds en verlichtte een stroom van luchtbellen die vanaf de zes meter diepe bodem naar boven stegen. Graham kwam naast hem staan. Ze keken elkaar aan.

'Als mensenredders zijn we niet zo geslaagd,' zei Hoskins neerslachtig. 'We kunnen ons maar beter bij archeologie houden.'

'Stil!' snauwde Graham. Met een hand achter zijn oor stond hij te luisteren. Opeens wees hij naar een stel knipperende lichten in de verte. 'Godallemachtig!' riep hij. 'Daar komt een helikopter de fjord binnengevlogen.'

Lily dreef de werkelijkheid in en uit.

Ze kon niet begrijpen waarom het steeds moeilijker werd helder te denken. Ze hief haar hoofd om te kijken waar Gronquist was. Deze lag bewegingloos, een paar meter verderop. Ze riep wanhopig naar hem, maar hij lag er voor dood bij. Geleidelijk aan verloor ze elk gevoel in haar benen en dreef ze in een droomwereld weg.

Ze was ervan overtuigd dat Graham en Hoskins nu elk ogenblik zouden terugkomen, maar de ogenblikken werden pijnlijk lange minuten, zonder dat ze kwamen opdagen. Ze was vreselijk moe en begon net dankbaar in een diepe slaap weg te glijden, toen ze een vreemd bonzend geluid boven haar hoofd hoorde. Toen werd ze door een fel licht verblind. Het bonzende geluid stierf weg en omschenen door het licht kwam een vaag afgetekende gedaante op haar af.

De gedaante werd een man in een dikke bontparka, die onmiddellijk doorhad wat er aan de hand was, de sneeuwkat stevig vastpakte en hem overeind zette, van haar been af.

Daarna boog hij zich over haar heen. Lily vroeg zich duizelig af waar hij vandaan kon zijn gekomen. Ze wist niets beters te zeggen dan: 'Wat ben ik blij dat ik je zie.'

'Dirk Pitt is de naam,' antwoordde een warme stem. 'Als u het niet te druk hebt, kunnen we morgen misschien uit eten gaan?'

9

Lily keek op naar Pitt om te zien of ze het wel goed had gehoord. 'Misschien ben ik daar dan nog niet toe in staat.'

Hij duwde zijn capuchon naar achteren en betastte haar benen. Hij kneep zacht in haar enkels. 'Zo te zien geen breuk of zwelling,' zei hij vriendelijk. 'Heb je ergens pijn?'

'Daar heb ik het te koud voor.'

Pitt pakte een paar dekens die van de slee waren gevallen en dekte haar toe. 'Jij komt niet uit het vliegtuig. Hoe ben je hier verzeild geraakt?'

'Ik hoor bij een groep archeologen die een oud Eskimodorp aan het afgraven zijn. We waren met dekens en eerste-hulpmateriaal op weg naar het neergestorte vliegtuig toen . . .' Lily's stem stierf weg en ze gebaarde zwakjes naar de omgekantelde slee.

'Wij?'

In het licht van de helikopter nam Pitt de omgeving van het ongeluk in zich op en ontwaarde toen pas de menselijke gedaante die een meter of tien van de afgerukte vleugel lag. 'Wacht even.' Pitt liep naar Gronquist en knielde naast hem neer om hem oppervlakkig te onderzoeken.

Lily wachtte even en vroeg toen gespannen: 'Is hij dood?'

'Nauwelijks. Een flinke bult op zijn voorhoofd. Waarschijnlijk een hersenschudding. Misschien een fractuur, maar ik denk het niet. Hij heeft een kop als een loden deur.'

Graham kwam er aan gehobbeld, met een hinkende Hoskins achter hem aan. Ze zagen er in hun poolkleding en hun met ijs bedekte sneeuwmaskers allebei als sneeuwmannen uit. Graham zette zijn masker omhoog, waardoor zijn bebloede gezicht zichtbaar werd. Hij keek Pitt met een zwakke glimlach aan. 'Welkom, vreemdeling. Uitstekend getimed.'

In de helikopter hadden ze vanuit de lucht geen van allen de andere twee leden van de expeditie gezien en Pitt begon zich af te vragen hoeveel patiënten er nog in de fjord rondliepen.

'We hebben hier een gewonde man en vrouw,' zei Pitt zonder franje. 'Maken die deel uit van jullie groep?'

Dat veegde de glimlach van Grahams gezicht. 'Wat is er gebeurd?'

'Een flinke duikeling gemaakt.'

'Wij ook.'

'Hebben jullie het vliegtuig gezien?'

'We hebben het zien neerkomen, maar konden het niet bereiken.'

Hoskins keek op Lily neer en zocht vervolgens om zich heen tot hij Gronquist in de gaten kreeg. 'Hoe ernstig zijn ze gewond?'

'Dat weten we pas als er röntgenfoto's zijn genomen.'

'We moeten ze helpen.'

'Aan boord van de helikopter heb ik een ploeg verplegers, maar jullie vrienden zullen moeten wachten,' zei Pitt vastberaden. 'Eventuele overlevenden van het vliegtuig hebben voorrang. Ligt jullie kamp hier ver vandaan?'

'Een kilometer naar het zuiden,' antwoordde Hoskins berustend.

'De sneeuwkat doet het nog steeds. Jullie twee kunnen de slee weer vastmaken en je vrienden naar het kamp terugbrengen. Voorzichtig, voor het geval ze inwendige verwondingen hebben. Beschikken jullie over een radio?'

'Jazeker.'

'Stem af op frequentie tweeëndertig en blijf luisteren,' zei Pitt. 'Als dat een commercieel lijnvliegtuig vol passagiers is, zitten we met een grote troep.'

'We zullen blijven luisteren,' verzekerde Graham hem.

Pitt boog zich over Lily heen en gaf een kneepje in haar hand. 'Ons afspraakje niet vergeten, hè?'

Daarna zette hij zijn capuchon weer op en rende terug naar de helikopter.

Rubin voelde van alle kanten een zwaar gewicht op zich drukken. Zijn veiligheidsriemen sneden wreed pijnlijk in zijn buik en schouders. Hij deed zijn ogen open, maar zag alleen maar vage schaduwen. Hij probeerde zijn handen en armen te bewegen, maar die leken wel vastgepind.

Langzaam pasten zijn ogen zich aan en toen zag hij waarom hij vastzat.

Door de voorruitjes was een lawine van sneeuw en ijs naar binnen gekomen die tot aan zijn borst kwam. Dit hield hem als een dwangbuis onbeweeglijk gevangen. Zonder hulp kon hij onmogelijk uit de cockpit komen.

De shock begon wat af te nemen en hij klemde zijn tanden op elkaar tegen de pijn die van zijn gebroken benen afkwam. Zijn voeten leken in het water te zitten, en Rubin had het idee dat het zijn eigen bloed was.

Maar hij had het mis. Het vliegtuig was in drie meter diep water terecht gekomen, en dat water kwam nu tot de stoelen.

Nu pas dacht hij aan Ybarra. Hij draaide zijn hoofd naar rechts, maar het enige wat hij kon zien, was een stijve arm die uit de sneeuw en de wrakstukken omhoogstak.

Rubin wendde zich af. Het plotselinge besef dat de kleine man die tijdens deze vreselijke gebeurtenissen naast hem had gezeten dood was, maakte hem ziek. Rubin besefte eveneens dat hij niet lang meer te leven had voor hij dood zou vriezen. Hij begon te huilen.

'We moeten er nu vlak bij zijn,' riep Giordino boven het geluid van de motor en de rotor uit.

Pitt knikte en staarde naar de voor die door het genadeloze ijs sneed, met langs beide kanten wrakstukken. Nu zag hij het. Een voorwerp met door mensenhanden gemaakte rechte lijnen doemde in de duisternis op. Toen zaten ze er vlak boven. Het wrak leek op een platgetrapt insekt op een wit tapijt.

'De romp is door het ijs gezakt en ligt voor tweederde onder water,' zei Pitt.

'Ze is niet in brand gevlogen,' zei Giordino. 'Daar hebben ze geluk bij gehad. Volgens mij is het een Boeing 720B. Enig teken van leven?'

'Nee,' antwoordde Pitt. 'Ziet er niet zo best uit. Ga lager vliegen en cirkel er omheen. Zoek een landingsplaats, dan kijk ik of ik haar kentekens kan lezen.'

Giordino begon in een spiraal naar het wrak te dalen. De landingslichten voor en achter op de helikopter zetten het halfgezonken vliegtuig in een zee van licht. De naam was er in cursieve letters opgeschilderd, in plaats van de makkelijker te lezen blokletters.

'NEBULA,' las Pitt hardop. 'NEBULA AIR.'

'Nooit van gehoord,' zei Giordino die met zijn ogen het ijs afzocht.

'Een luxe chartermaatschappij die alleen VIP's vliegt.'

'Wat voert die dan zo ver van de gebruikelijke routes uit?'

'Dat zullen we weten zodra we iemand vinden die nog leeft.'

Pitt wendde zich tot de acht man die prinsheerlijk in de warme buik van de helikopter zaten. Ze waren allen gekleed in de blauwe poolkleding van de marine. De groep bestond uit de scheepsdokter, drie EHBO'ers en vier experts in rampenbeheersing. Tussen hen in lagen kisten EHBO-materiaal, dekens, brancards, asbestpakken en een kist brandblusapparaten aan de vloer vastgesnoerd.

Een verwarmingsapparaat stond tegenover de deur, al met kabels aan de lier vastgemaakt. Daarnaast stond een kleine sneeuwmobiel met een afgesloten cabine en rupsbanden.

De man die vlak achter de cockpit zat – grijze haren, grijze snor, grijze baard – zei grinnikend: 'Tijd dat we ons salaris verdienen.'

Niets leek het eeuwig goede humeur van dokter Jack Gale te kunnen drukken.

'We gaan nu landen,' antwoordde Pitt. 'Er beweegt niets in de buurt. Geen teken van vuur. De cockpit is begraven en de romp ziet er beschadigd maar intact uit.'

Gale haalde zijn schouders op. 'Het valt ook nooit mee. Maar het is nog altijd een stuk beter dan patiënten met verbrandingen.'

'Dat is het goede nieuws. Het slechte nieuws is, dat er in de passagierscabine een meter water staat en dat we onze overschoenen zijn vergeten.'

Gales gezicht kreeg een ernstige uitdrukking. 'God beware de gewonden die niet droog zijn gebleven. In dat ijskoude water kunnen ze het niet langer dan acht minuten uithouden.'

'Als niemand een nooduitgang heeft kunnen openen, zullen we ons een weg naar binnen moeten snijden.'

'Vonken van de snijapparatuur hebben een vervelende gewoonte rondklotsende brandstof te ontsteken,' zei luitenant Cork Simon, de gedrongen leider van de rampenploeg van de *Polar Explorer*. 'We moeten door de hoofdingang naar binnen. Doc Gale moet voldoende ruimte hebben om mensen op een brancard naar buiten te kunnen brengen.'

'Daar ben ik het mee eens,' zei Pitt, 'maar daarbinnen kunnen ze doodvriezen. We moeten allereerst een opening voor de slang van het verwarmingsapparaat maken.'

Giordino daalde naar een vlak stuk grond op een steenworp afstand van het wrak.

Iedereen zweeg gespannen.

Nauwelijks had Giordino de helikopter op het ijs gezet, of Pitt schoof de laaddeur open, sprong naar buiten en rende naar het wrak. Achter hem begon Doc Gale met het uitladen van de voorraden terwijl Cork Simon en zijn ploeg het verwarmingsapparaat en de sneeuwmobiel naar buiten takelden.

Half rennend en half glijdend liep Pitt om de romp heen waarbij hij wakken voorzichtig vermeed. Er hing een onwelkome geur van brandstof. Hij klom op de berg ijs die een meter dik op de cockpit lag en probeerde een opening te graven. Hij gaf het al gauw op. Hierdoor een tunnel naar binnen graven zou langer dan een uur duren.

Hij gleed naar beneden en rende naar de overgebleven vleugel die Pitt als loopplank over het open water gebruikte. Hij ging op handen en knieën zitten en keek door een plexiglas raampje naar binnen, met zijn handen het felle schijnsel van de helikopter afschermend.

Eerst zag hij enkel duisternis, waarin een doodse stilte heerste.

Toen verscheen er opeens, op een paar centimeter van Pitts ogen vandaan, een grotesk gezicht aan de andere kant van het raampje.

Onwillekeurig deed hij een stap achteruit, geschrokken van het plotselinge opduiken van het gezicht van een vrouw met een snee boven een oog en bloed dat de helft van haar gezicht bedekte, het geheel vertekend door de barsten in het plexiglas.

Hij huiverde even en bestudeerde de ongewonde kant van het gezicht. Het hoge jukbeen, het lange donkere haar en een olijfbruin oog suggereerden een buitengewoon mooie vrouw.

Hij bracht zijn gezicht vlak bij het raampje en riep: 'Kun je een nooduitgang openen?'

De geëpileerde wenkbrauw ging even omhoog, maar het oog keek nietbegrijpend.

'Kunt u me horen?'

Op dat moment sloeg de turbine van het noodaggregaat aan en het vliegtuig baadde in het licht van schijnwerpers, zo krachtig dat het wel dag leek. Simons mannen sloten snel het verwarmingsapparaat aan en de luitenant begon de slang over het ijs te sleuren.

'Hierheen, naar de vleugel,' riep Pitt. 'En breng iets mee om door glas te snijden.'

Toen Pitt zich weer omdraaide was het gezicht van de vrouw verdwenen.

Simon kroop met een van zijn mannen de verwrongen vleugel op, ondertussen proberend niet uit te glijden terwijl ze de brede verwarmingsslang achter zich aan trokken. Pitt voelde een hete windvlaag en verbaasde zich erover dat het verwarmingsapparaat zo snel kon opwarmen.

'We hebben een bijl nodig om daar doorheen te slaan,' zei Pitt.

Simon keek beledigd. 'Je moet niet zo min over onze marine denken. De tijd van het ruwe hakwerk ligt ver achter ons.' Hij haalde een apparaat uit zijn jaszak dat op batterijen liep. Zodra hij op het knopje drukte, begon er een slijpwieltje te draaien. 'Snijdt door aluminium en plexiglas als een mes door de boter.'

'Beul, doe je werk,' zei Pitt droog en stapte uit de weg.

Het snijapparaatje gleed in nog geen twee minuten door het dikke buitenraampje. Het dunnere binnenraampje hield het niet langer dan dertig seconden uit.

Pitt stak op zijn hurken gezeten een arm naar binnen en liet zijn zaklantaarn rondschijnen. De vrouw was nergens te bekennen. Het koude water glansde in het schijnsel van de zaklantaarn.

Simon en Pitt schoven de verwarmingsslang door het raampje en haastten zich toen naar de voorkant van het vliegtuig. De deur was geblokkeerd, zoals ze hadden verwacht. De marinemannen boorden snel een paar gaten waarin ze roestvrij stalen haken schroefden waar kabels aan vastzaten die naar de sneeuwmobiel leidden.

De chauffeur van de sneeuwmobiel schakelde en de metalen pinnen in de rupsbanden haakten in het ijs. Een paar seconden leek er niets te gebeuren. Alleen het gebrul van de motor en het gekraak van de rupsbanden die door het ijs beitelden was te horen.

Na een tijdje van angstig wachten was er een nieuw geluid te horen – het protest van scheurend metaal – en de onderste helft van de deur kwam uit het water omhoog.

Binnen in het vliegtuig heerste een onheilspellende duisternis.

Pitt leunde over het stukje open water naar binnen en staarde met een morbide nieuwsgierigheid in het onbekende. Het was vreemd stil, en nergens was een spoor van een stoffelijk overschot.

Pitt aarzelde en keek over zijn schouder. Doc Gale en zijn EHBO-team stonden met grimmige vastberadenheid klaar terwijl Simons mannen een kabel van het noodaggregaat uitrolden om het vliegtuig van binnen te verlichten.

'Ik ga naar binnen,' zei Pitt.

Hij sprong het vliegtuig binnen en kwam terecht in het water dat tot zijn knieën reikte. Het leek wel of zijn benen plotseling met duizend naalden werden doorstoken. Hij waadde naar het looppad van de passagierscabine. De griezelige stilte was beangstigend. Het enige geluid kwam van het klotsende water om zijn benen.

Toen verstijfde hij van schrik. Zijn ergste vermoedens leken werkelijkheid te worden.

Pitt keek in de lege blikken van een zee lijkwitte gezichten. Niemand bewoog, niemand knipperde, niemand sprak. Ze zaten in hun stoel met hun veiligheidsgordel om en keken hem met de nietsziende blik van doden aan.

10

Pitt voelde een rilling over zijn rug van een kilte die kouder was dan de vrieslucht. Het door de raampjes gefilterde licht van buiten wierp spookachtige schaduwen op de wanden.

Hij boog zich over een man met sluik roodblond haar met de scheiding in het midden, die in een gangpadstoel zat. Er was geen uitdrukking van doodsangst op zijn gezicht. De ogen stonden halfopen, alsof hij op het punt stond in slaap te vallen, en de lippen waren op natuurlijke wijze gesloten, met ontspannen onderkaak.

Pitt voelde de pols. Geen hartslag.

'Voel je iets?' vroeg Doc Gale die langs hem waadde om een andere passagier te onderzoeken.

'Deze is er geweest,' antwoordde Pitt.

'Deze ook.'

'Maar wat is de oorzaak.'

'Kan ik nog niet zeggen. Geen zichtbare verwondingen. Nog maar net dood. Niets dat wijst op grote pijn of doodsstrijd. Huidkleur wijst niet op verstikking.'

'Dat laatste kan kloppen,' zei Pitt. 'De zuurstofmaskers zitten nog boven in hun kastjes.'

Gale liep snel van lichaam naar lichaam. 'Na een grondiger onderzoek kan ik er meer van zeggen.'

Simon had inmiddels de verlichting bij de deur aangebracht en plotseling werd de passagierscabine door licht overstroomd. Pitt keek rond. Alle rugleuningen stonden rechtop en de gordels waren vastgemaakt.

'Ik kan niet geloven dat ze hier half in het ijskoude water zomaar bewegingloos door hypothermie zijn gestorven,' zei hij, terwijl hij een oudere vrouw op levenstekenen onderzocht. Op haar gezicht stond geen lijden te lezen. Ze zag eruit alsof ze, met haar rozenkrans in haar hand, rustig in slaap was gevallen.

'Zo te zien waren ze allemaal dood voor het vliegtuig het ijs raakte,' veronderstelde Gale. 'Doodsoorzaak waarschijnlijk giftige dampen.'

'Ruik je iets?'

'Nee.'

'Ik evenmin.'

'Wat blijft er over?'

'Vergiftiging.'

Gale keek Pitt lang recht in de ogen. 'Je hebt het over massamoord.'

'We schijnen inderdaad in die richting te denken.'

'Een getuige zou wel helpen.'
'Die is er.'
Gale verstijfde en keek snel alle witte gezichten af. 'Als je iemand hebt zien ademen moet je hem direct aanwijzen.'
'Voor we inbraken keek een vrouw me recht in de ogen door een raampje,' legde Pitt uit. 'Ze leefde. Ik zie haar nu niet.'
Voor Gale iets kon zeggen kwam Simon aangeklotst, met grote ogen van ontzetting. 'Het lijkt wel een wassenbeeldenmuseum.'
'Meer een lijkenhuis,' zei Pitt droogjes.
'Zijn ze dood? Allemaal? Weet je het zeker?'
'Tenminste iemand leeft nog,' antwoordde Pitt. 'Heeft zich in de cockpit of in de toiletten achterin verstopt.'
'Dan hebben ze mijn verzorging nodig,' zei Gale.
Pitt knikte. 'Doc, zet je onderzoek voort zolang er een klein kansje bestaat dat er in een van deze mensen nog een vonkje leven zit. Simon kan de cockpit controleren. Ik ga in de toiletten achterin kijken.'
'En al die lijken hier?' vroeg Simon oneerbiedig. 'Moeten we Knight niet inlichten en met de evacuatie beginnen?'
'Laat ze met rust en raak de radio niet aan,' zei Pitt zacht. 'We zullen persoonlijk rapport aan Knight uitbrengen. Zorg dat je mannen buiten blijven, sluit het vliegtuig af en verklaar het tot verboden gebied. Hetzelfde geldt voor jouw EHBO-ploeg, doc. Niets aanraken als het niet absoluut noodzakelijk is. Er is hier iets heel vreemds aan de hand. Het nieuws van het ongeluk heeft zich al verspreid. Over een uur zal hier een zwerm onderzoekers en journalisten neerdalen. We moeten hier alles zoveel mogelijk geheim houden tot we van bevoegde instanties nader hebben gehoord.'
Simon moest even over Pitts woorden nadenken. 'Gesnopen.'
'Laten we dan onze overlevende gaan zoeken.'
Drie toiletten waren onbezet. Het vierde liet het teken BEZET zien en zat op slot. Om het op slot te kunnen doen, moest er iemand inzitten.
Hij klopte op de deur en zei: 'Kunt u me horen? Hier is hulp. Probeer de deur open te doen, alstublieft.'
Pitt legde zijn oor tegen de deur en dacht dat hij zacht gesnik hoorde, gevolgd door een gemompel alsof twee mensen een fluistergesprek voerden.
Hij verhief zijn stem: 'Achteruit. Ik ga de deur forceren.'
Pitt hief een druipend been en gaf een afgemeten trap tegen de deur, net genoeg om de grendel te breken zonder de deur tegen wie er ook binnen mocht zitten te laten slaan.
Boven op het toilet, uit het water, stonden twee vrouwen die zich rillend aan elkaar vastklampten. Beter gezegd, een vrouw, een stewardess, klampte zich met grote angstogen als van een doodsbang hert aan de andere vrouw vast. Ze stond op haar rechterbeen, haar linker stak stijf opzij. Een knie uit de kom, meende Pitt.
De andere vrouw keek Pitt uitdagend aan. Hij herkende haar onmiddellijk als de verschijning voor het raampje. Hoewel haar gezicht nog gedeeltelijk onder het bloed zat, waren nu beide ogen wijd open, vol haat.

'Wie bent u en wat wilt u?' vroeg ze met een licht accent.

Pitt weet haar vijandigheid aan een shock en zette zijn meest vertrouwenwekkende padvindersglimlach op. 'Ik heet Dirk Pitt en ik maak onderdeel uit van de reddingsploeg van de *Polar Explorer*, een schip uit de Verenigde Staten van Amerika.'

'Kunt u dat bewijzen?'

'Sorry, maar ik heb mijn rijbewijs thuisgelaten.' Dit grensde aan het belachelijke. Hij leunde ontspannen tegen de deur met zijn armen over zijn borst gekruist. 'U hoeft niet bang te zijn,' zei hij sussend. 'Ik wil u helpen, geen kwaad doen.'

De stewardess leek zich even te ontspannen, maar opnieuw sloeg de angst toe en ze begon hysterisch te snikken. 'Ze zijn allemaal dood. Vermoord!'

'Ja, dat weet ik,' zei Pitt zacht. 'Ik wil u meenemen naar een plek waar het warm is en waar de scheepsdokter uw verwondingen kan verzorgen.'

'U kunt best bij de terroristen horen,' zei de sterkere vrouw beheerst. 'Waarom zouden we u vertrouwen?'

'Omdat u anders zult doodvriezen.' Pitt had genoeg van de woordspelletjes en stapte naar voren om de stewardess voorzichtig in zijn armen te nemen en het gangpad in te dragen. Ze bood geen weerstand, maar ze was stijf van angst.

'Ontspan je maar,' zei hij. 'Doe maar net of je de prinses in de toren bent en ik de prins die je komt redden.'

'Ik voel me helemaal niet als een prinses. Ik moet er vreselijk uitzien.'

'Dat valt wel mee,' lachte Pitt. 'Ga je vanavond mee uit eten?'

'Mag mijn man meekomen?'

'Alleen als hij trakteert.'

Opgelucht gaf ze aan haar uitputting toe en lag slap tegen zijn borst aan. Hij wendde zich tot de andere vrouw. Met een warme glimlach zei hij: 'Ik ben zo terug. Niet weggaan.'

Nu pas besefte Hala dat ze was gered. Pas nu brak de dam die de nachtmerrie van angst en het stomme ongeloof dat dit háár overkwam tot nu toe had tegengehouden. De onderdrukte emoties konden vrij stromen, net als haar tranen.

Rubin wist dat hij aan het weggglijden was. Kou en pijn bestonden niet langer. De vreemde stemmen en het plotselinge licht hadden voor hem geen betekenis. Hij vroeg zich af of dat het licht aan het eind van de tunnel was, waar de mensen die op het randje van de dood hadden verkeerd en die waren teruggekomen het altijd over hadden.

Een stem uit het niets zei: 'Rustig aan, rustig aan.'

Rubin probeerde zijn blik te concentreren op een vage gedaante die boven hem zweefde. 'Bent u God?'

Even wist Simon niet hoe hij het had, maar toen glimlachte hij warm. 'Slechts een eenvoudige sterveling die toevallig in de buurt was.'

'Ben ik niet dood?'

'Het spijt me, maar zo te zien moet je daar nog wel een jaar of vijftig op wachten.'

'Ik kan me niet bewegen. Mijn benen lijken wel vastgespijkerd. Volgens mij zijn ze gebroken. Alsjeblieft, haal me hieruit, alsjeblieft.'

'Daarom ben ik hier,' zei Simon goedgemutst. Met zijn handen schraapte hij ijs en sneeuw van Rubins borst vandaan tot deze zijn armen vrij had. 'Zo, nu kun je tenminste uit je neus peuteren tot ik terugkom met een schop en andere gereedschappen.'

Simon ging terug naar de passagierscabine, waar Pitt net de stewardess aan Gale's EHBO'ers overgaf die haar voorzichtig op een brancard legden.

'Hé, doc, in de cockpit leeft er nog eentje.'

'Ik kom eraan,' antwoordde Gale.

'Jou heb ik ook nodig,' zei Simon tegen Pitt.

Pitt knikte. 'Over een paar minuten. Eerst nog iemand achter halen.'

Hala probeerde inmiddels met papieren handdoeken haar gezicht wat op te kalefateren en het bloed weg te vegen. Ze moest er nog steeds vreselijk uitzien, dacht ze wanhopig, maar forceerde toch een glimlach toen Pitt terugkwam.

Deze stond even te kijken en vertrok zijn gezicht toen in een uitdrukking van ongeloof. 'Neemt u me niet kwalijk, schoonheid, maar hebt u hier ergens een oud wijf gezien?'

De tranen schoten Hala in de ogen en lachend en huilend tegelijk zei ze: 'U bent een aardige man, meneer Pitt. Dank u wel.'

'Ik doe mijn best, bij God, ik doe mijn best,' zei hij goedgehumeurd.

Pitt had een paar dekens meegenomen waar hij haar mee omwikkelde. Hij schoof een arm onder haar knieën, sloeg de andere om haar middel en tilde haar op alsof ze een veertje was. Terwijl hij haar door het gangpad droeg, wilden zijn gevoelloze benen hem niet meer dragen en hij struikelde een paar passen voor hij zich weer onder controle had.

'Is er iets mis met u?' vroeg Hala.

'Niets dat niet door een dubbele Jack Daniel's kan worden verholpen.'

'Zodra ik thuis ben zal ik u een krat sturen.'

'Waar is thuis?'

'New York, op het ogenblik.'

'Laten we de volgende keer dat ik daar ben uit eten gaan.'

'Zeer vereerd, meneer Pitt.'

'Insgelijks, juffrouw Kamil.'

Hala trok haar wenkbrauwen op. 'Hebt u me dan herkend, zo vreselijk als ik eruit zag?'

'Pas nadat u zich een beetje had opgeknapt, moet ik toegeven.'

'Het spijt me van alle moeilijkheden. Uw benen en voeten moeten nu wel stijf bevroren zijn.'

'Een kleine prijs voor het voorrecht de secretaris-generaal van de Verenigde Naties in mijn armen te mogen houden.'

Toch wel verbazingwekkend, dacht Pitt. Binnen een half uur een afspraakje maken met de enige drie vrouwen in een gebied van drieduizend vierkante kilometer barre kou, en aantrekkelijk bovendien, moest wel een soort wereldrecord zijn.

Vijftien minuten later, nadat Hala, Rubin en de stewardess veilig en wel in de helikopter naar de *Polar Explorer* onderweg waren, strompelde Pitt naar het verwarmingsapparaat. Hij trok zijn laarzen die vol water stonden en zijn doorweekte sokken uit en liet zijn voeten boven de uitlaat bungelen, dankbaar voor de stekende pijn die het weer stromende bloed hem bezorgde. Hij werd er zich vaag van bewust dat Simon naast hem was komen staan.

'Waren het allemaal Verenigde-Naties-lui?' vroeg Simon.

'Er waren verschillende leden van de Algemene Vergadering bij,' antwoordde Pitt. 'Volgens Kamil waren de anderen voornamelijk assistenten.'

'Wie zou er baat hebben bij hun dood?'

Pitt wrong zijn sokken uit en legde ze op de verwarmingsbuis. 'Geen idee.'

'Arabische terroristen?' opperde Simon.

'Nooit gehoord dat ze zich met vergiftiging bezighielden.'

'Volgens mij heeft een van de drie overlevenden het vuile werk gedaan.'

Pitt schudde zijn hoofd. 'Als het vergif blijkt te zijn, is het waarschijnlijk in het eten gestopt voordat het aan boord van het vliegtuig werd geladen.'

'De purser of een stewardess had het in de pantry kunnen doen.'

'Meer dan vijftig maaltijden vergiftigen zonder te worden gesnapt, dat is te moeilijk.'

'En de drankjes?' dramde Simon door.

Pitt voelde aan zijn sokken. Nog steeds vochtig. 'Oké, drankjes, dat kan, vooral thee en koffie.'

Simon leek blij dat tenminste een van zijn theorieën was geaccepteerd. 'Nou dan, wijsneus, wie van de drie overlevenden komt volgens jou het meest in aanmerking?'

'Geen van drieën.'

'Wou jij beweren dat de schuldige bewust het gif innam en zelfmoord heeft gepleegd?'

'Nee, ik beweer dat het de vierde overlevende was.'

'Ik heb er maar drie geteld.'

'Nádat het vliegtuig neerstortte. Daarvoor waren het er vier.'

'Je bedoelt toch niet dat Mexicaanse kereltje op de plaats van de tweede piloot?'

'Ja.'

Simon keek uiterst zuinig. 'Wat voor geniale logica voert je tot die conclusie?'

'Simpel, mijn waarde,' zei Pitt met een pesterig lachje. 'In misdaadverhalen is het een goede gewoonte dat de moordenaar de minst voor de hand liggende verdachte is.'

11

'Wat een rotzooi, wie heeft gegeven?'

De staatssecretaris voor Algemene Zaken, Julius Schiller, keek quasi-ontsteld naar zijn kaarten. Met een onaangestoken sigaar tussen zijn tanden geklemd, liet hij zijn intelligente, blauwe ogen van speler naar speler zwerven.

Er zaten nog vier andere mannen aan de pokertafel. Niemand rookte, dus Schiller zag er diplomatiek vanaf zijn sigaar aan te steken. Ze zaten in de salon van Schillers prachtige, 35 meter lange jacht dat langs de oever van de Potomac, tegenover Alexandria, Virginia, lag afgemeerd.

Aleksey Korolenko, de zwaargebouwde ondersecretaris van de Sovjetmissie, grijnsde zijn joviale grijns die in Washingtonse kringen zijn handelsmerk was geworden. 'Jammer dat we niet in Moskou spelen,' zei hij op overdreven strenge toon. 'Ik ken een aardig plekje in Siberië waar we de gever heen zouden kunnen sturen.'

'Dale, de volgende keer dat je geeft, moet je eerst schudden,' zei Schiller tegen de deler.

'Als jullie zulke klotekaarten hebben, moeten jullie passen,' gromde Dale Nichols, speciaal assistent van de president.

Senator George Pitt, voorzitter van de senaatscommissie voor Buitenlandse Zaken, trok zijn zalmkleurige colbertje uit. Hij hing het over de rugleuning van zijn stoel en zei tegen Joeri Vyhousky: 'Wat zitten ze te emmeren. Jij en ik hebben de pot nog niet één keer gewonnen.'

De adviseur voor Amerikaanse Zaken van de Russische ambassade knikte. 'Sinds we vijf jaar geleden zijn gaan spelen, heb ik nog geen goeie kaart gekregen.'

Inderdaad was er sinds 1986 elke donderdagavond op Schillers boot gepokerd, en het was heel wat meer dan een eenvoudig kaartavondje voor vrienden die zich een avond in de week wilden ontspannen. Oorspronkelijk was het bedoeld als een klein scheurtje in de muur die de twee wereldmachten van elkaar scheidde. Hier konden ze, zonder te hoeven letten op bureaucratie en diplomatiek protocol, ongestoord door de pers hun meningen ventileren. Er werden ideeën en gegevens uitgewisseld die vaak directe gevolgen voor de Amerikaans-Russische betrekkingen hadden.

'Ik bied vijftig cent,' kondigde Schiller aan.

'Ik maak er een dollar van,' zei Korolenko.

'En dan staan ze nog verbaasd dat we ze niet vertrouwen,' kreunde Nichols.

Zonder Korolenko aan te kijken zei de senator: 'Wat is jullie prognose betreffende een openlijke revolte in Egypte, Aleksey?'

'Ik geef president Hasan geen maand meer voor Akhmad Yazid zijn regering omver zal werpen.'

'Verwacht je een langdurige strijd?'

'Nee, niet als de militairen zich achter Yazid opstellen.'

'Ga je mee, senator?' vroeg Nichols.

'Deze ronde.'

Joeri Vyhousky legde zwijgend drie halve dollars in de pot.

'Sinds Hasan de touwtjes in handen heeft genomen toen Mubarak aftrad, heeft hij een niveau van stabiliteit bereikt,' zei Schiller. 'Volgens mij redt hij het wel.' Hij gooide twee kaarten op de tafel. 'Ik wil er twee.'

Korolenko stak een vinger omhoog en kreeg zijn kaart. 'Ze staan op het randje van een hongersnood. Dat voedt het religieuze fanatisme in de dorpen en de krottenwijken. Jullie zullen Yazid net zo min als Khomeini destijds kunnen tegenhouden.'

'En hoe staat het Kremlin daar tegenover?' vroeg Pitt.

'Wij wachten af,' zei Korolenko onverstoorbaar.

Schiller keek op zijn kaarten. 'Wat er ook van komt, niemand zal winnen.'

'Dat is waar, we verliezen allemaal. Jullie mogen dan in de ogen van de islamitische fundamentalisten de grote satan zijn, maar ons, goeie communistische atheïsten, moeten ze ook niet. En ik hoef jullie niet te vertellen, dat Israël de grootste verliezer is. Met de vrede tussen Irak en Iran en zonder de matigende invloed van Egypte kan de Arabische wereld zich nu echt tegen dat land verenigen en dit keer zullen de joden verliezen. En zodra die slachtpartij voorbij is,' vervolgde Korolenko onheilspellend, 'zal het westen in een economische depressie worden gestort zodra de verenigde moslimregeringen die vijfenvijftig procent van 's werelds oliereserves controleren, de prijzen tot astronomische hoogten zullen opdrijven; iets wat ze zeker niet zullen nalaten.'

'Je moet bieden,' zei Nichols tegen Schiller.

'Twee piek.'

'Plus twee,' kwam Korolenko.

Vyhousky gooide zijn kaarten op tafel. 'Ik pas.'

De senator tuurde naar de kaarten in zijn hand. 'Ik ga mee met vier en ik doe er vier bovenop.'

'Daar cirkelen de haaien,' zei Nichols met een zuinig glimlachje. 'Ik ben weg.'

'Laten we wel wezen,' zei de senator, 'we weten allemaal dat de Israëli's over een klein arsenaal atoomwapens beschikken en ze zullen niet aarzelen die te gebruiken als het eropaan komt.'

Schiller zuchtte diep. 'Ik moet er niet aan denken.' Hij keek op toen de kapitein van zijn boot klopte en aarzelend binnenkwam.

'Neem me niet kwalijk dat ik stoor, meneer Schiller, maar ik heb een belangrijk telefoontje voor u.'

Schiller schoof zijn kaarten naar Nichols. 'We hoeven de executie niet uit te stellen. Excuseer me even.'

Een van de regels voor dit wekelijkse onderonsje was, dat er geen telefoontjes werden aangenomen, behalve als het om een belangrijke zaak ging die iedereen aan tafel aanging. Het spel werd voortgezet, maar de vier mannen speelden automatisch, met toenemende nieuwsgierigheid.

'Jouw beurt, Aleksey,' zei de senator.

'Ik doe er vier dollar bovenop.'

'Zien.'

Korolenko haalde gelaten zijn schouders op en legde zijn kaarten open op tafel. Twee vieren was het enige wat hij had.

De senator glimlachte droog en legde zijn kaarten om. Hij had met een paar zessen gewonnen.

'Lieve hemel,' kreunde Nichols, 'en dan te bedenken dat ik met een paar koningen wegliep.'

Schiller kwam de salon weer binnen en ging zitten. 'Sorry dat ik even weg moest, maar ik kreeg net te horen dat een door de Verenigde Naties gecharterd vliegtuig op de noordkust van Groenland is neergestort. Voor zover bekend meer dan vijftig doden. Er is niets bekend over overlevenden.'

'Waren er Russische vertegenwoordigers aan boord?' vroeg Vyhousky.

'De passagierslijst was nog niet beschikbaar.'

'Een bomaanslag door terroristen?'

'Het is nog te vroeg om daar iets over te zeggen, maar de eerste rapporten suggereren dat het geen ongeluk is.'

'Welke vlucht was het?' vroeg Nichols.

'Londen-New York.'

Senator Pitts gezicht betrok. 'Ik heb het donkerbruine vermoeden, dat Hala Kamil in dat vliegtuig zat. Zij moest uit Europa terugkomen voor de zitting van de Algemene Vergadering volgende week in het hoofdkwartier van de Verenigde Naties.'

'George heeft gelijk,' zei Vyhousky. 'Twee Sovjet-gedelegeerden reisden met haar mee.'

Schiller schudde vermoeid zijn hoofd. 'Waanzin. Wie heeft er baat bij om een vliegtuig vol VN-mensen op te blazen?'

Niemand antwoordde. Korolenko staarde zonder enige uitdrukking naar het midden van de tafel. Toen zei hij zacht: 'Akhmad Yazid.'

De senator keek de Rus recht in de ogen. 'Je wist het.'

'Ik raad maar.'

'Jij denkt dat Yazid Kamils dood heeft bevolen?'

'Ik kan alleen maar zeggen, dat onze bronnen hebben ontdekt dat een islamitische factie in Cairo een aanslag beraamde. We wisten niet waar en hoe. We namen aan dat Kamils leven alleen zou worden bedreigd als ze naar Egypte zou terugkeren.'

'Die man is een nog grotere psychopaat dan we hadden gedacht.'

Schiller knikte instemmend. 'Yazid moet wel voor deze tragedie verantwoordelijk zijn. Zijn volgelingen zouden het zonder zijn zegen nooit hebben gedaan.'

'Hij had het motief,' zei Nichols. 'Kamil heeft met haar charme ook nog een heleboel flair. Bij het volk en de militairen is ze veel populairder dan president Hasan. Ze was een stevige buffer. Als ze dood is, staat Egypte nog geen uur af van een regering van extreme mollahs.'

'En wat is de positie van het Witte Huis als Hasan valt?' vroeg Korolenko geslepen.

Schiller en Nichols wisselden een blik van verstandhouding. 'Nou, hetzelfde als van het Kremlin,' zei Schiller. 'We wachten af tot het stof optrekt.'

Even verdween de grijns van Korolenko's gezicht. 'En als, of zeg maar wánneer de verenigde Arabische naties de joodse staat aanvallen?'

'Dan zullen we Israël door dik en dun steunen, zoals we altijd hebben gedaan.'

'Maar zullen jullie Amerikaanse troepen sturen?'

'Waarschijnlijk niet.'

'Als de Arabische leiders dit weten, zouden ze weleens minder voorzichtig kunnen zijn.'

'Vermoedelijk wel. Maar bedenk wel, Aleksey, dat we déze keer niet onze invloed zullen aanwenden om de Israëliërs ervan te weerhouden Cairo, Beiroet en Damascus in te nemen.'

'Wou je beweren dat de president hen er niet van zal weerhouden atoomwapens te gebruiken?'

'Zo iets,' zei Schiller gemaakt onverschillig. 'Wie is er aan de beurt om te geven?'

'Ik, geloof ik,' zei de senator. 'Zullen we beginnen met vijftig cent in te zetten?'

De Russen lieten het onderwerp niet rusten. 'Ik vind dit hoogst verontrustend,' zei Vyhousky.

'Er zat al een tijd een nieuwe houding aan te komen,' biechtte Nichols op. 'De laatste prognoses geven de Verenigde Staten een oliereserve van tachtig biljard vaten. Nu de prijs tegen de vijftig dollar per vat loopt, kunnen we ons dure winning veroorloven. En natuurlijk kunnen we nog steeds op de Mexicaanse en Zuidamerikaanse reserves rekenen. Het komt erop neer, dat we niet langer van de olie uit het Midden-Oosten afhankelijk zijn. Dus we laten de zaak lopen. Als de Russische regering deze Arabische rotzooi wil, kunnen ze die van ons krijgen, gratis en voor niets.'

Korolenko kon zijn oren niet geloven. Maar hij kende de Amerikanen goed genoeg om te weten, dat ze over een zo belangrijke zaak niet zouden bluffen.

Ook senator Pitt had zijn twijfels over het plan dat de president nu aan de Sovjet-vertegenwoordigers liet uitlekken. Er bestond een grote kans, dat de olie niet over de Rio Grande zou stromen als Amerika het nodig had. Mexico was een revolutionair kruitvat dat alleen nog een lont nodig had.

Egypte werd bezocht door een middeleeuwse fanatiekeling als Yazid. Maar Mexico had zijn eigen krankzinnige in de persoon van ene Topiltzin, een messiasachtige figuur die een terugkeer predikte naar een godsdienstige staatsvorm gebaseerd op de Azteken-cultuur. Evenals Yazid werd Topiltzin gesteund door miljoenen armen, en ook hij was niet ver verwijderd van het omverwerpen van de bestaande regering.

Waar komen al die krankzinnigen toch vandaan? vroeg de senator zich af. Hij deed bewust moeite om zijn handen niet te laten beven terwijl hij begon te delen. 'Vijf kaarten open, heren, jokers wild.'

12

In de spookachtige stilte van de nacht stonden enorme gedaanten met lege ogen naar het dorre landschap te kijken, wachtend op een onbekende verschijning om hen tot leven te wekken. Ze waren zo hoog als een gebouw van twee verdiepingen en hun grimmige, uitdrukkingsloze gezichten werden door een volle maan belicht.

Duizend jaar geleden hadden ze boven op de Quetzalcoatl-piramide in de Toltekenstad Tula een tempeldak gedragen. De tempel was er niet meer, maar de piramide stond er nog altijd en werd door archeologen gereconstrueerd. De ruïnes strekten zich over een lage heuvelrug uit en in haar gloriedagen had de stad zestigduizend inwoners geteld.

Door de spookachtige schaduwen die de maan wierp, beklom een man de steile treden van de piramide naar de stenen beelden aan de top. Hij was gekleed in een kostuum, compleet met stropdas, en hij droeg een leren diplomatenkoffertje.

Toen hij zwetend de top van de piramide had bereikt, keek hij om zich heen. Hij was niet alleen. Twee gedaanten kwamen naar voren en fouilleerden hem ruw. Ze wezen naar zijn diplomatenkoffertje. Hij maakte het gehoorzaam open en de beide mannen doorzochten de inhoud. Na zich ervan te hebben overtuigd dat er geen wapens inzaten, trokken ze zich naar de rand van de tempelvloer terug.

Rivas ontspande zich en drukte op een in het handvat van het koffertje verborgen schakelaar. Een bandrecordertje dat in het deksel zat verwerkt, begon te lopen.

Na een minuut kwam een gedaante vanuit de schaduwen van de grote standbeelden te voorschijn. Hij was in een enkellange witte toga gekleed. Zijn lange haar was op zijn schedel samengebonden en in het maanlicht glommen gouden banden om zijn armen, ingelegd met turkooizen.

Hij was een kleine man, met het gladde, ovale gezicht dat een Indiaanse afkomst suggereerde. Hij kruiste zijn armen over zijn borst en begon in een vreemde, bijna zangerige taal te spreken.

'Ik ben Topiltzin.'

'Ik heet Guy Rivas, bijzonder gezant van de president van de Verenigde Staten van Amerika.'

Rivas had een oudere man verwacht. Het was moeilijk de leeftijd van de Mexicaanse messias te schatten, maar hij kon niet veel ouder dan dertig zijn.

Topiltzin gebaarde naar een laag muurtje. 'Zullen we gaan zitten?'

Rivas knikte dankbaar en ging zitten. 'U hebt een zeer ongebruikelijke plaats uitgekozen.'

'Ja, ik vond Tula een passende achtergrond.' Plotseling klonk de minachting in Topiltzins stem door. 'Uw president schrok ervoor terug openlijk met ons te onderhandelen. Hij wilde zijn vrienden in Mexico-Stad niet in verlegenheid brengen.'

Rivas liet zich niet provoceren. 'De president heeft me gevraagd zijn dankbaarheid voor het gesprek dat u ons toestaat over te brengen.'

'Ik had een hogere functionaris verwacht.'

'U stelde als voorwaarde dat u met slechts één persoon zou praten. Wij begrepen daaruit dat u geen tolk zou toestaan. En aangezien u geen Spaans of Engels wilt spreken, ben ik de enige ambtenaar met voldoende rang die Nahuatl, de taal der Azteken, spreekt.'

'U spreekt het uitstekend.'

'Mijn familie is vanuit Escampo naar Amerika geëmigreerd. Ik heb het geleerd toen ik jong was.'

'Ik ken Escampo. Het is een klein dorp van trotse mensen die zich nauwelijks in leven kunnen houden.'

'U stelt dat u een eind aan de armoede in Mexico zult maken. De president is bijzonder geïnteresseerd in uw programma.'

'Heeft hij u daarom gestuurd?' vroeg Topiltzin.

Rivas knikte. 'Hij wil een dialoog openen.'

Topiltzin glimlachte grimmig. 'Een sluwe man. Hij beseft dat door de economische ineenstorting van mijn land mijn volksbeweging de regerende Partido Revolucionario Institucional van de troon zal stoten en hij is bang voor een verstoring van de betrekkingen tussen de VS en Mexico. Dus probeert hij zich aan beide kanten in te dekken.'

'Ik kan de gedachten van de president niet lezen.'

'Maar hij zal er spoedig achterkomen dat de meerderheid van de Mexicanen het zat is nog langer de voetveeg van de heersende rijke klasse te zijn. Ze zijn ziek van de corruptie. Ze vertikken het nog langer in de vuilnis van de krottenwijken te wroeten. Ze zullen niet langer lijden.'

'Door een Utopia uit de as der Azteken op te bouwen? De Azteken waren de bloeddorstigste beulen op het Amerikaanse continent. Het idee om een moderne regering op basis van een dergelijk barbaristisch geloof te grondvesten is . . .' Bijna had Rivas 'idioot' gezegd. In plaats daarvan zei hij 'naïef'.

Topiltzins gezicht kreeg een gespannen trek. 'U vergeet dat de Spaanse conquistadores onze voorvaderen hebben afgeslacht. Wat wil uw president van mij?'

'Vrede en vooruitgang in Mexico,' antwoordde Rivas, 'en een belofte dat u geen communistische koers zult varen.'

'Ik ben geen marxist. Ik heb een even grote hekel aan communisten als hij. Onder mijn volgelingen bevinden zich geen bewapende guerrilleros.'

'Hij zal blij zijn dat te horen.'

'Ons nieuwe Aztekenrijk zal opnieuw tot grootse bloei komen zodra de misdadige rijken en de corrupte leiders in de regering en het leger worden geofferd.'

Rivas wist niet zeker of hij dit juist had geïnterpreteerd. 'U hebt het over de executie van duizenden.'

'Nee, meneer Rivas, ik heb het over offers aan onze aanbeden goden Quetzalcoatl, Huitzilopochtli en Tezcatlipoca.'

Het begon Rivas te dagen. 'Nee! Dat kunt u niet menen!'

'Ons land zal weer de Aztekennaam Tenochtitlan dragen,' ging Topiltzin onverstoorbaar verder. 'Wij zullen een godsdienststaat zijn, met Nahuatl als officiële voertaal. De bevolking zal door strenge maatregelen onder controle worden gebracht. Buitenlandse industrieën zullen worden genationaliseerd. Van de Verenigde Staten zullen noch goederen meer mogen worden gekocht, noch zullen jullie onze olie mogen kopen. Onze schuld aan de wereldbanken zal eenzijdig geschrapt worden. Ik eis ook teruggave van onze gebiedsdelen in Californië, Texas, New Mexico en Arizona. Om dit te bewerkstelligen, zal ik miljoenen volgelingen de grens over sturen.'

Topiltzins dreigementen waren bijzonder beangstigend. Rivas kon onmogelijk alle vreselijke gevolgen overzien.

'Pure waanzin,' zei hij wanhopig. 'De president zal nooit naar zulke absurde eisen luisteren.'

'Zal hij me niet geloven?'

'Niemand die bij zijn gezonde verstand is zal u geloven.'

Rivas, weinig op zijn gemak, was te ver gegaan.

Topiltzin kwam langzaam overeind en sprak met gebogen hoofd op vlakke toon. 'Dan moet ik hem een bericht sturen dat hij kan begrijpen.'

Hij hief zijn armen boven zijn hoofd naar de donkere lucht. Alsof ze op dit teken hadden gewacht, verschenen vier Indianen, gekleed in niets anders dan een witte cape die om de hals was vastgemaakt. Ze naderden de van angst verstijfde Rivas van vier kanten en hadden hem snel overmeesterd. Ze droegen hem naar het stenen altaar met reliëfs en schedels met gekruiste botten eronder, gooiden hem op zijn rug en hielden hem aan armen en benen vast.

Rivas was te overdonderd om te protesteren en te geschokt om Topiltzins bedoeling te begrijpen. Maar toen de vreselijke waarheid begon te dagen, schreeuwde hij het uit.

'O God! Nee! Nee!'

Topiltzin negeerde de doodsbange Amerikaan en kwam naast het altaar staan. Hij knikte en een van de mannen rukte Rivas' overhemd af.

'Alsjeblieft, niet doen!' smeekte Rivas.

Een mes van obsidiaan, zo scherp als een scheermes, lag plotseling in Topiltzins opgeheven linkerhand.

Rivas gilde . . . het laatste geluid dat hij ooit zou maken.

Het mes flitste naar beneden.

De hoge beelden keken met stenen onverschilligheid neer op de bloedige daad. Deze onmenselijke wreedheid hadden ze duizend jaar geleden duizenden keren gezien. In hun verweerde ogen lag geen medelijden toen het nog steeds kloppende hart uit Rivas' borst werd gerukt.

13

Ondanks alle drukte om hem heen werd Pitt gegrepen door de intense stilte van het koude noorden. De overweldigende stilte leek de stemmen en de geluiden van de machines te overstemmen.

De plaats van de vliegramp begon op een militaire invasie te lijken. Allereerst was er een zwerm helikopters van de luchtmacht aan komen vliegen, die zwaarbewapende mannen met een vastberaden uitdrukking op het gezicht hadden gebracht. Deze zetten onmiddellijk het gebied rond de romp af en begonnen in de omgeving te patrouilleren. Een uur later arriveerden de mensen van de Onderzoekscommissie voor de Luchtvaart, die direct begonnen de verspreide brokstukken te merken voor vervoer. Zij werden gevolgd door een team van pathologen, die de stoffelijke overschotten inschreven en naar de helikopters overbrachten.

De marine werd vertegenwoordigd door kapitein-luitenant-ter-zee Knight en de onverwachte verschijning van de *Polar Explorer.* De enorme boeg van de ijsbreker ploegde zich met gemak een pad door het dikke ijspak en meerde op minder dan vijftig meter van het wrak. Knight liet de motoren stoppen, klom de ladder af het ijs op en bood het schip aan als commandopost voor de veiligheids- en onderzoeksteams – een aanbod dat zonder enige aarzeling dankbaar werd geaccepteerd.

Pitt was onder de indruk van de veiligheidsmaatregelen. Het nieuws was nog niet uitgelekt. Op Kennedy Airport werd alleen meegedeeld dat de VN-vlucht te laat was. Het zou niet langer dan een uur duren voor een slimme journalist het had uitgedokterd en alles bekend zou worden.

'Volgens mij vriezen mijn oogleden aan mijn ogen vast,' zei Giordino somber. Hij probeerde in de pilotenstoel van de NUMA-helikopter een kop koffie te drinken voor die bevroor. 'Het is hier kouder dan aan de achterkant van de maan.'

Pitt keek zijn vriend twijfelend aan. 'Hoe kun jij dat nou weten? Je bent de hele nacht die cockpit nog niet uitgeweest.'

'Ik krijg al dooie vingers als ik naar een blokje ijs in een glas whisky kijk.' Giordino hield zijn gespreide hand op. 'Moet je zien. Zo stijf van de kou dat ik niet eens een vuist kan maken.'

Pitt keek naar buiten en zag nog net Knight van het schip naar hen toe lopen. Hij liep naar achteren om het vrachtluik open te doen. Giordino kreunde vol zelfmedelijden omdat zijn kostbare hitte zomaar ontsnapte.

Knight klom, wolken condens uitblazend, aan boord. Hij ging met zijn hand in zijn parka en haalde een in leer gevatte flacon te voorschijn. 'Een aardigheidje van de ziekenboeg. Cognac. Ik dacht zo dat jullie dat wel ergens voor konden gebruiken.'

'Volgens mij heb je Giordino naar de zevende hemel gestuurd,' lachte Pitt.

'Ik zou liever in de hel zijn,' mompelde Giordino. Hij nam een slok en voelde de cognac naar zijn maag glijden. Hij hief zijn hand en maakte een vuist. 'Nu ben ik genezen.'

'We moeten ons gemak er maar van nemen,' zei Knight. 'We moeten hier nog minstens vierentwintig uur blijven. Ze willen ons uit de roulatie houden tot alles hier is opgeklaard.'

'Hoe gaat het met de overlevenden?' informeerde Pitt.

'Juffrouw Kamil rust. Ze heeft trouwens naar jou gevraagd. Ze had het over uit eten gaan in New York.'

'Eten?' vroeg Pitt onschuldig.

'Gek eigenlijk,' ging Knight door. 'Net voor doc Gale de knie van de stewardess ging opereren, had ze het ook over een afspraakje met jou om te gaan eten.'

Pitt zei met een onschuldige uitdrukking op zijn gezicht: 'Ze zullen honger hebben gehad.'

Giordino rolde met zijn ogen en bracht de flacon weer naar zijn mond. 'En de purser?'

'Die is er slecht aan toe,' antwoordde Knight. 'Maar de doc denkt dat hij het wel zal halen. Hij heet Rubin. Terwijl hij onder verdoving ging, bazelde hij over een piloot die zijn eerste en tweede officier had vermoord en toen midden in de vlucht verdween.'

'Zo'n gebazel is dat niet,' zei Pitt. 'Het lichaam van de piloot is nog niet gevonden.'

'Da's mijn zaak niet,' zei Knight met een schouderophalen. 'Ik heb al zorgen genoeg.'

'Hoe staat het met de Russische onderzeeboot?' vroeg Giordino.

'We zwijgen over de ontdekking tot we het mondeling aan de hoge omes van het Pentagon kunnen rapporteren. Het zou stom zijn als we ons door een communicatielek zouden blootgeven. Deze vliegramp is nog een geluk, als je het goed bekijkt. Dat geeft ons een logisch excuus om koers naar huis te zetten. Laten we hopen dat deze onverwachte afleiding onze Russische informatieanalisten voldoende in de war zal brengen om ons met rust te laten.'

'Reken daar maar niet op,' zei Giordino. Zijn gezicht begon te gloeien. 'Als de Russen ook maar het geringste vermoeden hebben dat we hebben raakgeschoten, én ze paranoïde genoeg zijn om te denken dat onze kant de vliegramp als een afleidingsmanoeuvre in scène heeft gezet, komen ze direct aanzetten met een vloot oorlogsschepen, bergingsschepen en een ondersteunende luchtmacht. Zodra ze de onderzeeboot zien, slepen ze hem terug naar hun station in Severomorsk op het schiereiland Kola.'

'Of ze blazen hem op,' voegde Pitt er aan toe.

Giordino gaf de cognac aan Pitt door. 'Het is te koud om de Koude Oorlog hier te bespreken. Laten we naar het lekkere warme schip gaan.'

'Laten we dat maar doen,' zei Knight. 'Jullie twee hebben al meer dan genoeg gedaan.'

Pitt rekte zich uit en begon zijn parka dicht te ritsen. 'Ik denk dat ik een eindje om ga.'

'Ga je niet met ons mee terug?'

'Straks. Ik wou nog even kijken hoe het met de archeologen is gesteld.'

'Verspilde moeite. Doc heeft al een verpleger naar hun kamp gestuurd. Die rapporteerde dat ze het allemaal goed maakten, op een paar kneuzingen en verstuikingen na.'

'Zou weleens interessant kunnen zijn om te zien wat ze hebben opgegraven,' hield Pitt vol.

Giordino had grote ervaring met het lezen van Pitts gedachten. 'Misschien hebben ze ergens wel een paar oude Griekse amfora's gevonden.'

'Kan geen kwaad daarnaar te vragen.'

Knight wierp Pitt een strenge blik toe. 'Let op wat je zegt.'

'Ik ken ons geologisch-onderzoeksmoesje van buiten.' Pitt opende het vrachtluik en knikte hen toe. 'Ga rustig naar bed, je hoeft niet op mij te wachten.' Vervolgens stapte hij de kou in.

'Koppige kerel,' mompelde Knight. 'Ik wist niet dat Pitt zich voor oudheidkundige voorwerpen interesseerde.'

Giordino staarde door het raampje Pitt na die de fjord begon over te lopen. 'Ik ook niet,' zei hij met een zucht.

Over het stevige, gladde ijs kwam Pitt goed vooruit. Vanuit het noordwesten zag hij een front van dreigende wolken aan komen zeilen. Het weer kon hier binnen één minuut van heldere zonneschijn tot een verblindende blizzard veranderen en alle herkenningstekenen uitwissen. Omdat hij geen trek had hier zonder kompas te verdwalen, versnelde hij zijn pas.

Hij passeerde de kustlijn in zuidelijke richting en oriënteerde zich op de rook die boven de hut van de archeologen opsteeg.

Pitt was nog een minuut of tien bij het kamp vandaan, toen de storm opstak. Het ene ogenblik kon hij bijna twintig kilometer ver kijken, het volgende zag hij geen hand voor ogen.

Hij begon te hollen in een naar hij hoopte enigszins rechte lijn. De horizontaal aanvliegende sneeuw raakte hem op zijn linkerschouder, dus hij leunde enigszins naar links om te compenseren.

De wind werd nog sterker en blies hem bijna omver. Hij schuifelde blindelings vooruit, naar zijn voeten kijkend en zijn passen tellend, zijn armen om zijn hoofd geslagen. Hij wist dat het onmogelijk was blindelings verder te gaan zonder uiteindelijk in een cirkel te lopen. Hij besefte bovendien dat hij de hut van de archeologen op een paar meter kon missen en door kon blijven strompelen tot hij van uitputting in elkaar zakte.

Toen hij volgens zijn berekeningen in de buurt van de hut moest zijn, bleef hij staan. Daarna liep hij dertig passen voor hij opnieuw bleef staan.

Hij draaide rechtsom en liep drie meter verder en draaide opnieuw rechtsom zodat hij het spoor van zijn voetstappen de andere kant op zag gaan. Hij begon parallel aan zijn eerste pad te lopen, in hetzelfde zoekpatroon als hij op zee had gebruikt. Hij deed ongeveer zestig passen voor zijn oude voetstappen in de sneeuw begonnen te verdwijnen.

Hij liep vijf banen, maakte opnieuw rechtsom en liep door tot hij er zeker van was, dat hij bij de nu inmiddels verdwenen beginlijn was aangekomen. Drie meter verder begon hij het patroon naar de andere kant te herhalen. Op de derde baan struikelde hij over een sneeuwrichel en viel tegen een metalen wand.

Hij volgde het twee hoeken om voor hij een touw vond dat naar een deur leidde. Met een diepe zucht van opluchting duwde Pitt de deur open in de heerlijke wetenschap dat zijn leven in gevaar was geweest en dat hij had gewonnen. Hij stapte naar binnen en schrok.

Dit was geen woonhut, maar meer een overdakking over een aantal uitgravingen. De temperatuur hierbinnen was rond het vriespunt, maar hij was blij dat hij hier veilig voor de rukwinden was.

Het enige licht kwam van een Coleman-lantaarn. Eerst dacht hij dat het bouwsel verlaten was, maar toen zag hij hoofd en schouders uit een gat in de grond oprijzen. De gedaante zat met de rug naar Pitt geknield in de grond te schrapen.

Pitt stapte uit de schaduwen en keek op de gedaante neer.

'Ben je klaar?' vroeg hij.

Lily draaide zich met een ruk om, eerder verbaasd dan geschrokken.

'Klaar waarvoor?'

'Om uit te gaan in de stad?'

Ze pakte de lamp en ging staan. 'Meneer Pitt, is het niet?' Ze pelde haar rechter handschoen af en stak haar hand uit.

Ook hij trok zijn handschoen uit en schudde haar stevig de hand. 'Ik heb liever dat aantrekkelijke dames mij Dirk noemen.'

Ze voelde zich net een verlegen meisje, kwaad dat ze zich niet opgemaakt had, en bang dat hij het eelt op haar handen zou voelen. En wat erger was, ze voelde zichzelf blozen.

'Lily . . . Sharp,' stamelde ze. 'Mijn vrienden en ik hoopten al dat we je voor gisteravond konden bedanken. Ik dacht dat je een grapje maakte over dat dineetje. Ik had echt niet gedacht dat ik je zou terugzien.'

'Zoals je ziet kan een blizzard me nog niet tegenhouden.'

'Je moet wel goed gek zijn.'

'Nee, alleen maar stom om te denken dat ik harder kon lopen dan een poolstorm.'

Ze begonnen allebei te lachen. Lily klom de afgravingstrog uit en Pitt nam haar bij de arm om haar te helpen. Ze vertrok haar gezicht en hij liet onmiddellijk los.

'Je zou eigenlijk niet mogen rondlopen.'

Lily glimlachte schuchter. 'Stijf en wat pijn van een heleboel blauwe plekken die ik je niet kan laten zien, maar verder gaat het wel.'

Pitt hield de lantaarn omhoog en keek om zich heen naar de vreemd gevormde rotsen en afgravingen. 'Wat is dit hier eigenlijk?'

'Een oud Eskimodorp, stamt uit honderd tot vijfhonderd na Christus. We noemen het het Gronquist-Baaidorp, naar doctor Hiram Gronquist, die het vijf jaar geleden heeft ontdekt.'

'Een van die drie mannen die ik gisteravond heb ontmoet?'

'De grote, die bewusteloos was.'

'Hoe gaat het met hem?'

'Ondanks een enorme paarse bult op zijn voorhoofd zweert hij dat hij geen hoofdpijn heeft of duizelig is. Toen ik de hut verliet was hij een kalkoen aan het klaarmaken.'

'Een kalkoen?' echode Pitt verbaasd. 'Dan moeten jullie hier een eersteklas bevoorradingssysteem hebben.'

'Een verticaal opstijgend Miranda-vliegtuig dat een rijke ex-leerling van de universiteit ter beschikking heeft gesteld, komt hier eens in de veertien dagen vanuit Thule.'

'Ik dacht dat afgravingen zover naar het noorden alleen maar in hartje zomer konden plaatsvinden, wanneer de grond ontdooid is.'

'Over het algemeen wel. Maar met de verwarmde overdekking kunnen we van april tot oktober werken.'

'Nog iets vreemds gevonden, een voorwerp dat hier niet thuishoort of zo?'

Lily keek Pitt met een vreemde blik aan. 'Waarom vraag je dat?'

'Uit nieuwsgierigheid.'

'We hebben honderden interessante voorwerpen opgegraven die een beeld geven van de leefstijl en technologie van de Eskimo's van vroeger. Ze zijn in de hut, als je ze zou willen bekijken.'

'Enige kans dat ik ze kan bekijken onder het genot van een kalkoen?'

'Een uitstekende kans, zelfs. Doctor Gronquist is een kok voor fijnproevers.'

'Ik had jullie voor een diner op het schip willen uitnodigen, maar de storm heeft daar een stokje voor gestoken.'

'We zijn altijd blij een nieuw gezicht aan tafel te verwelkomen.'

'Je hebt iets ongewoons gevonden, is het niet?' vroeg Pitt abrupt.

'Hoe weet je dat?' vroeg Lily achterdochtig.

'Grieks of Romeins?'

'Romeinse Rijk, Byzantium, om precies te zijn.'

'Byzantium wat?' hield Pitt aan, met een harde blik in zijn ogen. 'Hoe oud?'

'Een gouden munt, eind vierde eeuw.'

Hij leek wat te ontspannen. Hij ademde diep in en liet de adem langzaam ontsnappen terwijl ze hem verward en wat geïrriteerd stond aan te kijken.

'Waar stuur je op aan?' snauwde Lily.

'Wat zou je ervan zeggen als er een spoor van amfora's over de zeebodem de fjord inleidt?' zei Pitt langzaam.

'Amfora's?' herhaalde Lily verbaasd.

'Ik heb ze op een videoband van onze onderwatercamera's.'

'Ze zijn gekomen,' riep ze in vervoering. 'Ze zijn echt de Atlantische

Oceaan overgestoken. De Romeinen hebben eerder voet aan land op Groenland gezet dan de Noormannen.'

'De vondsten wijzen in die richting.'

Ze staarde naar de uitgraving waar ze de munt had ontdekt. 'Pytheas, de Griekse zeeman, heeft in 350 voor Christus een heldenreis gemaakt. Volgens de legende voer hij naar het noorden de Atlantische Oceaan op en heeft hij uiteindelijk IJsland bereikt. Vreemd dat er geen legenden bestaan over een Romeinse reis van zevenhonderdvijftig jaar later die nog verder naar het noorden en het westen gaat.'

'Pytheas heeft geluk gehad: hij is thuisgekomen om het te vertellen.'

'Denk je dat de Romeinen die hier kwamen op de terugreis zijn vergaan?'

'Nee, volgens mij zijn ze nog steeds hier.' Pitt keek haar met een vastberaden grijns aan. 'En jij en ik, charmante dame, gaan ze vinden.'

Deel II: De Serapis

14 oktober 1991
Washington D.C.

14

In de kille motregen die de hoofdstad van het land in somberheid hulde, stopte een taxi op de hoek van Seventeenth Street en Pennsylvania Avenue voor het oude Executive Office-gebouw. Een man gekleed in het uniform van een besteller stapte uit en zei tegen de chauffeur dat hij moest wachten. Van de achterbank pakte hij een in rode zijde verpakt pakje. Hij liep haastig het trottoir over, een paar treden af naar de ontvangstruimte van de postkamer.

'Voor de president,' zei hij met een Spaanse tongval.

Een postklerk noteerde de tijd van ontvangst van het pakje. Hij keek op en vroeg glimlachend: 'Regent het nog steeds?'

'Motregen.'

'Net genoeg om er de klere in te krijgen.'

'En dan al die files nog,' zei de besteller met een lang gezicht.

'Toch maar een prettige dag verder.'

'Insgelijks.'

De besteller vertrok en de postklerk legde het pakje onder de fluoroscoop. Onder de röntgenstralen was het diplomatenkoffertje makkelijk thuis te brengen, maar toch vond hij het beeld vreemd. Niets wees erop dat er papieren of dossiers in zaten, of een voorwerp met een duidelijke omtrek, niets wat op explosieven leek. Hij was een oude rot in röntgen-identificatie, maar met de inhoud van dit koffertje wist hij geen raad.

Hij belde en twee minuten later verscheen er een veiligheidsagent met een hond.

'Heb je iets voor Sweetpea?' vroeg de agent.

De postklerk knikte en zette het pakje op de grond. 'Kan het op het scherm niet thuisbrengen.'

Sweetpea was het gevolg van een kortstondige hartstocht tussen een brak en een tekkel met als resultaat grote bruine ogen en een dik lijfje dat door korte, dunne pootjes werd gedragen. Sweetpea was een hond die was afgericht om alles van de meest normale tot de meest exotische explosieven te ruiken. Onder het oog van de twee mannen waggelde ze, snuivend als een douairière bij een parfumtoonbank, rond het pakje.

Plotseling verstijfde ze, haar nekhaar stond recht overeind en ze begon grommend achteruit te lopen. Het leek of ze een achterdochtige en afkeurende uitdrukking op haar snoet had.

De agent zei verbaasd: 'Dat is niet haar normale reactie.'

'Er zit iets vreemds in,' zei de postklerk.

'Aan wie is het pak geadresseerd?'

'Aan de president.'

De agent bekeek het pakje onder de fluoroscoop. 'Ik zie geen bedrading of ontstekingsmechanisme.'

'Het is geen bom,' beaamde de postklerk.

'Oké, we gaan het openmaken.'

De verpakking werd voorzichtig verwijderd. Het zwartleren diplomatenkoffertje had geen cijferslot, maar beide sloten hadden een sleutelgat. De agent probeerde beide sloten tegelijk, en ze klikten open.

'Het moment van de waarheid,' zei hij met een voorzichtig lachje.

Met zijn handen op beide hoeken van het deksel deed hij het koffertje langzaam open tot de inhoud zichtbaar was.

'Jezus!' riep de agent lijkbleek uit en deinsde achteruit.

De postklerk rende kokhalzend naar het toilet.

In het Witte Huis leunde Dale Nichols op zijn draaistoel naar achteren en zette zijn leesbril recht. Hij begon voor de zoveelste keer de inhoud van het dikke dossier door te nemen dat Armando López, de directeur van Latijnsamerikaanse Zaken, hem had toegestuurd.

Nichols zag eruit als een professor, wat hij ook inderdaad was geweest voor de president hem ertoe had overgehaald het muffe universiteitsleven te verwisselen voor de politieke beerput in Washington. Zijn aanvankelijke tegenzin was in verbazing veranderd toen hij erachter kwam, dat hij een verborgen talent bezat om de bureaucratie in het Witte Huis te manipuleren.

Zijn ouderwetse ziekenfondsbrilletje, samen met het clichématige vlinderdasje en de pijp, verraadde het doorploeterende temperament van iemand die niet opgeeft en alleen maar aandacht heeft voor waarmee hij bezig is.

Hij stak zijn pijp aan, zonder op te kijken van de Mexicaanse krantenknipsels die allemaal over één onderwerp gingen.

Topiltzin.

Er zaten interviews bij die de charismatische messias aan vertegenwoordigers van Centraal- en Zuidamerikaanse landen had vergund. Maar hij had geweigerd met Amerikaanse journalisten of regeringsvertegenwoordigers te praten en niemand had voorbij de haag van lijfwachten kunnen komen.

Nichols sprak vloeiend Spaans en kon de verslagen zonder moeite lezen. Hij pakte een schrijfblok en begon een lijst op te stellen van beweringen en eisen die tijdens de interviews waren gegeven.

1. *Topiltzin beschrijft zichzelf als iemand die afkomstig is uit het allerarmste milieu, geboren in een strokartonnen hut naast een vuilnisbelt bij Mexico-Stad, zonder te weten wanneer. Op de een of andere manier heeft hij geleerd hoe hij tussen de stank en de vliegen en de mest en de viezigheid van de hongerige daklozen in leven moest blijven.*
2. *Geeft toe geen opleiding te hebben gehad. Zijn hele persoonlijke geschiedenis van zijn jeugd tot het moment dat hij als zelfbenoemde hoge-*

priester in de oude Tolteken/Aztekengodsdienst naar voren trad, is onbekend.

3. *Beweert dat hij de reïncarnatie is van Topiltzin, in de tiende eeuw heerser over de Tolteken, die met de legendarische god Quetzalcoatl werd geïdentificeerd.*
4. *Politieke opvattingen zijn een waanzinnige mengeling van oude cultuur en godsdienst en een vage autocratische eenmansregering. Wil de rol van goedertierende vader van de Mexicanen spelen. Negeert vragen over hoe hij de ingestorte economie van Mexico nieuw leven wil inblazen.*
5. *Boeiend spreker. Houdt zijn toehoorders in zijn ban. Spreekt alleen maar de oude Aztekentaal die nog door veel Indianen in Midden-Mexico wordt gebruikt. Tolken vertalen hem.*
6. *Zijn volgelingen zijn fanatiek. Politieke analisten stellen dat hij de nationale verkiezingen met een ruime meerderheid kan winnen. Toch weigert hij aan vrije verkiezingen deel te nemen omdat de corrupte regering, naar hij terecht beweert, de teugels nooit zou overgeven. Topiltzin rekent erop door de volkswil de regering te kunnen overnemen.*

Nichols legde zijn pijp in de asbak en keek even peinzend naar het plafond voor hij verder schreef:

Samenvatting: Topiltzin is ofwel vreselijk naïef ofwel vreselijk begaafd. Naïef als hij is wat hij zegt dat hij is. Begaafd als hij een methode voor zijn waanzin heeft, een doel dat alleen hij kan zien. Moeilijkheden, grote moeilijkheden.

De telefoon zoemde. Nichols nam op.

'De president op lijn een,' zei zijn secretaresse.

Nichols drukte op de knop. 'Jawel, meneer de president.'

'Iets gehoord over Guy Rivas?'

'Nee, niets.'

'Hij had twee uur geleden een afspraak met mij. Hij is niet komen opdagen. Ik maak me ongerust. Als hij onderweg moeilijkheden had, zou zijn piloot het ons nu wel hebben laten weten.'

'Hij is niet in een regeringsvliegtuig naar Mexico gevlogen,' verklaarde Nichols. 'In het belang van de geheimhouding heeft hij een lijnvlucht geboekt. Als president De Lorenzo erachter kwam dat we achter zijn rug om contact met zijn oppositie hadden opgenomen, zou hij zó beledigd zijn, dat hij de conferentie volgende week in Arizona zou afzeggen.'

'Inderdaad,' beaamde de president en sneed plotseling een ander onderwerp aan. 'Ben je ingelicht over de ramp met de VN-charter?'

'Nee, meneer,' antwoordde Nichols. 'Ik heb alleen maar gehoord dat Hala Kamil het heeft overleefd.'

'Zij en twee bemanningsleden. De rest is aan vergiftiging gestorven. Aangenomen wordt dat de piloot iedereen aan boord heeft geprobeerd te vergiftigen voor hij boven IJsland met een parachute naar buiten sprong.'

'Misschien was Hala Kamil het doel van de terroristen,' suggereerde Nichols. 'Akhmad Yazid heeft gezworen dat hij haar zou uitschakelen.'

'Die mogelijkheid kunnen we niet negeren,' gaf de president toe.

'Heeft de pers er al lucht van?'

'Over een uur zal het nieuws op tv en in de kranten verschijnen. Ik zag geen reden het achter te houden.'

'Is er iets dat ik voor u kan doen, meneer de president?'

'Ik zou het op prijs stellen, Dale, als je de reactie van president De Lorenzo's mensen in de gaten kunt houden. Er bevonden zich elf Mexicaanse afgevaardigden aan boord. Breng mijn condoléances over en bied elke medewerking binnen redelijke grenzen aan. O ja, en hou Julius Schiller van Buitenlandse Zaken op de hoogte, zodat we niet over elkaars lange tenen struikelen.'

'Ik zet mijn mensen direct aan het werk.'

'En zodra je iets van Rivas hoort, laat je het me weten.'

'Jawel, meneer de president.'

Nichols hing op en probeerde zich weer op het dossier te concentreren. Hij begon zich af te vragen of Topiltzin iets met de VN-moorden te maken had. Als hij maar greep op die man kon krijgen. Nichols had het talent niet om een individu laagje na laagje af te pellen tot hij wist hoe de man in elkaar stak. Hij was gespecialiseerd in gecomputeriseerde voorspellingen van internationale politieke verschuivingen.

Topiltzin vormde een mysterie. Wat was zijn doel?

Een Mexico van de Azteken? Een terugkeer naar het verleden? Maar geen enkele moderne maatschappij kon onder zulke archaïsche regels functioneren. Er moest iets anders achter steken. Nichols verkeerde in een vacuüm. Hij zag Topiltzin alleen maar als een karikatuur, als de slechterik in een stripverhaal.

Zijn secretaresse kwam zonder te kloppen zijn kantoor binnen. 'Het rapport van de CIA waar u om hebt gevraagd – en er is telefoon op lijn drie.'

'Wie?'

'Ene James Gerhart,' antwoordde ze.

'Interne veiligheidsdienst van het Witte Huis,' zei Nichols. 'Heeft hij gezegd wat er was?'

'Alleen dat het dringend was.'

Nichols werd nieuwsgierig. Hij pakte de hoorn. 'Wat is er aan de hand?'

'Ik had graag dat u naar het pathologisch laboratorium van het George Washington-ziekenhuis kwam.'

'Waarom, in 's hemelsnaam?'

'Dat zeg ik liever niet over de telefoon.'

'Ik heb het ontzettend druk, meneer Gerhart. U zult toch iets duidelijker moeten zijn.'

Het bleef even stil. 'Ik kan alleen maar zeggen dat het de president aangaat. Een van mijn mannen staat buiten op u te wachten. Hij zal u naar het laboratorium rijden. Ik zie u daar in de wachtkamer.'

'Luister eens hier, Gerhart . . .' Maar Nichols hoorde alleen nog maar de kiestoon.

Gerhart zat in de wachtkamer op hem te wachten. Ze kenden elkaar van gezicht, maar hadden elkaar nooit gesproken.

'Ik stel het op prijs dat u bent gekomen,' zei Gerhart formeel.

'Wat doe ik hier?' viel Nichols met de deur in huis.

'Identificatiedoeleinden.'

Nichols kreeg plotseling een duister voorgevoel. 'Wie?'

'Ik had liever dat u mij dat vertelde.'

'Ik word misselijk als ik een lijk zie.'

'Dit is niet precies een lijk, maar u zult wel misselijk worden.'

Nichols haalde zijn schouders op. 'Vooruit dan maar, dan zijn we er van af.'

Gerhart hield de deur open en ging hem voor door een lange gang naar een betegelde ruimte waarvan de vloer enigszins afliep naar een afvoer in het midden. Op de roestvrijstalen tafel in het midden van het vertrek lag een lang, plat voorwerp. Het was niet hoger dan een centimeter of twee, en het was met een wit plastic laken afgedekt.

Nichols keek Gerhart verward aan. 'Wat moet ik precies identificeren?'

Zonder iets te zeggen trok Gerhart het laken weg en liet het op de grond vallen.

Nichols staarde niet-begrijpend naar het ding op de tafel. Eerst dacht hij dat het een papieren knipsel van het silhouet van een man was. Plotseling begreep hij de afschuwelijke waarheid. Hij boog zich over de afvoer en gaf over.

Gerhart liep de kamer uit en kwam even later terug met een vouwstoel en een handdoek.

Nichols bleef een paar minuten met de handdoek tegen zijn gezicht zitten kokhalzen. Toen hij een beetje was bijgekomen keek hij Gerhart aan en stamelde: 'Lieve hemel . . . dat is . . .'

'Huid,' vulde Gerhart aan. 'Menselijke huid, gevild.'

Nichols dwong zich naar het weerzinwekkende ding op de tafel te kijken. Een leeggelopen ballon, dat was de enige manier waarop hij het kon beschrijven. De huid was van het achterhoofd tot aan de enkels opengesneden en als het bont van een dier van het lichaam afgepeld. Een lange, verticale snee op de borst was met grove steken dichtgenaaid. De ogen ontbraken, maar de huid was compleet, inclusief handen en voeten.

'Hebt u enig idee wie het kan zijn?' vroeg Gerhart zacht.

Nichols deed zijn best, maar de groteske, misvormde gelaatstrekken maakten het hem onmogelijk. Alleen het haar kwam hem bekend voor. Toch wist hij het.

'Guy Rivas,' mompelde hij.

Gerhart zweeg. Hij leidde Nichols bij de arm naar een andere kamer met wat gemakkelijker stoelen en een koffiepot en schonk een kop koffie voor hem in.

'Drink dit maar op. Ik ben zo terug.'

Nichols was volkomen overstuur van de nachtmerrie die hij in de andere kamer had gezien. Hij kon de realiteit van Rivas' gruwelijke dood niet tot zich laten doordringen.

Gerhart kwam terug met een diplomatenkoffertje. 'Dit werd in de postkamer afgegeven. Daarin zat de huid, keurig opgevouwen. Eerst dacht ik dat het het werk van een psychopaat was, maar toen ik het koffertje nauwkeurig onderzocht, vond ik een miniatuur bandrecorder die onder de bekleding aan de binnenkant was verborgen.'

'Hebt u de band afgespeeld?'

'Onbegrijpelijk. Het leek op een gesprek in geheimtaal tussen twee mannen.'

'Hoe bent u van Rivas bij mij terechtgekomen?'

'Rivas' regeringslegitimatiekaart zat in de huid ingevouwen. De moordenaar wilde er zeker van zijn, dat we zouden weten wie het was. Rivas' secretaresse heeft opgebiecht dat hij twee uur voordat hij naar het vliegveld ging voor een vlucht met onbekende bestemming met u en de president heeft gepraat. Het ging duidelijk om een geheime missie. Daarom heb ik allereerst contact met u opgenomen.'

Nichols keek hem met samengeknepen ogen aan. 'U zei dat er een gesprek op de band stond?'

Gerhart knikte ernstig. 'Een gesprek en Rivas' gegil toen hij werd opengesneden.'

Nichols sloot zijn ogen en probeerde het beeld in zijn gedachten uit te bannen.

'Zijn naaste familie zal op de hoogte moeten worden gebracht,' vervolgde Gerhart. 'Was hij getrouwd?'

'Ja, en hij had ook vier kinderen. Guy Rivas was een van de weinige integere mensen die ik hier in Washington kende. We hebben een paar keer samengewerkt.'

Voor het eerst verzachtten zich de harde trekken op Gerharts gezicht. 'Het spijt me.'

Nichols hoorde hem niet. Er was een bittere, ijzige blik in zijn ogen gekomen. De barbaarse behandeling die degene die hem na stond had ondergaan, had een woede bij hem opgeroepen zoals hij nog nooit had gevoeld.

Met of zonder presidentiële toestemming, Nichols was vastberaden de moord op Rivas met alle mogelijke middelen die hem dank zij zijn positie in het Witte Huis ter beschikking stonden, te wreken. Topiltzin moest sterven.

15

Het kleine zakenvliegtuig landde op een privé-vliegveld twintig kilometer ten zuiden van Alexandrië in Egypte, en kwam naast een groene Volvo met het opschrift TAXI tot stilstand. De passagiersdeur ging open en er stapte een man uit in een wit kostuum met blauw overhemd en bijpassende stropdas. Hij was nog geen een meter tachtig, slank en enigszins kalend. Hij bleef even staan, veegde met een zakdoek zijn voorhoofd af en streek met zijn wijsvinger arrogant over een grote, zwarte snor. Zijn ogen gingen schuil achter een zonnebril en zijn handen waren in witleren handschoenen gestoken.

Suleiman Aziz Ammar leek in het geheel niet op de piloot die in Londen aan boord van Vlucht 106 was gegaan.

Hij liep naar de Volvo en begroette de kleine, gespierde chauffeur die achter het stuur vandaan kwam. 'Goeiemorgen, Ibn. Heb je problemen gehad bij je terugkeer?'

'Alles is in orde,' antwoordde Ibn. Hij hield het achterportier open zonder enige moeite te doen het jachtgeweer met afgezaagde loop in zijn schouderholster te verbergen.

'Breng me naar Yazid.'

Ibn knikte zwijgend en Ammar schoof op de achterbank.

De taxi was even misleidend als Ammars vele vermommingen. De donker getinte ramen en de carrosserie waren kogelvrij. Binnen zat Ammar comfortabel op een leren bank voor een kleine bureaukast met een compacte batterij elektronisch materiaal, waaronder twee telefoons, een computer, een radiozender en een monitor. Er waren ook een bar en twee automatische geweren voorhanden.

Terwijl de auto het drukke centrum van Alexandrië ontweek, hield Ammar zich bezig met zijn wijd verspreide investeringen. Alleen hij kende de omvang van zijn enorme rijkdom. Zijn financiële succes was meer aan gewetenloosheid dan aan sluwheid te danken. Als een directielid of een regeringsambtenaar voor Ammar een belemmering vormde om een winstgevend zaakje af te sluiten, werd hij eenvoudigweg geëlimineerd.

Na een rit van twintig kilometer stopte Ibn voor een hek dat naar een kleine villa leidde die op een lage heuvel stond met uitzicht op een breed zandstrand.

Ammar zette zijn computer af en stapte uit. Vier wachten in woestijnuniform fouilleerden hem zorgvuldig. Bovendien moest hij door een metaaldetector stappen. Daarna werd hij langs betonnen stellingen, door een klein leger van Yazids lijfwachten bemand, naar de villa geleid.

Hij werd een donkere, lege kamer binnengelaten die alleen was gemeubileerd met een houten stoel en een Perzisch wandtapijt. Het was er warm en rook er muf. Er waren geen ramen; de enige verlichting kwam door een opening in het dak. Zwijgend trokken de wachten zich terug en sloten de deur.

Ammar gaapte en keek even op zijn horloge. Vervolgens zette hij zijn zonnebril af en wreef in zijn ogen. Deze geoefende gebaren stelden hem in staat de kleine lens van een tv-camera te zien die in het patroon van het wandtapijt was weggewerkt, zonder iets van zijn ontdekking te laten merken.

Hij was bijna gaargestoofd voor Akhmad Yazid verscheen.

De geestelijke leider van de Egyptische moslims was jong, niet ouder dan vijfendertig. Hij was een kleine man, die naar Ammar moest opkijken. Zijn gezicht was niet dat van een typische Egyptenaar; zijn kin en kaakbeenderen waren zachter, ronder. Zijn hoofd werd bedekt door een witte linnen doek die in een soort tulband was gewikkeld en zijn broodmagere lichaam ging gekleed in een witzijden kaftan.

Als een teken van respect boog Ammar zijn hoofd zonder Yazid aan te kijken.

'Ha, beste vriend,' zei Yazid hartelijk. 'Fijn dat je terug bent.'

Ammar keek op en begon glimlachend het spelletje mee te spelen. 'Ik ben vereerd in de schaduw van uw aanwezigheid te mogen verkeren, Akhmad Yazid.'

'Ga zitten, alsjeblieft,' zei Yazid. Het klonk meer als een bevel dan als een uitnodiging.

Ammar ging op de lage houten kruk zitten zodat Yazid op hem kon neerkijken. De laatste liep de kamer rond terwijl hij zonder enige inleiding begon te doceren, waardoor Ammar werd gedwongen op zijn kruk rond te draaien om hem te volgen.

'Elke week opnieuw wordt president Hasans wankele autoriteit bedreigd. Alleen de loyaliteit van het leger voorkomt zijn val. Op het ogenblik kijkt minister van Defensie, Abu Hamid, de kat uit de boom. Hij heeft me verzekerd, dat hij onze beweging voor een islamitische republiek zal steunen, maar alleen als we een nationaal referendum zonder bloedvergieten winnen.'

'Is dat erg?' vroeg Ammar met een onschuldige uitdrukking op zijn gezicht.

Yazid keek hem koeltjes aan. 'Die westers georiënteerde charlatan is te laf om de Amerikaanse hulp op te geven. Hij is bang dat Egypte dezelfde kant opgaat als Iran. Die idioot staat erop dat er een ordelijke regeringswisseling plaatsvindt, zodat de leningen van de banken en de financiële hulp van Amerika blijven binnenstromen.' Hij keek Ammar recht in zijn ogen alsof hij hem uitdaagde hem opnieuw tegen te spreken. Ammar zweeg. 'Bovendien eist Abu Hamid dat ik beloof dat Hala Kamil secretaris-generaal van de Verenigde Naties blijft.'

'Maar u hebt mij bevolen haar te elimineren,' zei Ammar bevreemd.

Yazid knikte. 'Ja, omdat dat wijf haar positie in de VN gebruikte om de wereldopinie tegen mij en onze beweging op te zetten. Abu Hamid zou echter de deur in mijn gezicht hebben dichtgeslagen als ze openlijk was vermoord. Daarom rekende ik erop, Suleiman, dat jij haar door middel van een duidelijk ongeluk zou opruimen. Helaas heb je gefaald. Je hebt iedereen aan boord van het vliegtuig gedood, behálve Kamil.'

Deze laatste woorden kwamen aan als een hamerslag. Ammar keek Yazid verward aan. Zijn uiterlijke kalmte was verdwenen.

'Lééft ze nog?'

'Het nieuws werd in Washington nog geen uur geleden bekendgemaakt. Het vliegtuig is in Groenland neergestort. Alle passagiers, behalve Kamil en twee bemanningsleden, werden dood aangetroffen, vergiftigd.'

'Vergiftigd?' mompelde Ammar ongelovig.

'Onze betaalde bronnen bij de Amerikaanse nieuwsdiensten hebben het rapport bevestigd.'

'Hebben ze gezegd hoe het Groenland heeft bereikt?'

'Een purser heeft de lijken van de cockpitbemanning ontdekt. Geassisteerd door een Mexicaanse afgevaardigde heeft hij een noodlanding in een fjord gemaakt. Kamil had van de kou kunnen sterven, waardoor je alsnog zou zijn geslaagd, maar er was toevallig een Amerikaans marineschip in de buurt.'

Ammar was stomverbaasd. Hij kon zich niet voorstellen hoe zijn zorgvuldig uitgedokterde plan zo faliekant had kunnen mislukken. Bijna onmiddellijk had hij alle onwaarschijnlijkheden tegen elkaar afgewogen en concentreerde hij zich op een stukje van de puzzel dat niet paste.

Yazid bleef een ogenblik zwijgend staan en verbrak toen Ammars concentratie. 'Je beseft natuurlijk wel, dat deze puinhoop mij in de schoenen wordt geschoven. Ik zou je moeten laten executeren.'

Ammar haalde onverschillig de schouders op. 'Dat zou een grote verspilling zijn. Ik ben nog steeds de beste eliminator van het Midden-Oosten.'

'En de best betaalde.'

'Het is niet mijn gewoonte om onafgemaakte projecten in rekening te brengen.'

'Dat mag ik hopen,' zei Yazid ijzig. Hij draaide zich abrupt om en liep naar het wandtapijt. 'Je mag gaan, Suleiman Aziz Ammar.'

'En Hala Kamil dan? Dat karwei is nog niet af.'

'Ik draag haar eliminatie over aan Muhammad Ismail.'

'Ismail,' kreunde Ammar. 'Dat is een imbeciel.'

'Maar wel betrouwbaar.' Yazid keek Ammar dreigend aan. 'Jij blijft hier in Egypte, aan mijn zijde. Mijn trouwe adviseurs en ik hebben een ander project voor jou waarmee je in de ogen van Allah vergiffenis kunt verwerven.'

Voor Yazid de kamer kon uitlopen, kwam Ammar overeind. 'Die Mexicaanse afgevaardigde die het vliegtuig heeft helpen besturen. Was die ook vergiftigd?'

Yazid schudde zijn hoofd. 'Volgens het rapport kwam hij tijdens de noodlanding om.' Toen was hij achter het wandtapijt verdwenen.

Ammar ging weer op de kruk zitten. Hij zou woedend moeten zijn, maar in plaats daarvan krulde er een glimlach onder zijn snor.

'Dus we waren met zijn tweeën,' peinsde hij hardop in de lege kamer. 'En de ander heeft het eten vergiftigd.' Hij schudde verwonderd zijn hoofd. 'Vergif in de runderrollade. Wat ouderwets.'

16

Eerst lette niemand op het vlekje dat over de rand van het sonarpapier begon te kruipen. Na zes uur zoeken hadden ze diverse door mensen gemaakte voorwerpen gevonden: een gezonken trawler, stukken van het neergestorte vliegtuig en gewoon afval dat door vissersboten overboord was gegooid. Ze werden allemaal door de videocamera geïdentificeerd alvorens ze werden geëlimineerd.

De laatste anomalie lag niet zoals gedacht op de bodem van de fjord, maar in een kleine baai omgeven door steile rotsen. Alleen een klein stukje stak in het water uit, de rest lag onder een muur van ijs begraven.

Pitt was de eerste die het belang ervan onderkende. Hij zat voor de sonar, met Giordino, Knight en de archeologen om hem heen. Hij zei in de zender: 'Draai de vis op een-vijf-nul graden.'

De *Polar Explorer* lag nog steeds stil in de fjord. Buiten hadden een paar mannen onder leiding van Cork Simon door het ijs geboord en de zoekapparatuur in het water gelaten. Simon herhaalde Pitts bevel en draaide de kabel tot de sonar op 150 graden stond.

'Zo goed?' vroeg hij.

'In de roos,' antwoordde Pitt vanaf het schip.

Vanuit deze hoek werd het doel beter zichtbaar. Pitt omcirkelde het met een zwarte viltstift.

'Ik denk dat we hier iets hebben,' zei hij. 'Nogal vaag. Je moet je fantasie gebruiken, want het grootste deel van het object ligt onder het ijs. Maar dat gedeelte dat onder water zit, suggereert een houten schip. Er is een hoekige vorm die wijst op een hoge, gebogen achtersteven.'

'Ja,' zei Lily opgewonden. 'Typisch voor een koopvaarder uit de vierde eeuw.'

'Niet zo enthousiast,' waarschuwde Knight. 'Het kan een oude vissersboot met zeilen zijn.'

'Misschien,' zei Giordino bedachtzaam. 'Maar als ik me goed herinner, gebruikten de Denen, de IJslanders en de Noren die hier door de eeuwen heen hebben gevist smallere schepen die voor en achter dezelfde vorm hadden.'

'We kunnen geen duidelijk beeld van het stuk romp onder het ijs krijgen,' zei Gronquist. 'Maar bij de achtersteven zouden we een camera in het water kunnen laten zakken om een duidelijker indruk te krijgen.'

'Een camera zou alleen maar bevestigen dat het de achtersteven van een scheepswrak is, meer niet,' zei Giordino aarzelend.

'We hebben hier genoeg sterke mensen aan boord om een tunnel in het ijs te boren,' zei Lily. 'Dan kunnen we haar met het blote oog zien.'

Gronquist pakte een verrekijker en liep naar de brug. Een halve minuut later kwam hij terug. 'Volgens mij is het ijs boven het wrak zo'n meter of drie. Het duurt minstens twee dagen om er doorheen te boren.'

'Dan ben ik bang dat je zonder ons moet boren,' zei Knight. 'Ik heb bevel om voor 18.00 uur onder stoom te gaan.'

'Dat is al over vijf uur,' zei Gronquist geschrokken.

Knight maakte een hulpeloos gebaar. 'Het spijt me, maar ik heb daar niets over te zeggen.'

Pitt bestudeerde de donkere plek op het papier en wendde zich vervolgens tot Knight. 'Als ik onomstotelijk kan bewijzen dat daar een Romeins schip uit de vierde eeuw ligt, zou jij dan het Noordatlantisch Commando ertoe kunnen overhalen om hier nog een dag of twee te blijven?'

Knights ogen kregen een berekenende blik. 'Wat ben jij van plan?'

'Ga je daarmee akkoord?'

'Jawel,' zei Knight vastberaden. 'Maar alleen als je zonder enige twijfel kunt aantonen dat het om een duizend jaar oud scheepswrak gaat.'

'Dat is dan afgesproken.'

'Hoe ga je dat aanpakken?'

'Heel eenvoudig,' zei Pitt. 'Ik duik onder het ijs en kom in de romp naar boven.'

Met behulp van motorzagen maakten Cork Simon en zijn mannen snel een gat in het drie meter dikke ijs. Daarna ging Cork een kleine tent binnen. Het was er warm en vol met mensen en stukken duikuitrusting. Naast het verwarmingsapparaat stond een luchtcompressor te pompen. De uitlaat hiervan lag buiten de tent.

Lily en de andere archeologen zaten aan een vouwtafel in de hoek van de tent een aantal schema's te tekenen die ze voor Pitt verklaarden terwijl deze zijn duikerpak aantrok.

'Wij zijn klaar,' kondigde Simon aan.

'Nog vijf minuten,' antwoordde Giordino, die bezig was de kleppen van de luchtregulator in het Mark I-duikmasker te controleren.

Pitt trok zijn rubberpak over zijn lange ondergoed van dikke nylon aan en trok de kap over zijn hoofd. Vervolgens deed hij een snel afwerpbare gewichtsgordel om. Al die tijd kreeg hij een spoedcursus in antieke scheepsbouw.

'Wil je een reservefles voor de terugweg?' kwam Giordino ertussen.

Pitt schudde zijn hoofd. 'Dat is niet nodig voor zo'n ondiepe duik. Zolang ik maar aan de reddingslijn zit.'

Giordino hielp Pitt met zijn Mark I-masker. De lucht werd aangezet en toen Pitt beduidde dat de toevoer goed was geregeld, bevestigde Giordino het communicatiesnoer aan het masker.

Terwijl een matroos de luchtslang en het communicatiesnoer afrolde en rechtlegde, bond Giordino een reddingslijn van henneptouw om Pitts middel. Hij liep nog een keer alles na en zette toen een koptelefoon op.

'Hoor je me?'

'Duidelijk maar zacht,' antwoordde Pitt. 'Zet het volume wat harder.'

'Beter?'

'Stukken.'

'Hoe voel je je?'

'Uitstekend zolang ik warme lucht kan ademen.'

'Klaar?'

Pitt antwoordde door het duikersteken voor oké te geven: een o van duim en wijsvinger. Hij hing een onderwaterlamp aan zijn riem.

Lily omhelsde hem en keek door zijn duikmasker. 'Goede jacht, en wees voorzichtig.'

Hij gaf haar een knipoog, draaide zich om en liep naar buiten, de kou in, gevolgd door twee matrozen die de slang en lijnen vasthielden.

Giordino wilde hem volgen, maar Lily greep hem bij zijn arm. 'Zullen we hem kunnen horen?' vroeg ze gespannen.

'Jazeker, ik heb hem op een luidspreker aangesloten. Jij en dr. Gronquist kunnen hier lekker warm blijven zitten luisteren. Als je een bericht voor Pitt hebt, kom je het gewoon aan mij vertellen, en dan geef ik het door.'

Pitt liep met stijve benen naar het wak en ging zitten. De luchttemperatuur was inmiddels tot minus achttien graden gedaald, mede dankzij een kille wind van vijftien kilometer per uur.

Terwijl hij zijn zwemvliezen aantrok kwam Knight aangelopen en legde een hand op Pitts schouder. Met een luide stem, zodat Pitt hem zou kunnen horen, zei hij: 'Nog een uur en drieëntwintig minuten. Ik vond dat ik je dat even moest vertellen.'

Pitt keek hem even met een harde blik aan, maar gaf geen antwoord. Hij stak zijn duim op en gleed in het onaanlokkelijke water.

Langzaam liet hij zich langs de witte muren zakken. Het leek wel of hij in een put dook. Eenmaal onder het ijs werd hij bijna verblind door een caleidoscoop aan kleuren van de zonnestralen die door het ijs kwamen. De onderkant van het ijs was gekarteld en ongelijk, met kleine stalactieten, gevormd door de pekel uit het snel bevriezende zoete water dat van de gletsjers in de fjord stroomde.

Het zicht onder water bedroeg bijna tachtig meter horizontaal. Onder hem klauwde een kelpkolonie zich aan de rotsbodem vast. Duizenden garnaalachtige schaaldiertjes zwermden in het stille water aan hem voorbij.

Een enorme, drie meter lange zeerob keek hem van een afstand nieuwsgierig aan. Pitt wuifde en de rob zwom met een angstige blik in zijn richting weg.

Pitt kwam op de bodem terecht en popte zijn oren om de luchtdruk in de voorhoofdsholten op gelijke sterkte te brengen als de toegenomen druk onder water. Onder ijs duiken met een gecombineerd duik- en reddingsvest met variabel drijfvermogen had zijn gevaren, en Pitt gebruikte dat dan ook niet. Hij was een beetje te zwaar en hij compenseerde dat door een loden gewicht van zijn gewichtsriem te halen en te laten vallen. De lucht die vanuit de compressor via een filter en een regulator zijn masker binnenkwam, was muf maar puur.

Hij keek naar boven, oriënteerde zich op het wak en keek op zijn kompas. Een dieptemeter had hij niet meegenomen. Hij zou toch niet dieper dan vier meter gaan.

'Zeg iets,' kwam de stem van Al Giordino door de koptelefoon in het duikmasker.

Pitt draaide in het rond en keek door het groenige waas. 'Ze ligt ongeveer tien meter naar het noorden. Ik ga er nu heen. Geef me wat ruimte op de lijnen.'

Hij begon langzaam te zwemmen, voorzichtig dat zijn lijnen niet om een uitstekende rotspunt zouden komen vast te zitten. De kou van het ijzige water begon door te dringen. Hij dankte Giordino in gedachten dat die op het idee was gekomen voor een verwarmde luchttoevoer te zorgen.

De achtersteven van het wrak doemde voor hem op. De zijkanten waren bedekt onder een deken van algen. Met zijn gehandschoende hand veegde hij een gedeelte schoon, daarmee een groene wolk veroorzakend. Hij wachtte een minuut tot de wolk begon op te lossen en bestudeerde toen het resultaat.

'Zeg tegen Lily en doc Gronquist dat ik naar een houten romp kijk zonder staartroer, maar evenmin duidt er iets op roeiroeren.'

'Begrepen,' zei Giordino.

'Er zit een soort hardhouten plakkaat in de achtersteven verwerkt,' vervolgde Pitt. 'Ik kan een kop en wat letters zien.'

'Een kop?'

'Met krullen en een volle baard.'

'Wat staat er?'

'Sorry, ik kan geen Grieks lezen.'

'Weet je zeker dat het geen Latijn is?' vroeg Giordino sceptisch.

Het houtsnijwerk was in het schemerlicht dat door het ijs filterde niet zo duidelijk. Pitt bracht zijn masker tot vlak op het houten plakkaat.

'Grieks,' zei Pitt overtuigd.

'Weet je het zeker?'

'Ik heb verkering gehad met een meisje dat op het gymnasium zat.'

'Wacht even. Je hebt onze knokenrapers een hartverlamming bezorgd.'

Na bijna twee minuten klonk Giordino's stem weer over de koptelefoon. 'Gronquist denkt dat je hallucineert, maar Mike Graham heeft klassiek Grieks gestudeerd en vraagt of je de letters kunt beschrijven.'

'De eerste letter lijkt op een S in de vorm van een bliksemschicht. Dan een A waar de rechterpoot van verdwenen is. Daarna een P en nog zo'n invalide A en iets wat er als een omgekeerde L of een galg uitziet. Dan een I. De laatste letter is weer zo'n schichtige S. Ik kan er niet meer van maken.'

Graham tekende de beschrijving die hij in de tent over de luidspreker hoorde op een bladzijde van zijn notitieboekje en kreeg:

Langzaam daagde het hem, dat het geen klassiek Griekse letters waren, maar Oostgriekse. Driftig schreef hij een kort woord neer, scheurde de bladzijde uit het notitieboekje en stak hem omhoog. In hedendaagse letters stond er:

SARAPIS

Lily keek Graham vragend aan. 'Betekent het iets?'

Gronquist zei: 'Ik geloof dat dat de naam van een Grieks-Egyptische god is.'

'Een geliefde godheid in het hele Middellandse-Zeegebied,' beaamde Hoskins. 'In hedendaagse spelling is het gewoonlijk "Serapis".'

'Dus ons schip heet de *Serapis*,' mompelde Lily bedachtzaam.

Knight kreunde. 'Een Romeins, een Grieks of een Egyptisch scheepswrak. Wie van de drie?'

'Dat gaat ons boven onze pet,' antwoordde Gronquist. 'Daar hebben we een specialist op het gebied van marine-archeologie voor nodig.'

Onder het ijs zwom Pitt langs de stuurboordkant van de romp tot waar hij in het ijs verdween. Hij zwom terug om de achtersteven naar de bakboordzijde. Daar waren wat planken naar buiten gebogen. Hij gaf een paar trappen met zijn zwemvliezen en zag een stuk waar het ijs een gat in had geslagen.

Hij duikelde in het water en stak zijn hoofd naar binnen. Het was net of hij een donkere kast inkeek. Hij zag alleen maar vage, niet nader te omschrijven vormen. Hij stak een arm naar binnen en voelde iets ronds en hards. Het gat was te klein om er met zijn schouders doorheen te kunnen.

Hij pakte de bovenste plank beet, zette zich met zijn zwemvliezen tegen de romp schrap en begon te trekken. Het hout boog wel, maar wilde niet loskomen. Pitt trok uit alle macht en wilde al opgeven, toen plotseling een nagel uit een van de spanten losschoot en Pitt in een merkwaardige vertraging tegen een rots werd geslingerd.

Elke zichzelf respecterende marine-archeoloog zou bij het zien van een dergelijke oneerbiedige mishandeling van een antiek voorwerp een acute hartstilstand hebben gekregen. Maar Pitt had momenteel weinig academische scrupules. Hij kreeg het steeds kouder, zijn schouder deed pijn van zijn botsing met de rots en hij wist dat hij het niet veel langer kon uithouden.

'Ik heb een gat in de romp gevonden,' zei hij, hijgend als een marathonloper. 'Laat een camera neer.'

'Begrepen,' antwoordde de onverstoorbare stem van Giordino. 'Kom terug en ik geef je er een.'

Pitt zwom naar het wak terug en volgde zijn luchtbellen naar het oppervlak. Giordino lag op zijn buik op het ijs en overhandigde Pitt een onderwater-videocamera.

'Schiet een paar meter band en kom er dan uit,' zei Giordino. 'Je hebt al genoeg bereikt.'

'Hoe zit het met Knight?'

'Wacht even, ik verbind je door.'

Knights stem klonk door de koptelefoon. 'Dirk?'

'Ga je gang, Byron.'

'Weet je voor honderd procent zeker, dat we hier met een duizend jaar oud reliek in uitstekende staat te maken hebben?'

'Alles wijst in die richting.'

'Ik moet iets tastbaars hebben voor ik het Noordatlantisch Commando kan overhalen ons hier nog achtenveertig uur te laten blijven.'

'Je kunt erop blijven wachten.' Pitt wuifde en verdween uit het zicht.

Hij ging niet onmiddellijk het wrak binnen. Waarom hij aarzelde wist hij niet. Misschien wachtte hij op de uitnodigende wenk van een benige vinger daarbinnen, misschien was hij bang om alleen maar wat afval van een tachtig jaar oude IJslandse schoener te vinden, of misschien was hij huiverig ergens binnen te gaan wat best eens een graftombe zou kunnen zijn.

Na ruim een minuut bracht hij zijn hoofd voor het gat, maakte zijn schouders zo smal mogelijk en trapte voorzichtig met zijn zwemvliezen.

En zwom het duistere onbekende binnen.

17

Eenmaal binnen bleef Pitt zweven en liet zijn knieën zachtjes naar de grond zakken. Hij wachtte tot zijn blik zich aan het vloeibare duister had aangepast.

Hij wist niet wat hij had verwacht, maar wat hij vond was een hele verzameling terracotta kruiken, borden en koppen, netjes op planken opgestapeld. Er was ook een koperen pot, diepgroen, die hij had gevoeld toen hij naar binnen had getast.

Eerst dacht hij dat zijn knieën op het harde oppervlak van het dek rustten, maar toen hij met zijn handen voelde, ontdekte hij dat hij op de tegels van een haardstede zat. Hij ging staan en merkte dat hij met kop en schouders boven het water uitkwam.

'Ik ben in de scheepskombuis,' meldde hij de mensen die op het ijs ademloos zaten te luisteren. 'De bovenste helft is droog. Ik laat de camera lopen.'

'Begrepen,' zei Giordino kortaf.

De volgende paar minuten nam Pitt de kombuis op, onder en boven water, en gaf hij een beschrijving van de inventaris. Hij vond een open kastje vol elegante glazen. Hij pakte er een en keek erin. Het zal vol munten. Hij pakte er een uit, wreef de algen eraf en nam er met een hand een video-opname van. De munt had een gouden kleur.

Pitt keek onwillekeurig om zich heen, alsof hij bang was dat een bemanning van geraamtes zou komen binnenstormen om hem van diefstal te beschuldigen. Maar er was geen bemanning. Hij was alleen en raakte voorwerpen aan van mensen die over ditzelfde dek hadden gelopen, hier hadden gekookt en gegeten – mensen die al zestien eeuwen dood waren.

Hij begon zich af te vragen wat er met hen was gebeurd. Hoe waren ze hier in het bevroren noorden terechtgekomen? Ze moesten van de kou zijn gestorven, maar waar waren hun lichamen?

'Tijd om terug te komen,' zei Giordino. 'Je bent nu bijna dertig minuten onder water.'

'Nog niet,' antwoordde Pitt. Dertig minuten, dacht hij. Het leken hem nog geen vijf minuten. De tijd glipte hem door de vingers. De kou begon zijn denkvermogen aan te tasten. Hij deed de munt terug in het glas en vervolgde zijn inspectie.

Hij deed wat ruwe metingen en ontdekte dat het water achter in de kombuis dieper was. Pitt concludeerde hieruit dat de boeg en het middendeel tegen een helling van de onder het ijs bedekte oever lagen.

'Nog iets nieuws gevonden?' vroeg Giordino die brandde van nieuwsgierigheid.

'Zoals wat?'

'Stoffelijk overschotten van bemanningsleden?'

'Sorry, geen knook te bekennen.' Pitt ging kopje onder om zich hiervan te overtuigen. Het dek was schoon.

'Waarschijnlijk hebben ze in paniek het schip op open zee verlaten,' theoretiseerde Giordino. 'Kun je de rest van het schip binnenkomen?'

'Er zit een luikgat in het schot aan de voorkant. Ik ga kijken wat er aan de andere kant zit.'

Hij dook door de lage, nauwe opening en trok de luchtslang en de lijnen voorzichtig achter zich aan. Het duister werkte deprimerend. Hij ontstak zijn lantaarn en liet de lichtbundel door een kleine ruimte spelen.

'Ik ben nu in een soort opslagruimte. Het water is hier minder diep. Het hangt hier vol gereedschappen, ja, van de scheepstimmerman.'

Pitt waadde door een ander luik dat naar een laadruimte leidde. Hij liet de lichtbundel van stuurboord naar bakboord zwaaien en verstijfde van schrik.

Het was niet alleen een laadruimte.

Het was ook een grafkamer.

Acht lichamen in perfecte staat waren rond een ijzeren kacheltje bij de boeg gegroepeerd. Ze waren allen bedekt met een laagje ijs, waardoor ze eruitzagen alsof ze stuk voor stuk in dik doorzichtig plastic waren gewikkeld.

Ze hadden een vredige uitdrukking op hun gezicht en hun ogen waren open. Ze hadden verschillende houdingen, als etalagepoppen die op het juiste plekje waren neergezet. Vier zaten aan een tafel te eten, bord in de hand, kop aan de mond. Twee lagen naast elkaar tegen de romp geleund in, naar Pitt aannam, schriftrollen te lezen. Eentje had zich over een houten kist gebogen terwijl de laatste zat te schrijven.

Ze waren niet op deze barre kou voorbereid geweest. Niemand droeg dikke kleren, ze waren in ruwe dekens gewikkeld. Ze waren zeker een kop kleiner dan Pitt. Een kleine man was kaal met grijs haar opzij. Een ander had rood haar en een volle baard. De meesten waren gladgeschoren. Van wat hij door de ijsdeken kon opmaken, was de jongste rond achttien en de oudste rond de veertig jaar oud.

De zeeman die was gestorven terwijl hij schreef, had een leren kap dicht om zijn hoofd getrokken en zijn benen met repen wol omwikkeld. Hij zat over een stapel wastabletten gebogen die op een vouwtafeltje lagen. In zijn rechterhand had hij nog steeds een schrijfstift vast.

De bemanning zag er niet uit alsof ze langzaam van honger of kou waren omgekomen. De dood was plotseling en onverwacht gekomen.

Pitt kon de oorzaak wel raden. Alle luiken zaten potdicht tegen de kou en de enige ventilatieopening was dichtgevroren. De pannetjes met het laatste maal stonden op het oliekacheltje. De hitte en de rook hadden niet naar buiten toe kunnen ontsnappen. Het laadruim was vol dodelijk koolmonoxyde komen te staan. Zonder waarschuwing had de bewusteloosheid toegeslagen en ieder was gestorven waar hij zat.

Bijna bang om de reeds lang dode zeelieden wakker te maken, verwijderde Pitt heel voorzichtig het ijs van de wastabletten. Hij ritste de voorkant van zijn rubberpak open en liet ze naar binnen glijden.

Pitt voelde de pijnlijke kou niet meer, evenmin als het zweet dat uit zijn poriën druppelde. Hij ging zo in het macabere tafereel op, dat hij Giordino's herhaalde verzoeken om een antwoord niet hoorde.

'Ben je daar nog?' vroeg Giordino. 'Geef antwoord, verdomme.'

Giordino's bezorgde stem haalde Pitt eindelijk uit zijn trance.

'Laat Knight weten dat zijn ergste vermoeden is bevestigd,' antwoordde Pitt. 'De antieke status van dit schip staat vast. En,' voegde hij er op een laconieke toon aan toe, 'als hij getuigen nodig heeft, kan ik hem de bemanning laten zien.'

18

'Telefoon voor jou,' riep Schillers vrouw door het keukenraam. 'Zo te horen is het Dale Nichols.'

Schiller keek op van de barbecue in zijn achtertuin en zuchtte. 'Kom jij even op de biefstuk letten.'

Mevrouw Schiller gaf haar man in het voorbijgaan een zoen. Hij ging zijn werkkamer binnen, deed de deur dicht en pakte de hoorn.

'Hallo?'

'Julius, met Dale.'

'Wat is er met jou aan de hand?'

'Sorry dat ik je op zondag moet lastig vallen,' zei Nichols. 'Ik hoop dat ik niet stoor?'

'We waren net met het gezin aan het barbecuen.'

'Jij bent een fanatiekeling. Het is buiten maar een graad of vijf.'

'Beter dan van de rook stikken in de garage.'

'Biefstuk met roereieren, dat is mijn lievelingsgerecht.'

Schiller begreep Nichols toespeling op roereieren en schakelde over op een beveiligde lijn waarop een computer het gesprek 'klutste'. 'Oké, Dale, wat heb je?'

'Hala Kamil. De persoonsverwisseling is op rolletjes gegaan.'

'Ligt haar dubbelgangster in het Walter Reed Hospital?' vroeg Schiller.

'Onder stringente veiligheidsmaatregelen, om het echt te maken. De artsen hebben tijdens een persconferentie uitgelegd hoe slecht haar conditie was.'

'En Kamil zelf?'

'Die is in het vliegtuig blijven zitten dat haar uit Groenland heeft gehaald. Ze gaat naar Breckenridge.'

'Dat ski-oord in Colorado?'

'Ja. Even buiten de stad, in het chalet van senator Pitt, waar ze kan bijkomen. Geen ernstige verwondingen, alleen wat kneuzingen en bevriezingsverschijnselen.'

'Hoe neemt ze haar gedwongen herstel op?'

'Daar hebben we nog niets over gehoord. Ze was zwaar verdoofd toen ze het land werd binnengevlogen. Maar ze zal er wel mee akkoord gaan als ze over onze maatregelen hoort om haar veilige aankomst bij het hoofdkwartier van de Verenigde Naties ter gelegenheid van de opening van de Algemene Vergadering zeker te stellen. Een betrouwbare bron dicht bij het vuur heeft gezegd, dat ze van plan is Yazid scherp te veroordelen en hem met behulp van bewijzen van zijn ondergrondse terroristische activiteiten als een godsdienstige charlatan aan de kaak te stellen.'

'Ik heb een rapport van dezelfde bron gelezen,' gaf Schiller toe.

'Nog vijf dagen voor de opening,' zei Nichols. 'Yazid zal alles op alles zetten om haar uit de weg te ruimen.'

'Ze moet op ijs worden gezet tot ze het podium opstapt,' zei Schiller doodernstig.

'Ze is veilig,' zei Nichols. 'Heb jij nog iets van de Egyptische regering gehoord?'

'President Hasan geeft ons alle medewerking wat Kamil betreft. Hij scharrelt elk uur bij elkaar dat hij kan kopen of stelen om zijn economische hervormingen te lanceren en militaire leiders te vervangen door mannen die hij kan vertrouwen. Kamil is zijn enige troef die Yazid ervan weerhoudt een greep naar de macht te doen. Als Yazids moordenaars haar kunnen stoppen voor haar speech door tv-satellieten over de wereld wordt verspreid, is het gevaar dat Egypte binnen een maand een tweede Iran wordt reëel.'

'Rustig maar. Yazid zal niet achter deze truc komen voor het te laat is,' zei Nichols vol vertrouwen.

'Ik neem aan dat ze zwaar bewaakt wordt?'

'Door de elite van de veiligheidsdienst. De president bemoeit zich er persoonlijk mee.'

Schillers vrouw klopte op de deur en schreeuwde: 'De biefstuk is klaar, Julius.'

'Een ogenblikje nog,' schreeuwde hij terug.

Nichols begreep de hint. 'Dat is alles, tot nu toe. Ga jij maar terug naar je biefstuk.'

'Ik zou me prettiger voelen als de FBI een helpende hand bood,' zei Schiller.

'De veiligheidsmensen van het Witte Huis hebben elke mogelijkheid in beschouwing genomen. De president vond het het beste de informatie binnen beperkte kring te houden.'

Schiller zweeg even nadenkend. Toen zei hij: 'Maak er geen puinhoop van, Dale.'

'Wees maar niet bang. Ik beloof je dat Hala Kamil in puike conditie en vol vuur bij het VN-hoofdkwartier in New York zal arriveren.'

Schiller hing op. Hij had een vreemd voorgevoel. Hij hoopte maar dat ze in het Witte Huis wisten wat ze deden.

Aan de overkant van de straat zaten drie man achter in een Ford bestelbusje met het opschrift: 'Capitol Plumbing, 24-uurs service'. Het was volgestouwd met elektronische afluisterapparatuur.

De meeste gepensioneerde geheimagenten deden nog wel eens wat extra's voor de regering, maar deze drie hoorden bij de uitzonderingen die meer respect hadden voor geld dan voor hun vaderland, en zij verkochten geheim materiaal dat ze konden loswroeten aan de hoogste bieder.

Een van hen, een soort blonde vogelverschrikker, keek door een verrekijker naar een verduisterd venster in Schillers huis. 'Hij gaat zijn werkkamer uit.'

De dikke man die met een koptelefoon op over een bandrecorder zat gebogen knikte bevestigend. 'Alle gepraat is opgehouden.'

De derde, die een grote, met vet in model gehouden krulsnor had, werkte met een laserparaboolantenne, een gevoelige microfoon die geluiden binnen een kamer via de trillingen op een venster opving.

'Iets interessants?' vroeg de magere blonde.

De dikke man zette de koptelefoon af en veegde zich het zweet van zijn voorhoofd. 'Met mijn aandeel in dit karweitje zou ik weleens mijn vissersboot kunnen afbetalen. Deze informatie is voor de juiste partij grof geld waard.'

'Aan wie had je gedacht?' vroeg snorremans.

De dikke grinnikte als een vetgemeste prairiehond. 'Aan een rijke ragebol die graag in een goed blaadje bij Akhmad Yazid wil komen.'

19

De president kwam even overeind en knikte de directeur van de CIA, Martin Brogan, toe. Deze werd het Oval Office binnengelaten voor de bespreking van CIA-zaken, die elke morgen plaatsvond.

De formaliteit van elkaar een hand geven hadden ze al gauw overboord gezet. De hoffelijke Brogan had dit niet in het minst betreurd. Hij was mager en had smalle violistenhanden met lange vingers, terwijl de forse, honderd kilo wegende president kolenschoppen van handen had die je tot moes konden knijpen.

Brogan wachtte tot de president zat voor hij zich in een leren stoel liet zakken. Bijna alsof het een ritueel betrof, schonk de president een kop koffie voor hem in, deed er een schep suiker in en gaf de enorme mok gracieus aan Brogan.

De president haalde een hand over zijn zilvergrijze haar en keek Brogan met heldere, grijze ogen aan. 'Nou, wat voor geheimen heeft de wereld vanmorgen voor ons in petto?'

Brogan haalde zijn schouders op en schoof een in leer gebonden dossier over het bureau. 'Om 09.00 uur plaatselijke tijd gaf de president van de Sovjetunie, Georgi Antonov, zijn maîtresse een beurt op de achterbank van zijn limo, op weg naar het Kremlin.'

'Ik benijd zijn methode om de dag te beginnen,' zei de president met een brede glimlach.

'Hij heeft twee keer zijn autotelefoon gebruikt. Een keer om Sergei Kornilov te bellen, die aan het hoofd staat van het Russische ruimtevaartprogramma, en het andere telefoontje was naar zijn zoon die op de handelsafdeling van de ambassade in Mexico-Stad werkt. Een weergave van de gesprekken vindt u op de pagina's vier en vijf.'

'En wat voor een dag heeft Georgi verder gehad?'

'Het grootste deel heeft hij aan binnenlandse zaken besteed. U zou echt niet in zijn schoenen willen staan.'

'En wat zijn de laatste berichten uit Egypte?' vroeg de president, die van opschieten hield.

'President Hasan houdt het amper vol. De luchtmacht is loyaal, maar de landmacht staat op het punt naar Yazid over te lopen. Minister van Defensie, Abu Hamid, heeft in Port Said een geheime bespreking met Yazid gehad. Onze informanten zeggen dat hij alleen wil overlopen als hij verzekerd is van een solide machtspositie. Hij wil niet door Yazids fanatieke mollahs worden gecommandeerd.'

'Denk je dat Yazid daarop in zal gaan?'

Brogan schudde zijn hoofd. 'Hij is niet van plan om macht te delen. Hamid heeft Yazids meedogenloosheid onderschat. We hebben al een komplot ontdekt om in Hamids privé-vliegtuig een bom te plaatsen.'

'Heb je Hamid daarvan op de hoogte gesteld?'

'Daarvoor heb ik uw toestemming nodig.'

'Die heb je bij deze,' zei de president. 'Hamid is slim. Hij zou weleens kunnen denken dat we hem uit Yazids kamp proberen te houden.'

'We kunnen hem de namen van Yazids moordenaarsteam geven. Dan kan Hamid zelf zien of hij nog verder bewijs wil.'

De president leunde achterover en keek even peinzend naar het plafond. 'Kunnen we Yazid met de ramp van Hala Kamils VN-vliegtuig in verband brengen?'

'Hoogstens indirecte bewijzen,' gaf Brogan toe. 'Tot de onderzoekscommissie haar onderzoek afsluit en een rapport uitbrengt, hebben we niets concreets. De ramp zelf is nog steeds een vraagteken. Er zijn nog maar een paar feiten bekend. We weten dat de echte piloot is vermoord; het lichaam is in de kofferruimte van een op Heathrow geparkeerde auto gevonden.'

'Lijkt wel een maffia-moord.'

'Bijna, behalve dan dat de moordenaar zich zo goed vermomde, dat hij voor de piloot kon doorgaan. Nadat hij zelf het vliegtuig heeft laten opstijgen heeft hij de bemanning een dodelijke injectie gegeven, is van koers veranderd en is boven IJsland naar buiten gesprongen.'

'Dan moet hij met een buitengewoon professioneel team hebben samengewerkt,' zei de president met enige bewondering.

'We hebben reden om te geloven dat hij alleen werkte. De finesse en de complexiteit van de opzet zijn het kenmerk van ene Suleiman Aziz Ammar, een Arabier.'

'Een terrorist?'

'Niet precies. Ammar is een van de sluwste beroepsmoordenaars. Ik wou dat hij aan onze kant stond.'

'Laat de progressieven in het Congres dat maar niet horen,' zei de president droog.

'Of de pers.'

'Heb je een dossier van Ammar?'

'Van een meter dik. Hij is wat je noemt een meester in vermommingen. Een praktizerende moslim die niet in politiek is geïnteresseerd, een huursoldaat zonder enige betrekkingen met islamitische fanatiekelingen. Ammar brengt enorme bedragen in rekening. Zijn aanslagen zijn altijd zo gepland, dat ze op een ongeluk lijken. Geen enkele kan hem ten laste worden gelegd. Zolang hij zijn doel maar treft, kunnen onschuldige slachtoffers hem niets schelen. We vermoeden dat hij de afgelopen tien jaar zo'n honderd doden op zijn geweten heeft. Als kan worden bewezen dat hij Hala Kamil heeft geprobeerd te vermoorden, zou dat zijn eerste mislukking zijn.'

De president zette zijn bril recht en bestudeerde het rapport over de vliegramp. 'Ik begrijp iets niet. Als hij het vliegtuig in de oceaan had willen laten verdwijnen, waarom heeft hij dan de passagiers vergiftigd?'

'Daar zit 'm de clou,' legde Brogan uit. 'Mijn mensen geloven niet dat Ammar voor de moord op de passagiers verantwoordelijk is. De pathologen hebben vijftig keer de hoeveelheid sarin in de lichamen van de cockpitbemanning gevonden die nodig is om iemand te doden. Maar de passagiers zijn gestorven door manzenille dat door het eten was gemengd. Manzenille, of giftige guava, komt uit het Caribisch gebied en de kust van de Golf van Mexico. Het komt van een zoetsmakende, appelvormige vrucht. Caribische Indianen gebruiken het sap daarvan om hun pijlpunten in te dopen. Heel wat oude schipbreukelingen en moderne toeristen zijn na het eten van de manzenillevrucht gestorven.'

'En jouw mensen geloven dat een moordenaar van Ammars kaliber zich niet tot het gebruik van manzenille zou verlagen?'

Brogan knikte. 'Ammar zou geen enkele moeite hebben sarin via een van de Europese chemische bedrijven te bemachtigen of te stelen. Maar manzenille is een ander verhaal. Dat hebben ze niet in voorraad. Bovendien werkt het te langzaam voor een onmiddellijke dood. Ik betwijfel of Ammar het gebruik ervan zelfs maar zou overwegen.'

'Maar als het de Arabier niet was, wie dan wel?'

'Dat weten we niet,' antwoordde Brogan. 'Zéker niet een van de drie overlevenden. Het enige, vage spoor leidt naar een Mexicaanse afgevaardigde, Eduardo Ybarra. Hij is samen met Hala Kamil de enige passagier die niet heeft gegeten.'

'Maar hier staat dat hij bij het neerstorten is omgekomen.' De president keek van het dossier op. 'Hoe kon hij ongezien het gif in de maaltijden doen?'

'Dat werd in de keuken van het cateringbedrijf gedaan. Dat zijn onze Britse collega's aan het onderzoeken.'

'Misschien is Ybarra wel onschuldig. Misschien bestaat er een eenvoudige verklaring voor het feit dat hij niet heeft gegeten.'

'Volgens de stewardess die de ramp heeft overleefd, sliep Hala tijdens de maaltijd, maar wendde Ybarra voor dat zijn maag van streek was.'

'Dat kan.'

'De stewardess zag hem een boterham eten die hij uit zijn koffertje haalde.'

'Dus hij wist het.'

'Ziet er wel naar uit.'

'Waarom nam hij dan het risico om aan boord te gaan als hij wist dat iedereen behalve hijzelf zou sterven.'

'Als reserve, voor het geval het belangrijkste doel – waarschijnlijk het hele contingent Mexicanen – het gif niet innam.'

De president leunde achterover en staarde naar het plafond. 'Goed, Kamil is een doorn in het oog van Yazid. Hij betaalt Ammar om haar op te ruimen. Dat plan mislukt en het vliegtuig komt neer in Groenland. Dat zijn duidelijke feiten. Laten we het de Egyptische connectie noemen. De Mexicaanse connectie is veel ondoorzichtiger. Er bestaat geen duidelijk motief voor een massamoord en de enige verdachte is dood. Als ik rechter-commissaris was, zou ik de zaak seponeren wegens gebrek aan bewijs.'

'Daar moet ik het mee eens zijn,' zei Brogan. 'Er bestaat geen aanwijzing dat er terroristische bewegingen vanuit Mexico opereren.'

'Je vergeet Topiltzin,' zei de president onverwacht.

Brogan schrok van het plotseling van woede vertrokken gezicht van de president.

'De CIA is Topiltzin niet vergeten, en evenmin wat hij met Guy Rivas heeft uitgespookt,' verzekerde Brogan hem. 'Eén woord van u en we schakelen hem uit.'

De president slaakte een zucht en leek in zijn stoel te verschrompelen. 'Was het maar zo eenvoudig.'

'Hebt u het bandje gedraaid dat Rivas heeft gemaakt?' vroeg Brogan, die het antwoord wel wist.

'Vier keer,' zei de president bitter. 'Ik krijg er nachtmerries van.'

'Wat als Topiltzin de huidige regering omverwerpt en zijn dreigement waarmaakt om miljoenen van zijn mensen onze grens over te sturen om het zuidwesten over te nemen?'

De president antwoordde op vreemd zachtaardige toon: 'Dan heb ik geen andere keus dan onze legermacht opdracht te geven te handelen als bij een buitenlandse invasie.'

Toen Brogan zijn kantoor in het CIA-hoofdkwartier binnenkwam, zat de assistent van de staatssecretaris voor Marinezaken, Elmer Shaw, op hem te wachten.

'Moet wel bijzonder belangrijk zijn als je zelf komt,' zei Brogan. 'Is het goed of slecht nieuws.'

'Uitstekend nieuws.'

'Ik ben blij eens een keer iets fatsoenlijks te horen,' zei Brogan plechtig.

'De *Polar Explorer* heeft gezocht naar die Russische onderzeeboot van de Alfa-klasse die werd vermist . . .'

'Ik ben van die opdracht op de hoogte,' onderbrak Brogan hem.

'Welnu, ze hebben hem gevonden.'

Brogans ogen verwijdden zich enigszins en hij trommelde op zijn bureau, een zeldzame uiting van genoegen. 'Gefeliciteerd. De Alfa-klasse is de beste onderzeeboot van beide zeemachten. Dat is een meesterzet van jullie.'

'We hebben hem nog niet in handen,' zei Shaw.

Brogan kneep zijn ogen samen. 'En de Russen? Hebben die in de gaten dat we iets hebben ontdekt?'

'Dat geloven we niet. Kort nadat de gezonken onderzeeboot was ontdekt, assisteerde ons schip bij de reddingsoperatie van het neergestorte VN-vliegtuig. Een door God gezonden rookgordijn. Informatie van binnen de Sovjet-marine bevestigt dat alles normaal is. Ook niets van de KGB. En onze satellietsurveillance van hun Noordatlantische vloot laat geen dramatische koersveranderingen in de richting van het zoekgebied zien.'

'Goed, hoe pakken we het verder aan?' vroeg Brogan. 'Ze zullen niet zomaar toestaan dat we die duikboot lichten, zoals we dat eerder hebben gedaan.'

'We dachten aan een onderwaterberging.'

'Wanneer?'

'Als we het nu beginnen voor te bereiden, met alle nieuwe ontwerpen en wijzigingen voor bestaande onderzeeboten, kunnen we het bergingswerk over tien maanden beginnen.'

'Dus we negeren die duikboot, of we doen tenminste alsof, tot dan?'

'Juist,' antwoordde Shaw. 'Ondertussen is ons iets anders in de schoot gevallen dat de Russen eveneens in verwarring zal brengen. De marine heeft de medewerking van de CIA nodig.'

'Ik ben een en al oor.'

'Gedurende het reddingswerk bij het neergestorte vliegtuig zijn de NUMA-mensen op een naar het zich laat aanzien oud Romeins scheepswrak gestuit, dat onder het ijs ligt begraven.'

Brogan keek Shaw vol scepsis aan. 'In Groenland?'

Shaw knikte. 'De experts beweren dat het echt is.'

'En hoe kan de CIA de marine helpen bij een oud scheepswrak?'

'Een beetje om de tuin leiden. We zouden de Russen graag willen wijsmaken dat de *Polar Explorer* eigenlijk al die tijd naar dat scheepswrak op zoek was.'

'Een prima idee. Terwijl de marine voorbereidingen treft om hun nieuwste duikboot te pakken te krijgen, strooien wij broodkruimels langs het verkeerde pad.'

'Zo iets, ja. We zetten een archeologisch project op als camouflage voor onze werkzaamheden aldaar. De *Polar Explorer* blijft daar voor anker liggen zodat de bemanning bij de opgraving kan meehelpen.'

'Ligt die duikboot daar vlak in de buurt?'

'Op nog geen vijftien kilometer afstand.'

'Heb je enig idee van haar conditie?'

'Afgezien van wat schade opgelopen bij de botsing met de zeebodem is ze geheel intact.'

'En het Romeinse schip?'

'Onze mensen daar beweren dat ze de bevroren lichamen van de bemanning in uitstekende staat hebben aangetroffen.'

Brogan liep met Shaw naar de deur. 'Ongelooflijk,' zei hij gefascineerd, en hij voegde er met een jongensachtige grijns aan toe: 'Misschien vinden ze een paar antieke staatsgeheimen.'

Shaw grinnikte. 'Of nog beter, een grote schat.'

Geen van beiden zou er ook maar een dubbeltje om hebben durven verwedden, dat deze grappig bedoelde opmerking hen binnen achtenveertig uur zou achtervolgen.

20

Onder leiding van de archeologen bikte de bemanning van de *Polar Explorer* zich laagje voor laagje een weg naar het door het ijs gevangen schip tot het bovendek van boeg tot achtersteven blootlag.

Iedereen in de fjord was door nieuwsgierigheid gedreven, naar de plek gegaan. Alleen Pitt en Lily ontbraken. Zij waren aan boord van de ijsbreker gebleven om de wastabletten te bestuderen.

Er daalde een diepe stilte over de menigte zeelui en archeologen die op het blootgelegde schip neerkeken als betrof het een verborgen koningsgraf.

Hoskins en Graham begonnen de romp op te meten, die een kleine twintig meter lang bleek te zijn met een grootste breedte van zeven meter. De mast was twee meter boven het spoorstuk afgebroken en ontbrak. Een paar flarden doek vormden de enige overblijfselen van het eens brede, vierkante zeil.

De planken van het dek bleken nog even stevig als op de dag dat het schip, lang geleden, te water werd gelaten. Alle voorwerpen op het dek werden gefotografeerd, geëtiketteerd en voorzichtig naar de *Polar Explorer* overgebracht waar ze werden gereinigd en gecatalogiseerd. Daarna werd elk voorwerp in de vrieskast opgeslagen om verder verval te voorkomen gedurende de reis naar een natie die ten tijde van de laatste reis van het oude koopvaardijschip nog niet eens bestond.

Langzaam, teder bijna, lichtten Gronquist, Hoskins en Graham een zijde van het laadluik op en stutten het halfopen.

Gronquist ging op zijn buik liggen en schoof met hoofd en schouders de opening binnen tot hij onder de dekbalken kon doorkijken.

'Zijn ze daar?' vroeg Graham opgewonden. 'Net zoals Pitt heeft beschreven?'

Gronquist staarde naar de witte spookgezichten, naar de bevroren maskerachtige uitdrukkingen. Als hij het ijs zou wegschrapen en ze goed door elkaar zou schudden, zouden ze even met de ogen knipperen en tot leven komen, leek het wel. Hij aarzelde even met zijn antwoord. Door het heldere daglicht boven hem zag hij twee bijeengekropen gedaanten in de verste hoek die Pitt had gemist. 'Zoals Pitt heeft beschreven,' zei hij nuchter, 'afgezien van de hond en het meisje.'

Pitt zag van achter de beschutting van een dekkraan hoe Giordino de helikopter op het helikopterdek van de *Polar Explorer* neerzette. Er stapte een grote man uit, gekleed in een groene coltrui en een bruin corduroy colbertje, die even om zich heen keek voor hij Pitt opmerkte, die hem toezwaaide. Hij liep snel, met zijn handen diep in zijn zakken tegen de kou, naar Pitt toe die hem de warmte van het schip binnenleidde.

'Dr. Redfern?'

'Ben jij Dirk Pitt?'

'Ja. Wij stellen het bijzonder op prijs dat u ondanks uw drukke werkzaamheden toch kon komen.'

'Ben je helemaal gek?' flapte Redfern eruit. 'Ik zou dit voor geen goud willen missen. Wanneer kan ik een kijkje nemen?'

'Over een minuut of tien is het donker. Het lijkt me het beste dat dr. Gronquist, de archeoloog die de leiding van de opgraving heeft, u van alles op de hoogte stelt en u de voorwerpen toont die hij op het dek heeft gevonden. Dan kunt u morgen zodra het licht wordt naar het schip gaan en de zaak in handen nemen.'

'Prima.'

'Hebt u bagage?' vroeg Pitt.

'Alleen een koffertje en een tas.'

'Al Giordino, de piloot, zal ze naar uw hut brengen. Als u me wilt volgen, zullen we eerst zorgen dat u iets warms krijgt.'

Dr. Redfern moest zich bijna dubbelbuigen om door de lage deur te komen. Zijn blonde haar had zich halverwege zijn schedel teruggetrokken en zijn grijsblauwe ogen gingen achter een dure bril schuil. Hij was een van de meest vooraanstaande deskundigen op het gebied van onderwaterarcheologie van de klassieke oudheid.

'Een goeie vlucht gehad?' vroeg Pitt.

'Van Athene naar Reykjavik heb ik geslapen,' antwoordde Redfern. 'Maar van IJsland naar die Eskimo-nederzetting hier ben ik zowat in een ijsblok veranderd. Ik hoop dat ik wat kleren kan lenen. Ik heb voor de zonnige Griekse eilanden gepakt, niet voor de noordpool.'

'Daar kan de commandant wel voor zorgen.'

Redfern kon zijn nieuwsgierigheid niet langer bedwingen en begon Pitt te ondervragen. 'In het radiobericht heb je niets over de lading van het schip gezegd.'

'Afgezien van de lichamen van de bemanning heb ik het laadruim leeg aangetroffen.'

'Je kunt niet alles hebben,' zei Redfern gelaten. 'Heeft dr. Gronquist de leeftijd van het schip zo ongeveer kunnen vaststellen?'

'Ja, door de munten. Ongeveer van 390 na Christus. Op de achtersteven stond zelfs haar naam in het Grieks: *Serapis.*'

'Een volkomen gaaf Byzantijns koopvaardijschip uit de vierde eeuw,' mompelde Redfern onder de indruk. 'Dat is dé archeologische vondst van de eeuw.'

Pitt bracht hem naar de officiersmess waar Lily de letters van de wastabletten op een stuk papier zat te kopiëren. Pitt stelde hen aan elkaar voor.

Lily stond op en stak haar hand uit. 'Wat een eer, doctor. Als studente was ik al een groot bewonderaarster van uw onderwaterwerk.'

'Tot genoegen,' zei Redfern beleefd. 'Maar kunnen we nou die titels niet vergeten en elkaar bij de voornaam noemen?'

Pitt keek hem glimlachend aan. 'Hoe is je Latijn, Mel?'

'Redelijk. Maar ik dacht dat het om een Grieks schip ging?'

'Jawel,' antwoordde Lily, 'maar de kapitein heeft zijn logtabletten in het Latijn geschreven. Zes ervan staan vol woorden. De zevende heeft lijnen, als van een kaart. Daarvan hebben we de geografische ligging nog niet kunnen vaststellen, omdat er geen aanwijzingen vermeld worden.'

Redfern ging zitten en pakte eerbiedig een van de wastabletten op. Hij bestudeerde hem enkele ogenblikken en legde hem toen neer om Lily's kopieën te lezen.

Na een minuut of tien stond hij op en begon, Latijnse zinnen mompelend, te ijsberen zonder acht te slaan op zijn geboeide publiek.

Pitt en Lily zaten doodstil toe te kijken, bang zijn gedachtengang te onderbreken. Redfern ging weer aan tafel zitten en begon de vellen papier opnieuw te bestuderen. Er hing een geladen spanning in de lucht.

Nog een paar minuten kropen voorbij voor Redfern de papieren met trillende handen op tafel teruglegde. Hij staarde met een vreemd wazige blik nietsziend voor zich uit.

Redfern was volkomen van zijn stuk gebracht.

'Je kijkt alsof je de Heilige Graal hebt gevonden,' zei Pitt.

'Wat is er?' vroeg Lily. 'Wat heb je ontdekt?'

Met gebogen hoofd, zó zacht dat ze het bijna niet konden verstaan, zei hij: 'Het is mogelijk, een kleine mogelijkheid, dat jullie toevallige ontdekking de deur kan openen naar een van de grootste verzamelingen aan kunstschatten en literaire werken die de wereld ooit heeft gekend.'

21

'Nu je onze onverdeelde aandacht hebt, kun je misschien je ontdekking aan ons onthullen,' zei Pitt droogjes.

Redfern schudde zijn hoofd, alsof hij uit een droom ontwaakte. 'Het verhaal – de sage zou een beter woord zijn – is ongelooflijk. Ik kan het nog niet helemaal bevatten.'

Lily vroeg: 'Beschrijven de tafels waarom het Grieks-Romeinse schip zo ver van haar thuishaven voer?'

'Niet Grieks-Romeins, maar Byzantijns,' verbeterde Redfern haar. 'Toen de *Serapis* de oude wateren bevoer, was de troon van het keizerrijk door Constantijn de Grote van Rome naar de Bosporus verhuisd, waar eens de Griekse stad Byzantium heeft gestaan.'

'Die in Constantinopel werd omgedoopt,' zei Pitt.

'En daarna in Istanboel.' Redfern wendde zich tot Lily. 'Inderdaad, de tabletten verklaren hoe en waarom het schip hier kwam. Om het volkomen te begrijpen moeten we teruggaan naar het jaar 323 voor Christus, toen Alexander de Grote in Babylon stierf. Zijn rijk werd door zijn generaals opgedeeld. Een van hen, Ptolemaeus, verwierf Egypte en werd daar koning. Een handig ventje, die Ptolemaeus. Hij kreeg het stoffelijk overschot van Alexander in handen en liet het in een goud-met-kristallen lijkkist opbaren die hij in een fraai mausoleum onderbracht waar hij een prachtige stad omheen bouwde die Athene naar de kroon stak. Ter ere van zijn vroegere koning noemde Ptolemaeus deze stad Alexandrië.'

'Wat heeft dat met de *Serapis* te maken?' vroeg Lily.

'Nog even geduld,' antwoordde Redfern vriendelijk. 'Ptolemaeus heeft uit het niets een museum en bibliotheek opgebouwd met een monumentale inventaris. Zijn afstammelingen, tot Cleopatra toe, en zijn opvolgers bleven daar manuscripten en kunstvoorwerpen aan toevoegen tot het museum, en vooral de bibliotheek, een van de grootste opslagplaatsen van kunst, wetenschap en literatuur was die de wereld ooit heeft gekend. Dat duurde tot 391 na Christus. In dat jaar besloten keizer Theodosius en de patriarch van Alexandrië, een godsdienstfanaat die Theophilos heette, dat elke verwijzing naar iets dat niet rechtstreeks uit de pas ontstane christelijke principes voortsproot heidens was. Zij besloten tot de vernietiging van de bibliotheek. Alles, standbeelden, schilderijen, wandtapijten, talloze boeken op lamsvel of papyrusrollen, zelfs Alexanders stoffelijk overschot, moest worden verbrijzeld en verbrand. Het aantal boeken alleen al bedroeg enige honderdduizenden. Alleen bijbelse en kerkelijke geschriften werden ontzien.'

'Dus alle meesterwerken die in de loop der eeuwen waren verzameld, gingen verloren,' vatte Pitt samen.

'Verloren,' beaamde Redfern. 'Althans, dat hebben de geschiedkundigen tot op heden aangenomen. Maar als wat ik zo juist heb gelezen waar is, ligt het puikje van de verzameling ergens verborgen.'

'Bestaat dat dan nog steeds?' vroeg Lily verward. 'Is het voor de brand door de *Serapis* uit Alexandrië gesmokkeld?'

'Volgens de wastabletten wel.'

Pitt keek zuinig. 'Kan gewoon niet. Het schip is te smal. Nog geen veertig ton laadvermogen. Misschien dat de bemanning een paar duizend schriftrollen en wat standbeelden kon stouwen, maar zeker niet de hoeveelheid waarover jij het hebt.'

Redfern pakte een paar bladzijden van Lily's tekst en sorteerde ze. 'Ik zal het stijve en formele Latijn van de vierde eeuw vrij vertalen. De eerste aantekening stamt van 3 april, 391 volgens de Juliaanse kalender. Het rapport begint aldus:

"Ik, Cuccius Rufinus, kapitein van de *Serapis*, in dienst van Nicias, Grieks handelaar in de havenstad Rhodos, heb toegestemd een vracht voor Junius Venator van Alexandrië te vervoeren. Mij werd gezegd dat het een lange en moeilijke reis zal worden, de bestemming waarvan Venator mij niet wil vertellen. Hypatia, mijn dochter, zal mij op deze reis vergezellen en haar moeder zal zich over deze lange scheiding grote zorgen maken. Maar Venator betaalt twintig keer het gebruikelijke tarief, een klein fortuin dat Nicias, ikzelf en mijn bemanning goed kunnen gebruiken.

De lading werd vannacht onder zware bewaking aan boord gebracht en ik en mijn bemanning moesten, vreemd genoeg, tijdens het inladen op de kade blijven. Vier soldaten onder het commando van centurion Domitius Severus zullen met ons meereizen.

Ik vertrouw het niet, maar Venator heeft me de volle som vooruit betaald, dus ik kan het contract niet verbreken." '

'Een eerlijk man,' zei Pitt. 'Moeilijk te geloven dat hij niet achter de aard van zijn lading is gekomen.'

'Daar komt hij nog op. De volgende regels zijn een logboek van de reis. Ik zal beginnen waar ze hun eerste haven aandoen.

"Ik dank onze god Serapis voor een snelle en gemakkelijke overtocht van veertien dagen naar Carthago Nova waar we vijf dagen konden rusten en vier keer de gebruikelijke hoeveelheid proviand insloegen. Hier hebben we ons bij de andere schepen van Junius Venator gevoegd, een totaal van zestien plus Venators vlaggeschip. Onze kranige *Serapis* is het kleinste vaartuig van de vloot.

Vandaag zijn we naar de grote zee uitgevaren. De snellere schepen slepen de langzamere. Ik kan niet meer schrijven. De soldaten houden mij in de gaten. Junius Venator heeft strikte orders gegeven, dat er geen verslag van de reis mag worden bijgehouden." '

'Uitgerekend nu we de randstukjes van de puzzel in elkaar hebben gelegd, blijkt het middenstuk te ontbreken,' mompelde Pitt.

'Er moet meer zijn,' drong Lily aan. 'Ik weet zeker dat ik meer heb gekopieerd.'

'Inderdaad,' beaamde Redfern en zocht in de papieren. 'Elf maanden later vervolgt Rufinus zijn verhaal.

"Ik kan nu zonder angst voor straf onze wrede reis beschrijven. Venator met zijn leger slaven, Severus met zijn legionairs, de bemanningen van de schepen, ze zijn allen door de barbaren gedood en de vloot is verbrand. De *Serapis* is ontsnapt omdat mijn angst voor Venator mij voorzichtig maakte.

Ik was achter de bron en de aard van de scheepslading gekomen en kende de plek in de heuvels waar deze was verborgen. Dergelijke geheimen mogen niet in handen van stervelingen vallen. Ik vermoedde dat Venator en Severus van plan waren iedereen te vermoorden op een paar betrouwbare soldaten na alsmede de bemanning van één schip om hen naar huis te brengen.

Ik vreesde voor het leven van mijn dochter, dus bewapende ik mijn bemanning en gaf hen het bevel in de buurt van het schip te blijven zodat we bij het eerste teken van onraad de trossen konden losgooien. Maar de barbaren sloegen het eerst toe en dat was het eind van Venators slaven en Severus' soldaten. Onze wachten vielen in de slag. Wij kapten de trossen en sleepten ons schip de oever af. Venator probeerde zich te redden door het water in te rennen. Hij riep om hulp. Ik kon het leven van Hypatia en de bemanning niet riskeren en weigerde om te draaien. Met die stroming was dat zelfmoord geweest." '

Redfern stopte zijn vertaling. 'Hier gaat Rufinus weer terug naar het vertrek van de vloot uit Cartagena.

"De reis van Hispania naar onze bestemming in het vreemde land nam achtenvijftig dagen in beslag. Het weer was gunstig, met de wind in onze rug. Voor dit gunstige fortuin eiste Serapis een offer. Twee bemanningsleden bezweken aan een mij onbekende kwaal.

De eerste plek waar we aan land gingen was een groot eiland dat werd bewoond door barbaren die op Scythen leken, maar dan met een donkerder huidkleur. Ze bleken ons vriendelijk gezind en hielpen de vloot met het aanvullen van de voedsel- en zoetwatervoorraad.

We zagen meer eilanden, maar het vlaggeschip zeilde door. Alleen Venator wist waar de vloot aan land zou gaan. Uiteindelijk kregen we een kale kust in zicht met een brede riviermonding. Na vijf dagen wachten op een gunstige wind konden we eindelijk de rivier opvaren, roeiend soms, tot we de heuvels van Rome bereikten." '

'De heuvels van Rome?' herhaalde Lily afwezig. 'Dat is een rare kronkel.'
'Hij moet het als een vergelijking hebben bedoeld,' zei Pitt.
'Een moeilijk raadsel om op te lossen,' gaf Redfern toe.

' "Onder leiding van opzichter Latinius Macer begonnen de slaven in de heuvels boven de rivier te graven. Acht maanden later werd de lading van de vloot naar de bergplaats gedragen." '

'Heeft hij de "bergplaats" beschreven?' vroeg Pitt.
Redfern pakte een tablet en vergeleek die met Lily's kopie. 'Sommige woorden zijn onduidelijk. Ik zal die zo goed als ik kan moeten invullen.

"Zodoende ligt het geheim der geheimen in een door slaven uitgegraven ruimte in de heuvel. Nadat alles was opgeslagen, zwermde de horde barbaren neer. Ik weet niet of de ruimte op tijd was afgesloten, omdat ik bezig was mijn bemanning te helpen de boot het zand af te duwen." '

'Rufinus heeft geen afstanden of richtingen genoteerd,' zei Pitt gedesillusioneerd. 'Nu hebben we een grote kans dat de barbaren, wie dat ook mogen zijn geweest, de boel hebben geplunderd.'
Redfern keek grimmig. 'We kunnen die mogelijkheid niet naast ons neerleggen.'
'Ik denk er niet het ergste van,' zei Lily optimistisch. 'Zo'n enorme collectie kan niet zijn verdwenen alsof hij nooit heeft bestaan. Uiteindelijk zouden er wel een paar stukken van zijn opgedoken.'
'Hangt ervan af waar alles zich heeft afgespeeld,' zei Pitt. 'Achtenvijftig dagen met een gemiddelde snelheid van – zeg drieëneenhalve knoop; een schip als de *Serapis* kan dan meer dan vierduizend zeemijl hebben afgelegd.'
'Als ze in een rechte lijn zijn gevaren,' zei Redfern. 'Wat niet waarschijnlijk is. Rufinus zegt alleen maar dat ze achtenvijftig dagen hebben gevaren voor ze voet aan land zetten. Aangezien ze in onbekende wateren voeren, hebben ze waarschijnlijk de kustlijn gevolgd.'
'Maar waarheen?' vroeg Lily.
'De zuidkust van West-Afrika lijkt me het meest logisch,' antwoordde Redfern. 'In Rufinus' tijd was daar een groot deel van in kaart gebracht. Het lijkt me dat Venator na de Straat van Gibraltar zijn vloot naar het zuiden heeft laten varen.'
'Ho, wacht eens even,' zei Pitt. 'Rufinus had het over eilanden.'
'Dat zouden Madeira, de Canarische of de Kaapverdische Eilanden kunnen zijn.'
'Het klikt nog steeds niet. Daarmee verklaar je niet hoe de *Serapis* van de

punt van Afrika in Groenland terechtkwam. Je hebt het over een afstand van twaalfduizend kilometer!'

'Dat is waar. Dat snap ik ook niet.'

'Ik stem voor een noordelijke koers,' zei Lily. 'De eilanden kunnen de Shetland of de Faeröer Eilanden zijn. Dat zou de bergplaats ergens op de kust van Noorwegen plaatsen, of beter nog, IJsland. Wat heeft Rufinus ons over de barbaren te vertellen?'

Redfern las voor:

'"We hebben de open zee bereikt. Het was moeilijk navigeren. De sterren staan in een andere positie. De zon is ook niet hetzelfde. Hevige stormen drijven ons naar het noorden. Op de eenendertigste dag heeft onze god ons naar een veilige inham geleid waar we reparaties konden uitvoeren en proviand konden zoeken. We hebben ook wat ballastrotsen ingeladen. Op enige afstand van de kust ligt er een zee van dwergnaaldbomen. Als je met een stok in het zand steekt, sijpelt er zoet water naar boven.

Na zes dagen goed zeilweer opnieuw een storm, erger nog dan de vorige. Onze zeilen zijn aan flarden. De huizenhoge golven hebben onze mast verbrijzeld en de roerriemen zijn weggeslagen. Dagenlang hebben we in deze genadeloze wind hulpeloos rondgedobberd. Het werd vreselijk koud, met ijs op het dek. Het schip werd erg onstabiel. Ik heb mijn bevroren bemanning opgedragen de wijn- en waterkruiken overboord te gooien."

De amfora's die je op de zeebodem buiten de fjord hebt gevonden,' zei Redfern met een knikje naar Pitt. En hij las verder:

'"Kort nadat we deze lange baai zijn binnengedreven, zijn we erin geslaagd het schip aan land te brengen. De god Serapis is ons niet gunstig gezind. De winter is ingevallen en we zitten vast in het ijs. We hebben geen keus, we moeten overwinteren. Aan de overkant van de baai ligt een nederzetting van barbaren en ze zijn bereid tot handeldrijven. We ruilen levensmiddelen met hen. Zij gebruiken onze gouden munten als snuisterijen, zonder enig idee van hun waarde. Ze hebben ons laten zien hoe we warm kunnen blijven door de olie van een monsterlijke vis te verbranden. Onze magen zijn gevuld, ik denk dat we het wel zullen overleven.

Met zoveel comfortabele rust en tijd zal ik elke dag een paar woorden schrijven. Vandaag zal ik de hoeveelheid en de aard van de lading beschrijven die Venators slaven uit het ruim van de *Serapis* haalden terwijl ik ongezien vanuit de kombuis toekeek en een telling maakte. Bij het zien van het grote voorwerp zonk iedereen eerbiedig op zijn knieën."'

'Wat bedoelt hij?' vroeg Lily.

'Geduld,' zei Redfern. 'Luister:

"Driehonderdtwintig koperen buizen met het opschrift *Aardrijkskundige Kaarten.* Drieënzestig grote wandtapijten. Deze waren rond de grootse gouden en kristallen sarcofaag van Alexander gepakt. Mijn knieën knikten. Ik kon zijn gezicht door . . ."

Rufinus heeft verder niets meer geschreven,' zei Redfern somber. 'Hij heeft de zin niet afgemaakt. Het laatste tablet is een ruwe schets van de kustlijn en de loop van de rivier.'

'De verloren sarcofaag van Alexander de Grote,' zei Lily bijna fluisterend. 'Ligt hij nog ergens in een grot begraven?'

'Samen met de schatten van de Bibliotheek van Alexandrië?' voegde Redfern aan Lily's vraag toe. 'We kunnen het alleen maar hopen.'

Pitt reageerde echter volkomen anders, met een groot vertrouwen: 'Hoop is voor de toeschouwers. Ik denk dat ik jullie antiek binnen dertig . . . zeg maar twintig dagen heb gevonden.'

Lily en Redfern keken Pitt met de grote, ongelovige ogen aan waarmee gewoonlijk een politicus wordt aangekeken die een belastingverlaging belooft.

'Jij bent nogal zeker van jezelf,' zei Lily.

In Pitts groene ogen was niets anders dan oprechtheid te lezen. 'Laten we eens naar de kaart kijken.'

Redfern overhandigde hem de vergrote kopie die Lily van het tablet had gemaakt. Afgezien van een paar hobbelige lijnen viel er niet veel aan te bestuderen. 'Het zegt ons niet veel,' zei hij. 'Rufinus heeft niets aangegeven.'

'Het is genoeg,' zei Pitt droog. 'Voldoende om ons bij de voordeur af te zetten.'

Om vier uur 's ochtends werd Pitt wakker. Hij draaide zich automatisch om om verder te slapen, maar realiseerde zich slaapdronken dat iemand het licht had aangedaan en tegen hem praatte.

'Spijt me jongen, de hoogste tijd.'

Pitt blikte wazig in het ernstige gezicht van Knight. 'Watte?'

'Bevel van boven. Je moet onmiddellijk richting Washington verdwijnen.'

'Hebben ze gezegd waarom?'

' "Ze" is het Pentagon, en nee, "ze" hebben zich niet verwaardigd mij een uitleg te geven.'

Pitt ging zitten en zwaaide zijn blote voeten op het dek. 'Ik had gehoopt hier een beetje te kunnen blijven rondhangen om de opgraving te volgen.'

'Dat is dan jammer,' zei Knight, 'maar jij, Giordino en dr. Sharp moeten binnen een uur onderweg zijn.'

'Lily?' Pitt stond op en liep naar de wc. 'Ik kan begrijpen dat de hoge omes Al en mij over die Sovjet onderzeeboot willen ondervragen, maar wat moeten ze met Lily?'

'Ik zou het niet weten,' zei Knight. 'Ik ben maar een ondergeschikte.'

'En het vervoer?'

'Net zoals Redfern hierheen is gekomen. Per helikopter naar het Eskimodorp en het weerstation en vandaar per marinevliegtuig naar IJsland, waar je overstapt op een B-52 bommenwerper van de luchtmacht die naar Amerika moet voor onderhoud.'

'Vergeet het maar,' mompelde Pitt met een tandenborstel in zijn mond. 'Als ze mijn onverdeelde medewerking willen, is het een privé-straalvliegtuig of helemaal niets.'

'Daar gaat mijn volgende promotie,' kreunde Knight.

'Vertrouw op mij en je brengt het nog eens tot admiraal.'

'Vast.'

Pitt tikte met zijn tandenborstel tegen zijn hoofd. 'Het genie heeft toegeslagen. Stuur een bericht waarin je zegt dat we ze halverwege tegemoet zullen komen. Giordino en ik zullen in de NUMA-helikopter rechtstreeks naar de luchtmachtbasis in Thule vliegen. Dan moeten "zij" er maar voor zorgen dat daar een regeringsvliegtuig klaarstaat om ons naar de hoofdstad over te wippen.'

'Kun je net zo goed een etende dobermannpinscher lastig vallen.'

Pitt hief zijn handen ten hemel. 'Waarom heeft hier toch niemand vertrouwen in mijn creatieve wonderideeën?'

22

Het Gulfstream IV straalvliegtuig kon negentien passagiers vervoeren, maar Pitt, Giordino en Lily hadden de passagierscabine voor zich alleen. Voor de vliegtuigwielen de startbaan van de Amerikaanse luchtmachtbasis in Thule loslieten, was Giordino al in slaap gevallen en had sindsdien geen oog open gedaan. Lily was zo nu en dan boven haar boek van Marlys Millhiser 'The Threshold' weggedut.

Pitt was de hele vlucht wakker gebleven, af en toe een aantekening makend in een notitieboekje, maar vaker in gedachten verloren. Nu staarde hij uit het raampje en zag het zich naar huis spoedende verkeer in de hoofdstad.

In gedachten ging hij terug naar de bevroren bemanning van de *Serapis*; Rufinus, de schipper, en zijn dochter Hypatia. Pitt vond het jammer dat hij het meisje in het duister van het laadruim niet had opgemerkt, hoewel de videocamera haar duidelijk, met haar armen om haar langharig hondje geslagen, had geregistreerd.

Gronquist had haar met tranen in zijn ogen beschreven. Pitt vroeg zich af of ze een bevroren tentoonstellingsstuk in een museum zou worden, in stille verbazing door horden nieuwsgierigen aangegaapt.

Pitt zette de gedachten aan de *Serapis* van zich af en concentreerde zich op de jacht naar de schatten van de Bibliotheek van Alexandrië. Hij wist precies hoe hij het ging aanpakken. Maar het feit dat hij alles op één kaart moest zetten, stond hem tegen. Zijn hele opsporingswerk zou zijn gebaseerd op een paar ruwe lijnen in was gekrast door de bevroren hand van een stervende man.

De lijnen op de kaart hoefden om verschillende redenen met geen enkele bekende aardrijkskundige lokatie overeen te stemmen: vertekening in de was vanwege snelle veranderingen in temperatuur gedurende het bevriezingsproces op de *Serapis* en later het ontdooien aan boord van de *Polar Explorer*, misschien had Rufinus zich in de schaal vergist; grote veranderingen in het landschap als gevolg van erosie, aardbevingen of klimaatveranderingen gedurende de afgelopen 1600 jaar. Er bestond geen rivier ter wereld die duizend jaar lang door dezelfde bedding was gestroomd.

Pitt rook de bewelmende geur van de uitdaging. Voor een rusteloos man is dat een echte geur, ergens tussen die van een seksueel opgewonden vrouw en pas gemaaid gras na een regenbui in. Het bedwelmt en verleidt tot de verslaafde elke gedachte aan gevaar of mislukking heeft uitgebannen. De opwinding van de jacht zelf was voor Pitt even belangrijk als de succesvolle voltooiing. En elke keer nadat hij het schier onmogelijke had volbracht, kreeg hij onvermijdelijk een kater.

De eerste hindernis was het gebrek aan tijd voor het opsporingswerk. De tweede werd gevormd door de Russische onderzeeboot. Hij en Giordino waren de meest voor de hand liggende kandidaten om het bergingswerk onder water te leiden.

Pitt werd uit zijn dagdromen gewekt door de landing van het vliegtuig. De piloot taxiede de landingsbaan van de luchtmachtbasis Andrews af en stopte naast een Ford Taurus-stationcar.

Pitt hielp Lily bij het uitstappen en laadde vervolgens met Giordino de bagage achter in de Taurus.

'Wat staat er op de agenda?' vroeg Pitt aan de chauffeur.

'Diner met admiraal Sandecker in zijn club.'

'Admiraal wie?' vroeg Lily.

'Sandecker,' antwoordde Giordino. 'Onze baas bij de NUMA. We moeten iets goeds gedaan hebben. Zo vaak trakteert hij niet.'

'Om maar te zwijgen van een uitnodiging voor de John Paul Jones Club,' voegde Pitt eraan toe.

Giordino knikte. 'Een exclusieve vergaarbak van roestige oud-marineofficieren met lenswater in hun blaas.'

Het was al donker toen de chauffeur eindelijk voor een statig woonhuis in een rustige straat stopte.

In de ontvangsthal kwam een hanig ventje in een zijden pak met vest aangestruind. Hij had een scherp gelijnd gezicht dat Pitt altijd aan een griffioen deed denken. Het donkerrode haar op zijn hoofd ging over in een keurig bijgeknipt sikje.

'Fijn jullie terug te zien, jongens,' snauwde hij op een meer officiële dan vriendelijke toon. 'Ik heb gehoord dat jullie ontdekking van dat oude schip de geschiedenisboekjes zal veranderen. Het is overal op het nieuws.'

'We hebben geluk gehad,' zei Pitt. 'Mag ik u dr. Lily Sharp voorstellen. Lily, admiraal James Sandecker.'

Sandecker begon in het bijzijn van aantrekkelijke vrouwen altijd als een vuurtoren te gloeien en voor Lily schoot hij vonken. 'Doctor, u bent absoluut het bekoorlijkste wezentje dat deze muren ooit hebben aanschouwd.'

'Het doet me genoegen dat uw club het vrouwelijk geslacht niet discrimineert.'

'Niet omdat de leden zo ruimdenkend zijn,' zei Giordino ironisch. 'De meeste vrouwen zouden nog liever een tetanusinjectie krijgen dan hier een stelletje seniele ouwe kerels oorlogen te horen herkauwen.'

Sandecker keek Giordino met een vernietigende blik aan.

Pitt kon een glimlach niet onderdrukken. Hij had dit gekibbel al tien jaar aangehoord en hij wist dat Giordino en Sandecker de beste vrienden waren.

Lily besloot zich echter tactisch terug te trekken. 'Als een van de heren mij het damestoilet wil wijzen, kan ik me wat opknappen.'

Sandecker gebaarde naar de gang. 'Eerste deur rechts, en haast u niet.' Zodra ze was verdwenen, wuifde de admiraal Pitt en Giordino naar een kleine kamer en deed de deur dicht. 'Over een uurtje moet ik naar een vergadering, dus dit is onze enige kans om elkaar privé te spreken. Laat ik allereerst zeggen, dat jullie met die Russische duikboot prima werk hebben geleverd, vooral door het stil te houden. De president heeft me gevraagd zijn dank over te brengen.'

'Wanneer beginnen we met de berging?' vroeg Giordino.

'Onze veiligheidsmensen staan erop de duikboot zolang de duikboot te laten. Ze willen het laten voorkomen alsof een verder onderzoek verspilling van belastinggeld is.'

'Hoe lang ?' vroeg Pitt.

'Een jaar misschien. Net zo lang als de mensen voor dit project nodig hebben om plannen op te stellen en de juiste uitrusting te vervaardigen.'

Pitt keek de admiraal achterdochtig aan. 'Ik krijg het donkerbruine vermoeden dat wij daar niet bij horen.'

'Precies,' zei de admiraal vlak. 'Het is jullie zaak niet meer.'

'Mag ik vragen waarom?'

'Ik heb een belangrijker baantje voor jullie twee.'

'Wat kan er belangrijker zijn dan het stelen van een van Ruslands gevaarlijkste onderzeeboten?' vroeg Pitt op zijn hoede.

'Een skivakantie,' antwoordde Sandecker. 'Er gaat niets boven de stimulerende lucht en de stuifsneeuw van de Rocky Mountains. We hebben jullie geboekt voor een vlucht naar Denver, morgenochtend om tien uur vijfenveertig. Dr. Sharp zal jullie vergezellen.'

Pitt keek naar Giordino, die alleen maar zijn schouders ophaalde. Hij wendde zich weer tot Sandecker. 'Is dit een beloning of een verbanning?'

'Noem het een werkvakantie. Senator Pitt zal alles nader uitleggen.'

'Mijn vader?'

'Hij verwacht jullie later op de avond bij hem thuis. En nu mogen wij onze mooie vriendin niet langer laten wachten.' Sandecker beende naar de deur, maar Pitt en Giordino maakten geen aanstalten hem te volgen.

'Kaarten op tafel, admiraal,' zei Pitt op scherpe toon. 'Als je geen open kaart speelt verdom ik het morgen op dat vliegtuig te stappen.'

'En het spijt mij,' zei Giordino, 'maar ik voel een aanval van Borneose oerwoudschimmel opkomen.'

Sandecker bleef staan, draaide zich om en keek met een opgetrokken wenkbrauw Pitt recht aan. 'Jij houdt me niet voor de gek, jongeman. Die onderzeeboot kan je geen ene moer verdommen. Jij wilt de voorwerpen uit de Bibliotheek van Alexandrië zo graag terugvinden, dat je er je seksleven voor over zou hebben.'

Pitt zei koppig: 'Zoals gewoonlijk slaat u de spijker op zijn kop. Ik had u de vertaling van het logboek van de *Serapis* onder het eten willen overhandigen, maar iemand is me klaarblijkelijk al voor geweest.'

'Knight heeft dr. Redferns vertaling in code naar het departement van Marine over laten seinen, die het weer aan de Veiligheidsraad en de president heeft doorgegeven. Voor jullie uit IJsland vertrokken, had ik al een kopie gelezen. Je hebt zonder het te beseffen een doos van Pandora geopend. Maar daar ga ik nu niet op in. Jouw vader kan je dat allemaal veel beter uitleggen.'

'En wat heeft Lily ermee te maken?'

'Zij is een deel van jouw camouflage. Martin Brogan wil iedereen duidelijk maken dat jullie aan een legitiem archeologisch project werken. Daarom ontvang ik jullie in mijn club en gaan jullie naar jouw vader. Alles moet er zo gewoon mogelijk uitzien voor het geval jullie worden gevolgd.'

'Het wordt er nogal dik bovenop gelegd.'

'Des ambtenaars wegen zijn ondoorgrondelijk,' zei Giordino berustend. 'Misschien zitten er wel gratis kaartjes voor een wedstrijd van de Denver Bronco's aan vast.'

'Ik ben blij dat we elkaar begrijpen,' zei Sandecker voldaan. 'En laten we nu aan tafel gaan. Ik ben uitgehongerd.'

Pitt en Giordino zetten Lily bij het Jefferson Hotel af en reden door naar het tien verdiepingen hoge hoofdkwartier van de National Underwater & Marine Agency.

Giordino ging rechtstreeks naar zijn kantoor op de derde verdieping terwijl Pitt met de lift naar de communicatie- en informatieafdeling op de bovenste verdieping ging. Hij liet een diplomatenkoffertje bij de receptioniste achter nadat hij er een envelop had uitgehaald die hij in zijn jaszak stopte.

Hij zwierf langs de schier eindeloze rijen elektronische apparatuur en computers tot hij een man vond die in kleermakerszit op de tegelvloer in gedachten verzonken naar een mini-recordertje zat te staren dat hij uit een grote kangoeroepop had gehaald.

'Zingt hij "Waltzing Matilda", maar dan vals?' vroeg Pitt.

'Hoe weet jij dat?'

'Dacht ik zomaar.'

Hiram Yaeger keek grinnikend op. Hij had een eigenaardig gezicht met lang sluik blond haar dat hij in een paardestaart droeg. Boven zijn krulbaard keek hij door een ziekenfondsbrilletje en hij droeg een oude spijkerbroek en een paar laarzen waar zelfs een zwerver nog zijn neus voor zou ophalen.

Sandecker had Yaeger bij een bedrijf voor computerontwikkeling in de Silicon Valley van Californië weggekocht en hem de vrije hand gegeven in het opzetten van NUMA's databanken. Het bleek een perfect huwelijk te zijn. Yaeger voerde de scepter over een enorme bibliotheek van elk bekend rapport en boek dat ooit waar dan ook ter wereld was geschreven.

Yaeger bekeek de bandrecorder van de pop met een kritische blik. 'Met mes en vork had ik nog wel een beter ding in elkaar kunnen zetten.'

'Kun je het repareren.'

'Ik denk het niet.'

Pitt schudde zijn hoofd en gebaarde om zich heen. 'Je hebt dit opgezet en je kunt niet eens een eenvoudig recordertje repareren?'

'Het heeft mijn liefde niet.' Yaeger stond op, liep naar zijn kantoor en zette de kangoeroepop op een hoek van zijn bureau. 'Als de inspiratie toeslaat, verander ik het ding misschien wel in een pratende lamp.'

Pitt deed de deur achter hem dicht. 'Ben je in de stemming voor een ietwat exotischer project?'

'Zoals wat?'

'Onderzoek.' Pitt haalde de envelop uit zijn zak en gaf hem aan Yaeger.

Het computergenie van de NUMA zakte onderuit in zijn stoel, scheurde de envelop open en haalde de inhoud eruit. Hij las de getypte vertaling twee keer door. Na een lange stilte keek hij Pitt over zijn bril aan. 'Komt dit van dat oude schip dat je hebt gevonden?'

'Weet je daar dan van?'

'Het verhaal heeft in alle kranten gestaan en is op elke nieuwsuitzending geweest.'

Pitt knikte naar de papieren die Yaeger vasthield. 'Een vertaling uit het Latijn van het logboek.'

'Wat wil je dat ik ermee doe?'

'De bladzijde met de kaart goed bekijken.'

Yaeger bekeek de lijnen op de kaart. 'Jij wilt dat ik hier een bekende aardrijkskundige lokatie voor vind?'

'Als je kunt,' gaf Pitt toe.

'Niet bijster veel om mee te werken. Wat stelt het voor?'

'Een kustlijn en een rivier.'

'Wanneer is hij getekend?'

'391 na Christus.'

Yaeger keek Pitt spottend aan. 'Je kunt me net zo goed om een plattegrond van Atlantis vragen.'

'Programmeer je elektronische maatjes voor een projectie van de koers die de vloot vanaf Cartagena heeft gevolgd. Je kunt ook terugwerken van de plaats waar het wrak in Groenland is gevonden.'

'Je realiseert je natuurlijk wel dat die rivier misschien niet meer bestaat?'

'Dat is wel bij me opgekomen, ja.'

'Goed,' zei Yaeger somber. 'Ik zal mijn uiterste best doen. Wanneer moet je het hebben?'

'Blijf er gewoon mee bezig tot je wat hebt,' antwoordde Pitt. 'Ik moet een tijdje de stad uit. Overmorgen neem ik contact met je op om te zien hoe het ermee staat.'

'Mag ik iets vragen?'

'Ga je gang.'

'Is dit echt belangrijk?'

'Ja,' zei Pitt traag. 'Volgens mij wel. Misschien wel belangrijker dan je je ooit had kunnen indenken.'

23

Toen Pitts vader de deur opendeed van zijn villa op Massachusetts Avenue in Bethesda, Maryland, droeg hij een afgedragen kakibroek en een pullover vol gaten. De Socrates van de senaat stond bekend om zijn dure, modieuze kleding, maar privé had hij altijd zijn oude plunje aan.

'Dirk!' riep hij verheugd en omhelsde hem stevig. 'Ik zie je de laatste tijd veel te weinig.'

Pitt sloeg een arm om de schouder van de senator en ze liepen naast elkaar naar de huiskamer vol boekenkasten die de hele muur besloegen. Op de vuurplaat in een teakhouten schoorsteenmantel knisperde een houtvuur.

De senator wees Pitt een stoel aan en ging achter de huisbar staan. 'Bombay gin-martini met een citroenschilletje, nietwaar?'

'Te koud voor gin. Geef mij maar een Jack Daniel's, puur.'

'Iedereen heeft recht op zijn eigen vergif.'

'Hoe gaat het met mam?'

'Die zit ergens op een noodrantsoen in Californië in haar kruistocht tegen het gewicht. Overmorgen komt ze terug, twee pond zwaarder.'

'Die geeft ook nooit op.'

'Als ze er maar gelukkig bij blijft.'

De senator gaf Pitt zijn whisky en schonk zichzelf een glas port in. 'Op een produktief verblijf in Colorado.'

Pitt dronk niet. 'Wiens grandioze idee was dat, deze skivakantie?'

'Van mij.'

Pitt dronk rustig een slok whisky en keek zijn vader strak aan. 'Wat heb jij met de kostbaarheden van de Bibliotheek van Alexandrië te maken?'

'Een heleboel, als ze bestaan.'

'Praat je nu als burger of als bureaucraat?'

'Als patriot.'

'Goed,' zei Pitt met een diepe zucht. 'Vertel het dan maar. Waarom zijn klassieke kunststukken, literaire werken en de doodkist van Alexander van zo'n vitaal belang voor de Verenigde Staten.'

'Niets van dat alles,' zei de senator. 'De hoofdprijs zijn de kaarten die de geologische rijkdommen van de oude wereld laten zien. De verloren goudmijnen van de farao's en Punt, het fabelland dat beroemd stond om zijn rijkdom aan zilver, antimoon en het vreemde groenige goud; dat zijn plaatsen die twee-, drieduizend jaar geleden bekend waren maar nu teloor zijn gegaan. De mijnen van koning Salomon, van Nebukadnessar van Babylon en van Sheba, de koningin van Saba, wier land heden ten dage nog slechts een bijbelse herinnering is. Onder het zand van het Midden-Oosten ligt de legendarische weelde van eeuwen begraven.'

'En als het wordt gevonden, wat dan nog? Waarom hebben wij belang bij minerale afzettingen die van andere landen zijn?'

'Om mee te onderhandelen,' antwoordde de senator. 'Als wij de weg kunnen wijzen, kunnen we gaan onderhandelen over gezamenlijke exploitatie. We kunnen eveneens wat broodnodige goodwill verspreiden onder de nationale leiders. Maar er is meer. De oude Grieken hadden het over bronnen langs de Noordafrikaanse kust waar olie naar boven borrelde. De Romeinen hebben een plek vlak bij de Sinaï de Petroleumberg genoemd. En volgens de Bijbel zei God tegen Jacob dat hij olie uit leisteen moest zuigen en zit de Vallei van Siddim vol slijmputten die als teerputten kunnen worden geïnterpreteerd.'

'En is er in die streken niet geboord?' vroeg Pitt.

'Er is wel geboord, ja, maar tot nu toe is er niets gevonden wat de moeite waard was. Er zijn geologen die stellen dat er met negentig procent zekerheid meer dan vijfhonderdmiljoen vaten ruwe olie alleen al onder Israël zit. Helaas zijn de oude plaatsen door aardbevingen en grondverschuivingen verloren geraakt.'

'Dus het belangrijkste doel is een enorme olieschat in Israël te vinden.'

'Je zult moeten toegeven dat dat een groot aantal problemen zal oplossen.'

De senator en Pitt zaten een paar minuten peinzend in het vuur te staren. Als Yaeger met zijn computers geen aanwijzing kon vinden, was het hopeloos. Pitt voelde zich kwaad worden omdat de machthebbers in het Witte Huis en de volksvertegenwoordiging meer belang hechtten aan olie en goud dan aan kunst en literatuur die de witte plekken van de geschiedenis konden invullen.

Waarmee werd gezegd, dacht hij, dat het er maar droevig voorstaat.

De stilte werd door het gerinkel van de telefoon onderbroken. De senator liep naar zijn bureau en nam de hoorn op. Hij zei niets, luisterde alleen maar en na een ogenblik hing hij op.

'Ik betwijfel het of ik de verloren Bibliotheek hier in Colorado zal vinden,' zei Pitt droog.

'Dat zou íedereen verbazen,' antwoordde de senator. 'We hebben voor jou een gesprek geregeld met dé grote specialist op dit gebied. Dr. Bertram Rothberg, professor aan de Universiteit van Colorado, heeft het tot zijn levenswerk gemaakt alles betreffende de Bibliotheek van Alexandrië te bestuderen. Hij zal jou achtergrondinformatie geven die je bij je speurtocht kan helpen.'

'Waarom moet ik naar hem toe gaan? Het lijkt me praktischer als hij naar Washington was gekomen.'

'Heb je admiraal Sandecker gesproken?'

'Ja.'

'Dan weet je van welk vitaal belang het is dat jij en Al Giordino je van de ontdekking van de Russische duikboot distantiëren. Dat telefoontje was van een FBI-agent die een KGB-agent schaduwt die jou schaduwt.'

'Prettig te weten dat ik zo populair ben.'

'Je mag niets doen wat achterdocht kan wekken.'

Pitt knikte instemmend. 'Allemaal goed en wel, maar stel je eens voor dat de Russen achter ons doel komen? Zij hebben er net zo veel bij te winnen om de gegevens van de Bibliotheek in handen te krijgen als wij.'

'Een kleine mogelijkheid,' zei de senator, 'maar we hebben elke voorzorgsmaatregel getroffen om het bestaan van de wastabletten geheim te houden.'

'De volgende vraag. Hoe wordt voorkomen dat de KGB mij naar professor Rothbergs huis volgt als ik nu al in de gaten word gehouden?'

'We blijven juist langs de zijlijn zitten om ze daarbij toe te juichen.'

'Dus we voeren een soort toneelstukje op.'

'Precies.'

'En waarom ik?'

'Vanwege jouw Cord L-29.'

'Mijn Cord?'

'Die oude auto die je in Denver hebt laten restaureren. De man die je in dienst hebt genomen, heeft me vorige week gebeld om door te geven dat hij klaar is.'

'Dus ik kom in de spotlights naar Colorado om mijn antieke automobiel op te halen, wat tijd op de skihellingen door te brengen en met dr. Sharp een te gekke tijd te hebben.'

'Precies,' herhaalde de senator. 'Je neemt een kamer in hotel Breckenridge. Daar ligt een bericht op je te wachten waarin staat hoe en wanneer je contact moet opnemen met professor Rothberg.'

Pitt dronk zijn whisky op, ging staan en zette zijn glas op de schoorsteenmantel. 'Mag ik het buitenhuis van de familie gebruiken?'

'Ik had liever dat je daar uit de buurt bleef.'

'Maar mijn ski's en mijn laarzen staan daar in de garage.'

'Die spullen kun je huren.'

'Dat is belachelijk.'

'Niet zo belachelijk,' zei de senator met vlakke stem, 'als je bedenkt dat je zodra je de voordeur opendoet wordt neergeschoten.'

'Weet je zeker dat je hier uit wilt stappen, maat?' vroeg de taxichauffeur terwijl hij naast een soort verlaten hangar in een hoek van Washingtons International Airport stopte.

'Hier is het,' antwoordde Pitt.

De chauffeur keek angstig om zich heen in dit onverlichte, verlaten gebied. Dit had alles van een overval weg, dacht hij. Hij reikte al onder zijn stoel naar een stuk loden pijp dat hij voor dergelijke gelegenheden bij de hand had. Toen hij in zijn achteruitkijkspiegel zag dat Pitt zijn portemonnee trok, ontspande hij zich.

'Hoeveel is het?'

'Acht zestig volgens de meter.'

Na het bedrag plus fooi te hebben betaald, stapte Pitt uit en wachtte tot de chauffeur de kofferruimte opendeed voor zijn bagage. Daarna bleef hij staan kijken tot de achterlichten van de taxi in het duister verdwenen voor hij het alarmsysteem van de hangar met een zakzendertje afzette en door een zijdeur naar binnen ging. Hij drukte een code op het zendertje in en het interieur baadde in helder neonlicht.

De hangar was Pitts huis. De ruimte stond vol glimmende klassieke auto's, een oude treinwagon en een driemotorig Ford-vliegtuig. Het merkwaardigste stuk was echter een badkuip met buitenboordmotor.

Hij liep naar het hoger gelegen woongedeelte. Via een sierlijke smeedijzeren wenteltrap kwam je bij de voordeur die op de huiskamer uitkwam, geflankeerd door een grote slaapkamer en studeerkamer aan de ene en een ruime eetkeuken aan de andere kant.

Hij pakte uit en nam een heet bad waarin hij direct wegdoezelde. Drie kwartier later trok Pitt zijn badjas aan en zette de televisie aan. Hij wilde net een schaal chili con carne opwarmen, toen de bel ging. Hij drukte op de knop van de intercom, half en half de stem van Al Giordino verwachtend.

'Ja?'

'Het Groenland Restaurant bij U aan Huis,' antwoordde een vrouwenstem.

Hij lachte en drukte op een knop die de zijdeur van het slot liet gaan. Hij stapte het balkon op en keek naar beneden.

Lily kwam met een grote picknickmand binnenlopen. Ze bleef stomverbaasd staan om om zich heen te kijken. 'Admiraal Sandecker heeft geprobeerd jouw huis te beschrijven,' zei ze bewonderend, 'maar daar is hij niet in geslaagd.'

Pitt liep de trap af. Hij nam de picknickmand van haar over en liet hem bijna vallen. 'Dat ding weegt een ton. Wat zit erin?'

'Ons souper. We beginnen met gerookte zalm, gevolgd door een soep van wilde champignons, een spinaziesalade met fazant en walnoten, linguine in oestersaus en witte wijn, alles weg te spoelen met een fles Principessa Gavi en als dessert is er koffie-chocolade trifle.'

Pitt keek met een bewonderende glimlach op Lily neer. Haar gezicht en haar sprankelende ogen straalden een levendigheid uit die hij tot nog toe niet had opgemerkt. Ze droeg een nauwe jurk met smalle schouderbandjes en een laag uitgesneden rug. Zonder de dikke jas die ze in Groenland had gedragen bleken haar borsten voller en haar heupen slanker dan hij zich had voorgesteld. Haar benen waren lang en sexy en de manier waarop ze zich bewoog ademde sensualiteit.

Toen ze de huiskamer binnenkwamen, zette Pitt de mand in een stoel, pakte haar hand en zei zacht: 'We kunnen straks eten.'

Plotseling verlegen sloeg ze haar blik neer en keek vervolgens langzaam, als door een onbedwingbare kracht aangetrokken, op, tot ze hem recht in de ogen keek. Pitts groene ogen boorden zich zo doordringend in de hare dat ze slap in de benen werd en haar handen begonnen te trillen. Ze voelde zich blozen.

Dit is stom, dacht Lily. Ze had de verleiding tot in de puntjes gepland met de juiste wijn, de jurk, en de verleidelijk zwartkanten beha en panty daaronder. En nu werd ze door twijfel en verwarring overmand.

Zonder iets te zeggen schoof Pitt de schouderbandjes opzij, waardoor de jurk om haar hoge hakken neerviel. Hij gleed met zijn handen om haar blote middel en onder haar knieën en tilde haar in één vloeiende beweging op.

Ze verborg haar gezicht tegen zijn borst toen hij haar naar de slaapkamer droeg. 'Ik lijk wel een slet,' fluisterde ze.

Pitt legde haar teder op het bed en keek op haar neer. Haar lichaam bracht hem in alle staten.

Met hese stem zei hij: 'Dan kun je je maar het beste ook zo gedragen.'

24

Yazid kwam de kamer binnen. Hij keek de vijf mannen die waren opgestaan om hem hun respect te tonen een voor een aan.

Kolonel Naguib Bashir, de leider van een clandestiene organisatie van pro-Yazid officieren, was gekleed in een lange djellaba met lange mouwen en een kap om zijn vertrek uit Cairo te verhullen. Het hoofd van de tengere mollah Mohammed al-Hakim werd door een groteske tulband misvormd en hij ging gekleed in een effen zwart katoenen gewaad. Mussa Moheidin, journalist en Yazids belangrijkste propagandist, droeg een sportieve broek en een overhemd dat aan de hals openstond terwijl de jonge Turk, Khaled Fawzy, de eenmans-stoottroepen van de revolutionaire raad, een gevechtstenue droeg. Alleen Suleiman Ammar was in een smetteloos, op maat gesneden safarikostuum gehuld.

'Jullie vragen je natuurlijk allemaal af waarom ik deze spoedvergadering bijeen heb geroepen,' begon Yazid, 'dus ik zal direct ter zake komen. Allah heeft me een plan ingegeven om in één klap van president Hasan en zijn bende corrupte dieven af te komen. Ga zitten alsjeblieft.'

Hij liep naar een muur en drukte op een knop. Er kwam een landkaart van Zuid-Amerika naar beneden rollen. Een inzetkaart van Punta del Este in Uruguay was met rood omcirkeld en onderaan was met plakband een grote foto van een luxe cruiseschip vastgeplakt.

'Over zes dagen begint in Punta del Este de internationale economische topconferentie die door de monetaire crisis in de wereld noodzakelijk is geworden,' begon Yazid. 'Behalve Egypte werken alle schuldenlanden samen om hun buitenlandse schuld niet te betalen, te ontkennen. Dit zal het faillissement van honderden banken in de Verenigde Staten en Europa betekenen. Onze imperialistische hielenlikkende president is de enige die daarin niet wil meegaan. Hasan wil de pogingen van onze islamitische broeders en onze vrienden in de derde wereld ondermijnen door bij de westerse geldwisselaars om meer leningen te bedelen teneinde zijn verslappende greep op Egypte te handhaven. Met Allahs hulp zullen wij van dit ogenblik gebruik maken om een ware islamitische regering voor ons volk in te stellen.'

'Laten we de tiran doden,' zei Khaled Fawzy met zijn jeugdige, arrogante tactloosheid. 'Een goed gerichte raket als Hasans vliegtuig naar Uruguay vertrekt en we zijn voorgoed van zijn corrupte regime verlost.'

'En de loper uitleggen voor de minister van Defensie, Abu Hamid, als nieuwe dictator omdat we zelf nog niet gereed zijn,' merkte Mussa Moheidin op. De beroemde Egyptische journalist was een man van verfijnde manieren en uitgesproken gevoel voor humor. Moheidin was de enige aanwezige in deze kamer voor wie Ammar respect had.

Yazid wendde zich tot Bashir. 'Is dat een waarschijnlijke voorspelling, kolonel?'

Bashir knikte. 'Mussa heeft gelijk. Abu Hamid houdt u wat betreft zijn steun aan het lijntje met de smoes dat u een mandaat van het volk moet tonen. Dat is gewoon tijdrekken. Hamid is ambitieus. Hij wacht op een kans om het leger in te zetten en zich tot president uit te roepen.'

'Dat is waar,' zei Fawzy. 'Een van zijn adjudanten is een lid van onze beweging. Hij beweert dat Hamid zichzelf als president wil installeren en zijn positie wil consolideren door met Hala Kamil te trouwen.'

Yazid glimlachte. 'Dan heeft hij een zandkasteel gebouwd. Hala Kamil zal niet voor de bruiloft beschikbaar zijn.'

'Is dat zeker?' vroeg Ammar.

'Ja,' antwoordde Yazid gladjes. 'Het is Allahs wil dat zij niet langer dan tot de volgende zon zal leven.'

'Laat ons in uw openbaring delen, Akhmad,' smeekte al-Hakim. Zijn bleke huid leek bijna doorschijnend, maar zijn ogen, vergroot door een bril met dikke glazen, toonden een onwankelbare vastberadenheid.

Yazid knikte. 'Uit betrouwbare bronnen in Mexico heb ik vernomen dat er in Punta del Este vanwege een onverwacht toeristenaanbod een gebrek aan hotelruimte heerst. De buitenlandse leiders en hun adviseurs worden daarom op gecharterde luxe cruiseschepen ondergebracht die in de haven zullen worden afgemeerd. Hasan en de Egyptische delegatie zullen aan boord van een Brits schip, de *Lady Flamborough*, logeren. President De Lorenzo van Mexico en zijn staf zullen zich eveneens aan boord bevinden.'

Yazid keek zijn mannen een voor een aan. Toen zei hij: 'Allah kwam tot mij in een visioen en gelastte mij het schip te kapen.'

Iedereen begon door elkaar te praten. De atmosfeer in de kamer werd steeds gespannener naarmate de argumenten over en weer vlogen.

Alleen Ammar onthield zich van de discussie en staarde naar de foto van het cruiseschip. De radertjes in zijn hoofd begonnen te klikken.

'We zijn niet alleen Egyptenaren, maar ook Arabieren,' voerde Bashir aan. 'De andere Arabische landen zullen zich tegen ons keren als we leden van onze regering vermoorden en tevens die van hen als die toevallig in de weg staan. Zij zullen dat niet als een gift van Allah zien, maar meer als een politiek terroristisch komplot.'

'Wat is het doel van de kaping?' vroeg Mussa Moheidin.

'Hasan te isoleren en zijn terugkeer naar Cairo te voorkomen terwijl onze islamitische massa's de macht in handen nemen,' zei Yazid.

'We kunnen een daad van massa-terrorisme niet goedkeuren,' zei al-Hakim. 'De negatieve gevolgen voor onze nieuwe regering zouden rampzalig zijn.'

'Maar Akhmad, zie je dan niet dat de veiligheidsmaatregelen in Punta del Este ondoordringbaar zullen zijn,' pleitte Bashir. 'Patrouilleboten zullen als een zwerm sprinkhanen over de haven neerdalen. Elk schip zal zwaar bewaakt worden. Je hebt het over een zelfmoordactie van commandotroepen. Het kan gewoonweg niet!'

'We zullen hulp krijgen van een bron die ik niet kan onthullen,' zei Yazid. Hij wendde zich met een bedachtzame blik tot Ammar. 'Jij, Suleiman, jij bent onze specialist op het gebied van geheime acties. Als een aantal van onze beste strijders ongemerkt aan boord van de *Lady Flamborough* kan worden gesmokkeld, zal het schip dan kunnen worden overgenomen en in handen gehouden tot wij een republiek in naam van de islam hebben kunnen vormen?'

'Ja,' antwoordde Ammar zonder zijn ogen van de foto van het cruiseschip af te nemen. 'Zes dagen is krap, maar met behulp van tien ervaren strijders en vijf ervaren zeelui kan het schip zonder bloedvergieten worden overgenomen indien we over het verrassingselement beschikken.'

Yazid zei met glinsterende ogen: 'Ah, ik wist wel dat ik op je kon rekenen.'

'Onmogelijk,' brulde Bashir. 'Je kunt nooit ofte nimmer zo'n groep mensen Uruguay binnensmokkelen zonder argwaan te wekken. Zelfs als je door een of ander wonder kans zou zien dat schip in je macht te krijgen en de bemanning te neutraliseren, dan nog zou je binnen vierentwintig uur zo'n beetje elk anti-terroristenteam van het Westen op je nek hebben. Ook al zou je dreigen de gegijzelden te doden, je zou het niet langer dan een paar uur tegen ze uithouden.'

'Ik ben in staat om de *Lady Flamborough* te bezetten en haar twee weken lang in mijn macht te houden.'

Bashir schudde zijn hoofd. 'Je leeft in een droomwereld.'

'Hoe denk je dat te doen?' vroeg Moheidin. 'Het interesseert me in hoge mate hoe jij een heel leger van goed getrainde, internationale veiligheidstroepen om de tuin denkt te kunnen leiden zonder het tot een beslissende slag te laten komen.'

'Ik was niet van plan het tot een treffen te laten komen.'

'Dat is onzin!' zei een geschokte Yazid.

'Dat valt best mee,' reageerde Ammar. 'Het gaat er maar om of je de juiste trucs beheerst.'

'De juiste trucs?'

'Precies.' Ammar glimlachte minzaam. 'Zie je, ik ben van plan om de *Lady Flamborough* én haar bemanning en passagiers in het niet te laten verdwijnen.'

'Mijn bezoek is volstrekt officieus,' zei Julius Schiller tegen Hala Kamil zodra ze de met hout betimmerde zitkamer van senator Pitts chalet binnenkwamen. 'Mijn assistenten zullen beweren dat ik in Key West aan het vissen ben.'

'Ik begrijp het,' zei Hala. 'Ik ben al blij dat ik met iemand anders dan de kokkin en de veiligheidsagenten kan praten.'

In haar modieuze bruinwollen sweaterjasje met bijpassende broek zag ze er nog jonger uit dan Schiller zich kon herinneren.

In zijn zakenkostuum met zijn attachékoffertje leek hij hier in het ski-oord niet op zijn plaats. 'Is er iets wat ik kan doen om je verblijf comfortabeler te maken?'

'Nee, dank je. Niets kan de frustratie van het nietsdoen opheffen als er zoveel te doen valt.'

'Nog een paar dagen en het is voorbij,' zei Schiller troostend.

'Ik had niet verwacht je hier te ontmoeten, Julius.'

'Er is iets gebeurd wat Egypte aangaat. Onze president vond het verstandiger om jou eerst te consulteren.'

Hala trok haar benen onder zich en dronk van haar thee. 'Moet ik me nu gevleid voelen?'

'Laten we zeggen dat hij je dankbaar voor je medewerking zal zijn.'

'Waarvoor?'

Schiller opende zijn attachékoffertje, gaf Hala een dik dossier en leunde achterover om van zijn thee te genieten. Hij zag hoe de zachte trekken van haar engelachtige gezicht zich langzaam verhardden naarmate ze verder las. Eindelijk had ze de laatste pagina gelezen en sloeg ze het dossier dicht. Ze keek Schiller met een doordringende blik aan.

'Weet het publiek hiervan?'

Hij knikte. 'De ontdekking van het schip zal vanmiddag worden aangekondigd. Maar elke verwijzing naar de Bibliotheek van Alexandrië houden we achter.'

'Bestaat er hoop dat de oude boeken kunnen worden teruggevonden?'

'Dat weten we nog niet. De wastabletten van het schip gaven maar een paar tergend vage aanwijzingen. De bergplaats kan zich overal tussen IJsland en Zuid-Afrika bevinden.'

'Maar jullie zoeken wel?' zei ze met groeiende belangstelling.

'Op dit moment zijn ze daarmee bezig.'

'Wie weten hier allemaal van?'

'Alleen de president, ikzelf en een paar betrouwbare leden van onze regering, en nu jij.'

'Waarom heb je mij, en niet president Hasan erbij betrokken?'

Schiller stond op en liep de kamer door. Hij wendde zich weer tot Hala. 'De leider van jouw land is misschien niet lang meer aan de macht. Wij vinden dat deze informatie te verstrekkende gevolgen heeft om in de verkeerde handen te vallen.'

'Akhmad Yazid.'

'Ja.'

'Jouw regering zal zich vroeg of laat met hem moeten bezighouden,' zei Hala. 'Als de schatten van de Bibliotheek samen met hun waardevolle geologische gegevens kunnen worden gelokaliseerd, zal Yazid eisen dat ze aan Egypte worden teruggegeven.'

'Dat begrijpen we,' zei Schiller. 'Daarom ben ik ook hier. De president wil dat jij de op handen zijnde ontdekking in jouw toespraak voor de Algemene Vergadering van de Verenigde Naties aankondigt.'

Hala keek Schiller even nadenkend aan. Toen kwam er een kwade gloed in haar ogen en een boze toon in haar stem. 'Hoe kan ik zeggen dat de ontdekking ophanden is, terwijl het opsporingswerk jaren kan duren en misschien niets oplevert? Ik vind het van slechte smaak getuigen dat de president een leugen creëert en mij als spreekbuis gebruikt. Is dit weer zo'n stom politiek spelletje van jullie met het Midden-Oosten, Julius? Een laatste gokje om president Hasan aan de macht te houden en afbreuk te doen aan de invloed van Akhmad Yazid? Moet ik het werktuig zijn om het Egyptische volk te laten geloven dat er rijke minerale grondstoffen in hun land zullen worden gevonden die onze zieke economie gezond kunnen maken en de vreselijke armoede kunnen elimineren?'

Schiller zweeg, ontkende het niet.

'Je hebt de verkeerde vrouw voor je, Julius. Ik zie nog liever mijn regering vallen, ik ga nog liever dood door de hand van een van Yazids beulen, dan dat ik mijn volk met valse hoop misleid.'

'Dat zijn nobele gevoelens,' zei Schiller rustig. 'Maar ik geloof dat het een goed plan is.'

'Het risico is te groot. Als de president er niet in slaagt de wetenschap van de Bibliotheek te verschaffen, ontstaat er een politieke ramp. Yazid zal het uitbuiten met een propagandacampagne die hem nog sterker zal maken dan jullie Egypte-specialisten ooit durfden dromen. Voor de tiende keer in evenzoveel jaren zal de buitenlandse politiek van de Verenigde Staten in de ogen van de wereld voor aap staan.'

'Er zijn inderdaad fouten gemaakt,' gaf Schiller toe. 'Maar ik ben hier niet gekomen om over onze politiek in het Midden-Oosten te discussiëren, Hala. Ik ben gekomen om jouw hulp in te roepen.'

Ze schudde haar hoofd en wendde haar gezicht af. 'Het spijt me. Ik kan me zo'n leugen niet permitteren.'

Schiller drong niet verder aan. Hij oordeelde het beter zich terug te trekken.

'Ik zal de president je antwoord overbrengen,' zei hij terwijl hij zijn koffertje pakte en naar de deur liep. 'Hij zal bijzonder teleurgesteld zijn.'

'Wacht!' Hala was opgestaan en kwam op hem af. 'Bewijs me dat jullie iets reëels hebben opgedoken over de plaats van de voorwerpen uit de Bibliotheek, en dat het niet een vage aanwijzing is, en ik zal me naar de wensen van het Witte Huis schikken.'

'Zul je het dan aankondigen?'

'Ja.'

'Vier dagen tot je toespraak, dat is niet veel tijd.'

'Dat is mijn voorwaarde,' zei Hala botweg.

Schiller knikte ernstig. 'Geaccepteerd.'

Hij draaide zich om en liep naar de deur.

Muhammad Ismail zag Schillers limousine de weg naar senator Pitts chalet afkomen en de richting naar Breckenridge inslaan. Hij zag niet wie er op de achterbank zat en dat kon hem niet schelen ook.

De officieel uitziende auto, de mannen die patrouille liepen en met geregelde tussenpozen in hun walkie-talkie praatten, de twee bewapende wachten in een busje bij het begin van de weg naar het chalet, bevestigden dat de informatie die Yazids agenten in Washington hadden gekocht juist was.

Ismail leunde ontspannen tegen een grote Mercedes Benz, waardoor hij een man afschermde die binnen voor een open raampje door een verrekijker zat te kijken. Op het dak zat een skirek met een aantal paren ski's. Ismail was in een wit skipak, met een skimasker dat zijn eeuwig ontevreden gezicht verborg.

'Genoeg gezien?' vroeg hij terwijl hij ogenschijnlijk wat aan het skirek schoof.

'Nog een minuut,' antwoordde de observant. Hij keek naar de hut die gedeeltelijk door de bomen zichtbaar was.

'Vlug dan. Ik sta hier te bevriezen. Hoe ziet het eruit?'

'Niet meer dan vijf man. Drie in het huis. Twee in het busje. Slechts één man patrouilleert buiten het huis, geen seconde langer dan dertig minuten. Ze lopen steeds hetzelfde pad door de sneeuw en staan nergens stil. Ook zij hebben last van de kou. Geen tv-camera te zien, maar er is er waarschijnlijk een in het busje die vanuit het huis wordt bediend.'

'We zullen in twee groepen aanvallen,' zei Ismail. 'Eén groep neemt het huis, de andere doodt de wacht die buiten patrouilleert en valt het busje van achteren, waar ze het het minst verwachten, aan om het te vernietigen.'

De observant liet zijn verrekijker zakken. 'Ben je van plan vannacht aan te vallen, Muhammad?'

'Nee,' antwoordde Ismail. 'Morgen, als de Amerikaanse zwijnen aan hun ochtendmaal zich vol zitten stouwen.'

'Een aanval bij daglicht is gevaarlijk.'

'Wij sluipen niet als een stelletje wijven in het donker rond.'

'Maar onze enige ontsnappingsroute naar het vliegveld leidt door het stadscentrum. Het zal er vol verkeer zijn. Suleiman Ammar zou zo'n avontuur niet riskeren.'

Ismail draaide zich opeens om en sloeg de observant met zijn gehandschoende hand in het gezicht. 'Ik ben hier de baas!' snauwde hij. 'Suleiman is een overschatte jakhals.'

De observant toomde niet in. Zijn ogen schoten vuur. 'Je jaagt ons allemaal de dood in,' zei hij rustig.

'Het zij zo,' siste Ismail met een stem zo koud als de sneeuw. 'Als wij sterven opdat Hala Kamil kan sterven, dan is dat een lage prijs.'

25

'Schitterend,' zei Pitt.

'Prachtig, gewoon prachtig,' mompelde Lily.

Giordino knikte instemmend. 'Een prachtstuk.'

Ze stonden in een werkplaats waar oldtimers werden gerestaureerd en hun bewonderende blikken golden een Cord L-29 uit 1930, een model met een open cabine voor de chauffeur. De carrosserie was wijnrood geschilderd en de bumpers hadden dezelfde lichtgele kleur als het met leer bedekte dak van het passagierscompartiment. De wagen was lang en gracieus; de voorwielaandrijving hielp het silhouet laag te houden. Het chassis mat vijfeneenhalve meter van voor- tot achterbumper. De motorkap, die begon met een grill als van een raceauto en ophield bij de schuinstaande voorruit, nam bijna de helft van de lengte in beslag.

De man die Pitts auto in een oude garage verborgen onder veertig jaar afval in een abominabele staat had gevonden en haar had gerestaureerd, was trots op zijn werk. Robert Esbenson, een lange man met een kaboutergezicht en heldere blauwe ogen gaf voor de laatste keer een liefdevolle veeg met een poetsdoek en droeg de auto aan Pitt over.

'Het doet pijn om afstand van haar te doen. Laat je haar naar huis verschepen?'

'Nog niet. Ik wil er eerst een paar dagen in rijden.'

Esbenson knikte. 'Goed, dan moet ik de carburateur en de verdeler voor 1500 meter hoogte afstellen. Als je terugkomt, zal ik zorgen voor autovervoer naar Washington.'

'Mag ik meerijden?' vroeg Lily begerig.

'Helemaal tot Breckenridge,' antwoordde Pitt. 'Ga je ook mee, Al?'

'Waarom niet. We kunnen de huurauto hier wel laten staan.'

Ze droegen de bagage over en tien minuten later draaide Pitt de Cord de snelweg op en richtte de lange neus naar de Rocky Mountains met zijn sneeuwtoppen.

Lily en Al zaten knus in het luxe passagierscompartiment, van Pitt gescheiden door een raampje. Pitt zat, gewikkeld in een zware schapevellen jas voorin en genoot van de kou op zijn gezicht. Hij had een uitgelaten gevoel achter het stuur van zijn zestigjarige auto. Het geluid van de achtcilindermotor, die snorde als een naaimachine, gaf hem de indruk dat hij een levend wezen bestuurde.

Had hij enig idee gehad van wat hem te wachten stond, dan zou hij direct zijn omgedraaid, richting Denver.

Het was al donker toen Pitt door de hoofdstraat van het oude mijnstadje reed dat nu tot ski-oord was omgedoopt, maar waarvan de huizen nog steeds hun oude western-achtige stijl hadden behouden. Over de trottoirs dromden de mensen die van de skipistes waren teruggekomen, met hun ski's en stokken over hun schouder.

Pitt parkeerde voor Hotel Breckenridge, tekende het gastenboek en nam twee berichten in ontvangst.

'Van professor Rothberg?' vroeg Lily.

'Ja, we zijn om half acht uitgenodigd bij hem te komen eten. In zijn flat recht tegenover het hotel.'

Lily keek op haar horloge. 'Nog maar veertig minuten om te douchen en mijn haar te wassen. Dan mag ik wel opschieten.'

Pitt gaf haar de sleutel van haar kamer. 'Jij hebt eenentwintig. Al en ik zitten aan weerszijden van jou.'

Zodra Lily in de lift was verdwenen, wenkte Pitt Giordino de bar in. Hij wachtte tot ze hadden besteld alvorens het briefje met het tweede bericht over de tafel te schuiven.

Giordino las het hardop. '"Jouw bibliotheekproject heeft de hoogste prioriteit. Heel belangrijk dat je binnen vier dagen een vast onderkomen voor Alex vindt. Veel geluk, je vader."' Hij keek verward op. 'Begrijp ik het goed dat we maar vier dagen hebben om de locatie vast te stellen?'

Pitt knikte bevestigend. 'Tussen de regels door lees ik paniek en hoor ik iets rommelen in Washingtons machtskringen. Nou ja, we kunnen toch niets uitrichten voordat Yaeger geluk heeft.' Pitt stond op. 'En over Yaeger gesproken, die moest ik maar eens bellen.'

Hij belde vanuit de lobby en nadat de telefoon vier keer was overgegaan werd er door een slaperige stem opgenomen. 'Met Yaeger.'

'Hiram, met Dirk. Hoe gaat het met je speurtocht? Iets gevonden?'

'Mijn mensen hebben elk stukje geologische informatie van Casablanca rond de Kaap tot Zanzibar herkauwd. Ze hebben niets langs de kust van Afrika gevonden dat met jouw schets overeenkomt. Het spijt me.'

'Wat is je volgende stap?'

'We gaan naar het noorden. Dat zal wat langer duren vanwege de enorme kustlijn met de Britse eilanden, de Baltische Zee en de Scandinavische landen tot Siberië toe.'

'Kun je dat in vier dagen behappen?'

'Als je erop staat dat de extra krachten de klok rond blijven werken.'

'Daar sta ik op,' zei Pitt streng. 'Ik heb net te horen gekregen dat dit project de hoogste prioriteit heeft.'

'We zullen er hard tegenaan gaan.'

'Ik zit in hotel Breckenridge in Breckenridge, Colorado. Als er iets is, bel me dan.' Pitt gaf Yaeger het telefoonnummer.

Yaeger herhaalde plichtsgetrouw de nummers. 'Oké, ik heb het.'

'Wat klink jij vrolijk,' zei Pitt.

'Waarom niet? We hebben een heleboel bereikt.'

'Wat dan? Je weet nog steeds niet waar onze rivier is.'

'Dat is waar,' zei Yaeger welgemutst. 'Maar ik weet nu in ieder geval waar hij niet is.'

Sneeuwvlokken als cornflakes zo groot dwarrelden op het drietal neer dat de straat van het hotel naar het flatgebouw overstak.

Bertram Rothberg begroette hen met sprankelend blauwe ogen en een vrolijke glimlach onder een volle grijze baard. Door zijn volle pracht aan grijs haar kwamen twee grote oren naar buiten gezeild. Zijn zware lichaam was in een rood ruitjesoverhemd en ribfluwelen broek gehuld. Met een bijl in de ene en een zaag in de andere hand had hij voor houthakker kunnen doorgaan. Hij schudde iedereen warm de hand alsof hij hen al jaren kende en ging hen voor naar binnen.

'Een paar liter goedkope rode wijn voor we gaan eten?' vroeg hij.

Lily lachte. 'Mij best.'

Giordino haalde zijn schouders op. 'Zolang het maar nat is.'

'En jij, Dirk?'

'Klinkt prima.'

Pitt vroeg maar niet hoe hij hen herkende. Zijn vader zou hem wel de beschrijvingen hebben gegeven. Pitt vermoedde dat de geschiedkundige in het verleden voor een van de vele geheime diensten had gewerkt, zo perfect was zijn optreden.

Rothberg schonk de wijn in en liet zijn zware figuur in een leren leunstoel zakken. 'Maak het je gemakkelijk bij het vuur.' Hij hief zijn glas. 'Op een succesvolle speurtocht.'

'Daar drink ik op,' zei Lily.

Pitt viel met de deur in huis. 'Mijn vader zei dat je de Bibliotheek van Alexandrië je leven lang hebt bestudeerd.'

'Tweeëndertig jaar. Het onderwerp is voor mij een maîtresse geweest. Nooit iets vragen, alleen maar geven. Ik ben er nog steeds verliefd op.'

Lily zei: 'Dat kan ik begrijpen.'

Rothberg schonk haar een glimlach. Hij stond op en pookte in het haardvuur tot de houtblokken gelijkmatig brandden. Daarna ging hij weer zitten. Hij begon te spreken, bijna als in een trance waarin hij schaduwen uit het verleden zag. 'De bibliotheek was het grootste wonder van de Oudheid. Het bevatte hele beschavingen. De kunst en literatuur van de Egyptenaren, de Grieken, de Romeinen, de heilige geschriften van de joden, goddelijke filosofische boeken, muziek van ongelooflijke schoonheid, de oude bestsellers, de meesterwerken van de geneeskunde en de wetenschappen, kortom, de beste opslagplaats van materialen en kennis die ooit in de Oudheid is samengesteld.'

'Stond ze open voor het publiek?' vroeg Giordino.

'Zeker niet voor de eerste de beste zwerver,' antwoordde Rothberg. 'Maar geleerden en onderzoekers konden vrij alles naslaan, catalogiseren, vertalen en hun bevindingen publiceren. Je moet weten dat de bibliotheek met het daarbij behorende museum veel meer was dan een opslagplaats. In zijn hallen werd het eerst op een creatieve manier echte wetenschap bedreven.

Het werd de eerste naslagbibliotheek in de moderne zin van het woord, waar boeken systematisch op onderwerp werden gecatalogiseerd. Het complex stond in feite bekend als het Plein der Muzen.'

Rothberg zweeg en schonk de glazen bij voor hij vervolgde: 'De latere wereldrijken en naties hebben enorm veel aan de Bibliotheek van Alexandrië te danken. Weinig instellingen hebben zoveel kennis geproduceerd. Plinius, een beroemde Romein uit de eerste eeuw na Christus, heeft de eerste encyclopedie "uitgevonden". Aristofanes, tweehonderd jaar voor Christus het hoofd van de bibliotheek, was de vader van het woordenboek. Euclides, de wiskundige, stelde het eerste lesboek voor meetkunde samen. Al deze mannen hebben samen met duizenden anderen in deze bibliotheek gewerkt en hun mijlpalen in de wetenschap geproduceerd.'

'Je beschrijft een universiteit,' zei Pitt.

'Inderdaad. De bibliotheek en het museum te zamen werden beschouwd als de universiteit van de hellenistische wereld. De reusachtige witmarmeren gebouwen bevatten zalen vol schilderijen, hallen vol standbeelden, zalen voor het voorlezen van poëzie en het geven van colleges over van alles, van astronomie tot geologie. Er waren ook slaapzalen en een refter, en cellen waar men zich voor contemplatie kon terugtrekken, alsmede een dierenpark en een hortus botanicus. Honderdduizenden manuscripten en boeken waren in tien grote hallen ondergebracht. Ze waren met de hand op papyrus of perkament geschreven, opgerold en in bronzen kokers gestopt.'

'Wat is het verschil tussen die twee?' vroeg Giordino.

'Papyrus is een tropische plant. Uit de vezels vervaardigden de Egyptenaren een papierachtig materiaal om op te schrijven. Perkament, ook wel velijn genoemd, werd van dierevellen gemaakt, vooral van kalveren, jonge geiten en lammeren.'

'Is het mogelijk dat ze de eeuwen hebben overleefd?' vroeg Pitt.

'Perkament is duurzamer dan papyrus,' antwoordde Rothberg. 'Na zestienhonderd jaar hangt hun conditie af van waar ze zijn opgeslagen. De papyrusrollen uit Egyptische grafkamers zijn na drieduizend jaar nog leesbaar.'

'Een hete, droge atmosfeer.'

'Juist.'

'En als de rollen ergens langs de noordkust van Zweden of Rusland waren begraven?'

Rothberg dacht met gebogen hoofd na. 'Ik denk dat de winterkou ze goed zou preserveren, maar dat ze door de vochtigheid van de zomer zouden rotten.'

Pitt kon de nederlaag al ruiken. De hoop om de manuscripten van de bibliotheek intact te vinden leek kleiner dan ooit.

Lily kon Pitts pessimisme niet delen. Met een gloed van opwinding vroeg ze: 'Als jij in de sandalen van Junius Venator had gestaan, welke boeken zou jij dan hebben bewaard?'

'Een moeilijke vraag,' zei Rothberg met een knipoog naar haar. 'Ik kan er alleen maar naar gissen dat hij de verzamelde werken van Sophocles,

Euripides, Aristoteles en Plato heeft gered. En Homerus natuurlijk. Die heeft vierentwintig boeken geschreven, waarvan er maar een paar aan ons zijn overgeleverd. Ik denk dat Venator zoveel mogelijk boeken over de Griekse, Etruskische, Romeinse en Egyptische geschiedenis heeft gered als zijn vloot maar kon dragen. Ik zou zeker alle religieuze geschriften over de Hebreeuwse en christelijke wetten en tradities hebben meegenomen. Onthullingen uit die schriftrollen zouden de bijbelexperts van vandaag waarschijnlijk om doen vallen.'

'Boeken over wis- en natuurkunde?' voegde Giordino eraan toe.

'Uiteraard.'

'Vergeet de kookboeken niet,' zei Lily.

Rothberg lachte. 'Venator was een slim man. Hij zou een heel scala hebben meegenomen, inclusief boeken over koken en het huishouden. Voor iedereen wat, zou je kunnen zeggen.'

'Vooral de geologische gegevens van de oude tijden,' zei Pitt.

'Die vooral,' beaamde Rothberg.

'Is er iets bekend over wat voor een persoon hij was?' vroeg Lily.

'Venator?'

'Ja.'

'In zijn tijd was hij een vooraanstaand intellectueel. Een bekend geleerde en onderwijzer die van een van de grote onderwijscentra in Athene werd weggekocht om de laatste der grote curators van de Bibliotheek van Alexandrië te worden. We weten dat hij meer dan honderd boeken heeft geschreven over politieke en sociale verhoudingen over een periode van meer dan vierduizend jaar. Niets daarvan is aan ons overgeleverd.'

'Wat is er verder nog over hem bekend?' vroeg Pitt.

'Niet veel. Venator had veel leerlingen die later naam verwierven als mannen der wetenschap en schone letteren. Een student, Diocles van Antiochië, heeft hem in een van zijn geschriften beschreven als een onverschrokken vernieuwer die gebieden durfde te betreden waar andere geleerden voor terugschrokken. Hoewel hij christen was, zag hij godsdienst meer als een sociale wetenschap. Dat was de voornaamste oorzaak voor de wrijving tussen Venator en de bisschop van Alexandrië, de fanaticus Theophilos. Deze bleef Venator achtervolgen met de beschuldiging dat het museum en de bibliotheek een heidense broedplaats was. Ten slotte slaagde hij erin keizer Theodosius, een vroom christen, ertoe over te halen de plaats plat te branden. Algemeen wordt aangenomen dat tijdens de rellen die tussen christenen en niet-christenen tijdens de vernietiging uitbraken Venator door fanatieke volgelingen van Theophilos is vermoord.'

'Maar nu weten we dat hij met het puikje van de verzameling is ontsnapt,' zei Lily.

'Toen senator Pitt me belde met het nieuws van jullie ontdekking in Groenland voelde ik me net zo opgewonden als een straatveger die de hoofdprijs van een miljoen dollar heeft gewonnen,' gaf Rothberg toe.

'Kun je ons een hint geven over de plaats waar Venator de voorwerpen verborgen zou kunnen hebben?' vroeg Pitt.

Rothberg dacht enige tijd over deze vraag na. Uiteindelijk zei hij zacht: 'Junius Venator was geen gewoon man. Hij had de beschikking over een ontzaglijke hoeveelheid kennis. Zijn route zou wetenschappelijk gefundeerd zijn. Hij heeft zeker een uitstekend karwei geklaard, als je bedenkt dat de voorwerpen zestienhonderd jaar lang verborgen zijn gebleven.' Rothberg hief zijn handen in een gebaar van overgave. 'Ik kan je geen aanwijzing geven. Venator is een te groot man om in zijn huid te kruipen.'

'Maar je hebt toch wel enig idee?' drong Pitt aan.

Rothberg staarde lange tijd in de dansende vlammen van het haardvuur. 'Het enige wat ik kan zeggen is dat Venators bergplaats ergens moet zijn waar niemand zal zoeken.'

26

Ismail zag op zijn horloge dat het 07.58 uur was. Hij lag plat achter een blauwspar naar het chalet te kijken. Uit een van de twee schoorstenen kringelde rook omhoog. Hij wist dat Kamil altijd vroeg opstond en een goede kokkin was. Daaruit leidde hij af, dat ze bezig was het ontbijt voor haar bewakers klaar te maken.

Als man van de woestijn was hij niet aan de ijzige kou gewend die hem nu in zijn greep had. Hij wou dat hij kon gaan staan om te stampen en met zijn armen te zwaaien. De kou werd een pijn die alle gedachten verdrong en zijn reactie vertraagde. Hij werd langzaam door angst overmand, angst dat hij dit karwei zou verpesten en voor niets zou sterven.

Zijn onervarenheid begon hem parten te spelen. Door zijn zenuwen en zijn angst begon hij het vermogen te verliezen bliksemsnelle beslissingen te nemen.

07.59 uur. Een snelle blik op het busje dat net boven het begin van de weg stond. Elke vier uur verwisselden de bewakers in de warme hut van plaats met de mannen die in het busje kleumden. Twee mannen konden nu elk ogenblik de honderd meter lange wandeling van het huis naar het busje beginnen.

Hij richtte zijn aandacht op de wacht die over het platgetreden pad door de sneeuw over het landgoed liep. Langzaam en met een waakzame blik voor alles wat niet was zoals het hoorde, naderde deze met wasemende adem Ismails boom. Over nog geen minuut zou hij Ismails sporen in de sneeuw zien.

Ismail vloekte zachtjes en drukte zich dieper in de sneeuw. Hij wist dat hij daar open en bloot lag. De sparrenaalden die hem aan het gezicht onttrokken, zouden geen kogels tegenhouden.

08.00 uur. Precies op tijd ging de voordeur van het huis open en kwamen twee mannen naar buiten. Ze droegen gebreide mutsen en hadden een dikke jas aan. Automatisch zochten ze met hun ogen de omgeving af terwijl ze zacht pratend de weg afkwamen.

Ismail was van plan geweest te wachten tot de aflossing bij het busje was en dan alle vier de bewakers tegelijkertijd buiten gevecht te stellen. Maar hij had zich misrekend en was te vroeg. De beide mannen waren nog maar vijftig meter gevorderd, toen de wacht die om het huis heen patrouilleerde Ismails voetafdrukken zag.

Hij stopte en bracht zijn walkie-talkie naar zijn mond. Zijn woorden werden afgesneden door een luid salvo uit Ismails MP5-machinepistool.

Een van de Arabieren begon handgranaten naar het busje te gooien terwijl een ander kogels door de zijkant pompte. Nauwkeurigheid was de meeste terroristen even vreemd als vloeibare zeep. Geluk was hun enige redding. Een van de granaten vloog door de voorruit naar binnen en ontplofte met een doffe knal. De explosie leek in niets op de trucmontages in films. De benzinetank ontplofte niet in een vurige bal, maar de carrosserie leek uit te zetten en scheurde open.

Beide inzittenden waren op slag dood.

Opgewonden van hun moordlust bleven de beide aanvallers, geen van beiden ouder dan twintig, op het verwrongen metaal van het busje schieten tot het magazijn van hun geweer leeg was, in plaats van zich te concentreren op de veiligheidsagenten op de weg, die dekking hadden gezocht achter de bomen en een goed gericht salvo uit hun Uzi's afschoten waarmee ze de twee neermaaiden.

Er vanuit gaand dat hun collega's in het busje niet meer konden worden geholpen, trokken de veiligheidsagenten zich rug aan rug, zijwaarts rennend terug naar het huis, waarbij een van hen op Ismail terugschoot die achter een groot, bemost rotsblok dekking had gevonden.

Ismails strategie was door de verwarring in rook opgegaan.

De andere tien man van het terroristische team moesten op het horen van Ismails schoten de achterdeur aanvallen, maar ze verloren kostbare tijd met het waden door de kniehoge sneeuw. De agenten binnen hielden hen effectief in bedwang.

Een Arabier had kans gezien zich tegen de noordelijke muur van het huis te verschuilen. Hij trok de pin uit een handgranaat en gooide die naar een groot schuifraam. Hij had de dikte van de dubbele beglazing verkeerd ingeschat en de granaat ketste terug. Nog net kreeg zijn gezicht een uitdrukking van pure verschrikking voor het aan flarden werd gereten.

De twee agenten renden de treden op en sprongen de voordeur binnen. De Arabieren vuurden een hagel van kogels af en een van de mannen werd in de rug getroffen. Hij viel naar binnen, alleen zijn voeten lagen nog buiten. Hij werd snel naar binnen getrokken en de deur werd dichtgegooid op hetzelfde moment dat een dertigtal kogels en een granaat hem versplinterden.

De ruiten barstten in een regen van scherven uiteen, maar de zware houten wanden weerstonden de aanval. De agenten raakten nog twee van Ismails mannen, maar de rest bleef koppig oprukken, waarbij ze sparren en rotsblokken als dekking gebruikten. Op twintig meter afstand van het huis begonnen ze handgranaten door de ramen te slingeren.

Binnen in het huis duwde een agent Hala ruw in de koude open haard. Hij wilde net een bureau naar haar toe duwen om haar af te schermen, toen drie kogels in zijn nek en schouders sloegen. Hala kon het niet zien, maar ze hoorde zijn lichaam tegen de houten vloer ploffen.

De granaten begonnen hun dodelijke tol te eisen. Van dichtbij richtten de scherven veel meer schade aan in het menselijke weefsel dan een geweerkogel. De enig mogelijke verdediging voor de agenten bestond uit nauwkeurig schieten, maar op een dergelijk zware aanval hadden ze niet gerekend en hun kleine voorraad munitie was op een paar magazijnen na uitgeput.

Onmiddellijk na Ismails eerste schoten was er een bericht voor hulp uitgezonden, maar dat kwam bij het kantoor van de geheime dienst in Denver terecht, en met het bellen naar het bureau van de plaatselijke sheriff die daarna zijn mensen bij elkaar moest roepen, ging kostbare tijd verloren.

In de opslagkamer ontplofte een handgranaat die een blik verfverdunner in vlam zette. Een gasfles volgde en al gauw kringelden de vlammen langs een hele wand van het huis.

Het geweervuur stierf weg. De Arabieren vormden een ruwe cirkel om het huis, met elk automatisch geweer op de deuren en ramen gericht. Ze wachtten geduldig tot de overlevenden door het vuur naar buiten zouden worden gedreven.

Er waren nog maar twee veiligheidsagenten op de been. De anderen lagen badend in hun bloed naast de vernielde meubelstukken. Het vuur verspreidde zich naar de keuken en naar de trap naar de slaapkamers. Elke hoop om het te kunnen blussen was vervlogen. Voor de verdedigers van de benedenverdieping werd de hitte al gauw ondraaglijk.

Uit de richting van de stad in het dal naderde het geluid van sirenes.

Een agent duwde het bureau dat Hala in de open haard beschermde opzij en leidde haar op handen en voeten naar een laag raam.

'De plaatselijke politie is onderweg,' zei hij snel. 'Zodra zij het vuur naar zich toetrekken, proberen we weg te rennen. Hopelijk voor we zijn geroosterd.'

Hala kon alleen maar knikken. Ze kon hem nauwelijks horen. Haar oren deden pijn van het geweld van de granaten. Haar ogen traanden en ze drukte haar zakdoek tegen haar neus en mond tegen de dikker wordende rook.

Buiten lag Ismail plat op de grond en klemde zijn machinepistool vast. Hij werd door besluiteloosheid verscheurd. Het huis was een ware vuurzee geworden. Iedereen die nog in leven was, moest in de komende paar seconden ontsnappen of zou anders sterven.

Maar daar kon Ismail niet op wachten. Hij kon de zwaailichten van de politieauto's die over de weg kwamen aangescheurd al zien.

Van de oorspronkelijke groep van twaalf waren er, hemzelf meegeteld, nog maar zeven over. De gewonden moesten worden gedood zodat ze niet door de Amerikaanse veiligheidsdienst konden worden ondervraagd. Op zijn commando trokken zijn mannen zich van het huis terug om zich naar de toevoerweg te haasten.

De eerste politieauto stopte slippend en blokkeerde de weg naar het chalet. Terwijl de ene politieman over de radio verslag uitbracht, deed zijn maat voorzichtig, met getrokken revolver, het portier open om het busje en het brandende huis in ogenschouw te nemen. Hun taak was alleen maar om waar te nemen, te rapporteren en op assistentie te wachten.

Dat was een prima tactiek waar het een gewapende en gevaarlijke misdadiger betrof. Helaas werkte zij niet bij een legertje onzichtbare terroristen die plotseling een hagel van kogels afvuurden die de auto aan flarden schoot. De twee agenten waren dood voor ze kans hadden gehad te reageren.

Op het teken van de man die door het raam naar buiten gluurde, werd Hala opgetild en ruwweg naar buiten gegooid. De agent van de geheime dienst sprong haar na, pakte haar bij de armen en begon struikelend door de sneeuw in de richting van de verkeersweg te rennen.

Ze hadden nog geen dertig meter afgelegd, toen een van Ismails mannen hen in de gaten kreeg en alarm sloeg. Om de vluchtende overlevenden heen sloegen de kogels in de bomen. Een van de agenten gooide plotseling zijn armen omhoog alsof hij de lucht vastklauwde, strompelde nog een paar passen en viel voorover in de sneeuw.

'Ze proberen ons de pas naar de weg af te snijden!' blafte de andere agent Hala toe. 'Probeer te ontsnappen. Ik blijf hier achter om ze te vertragen.'

Hala wilde iets zeggen, maar de agent draaide haar om en gaf haar een niet al te zachte duw.

'Rennen, verdomme, rennen!'

Maar hij zag dat het al te laat was. Elke hoop op ontsnapping was de grond ingeboord. Ze liepen recht op twee Mercedessen af die in de bossen naast de weg stonden geparkeerd. Verslagen realiseerde hij zich dat deze auto's van de terroristen waren. Hij kon ze niet meer stoppen, maar hij zou ze in ieder geval lang genoeg tegenhouden om Hala de kans te geven een passerende auto aan te houden. In een zelfmoordpoging rende hij recht op de Arabieren toe, met zijn vinger constant om de trekker van de Uzi, en brulde elke vloek die hij ooit had geleerd.

Ismail en zijn mannen waren een ogenblik lamgeslagen door de op hen afstormende duivel. Ze aarzelden twee seconden voor ze zich herstelden en een lang salvo losten op de dappere agent van de geheime dienst, die midden in een sprong werd neergemaaid.

Maar niet voor hij drie van hen te pakken had gekregen.

Ook Hala zag de auto's en de terroristen die erheen renden. Achter haar hoorde ze het donderende salvo van de geweren. Stikkend en naar adem happend, met verschroeide haren en kleren strompelde ze een ondiepe sloot in en kroop de andere kant naar boven waar ze op een hard oppervlak neerviel.

Ze hief haar hoofd en keek op zwart asfalt neer. Ze kwam overeind en begon te rennen, in de wetenschap dat ze het onvermijdelijke alleen maar uitstelde, dat ze over een minuut onontkoombaar dood zou neervallen.

27

Onder de ochtendzon die op het glinsterende chroom en de glimmende verf werd weerkaatst, reed de majestueuze Cord over de verkeersweg Breckenridge uit. Skiërs die op weg waren naar de skiliften, zwaaiden naar de elegante, zestig jaar oude oldtimer. Giordino zat op de overdekte achterbank te dutten terwijl Lily naast Pitt op de open voorbank zat.

Pitt was die ochtend in een koppige bui wakker geworden. Hij zag geen enkele reden waarom hij ski's zou moeten huren terwijl die van hem vijf kilometer verderop in een kast lagen te wachten. Bovendien, dacht hij, zou het wachten in een winkel tot hij zijn huurspullen kon aanpassen veel langer duren dan naar het chalet van zijn familie rijden, zijn spullen pakken en naar de skilift gaan.

Pitt haalde zijn schouders op over de waarschuwing van zijn vader om uit de buurt van het huis te blijven. Hij schreef die toe aan een bureaucratische overreactie.

'Wie is er zo vroeg 's morgens met vuurwerk bezig?' vroeg Lily zich hardop af.

'Dat is geen vuurwerk,' zei Pitt die scherp naar het droge geknal van de geweerschoten en de doffe ontploffingen van de granaten luisterde die tegen de hellingen van het dal weerkaatsten. 'Dat klinkt meer als een infanteriegevecht.' De lachrimpeltjes om zijn ogen verdwenen. Hij ging sneller rijden en klopte op het tussenraampje. Giordino werd wakker en klapte het raampje naar beneden.

'Net als de orgie gaat beginnen maak jij me wakker,' zei deze tussen twee gapen door.

'Luister,' beval Pitt.

Giordino bracht een hand achter zijn oor. Langzaam trok een uitdrukking van puur onbegrip over zijn gezicht. 'Zijn de Russen geland?'

'Kijk!' zei Lily opgewonden. 'Een bosbrand.'

Giordino wierp een blik op de zwarte rook die door een vuurkolom omhoog werd geduwd. 'Te geconcentreerd,' zei hij kortaf. 'Volgens mij is dat een brandend gebouw.'

Pitt wist dat Giordino gelijk had. Hij sloeg vloekend op het stuur omdat hij met ziekmakende zekerheid wist dat het huis van zijn familie de groeiende paddestoel van rook en vuur voedde.

Hij zei: 'We gaan niet om moeilijkheden vragen door te stoppen. We zullen er langs rijden en zien wat er aan de hand is. Al, kom voorin zitten en jij Lily, klim naar achteren en hou je hoofd omlaag. Ik wil niet dat je iets overkomt.'

'En ik dan?' vroeg Giordino met gelaten verontwaardiging. 'Zou je je niet eens een beetje zorgen om mij maken? Geef me één goede reden waarom ik daar open en bloot bij jou zou gaan zitten.'

'Om jouw betrouwbare chauffeur tegen het kwaad en tegen verdachte elementen te beschermen.'

'Absoluut geen goede reden.'

Pitt probeerde iets anders. 'Dan zijn er natuurlijk nog die vijftig pietermannen die ik in Panama van jou heb geleend en nooit heb terugbetaald.'

'Met rente.'

'Met rente,' beaamde Pitt.

'Wat ik al niet doe om mijn magere bezittingen te beschermen.' Giordino klauterde door het open raampje en verwisselde van plaats met Lily.

Pitt had al zijn aandacht op de hel rechts van hem geconcentreerd toen hij plotseling vanuit zijn ooghoek een vage vorm de weg op zag rennen op een koers die hem met de Cord in botsing zou brengen.

Hij trapte hard op de rem en rukte het stuur naar rechts, zodat de Cord dwars over de weg kwam te staan en zo verder gleed. De smalle banden gilden het uit onder de wrijving met het wegdek. De Cord kwam dwars op de weg tot stilstand, met de chauffeursplaats op nog geen meter afstand van een vrouw die stokstijf stilstond.

Pitts hart klopte twee maal zo snel. Hij liet zijn adem ontsnappen en keek de vrouw aan die hij op een haar na als een insekt had platgewalst. Hij zag de angstige en geschokte blik in haar ogen langzaam veranderen in een uitdrukking van ongeloof.

'Jij!' hijgde ze. 'Ben jij dat echt?'

Pitt staarde haar wezenloos aan. 'Juffrouw Kamil?'

'Ik geloof echt in déjà vu,' mompelde Giordino. 'Heus, echt waar.'

'O, God zij dank,' fluisterde ze. 'Help me alsjeblieft. Iedereen is dood. Ze komen me vermoorden.'

Pitt klom achter het stuur vandaan, tegelijkertijd met Lily die uit het passagierscompartiment stapte. Ze hielpen Hala naar binnen en drukten haar op de achterbank neer.

'Wie zijn "zij"?' vroeg Pitt.

'Yazids huurmoordenaars. Ze hebben mijn lijfwachten van de geheime dienst vermoord. We moeten hier snel weg. Ze kunnen elk ogenblik opduiken.'

'Rustig maar,' zei Lily sussend. Ze merkte nu pas Hala's beroete gezicht en verschroeide haar op. 'We zullen je naar een ziekenhuis brengen.'

Pitt draaide zich net op tijd om, om twee Mercedessen uit het bos de weg te zien oprijden. Hij bestudeerde ze niet langer dan een seconde en sprong achter het stuur. Hij schakelde in de eerste versnelling en gaf plankgas. Hij draaide de Cord in de enige richting die voor hem openstond: terug naar het centrum van Breckenridge.

Hij keek even in de spiegel die aan de reserveband opzij vastzat. De afstand tussen de Cord en de auto's van de terroristen schatte hij op niet meer dan driehonderd meter. Dat was alles waar hij tijd voor had. Zijn achteruitzicht verdween plotseling door een kogel die zich door de spiegel boorde.

'Op de grond!' riep hij tegen de twee vrouwen achterin.

Er zat geen drijfstang in de Cord, dus de vrouwen konden zich opgerold tegen de vloer persen. Hala keek in Lily's ogen en begon onbeheerst te trillen. Lily sloeg een arm om haar heen en dwong zich dapper te glimlachen.

'Geen paniek,' zei ze bemoedigend. 'Eenmaal in de stad zullen we veilig zijn.'

'Nee,' mompelde Hala door shock overmand. 'We zijn nergens veilig.'

Voorin zat Giordino ineengedoken om zoveel mogelijk beschutting tegen het geweervuur en de ijzige wind die langs het windscherm blies te krijgen. 'Hoe snel gaat dit karretje?' vroeg hij op een normale gesprekstoon.

'De hoogste snelheid die een Cord ooit heeft gehaald is honderd-drieëntwintig kilometer per uur,' antwoordde Pitt.

'Dan heb ik het donkerbruine vermoeden dat we zijn afgetroefd.' Giordino moest in Pitts oor schreeuwen om zich boven het gebrul van de tweede versnelling verstaanbaar te maken.

'Waarin rijden onze achtervolgers?'

Giordino draaide zich om en leunde over het portier om een voorzichtige blik naar achteren te werpen. 'Moeilijk te zeggen wat voor model Mercedes voorop rijdt, maar volgens mij rijden de jachthonden in 300 SDL's.'

'Diesel?'

'Turbodiesel om precies te zijn. Kunnen 220 kilometer per uur halen.'

'Halen ze ons in?'

'Als tijgers achter een drietenige luiaard,' antwoordde Giordino somber. 'Die hebben ons allang voordat we bij de stamkroeg van de sheriff zijn aangeland te grazen genomen.'

Pitt trapte het koppelingspedaal in, greep de versnellingspook die uit het dashboard stak beet en duwde hem in zijn drie. 'We moeten daar uit de buurt zien te blijven. Die klootzakken zijn in staat honderd onschuldige omstanders af te slachten alleen maar om Kamil te kunnen vermoorden.'

Giordino keek achterom. 'Ik geloof dat ik het wit van hun ogen kan zien.'

Ismail begon schreeuwend te vloeken toen zijn geweer blokkeerde. Woedend gooide hij het op de weg en graaide een andere uit de handen van zijn volgeling die achter hem zat. Hij leunde uit het zijraampje en vuurde een salvo af naar de Cord. Na vijf kogels was het magazijn leeg. Hij vloekte opnieuw terwijl hij naar een nieuw magazijn tastte en het in het geweer schoof.

'Wind je niet zo op,' zei de bestuurder rustig. 'Binnen een kilometer hebben we hem te pakken. Ik ga links van hem rijden terwijl Omar en zijn mannen in de andere auto de rechterkant nemen. Van dichtbij kunnen we ze dan onder kruisvuur nemen.'

'Ik wil die ploerten die zich ermee hebben bemoeid afmaken,' snauwde Ismail.

'Daar krijg je de kans voor. Geduld nou maar.'

Als een beteuterd kind dat zijn zin niet heeft gekregen, zakte Ismail op de bank terug en keek wraakzuchtig naar de vluchtende auto.

'Ze sparen waarschijnlijk hun munitie,' zei Giordino dankbaar.

'Tot ze ons in de tang nemen en niet kunnen missen,' antwoordde Pitt. Zijn ogen waren strak op de weg gericht, maar hij pijnigde zijn hersens met het ene ontsnappingsplan na het andere.

'Mijn koninkrijk voor een raketwerper.'

'Dat doet me eraan denken dat ik, toen ik vanmorgen instapte, per ongeluk iets onder de voorbank schopte.'

Giordino voelde op de grond tot zijn hand een koud, hard voorwerp aanraakte. Hij raapte het op. 'Het is maar een moersleutel,' zei hij sip.

'Vlak voor ons ligt een pad dat onderhoudsvoertuigen soms gebruiken om voorraden en materiaal naar de top van de skihellingen te brengen. Daar hebben we een kleine kans dat we ze in de bossen kunnen kwijtraken. We zijn dood als we op de weg blijven.'

'Hoe ver?'

'Voorbij de volgende bocht in de weg.'

'Halen we dat?'

'Zeg jij het maar.'

Voor de derde keer keek Giordino achterom. 'Vijfenzeventig meter.'

'Te dichtbij,' zei Pitt. 'We moeten ze zien te vertragen.'

'Ik kan natuurlijk mijn lelijke gezicht laten zien en obscene gebaren maken,' zei Giordino droogjes.

'Dat maakt ze alleen maar kwader. We moeten plan één in werking stellen.'

'Ik heb de briefing gemist,' zei Giordino sarcastisch.

'Hoe is je werparm?'

Giordino knikte dat hij het had begrepen. 'Hou deze ouwe bak op een rechte koers, dan zal slager Giordino worst van de tegenpartij maken.'

De auto was een ideale werpplaat. Giordino ging met zijn knieën naar achteren op de bank zitten, waarbij hij met kop en schouders boven het dak uitkwam. Hij richtte, hief zijn arm en slingerde de moersleutel in een hoge boog naar de eerste Mercedes.

De Arabier achter het stuur zag Giordino de moersleutel gooien. Hij had een goed reactievermogen, maar niet goed genoeg. Hij stampte op de rem en rukte aan het stuur om de sleutel te ontwijken, maar het glas van de voorruit sprong in duizend stukjes midden in zijn gezicht uiteen. De sleutel ketste op het stuur en kwam in Ismails schoot terecht.

De chauffeur van de tweede Mercedes zat vlak achter Ismails auto en hij had de moersleutel niet aan zien komen. Volkomen onverwacht lichtten voor hem de remlichten op. Hij zag hulpeloos hoe hij de eerste Mercedes ramde, die ongecontroleerd om zijn as draaide, en met de neus in de tegenovergestelde richting tot stilstand kwam.

'Was dat de bedoeling?' vroeg Giordino opgeruimd.

'Krek. Hou je vast, we zijn bij het pad.' Pitt remde en draaide de Cord een smalle, besneeuwde weg op die in een stel haarspeldbochten de berg op kronkelde.

De 115 paarden van de achtcilindermotor trokken de zware auto uit alle macht over het glibberige, ongelijke wegdek. Dankzij de trekkracht van de voorwielaandrijving kon Pitt met behulp van subtiel bijsturen en spelen met het gaspedaal de lange neus van de auto op het midden van het pad houden.

Lily en Hala waren inmiddels weer op de achterbank gaan zitten. Ze steunden met hun voeten tegen de afscheiding van de voorbank en hielden zich wanhopig aan de lussen aan het dak vast.

Zes minuten later bevonden ze zich boven de boomgrens. De weg liep nu tussen steile hellingen vol rotsblokken en diepe sneeuw.

'We koken over,' merkte Giordino op.

Pitt hoefde niet naar de stoom te kijken die onder de motorkap uit omhoog kringelde. Hij had de naald van de temperatuurmeter zien opklimmen tot hij HOT aanwees.

'De gereviseerde motor heeft weinig tolerantie,' legde hij uit. 'We hebben hem te hard op zijn staart getrapt zonder hem in te rijden.'

'Wat gaan we aan het eind van de weg doen?' vroeg Giordino.

'Plan twee,' antwoordde Pitt. 'We maken een rustig ritje in een stoeltjeslift naar het dichtstbijzijnde café.'

'Klasse, maar de oorlog is nog niet voorbij.' Giordino knikte over zijn schouder. 'Onze vrienden zijn terug.'

Hun achtervolgers hadden zich van het ongeluk hersteld en scheurden de berg op achter de Cord aan. Voor hij kon omkijken versplinterden de kogels het achterraam tussen de hoofden van Lily en Hala in, en vlogen door het windscherm weer naar buiten waarbij ze drie kleine gaatjes achterlieten. De vrouwen hoefde niet te worden verteld dat ze weer op de vloer moesten gaan liggen. Deze keer probeerden ze er één mee te worden.

'Volgens mij zijn ze kwaad over die moersleutel,' zei Giordino.

'Nog niet half zo kwaad als ik ben over de manier waarop ze mijn auto mishandelen.'

De twee Mercedessen slingerden vervaarlijk over de met sneeuw bedekte weg. Gedeeltelijk werd hun superieure snelheid gecompenseerd door de betere grip op de weg die de voorwielaandrijving de Cord bezorgde. Pitt vergrootte de afstand in de bochten, maar op de rechte stukken haalden de Arabieren hem weer in.

In een flits zag Pitt de bestuurder van de voorste auto als een maniak aan zijn stuur draaien, waarbij hij elke voorzichtigheid uit het oog had verloren en de wielen in een constante slip hield. Elke haarspeldbocht opnieuw kon hij het net vermijden in de hoge sneeuw van de berm vast te lopen.

Pitt vond het vreemd dat de Mercedessen geen sneeuwbanden hadden. Hij kon dan ook niet weten, dat de Arabieren de auto vanaf de Mexicaanse grens naar hier hadden gereden om geen spoor achter te laten. Ze stonden op naam van een niet-bestaand textielbedrijf in Matamoros en moesten bij het vliegveld van Breckenridge na de succesvolle aanslag op Hala worden achtergelaten.

Wat Pitt zag stond hem niet aan. De Mercedessen zaten nog maar vijftig meter achter hem. Het stond hem nog minder aan dat iemand een automatisch geweer door de kapotte voorruit stak.

'Daar komt de post!' riep hij, terwijl hij naar beneden zakte tot hij nog maar nauwelijks over het stuur kon heenkijken. 'Iedereen duiken!'

Hij was nog niet uitgesproken, of de kogels begonnen in de Cord in te slaan. Een salvo rukte de reserveband van de rechter treeplank af. Het volgende scheurde het dak open.

Pitt verstijfde en probeerde nog lager te zakken toen de linkerkant van de auto als door een blikopener werd opengereten. De scharnieren van een achterdeur werden afgeschoten en het portier hing er grotesk bij tot het door een boom weg werd geslagen. Het regende glassplinters. Een van de vrouwen begon te gillen, Pitt wist niet wie. Hij zag een bloednevel op het dashboard. Een kogel had een voor over een van Giordino's oren getrokken, maar de kleine, kranige Italiaan had geen krimp gegeven.

Giordino voelde onverschillig aan zijn wond alsof het om iemand anders ging. Toen keek hij Pitt met een scheve glimlach aan. 'Ik ben bang dat de wijn van gisteravond naar buiten lekt.'

'Is het erg?' vroeg Pitt.

'Voor tweeduizend dollar kan de eerste de beste plastische chirurg het fiksen. Hoe is het met de vrouwen?'

Zonder zich om te draaien riep Pitt: 'Lily, is alles goed met jou en Hala?'

'Een paar schrammen van de glasscherven,' antwoordde Lily dapper. 'Verder niets.' Ze was behoorlijk bang, maar had de grens van de paniek nog lang niet bereikt.

De stoom spoot nu uit de radiator. Pitt voelde het toerental verminderen. Hij bleef koelbloedig doorrijden en slingerde de Cord door de laatste haarspeldbocht voor de top. Hij had gegokt en gefaald, de moordenaars zaten op zijn achterbumper. De linker achterband werd lekgeschoten. Pitt vocht met het stuur om te voorkomen dat het achtereind de weg af zou glijden en de auto een met rotsblokken bezaaide helling met een hoek van 60 graden zou afsleuren.

De Cord was stervende. Onder de motor lekte de olie uit een scheur in het carter, veroorzaakt door een grote steen die Pitt niet had kunnen ontwijken. De oliedrukmeter stond al gauw op nul. Met elke cilinderslag werd de kans de tijdelijke veiligheid van de top te bereiken minder.

De voorste Mercedes slipte door de haarspeldbocht. Pitt klemde het stuur wanhopig vast. Hij kon zich de triomfantelijke blik van zijn achtervolgers al voorstellen als ze voelden dat ze nog maar een paar seconden van het moment waren verwijderd waarop ze hun prooi te grazen konden nemen.

Hij zag nergens een plaats waar ze een wanhopige ontsnappingspoging te voet konden ondernemen. Ze zaten in de val op een smal weggetje met aan een kant een steile helling naar beneden en aan de andere kant een met rotsen bezaaide helling naar boven. Ze konden alleen maar doorrijden, net zolang tot de motor van de Cord het zou opgeven.

Pitt trapte met alle macht het gaspedaal tegen de vloer en prevelde een schietgebedje.

De uitgeputte, moegevochten oldtimer had ongelooflijk genoeg nog iets te geven. Alsof het mechanische ding een eigen leven had, reikte het in het diepste van zijn ijzeren wezen en brak zijn allerlaatste reserves aan in een laatste, grootse poging. Het toerental ging plotseling omhoog, de voorbanden beten zich vast en de Cord trok zich de laatste meters naar de top omhoog.

Nog geen honderd meter verderop stond het eindstation van een driestoelige skilift. Eerst vond Pitt het vreemd dat niemand op de helling recht onder de Cord aan het skiën was. De mensen sprongen van hun stoel en gingen naar de andere kant van de lift voor ze over een naastgelegen piste naar beneden suisden.

Toen zag hij dat zijn stuk van de helling met touwen was afgezet. Verschillende borden waarschuwden deze helling niet te gebruiken vanwege zijn gevaarlijke toestand.

'Het eind van de weg,' zei Giordino plechtig.

Pitt knikte machteloos. 'We kunnen de lift niet halen. Ze schieten ons al neer voor we tien meter hebben gelopen.'

'We kunnen met sneeuwballen weerstand bieden, of we kunnen het risico nemen ons over te geven.'

'Of we kunnen plan drie proberen.'

Giordino keek Pitt nieuwsgierig aan. 'Dat kan niet erger zijn dan de eerste twee.' Toen sperde hij zijn ogen wijd open en kreunde: 'Je gaat toch niet . . . o God, nee!'

De beide Mercedessen waren zó dichtbij, dat je ze bijna kon aanraken. Ze kwamen nu naast elkaar aangereden om de Cord in de tang te nemen, toen Pitt zijn auto de skihelling afstuurde.

28

'Allah sta ons bij,' mompelde Ismails chauffeur. 'We kunnen die krankzinnige idioten niet tegenhouden.'

'Achter ze aan!' schreeuwde Ismail hysterisch. 'Laat ze niet ontsnappen.'

'Ze zullen sowieso sterven. Niemand kan een op hol geslagen auto op een berghelling overleven.'

Ismail duwde de loop van zijn geweer in het oor van zijn chauffeur. 'Zorg dat je die varkens te pakken krijgt,' snauwde hij venijnig, 'of je ziet Allah eerder dan je had gedacht.'

De chauffeur aarzelde. Hij zag de dood om de hoek loeren, wát hij ook zou doen. Hij gaf zich gewonnen en stuurde de Mercedes de steile helling af achter de Cord aan.

'Allah sture mijn handelingen,' bad hij in doodsangst.

Ismail trok zijn geweer terug en wees door de gebroken voorruit. 'Hou je mond en stuur.'

Ismails mannen in de tweede Mercedes aarzelden niet. Plichtsgetrouw stortten zij zich achter hun leider aan.

De Cord raasde als een op hol geslagen vrachttrein met snel toenemende vaart over de aangestampte sneeuw. De zware auto was niet af te remmen. Pitt stuurde en remde heel licht bij. Als de Cord eenmaal zijwaarts de helling zou afglijden, zou de auto omslaan en tot aan de voet van de berg een spoor van metalen brokstukken en gebroken lichamen achterlaten.

'Is dit het juiste moment om de kwestie van autogordels aan te snijden?' vroeg Giordino, die zich met zijn voeten tegen het dashboard had schrapgezet.

Pitt schudde zijn hoofd. 'Waren in negentiendertig niet beschikbaar.'

De kilometerteller wees vijfennegentig aan toen Pitt een veld sneeuwhobbels op zich af zag komen. Ervaren skiërs vonden de ronde hoopjes sneeuw een prachtig hindernissenparcours. Dat vond Pitt ook als hij met grote snelheid een helling afzoefde. Maar niet met 2120 kilogram automobiel onder en om zich.

Behendig stuurde hij de auto geleidelijk naar de zijkant van de helling, waar het pad effen was. Onbewust zette Pitt zich schrap voor de hevige schok die zou volgen mocht hij ook maar het geringste foutje maken en tegen een boom aanbotsen, waarbij iedereen tot bloederige pulp zou worden geslagen.

Maar er volgde geen botsing. Als een draad door het oog van de naald schoot de Cord door de nauwe doorgang tussen de sneeuwhopen aan de ene en de bomen aan de andere kant.

Zodra Pitt op een open stuk was aangeland, wierp hij een snelle blik naar achteren om te zien hoe het zijn achtervolgers verging.

De chauffeur van de voorste Mercedes had gewiekst de sporen van de Cord gevolgd. De andere chauffeur had de obstakels ofwel niet gezien of gedacht dat ze niet gevaarlijk waren. Te laat realiseerde hij zich zijn fout en maakte het nog erger door de Mercedes wild van de ene naar de andere kant te sturen in een wanhopige poging de metershoge sneeuwhopen te ontwijken.

De Arabier kon er inderdaad een stuk of drie slippend ontwijken, maar botste frontaal tegen de vierde aan. De voorkant van de auto groef zich in, en de achterkant kwam in een hoek van negentig graden omhoog. De auto bleef zo even in wankel evenwicht staan voor hij omsloeg en in de lengte verder kantelde. Keer op keer sloeg hij met het scherpe geluid van scheurend metaal en versplinterend glas tegen de harde sneeuw.

De inzittenden hadden het kunnen overleven als ze eruit waren geslingerd, maar door de val waren de portieren geblokkeerd. De auto begon het te begeven. De motor scheurde los van zijn ophanging en tuimelde de bossen in. Wielen, voorwielophanging, drijfas, niets was tegen een dergelijke marteling bestand. Alles werd van het chassis losgewrikt en honkerdebonkte de helling af. De zwaargehavende Mercedes kwam op zijn kop in een klein ravijn tot stilstand.

'Zou het tactloos zijn om te zeggen: dat is een?' merkte Giordino op.

'Ik wou dat je het niet zo uitdrukte,' mompelde Pitt met opeengeklemde kaken, 'want er gaan er meer volgen.' Hij nam even een hand van het stuur en gebaarde naar voren.

Giordino schrok toen hij zag dat de helling samenkwam met een andere skipiste die wemelde van skiërs in felgekleurde pakken. Hij greep de overblijfselen van het windscherm beet en hees zich eraan overeind. Terwijl Pitt de twee toeters van de Cord liet blèren, stond hij druk te zwaaien en te roepen.

De stomverbaasde skiërs hadden nog net tijd om zich aan de kant in veiligheid te brengen en keken met grote ogen hoe de Cord met de Mercedes vlak achter zich voorbij raceten.

Pitt zag het begin van een skischans. Zonder aarzeling richtte hij het ornament op de radiator naar het begin van de helling. 'Plan vier,' zei Pitt tegen Giordino. 'Hou je goed vast voor het geval ik de controle verlies.'

'Ik was me er niet van bewust dat je hem onder controle had.'

De schans was heel wat kleiner dan de gevaartes die bij de Olympische Spelen worden gebruikt en diende alleen maar voor acrobatisch stuntspringen. Hij was dan ook een stuk breder dan de Cord. Hij was zo'n dertig meter lang en eindigde abrupt twintig meter boven de grond.

Pitt reed in de richting van het starthek en schermde met de brede Cord het zicht van de Mercedes op de schans af.

Op het allerlaatste moment, net voor de voorwielen over de startlijn gingen, gaf Pitt een rukje aan het stuur en liet de Cord van de ingang naar de schans wegslippen. Op plotselinge capriolen van de Cord bedacht, wendde Ismails chauffeur het stuur om een botsing te vermijden en maakte aldus een perfecte start door het starthek.

Terwijl Pitt worstelde om de Cord weer op het rechte spoor te krijgen, keek Giordino om naar de Mercedes en keek in een gezicht dat was verwrongen van angstige woede. Het schoot voorbij toen de auto de steile schans afschoot. Hij had als een vette vogel zonder vleugels de lucht in moeten schieten. Maar de achterkant kwam los en hij slipte in een kleine hoek waardoor de rechterwielen een paar meter voor het eind de schans afschoten en de auto als een goed geworpen rugbybal door de lucht begon te wentelen.

De Mercedes moet een snelheid van tegen de 120 kilometer hebben gehad toen hij de lucht inging. Door de enorme stuwkracht legde hij een ongelooflijke afstand af voor hij met een boog grondwaarts ging en met een reusachtige klap op zijn vier wielen neerkwam. Als in een vertraagde opname kaatste hij omhoog en vloog tegen de dikke stam van een grote den. Het krijsende geknars van verwrongen metaal doorkliefde de ijle lucht toen de wagen zich als een hoefijzer om de boom wikkelde tot voor- en achterbumper tegen elkaar kwamen. Glas explodeerde als confetti en de lichamen binnen werden als vliegen onder een mepper verpletterd en verwrongen.

Giordino schudde verbouwereerd zijn hoofd. 'Zo iets heb ik nog nooit gezien.'

'En dat is nog niet alles,' zei Pitt. De remmen van de Cord waren doorgebrand en de stuurstang was verbogen. De Cord was onontkoombaar op weg naar het restaurant aan het begin van de kabelbaan. Er zat voor Pitt niets anders op dan continu zijn claxons te gebruiken.

Vanuit het eindstation van de kabelbaan was er al naar beneden gebeld om voor de wagens te waarschuwen en de skileraren hadden het grootste deel van de piste kunnen ontruimen. Rechts van het skicentrum lag een ondiepe, bevroren vijver. Pitt hoopte de auto in die richting te kunnen sturen zodat ze door het ijs konden zakken waardoor de auto zeker stil zou komen te staan. Het enige probleem was dat de toeschouwers zonder er bij na te denken een corridor naar het restaurant hadden gevormd.

'Ik neem aan dat er geen plan vijf is?' zei Giordino die zich tegen de botsing schrap zette.

'Sorry,' zei Pitt, 'maar we zijn uitverkocht.'

Lily en Hala keken vol afschuw en volkomen hulpeloos toe. Ze doken achter de scheidingswand weg, sloten hun ogen en hielden elkaar vast.

Pitt verstijfde toen ze een paar lange rekken vol ski's en skistokken raakten. De ski's vlogen als tandestokers in een soort explosie door de lucht. Even leek het alsof de Cord was begraven, maar toen schudde hij zich vrij en boorde zich de betonnen trap op, miste het restaurant, maar versplinterde de houten wand van de aangebouwde bar.

De ruimte was geëvacueerd op de pianist na die verlamd achter zijn toetsen zat en een barkeeper die de wijste partij koos en achter zijn bar beschutting had gezocht, net toen de Cord zich door een zee van stoelen en tafels bulldozerde.

De Cord vloog bijna door de tegenoverliggende muur en zou dan twee verdiepingen naar beneden zijn gestort. Maar wonder boven wonder was de verminkte auto zijn vaart kwijtgeraakt en stak alleen de zwaar verwrongen voorbumper door de muur.

Afgezien van het gesis van de radiator en het getik van de oververhitte motor heerste er een doodse stilte. Pitt had zijn hoofd tegen de lijst van het windscherm gestoten en het bloed stroomde over zijn gezicht. Hij wendde zich tot Giordino die als een standbeeld naar de muur zat te kijken. Pitt draaide zich om en staarde naar de vrouwen achterin. Die hadden hun beste 'leven we nog steeds?'-gezicht opgezet, maar schenen niets te mankeren.

De barkeeper lag nog steeds achter de bar verborgen, dus wendde Pitt zich tot de pianist die verdwaasd op zijn driepotige kruk zat. De sigaret die uit zijn mondhoek hing had zijn askegel niet eens verloren. Met zijn handen bevroren boven de toetsen staarde hij verlamd naar de bloedige verschijning die hem met een krankzinnige glimlach aankeek.

'Neem me niet kwalijk,' zei Pitt beleefd, 'maar kunt u misschien *Fly me to the Moon* spelen?'

Deel III: De Lady Flamborough

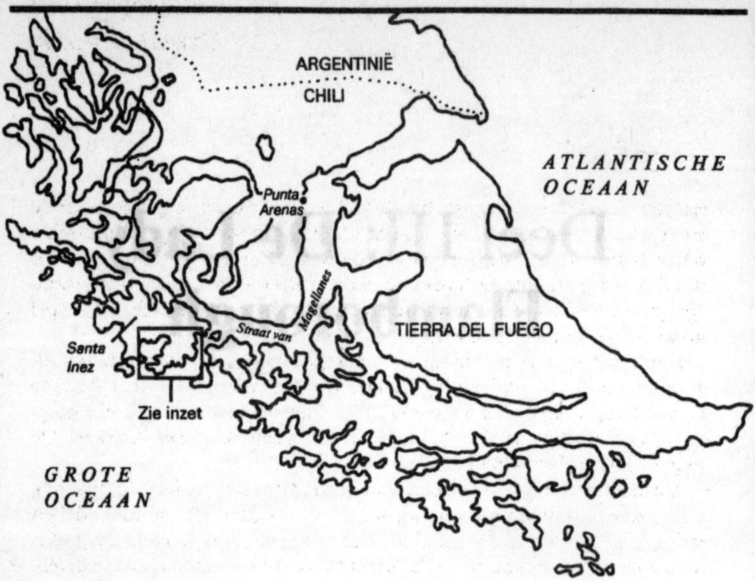
ARGENTINIË
CHILI
ATLANTISCHE OCEAAN
Punta Arenas
Straat van Magellanes
TIERRA DEL FUEGO
Santa Inez
Zie inzet
GROTE OCEAAN

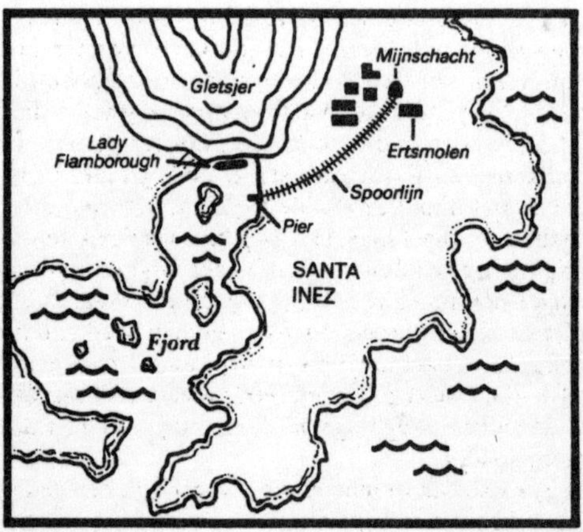
Mijnschacht
Gletsjer
Ertsmolen
Lady Flamborough
Spoorlijn
Pier
SANTA INEZ
Fjord

19 oktober 1991
Uxmal, Yucatán

29

Het massieve stenen bouwsel baadde in een buitenaardse gloed onder de bonte kleuren van de schijnwerpers. De wanden van de grote piramide waren blauw, terwijl de Tempel van de Magiër op de top in oranje licht stond. Rode spotlights die hun bundels op en neer over de brede trap zwaaiden, gaven de illusie van stromend bloed. Boven op het dak van de tempel stond een gedaante in een witte stralenkrans.

Topiltzin spreidde zijn handen in een zegenend gebaar over de honderdduizend naar hem opkijkende gezichten die de tempelpiramide in de oude Maya-stad Uxmal op het schiereiland Yucatán omgaven. Als altijd eindigde hij zijn speech met een litanie in de ritmische taal der Azteken. De volgelingen zeiden hem in koor na.

'De moed en de kracht van ons land huist in ons die nooit rijk of machtig zullen zijn. Wij lijden honger, wij slaven voor leiders die minder edel en eerlijk zijn dan wijzelf. Wij dulden deze slavernij niet langer. De goden verzamelen zich wederom om de corruptie voor het betamelijke te offeren. Hun geschenk is een nieuwe beschaving. Wij moeten het accepteren.'

Met het wegsterven van de woorden werden de gekleurde lichten langzaam gedimd tot alleen Topiltzin in het licht van een witte schijnwerper stond. Ook deze werd uitgeschakeld en hij was verdwenen.

Er werden grote vreugdevuren aangestoken en onder de dankbare massa's werden dozen vol eten en een stripboekje uitgedeeld. President De Lorenzo en zijn ministers waren als demonen afgebeeld die door Topiltzin en vier Azteken-goden in de open armen van een gemeen uitziende Uncle Sam werden gedreven. Er zat een lijst met aanwijzingen bij over het geweldloos maar effectief uithollen van de regering. Mannen en vrouwen waren druk bezig nieuwe volgelingen van Topiltzin te rekruteren. Het hele gebeuren liep zo gesmeerd als een professioneel georganiseerd rockconcert.

De menigte riep nog altijd Topiltzins naam, maar hij hoorde het niet meer. Zodra de schijnwerpers doofden, begeleidden zijn lijfwachten hem via een ladder aan de achterkant van de piramide naar een grote truck met oplegger. De truck werd gestart en reed vervolgens langzaam door de menigte naar de verkeersweg waar hij de richting van Mérida, de hoofdstad van Yucatán, insloeg.

De oplegger was van binnen luxueus ingericht, met een vergaderruimte en privé-vertrekken voor Topiltzin.

Topiltzin besprak de agenda van de volgende dag met zijn meest toegewijde discipelen en toen deze vergadering was afgelopen, stopte de truck en nam iedereen afscheid. Volgauto's pikten de vermoeide discipelen op om hen naar hotels in Mérida te rijden.

Met het sluiten van de deur sloot Topiltzin een wereld buiten en betrad hij een andere. Hij zette zijn gevederde hoofdtooi af en trok zijn witte gewaad uit, waaronder hij dure, moderne vrijetijdskleding droeg. Hij opende een geheim kastje en nam er een gekoelde fles Californische champagne uit die hij gehaast opende. Het eerste glas was tegen de dorst, het tweede werd langzamer genoten.

Op zijn gemak liep Topiltzin een hokje in waar zijn communicatie-apparatuur stond en tikte een code op zijn holografische telefoon. Hij wendde zich naar het midden van de ruimte, nipte aan zijn glas en wachtte. Langzaam materialiseerde zich een vage vorm. Tegelijkertijd werd Topiltzin duizenden kilometers verder zichtbaar.

Toen de details scherper werden zat er op een lage sofa zonder leuning een man naar Topiltzin te kijken. Hij had een bruin gezicht en zijn dunne, achterovergekamde haar glom van de olie. Zijn blik was zo hard als diamant. De bezoeker droeg een zijden badjas over een pyjama. Hij bestudeerde Topiltzins broek en overhemd en fronste toen hij het glas in een hand opmerkte.

'Jij leeft gevaarlijk,' zei hij streng in het Engels. 'Dure kleren, champagne – straks ga je nog achter de wijven aan.'

Topiltzin lachte. 'Leid me niet in bekoring. Achttien uur per dag de paus uithangen in dat apepakkie is zonder celibaat al erg genoeg.'

'Ik onderga hetzelfde ongemak.'

'Elk huisje heeft zijn kruisje,' zei Topiltzin verveeld. 'Zullen we ter zake komen?'

'Goed, hoe staat het er voor?'

'Alle regelingen zijn getroffen. Iedereen zal op het juiste moment op de juiste plaats zijn. Ik heb meer dan tien miljoen pesos smeergeld betaald om het rendez-vous op te zetten. Nadat die idioten die het geld aannamen hun werk hadden gedaan werden ze natuurlijk geofferd, niet alleen om hun zwijgzaamheid te garanderen, maar ook om degenen die onze instructies zullen gaan uitvoeren te waarschuwen.'

'Gefeliciteerd. Je gaat grondig te werk.'

'Het denkwerk laat ik aan jou over.'

Na deze opmerking heerste er een vriendelijke stilte. Met een doortrapte glimlach onthulde de etherische bezoeker een cognacglas dat hij in de plooien van zijn badjas had verborgen. 'Gezondheid.' En hij voegde er peinzend aan toe: 'Ik ben benieuwd hoe onze gezamenlijke onderneming de toekomst zal veranderen.'

Het kleine straalvliegtuig zonder kentekenen steeg op en liet Denver en de besneeuwde Rockies achter zich op zijn koers over het middenwesten van Amerika.

'De president stuurt zijn beste wensen voor een spoedig herstel,' zei Dale

Nichols. 'Hij was nogal kwaad toen hij over uw wederwaardigheden hoorde.'

'Hij sprong uit zijn vel, kun je beter zeggen,' onderbrak Schiller hem.

'Smeek hem alles te doen voor de gezinnen van de mannen die zijn gestorven om mijn leven te redden,' antwoordde Hala. Ze lag in bed met haar rechterenkel in het gips en droeg een wit velours trainingspak met lichtgroene strepen en een gebreide kraag. Ze keek van Nichols naar Julius Schiller en senator Pitt, die alle drie tegenover haar bed zaten. 'Zeer vereerd dat drie heren van uw kaliber de tijd hebben genomen om naar Colorado te komen teneinde mij naar New York te begeleiden.'

'Als we iets kunnen doen . . .'

'Jullie hebben veel meer gedaan dan een vreemdeling in uw land zou mogen verlangen.'

'U bent de kat met negen levens,' zei Pitt.

Haar lippen krulden in een glimlach. 'Twee daarvan heb ik aan uw zoon te danken. Hij heeft de eigenaardige eigenschap als je hem het minst verwacht op de juiste plaats te verschijnen.'

Nichols schraapte zijn keel. 'Als we het onderwerp van uw toespraak morgen voor de VN ter sprake mogen brengen . . .'

'Hebben jullie mensen gefundeerde aanwijzingen kunnen vinden die naar de voorwerpen van de Bibliotheek van Alexandrië leiden?'

De senator redde Nichols uit deze hachelijke situatie. 'We hebben nog geen tijd gehad om de zaak grondig te onderzoeken,' zei hij eerlijk. 'We weten niet veel meer dan vier dagen geleden.'

'Jullie kunnen gerust zijn.' Hala keek naar Schiller. 'Mijn toespraak zal een korte vermelding bevatten van de *ophanden zijnde* ontdekking van voorwerpen uit de Bibliotheek van Alexandrië.'

'Ik ben blij te horen dat u van gedachten veranderd bent.'

'De recente gebeurtenissen in gedachten houdend ben ik dat uw regering wel verschuldigd.'

Nichols was zichtbaar opgelucht. 'Wat zijn uw plannen voor na uw VN-toespraak?' vroeg hij.

'Vanmorgen voor we het ziekenhuis verlieten, kreeg ik een brief van president Hasan via een attaché van onze ambassade in Washington. President Hasan wil me persoonlijk spreken.'

'Zodra u zich buiten onze grenzen bevindt, kunnen we uw veiligheid niet langer garanderen,' waarschuwde Nichols haar.

'Dat begrijp ik,' antwoordde ze. 'Maar sinds de aanslag op president Sadat zijn de Egyptische veiligheidsmensen bijzonder efficiënt geworden.'

'Mag ik vragen waar deze ontmoeting zal plaatsvinden?' informeerde Schiller. 'Of heb ik daar niets mee te maken?'

'Dat is geen geheim; het zal sowieso wereldnieuws zijn,' antwoordde Hala achteloos. 'President Hasan en ik zullen besprekingen voeren tijdens de komende economische conferentie in Punta del Este, in Uruguay.'

De verwrongen en doorzeefde Cord stond verloren in het midden werkplaats. Esbenson liep langzaam om de auto heen, droevig het hoofd schuddend.

'Dit is de eerste keer van mijn leven dat ik een oldtimer moet restaureren waar ik net twee dagen mee klaar was.'

'We hadden een pechdag,' verklaarde Giordino. Hij droeg een halssteun, had zijn arm in een draagband en zijn aangeschoten oor zat dik in het verband.

'Een wonder dat jullie hier voor me staan.'

Afgezien van zes hechtingen was Pitt ongeschonden. Hij klopte op de verchroomde radiatorkap alsof de auto een gewond huisdier was.

'We mogen blij zijn dat ze deze beestjes op slijtage bouwden,' zei hij zacht.

Lily kwam pijnlijk uit het kantoortje gestrompeld. Haar kaak was links gekneusd en ze had een blauw oog aan de andere kant.

'Hiram Yaeger is aan de telefoon,' zei ze.

Pitt knikte. Hij legde een hand op Esbensons schouder. 'Maak haar nog beter dan ze was.'

'Zes maanden en een bom duiten,' zei Esbenson.

'Tijd is geen probleem en geld ook niet. Dit keer gaat de regering betalen.' Hij liep naar het kantoor en pakte de hoorn. 'Hiram, heb je iets voor me?'

'Alleen maar een statusrapport,' antwoordde Hiram uit Washington. 'Ik heb de Baltische Zee en de kustlijn van Noorwegen geëlimineerd. Niets in de geologische contouren kwam overeen met de beschrijvingen in het logboek van de *Serapis*. De barbaren die Rufinus beschreef, komen niet eens in de búúrt van de vikingen. Hij had het over mensen die op Scythen leken, maar dan met een donkerder huid.'

'Dat zit mij ook dwars,' gaf Pitt toe. 'De Scythen kwamen van Klein-Azië. Die hebben bepaald geen blond haar en een blanke huid.'

'Volgens mij heeft het geen zin de computer verder de noordelijke wateren van Rusland te laten afzoeken.'

'Daar ben ik het mee eens. En IJsland? Daar hebben de vikingen zich pas vijfhonderd jaar later gevestigd. Misschien bedoelde Rufinus Eskimo's.'

'Nee,' zei Yaeger. 'Ben ik nagegaan. Eskimo's zijn nooit naar IJsland geëmigreerd. Rufinus haalde er ook nog dat mysterie van "een grote zee van dwergsparren" bij. Die kan hij niet op IJsland hebben ontdekt.'

'Welke richting gaan we nu op?'

'Ik zal de Westafrikaanse kust weer proberen. Misschien hebben we iets gemist. Donkerhuidige Afrikanen en een warmer klimaat lijken me logischer dan de koude noordelijke landen, vooral voor mannen uit het Middellandse-Zeegebied.'

'Je zult toch nog steeds moeten verklaren, hoe de *Serapis* in Groenland terechtkwam.'

'Een projectie van wind en stromingen zou daar uitsluitsel over kunnen geven.'

'Ik vlieg vanavond terug naar Washington,' zei Pitt. 'Morgen kom ik langs.'

'Misschien hebben we dan wat,' zei Yaeger, maar hij klonk niet bijster optimistisch.

Pitt hing op en stapte het kantoortje uit. Lily keek hem hoopvol aan. Toen zag ze de teleurstelling in zijn ogen.

'Geen goed nieuws?' vroeg ze.

Hij haalde gelaten zijn schouders op. 'Yaeger kan geen wonderen verrichten.'

Giordino keek op zijn horloge aan zijn gezonde arm. 'We moeten opschieten als we ons vliegtuig willen halen. Zoveel tijd hebben we niet meer.'

Pitt schudde Esbenson de hand en zei glimlachend: 'Maak haar beter. Ze heeft ons leven gered.'

Esbenson keek hem aan. 'Alleen als je belooft dat je haar bij vliegende kogels en skihellingen vandaan houdt.'

'Afgesproken.'

30

Een luid applaus brak los op de publieke tribunes en stak de gedelegeerden in de zaal beneden aan, toen Hala alle hulp afwees en langzaam op krukken naar het podium liep. Ze stond rechtop en sereen achter het podium en sprak met krachtige, overtuigende stem. Ze ontroerde haar gehoor met haar geëmotioneerde oproep het in naam van de godsdienst zinloos vermoorden van onschuldigen te beëindigen. Pas toen ze opriep tot een motie van afkeuring jegens regeringen die een oogje dichtknepen voor terroristische organisaties, begonnen een paar gedelegeerden op hun stoel te schuiven en de ruimte in te staren.

Een gedempt gemompel volgde op haar nieuws over de ophanden zijnde ontdekking van de Bibliotheek van Alexandrië. Toen was Akhmad Yazid aan de beurt voor een vernietigende aanval waarin ze hem rechtstreeks beschuldigde van de aanslagen op haar leven.

Hala besloot haar toespraak met een vastberaden verklaring dat ze zich nooit door bedreigingen van haar post als secretaris-generaal zou laten verjagen, maar zou aanblijven tot haar mede-gedelegeerden haar zouden vragen af te treden.

Het antwoord was een staande ovatie, die in hevigheid toenam toen ze het podium afstapte waardoor het gips om haar enkel zichtbaar werd.

'Dat is pas een vrouw,' zei de president vol bewondering. 'Ik zou er heel wat voor over hebben haar in mijn kabinet te kunnen opnemen.' Hij zette de televisie af.

'Een uitstekende toespraak,' zei senator Pitt. 'Ze vilde Yazid levend – en dat was een goeie inleiding op het onderzoeksproject naar de Bibliotheek.'

De president knikte. 'Ja, ze kwam op beide punten over de brug.'

'U weet natuurlijk dat ze naar Uruguay gaat om met president Hasan besprekingen te voeren.'

'Dale Nichols heeft me over het gesprek in het vliegtuig ingelicht,' gaf de president toe. Hij zat achter zijn bureau in het Oval Office. 'Hoe gaat het met het zoekproject?'

'We zijn niet dichter bij een doorbraak dan vier dagen geleden. Nu Hala en de media het nieuws hebben verkondigd, zullen de helft van alle regeringen en de meeste schatgravers achter de Bibliotheek-collectie aangaan.'

'Die mogelijkheid had ik me al gerealiseerd voor ik eraan begon,' zei de president. 'Maar het verstevigen van president Hasans regering heeft de hoogste prioriteit. Als we het materiaal eerst ontdekken en dan net doen of we op onze woorden terugkomen nadat Hasan een dramatische show heeft opgevoerd waarin hij eist dat de voorwerpen aan Egypte worden teruggegeven, zal hem dat een held in de ogen van het Egyptische volk maken.'

'En daarmee een coup van Yazid en zijn volgelingen uitstellen,' voegde de senator eraan toe. 'De enige moeilijkheid is Yazid zelf. Die man is volkomen onberekenbaar. Onze beste Midden-Oostenspecialisten kunnen hem niet peilen. Hij zou best eens een truc uit zijn hoed kunnen toveren waarmee hij de show steelt.'

De president keek hem met vaste blik aan. 'Ik heb er geen enkel probleem mee hem uit de roulatie te halen zodra de voorwerpen aan president Hasan zijn overhandigd.'

'Ik sta aan uw kant, meneer de president, maar het is gevaarlijk om Yazid te onderschatten. In tegenstelling tot ayatollah Khomeini beschikt Yazid over een scherp verstand.'

'Op het gebied van politiek misschien, maar niet waar het aanslagen betreft.' De president glimlachte humorloos en leunde in zijn stoel achterover. 'We weten verdomd weinig over Yazid, over waar hij vandaan komt en hoe hij in elkaar steekt.'

'Hij beweert dat hij de eerste dertig jaren van zijn leven door de Sinaï-woestijn heeft gezworven en met Allah heeft gepraat.'

'Dus hij heeft een bladzijde uit het leven van Jezus Christus geleend. Wat is er verder over hem bekend?'

'Dat zou u Dale Nichols kunnen vragen,' antwoordde de senator. 'Ik heb begrepen dat hij samen met de CIA aan een biografisch en psychologisch profiel werkt.'

'Eens kijken of ze al iets hebben.' De president drukte op een knopje van zijn intercom. 'Dale, kun je even hier komen?'

Geen van beiden sprak gedurende de vijftien seconden die Nichols nodig had om naar het Oval Office te lopen. Hij klopte, deed de deur open en kwam binnen.

'We hadden het over Akhmad Yazid,' bracht de president hem op de hoogte. 'Zijn jullie iets over zijn achtergrond te weten kunnen komen?'

'Ik had het er een uur geleden nog met Martin Brogan over,' antwoordde Nichols. 'Hij zei dat zijn analytici over een dag of twee een dossier over hem zullen hebben.'

'Zodra dat klaar is, wil ik het onmiddellijk zien,' zei de president en gebaarde Nichols dat hij kon gaan.

'Niet om van onderwerp te veranderen,' zei senator Pitt, 'maar zou iemand president Hasan niet moeten inlichten over wat we van plan zijn voor het geval de Bibliotheek-collectie in de komende weken wordt gelokaliseerd?'

De president knikte. 'Absoluut. Denk je dat je er achtenveertig uur tussenuit kunt knijpen om dat varkentje te wassen, George?'

'U wilt dat ik Hasan in Uruguay spreek.' Het was meer een vaststelling dan een vraag.

'Als je er geen bezwaar tegen hebt.'

'Dat is meer iets voor Doug Oates van Buitenlandse Zaken. Die zit daar toch al. Vindt u het wel zo slim om dat achter zijn rug te doen?'

'Over het algemeen niet. Maar jij weet meer van het zoekproject af. Bovendien heb je president Hasan al vier keer ontmoet en ken je Hala Kamil. Kortom, jij bent de meest geschikte persoon hiervoor.'

De senator maakte een berustend gebaar. 'Als u voor een regeringsvliegtuig zorgt, kan ik hier dinsdag vroeg vertrekken, 's avonds Hasan spreken en de volgende middag aan u rapport uitbrengen.'

'Dank je, George, je bent een goede padvinder.' De president zweeg even en liet toen de val dichtslaan. 'Er is nog iets.'

'Zoals gewoonlijk.' De senator zuchtte.

'Ik zou het op prijs stellen als je president Hasan privé en onder de striktste geheimhouding zou laten weten, dat ik mijn volle medewerking zal verlenen als hij mocht besluiten Yazid te elimineren.'

De senator was geschokt. 'Sinds wanneer doet het Witte Huis aan politieke aanslagen? Ik smeek u, meneer de president, u niet tot het peil van Yazid en andere terroristen te verlagen.'

'Als iemand twaalf jaar geleden de vooruitziende blik had gehad Khomeini op een eenrichtingsritje te trakteren zou het Midden-Oosten nu een stuk vrediger zijn.'

'Dat had koning George in 1778 ook van George Washington kunnen zeggen.'

'Toe nou, George, we kunnen de hele dag wel dergelijke vergelijkingen trekken. De uiteindelijke beslissing ligt bij Hasan. Hij moet het groene licht geven.'

'Een slecht idee,' zei de senator vastbesloten. 'Ik heb ernstige twijfels over een dergelijk aanbod. Als het uitlekt, kan het u uw presidentschap kosten.'

'Ik stel je eerlijkheid en je advies op prijs. Daarom ben jij de enige die ik met dat bericht kan vertrouwen.'

De senator gaf toe. 'Ik zal doen wat u vraagt en hem met plezier op de hoogte stellen van uw Bibliotheek-voorstel, maar verwacht niet van me dat ik hem tot de moord op Yazid overhaal, zelfs al heeft die het verdiend.'

De president stond op ten teken dat het gesprek was afgelopen. Hij schudde de senator de hand. 'Bedankt, ouwe makker. Ik zie naar je rapport op woensdagmiddag uit. Daarna ben je voor het eten uitgenodigd.'

'Tot dan, meneer de president.'

Terwijl senator Pitt het Oval Office uitliep, had hij het onheilspellende voorgevoel dat de president die woensdagavond weleens alleen zou moeten eten.

31

Net voor de zon achter het land in het westen onderging, gleed de *Lady Flamborough* gladjes de kleine haven van Punta del Este binnen. Een zuidelijk briesje beroerde nauwelijks de Union Jack op de achtersteven.

Ze was een prachtig ontworpen cruiseschip met een gestroomlijnde bovenbouw. Ze was helemaal in een zachte leiblauwe tint geschilderd. De sterk naar achter hellende schoorsteen was beschilderd met dieppaarse en wijnrode banden.

De *Lady Flamborough* was een van die moderne kleine, ranke cruiseschepen die meer op een duur motorjacht leken. Haar 101 meter lange romp bevatte de meest koninklijke luxe die op het water beschikbaar was. Met haar vijftig grote suites vervoerde ze een capaciteit voor niet meer dan honderd passagiers die door een zelfde aantal bemanningsleden werden bediend.

Op deze reis vanuit haar thuishaven in San Juan, Puerto Rico, voer ze echter zonder passagiers.

De haven lag vol jachten en andere cruiseschepen waarop een bonte verzameling driehoekige en gespleten wimpels wapperde. Een paar schepen waren als een drijvend hotel voor de economische conferentie afgehuurd, terwijl andere met hun gebruikelijke lading vakantiegangers waren volgeboekt.

Op vijfhonderd meter van de ankerplaats beval de loods dat de motoren moesten worden gestopt. Het luxueuze schip dreef uit over het kalme water en kwam langzaam stil te liggen.

Tevredengesteld zei de loods in zijn walkie-talkie: ‘We zijn in positie. Langzaam achteruit en laat het anker vallen.’

Kapitein Oliver Collins, een slanke, kaarsrechte man in een onbesmettelijk wit maatuniform, knikte de loods met bewondering toe en stak zijn hand uit.

‘Prima gedaan, als gewoonlijk, meneer Campos.’ Kapitein Collins kende de loods nu al twintig jaar, maar hij sprak nooit iemand, zelfs zijn beste vrienden niet, bij de voornaam aan.

‘Als ze nog dertig meter langer was geweest, had ik haar er niet door kunnen wringen.’ Harry Campos’ glimlach onthulde een door tabak gebruind gebit. Zijn Engels had meer een Iers dan een Spaans accent. ‘Sorry dat we haar niet aan een kade kunnen afmeren, kapitein, maar ik had de opdracht u in de haven te leggen.’

‘Uit veiligheidsoverwegingen, naar ik aanneem,’ zei Collins.

Campos stak een sigarepeuk aan. ‘De vergadering van die hoge pieten heeft het hele eiland op zijn kop gezet. Zoals de politie tekeergaat zou je denken dat er achter elke palmboom een sluipschutter zit.'

Collins staarde door de brede ramen van de brug naar het populaire recreatiegebied van Zuid-Amerika. 'Mij hoor je niet klagen. Dit schip zal onderdak verlenen aan de presidenten van Mexico en Egypte.'

'O ja?' mompelde Campos. 'Geen wonder dat ze uw schip niet aan de kade laten afmeren.'

Campos vulde zijn betalingsformulier in en overhandigde het aan kapitein Collins die tekende. Campos keek door de achterruiten naar de brandschone dekken van het schip.

'Een dezer dagen moet ik toch eens vakantie opnemen en met u als passagier meevaren.'

'Laat het me weten,' zei Collins. 'Ik zal ervoor zorgen dat de zaak voor alle kosten opdraait.'

'Buitengewoon vriendelijk aanbod. Als ik het mijn vrouw vertel, laat ze me niet meer met rust tot ik er gebruik van maak.'

'Met genoegen, meneer Campos, wanneer u maar wilt.'

De loodsboot kwam langszij en Campos sprong van de ladder op het dek. Hij zwaaide een laatste keer terwijl de boot koers zette naar zee om het volgende inkomende schip te loodsen.

'Dat was de aangenaamste reis die ik ooit heb gevaren.' Dit kwam van Michael Finney, Collins eerste officier. 'Volledige bemanning zonder passagiers. Zes dagen lang dacht ik dat ik dood was en in de hemel zat.'

De scheepsofficieren moesten volgens voorschriften van het bedrijf bijna evenveel tijd met de passagiers doorbrengen als met het schip varen, een facet van het werk dat Finney hartgrondig haatte. Hij was een uitstekend zeeman, maar bleef zoveel mogelijk uit de buurt van de eetzaal en at liever met zijn mede-officieren. Finney zag er ook niet precies als een gangmaker voor feestjes uit. Hij was groot, met een enorm brede borst die zijn uiterste best deed uit de krappe gevangenis van zijn uniform te barsten.

'Volgens mij heb jij de vreugde van het praten over koetjes en kalfjes bepaald niet gemist,' zei Collins sarcastisch.

Finney trok een gezicht. 'Het zou nog niet zo erg zijn als ze maar niet steeds hetzelfde vroegen.'

'Voorkomendheid en respect voor onze passagiers, meneer Finney,' wees Collins hem terecht. 'Dat hoort bij het werk. En de komende dagen extra netjes zijn. We krijgen nogal belangrijke buitenlandse leiders en staatslieden te gast.'

Finney antwoordde niet, maar wees door het raam naar een naderende boot. 'Daar heb je de verdomde douane en marechaussee.'

'Aangezien we geen passagiers aan boord hebben en de bemanning niet aan land gaat,' zei Collins, 'moet dit schip met één stempel worden vrijgegeven.'

'De gezondheidsinspecteurs zijn het ergste.'

'Waarschuw de purser, meneer Finney, en escorteer ze naar mijn kajuit.'

'Tot uw orders, kapitein.'

Het schemerde al toen de douane en marechaussee hun boot langs de *Lady Flamborough* brachten en langs de ladder aan boord klommen. Plotseling gingen de lichten van het schip aan die haar bovendekken en bovenbouw belichtten. Tussen de lichten van de stad en die van de andere cruiseschepen, schitterde ze als een diamant in een juwelendoos.

De Uruguayaanse ambtenaren kwamen, voorafgegaan door Finney, bij de open deur van de kapiteinskajuit. Collins bestudeerde de vijf mannen die achter zijn eerste officier aanliepen. Hij zag nooit veel over het hoofd en hij merkte al snel, dat er iets vreemds met hen was. Een man had een strohoed met brede rand op en had een overal aan, terwijl de rest in de wat slordige uniformen gekleed was die de meeste ambtenaren op de Caribische eilanden droegen.

De kerel die het meest opviel, liep met gebogen hoofd naar de voeten van de man voor hem te kijken. Bij de deur ging Finney beleefd opzij staan om hen voor te laten gaan.

Collins stapte naar voren. 'Goedenavond, heren. Welkom aan boord van de *Lady Flamborough.* Ik ben kapitein Oliver Collins.'

De bezoekende ambtenaren bleven vreemd stil staan en Finney en Collins keken elkaar verwonderd aan. Toen deed de man in overal een stap naar voren en begon hem langzaam uit te trekken waarbij hij een wit uniform met goudgalon onthulde dat een exacte kopie was van wat Collins droeg. Vervolgens zette hij zijn strohoed af en verving die door een pet die bij het uniform hoorde.

De gewoonlijk niet van zijn stuk te brengen Collins was toch even uit zijn evenwicht gebracht. Het leek wel alsof hij in een spiegel keek. De vreemdeling zou makkelijk voor zijn tweelingbroer kunnen doorgaan.

'Wie bent u?' vroeg Collins. 'Wat is hier aan de hand?'

'Een naam is niet nodig,' zei Suleiman Aziz Ammar met een ontwapenende glimlach. 'Ik neem het bevel over uw schip over.'

32

Verrassing is de sleutel tot elke succesvolle clandestiene operatie. En de verrassing van de overname op de *Lady Flamborough* was volkomen. Behalve kapitein Collins, eerste officier Finney en een verbouwereerde purser die geboeid, gekneveld en streng bewaakt in Finney's hut werden opgesloten, had verder niemand van de bemanning het flauwste benul dat hun schip werd gekaapt.

Ammar had alles op de seconde nauwkeurig afgestemd. De bona fide Uruguayaanse douane kwam slechts twaalf minuten later aanzetten. Hij begroette hen in zijn perfecte vermomming als Collins, alsof ze oude kennissen waren. De mannen die hij met zorg had uitgekozen om de rol van Finney en de purser te spelen, bleven in de schaduw. Beiden waren ervaren scheepsofficieren en leken verbijsterend veel op hun tegenhangers. Op een afstand van drie meter of meer zouden maar weinig bemanningsleden het verschil in de gezichten opmerken.

De Uruguayaanse beambten gaven het schip vrij en waren al weer snel vertrokken. Ammar ontbood Collins' tweede en derde officier in de kapiteinskajuit. Dit zou zijn eerste en meest cruciale test worden. Als hij hun inspectie zonder achterdocht doorkwam, zouden ze voor hem van onschatbare waarde worden als onschuldige handlangers die gedurende de komende vierentwintig uur het gecompliceerde plan zouden uitvoeren.

Eruitzien als Dale Lemke, de piloot van Nebula vlucht 106, was niet moeilijk geweest. Nadat Ammar Lemke had vermoord, kon gemakkelijk een gipsafdruk van diens gezicht worden gemaakt. Zich als kapitein van de *Lady Flamborough* vermommen was een andere zaak. Op zo'n korte termijn had een van zijn agenten in Engeland slechts acht foto's van Collins kunnen bemachtigen. Hij had zich ook met iets moeten inspuiten om zijn stem hoger te laten klinken tot het overeenkwam met opnamen van Collins' stem.

Hij had een ervaren vakman in de arm genomen om aan de hand van de foto's een exact latex masker te vervaardigen. Ammar gebruikte eveneens oor- en neusprothesen en make-up. Een goedgelijkende pruik in de juiste kleur, contactlenzen die overeenkwamen met de kleur van Collins' ogen, valse kronen, en Ammar was het spiegelbeeld van de cruise-kapitein.

Ammar had de tijd niet gehad om Oliver Collins' persoonlijkheid en eigenaardigheden te bestuderen. Hij had het nauwelijks klaargespeeld om een stoomcursus in het dagelijkse leven op zee door te komen en alle namen en gezichten van de scheepsofficieren in zijn geheugen te prenten. Het enige wat erop zat was bluf, er terecht van uitgaand dat de bemanning niet de minste reden had om sceptisch te zijn. Zodra de twee officieren de kapiteinskajuit binnenkwamen, probeerde Ammar onmiddellijk het geluk een handje te helpen.

'Neem me niet kwalijk, heren, dat ik me niet zo lekker voel. Ik heb een griepje onder de leden. Dat zult u wel aan me gemerkt hebben.'

'Zal ik de scheepsdokter roepen?' vroeg de tweede officier Herbert Parker.

Bijna fout, dacht Ammar. Een dokter die Collins kent zou direct door de maskerade heenkijken. 'Hij heeft me al zoveel pillen gegeven, dat een olifant zich erin zou verslikken. Ik ben fit genoeg om me door mijn werk heen te worstelen.'

De derde officier, een Schot met de onwaarschijnlijke naam Isaac Jones, streek een lok rood haar van zijn hoge voorhoofd. 'Kunnen we iets voor u doen, kapitein?'

'Jazeker, meneer Jones,' antwoordde Ammar. 'Onze VIP's komen morgenmiddag aan. U bent verantwoordelijk voor de verwelkoming. We hebben niet vaak de eer twee presidenten tegelijkertijd tot onze gasten te rekenen, dus volgens mij wil het bedrijf een eersteklas vertoning van ons.'

'Jawel, kapitein,' knauwde Jones. 'Daar kunt u op rekenen.'

'Meneer Parker.'

'Kapitein.'

'Over een uur zal er een vaartuig langszij komen om een lading vracht voor het bedrijf over te laden. U bent verantwoordelijk voor het inladen. Bovendien zal er vanavond een groep veiligheidsagenten aan boord komen. U zult ze een passend onderdak verschaffen.'

'Is dat niet een beetje op korte termijn, kapitein, vracht innemen? En ik dacht dat de Egyptische en Mexicaanse veiligheidsagenten pas morgenochtend zouden komen.'

'De wegen van onze directie zijn ondoorgrondelijk,' zei Ammar filosofisch. 'En ik geloof dat Lloyds extra veiligheidsmaatregelen eiste, of ze zouden de verzekeringspremie tot astronomische hoogten opschroeven.'

'Begrepen.'

'Zijn er nog vragen, heren?'

Die waren er niet en beide officieren draaiden zich om om te vertrekken.

'O, Herbert, nog iets,' zei Ammar. 'Laad de vracht alsjeblieft zo snel en rustig mogelijk in.'

'Zeker, kapitein.'

Eenmaal op het dek zei Parker tegen Jones: 'Heb je dat gehoord? Hij heeft me bij mijn voornaam aangesproken. Nogal vreemd, vind je ook niet?'

Jones haalde onverschillig zijn schouders op. 'Hij moet zieker zijn dan we dachten.'

Het inladen verliep op rolletjes en de rest van Ammars mannen, keurig in kostuum, kwam aan boord en hun werden vier lege suites toegewezen.

Tegen middernacht klopte Ammar vijf keer op Finney's deur. De deur werd op een kier opengedaan en de bewaker stapte terug. Ammar keek vlug om zich heen en ging naar binnen.

Hij knikte naar de kapitein. De bewaker liep naar Collins toe en trok de pleister van diens mond af. 'Ik betreur het ongemak, kapitein, maar het zou een verspilling van adem zijn, nietwaar, u te vragen uw woord van eer te geven dat u geen ontsnappingspoging zult ondernemen om uw bemanning te waarschuwen.'

Collins zat stijf vastgebonden aan handen en voeten in een stoel en keek Ammar met moord in zijn blik aan. 'Jullie gore rioolratten. Ik en mijn officieren zullen niet meewerken.'

'Zelfs niet als ik mijn mannen zou opdragen de vrouwelijke bemanningsleden een voor een de keel af te snijden en aan de haaien te voeren?'

Finney wilde Ammar aanvliegen, maar de bewaker plantte de kolf van zijn automatische geweer in het kruis van de eerste officier die gesmoord kreunde en met een glazige blik in zijn ogen in de stoel terugviel.

Collins had zijn blik niet van Ammar afgewend. 'Van een stelletje onmenselijke terroristen had ik niets anders verwacht.'

'Wij zijn niet van die onwetende pubers die de ongelovigen willen afslachten,' verklaarde Ammar ongeduldig. 'Wij zijn eersteklas beroeps. Wij willen niemand vermoorden. Ons doel is alleen maar de presidenten Hasan en De Lorenzo voor losgeld vast te houden. Als u ons niet in de weg staat, doen we zaken met hun regering en dan zijn we weg.'

'Maar u zou niet aarzelen anders mijn bemanning af te slachten.'

'En u ook, natuurlijk.'

'Wat wilt u van mij?'

'Van u eigenlijk niets. De heren Parker en Jones hebben mij als Oliver Collins geaccepteerd. Eerste officier Finney heb ik echter nodig. U zult hem bevelen mijn orders uit te voeren.'

'Waarom Finney?' vroeg Collins.

'Ik heb de persoonsgegevens van uw officieren in uw bureau gevonden en daarin gelezen dat Finney deze wateren kent.'

'Ik begrijp niet waar u heen wilt.'

'We kunnen niet het risico lopen een loods te roepen,' legde Ammar uit. 'Morgen als het donker is zal Finney het roer nemen en het schip door het kanaal naar open zee varen.'

Collins dacht daar rustig over na. Toen schudde hij langzaam het hoofd. 'Zodra de havenmeester iets in de gaten krijgt, zullen ze de toegang tot de haven afsluiten. Of u nu dreigt iedereen aan boord neer te schieten of niet.'

'Een verduisterd schip kan in een donkere nacht wegglippen,' verzekerde Ammar hem.

'Hoever denkt u te komen? Elk patrouilleschip in een straal van tweehonderd kilometer zal u bij zonsopgang hebben ingesloten.'

'Ze zullen ons niet vinden.'

Collins keek hem enigszins verdwaasd aan. 'Dat is krankzinnig. Je kunt een schip als de *Lady Flamborough* niet verstoppen.'

'Dat is waar,' zei Ammar met een kil, uitgekookt glimlachje om de lippen, 'maar ik kan haar wel onzichtbaar maken.'

Jones zat in zijn hut over zijn aantekeningen gebogen voor de welkomstceremonie van de volgende ochtend, toen Parker aanklopte en binnenkwam. Hij zag er moe en bezweet uit.

Jones keek op. 'Zit het laden erop?'

'Goddank wel.'

'Een slaapmutsje?'

'Een glas van jouw prima Schotse maltwhisky?'

Jones stond op, pakte een fles uit een la van de klerenkast, schonk twee glazen in en gaf er een aan Parker.

'Ik zou je niet hebben lastiggevallen,' zei de laatste, 'als ik geen licht onder je deur uit had zien komen. Finney is nergens te bekennen en ik vond dat ik met iemand moest praten.'

Nu pas merkte Jones de verwarde blik in Parkers ogen op. 'Wat scheelt eraan?'

Parker sloeg de Scotch achterover en staarde naar het lege glas.

'We hebben net de vreemdste lading aan boord genomen die een cruiseschip maar kan hebben.'

'Wat hebben jullie dan ingeladen?' vroeg Jones. Zijn nieuwsgierigheid was gewekt.

Parker bleef stil zitten en schudde langzaam het hoofd. 'Schildersbenodigdheden. Compressors, borstels, rollers en vijftig vaten met naar ik aanneem verf.'

Jones kon niet nalaten te vragen: 'Welke kleur?'

'Dat kon ik niet zien. De vaten hadden Spaanse opschriften.'

'Daar is niets vreemds aan. Het kantoor zal het spul waarschijnlijk bij de hand willen hebben als de *Lady Flamborough* wordt opgekalefaterd.'

'Maar dat is nog maar de helft. We hebben ook reusachtige rollen plastic aan boord genomen.'

'Plastic?'

'En enorme lappen vezelplaat,' vervolgde Parker. 'Minstens kilometers van dat spul. We konden het nauwelijks door de laaddeuren manoeuvreren. Het heeft wel drie uur geduurd voor we het hadden gestouwd.'

Jones staarde door half toegeknepen ogen naar zijn glas. 'Wat denk je dat het hoofdkantoor daarmee van plan is?'

Parker keek Jones met een onzekere frons aan. 'Ik heb geen flauw idee.'

33

De Egyptische en Mexicaanse veiligheidsagenten kwamen kort na zonsopgang aan boord en begonnen direct het schip op verborgen explosieven te inspecteren. Bovendien controleerden ze de gegevens van de bemanning op ook maar de geringste aanwijzing dat er zich een mogelijke moordenaar onder zou bevinden.

Alle terroristen in het team van Ammar spraken vloeiend Engels en verleenden hun volle medewerking door hun valse Engelse paspoorten en verzekeringspapieren te laten zien en hun hulp aan te bieden bij de inspectie van het schip.

President De Lorenzo kwam later die ochtend aan boord. Hij was een kleine, stevig gebouwde man van voor in de zestig met grijs in de wind wapperend haar, treurige, donkere ogen en het lijdende voorkomen van een intellectueel die tot het krankzinnigengesticht is veroordeeld.

Hij werd door Ammar in een stervertolking van kapitein Collins verwelkomd. Het scheepsorkest speelde het Mexicaanse volkslied en vervolgens werden de leider van Mexico en zijn staf naar hun suites aan stuurboordzijde van de *Lady Flamborough* geëscorteerd.

In de loop van de middag kwam het jacht van een rijke Egyptische exporteur langszij en klom president Hasan aan boord. De Egyptische leider was het tegenovergestelde van zijn Mexicaanse collega. Hij was jonger, net vierenvijftig, en had dun zwart haar. Hij was lang en slank, maar toch bewoog hij zich net zo houterig als een ziek man. Zijn waterige, donkere ogen leken door een filter van wantrouwen te kijken.

De ceremonie herhaalde zich en president Hasan werd met zijn staf in de suites aan bakboord ondergebracht.

Voor de economische topconferentie waren meer dan vijftig regeringsleiders uit derde-wereldlanden naar Punta del Este gekomen. Sommigen logeerden in de paleisachtige villa's van rijke landgenoten, anderen gaven de voorkeur aan de rust op het water aan boord van de cruiseschepen.

Een menigte bezoekende diplomaten en journalisten bevolkte al gauw de straten en de restaurants. Het leger en de politie van Uruguay deden hun best de situatie onder controle te houden, maar werden door de menselijke springvloed in de straten onder de voet gelopen en gaven alle pogingen het verkeer te regelen op, om zich op de beveiliging van de deelnemers aan de topconferentie te concentreren.

Ammar stond aan de stuurboordkant van de brug door zijn verrekijker de krioelende stad te bekijken.

Zijn goede vriend Ibn bestudeerde hem aandachtig. 'Tel je de minuten tot het vallen van de avond af, Suleiman Aziz?'

'Zonsondergang over drieënveertig minuten,' zei Ammar zonder zich om te draaien.

'Het is druk op het water,' zei Ibn, en knikte naar de bootjes die in de haven krioelden met hun dekken vol journalisten die om interviews bedelden en toeristen die hoopten een glimp van de internationale beroemdheden op te vangen.

'Laat niemand aan boord komen behalve de Mexicaanse en Egyptische gedelegeerden.'

'En als iemand aan wal wil gaan voor we wegvaren?'

'Laat ze hun gang gaan,' zei Ammar. 'Alles op het schip moet normaal lijken. De verwarring in de stad werkt in ons voordeel. Ze zullen ons niet missen voor het te laat is.'

'De havenautoriteiten zijn niet gek. Als onze lichten niet aangaan als het donker wordt, komen ze kijken wat er aan de hand is.'

'Ze krijgen te horen dat onze hoofdgenerator wordt gerepareerd. We hebben maar één uur nodig om open water te bereiken. Voor zonsopgang zal de Uruguayaanse veiligheidsdienst niet buiten de haven gaan zoeken.'

'Als we de Egyptische en Mexicaanse veiligheidsagenten uit de weg willen ruimen, moeten we nu beginnen,' zei Ibn.

'Zijn jullie wapens afdoende gedempt?'

'Ons vuur zal niet harder zijn dan een klap in de handen.'

Ammar keek Ibn doordringend aan. 'Steels en stil, mijn vriend. Gebruik elke smoes die je kunt bedenken om ze een voor een te isoleren en van kant te maken. Geen gedonder en geschreeuw. Als er ook maar één overboord kan ontsnappen en de politie aan wal kan waarschuwen, zijn we er geweest. Maak dat je mannen goed duidelijk.'

De Egyptische agenten waren het eerst aan de beurt. Omdat ze geen enkele reden hadden Ammars valse veiligheidsagenten te wantrouwen, werden ze gemakkelijk naar de lege passagierssuites gelokt die al gauw een slachthuis werden.

De leugen die het beste werkte, was het verhaal dat een van de hoge pieten voedselvergiftiging had gekregen en dat de kapitein hun aanwezigheid op prijs stelde. Wanneer een Egyptische agent eenmaal over de drempel was gestapt, werd de deur dichtgedaan en schoot een kaper hem recht door het hart. Terwijl het bloed vlug werd opgedweild, werden de lichamen in de aangrenzende slaapkamer opgestapeld.

Toen de Mexicanen aan de beurt waren, kregen twee lijfwachten van De Lorenzo argwaan en weigerden de suite binnen te gaan. Maar ze werden snel overmand en in een verlaten gang neergestoken voor ze alarm konden slaan.

Zo gingen een voor een twaalf veiligheidsagenten hun dood tegemoet, tot er nog maar twee Egyptenaren en drie Mexicanen overbleven die voor de suite van hun leider op wacht stonden.

De schemering trok van het oosten uit op, toen Ammar het kapiteinsuniform uitdeed en een zwart katoenen overal aantrok. Vervolgens trok hij het latex masker van zijn gezicht en zette hij een klein narrenmasker op.

Hij gespte net een zware riem met twee automatische pistolen en een walkie-talkie om, toen Ibn klopte en binnenkwam.

'Nog maar vijf,' rapporteerde hij. 'Ze kunnen alleen maar in een directe aanval te pakken worden genomen.'

'Goed werk,' zei Ammar. 'We hoeven nu niet meer heimelijk te werk te gaan. Overval ze, maar pas er voor op dat Hasan en De Lorenzo niet per ongeluk worden gedood.'

Ibn knikte en gaf het bevel door aan een van zijn mannen buiten de deur.

Ammar wees op de grote koperen chronometer boven het bureau van Collins. 'Over zevenendertig minuten gooien we los. Breng alle passagiers en bemanningsleden naar de eetzaal, behalve de machinisten. Zorg dat die het schip klaar hebben om op te stomen zodra ik daartoe het bevel geef. De tijd is gekomen om ons masker af te werpen en onze eisen te stellen.'

Ibn gaf geen antwoord, maar een brede grijns onthulde elke tand van zijn gebit. 'Allah heeft ons met een groot geluk gezegend,' zei hij ten slotte.

Ammar keek hem aan. 'Over vijf dagen zullen we pas weten of hij ons heeft gezegend.'

'Hij heeft al een gunstig voorteken gezonden. Zij is hier.'

'Zij? Over wie heb je het?'

'Over Hala Kamil.'

Eerst kon Ammar het niet begrijpen. Toen kon hij het niet geloven. 'Kamil? Hier op het schip?'

'Nog geen tien minuten geleden stapte ze aan boord,' zei Ibn stralend. 'Ik heb haar direct in een van de verblijven voor vrouwelijke bemanningsleden onder bewaking gesteld.'

'Allah is inderdaad goed,' zei Ammar ongelovig.

'Ja. Hij heeft de vlieg naar de spin gestuurd,' zei Ibn onheilspellend, 'en jou een tweede kans gegeven om haar in de naam van Akhmad Yazid te doden.'

De schemering viel in en een tropisch regenbuitje verfriste de lucht voor het naar het noorden afdreef. In de straten van Punta del Este en aan boord van de schepen in de haven floepten de lichten aan.

Senator Pitt vond het vreemd dat de *Lady Flamborough* donker en verlaten tegen het helder verlichte schip achter haar afstak terwijl de motorsloep onder haar boeg voer en bij de instaptrap meerde.

Met alleen een koffertje in zijn hand sprong de senator op het kleine platform. Hij had nog geen twee treden geklommen, of de sloep gooide los en voer naar de kade terug. Op het dek aangekomen stond hij daar helemaal alleen. Er was iets helemaal mis. Zijn eerste gedachte was, dat hij aan boord van het verkeerde schip was.

Hij draaide zich om om de sloep terug te roepen, maar die was al te ver weg. Toen stapte er een gedaante in een zwarte overal uit de schaduwen die een automatisch geweer op de buik van de senator hield gericht.

'Is dit de *Lady Flamborough*?' vroeg de senator.

'Wie ben je?' klonk het niet veel harder dan een gefluister. 'En wat doe je hier?' De wacht luisterde naar de verklaring van de senator en hield het geweer vast op hem gericht.

'Senator George Pitt, zegt u? Een Amerikaan? U werd niet verwacht?'

'President Hasan is van mijn komst op de hoogte gesteld,' zei de senator ongeduldig. 'Laat uw wapen alstublieft zakken en breng me naar zijn verblijf.'

De bewaker keek achterdochtig naar de lichten aan de wal. 'Iemand met u meegekomen?'

'Nee, ik ben helemaal alleen.'

'U moet terug aan wal.'

De senator knikte met zijn hoofd naar de kleiner wordende sloep. 'Mijn vervoer is al verdwenen.'

De bewaker leek dit te moeten overdenken. Ten slotte liet hij zijn geweer zakken, liep een paar passen over het dek en bleef bij een deur staan. Hij stak zijn vrije hand uit en knikte naar het koffertje.

'Hierheen,' zei hij zo zacht alsof hij een geheim vertelde. 'Geeft u mij het koffertje maar.'

'Hier zitten officiële documenten in,' zei de senator vlak. Hij klemde het koffertje met twee handen tegen zich aan en drong langs de bewaker heen.

Hij liep tegen een zwaar, zwart gordijn aan, sloeg het opzij en bevond zich in een eetzaal van 2000 m^2 groot. De ruimte was in Engelse stijl met eiken panelen betimmerd. Het legertje mensen in kostuum en uniform dat daar stond en zat, draaide zich als één man om alsof hij een bal in een tenniswedstrijd was.

'Welkom,' klonk een luidsprekerstem van een gedaante die vooraan op een podium met een microfoon in zijn handen stond. Hij onderscheidde zich in niets van de anderen dan door het komische masker – maar elk gevoel voor humor werd al gauw de bodem ingeslagen. 'Geef me uw naam, alstublieft.'

Senator Pitt keek verward rond. 'Wat is hier aan de hand?'

'Wilt u alstublieft mijn vraag beantwoorden,' vroeg Ammar ijzig beleefd.

'Senator George Pitt van de Verenigde Staten van Amerika. Ik ben hier om overleg te plegen met president Hasan van Egypte. Mij was verteld dat hij zich hier op dit schip bevond.'

'U zult president Hasan op de eerste rij vinden.'

'Waarom houden deze mannen iedereen onder schot?'

Ammar wendde verveeld geduld voor. 'Nou, senator, ik dacht dat dat wel duidelijk was. U bent midden in een kaping verzeild geraakt.'

34

Nichols had net zijn overjas aangetrokken en stopte wat papieren in zijn attachékoffertje om naar huis te gaan, toen de secretaresse door de open deur zei: 'Iemand uit Langley met een pakje voor u.'

'Laat hem binnenkomen.'

Nichols herkende de CIA-agent die met een ouderwets diplomatenkoffertje binnenkwam. 'Je bent net op tijd, Keith,' zei Nichols. 'Ik stond op het punt naar huis te gaan.'

Zonder op een uitnodiging te wachten, ging Keith Farquar zitten met het koffertje op zijn schoot en draaide de cijferslotjes op de nummers die het slot openmaakten en het ontstekingsmechanisme voor een kleine brandbom uitschakelden. Hij haalde er een dun dossier uit en legde het voor Nichols op het bureau.

'Gegevens over Akhmad Yazid zijn uiterst schaars,' begon Farquar. 'Biografische bescheiden over geboorte, ouders, afstamming, scholing, huwelijk, kinderen, of welke gerechtelijke vermelding dan ook, burgerlijk of strafrechtelijk, bestaan bijna niet. Het enige waar onze sectie voor het Midden-Oosten kon aankomen, waren beschrijvingen van mensen die hem hebben gekend. Helaas werden de meesten Yazid om een of andere reden vijandig gezind, dus hun verslagen zijn nogal vooringenomen. Yazid is even moeilijk te doorschouwen als een zandstorm. Een veiligheidssluier heeft hem in een wolk van geheimzinnigheid gehuld.'

'Bedankt voor het brengen,' zei Nichols. 'En bedank iedereen die aan dit dossier heeft bijgedragen.'

'Graag gedaan.' Farquar sloot zijn koffertje af en liep naar de deur. 'Goedenavond.'

Nichols belde zijn secretaresse. Ze kwam binnen met haar jas al aan en haar tasje in haar hand. 'Kan ik nog iets doen voor ik ga?' vroeg ze, bang dat ze voor de derde achtereenvolgende avond zou moeten overwerken.

'Zou je mijn vrouw willen bellen als je weggaat?' vroeg Nichols. 'Zeg haar dat ze zich geen zorgen hoeft te maken. Ik kom een half uurtje later thuis.'

Zijn secretaresse slaakte een dankbare zucht. 'Ik zal het haar zeggen. Goedenavond.'

Nichols klemde zijn pijp tussen zijn tanden, maar stak hem niet aan. Hij ging met nog steeds zijn overjas aan zitten om het dossier over Yazid door te nemen.

Farquar had niet overdreven. Er was bijzonder weinig. Hoewel de laatste zes jaar goed in kaart waren gebracht, nam Yazids leven voor zijn snelle opkomst niet veel meer dan één alinea in beslag. Hij kwam voor het eerst in het nieuws vanwege zijn arrestatie door de Egyptische politie tijdens een sit-in demonstratie voor de hongerigen in Cairo in de lobby van een luxueus toeristenhotel. Hij had zichzelf onderscheiden door in de armste sloppenwijken van het land te preken.

Yazid stelde dat hij in barre armoe was geboren in een plaggenhut tussen de vervallen mausoleums in de Stad der Doden die grensden aan de vuilnisbelt van Cairo. Zijn familie leefde op het randje van het bestaansminimum, tot zijn vader en zijn twee zussen aan honger en smerige levensomstandigheden bezweken.

Hij was niet naar school gegaan en was tijdens zijn puberjaren onderwezen door islamitische heilige mannen, die geen van allen konden worden teruggevonden om dit te bevestigen. Yazid beweerde dat Mohammed de Profeet via hem sprak in goddelijke openbaringen voor de gelovigen, waarin hij erop aandrong Egypte tot een utopische islamitische staat terug te voeren.

Yazid beschikte over een galmende stem die een menigte luisteraars in zijn ban kon krijgen en ze langzaam tot een koortsige climax kon voeren.

Hoewel hij het met klem ontkende, bestonden er aanwijzingen dat hij terreur gebruikte om zijn doel te bereiken. Er kon niets worden bewezen, maar uit schetsmatige inlichtingen van moslim-informanten leidde de CIA af, dat Yazid een meesterzet plande waarin hij president Hasan zou elimineren en onder bijval van het volk de macht zou grijpen.

Nichols legde het dossier neer en stak eindelijk zijn pijp aan. Een vage gedachte stak in een hoekje van zijn hersenen de kop op. Iets in het rapport kwam hem vagelijk bekend voor. Hij legde een glanzende foto van Yazid opzij waarin deze kwaadaardig in de camera keek.

Plotseling had Nichols het antwoord. Het was eenvoudig en schokkend tegelijkertijd.

Hij pakte de hoorn van zijn telefoon en toetste een codenummer in dat hem een rechtstreekse verbinding gaf. Hij trommelde ongeduldig met zijn vingers op het bureau tot een stem aan de andere kant antwoordde.

'Met Brogan.'

'Martin, de hemel zij dank dat je nog zo laat werkt. Met Dale Nichols.'

'Wat kan ik voor je doen, Dale?' vroeg de directeur van de CIA. 'Heb je het pakje over Akhmad Yazid ontvangen?'

'Ja, dank je wel,' antwoordde Nichols. 'Ik heb het doorgenomen en ben op iets gestuit waarmee je mij kunt helpen.'

'Natuurlijk, wat is het?'

'Ik heb twee sets vingerafdrukken en bloedgroepen nodig.'

'Vingerafdrukken?'

'Ja.'

'Tegenwoordig werken we meer met genetische codes en DNA-identificatie,' antwoordde Brogan toegeeflijk. 'Heb je iets speciaals op het oog?'

Nichols zweeg even om zijn gedachten op een rijtje te zetten. 'Als ik je het vertel, zul je denken dat ik rijp ben voor een dwangbuis.'

Yaeger zette zijn leesbril met halve glazen af, stopte hem in een zak van zijn colbertje, maakte een net stapeltje van een stel computerrapporten, leunde achterover in zijn stoel en nam een slok uit zijn blikje frisdrank.

'Helemaal niks,' zei hij op bijna bedroefde toon. 'Absoluut verspilde moeite. Een 1600 jaar oud spoor is te koud om zonder concrete gegevens te volgen. Een computer kan niet in de tijd terugreizen om je te vertellen hoe het precies was.'

'Misschien kan dr. Gronquist, nadat hij de voorwerpen van de *Serapis* heeft bestudeerd, vaststellen waar het schip aan land is gegaan,' zei Lily optimistisch.

Pitt zat opzij van en twee rijen lager dan de anderen in het kleine amfitheater van de NUMA. 'Ik heb hem een uurtje geleden via de radio gesproken. Hij heeft niets gevonden dat niet van mediterraanse oorsprong is.'

Een scherm op het podium liet een driedimensionale projectie zien van de Atlantische Oceaan met aardplooien en de ongelijke geografie van de oceaanbodem. Iedereen leek erdoor geobsedeerd te zijn. Zelfs terwijl ze praatten, werden hun blikken onweerstaanbaar naar het beeld getrokken.

'We hebben dit vanuit de verkeerde hoek aangepakt,' vervolgde Pitt.

'Is er dan een andere hoek?' vroeg Yaeger. 'We hebben de enige logische benadering gekozen die voor ons openstond.'

'Zonder enige aanduiding van de richting was het een onmogelijke opgave,' viel Lily hem bij.

'Jammer dat Rufinus zijn dagelijkse positie en afgelegde afstanden niet heeft geregistreerd,' mijmerde admiraal James Sandecker.

'Hij had het strikte bevel niets te registreren.'

'Konden ze in die tijd dan al hun positie bepalen?' vroeg Giordino.

Lily knikte. 'Hipparchus de Griek bepaalde 130 jaar voor Christus de ligging van oriëntatiepunten in de toen bekende wereld door hun breedte- en lengtegraden te berekenen.'

Sandecker legde zijn handen op zijn buik en keek Pitt over zijn leesbril aan. 'Ik ken die verloren blik in je ogen. Er zit je iets dwars.'

Pitt zakte op zijn stoel onderuit. 'We hebben het over feiten gehad en ernaar geraden zonder de man die het smokkelplan bedacht onder de loep te nemen.'

'Junius Venator?'

'Een briljante geest,' vervolgde Pitt, 'die door een tijdgenoot werd beschreven als zijnde "een moedig vernieuwer die zich op gebieden begaf waar andere geleerden bang voor waren". De vraag die we over het hoofd hebben gezien is: als wij in Venators schoenen hadden gestaan, waar zouden wij dan de grote kunst- en literatuurschatten van onze tijd hebben verstopt?'

'Ik zeg nog steeds Afrika,' opperde Yaeger. 'Liefst voorbij de Kaap, ergens stroomopwaarts van een rivier langs de oostelijke kustlijn.'

'Maar je computers konden er niets van maken?'

'In de verste verte niet,' gaf Yaeger toe. 'Maar God weet wat voor veranderingen de landformaties sinds de tijd van Venator hebben ondergaan.'

'Kon Venator de vloot in noordoostelijke richting de Zwarte Zee binnengeleid hebben?' vroeg Lily.

'Rufinus had het over een reis van achtenvijftig dagen,' zei Giordino.

Sandecker knikte. 'Ja, maar met tegenwind of slecht weer kan de vloot in die tijd wel minder dan duizend mijl hebben afgelegd.'

'Daar heeft de admiraal gelijk in,' zei Yaeger. 'Schepen van die periode waren erop gebouwd om voor de wind te zeilen. Ze waren er niet op berekend tegen de wind in te gaan. Slechte weersomstandigheden hadden hun vorderingen met tachtig procent kunnen verminderen.'

'Behalve dan,' zei Pitt met nadruk, 'dat Venator vier keer de gebruikelijke hoeveelheid proviand heeft ingeladen.'

'Hij had plannen voor een lange reis,' zei Lily, opeens geïntrigeerd. 'Venator is nooit van plan geweest om elke paar dagen aan land te gaan om zijn vloot te laten bunkeren.'

'Dat bewijst alleen maar dat Venator de hele reis zo geheim mogelijk wilde houden door nooit aan land te gaan en zodoende geen spoor achter te laten,' zei Sandecker.

Pitt schudde zijn hoofd. 'Zodra de schepen de Straat van Gibraltar achter zich hadden, was elke noodzaak voor geheimzinnigheid verdwenen. Byzantijnse oorlogsschepen zouden evenmin als wij enig idee van zijn koers hebben gehad.'

Yaeger keek Pitt vragend aan. 'Dus wij staan in Venators schoenen of sandalen, of wat ze in die tijd ook droegen. Wat is ons plan?'

'Junius Venator had de beschikking over de wetenschap van vierduizend jaar. Hij wist van het bestaan van het Afrikaanse continent en de Russische steppen. Hij moet van de handel met India hebben geweten dat op zijn beurt met China handelde. En hij moet de verslagen hebben bestudeerd van reizen die ver buiten de gebruikelijke Romeins-Byzantijnse handelsroutes lagen.'

'We weten zeker dat de Bibliotheek van Alexandrië een hele sectie aan aardrijkskunde heeft gewijd,' zei Lily.

'Wat denk je dat hij heeft ontdekt?' vroeg Sandecker.

'Een richting,' antwoordde Pitt.

Alle aandacht was nu op Pitt gericht en hij stelde hen niet teleur. Hij liep naar het podium en pakte een zaklantaarn die een smalle straal op de driedimensionale projectie wierp.

'Volgens mij is de enige vraag of de vloot koers heeft gezet naar het noorden of naar het zuiden,' zei Giordino.

'Geen van beide.' Pitt liet de lichtstraal door de Straat van Gibraltar over de Atlantische Oceaan zwerven. 'Venator heeft zijn vloot naar Amerika geleid.'

Zijn bewering werd met verbaasd ongeloof begroet.

'Er bestaat geen enkel archeologisch bewijs dat een pre-Columbiaans contact met Amerika ondersteunt,' stelde Lily vast.

'De *Serapis* is een tamelijk goede aanwijzing dat ze een dergelijke reis konden maken,' zei Sandecker.

'Het is een hoog oplopende controverse,' gaf Pitt toe, 'maar in de Maya-kunst en -cultuur zijn er te veel overeenkomsten om naast je neer te leggen. Het oude Amerika is misschien niet zo van Europese en Aziatische invloeden afgesneden geweest als we altijd hebben gedacht.'

'Volgens mij heb je gelijk,' zei Yaeger met hernieuwd enthousiasme. 'Welke kust wil je dat ik voor je ga onderzoeken.'

Pitt wreef zich over de kin. Hij merkte dat hij zich nodig moest scheren. 'Begin met de fjord in Groenland en werk naar het zuiden naar Panama.' Hij zweeg en staarde peinzend naar de kaartprojectie. 'Het zal daar toch ergens moeten zijn.'

35

Kapitein Oliver Collins klopte tegen de barometer op de brug. Hij vervloekte stilletjes de goede weersvoorspelling. Als het nou maar ging stormen, dacht hij, dan kon het schip de haven niet uit. Kapitein Collins was een eersteklas zeeman, maar een slecht mensenkenner.

Suleiman Aziz Ammar had de *Lady Flamborough* zelfs nog midden in een orkaan met windstoten van negentig knopen de zee op gestuurd. Hij zat gespannen in de kapiteinsstoel voor de ramen van de brug en veegde het zweet rond zijn nek weg, dat van zijn kin was afgedropen.

In dit vochtige klimaat betekenden het masker en de handschoenen die hij constant droeg een ware marteling. Maar hij onderging het ongemak stoïcijns. Als de kaping zou mislukken en hij kon ontsnappen, zou geen enkele veiligheidsdienst hem ooit aan de hand van vingerafdrukken of getuigen kunnen identificeren.

Een van zijn mannen stond aan het roer en keek hem over de verduisterde brug gespannen aan. Twee anderen stonden op wacht voor de beide deuren van de brug met hun geweren gericht op Collins en eerste officier Finney die naast Ammars roerganger stond.

Ammar zocht nog één keer door zijn verrekijker de haven en de kades af en gebaarde toen naar Finney terwijl hij in zijn walkie-talkie sprak.

'Nu,' beval hij. 'Vertrekken en zet de ploegen aan het werk.'

Finney keek met een van woede vertrokken gezicht naar Collins in de hoop een teken van verzet te krijgen. Maar de kapitein haalde gelaten zijn schouders op en de eerste officier gaf met tegenzin het bevel het anker te lichten.

Twee minuten later kwam het anker druipend boven water en werd tegen het kluisgat getrokken. De roerganger stond bij het wiel, maar maakte geen aanstalten de spaken te pakken. Op moderne schepen wordt alleen nog maar met de hand gestuurd bij slecht weer of als het schip onder het bevel van een loods staat. Finney stuurde het schip en regelde haar snelheid van achter een controlepaneel dat door glasvezeloptica met het geautomatiseerde besturingssysteem van het schip was verbonden. Bovendien hield hij een oogje op de radar.

In de schemering was het silhouet van de *Lady Flamborough* alleen maar zichtbaar als ze het licht van de andere oever blokkeerde, en ze gleed ongezien door de drukke haven. Haar dieselmotoren bromden zacht terwijl de grote bronzen schroeven door het water klauwden.

Als een spook dat zich een weg zocht langs de zerken van een kerkhof, zigzagde het schip langs de afgemeerde schepen en voer het smalle kanaal in naar open zee.

Ammar belde de communicatiehut. 'Iets opgevangen?' vroeg hij kortaf.

'Nog niet,' antwoordde de man die de frequenties van de patrouilleboten van de Uruguayaanse marine aftastte.

'Leid elk signaal over de luidsprekers op de brug.'

'Begrepen.'

'Een kleine boot vaart voor onze boeg langs,' kondigde Finney aan. 'We moeten haar voorrang verlenen.'

Ammar zette de loop van zijn automatische pistool tegen Finney's schedel. 'Handhaaf koers en snelheid.'

'We varen ze aan,' protesteerde Finney. 'Het schip voert geen lichten. Ze kunnen ons niet zien.'

Ammars enige antwoord was de loop harder tegen Finney's schedel te drukken.

Ze konden de naderende boot nu duidelijk zien. Het was een groot, duur motorjacht. Collins schatte haar op veertig meter lang en acht meter breed. Ze was fel verlicht. Er was een feestje aan de gang en op de dekken stonden de mensen in groepjes te praten of waren aan het dansen. Tot zijn schrik zag Collins dat haar radarantenne niet ronddraaide.

'Geef een stoot met de scheepshoorn,' smeekte hij. 'Waarschuw ze, nu ze nog een kans hebben ons voorrang te geven.'

Ammar negeerde hem.

In een wolk van angst tikten de seconden weg tot een botsing onvermijdelijk was. De feestgangers en de man aan het roer waren zich volkomen onbewust van het stalen monster dat in het donker op hen afkwam.

'Onmenselijk!' hijgde Collins. 'Dit is onmenselijk.'

De *Lady Flamborough* voer recht in de stuurboordkant van het grote jacht. Er klonk geen klap of het geluid van scheurend metaal. De mannen op de brug van het cruiseschip voelden alleen maar een heel lichte trilling toen de vier verdiepingen hoge boeg de kleinere boot bijna onder water duwde voor die haar romp doormidden sneed.

De vernietiging was even compleet als de slag van een voorhamer op een stuk speelgoed.

Collins klemde de reling voor in de brug vast terwijl hij met afgrijzen naar de ramp stond te kijken. Hij kon het paniekerige gegil van de vrouwen duidelijk horen terwijl de versplinterde boeg en achterstuk van het jacht langs de kanten van de *Lady Flamborough* schraapten voor ze op nog geen vijftig meter achter hen zonken. Het donkere zog was vol wrakstukken en lichamen.

Enkele passagiers waren van boord geslingerd en probeerden zich zwemmend in veiligheid te brengen, terwijl de gewonden zich aan alles probeerden vast te grijpen wat hen drijvende kon houden. Toen waren ze in de nacht verdwenen.

Bittere woede welde in Finney's borst omhoog. 'Jij smerige moordenaar!' beet hij Ammar toe.

'Alleen Allah kent het onvoorziene,' zei Ammar afwezig op onverschillige toon. Traag trok hij het automatische pistool van Finney's schedel vandaan. 'Zodra we uit het kanaal komen, zet je koers op een-vijf-vijf en schakel je de automatische besturing in.'

Grijsbleek onder zijn gebruinde huid keek Collins Ammar aan. 'Roep in 's hemelsnaam de Uruguayaanse reddingsdienst op zodat die arme mensen nog een kans hebben.'

'Geen communicatie.'

'Ze hoeven niet te weten wie heeft uitgezonden.'

Ammar schudde zijn hoofd. 'In minder dan een uur nadat de plaatselijke autoriteiten van het ongeluk op de hoogte zijn gesteld, zullen de veiligheidsdiensten een onderzoek instellen. Onze afwezigheid zal snel worden ontdekt en de achtervolging ingezet. Het spijt me, kapitein, maar elke zeemijl die we tussen onze achtersteven en Punta del Este kunnen krijgen, is van levensbelang. Het antwoord is: nee.'

Collins staarde in Ammars ogen, zwijgend, terwijl zijn verdoofde geest vocht om helderheid. Toen zei hij: 'Welke prijs moet worden betaald voor u mijn schip vrijgeeft?'

'Als u en uw bemanning doen wat ik beveel, zal niemand van u iets overkomen.'

'En de passagiers, president De Lorenzo en president Hasan en hun staf? Wat bent u met hen van plan?'

'Te zijner tijd zullen ze tegen een losgeld worden vrijgelaten. Maar in de komende tien uur moeten ze de handen uit de mouwen steken.'

De hulpeloosheid smaakte bitter in Collins' mond, maar zijn stem bleef onbewogen. 'U bent helemaal niet van plan ze voor geld te gijzelen. Je hoeft geen antropoloog te zijn om te zien dat uw mannen in het Midden-Oosten zijn geboren. Volgens mij bent u van plan de Egyptenaren te doden.'

Ammar glimlachte vluchtig. 'Allah beschikt over 's mensen lot. Ik voer alleen mijn instructies uit.'

'Instructies van wie?'

Voor Ammar kon antwoorden, klonk er een stem door de luidsprekers van de brug. 'Rendez-vous om ongeveer nul uur tweeëndertig, commandant.'

Ammar bevestigde de ontvangst via zijn walkie-talkie. Daarna keek hij Collins aan. 'Er is geen tijd om verder te praten, kapitein. Voor het dag wordt, moeten we nog een heleboel doen.'

'Wat bent u met mijn schip van plan?' wilde Collins weten. 'Op die vraag bent u mij een antwoord verschuldigd.'

'Ja, natuurlijk, dat ben ik u verschuldigd,' mompelde Ammar, inmiddels aan iets anders denkend. 'Morgenavond om deze tijd zullen de internationale persbureaus rapporteren dat de *Lady Flamborough* als vermist is opgegeven en dat zij naar wordt aangenomen met man en muis in tweehonderd vadem water is vergaan.'

'Heb jij iets gehoord, Carlos?' vroeg de bejaarde visser aan het roer van een oude vissersboot.

De jongere man, zijn zoon, hield een hand achter zijn oren en tuurde in de duisternis voor de boeg. 'Jij hebt betere oren dan ik, papa. Ik hoor alleen maar onze motor.'

'Ik dacht dat ik iets hoorde, een vrouw die om hulp schreeuwt of zo.'

De zoon luisterde opnieuw en haalde zijn schouders op. 'Sorry, ik hoor niets.'

'Ik weet het zeker.' Luiz Chavez nam gas terug. 'Ik droom niet.'

Chavez was in een prima stemming. Ze hadden een goede vangst gehad, en de zes flesjes bier die in zijn maag klotsten droegen eveneens aan zijn vrolijke gemoedsgesteldheid bij.

'Papa, ik zie iets in het water.'

'Waar?'

Carlos wees. 'Aan stuurboord, naar voren. Het lijken wel stukken van een boot.'

De oude visser zag niet meer zo goed bij nacht. Maar toen de lichten van de boot de wrakstukken beschenen, wist hij dat het van een jacht afkomstig was. Hij zag nergens lichten van een reddingsboot.

De boot voer nu in het gebied met de wrakstukken en daar hoorde hij het weer. Wat hij eerst als een schreeuw had opgevangen, klonk nu als gesnik. En het kwam van dichtbij.

Chavez zette de hendel op STOP. Met een zoeklicht scheen hij langzaam over het water.

Op minder dan twintig meter zag hij twee gedaanten half in het water en half over een versplinterd stukje dek liggen. Eén daarvan, een man, leek bewegingloos. De andere, een vrouw, keek met een krijtwit gezicht in het licht en zwaaide. Plotseling begon ze hysterisch te schreeuwen en in het water te slaan.

Chavez' hart bevroor toen hij de grote vin zag en de lelijke kop met het pikzwarte oog dat heen en weer schudde, de kaken om de onderbenen van de vrouw geklemd.

'Heilige Maria, Moeder van God!' mompelde Carlos en sloeg een kruis.

Chavez huiverde, maar kon zijn blik niet van de haai die de vrouw verder onder water sleurde afwenden. Andere haaien, door het bloed aangetrokken, stootten tegen het verbrijzelde stuk dek aan tot het lichaam van de man eraf rolde. Carlos draaide zich om en gaf over de reling over terwijl het gegil in een rauw gerochel overging.

Toen werd de nacht weer stil.

Kolonel José Rojas, de coördinator van het Uruguayaanse Bureau voor Bijzondere Veiligheid, stond kaarsrecht voor een groep officieren in gevechtstenue. Hij had na de militaire academie in zijn land bij de Engelse grenadiers gediend en hun ouderwetse gewoonte overgenomen een rottinkje te dragen.

Hij stond bij een tafel met een maquette van de haven van Punta del Este en sprak zijn mannen toe. 'Wij zullen in drie ploegen bij de dokken patrouilleren en elkaar na acht uur aflossen,' begon hij dramatisch met het rottinkje op de palm van zijn hand tikkend. 'Wij hebben tot taak constant gereed te staan in geval van een terroristische aanslag. Ik begrijp dat het voor jullie niet zal meevallen onopvallend te zijn, maar probeer het toch. Wij willen de toeristen geen schrik aanjagen door ons als een militaristische staat voor te doen. Vragen?'

Er werden geen vingers opgestoken.

Rojas liet zijn mannen inrukken en liep naar zijn tijdelijke hoofdkwartier in het gebouw van de havenmeester. Hij stond bij het koffiezetapparaat een kop koffie in te schenken, toen zijn adjudant naar hem toekwam.

'Commandant Flores van Marinezaken vroeg of u even langs kon komen.'

'Zei hij waarom?'

'Alleen dat het dringend was.'

Flores, onberispelijk in een wit gala-uniform gekleed, begroette hem bij de deur en voerde Rojas zonder enige uitleg naar de overkant van de straat, naar de barak waar de reddingsboten ondergebracht waren. Binnen waren een paar mensen een aantal verwrongen wrakstukken aan het onderzoeken.

Flores stelde hem voor aan Chavez en diens zoon. 'Deze vissers hebben deze wrakstukken binnengebracht. Ze hebben ze in het kanaal ontdekt. Het ziet ernaar uit, dat een jacht in een botsing met een groot schip is versplinterd.'

'Wat heeft een ongeluk met een jacht met bijzondere veiligheid te maken?' vroeg Rojas.

De havenmeester, een man met kort stekelhaar en een borstelsnor, zei: 'Het zou best eens een ramp kunnen zijn die gevolgen heeft voor de economische topconferentie.' Hij zweeg even en voegde er toen aan toe: 'Reddingsschepen hebben tot nu toe geen overlevenden gevonden.'

'Hebt u het jacht geïdentificeerd?'

'Een van de opgeviste wrakstukken heeft een naamplaat. Het jacht heette *Lola*, naar de vrouw van Victor Rivera,' antwoordde Flores. 'Kent u hem?'

Rojas verstijfde. 'Ik ken inderdaad de fractieleider van de regeringspartij. Was het jacht van hem?'

'Stond op zijn naam geregistreerd,' knikte Flores. 'We hebben zijn secretaresse gebeld. Hebben haar natuurlijk niets verteld, alleen maar naar de verblijfplaats van meneer Rivera geïnformeerd. Ze zei dat hij aan boord van zijn jacht een feestje gaf voor Argentijnse en Braziliaanse diplomaten.'

'Volgens mij is het het beste als ik vanaf nu het bevel over het onderzoek op me neem,' zei Rojas op officiële toon.

'De marine staat klaar om alle hulp te verlenen,' zei Flores die blij was dat hij zich aan enige verantwoordelijkheid in deze zaak kon onttrekken.

Rojas vroeg aan de havenmeester: 'Welk schip was er bij de aanvaring betrokken?'

'Een mysterie. De afgelopen tien uur is geen enkel schip de haven in- of uitgevaren.'

'Kan een schip zonder dat u het weet de haven binnenvaren?'

'De kapitein zou gek zijn als hij dat deed zonder om een loods te vragen.'

'Kan het?' drong Rojas aan.

'Nee,' zei de havenmeester stellig. 'Geen enkel zeewaardig schip kan in de haven dokken of afmeren zonder dat ik er weet van heb.'

Rojas geloofde het. 'En als iemand uitvaart?'

De havenmeester overdacht deze vraag even. Toen knikte hij kort. 'Je zou niet van een kade kunnen losgooien zonder dat ik het weet. Maar als een vaartuig buitengaats voor anker was gegaan, als haar schipper het kanaal kende en als ze zonder lichten voer, dan zou ze ongezien de zee kunnen bereiken.'

'Kunt u commandant Flores een lijst leveren van alle voor anker liggende schepen?'

'Binnen tien minuten.'

'Commandant Flores?'

'Kolonel?'

'Aangezien een vermist schip een marineoperatie is, verzoek ik u het bevel van de zoekoperatie op u te nemen.'

'Tot genoegen, kolonel. Ik begin onmiddellijk.'

Rojas staarde peinzend naar de op de betonnen vloer liggende wrakstukken. 'Voor deze nacht om is zal iemand hier voor boeten, verdomme,' mompelde hij.

Kort voor middernacht rapporteerde commandant Flores aan Rojas dat de *Lady Flamborough* niet kon worden gevonden.

Kolonel Rojas was met stomheid geslagen toen hij de VIP-passagierslijst van het cruiseschip las. Hij eiste een vervolgonderzoek in de valse hoop, dat de Egyptische en de Mexicaanse president het schip hadden verlaten en aan wal waren gegaan. Pas toen werd bevestigd dat ze evenals het schip werden vermist, nam het schrikbeeld van een terroristische kaping vaste vormen aan.

Bij het aanbreken van de dag werd een enorme luchtopsporingsoperatie op touw gezet. Alle vliegtuigen die de gezamenlijke luchtmachten van Uruguay, Argentinië en Brazilië de lucht in konden krijgen, zochten over 400 000 vierkante kilometer het zuiden van de Atlantische Oceaan af.

Geen spoor van de *Lady Flamborough* te bekennen.

Het leek wel alsof ze door de zee was opgeslokt.

36

Twee handen streelden zijn rug onder zijn overhemd. Hij worstelde om wakker te worden. Hij had vast geslapen en gedroomd dat hij diep onder water naar het glinsterende oppervlak omhoog zwom maar het niet kon bereiken. Pitt wreef in zijn ogen, zag dat hij nog steeds op de bank in zijn kantoor lag, rolde om en ging zitten. En keek recht in Lily's bekoorlijke ogen.

'Hoe laat is het?' vroeg hij.

'Half zes,' antwoordde ze liefjes terwijl haar handen zijn schouders en nek masseerden.

''s Ochtends of 's middags?'

''s Middags. Het was maar een dutje van drie uur.'

'Slaap jij nooit?'

'Ik kan met een paar uur slaap per vierentwintig uur toe.'

Hij gaapte. 'Ik heb te doen met je volgende echtgenoot.'

'Hier heb je koffie.' Ze zette een kop op een bijzettafeltje.

Pitt trok zijn schoenen aan en stopte zijn overhemd in zijn broek. 'Heeft Yaeger iets gevonden?'

'Ja.'

'De rivier?'

'Nee, nog niet. Hiram doet er erg geheimzinnig over, maar hij beweert dat jij gelijk hebt. Venator heeft de Atlantische Oceaan voor de vikingen of Columbus overgestoken.'

Hij nam een slok koffie en trok een vies gezicht. 'Dit is puur suiker.'

Lily keek verbaasd. 'Al zei dat je altijd vier schepjes nam.'

'Al heeft gelogen. Ik drink het zwart met de drab onder in de kop.'

'Het spijt me vreselijk,' zei ze met een glimlach die van het tegendeel getuigde. 'Ik ben bang dat hij me voor de gek heeft gehouden.'

'Je bent niet de eerste,' zei hij, door de deur van zijn kantoor naar buiten kijkend.

Giordino zat met zijn voeten op Yaegers bureau de laatste pizzapunt te verorberen terwijl hij een gedetailleerde topografische kaart van een kustlijn bestudeerde.

Yaeger zat met bloeddoorlopen ogen naar een computerscherm te kijken, terwijl hij iets op een notitieblok krabbelde. In de weerspiegeling van het scherm zag hij Pitt en Lily binnenkomen.

'We hebben een doorbraak gemaakt,' zei hij zelfvoldaan.

Pitt vroeg: 'Wat heb je?'

'Rufinus schreef dat ze nadat ze Venator in de steek hadden gelaten eenendertig dagen lang door zuidelijke stormen waren bezocht, voor ze een veilige baai vonden waar ze hun schip konden opkalefateren. Op het volgende stuk van hun reis scheurde een storm de zeilen aan flarden en sloeg de roerriemen weg. Het schip was een niet nader genoemd aantal dagen op drift voor het in de fjord in Groenland belandde.'

Yaeger liet een kaart van de Amerikaanse kant van het noorden van de Atlantische Oceaan op het scherm verschijnen en tikte een aantal codes in. Een dunne lijn begon van de oostkust van Groenland uit in een zigzag koers rond Newfoundland, voorbij Nova Scotia en New England te lopen en eindigde even boven Atlantic City.

'New Jersey?' vroeg Pitt verbouwereerd.

'Barnegat Bay, om precies te zijn,' zei Giordino. Met een rode viltstift omcirkelde hij een stuk van de kustlijn op de topografische kaart.

'Barnegat Bay, New Jersey?' herhaalde Pitt.

'In 391 zag het land er nogal anders uit,' doceerde Yaeger. 'In zijn beschrijving van de baai vermeldde Rufinus een grote zee dwergsparren waar zoet water uit het zand omhoogborrelde als je er met een stok instak. New Jersey heeft een woud van dwergsparren aan de kust waar het grondwaterniveau net onder het oppervlak ligt. Gedurende de lente of vlak na een flinke bui kun je met een stok een gat in de zanderige grond steken en dan borrelt er letterlijk water omhoog.'

'Dat ziet er veelbelovend uit,' zei Pitt. 'Maar had Rufinus het ook niet over ballaststenen?'

'Ik geef toe dat ik daar ook niet uitkwam. Dus heb ik een geoloog bij de genietroepen gebeld. Die kwam met een steengroeve aanzetten op exact dezelfde plek waarvan ik geloof dat de bemanning van de *Serapis* aan land is gegaan.'

'Prima werk,' zei Pitt. 'Hoe ga je het nu verder aanpakken?'

'Ik werk naar het zuiden toe,' antwoordde Yaeger. 'Tegelijkertijd laat ik mijn mensen een benadering van Venators koers ten westen van Spanje berekenen. Nu lijkt het wel duidelijk dat de eilanden waar ze sinds de Middellandse Zee voor het eerst aan land zijn gegaan West-Indië is. Deze twee koersen zouden binnen achthonderd kilometer van een rivier die aan de beschrijving voldoet bij elkaar moeten komen.'

Lily keek sceptisch. 'Ik zie niet hoe je Venators koers kunt berekenen als hij elk verslag van koers, wind en afstand heeft gecensureerd.'

'Geen probleem,' antwoordde Yaeger droogjes. 'Ik neem gewoon de gegevens uit het logboek van Columbus' reizen naar de Nieuwe Wereld, pas die aan aan de verschillen in rompontwerp, waterfrictie en zeiloppervlak tussen zijn schepen en de Byzantijnse vloot van duizend jaar daarvoor. Nog een dag of vier.'

Pitt dacht dat hij bij Sandecker moest komen om hem van de vorderingen van de speurtocht op de hoogte te stellen, maar zodra hij de sombere uitdrukking op het gezicht van de admiraal zag, wist hij dat er moeilijkheden waren. De zachte blik in zijn ogen bracht Pitt pas goed van zijn stuk; ze stonden meestal staalhard.

Toen Sandecker hem tegemoetliep, bij de arm naar een bank voerde en naast hem kwam zitten, wist Pitt dat er moeilijkheden waren.

'Ik heb zo juist nogal vervelend nieuws van het Witte Huis gekregen,' begon Sandecker. 'Men vermoedt dat het cruiseschip waarop de presidenten De Lorenzo en Hasan zijn ondergebracht voor de economische topconferentie, is gekaapt.'

'Het spijt me dat te horen,' zei Pitt, 'maar wat heeft dat met de NUMA te maken?'

'Hala Kamil bevond zich aan boord.'

'Verdomme!'

'En de senator ook.'

'Mijn vader?' mompelde Pitt verbaasd. 'Eergisteravond heb ik hem nog aan de telefoon gehad. Hoe komt hij in Uruguay verzeild?'

'Hij was op een missie voor de president.'

Pitt stond op, liep heen en weer en ging weer zitten. 'Hoe staat de toestand ervoor?'

'De *Lady Flamborough* – dat is de naam van het Engelse cruiseschip – is gisteravond uit de haven van Punta del Este verdwenen.'

'Waar is het schip nu?'

'Uitgebreide zoekacties vanuit de lucht hebben nog geen spoor opgeleverd. De autoriteiten ter plekke zijn algemeen van mening dat de *Lady Flamborough* op de bodem van de zee ligt.'

'Zonder absoluut bewijs kan ik dat niet aanvaarden.'

'Dat ben ik met je eens.'

'Weersomstandigheden?'

'Volgens de weerberichten was het in dat gebied goed weer met kalme zee.'

'Schepen verdwijnen in stormen,' zei Pitt. 'Zelden op een kalme zee.'

Sandecker maakte een loos gebaar met zijn handen. 'Tot er meer details beschikbaar komen, kunnen we alleen maar speculeren.'

Pitt kon niet geloven dat zijn vader dood was. Wat hij had gehoord was niet overtuigend. 'Wat doet het Witte Huis eraan?'

'De handen van de president zijn gebonden.'

'Dat is belachelijk,' zei Pitt scherp. 'Hij kan bevelen dat al onze marineschepen in dat gebied assistentie verlenen bij de zoekactie.'

'Daar zit hem de kneep,' zei Sandecker. 'Afgezien van af en toe een oefening, en momenteel vindt er geen plaats, zijn er geen VS-marineschepen in he zuiden van de Atlantische Oceaan gestationeerd.'

Pitt ging weer staan en keek door het raam naar de lichten van Washington. Toen keek hij Sandecker met een doordringende blik aan. 'Je wilt me toch niet vertellen dat de Verenigde Staten niets met de opsporingsactie te maken heeft?'

'Daar ziet het wel naar uit.'

'Wat kan de NUMA ervan weerhouden te zoeken?'

'Niets, behalve dan dat we gebrek hebben aan een vloot kustwachtschepen en een vliegdekschip.'

'We hebben de *Sounder*.'

Sandecker keek peinzend. 'Een van onze onderzoeksschepen?'

'Dat is bij de zuidelijke kust van Brazilië bezig met sonarkartering.'

Sandecker knikte. 'Ik voel waar je heen wilt. Maar de *Sounder* is te langzaam voor een uitgebreide opsporingsactie op zee. Wat dacht je ermee te bereiken?'

'Als het schip met mijn vader niet aan de oppervlakte kan worden gevonden, zal ik er onderwater op jagen.'

'Je hebt het over vijfduizend kilometer, meer misschien.'

'De sonarapparatuur van de *Sounder* kan een breedte van drie kilometer bestrijken en ze heeft een duikklok aan boord. Ik hoef alleen maar uw toestemming te hebben om het bevel over te nemen.'

'Je zult hulp nodig hebben.'

'Giordino en Rudi Gunn. We vormen een goed team.'

'Rudi is bezig met een delvingsoperatie bij de Canarische Eilanden.'

'Hij kan binnen achttien uur in Uruguay zijn.'

Sandecker sloeg de handen achter zijn hoofd in elkaar en staarde naar het plafond. Diep in zijn hart voelde hij dat Pitt schaduwen najoeg, maar hij had geen ogenblik over zijn antwoord getwijfeld.

'Werk het zelf maar uit,' zei hij op vlakke toon. 'Ik sta achter je.'

'Dank u, admiraal,' zei Pitt. 'Ik ben u buitengewoon dankbaar.'

'Hoe gaat het met de Bibliotheek van Alexandrië?'

'Yaeger en dr. Sharp zijn vlak bij een oplossing. Al en ik hoeven daar niet in de weg te lopen.'

Sandecker stond op en legde beide handen op Pitts schouders. 'Weet je, hij hoeft niet per se dood te zijn.'

'Papa kan maar beter niet dood zijn,' zei Pitt grimmig. 'Ik zou het hem nooit vergeven.'

'Maar verdomme, Martin!' viel de president uit. 'Vermoedden jouw Midden-Oostenspecialisten dan helemaal geen plan om de *Lady Flamborough* te kapen?'

Martin Brogan, de directeur van de CIA, haalde vermoeid zijn schouders op. 'Het schip werd met alle passagiers en bemanningsleden aan boord onder de neus van de beste veiligheidsmensen ter wereld weggesnaaid,' antwoordde hij. 'Degene die deze onderneming heeft bedacht en uitgevoerd is een buitengewoon kien kereltje. De proporties gaan elke terroristische activiteit uit het verleden te buiten. In het licht hiervan vind ik het niet zo verrassend, dat onze mensen in het veld ons niet van tevoren hebben getipt.'

Alan Mercier, de Nationale-Veiligheidsadviseur, zette zijn bril af en begon de glazen met zijn zakdoek te wrijven. 'Mijn afdeling heeft ook gefaald,' steunde hij Brogan. 'Analyses van onze afluistersystemen hebben geen enkele verwijzing naar een potentiële scheepskaping en ontvoering van twee buitenlandse leiders opgeleverd.'

'Door George Pitt naar president Hasan te sturen, heb ik een oude vriend ter dood veroordeeld,' zei de president bedroefd.

'Het is uw schuld niet,' troostte Mercier.

De president sloeg kwaad met zijn vuist op het bureau. 'De senator, Hala Kamil, De Lorenzo en Hasan. Ik kan niet geloven dat ze allemaal dood zijn.'

'Dat weten we niet zeker,' zei Mercier.

De president keek hem aan. 'Je kunt een cruiseschip met al die mensen aan boord niet verbergen, Alan. Zelfs een eenvoudige politicus als ik weet dat.'

'Er is nog altijd een kans dat . . .'

'Ach wat, kans. Het was een heel duidelijke zelfmoordmissie. Al die arme mensen waren waarschijnlijk opgesloten terwijl ze het schip lieten zinken. De terroristen zijn nooit van plan geweest te ontsnappen. Ze zijn ook verdronken.'

'We hebben alle feiten nog niet binnen,' pleitte Mercier.

'Wat weten we eigenlijk precies?' wilde de president weten.

'Onze experts werken al samen met de Uruguayaanse veiligheidsdienst,' legde Brogan uit. 'Tot nu toe hebben ze alleen maar voorlopige conclusies. Ten eerste: de kaping wordt aan een Arabische groep toegeschreven. Twee getuigen in een langsvarende motorsloep zagen de *Lady Flamborough* lading innemen van een landingssloep. Ze hebben de bemanning van beide vaartuigen Arabisch horen praten. De landingssloep is niet gevonden en aangenomen wordt, dat ze ergens in de haven tot zinken is gebracht.'

'Enig idee van de lading?' vroeg Mercier.

'Het enige wat de getuigen zich konden herinneren, was dat het vaten waren,' antwoordde Brogan. 'Ten tweede: de havenmeester kreeg een vals rapport van het cruiseschip dat hun hoofdgenerator kapot was en dat het schip alleen navigatielichten zou voeren tot de reparaties waren uitgevoerd. Zodra het donker werd, is het onverlichte schip vervolgens de haven uitgeglipt waarbij het in botsing kwam met een privé-jacht. De enige fout in een verder perfect uitgevoerde operatie. Daarna verdween ze.'

'Niet zo slordig aangepakt als de mislukte tweede aanslag op Hala Kamil,' zei Mercier.

'Een geheel andere groep,' voegde Brogan eraan toe.

Dale Nichols nam voor het eerst sinds het begin van de vergadering het woord. 'Die je direct met Akhmad Yazid in verband bracht.'

'Inderdaad, de moordenaars waren niet erg voorzichtig. De leider had een Egyptisch paspoort bij zich dat hem identificeerde als een mollah en een fanatiek volgeling van Yazid.'

'Denk je dat Yazid voor de kaping verantwoordelijk is?'

'Hij heeft een motief, dat is zeker,' antwoordde Brogan. 'Met president Hasan uit de weg geruimd, staat de weg naar een machtsovername voor hem open.'

'Datzelfde geldt voor president De Lorenzo, Topiltzin en Mexico,' zei Nichols vlak.

'Wat kunnen we behalve het sturen van een paar experts verder nog doen?' vroeg de president.

Brogan vermeed de blik van de president. 'Heel weinig. Bij Zuid-Amerika hebben we geen marinepatrouilles. In dat gebied is het dichtstbijzijnde schip een nucleaire onderzeeboot in de buurt van Antarctica. Onze Latijns-amerikaanse vrienden kunnen het zonder ons stellen. Meer dan tachtig militaire en particuliere vliegtuigen en op zijn minst veertien schepen uit Argentinië, Brazilië en Uruguay zoeken sinds zonsopgang de zee bij Punta del Este af.'

'Is de pers al op de hoogte?' vroeg de president.

'Ongeveer een uur geleden werd het via de persdiensten doorgetelext, naar ik heb vernomen,' antwoordde Nichols.

De president wrong zich letterlijk de handen. 'Als het Congres erachter komt dat een van hun leden een slachtoffer van een terroristische daad is, hebben we het gedonder in de glazen. God weet wat voor wraakacties ze zullen eisen.'

'De aard van de missie van de senator is op zichzelf al voldoende aanleiding voor een groot schandaal, mocht het uitlekken,' zei Nichols.

'Vreemd dat terroristen internationale leiders en diplomaten plus onschuldige slachtoffers kunnen vermoorden en er met een paar jaar gevangenis vanaf komen,' mijmerde de president. 'Maar als wij hetzelfde spelletje met hen spelen, worden we als immoreel, bloeddorstig en wraakzuchtig afgeschilderd.'

'Aan de goeie kant staan doet pijn,' zei Brogan. Hij begon vermoeid te klinken.

Nichols stond op en rekte zich uit. 'Ik denk niet dat we ons zorgen hoeven te maken. Er staat niets op papier of de band. En alleen de aanwezigen in deze kamer weten waarom senator Pitt met president Hasan in Punta del Este moest praten. Dat is maar een peuleschil vergeleken met de politieke catastrofes die we in Egypte en Mexico tegemoet kunnen zien. Egypte zal de weg van Iran opgaan en voor het westen onherroepelijk verloren zijn. Wat Mexico betreft . . .' Hij aarzelde. 'We zullen een tikkende tijdbom aan onze grens hebben.'

'Jij bent mijn meest betrouwbare adviseur, welke maatregelen raad je aan?'

Nichols voelde zijn hart sneller slaan en zijn maag krimpen. De president en de beide anderen leken zijn blik te bestuderen. Hij wist niet of het gekramp in zijn buik kwam door de zenuwen van het ogenblik of door de gedachte aan een ophanden zijnde buitenlandse ramp.

'Ik stel voor dat we wachten tot we bewijs hebben dat de *Lady Flamborough* met iedereen aan boord op de bodem van de oceaan ligt.'

'En als dat bewijs niet opduikt?' vroeg de president. 'Blijven we rustig afwachten tot Egypte en Mexico door Akhmad Yazid en Topiltzin worden overgenomen, dat stelletje grootheidswaanzinnigen? Wat dan? Welke koers kunnen we volgen om hen tegen te houden voor het te laat is?'

'Afgezien van moord, geen enkele.' Nichols wreef zenuwachtig over zijn pijnlijke buik. 'We kunnen ons alleen maar op het ergste voorbereiden.'

'En dat is . . .?'

'We schrijven Egypte af,' zei Nichols ernstig, 'en vallen Mexico binnen.'

37

Een klein straalvliegtuig kwam onder de zware regenwolken uit wier lading de hoofdstad van Uruguay, Montevideo, blank zette, en vloog op de landingsbaan aan. Na de landing taxiede het naar een groepje hangars met rijen militaire straaljagers ervoor. Een luxe auto met militaire kentekenen verscheen en ging de piloot voor naar een parkeerplaats voor vliegtuigen van vooraanstaande bezoekers.

Kolonel Rojas stond in een kantoor van een hangar door een beregend raam naar buiten te kijken. Hij zag drie mannen uit het vliegtuig met de NUMA-kentekenen klimmen. Ze klommen snel in de auto om uit de wolkbreuk te zijn en werden de hangar in gereden waar Rojas wachtte.

De kolonel ging in de deuropening van het kantoor staan om ze op te nemen terwijl ze door een jonge luitenant door de enorme hangar werden geleid.

De kleine met zijn wilde bos zwarte krullen en een borst als een kleerkast liep met levenslustige pas. Zijn handen en armen leken die van een beer. Zijn ogen keken nors, maar zijn mond liet witte tanden in een satirische glimlach zien.

De magere man met uilebril leek een accountant die de boekhouding kwam controleren. Onder een arm droeg hij een diplomatentas en twee boeken. Ook hij glimlachte, maar zijn glimlach leek meer ondeugend. Rojas schatte hem in als gemoedelijk; een gemakkelijke lacher, maar zeer bekwaam.

De lange man achteraan had zwart golvend haar en zware wenkbrauwen. Hij had het onverschillige air van iemand die evenveel van een gevangenisstraf zou genieten als van een vakantie op Tahiti. Maar Rojas trapte daar niet in. De doordringende blik van de man verraadde hem.

Rojas liep naar voren en salueerde. 'Welkom in Uruguay, heren. Uw dienaar, kolonel José Rojas.' Vervolgens wendde hij zich tot de lange man in een perfect Engels met een licht cockney-accent dat hij in Engeland had opgepikt. 'Sinds ons telefoongesprek heb ik me verheugd u te ontmoeten, meneer Pitt.'

Pitt schudde Rojas de hand. 'Dank u dat u ons wilt ontmoeten.' Vervolgens stelde hij de man met de bril voor. 'Dit is Rudi Gunn, en dat misdadige type rechts van mij is Al Giordino.'

Rojas neeg zijn hoofd nauw merkbaar en tikte met zijn rottinkje tegen zijn keurig geperste broekspijp. 'Vergeef me deze Spartaanse omgeving, maar omdat de hele wereldpers in ons land is neergestreken, leek het me beter zo ver mogelijk van de horde weg te blijven.'

'Een prima idee,' beaamde Pitt.

'Wilt u misschien na uw lange vlucht in de officiersclub wat rusten en iets drinken?'

'Bedankt voor de uitnodiging, kolonel,' zei Pitt beleefd, 'maar we zouden graag direct beginnen, als u het niet erg vindt.'

'Goed, als u mij wilt volgen, zal ik u van onze opsporingsacties op de hoogte brengen.'

In het kantoor stelde Rojas commandant Ignacio Flores voor, de coördinator van de opsporingsacties ter zee en in de lucht. Daarna wenkte hij de drie Amerikanen om een grote tafel die was bedekt met zeekaarten en satellietfoto's.

Voor Rojas met zijn uiteenzetting begon, keek hij Pitt plechtig aan. 'Het doet me leed dat uw vader een passagier op het schip was. U hebt uw relatie met hem niet vermeld toen we over de telefoon met elkaar praatten.'

'U bent goed ingelicht,' zei Pitt.

'Ik heb om het uur met de veiligheidsadviseur van uw president contact gehad.'

'Dan zal het u wel plezier doen te horen, dat de inlichtingenmensen in Washington die me over de situatie hebben voorgelicht uitermate te spreken zijn over uw doortastendheid.'

Rojas' formele houding smolt weg. Zo'n compliment had hij niet verwacht. Hij werd wat vrijer. 'Jammer dat ik geen bemoedigend nieuws kan geven. Sinds uw vertrek uit de Verenigde Staten is de situatie niet veranderd. Maar ik kan u wel een glas uitstekende Uruguayaanse cognac aanbieden.'

'Klinkt uitstekend,' zei Giordino zonder te aarzelen. 'Vooral op zo'n regenachtige dag.'

Rojas knikte naar zijn adjudant. 'Luitenant, als u zo vriendelijk wilt zijn?' Vervolgens boog de kolonel zich over de tafel en begon een aantal vergrote zwart-wit satellietbeelden aaneen te leggen tot hij een mozaïek had dat het water tot 300 kilometer buiten de kust bestreek. 'U bent allemaal vertrouwd met satellietbeelden, neem ik aan?'

Rudi Gunn knikte. 'NUMA heeft momenteel drie oceanografische satellietprogramma's lopen om stromingen, wervelingen, oppervlaktewinden en zeeijs te bestuderen.'

'Maar ze zijn geen van alle op het zuiden van de Atlantische Oceaan gericht,' zei Rojas. 'De meeste geografische onderzoeksprojecten zijn op het noorden gericht.'

'Ja, daar hebt u gelijk in.' Gunn zette zijn bril recht en bekeek de vergrotingen op tafel. 'Ik zie dat u de Landsat hebt gebruikt.'

'We hadden geluk,' zei Rojas. 'De poolbaan van de satelliet loopt maar eens in de zestien dagen over de zee bij Uruguay. Hij passeerde op een bijzonder gelukkig moment. Uw regering kon net op tijd de opdracht verstrekken om de camera's, die op dit punt gewoonlijk zijn uitgeschakeld om energie te sparen, aan te zetten.'

'Kan een doelwit met de afmetingen van de *Lady Flamborough* op een Landsat-beeld worden waargenomen?' vroeg Giordino.

'Je ziet wel niet zoveel details als op een foto van een spionagesatelliet,' antwoordde Pitt, 'maar ze zou toch als een speldeknop zichtbaar moeten zijn.'

'Precies,' zei Rojas. 'Kijkt u zelf maar.'

Hij zette een grote vergrotingslens met licht over een kleine sectie van het mozaïek van satellietfoto's en deed een stap terug.

Pitt keek het eerst. 'Ik zie twee, nee, drie vaartuigen.'

'We hebben ze alle drie geïdentificeerd.'

Rojas knikte naar Flores, die ze in moeizaam Engels van een stuk papier voorlas. 'Het grootste vaartuig onder aan op de foto, is een Chileens ertsschip, de *Cabo Gallegos*, met een lading steenkool onderweg van Punta Arenas naar Dakar. Helemaal bovenaan, naar het zuiden varend, is een containerschip dat in Mexico staat geregistreerd, de *General Bravo.* Ze vervoert materiaal voor olieboringen naar San Pablo, een kleine havenstad aan de punt van Argentinië. Het schip daartussenin en dichter bij de kust is de *Lady Flamborough.*' Flores sprak de naam van het cruiseschip uit alsof hij een begrafenisrede hield.

Rojas' adjudant verscheen met een fles en vijf glazen. De kolonel hief zijn glas en zei: '*Saludos.*'

'Proost.' Pitt nam een flinke slok, waarvan hij later vertelde dat die zijn amandelen had weggebrand, en bestudeerde opnieuw het vlekje voor hij het vergrootglas aan Gunn overliet. 'Ik kan haar koers er niet uit opmaken.'

'Nadat ze uit Punta del Este is weggeglipt, is ze zonder koersverandering naar het oosten gevaren.'

'Hebt u in contact met andere schepen gestaan?'

Flores knikte. 'Niemand heeft haar gesignaleerd.'

'Hoe laat passeerde de satelliet?'

'Om drie uur tien precies.'

'Dan waren het infraroodbeelden.'

'Ja.'

Pitt wendde zich tot de kolonel. 'Hoe laat is met luchtverkenning begonnen?'

'Met het hazegrauw. 's Middags hebben we de satellietbeelden ontvangen en geanalyseerd, waardoor we de koers en de snelheid van de *Lady Flamborough* konden berekenen en onze schepen en vliegtuigen op een interceptiekoers konden sturen.'

'Maar ze vonden een verlaten zee.'

'Inderdaad.'

'Geen wrakstukken?'

Flores nam het woord. 'Onze patrouilleboten hebben wat wrakgoed gevonden.'

'Is het geïdentificeerd?'

'Het leek eerder van een vrachtschip dan van een luxe schip afkomstig te zijn.' Flores haalde een dun dossier uit zijn koffertje. 'Ik heb een inventarislijst opgekregen van de kapitein van het opsporingsschip. Hij vermeldt een versleten leunstoel; twee verschoten zwemvesten, op zijn minst vijftien jaar oud met een gebruiksaanwijzing in bijna onleesbaar Spaans erop gedrukt; een matras; drie kranten, een uit Veracruz, Mexico en de andere twee uit Recife in Brazilië.'

'Datums?' onderbrak Pitt hem.

Flores keek Pitt even vragend aan en wendde toen zijn ogen af. 'Dat heeft de kapitein niet doorgegeven.'

'Dat verzuim zal worden hersteld,' zei Rojas, die onmiddellijk Pitts gedachtengang doorhad, streng.

'Als het al niet te laat is,' zei Flores weinig op zijn gemak. 'U zult moeten toegeven, kolonel, dat het wrakgoed afval is, geen wrakstukken van een schip.'

'Kunt u de coördinaten van de schepen vaststellen zoals ze op de satellietfoto zijn gesitueerd?' vroeg Pitt.

Flores knikte en begon de posities op een nautische kaart te traceren, terwijl de anderen nog een glas cognac dronken.

Flores gooide zijn passer neer en tikte op een met potlood getekend vierkant op de kaart. 'Om 3 uur 10 gisterochtend waren ze hier.'

Iedereen boog zich over de kaartentafel.

'Ze bevonden zich alle drie op een convergerende koers,' merkte Gunn op. Hij pakte een calculatortje uit zijn zak en begon toetsen in te drukken. 'Als ik de snelheid op ruwweg dertig knopen schat voor de *Lady Flamborough*, achttien voor de *Cabo Gallegos*, en tweeëntwintig voor de *General Bravo*...' Zijn stem stierf weg terwijl hij op de hoek van de kaart aantekeningen maakte. Na een tijdje deed hij een stap terug en tikte met zijn potlood op de cijfers. 'Geen wonder dat het Chileense kolenschip geen visueel contact heeft gemaakt. Ze zou de koers van het cruiseschip op een afstand van vierenzestig kilometer naar het oosten hebben gekruist.'

Pitt keek nadenkend naar de lijnen op de kaart. 'Maar daarentegen lijkt het Mexicaanse containerschip de *Lady Flamborough* met niet meer dan een kilometer of drie, vier gemist te hebben.'

'Niet zo verbazingwekkend,' zei Rojas, 'als je bedenkt dat het cruiseschip zonder lichten voer.'

Pitt keek naar Flores. 'Weet u nog hoe de maanstand was, commandant?'

'Jawel, wassend tussen nieuwe maan en eerste kwartier.'

Giordino schudde zijn hoofd. 'Niet helder genoeg als de wacht op de brug niet in de juiste richting keek.'

'Ik neem aan dat de speurtocht van dit punt is uitgegaan,' zei Pitt.

Flores knikte. 'Inderdaad, de vliegtuigen hebben patronen van driehonderd kilometer naar het oosten, noorden en zuiden gevlogen.'

'En geen spoor van haar gezien.'

'Alleen het containerschip en de kolenboot.'

'Ze kan zijn omgedraaid en naar het noorden of zuiden zijn gevaren,' opperde Gunn.

'Daar hebben we ook aan gedacht,' zei Flores. 'De vliegtuigen hebben alle westelijke naderingen naar het land afgezocht toen ze terug moesten om te tanken.'

'De feiten zo bekijkend,' zei Gunn onheilspellend, 'ben ik bang dat de enige richting die de *Lady Flamborough* kan hebben genomen een neerwaartse is.'

'Ga uit van haar laatste positie, Rudi, en bereken hoever ze kan hebben gevaren voor de verkenningsvliegtuigen daar aankwamen.'

Rojas keek Pitt belangstellend aan. 'Mag ik u vragen wat u van plan bent? Verder zoeken is nutteloos. Het hele oppervlak waar ze is verdwenen is afgezocht.'

Pitt leek door Rojas heen te kijken. 'Zoals hij net zei: "De enige richting die ze kan hebben genomen is een neerwaartse." En daar gaan we dus een kijkje nemen.'

'Hoe kan ik daarbij van dienst zijn?'

'Tegen de avond moet de *Sounder*, een schip van de NUMA voor diepzeeonderzoek, in dat gedeelte aankomen. We zouden het op prijs stellen als u voor een helikopter kunt zorgen om ons daarheen te brengen.'

Rojas knikte. 'Ik zal zorgen dat er een gereedstaat.' Hij voegde eraan toe: 'U realiseert zich toch wel dat u net zo goed op een bepaalde vis in tienduizend vierkante kilometer zee kunt jagen. Dat kan wel een eeuwigheid duren.'

'Nee,' zei Pitt vol vertrouwen, 'twintig uur op zijn hoogst.'

Rojas was een pragmatisch man. Aan dagdromen deed hij niet. Hij keek van Giordino naar Gunn in de verwachting zijn scepsis in hun ogen weerspiegeld te zien. Hij zag echter alleen maar instemming.

38

Precies veertien uur en tweeënveertig minuten nadat de Uruguayaanse legerhelikopter hen op het landingsplatform van de *Sounder* had afgezet, vonden ze op een diepte van 1020 meter een scheepswrak dat met de afmetingen van de *Lady Flamborough* overeenkwam.

De *Sounder* beschikte niet over het opnamesysteem van vijf miljoen dollar van de *Polar Explorer*, waar Pitt en Giordino zoveel plezier van hadden gehad. Geen kleurenvideocamera's gemonteerd op de sonarsensors die onder water meegesleept werden. De taak van de oceanografen bestond alleen maar uit het in kaart brengen van grote lappen zeebodem. Haar elektronische uitrusting was met het oog op afstand ontworpen, en niet op de details van door mensenhanden vervaardigde gezonken objecten.

'Zelfde silhouet,' zei Gunn. 'Nogal vaag. Het kan verbeelding zijn, maar volgens mij heeft ze een achteroverhellende schoorsteen. Ze heeft hoge, rechte zijkanten. Ze ligt rechtop, minder dan tien graden slagzij.'

Giordino was voorzichtiger. 'We zullen daar met camera's heen moeten om haar met zekerheid te identificeren.'

Pitt zei niets. Nog lang nadat het doel achter de *Sounder* was verdwenen, bleef hij naar de sonaropname staren. Elke hoop dat zijn vader nog in leven kon worden teruggevonden, ging in rook op. Het leek wel alsof hij naar een doodkist keek waar zand op werd gegooid.

'Uitstekend gedaan, maat,' zei Giordino tegen hem. 'Je had haar direct bij haar staart.'

'Hoe wist je waar je moest kijken?' vroeg Frank Stewart, gezagvoerder van de *Sounder*.

'Ik gokte erop dat de *Lady Flamborough* nadat ze haar pad met de binnenkoers van de *General Bravo* had gekruist haar koers niet zou verleggen,' legde Pitt uit. 'En aangezien de luchtverkenners haar niet buiten de buitenkoers van de *Cabo Gallegos* hebben gesignaleerd, concentreerde ik onze speurtocht op de laatstbekende koers die ons door de Landsat was gegeven.'

'Kortom, een smalle baan tussen de *General Bravo* en de *Cabo Gallegos*,' zei Giordino.

'Daar komt het inderdaad op neer,' gaf Pitt toe.

Gunn keek hem aan. 'Het spijt me dat dit niet bepaald een gelegenheid is om te vieren.'

'Wil je een camera naar beneden sturen?' vroeg Stewart.

'We kunnen tijd sparen door direct met een bemande sonde naar beneden te gaan,' antwoordde Pitt. 'Bovendien kunnen de tele-armen van de sonde goed van pas komen als we iets van het wrak naar boven willen brengen.'

'De bemanning kan de *Deep Rover* binnen een half uur klaar hebben om te duiken,' zei Stewart. 'Ga je zelf?'

Pitt knikte. 'Ik neem haar mee naar beneden.'

De *Deep Rover* zag eruit alsof ze zich in een baan om de aarde beter thuis zou voelen dan in de diepten van de zee. Alleen een Marsmannetje kon haar mooi vinden. De bol met een doorsnee van 240 centimeter werd door een grote O-ring doormidden gedeeld en stond op rechthoekige poten waarin de 120-volt accu's zaten. Hij zat vol vreemde uitsteeksels: motoren en voortstuwingsbuizen, zuurstofflessen, kooldioxydefilters, een dokmechanisme, camera's en sonarscanners. De grijparmen die aan de voorkant uitstaken, zouden elke zichzelf respecterende robot groen van jaloezie hebben gemaakt. Het waren, simpel gezegd, mechanische armen en handen die alles en meer konden doen dan die van vlees en bloed. Elke beweging was tot op een duizendste millimeter nauwkeurig, en dankzij een bekrachtigingssysteem kon je met de handen gracieus een kop en schotel vasthouden of een ijzeren fornuis optillen.

Pitt en Giordino liepen geduldig om de *Deep Rover* heen terwijl een paar technici ermee bezig waren. Ze stond op een stellage in een grotachtige ruimte die het 'maanbad' werd genoemd. Het platform waarop de stellage stond, vormde een deel van de romp van de *Sounder* en het kon zes meter onder water zakken.

Een van de technici knikte ten slotte. 'Ze kan vertrekken zodra jullie klaar zijn.'

Pitt sloeg Giordino op zijn rug. 'Na jou.'

'Oké, ik zal de armen en de camera's bedienen,' zei hij joviaal, 'en jij stuurt. Maar let op, want het is spitsuur.'

'Als je haar in één stuk terugbrengt, geef ik je een dikke zoen,' riep Stewart van een platform boven hen.

'Mij ook?' riep Giordino terug. Zijn stem echode in de ruimte.

'Jou ook.'

'Mag ik mijn gebit uitnemen?'

'Neem er maar alles uit wat je wilt.'

'Noem je dat een aanmoedigingsprijs?' vroeg Pitt droogjes. Hij was dankbaar dat de kapitein hun gedachten probeerde af te leiden van wat ze misschien zouden vinden. 'Zelf zou ik nog liever koers naar Afrika zetten dan hier terug te komen.'

Gunn kwam aangelopen zonder iets te merken van het gedol. Hij had een koptelefoon op en tussen zijn benen bungelde een snoer. Hij probeerde zijn instructies zo zakelijk mogelijk te houden, maar zijn medeleven klonk in zijn stem door. 'Ik hou jullie geluidsbaken en communicatie in de gaten. Zodra je de bodem ziet, wend je je om je as tot je sonar het wrak oppikt. Geef me dan je positie. Ik verwacht van jullie dat je me van elke fase op de hoogte houdt.'

Pitt gaf Gunn een hand. 'We zullen contact houden.'

Gunn keek zijn oude vriend somber aan. 'Weet je zeker dat je niet liever boven blijft en dat ik in jouw plaats ga?'

'Ik moet het met eigen ogen zien.'

'Veel succes,' mompelde Gunn en wendde zich snel af om via de ladder het maanbad uit te klimmen.

Pitt en Giordino gingen naast elkaar in de vliegtuigstoelen zitten. De technici bevestigden de bovenste helft van de bol waterdicht op de O-ring en schroefden de klemmen aan.

Giordino begon hun controlelijst voor het duiken door te nemen. 'Energie?'

'Energie aan,' bevestigde Pitt.

'Radio?'

'Kun je ons horen, Rudi?'

'Heldere ontvangst,' antwoordde Gunn.

'Zuurstof?'

'Eenentwintig komma vijf procent.'

Toen ze klaar waren zei Giordino: 'Gereed voor vertrek, *Sounder*.'

'Breng wat kreeft mee terug voor het diner, *Deep Rover*,' antwoordde Stewart ironisch.

Twee kikvorsmannen stonden op het platform dat langzaam in zee verdween. Het water sloot zich al snel boven de sonde. De twee kikvorsmannen kwamen aangezwommen om de duikklok van de stellage los te maken. Een van hen hield zijn hand omhoog en vormde met duim en wijsvinger een O, het 'alles goed'-teken van duikers. Pitt antwoordde, stak zijn duim op en wees toen naar voren.

De handgrepen aan het eind van de armleuningen waren voor de grijparmen terwijl de armleuningen zelf de vier stuwbuizen controleerden. Pitt bestuurde de *Deep Rover* alsof het een onderwaterhelikopter was. Een lichte druk met zijn ellebogen deed haar boven de stellage stijgen. Vervolgens duwde hij zijn armen naar voren en de horizontale voortstuwingsbuizen lieten haar langzaam naar voren gaan.

Pitt liet het kleine gevaarte dertig meter van het platform varen en stopte om op het kompas te kijken. Toen schakelde hij de verticale stuwers in en begon aan de duik.

De *Deep Rover* zakte, steeds verder door de dimensieloze leegte waar het water steeds donkerder werd. Het heldere blauwgroen van de oppervlakte werd al gauw tot een zacht grijs. Een kleine blauwe haai van een meter lang zwom een keer om de bol heen, vond niets van zijn gading en vervolgde zijn eenzame reis in de waternevel.

Ze voelden geen beweging. Het gekraak van de radio en het geping van hun baken waren de enige geluiden die ze hoorden. Het water werd een zwart gordijn dat hun kleine lichtcirkel omhulde.

'Vierhonderd meter diepte,' gaf Pitt even kalm door als een piloot die de vluchthoogte aankondigt.

'Vierhonderd meter,' herhaalde Gunn.

Gewoonlijk zou de ene grap na de andere sarcastische opmerking de bol hebben gevuld, maar deze rit waren Pitt en Giordino vreemd zwijgzaam. Gedurende deze afdaling bestond hun conversatie zelden uit meer dan een paar woorden.

'Daar komt een schatje,' zei Giordino en wees.

Pitt zag het tegelijkertijd. Een van de vreeswekkendste diepzeebewoners. Een lang palinglijf dat als een neonverlichting tegen het donker afstak. De openstaande kaken konden nooit helemaal sluiten omdat ze door lange spitse tanden werden opengehouden. Een oog blonk nijdig op, en uit de lichtgevende baard aan de onderkaak bungelde een buis om de volgende maaltijd te lokken.

'Ik zou niet graag mijn arm in dat ding steken,' zei Pitt.

Voor Giordino erop in kon gaan, kwam Gunn ertussen. 'Een van de geleerden wil weten wat jullie zagen.'

'Een drakevis,' antwoordde Pitt.

'Hij wil een beschrijving,' zei Giordino.

'Zeg maar dat we hem zullen uittekenen zodra we thuis zijn,' kreunde Pitt.

'Ik zal het doorgeven.'

'Passeren achthonderd meter,' gaf Pitt door.

'Pas op dat jullie niet tegen de bodem klappen,' waarschuwde Gunn hem.

'We zullen erop letten. We hebben geen van beiden zin in een enkele reis.'

'Een goeie pessimist is nooit weg. Hoe zit het met je zuurstof?'

'Precies op het juiste peil.'

'Je moet er nu bijna zijn.'

Met een lichte druk op de armleuning remde Pitt de afdaling van de *Deep Rover* af. Giordino bleef naar beneden uitkijken voor rotsen. Pitt kon zweren dat gedurende de acht minuten die het duurde voor ze de zeebodem langzaam zagen verschijnen zijn vriend niet eens met de ogen knipperde.

'We zijn beneden,' kondigde Giordino aan. 'Diepte éénduizendvijftien meter.'

Pitt gebruikte de verticale voortstuwing om de bol tot drie meter boven de grijze modder te brengen. Door de waterdruk was het gewicht van het vaartuig tijdens de afdaling toegenomen. Pitt draaide een van de kleppen van de ballasttank open en vulde deze met net genoeg lucht om het drijfvermogen neutraal te houden.

'We gaan aan onze draaimanoeuvre beginnen,' waarschuwde hij Gunn.

'Het wrak moet op ongeveer een-een-nul graden liggen,' kraakte Gunns stem over de radio.

'Begrepen,' zei Pitt. 'We hebben een sonardoel op tweehonderdtwintig meter afstand op een-een-twee graden.'

'Begrepen, *Deep Rover*.'

Pitt wendde zich tot Giordino. 'Nou, laten we gaan kijken wat er te zien valt.'

Hij gaf gas op de horizontale stuwingsbuizen, en voerde een wendmanoeuvre uit. Hij hield de zeebodem in de gaten terwijl Giordino hem op de hoogte hield van de kompaskoers.

'Een paar graden naar links. Te veel. Oké, dat is het. Houden zo.'

In Pitts ogen lag geen vleugje gevoel. Zijn gezicht stond vreemd stil. Hij vroeg zich met groeiende angst af wat hij zou vinden.

Hij herinnerde zich het griezelverhaal van een duiker die hielp bij het bergingswerk van een veerboot die na een botsing was gezonken. Hij was op dertig meter diepte in het wrak bezig, toen hij een tikje op zijn schouder voelde. Hij draaide zich om en werd geconfronteerd met het prachtige lichaam van een meisje dat hem met nietsziende ogen aankeek. Ze had een arm uitgestrekt die hem aanraakte alsof ze hem vroeg haar hand te pakken. De nachtmerries bleven de duiker nog jarenlang achtervolgen.

Hij hoopte vurig dat hij zijn vader niet als een drijvend lijk zou zien. Hij deed even zijn ogen dicht en liet de *Deep Rover* bijna in de bodem duiken. Pitt wilde zich de senator vol levenslust herinneren – niet als een spookachtig ding in de zee of als een belachelijk opgetuigd lijk in een kist.

'Voorwerp in de modder rechts van ons,' zei Giordino.

Pitt schrok uit zijn morbide gedachten op en leunde naar voren. 'Een tweehonderdliter vat. Naar links zijn er nog drie.'

'Ze zijn overal,' zei Giordino. 'Het lijkt hier beneden wel een opslagplaats van oud roest.'

'Zie je iets van kentekenen?'

'Alleen maar wat woorden in het Spaans. Geven waarschijnlijk de inhoud en gewicht aan.'

'Ik zal die voor ons naderen. Er komt nog steeds een spoortje van de inhoud uit naar boven.'

Pitt bracht de *Deep Rover* tot op een decimeter van het gezonken vat. In het licht kwam een donkere substantie uit het tapgat omhoog.

'Olie?' zei Giordino.

Pitt schudde zijn hoofd. 'Dit is meer roestkleurig. Nee, wacht, het is rood. Mijn God, het is rode verf op oliebasis.'

'Rechts ligt er een cilindervormig ding naast.'

'Wat maak jij ervan?'

'Volgens mij is het een grote rol plastic.'

'Volgens mij heb je gelijk.'

'Misschien is het geen slecht idee om het voor onderzoek naar de *Sounder* omhoog te brengen. Ik zal het met de grijparmen pakken.'

Pitt knikte zwijgend en hield de *Deep Rover* stabiel in de lichte grondstroom. Giordino pakte de handgrepen beet en sloeg de armen om de rol plastic heen, zoals een mens beide ellebogen zou buigen om een vriend te omhelzen. Vervolgens bracht hij de vier-functiehanden in een zodanige positie, dat ze de onderkant vasthadden.

'Ik heb hem vast,' zei hij. 'Geef een beetje opwaartse kracht om hem uit de modder te trekken.'

Pitt deed dat en de *Deep Rover* kwam langzaam omhoog met de rol in haar armen, gevolgd door een wervelende wolk modder. Even konden ze niets zien. Toen liet Pitt de duikklok naar voren gaan tot ze weer in helder water waren.

'We moeten er vlak bij zijn,' zei Giordino. 'De sonar laat een enorm doel naar voren en enigszins naar rechts zien.'

'Volgens ons zitten jullie er bijna bovenop,' zei Gunn.

Als een spookbeeld in een donkere spiegel doemde het schip uit de duisternis op. Vergroot door de vertekening van het water was het een adembenemend gezicht.

'We hebben visueel contact,' meldde Giordino.

Pitt liet de *Deep Rover* zeven meter van de romp stoppen. Toen manoeuvreerde hij de bol omhoog tot ze langs het voordek lagen.

'Wel verdomme . . .' zei Pitt opeens. 'Rudi, wat voor kleuren had de *Lady Flamborough*?'

'Wacht even.' Er gingen niet meer dan tien seconden voorbij voor Gunn antwoordde. 'Lichtblauwe romp en bovenbouw.'

'Dit schip heeft een rode romp met witte bovenbouw.'

Gunn antwoordde niet onmiddellijk en toen hij sprak klonk hij oud en moe. 'Het spijt me, Dirk. We moeten op een vermist schip uit de Tweede Wereldoorlog zijn gestuit dat door een U-boot is getorpedeerd.'

'Dat kan niet,' mompelde Giordino afwezig. 'Dit wrak is te maagdelijk. Geen tekenen van afzetting of corrosie. Ik kon olie- en luchtbellen zien ontsnappen. Ze kan niet meer dan een week oud zijn.'

'Nee,' kwam Stewarts stem over de radio. 'Het enige schip dat de afgelopen zes maanden als vermist is opgegeven in dit deel van de Atlantische Oceaan is jullie cruiseschip.'

'Dit is absoluut geen cruiseschip,' snauwde Giordino terug.

'Wacht even allemaal,' zei Pitt. 'Ik ga rond de achtersteven om te zien of we haar kunnen identificeren.'

Hij gooide de *Deep Rover* in een steile bocht en gleed parallel aan het schip naar achteren. Bij de achtersteven gekomen kwam hij zijwaarts tot stilstand. Nog geen meter van de naam van het schip bleven ze bewegingloos hangen.

'O, mijn God,' fluisterde Giordino op ongelovige toon. 'Ze hebben ons erin laten stinken.'

Pitt zat echter verre van ongelovig te kijken. Hij grijnsde als een gek. De puzzel was nog lang niet compleet, maar de belangrijkste stukken waren op hun plaats gevallen. De witte letters op de rode stalen platen gaven geen *Lady Flamborough* te lezen.

Er stond *General Bravo.*

39

Van vierhonderd meter afstand zouden de ontwerpers en bouwers van de *Lady Flamborough* haar niet hebben herkend. Haar schoorsteen had een andere vorm gekregen en elke vierkante centimeter was overgeschilderd. Om de façade compleet te maken, was de romp met namaakroest bestreken.

Haar eens zo elegante bovenbouw met de grote ramen en het promenadedek ging nu verscholen achter grote lappen vezelplaat die aan elkaar waren getimmerd om op grote vrachtcontainers te lijken.

Waar de moderne contouren van het cruiseschip, de ronde vormen van de brug bijvoorbeeld, niet konden worden verborgen, waren ze met timmerwerk en met namaakluiken en patrijspoorten beschilderd canvas wat vierkanter gemaakt.

Al voor de lichten van Punta del Este achter hen verdwenen, was elk bemanningslid en elke passagier in werkploegen ingedeeld en door Ammars bewapende kapers tot het randje van de uitputting gedreven.

Ook de belangrijke gasten werden niet gespaard. Senator Pitt en Hala Kamil, de presidenten Hasan en De Lorenzo met hun kabinetsleden en assistenten, allemaal moesten ze onder dwang timmer- en schilderwerk verrichten.

Op het ógenblik van het rendez-vous tussen de *General Bravo* en de *Lady Flamborough* stonden de namaak-containers op hun plaats en had het schip een bijna identieke vorm en kleur. Zelfs een inspectie vanuit de lucht zou weinig verschillen hebben laten zien.

Na alle buitenboordkranen en laaddeuren te hebben opengezet en strategisch langs de romp geplaatste explosieven tot ontploffing te hebben gebracht, stapten kapitein Juan Machado en achttien bemanningsleden van de *General Bravo* op het cruiseschip over. Een aantal gedempte explosies en het containerschip gleed onder het uiten van een paar protestgorgels onder de zeespiegel.

Toen het in het oosten licht begon te worden, koerste de vermomde *Lady Flamborough* zuidwaarts naar de opgegeven bestemming van de *General Bravo*. Maar toen de haven van San Pablo in Argentinië op veertig kilometer afstand aan stuurboord lag, passeerde het schip de haven en vervolgde haar koers naar het zuiden.

Ammars ingenieuze plan had gewerkt. Er waren drie dagen verstreken en de wereld geloofde nog steeds dat de *Lady Flamborough* met haar eminente passagiers ergens op de bodem van de zee lag.

Ammar zat aan een kaartentafel en noteerde de laatste positie van het schip. Vandaar trok hij een rechte lijn naar zijn eindbestemming en duidde die met een X aan. Bijzonder met zichzelf ingenomen legde hij het potlood neer, stak een lange Dunhill-sigaret op en blies de rook als een mistbank over de kaart uit.

Zestien uur. Nog zestien uur varen zonder achtervolging en het schip zou veilig verborgen zijn, zonder de minste kans om te worden gevonden.

Kapitein Machado kwam vanaf de brug de kaartenkamer binnen met een dienblad in zijn hand. 'Wil je een kop thee met een croissant?' vroeg hij in vloeiend Engels.

'Graag, kapitein. Sinds we uit Punta del Este zijn vertrokken heb ik eigenlijk niets meer gegeten.'

Machado zette het blad op tafel ên schonk thee in. 'Ik weet dat je sinds mijn bemanning en ik aan boord zijn gekomen niet hebt geslapen.'

'Er moet nog zoveel gebeuren.'

'Misschien kunnen we beginnen met ons aan elkaar voor te stellen.'

'Ik weet wie je bent, althans ik ken de naam die je gebruikt,' zei Ammar onverschillig. 'In uitgebreide levensbeschrijvingen ben ik niet geïnteresseerd.'

'Staat het er zo voor?'

'Ja.'

'Kun je me je plannen laten weten?' vroeg Machado. 'Behalve dat ik naar jouw schip moest overwippen weet ik van niets. Ik ben bijzonder benieuwd naar de volgende stap van de opdracht, vooral naar het gedeelte waarin onze gezamenlijke bemanningen het schip verlaten om arrestatie door internationale militaire krachten te ontwijken.'

Typisch voor Ammar dronk hij eerst kalm zijn thee en at hij zijn croissant onder zijn masker voor hij antwoord gaf. 'Ik ben nog niet van plan het schip te verlaten,' zei hij kalm. 'Volgens de instructies van jouw en mijn leider moet ik tijd rekken en de uiteindelijke vernietiging van de *Lady Flamborough* uitstellen tot ze beiden de tijd hebben gehad de situatie te analyseren en tot hun voordeel aan te wenden.'

Langzaam ontspande Machado zich. Door het masker in de koude, donkere ogen van de Egyptenaar kijkend, wist hij dat deze man de zaak stevig onder controle had. 'Daar heb ik geen enkel probleem mee.' Hij pakte de theepot. 'Nog wat thee?'

Ammar reikte hem zijn kopje aan. 'Wat doe je verder behalve schepen laten zinken?'

'Ik ben gespecialiseerd in politieke aanslagen,' zei Machado gemoedelijk. 'Net als jij, Suleiman Aziz Ammar.'

Machado kon de bezorgde frons achter Ammars masker niet zien, maar hij wist dat die er was.

'Ben je gestuurd om mij te doden?' vroeg Ammar. Hij tikte nonchalant de as van zijn sigaret terwijl hij tegelijkertijd een piepklein automatisch pistool richtte dat als een goocheltruc plotseling in zijn handpalm was verschenen.

Machado sloeg glimlachend zijn armen voor zijn borst waarbij hij zijn handen in het zicht hield. 'Rustig maar. Ik heb orders om met jou in volkomen harmonie samen te werken.'

Die verdomde Yazid ook, dacht Ammar kwaad. Yazid had hem verraden door zijn identiteit te onthullen. Hij liet zich niet in het minst door Machado's leugen om de tuin leiden. Als president Hasan eenmaal uit de weg was geruimd, zou de wedergeboren Mohammed geen emplooi meer voor zijn huurmoordenaar hebben. Ammar was niet van plan zijn ontsnappingsplannen aan de Mexicaanse killer te onthullen. Hij had heel goed in de gaten dat er voor zijn tegenspeler niets anders opzat dan een opportunistisch verbond met hem aan te gaan. Ammar kon Machado doden wanneer hij wilde, terwijl de Mexicaan moest wachten tot overleving was zeker gesteld.

Ammar wist precies waar hij stond.

Hij hief zijn kopje. 'Op Akhmad Yazid.'

Machado hief het zijne en zei stijfjes: 'Op Topiltzin.'

Hala en senator Pitt waren samen met president Hasan in een suite opgesloten. Ze zaten onder het stof en de verf en waren te uitgeput om te slapen. Ze hadden spierpijn van de lichamelijke arbeid waaraan ze niet gewend waren, en hun handen zaten onder de blaren. En ze hadden honger.

Na de koortsige verbouwing van het uiterlijk van het cruiseschip hadden ze van de kapers niets te eten gekregen. En om alles nog erger te maken, was de verwarming afgezet.

President Hasan lag als een hoopje ellende op een van de bedden. Hij had chronische rugpijnen en tien uur lang onafgebroken bukken en strekken had het er niet beter op gemaakt, maar hij verdroeg de pijn stoïcijns.

Hala en de senator hadden uit hout kunnen zijn gesneden, zo bewegingloos waren ze. Hala zat met haar hoofd in haar handen aan een tafel. Ondanks haar onverzorgde uiterlijk was ze nog even mooi en sereen. De senator lag op een bank peinzend naar het plafondlicht te staren. Alleen aan het knipperen van zijn ogen was te zien dat hij nog leefde.

Ten slotte hief Hala haar hoofd op om hem aan te kijken. 'Konden we maar iets doen,' zei ze bijna fluisterend.

De senator ging stijf zitten. Voor zijn leeftijd was hij in een goede conditie. Alles aan zijn lijf deed hem pijn, maar zijn hart sloeg als van iemand die twintig jaar jonger was.

'Die duivel met het masker denkt aan alles,' zei hij. 'Hij geeft ons geen eten opdat we zwak zullen blijven. Iedereen is apart opgesloten zodat we niet met elkaar kunnen communiceren. En ze hebben nu al twee dagen geen contact met ons gehad. Alles is erop berekend ons zo hulpeloos mogelijk te houden.'

'Kunnen we tenminste niet proberen hier uit te komen?'

'Aan elk eind van de gang staat waarschijnlijk iemand op wacht om de eerste de beste die uit een deur komt neer te schieten. En zelfs als we daarlangs kwamen, waar kunnen we dan nog heen?'

'We zouden misschien een reddingsboot kunnen stelen,' stelde Hala onbezonnen voor.

De senator schudde glimlachend zijn hoofd. 'Nu het aantal kapers met de bemanning van dat Mexicaanse vrachtschip is verdubbeld, is het daar te laat voor.'

'En als we nu eens het raam kapotslaan en een spoor van meubels en beddelakens en zo achterlaten,' hield Hala vol.

'De stroming zou ze morgenvroeg al honderden kilometers hebben weggevoerd. Ze zouden ons nooit op tijd vinden.'

'U weet even goed als ik, senator, dat niemand naar ons zoekt. De buitenwereld denkt dat ons schip met man en muis is vergaan.'

'Ik ken één man die nooit zal opgeven.'

Ze keek hem vragend aan. 'Wie?'

'Mijn zoon, Dirk.'

Hala stond op en strompelde naar het raam waar ze nietsziend naar de vezelplaat keek die haar het zicht op zee ontnam. 'Je moet wel erg trots op hem zijn. Hij is dapper en scherpzinnig, maar door deze list zal hij nooit . . .' Ze zweeg plotseling en keek naar beneden door een spleet die een smalle strook water liet zien. 'Er drijft iets langs het schip.'

De senator kwam naast haar staan. 'IJs,' zei hij stomverbaasd. 'Dat verklaart de kou. We moeten op weg naar Antarctica zijn.'

Hala begroef haar gezicht tegen zijn borst. 'Niemand zal op het idee komen ons hier te zoeken,' mompelde ze in hulpeloze berusting.

De *Sounder* was het enige schip dat het spoor van de *Lady Flamborough* volgde, en ze had evenveel kans de achterstand in te halen als een basset een luipaard. Oorlogsschepen van de Argentijnse marine en Britse marine-eenheden bij de Falklandeilanden hadden het vluchtende cruiseschip kunnen inhalen, maar ze werden niet gewaarschuwd.

Na Pitts gecodeerd bericht aan admiraal Sandecker over de ontdekking van de *General Bravo* in plaats van de *Lady Flamborough* adviseerden het leger en de veiligheidsdiensten de president dringend dit zo stil mogelijk te houden tot de Speciale Strijdkrachten zouden arriveren om een reddingspoging te coördineren.

Zodoende ploegde de *Sounder* alleen en zonder officieel mandaat door de zee. Haar bemanning van zeelui en wetenschappers ging volkomen op in de wilde opwinding van de jacht.

Pitt en Giordino zaten in de eetruimte van het schip een kaart van het zuidelijkste deel van de Atlantische Oceaan te bestuderen die Gunn op een tafel had gelegd en met koffiekoppen had vastgezet.

'Dus jij bent ervan overtuigd dat ze zuidwaarts zijn gegaan,' zei Gunn tegen Pitt.

'Rechtsomkeert naar het noorden zou het schip weer in het zoekgebied hebben gebracht,' verklaarde Pitt. 'En ze kunnen onmogelijk naar het westen naar de kust van Argentinië zijn gevaren.'

'Misschien zijn ze richting open zee gekoerst.'

'Met een voorsprong van drie dagen kunnen ze nu al halverwege Afrika zijn,' voegde Giordino eraan toe.

'Te riskant,' zei Pitt. 'Degene die hier de touwtjes in handen heeft, beschikt over een boel grijze cellen. Een koers naar het oosten, over de oceaan, zou het schip volkomen blootgeven aan opsporingsvliegtuigen of passerende schepen. Nee, er zat voor hem niets anders op dan de koers van de *General Bravo* te vervolgen naar San Pablo op Tierra del Fuego.'

'Maar de havenautoriteiten zouden alarm hebben geslagen als het containerschip te laat was,' hield Giordino aan.

'Je moet deze kerel niet onderschatten. Hoeveel wil je eronder verwedden dat hij de havenmeester van San Pablo heeft getelegrafeerd met het bericht dat de *General Bravo* als gevolg van een kapotte turbine vertraagd is?'

'Goed,' zei Gunn, 'dat levert hem een extra achtenveertig uur op. Wat blijft erover? Bij de Straat van Magellanes zijn er duizenden onbewoonde eilandjes waar hij kan verdwijnen.'

'Of' – Giordino rekte het 'of' – 'hij kan naar Antarctica varen waar, naar hij aanneemt, niemand hem zal zoeken.'

'Maar we hebben hem nu in de smiezen,' zei Gunn. 'De camera's van Landsat zullen de *Lady Flamborough* tijdens zijn volgende omloop in al haar glorie onthullen.'

Giordino keek of Pitt commentaar had, maar zijn oude vriend zat in het niets te staren.

Pitt was niet langer op de *Sounder*, hij stond op de brug van de *Lady Flamborough* en probeerde in het hoofd van zijn tegenstander te kruipen. Dat was niet gemakkelijk. De man die deze kaping voor elkaar had gekregen, was ongetwijfeld de meest uitgekookte tegenstander met wie Pitt het ooit aan de stok had gehad.

'Dat beseft hij,' zei Pitt ten slotte.

'Beseft wat?' vroeg Gunn nieuwsgierig.

'Dat hij door satellietfoto's kan worden opgespoord.'

'Dan weet hij dat hij wel kan vluchten, maar zich niet kan verbergen.'

'Volgens mij kan hij dat wel.' Pitt stond op en rekte zich uit. 'Ik ga een luchtje scheppen.'

'Je hebt geen antwoord gegeven op mijn vraag.' Gunn werd nu ongeduldig.

Pitt keek met een halve grijns op Gunn neer. 'Als ik hem was,' zei hij, 'zou ik het schip voor een tweede keer laten verdwijnen.'

Gunns mond viel open en Giordino keek hem aan met een blik die zei: 'Ik heb het je wel gezegd.' Maar voor hij verder kon vragen, was Pitt de eetzaal al uit.

Pitt liep naar het achterschip en klom langs een ladder omlaag naar het maanbad. Hij liep langs de *Deep Rover* en bleef staan voor de grote rol plastic die ze van de bodem omhoog hadden gebracht.

Hij bleef er wel vijf minuten naar staan kijken en ten slotte gaf hij er een liefkozend tikje tegen. Intuïtie werd zekerheid.

'Jij, olijkerd,' mompelde hij.

40

De president kwam in vrijetijdskleding de crisiskamer in de kelder van het Witte Huis binnen en ging aan het eind van de enorme vergadertafel zitten. Na op de hoogte van de situatie te zijn gebracht, vroeg hij zijn adviseurs gewoonlijk om verschillende mogelijkheden om actie te ondernemen. Alhoewel de uiteindelijke beslissing bij hem lag, kon hij steunen op veteranen in het crisismanagement die hard hun best deden met een eensluidende oplossing te komen en klaarstonden om die uit te voeren zodra ze het groene licht hadden gekregen, ondanks afwijkende meningen.

De rapporten uit Egypte waren het ergste. Er heerste anarchie en de toestand verslechterde met het uur. De politie en de militairen bleven in hun kazernes, terwijl duizenden volgelingen van Akhmad Yazid stakingen en boycot-acties over het hele land opzetten. Het enige lichtpuntje was dat de demonstraties geweldloos waren.

Minister van Buitenlandse Zaken Douglas Oates nam vluchtig een rapport door dat een assistent voor hem had neergelegd. 'Ook dat nog,' mompelde hij.

De president keek hem zwijgend aan.

'De moslim-opstandelingen hebben zo juist Cairo's belangrijkste televisiestation bestormd en overgenomen.'

'Is Yazid al op de buis geweest?'

'Nergens te bekennen.' Brogan, de directeur van de CIA, liep naar een van de computerschermen. 'Volgens onze laatste rapporten houdt hij zich nog steeds schuil in zijn villa buiten Alexandrië en wacht hij tot bij acclamatie een nieuwe regering wordt uitgeroepen.'

'Zal wel niet lang meer duren.' De president zuchtte vermoeid. 'Welke houding neemt Israël aan?'

Oates maakte een net stapeltje van wat papieren. 'Strikt afwachtend. Ze beschouwen Yazid niet als een onmiddellijke bedreiging.'

'Die zingen wel een toontje lager zodra hij het vredesakkoord van Camp David verscheurt.' Hij veranderde van onderwerp. 'Nog nieuws uit Mexico?'

'De toestand is verontrustend rustig,' antwoordde Brogan. 'Geen demonstraties, geen rellen. Topiltzin lijkt hetzelfde afwachtende spelletje te spelen als zijn broer.'

De president keek vragend op. 'Heb ik je goed gehoord? Zei je "broer"?'

Brogan knikte naar Nichols. 'Hij had het in de gaten. Yazid en Topiltzin zijn broers die noch Egyptisch, noch Mexicaans van geboorte zijn.'

'Hebben jullie definitief een bloedband bewezen?' kwam Schiller verbaasd tussenbeide. 'Onomstotelijk bewezen?'

'Onze agenten hebben hun genetische code vergaard en met elkaar vergeleken.'

'Dit is het eerste wat ik hierover hoor,' zei een stomverbaasde president. 'Je had me eerder moeten inlichten.'

'De laatste gegevens worden nog steeds geëvalueerd en zullen spoedig hiernaar toe worden gestuurd. Het spijt me, meneer de president, maar ik wilde niet met zo'n schokkende ontdekking aankomen voor we onweerlegbare bewijzen hadden.'

'Hoe ben je in godsnaam aan hun genetische code gekomen?' vroeg Nichols.

'Ze zijn allebei bijzonder ijdel,' legde Brogan uit. 'Onze afdeling Vervalsingen stuurde een koran naar Yazid en een foto naar Topiltzin waarop hij in volledig Aztekenornaat stond afgebeeld, allebei met het verzoek een kort gebed erop te schrijven en ze terug te sturen. Ze trapten er allebei in. Vervolgens moesten we de vingerafdrukken van assistenten en zo zien te elimineren. Eén duimafdruk op de koran kwam overeen met een set vingerafdrukken die de Egyptische politie een paar jaar geleden van Yazid had genomen toen hij tijdens een demonstratie was gearresteerd. Zijn DNA konden we toen uit de huidolie van de vingerafdruk nemen.

Topiltzin was een andere zaak. Hij had geen strafblad in Mexico, maar het laboratorium kon de code van alle afdrukken op de foto met die van zijn broer vergelijken en vond bij één een overeenkomst. Toen bracht een toevallige vondst in de internationale criminele dossiers van het hoofdkwartier van Interpol in Parijs alles met elkaar in verband. We stuitten op een misdaaddynastie, een familie, die na de Tweede Wereldoorlog was ontstaan. Het is een miljardenbedrijf met vader, moeder, drie broers en een zus aan het hoofd van een heel netwerk van ooms, tantes, neven en nichten of wie ook maar door bloedband of huwelijk met hen is verbonden. Deze hechte organisatie heeft het voor internationale opsporingsambtenaren nagenoeg onmogelijk gemaakt erin door te dringen.'

Aan de tafel heerste een geschokte stilte. Brogan keek van Nichols naar Schiller, en van Oates naar de president.

'Hun naam?' vroeg de president zacht.

'Capesterre,' antwoordde Brogan. 'Roland en Josephine Capesterre zijn de vader en moeder. Hun oudste zoon heet Robert, of, zoals wij hem kennen, Topiltzin. De broer die daarna komt heet Paul.'

'Is dat Yazid?'

'Ja.'

'Ik denk dat we graag het hele verhaal willen horen,' zei de president.

'Zoals ik al heb gezegd, beschik ik niet over alle gegevens, zoals de verblijfplaats van Karl en Marie, de jongere broer en de zus, of de namen van hun medeplichtige familie,' zei Brogan. 'We zijn nog maar aan het topje van de ijsberg. De Capesterres zijn een aan traditie gebonden familie die een jaar of tachtig geleden in de misdaad is begonnen toen de grootvader van Frankrijk naar de Caribische eilanden emigreerde en gestolen goederen en, tijdens de Drooglegging in Amerika, sterke drank begon te smokkelen. Eerst deed hij zijn zaken vanuit Port of Spain op Trinidad, maar naarmate het hem meer voor de wind ging, kocht hij een eilandje in de buurt en regelde van daar zijn zaken. Na zijn dood namen Roland en zijn vrouw Josephine de touwtjes in handen en breidden de zaak direct uit met smokkel in verdovende middelen. Eerst maakten ze hun eiland tot een legitieme bananenplantage die een goeie, eerlijke winst afwierp. Vervolgens gingen ze, onder de beschutting van de bananebomen, marihuana verbouwen. Bovendien bouwden ze een destilleerlaboratorium op het eiland. Zien jullie het plaatje nu?'

'Ja . . .' zei de president traag. 'Het is duidelijk. Dank je, Martin.'

'Ze hadden het helemaal voor elkaar,' mompelde Schiller. 'De Capesterres verbouwden, produceerden en smokkelden binnen één efficiënte organisatie.'

'En distribueerden,' vervolgde Brogan. 'Maar, en dat is het interessante, niet naar de Verenigde Staten. Ze verkochten alleen verdovende middelen in Europa en het Verre Oosten.'

'Zitten ze nog steeds in die branche?' vroeg Nichols.

'Nee.' Brogan schudde zijn hoofd. 'Ze kregen een tip dat er een inval op hun privé-eiland zou komen. De familie verbrandde de marihuana-aanplant, behield de bananenplantage en begon meerderheidsbelangen in financieel niet gezonde ondernemingen te kopen. Die werden in minder dan geen tijd bijzonder winstgevend. Natuurlijk is dat te danken aan hun ongebruikelijke managementmethoden. De Capesterres vertrouwden daarbij op chantage, afpersing en moord. Telkens als een concurrerend bedrijf hun iets in de weg legde, begon de raad van commissarissen om onnaspeurlijke redenen fusiebesprekingen met de Capesterres en verloren daarbij uiteraard de kleren van hun lijf. Projectontwikkelaars die hun projecten probeerden te stoppen, advocaten die met een rechtszaak dreigden, hen niet welgezinde politici, zij allen leerden de Capesterres kennen en liefhebben, want anders zou op een goeie dag hun vrouw en kinderen een ongeluk overkomen, hun huis tot de grond toe afbranden of ze zouden gewoon van de aardbodem verdwijnen.'

'Net zo iets als wanneer de mafia General Motors of Gulf and Western in handen zou hebben,' zei de president.

'Een goede vergelijking.' Brogan knikte beleefd en ging door. 'Nu controleert de familie een wereldwijd conglomeraat aan financiële en industriële instellingen waarvan de totale waarde op twaalf miljard dollar wordt geschat.'

'Wie zei dat misdaad niet loont?' zei Schiller schouderophalend.

'Geen wonder dat ze in Egypte en Mexico naar hun pijpen dansen,' zei Oates. 'Ze hebben zich in elk onderdeel van de regering en het leger ingekocht, -gechanteerd of -geïntimideerd.'

'Ik begin nu te zien hoe alles in elkaar steekt,' zei de president. 'Maar wat ik niet kan begrijpen, is hoe de zonen voor geboren Egyptenaar of Mexicaan kunnen doorgaan. Niemand kan miljoenen mensen voor de gek houden zonder dat iemand dat in de gaten krijgt.'

'Hun moeder stamde van negerslaven af, wat hun donkere huidkleur verklaart,' zei Brogan op geduldige, verklarende toon. 'Naar hun verleden kunnen we alleen maar gissen. Roland en Josephine moeten veertig jaar of nog langer geleden het fundament hebben gelegd. Zodra hun kinderen werden geboren, moeten ze aan een rigoureus programma zijn begonnen om hen tot onderdanen van verschillende staten te maken. Paul werd ongetwijfeld nog voor hij kon lopen met Arabisch volgestopt, terwijl Robert in het oude Azteeks leerde praten. Toen de jongens opgroeiden, zijn ze ongetwijfeld onder valse namen naar particuliere scholen in respectievelijk Egypte en Mexico gestuurd.'

'Een groots plan,' zei Oates bewonderend.

'Maar we mogen het niet laten slagen,' zei de president botweg. 'Als de Mexicaanse broer staatshoofd wordt en zijn dreigement om twee miljoen van zijn landgenoten onze grens over te sturen waarmaakt, zie ik geen andere mogelijkheid dan ons leger binnen te laten vallen.'

'Ik moet tegen een dergelijke agressieve actie waarschuwen,' zei Oates als een echte minister van Buitenlandse Zaken. 'Een aanval op Mexico zal het probleem op de lange termijn niet oplossen.'

'Misschien niet,' gromde de president, 'maar het geeft ons in ieder geval voldoende tijd om een ontspanning te bereiken.'

'Er bestaat misschien een andere oplossing,' zei Nichols. 'Speel de Capesterres tegen elkaar uit.'

'Ik ben moe,' zei de president en de wallen stonden inderdaad onder zijn ogen. 'Sla de raadseltjes alsjeblieft over.'

Nichols keek naar Brogan voor steun. 'Die kerels zijn drugsmokkelaars, nietwaar? Dan moeten ze gezochte misdadigers zijn. Klopt dat?'

'Ja, wat betreft het eerste gedeelte; nee, wat betreft het tweede,' antwoordde Brogan. 'Het zijn geen kruimeldieven. De hele familie is jarenlang in de gaten gehouden. Ze hebben een staf aan advocaten waar je van achteroverslaat. Geen arrestaties. Geen veroordelingen. Ze hebben vrienden en connecties die rechtstreeks naar de top van tien belangrijke regeringen lopen. Wil je zo'n zootje arresteren en voorgeleiden? Kun je beter de piramides met een ijspriem te lijf gaan.'

'Laat dan de wereld zien wat een uitschot het is,' zette Nichols door.

'Nichols zit in de goeie richting,' zei Schiller rustig. Hij was een man die meer luisterde dan sprak.

De president keek Schiller onderzoekend aan. 'Waar stuur je op aan, Julius?'

'De *Lady Flamborough*,' antwoordde Schiller bedachtzaam. 'Als we met onweerlegbaar bewijs komen dat Yazid achter de kaping van het schip zit, kunnen we een barst in de Capesterre-muur slaan.'

Brogan knikte heftig. 'Het schandaal zal zeker een stap zijn in de richting van de ontmaskering van Yazids en Topiltzins mystieke gedoe en zal de deur naar de talloze misdadige praktijken van de familie op een kier zetten.'

'Maar jullie zien allemaal over het hoofd, dat op het ogenblik elke band tussen de verdwijning van het schip en de Capesterres op speculatie berust,' zei Schiller met een diepe zucht.

'Julius heeft gelijk,' zei de president. 'De kapers gedragen zich niet als typische terroristen uit het Midden-Oosten. Ze hebben zich nog niet geïdentificeerd. Ze hebben nog geen eisen gesteld of met iets gedreigd waarbij ze de bemanning en de passagiers als gijzelaars gebruiken. Ik kom er rond voor uit dat ik die stilte als een nachtmerrie onderga.'

'We hebben met een ander slag te maken,' beaamde Brogan. 'De Capesterres spelen een spelletje van afwachten, in de hoop dat de regeringen van De Lorenzo en Hasan tijdens hun afwezigheid ten val zullen komen.'

'Is er sinds George Pitts zoon de verwisseling heeft ontdekt nog nieuws over het cruiseschip?' vroeg Oates.

'Hij is ergens ter hoogte van de oostkust van Tierra del Fuego,' antwoordde Schiller. 'Vaart als een gek richting zuiden. We zullen haar morgen rond deze tijd per satelliet hebben vastgepind.'

De president kon daar niet blij om zijn. 'Dan kunnen de kapers iedereen aan boord al hebben afgemaakt.'

'Als ze dat nu al niet hebben gedaan,' zei Brogan.

'Zijn er troepen in dat gebied?'

'Bijna geen, meneer de president,' antwoordde Nichols. 'Afgezien van een paar transportvliegtuigen van de luchtmacht die het poolstation bevoorraden is de *Sounder*, het onderzoeksschip, het enige vaartuig van de VS in de buurt van de *Lady Flamborough*.'

'Is dat het schip met Dirk Pitt?'

'Jawel, meneer.'

'En onze Speciale Strijdkrachten?'

'Twintig minuten geleden sprak ik per telefoon met generaal Keith in het Pentagon,' merkte Schiller op. 'Een uur geleden zijn C-140's met een team elitetroepen en hun uitmonstering aan boord opgestegen. Ze werden begeleid door drie squadrons Osprey-aanvalsvliegtuigen.'

De president leunde achterover en vouwde zijn handen. 'Waar gaan ze hun commandopost opzetten?'

Op het reusachtige muurscherm liet Brogan een kaart van het puntje van Zuid-Amerika verschijnen. Hij gebruikte de lichtstraal van een zaklantaarn om een bepaalde plek aan te wijzen. 'Als we verder niets horen, zullen ze op een vliegveld bij Punta Arenas landen, een Chileens stadje op het Brunswick Schiereiland, en daar hun basis opslaan.'

'Een lange vlucht,' zei de president zacht. 'Wanneer komen ze daar aan?'

'Binnen vijftien uur.'

De president wendde zich tot Oates. 'Doug, ik laat het aan jou over om alle soevereiniteitskwesties met de Chileense en Argentijnse regering af te handelen.'

'Ik zal ervoor zorgen.'

'Voor de Speciale Strijdkrachten een reddingsactie op poten kunnen zetten, moet de *Lady Flamborough* worden gevonden,' zei Schiller met genadeloze logica.

'Satellietverkenning is onze enige hulp,' zei Nichols. 'De pest is alleen dat we voor dat gedeelte van de aarde geen spionagesatellieten in omloop hebben.'

'Wat staat ons ter beschikking?' vroeg de president.

'De Landsat,' antwoordde Brogan, 'een paar meteorologische satellieten van Defensie, en een Seasat die door de NUMA wordt gebruikt voor het in kaart brengen van ijs- en zeestromingen. Maar de SR-90 Casper lijkt me nog het beste.'

'Hebben we SR-90 verkenningsvliegtuigen in Latijns-Amerika?'

'Een vliegveld in Texas komt er nog het dichtst bij.'

'Hoe lang duurt een vlucht op en neer?'

'Een Casper kan vijf keer de snelheid van het geluid halen, een kleine vijfduizend kilometer per uur. Je kunt naar het puntje van Antarctica vliegen, foto's schieten en binnen vijf uur met de film terug zijn.'

De president schudde ontdaan zijn hoofd. 'Kan iemand me alsjeblieft vertellen waarom de Verenigde Staten altijd weer voor lul staan? Niemand maakt er zo'n zootje van als wij. We bouwen de modernste opsporingssystemen ter wereld en als we ze nodig hebben, zijn ze allemaal op de verkeerde plaats op de verkeerde tijd.'

Niemand bewoog, niemand zei iets.

Ten slotte zei Nichols vol vertrouwen: 'We zullen het schip vinden, meneer de president. Als iemand ze er levend uit kan krijgen, dan zijn het de mannen van de Speciale Strijdkrachten.'

'Ja,' teemde de president zacht. 'Voor een dergelijke opdracht hebben ze hard geoefend. Ik vraag me alleen maar af, of de bemanning en de passagiers er zullen zijn om te worden gered. Of zullen de Speciale Strijdkrachten een stil schip aantreffen vol lijken?'

41

Kolonel Morton Hollis was er niet bijster mee ingenomen dat hij zijn gezin tijdens het verjaardagsfeestje van zijn vrouw in de steek moest laten. De begrijpende blik in haar ogen maakte het nog erger. Het zou hem flink wat kosten, wist hij. Het halssnoer van bloedkoraal zou worden aangevuld met een cruise van vijf dagen naar de Bahama's waar ze al sinds jaar en dag om zeurde.

Hij zat aan zijn bureau in het afgeschotte kantoortje van het C-140 transportvliegtuig dat over Venezuela naar het zuiden vloog. Hij las de meest recente weerberichten van het Antarctische schiereiland en bestudeerde foto's van de onregelmatige, ijzige kustlijn. Sinds ze waren opgestegen, had hij al tientallen keren alle moeilijkheden overdacht. Tijdens hun korte bestaan hadden de Speciale Strijdkrachten al een indrukwekkende reputatie opgebouwd, maar ze hadden nog nooit een reddingsoperatie van een omvang als deze aan de hand gehad.

Deze troepen, samengesteld uit het puikje van de marine, land- en luchtmacht, maar onder apart bevel, bestonden uit twaalfduizend man met een hoofdkwartier op een geïsoleerde basis in Zuidoost-Virginia. Deze keurtroepen waren grondig geoefend in guerrillatactieken, parachutespringen, overleving in de jungle en duiken; met de nadruk op het bestormen van gebouwen, schepen en vliegtuigen voor reddingsoperaties.

Hollis was een klein kereltje – nauwelijks lang genoeg om voor de Speciale Strijdkrachten in aanmerking te komen – met schouders bijna even breed als hij lang was. Hij was veertig jaar, maar vreselijk taai. Hij had drie weken lang een rigoureus gesimuleerde guerrillaoorlog in de moerassen van Florida overleefd en was direct daarna per parachute een andere oefening ingesprongen. Zijn kortgeknipte bruine haar was dun en begon te grijzen. Zijn ogen waren blauwgroen, en het wit was enigszins vergeeld van het te veel zonder zonnebril in de zon lopen.

Hij was een listig man die altijd vooruitdacht en bijzonder weinig aan het toeval overliet. De tachtig man van zijn team, die zichzelf de 'Demon Stalkers' hadden gedoopt, waren voor de redding van de *Lady Flamborough* uitgekozen omdat ze winteroefeningen hadden gehouden tegen namaakterroristen die voor de kust van Noorwegen een schip met haar bemanning hadden gegijzeld. De helft bestond uit schutters, terwijl de andere helft als logistieke ondersteuning en reserve optrad.

Zijn adjudant, majoor John Dillinger, klopte en stak zijn hoofd om de deur. 'Heb je even, Mort,' vroeg hij met een lijzig Texaans accent.

Hollis wenkte hem. 'Mijn kantoor is jouw kantoor,' verzekerde hij Dillinger joviaal.

Dillinger was een slanke, pezige man met een mager gezicht, maar zo hard als een aambeeld. Hij werd altijd voor de gek gehouden met zijn naamgenoot, de beruchte bankovervaller, maar ook hij was een meester in de kunst van het tactisch plannen en het binnendringen van schier onmogelijke bastions.

'Je huiswerk aan het doen?' vroeg hij Hollis.

'Ik bekijk de weersvoorspellingen en de ijs- en terreincondities.'

'En valt er iets in je kristallen bol te zien?'

'Daar is het te vroeg voor.' Hollis trok een wenkbrauw op. 'Wat voor perverse plannen heb jij uitgedokterd?'

'Ik kan uiteenzetten, met plaatjes en al, hoe je op zes verschillende manieren ongemerkt aan boord van een schip kunt komen. Ik heb het ontwerp van de *Lady Flamborough* al in mijn kop zitten, maar tot we weten of we per parachute, onderwater of te voet over ijs of vaste grond aanvallen, kan ik alleen maar in grote lijnen plannen.'

Hollis knikte ernstig. 'Er zijn meer dan honderd mensen op dat schip, onder wie twee presidenten en de secretaris-generaal van de Verenigde Naties. God sta ons bij als er een in de vuurlijn stapt.'

'We kunnen niet met losse flodders aanvallen,' zei Dillinger sarcastisch.

'Nee, en we kunnen niet al schietend uit lawaaierige helikopters springen. Vóór de kapers beseffen dat we er zijn, moeten we al hebben geïnfiltreerd. Totale verrassing is cruciaal.'

'Dan gaan we er per zweefparachute op af.'

'Mogelijk,' beaamde Hollis kortaf.

Dillinger schoof ongemakkelijk met zijn voeten. 'Een landing bij nacht is al gevaarlijk genoeg, maar blindelings op een verduisterd schip springen betekent een bloedbad. Dat weet jij en dat weet ik. Van veertig man zullen er vijftien het doel missen en in zee vallen. Twintig zullen gewond raken omdat ze op harde uitsteeksels van het schip neerkomen. Als ik vijf man in gevechtsconditie overhou, is het veel.'

'We kunnen het niet uitsluiten. Hoe is het met onze mannen gesteld?'

'Die doen hun huiswerk. Als we in Punta Arenas landen, kunnen ze geblinddoekt de *Lady Flamborough* rondrennen.'

'Dit keer hangt alles van hen af.'

'Ze zullen het karwei klaren. De moeilijkheid is om ze allemaal heel aan boord te krijgen.'

'Nog één ding,' zei Hollis met een bezorgde uitdrukking. 'Net van het Pentagon doorgekregen . . . de laatste schatting van onze inlichtingendienst betreffende het aantal kapers.'

'Hoeveel zijn het er? Vijf, tien, twaalf misschien?'

Hollis aarzelde. 'Aangenomen dat de bemanning van het Mexicaanse ertsschip eveneens aan boord van het cruiseschip is gegaan en gewapend is . . . zouden we weleens met een man of veertig te maken kunnen hebben.'

Dillingers mond viel open. 'O, mijn God. Dan staan we tegenover een gelijk aantal terroristen?'

'Ziet er wel naar uit.' Hollis knikte grimmig.

Dillinger schudde afkeurend en geschokt zijn hoofd en veegde met zijn hand over zijn voorhoofd. Hij keek Hollis met een vurige blik aan en zei vol verachting: 'Voor deze grap voorbij is, krijgt een stel lui een flinke trap onder hun vette reet.'

In het hoofdkwartier van de Speciale Strijdkrachten, de Special Operations Forces Readiness Command, kwam luitenant Samuel T. Jones met een enorme foto het kantoor binnenrennen waar generaal-majoor Frank Dodge en een aantal stafleden gespannen zaten te wachten op de laatste satellietfoto van de wateren ten zuiden van Tierra del Fuego.

'Hier is-ie!' Jones hing nog nahijgend de nieuwste satellietfoto op het grote wandbord onder een rij afgeschermde spotjes, naast een eerdere foto waar de laatst bekende positie van de *Lady Flamborough* met rood was omcirkeld, haar afgelegde koers in groen stond aangegeven en de verwachte koers in oranje.

Jones ging opzij voor Dodge en zijn officieren die zich rond de foto verdrongen om koortsachtig naar het puntje te zoeken dat het cruiseschip moest voorstellen.

'Volgens de laatste satellietpeiling bevond het schip zich honderd kilometer ten zuiden van Kaap Hoorn,' zei een majoor en tekende de koers van de vorige foto na. 'Ze moet zich nu ergens in Straat Drake bevinden, vlak bij de eilanden voor het Antarctische schiereiland.'

Na een volle minuut ingespannen turen wendde Dodge zich tot Jones: 'Weet je zeker dat dit de nieuwste opname is?'

Jones zei niet-begrijpend: 'Jawel, generaal.'

'Geen foutje?'

'Absoluut niet,' zei Jones zonder aarzelen. 'De Seasat heeft het gebied met digitale, elektronische impulsen vastgelegd en rechtstreeks naar de grondstations doorgegeven. U ziet hier een foto van nog geen zes minuten oud.'

'Wanneer komt de volgende foto binnen?'

'Over veertig minuten vliegt de Landsat over dat gedeelte.'

'En de Casper?'

Jones keek op zijn horloge. 'Als ze op tijd terugkeert, kunnen we over vier uur de film bekijken.'

'Breng hem bij mij zodra je hem hebt.'

'Jawel, generaal.'

Dodge wendde zich tot zijn staf. 'Heren, het Witte Huis zal dit níet op prijs stellen.'

Hij liep naar de telefoon en pakte de hoorn. 'Verbind me met Alan Mercier.'

In nog geen twintig seconden was de Nationale-Veiligheidsadviseur aan de lijn. 'Ik hoop dat je goed nieuws hebt, Frank.'

'Sorry, nee,' zei Dodge ronduit. 'Het cruiseschip lijkt . . .'

'Is ze gezonken?' onderbrak Mercier hem.
'Dat kunnen we niet met zekerheid zeggen.'
'Wat bedoel je, in 's hemelsnaam?'
Dodge haalde diep adem. 'Laat de president alsjeblieft weten dat de *Lady Flamborough* opnieuw is verdwenen.'

Sid Green zat over de satellietbeelden gebogen. Hij was een fotospecialist van de National Security Agency en had in het hoofdkwartier in Fort Meyer de laatste twee satellietbeelden op een scherm geprojecteerd. Hij negeerde de meest recente foto die het schip niet had geregistreerd en concentreerde zich op de voorlaatste. Met een computergestuurde lens zoomde hij in op het kleine vlekje dat de *Lady Flamborough* voorstelde.

De contouren waren vaag, te schimmig om meer dan het profiel te herkennen. Hij draaide zich naar zijn computer, links van hem, en tikte een aantal instructies in. Een paar details die tot nu toe voor zijn oog waren verborgen, kwamen nu naar voren. Hij kon de schoorsteen en de vorm van de bovenbouw onderscheiden en kreeg een wazige indruk van de bovendekken.

Hij bleef nog wat met zijn computer spelen in een poging het cruiseschip scherper in beeld te krijgen. Hij ging daar bijna een uur mee door voor hij ten slotte met zijn armen achter zijn hoofd achteroverleunde en zijn ogen wat rust gunde.

De deur van het verduisterde kantoor ging open en Vic Patton, Greens chef, kwam binnen. Hij bleef even achter Green naar de projecties staan kijken.

'Net of je vanaf de Eiffeltoren een krant op straat probeert te lezen,' merkte hij op.

Zonder zich om te draaien zei Green: 'Een lap van zeventig bij honderddertig kilometer laat nu eenmaal niet veel details zien, zelfs niet na versterkte vergroting.'

'Enig teken van het schip op het nieuwste plaatje?'

'Geen spoor. Kun je geen Casper sturen?'

'Er is er een onderweg,' zei Patton. 'Tegen lunchtijd zul je kunnen zien wat voor kleur de ogen van de kapers hebben.'

Green gebaarde naar de computergestuurde lens. 'Kijk daar eens door en zeg of je iets vreemds ziet.'

Patton drukte zijn gezicht tegen de rubberring en tuurde naar de vlek die de *Lady Flamborough* voorstelde. 'Veel te wazig om bijzonderheden te onderscheiden. Wat moet ik zien?'

'Kijk eens naar de boeg.'

'Hoe kan ik zien wat de voor- en wat de achterkant is?'

'Door het kielzog achter het achterschip,' legde Green geduldig uit.

'Oké, ik heb het. Het dek achter de boeg ziet er versluierd uit, net of het is bedekt.'

'Jij wint de hoofdprijs,' zei Green.

'Waar hebben we hier mee te maken?' vroeg Patton zich af.

'Zodra de film van de Casper binnen is, zullen we het weten.'

Boven Bolivia, aan boord van de C-140, heerste er een bittere teleurstelling. De foto zonder het cruiseschip was over de laserontvanger van het vliegtuig binnengekomen, en in het krappe commandocentrum heerste even grote opschudding als in Washington.

'Waar is ze nou, verdomme?' wilde Hollis weten.

Dillinger zei alleen maar wezenloos: 'Ze kan niet zijn verdwenen.'

'Nou, kijk dan zelf.'

'Ik zie haar evenmin. Ze moet zijn gezonken,' mompelde Dillinger. 'Ik kan het anders ook niet verklaren.'

'Ik zie veertig kapers nog geen zelfmoordpact sluiten.'

'Wat nu?'

'Afgezien van nieuwe instructies aan het hoofdkwartier vragen, weet ik het ook niet.'

'Zullen we de missie afgelasten?' vroeg Dillinger.

'Nee, tenzij we worden teruggeroepen.'

'Dus we gaan door.'

Hollis knikte mismoedig. 'We vliegen naar het zuiden tot we andere bevelen krijgen.'

Pitt was de laatste die het te horen kreeg. Hij lag als een blok te slapen, toen Rudi Gunn zijn hut binnenkwam en hem wakker schudde.

'Wakker worden,' zei Gunn kortaf. 'We zitten met een enorm probleem.'

Pitt opende direct zijn ogen en keek op zijn horloge. 'Zijn we op de bon geslingerd omdat we de maximumsnelheid bij Punta Arenas hebben overschreden?'

Gunn keek Pitt met een blik van vermoeide wanhoop aan. Iemand die vrolijk gestemd uit een diepe slaap ontwaakte en direct melige grappen begon te maken, moest wel van een doodlopende tak van de evolutie afstammen.

'Het duurt nog wel een uur voor het schip de haven binnenloopt.'

'Goed zo, dan kan ik nog even verder slapen.'

'Even serieus,' zei Gunn botweg. 'De laatste satellietfoto is net via de ontvanger binnengekomen. De *Lady Flamborough* wordt opnieuw vermist.'

'Is ze heus verdwenen?'

'Versterkte vergroting levert geen ene moer op. Ik heb net met admiraal Sandecker gepraat. Het Witte Huis en het Pentagon produceren bevelen als een stelletje op hol geslagen automaten. Een reddingsteam van de Speciale Strijdkrachten is onderweg, klaar voor actie, maar ze weten niet waarheen. Ze sturen ook een spionagevliegtuig om een paar fatsoenlijke luchtfoto's te maken.'

'Vraag de admiraal of hij een vergadering met de leider van het reddingsteam en mij kan organiseren, zodra ze landen.'

'Waarom vraag je het zelf niet?'

'Omdat ik weer ga slapen,' antwoordde Pitt luid geeuwend.

Gunn had het niet meer. 'Jouw vader zit op die boot. Kan het je dan helemaal niks meer schelen?'

'Ja,' zei Pitt met een waarschuwende blik in zijn ogen. 'Het kan me wel wat schelen. Maar ik zie niet in, wat ik er op het ogenblik aan kan doen.'

Gunn bond in. 'Moet ik de admiraal nog iets anders vertellen?'

Pitt trok de deken tot onder zijn kin en draaide zich met zijn gezicht naar de afscheidingswand. 'Inderdaad ja, je kunt hem zeggen dat ik weet hoe de *Lady Flamborough* is verdwenen. En ik kan zo ongeveer raden waar ze zich schuilhoudt.'

Als iemand anders zo iets zou hebben beweerd, had Gunn hem voor leugenaar uitgemaakt. Maar bij Pitt twijfelde hij er geen ogenblik aan.

'Kun je me een tip geven?'

Pitt draaide zich half om. 'Jij bent toch een soortement kunstverzamelaar, is het niet?'

'Mijn nederige verzameling abstracten kan zich niet meten met die van het Museum of Modern Art in New York, maar ze mag er wezen.' Hij keek Pitt niet-begrijpend aan. 'Wat heeft dat ermee te maken?' vroeg hij nieuwsgierig.

'Als ik me niet vergis, zullen we met kunst met een enorme K te maken krijgen.'

'Hebben we het wel over hetzelfde?'

'Christo,' zei Pitt en draaide zich weer naar de afscheidingswand. 'We zullen een op Christo geïnspireerde sculptuur te zien krijgen.'

42

Boven de zuidelijkste grote stad van de wereld was een lichte sneeuwbui veranderd in een sneeuw- en hagelstorm. Voor het Panamakanaal was gegraven, was Punta Arenas een bloeiende havenstad geweest. Maar sindsdien was het bergafwaarts gegaan. De stad was er langzamerhand weer bovenop gekomen als een centrum voor schapenfokkers, en nu er vlakbij rendabele oliereserves waren ontdekt, bloeide ze als nooit tevoren.

Hollis en Dillinger stonden op de pier ongeduldig te wachten tot ze aan boord van de *Sounder* konden gaan. Het was een paar graden onder nul en de vochtige kilte beet in hun gezicht. Dankzij de medewerking van de Chileense autoriteiten hadden ze hun gevechtstenue voor uniformen van de douane kunnen verwisselen.

Hun vliegtuigen waren volgens plan in het duister op een militair vliegveld in de buurt geland waarbij de storm, met een zicht van een paar honderd meter, ertoe bijdroeg dat hun aankomst niet werd opgemerkt. De buitengewoon gastvrije Chileense militairen hadden hangars ter beschikking gesteld, zodat Hollis' C-140's en Ospreys uit het zicht konden worden geparkeerd.

Het onderzoeksschip meerde aan en de loopplank werd uitgelegd. Een vriendelijk grijnzende lange kerel met een ski-jack aan verscheen op de brug. Met zijn handen als een toeter voor zijn mond riep hij door de hagelbui: '*Señor López?*'

'*Sí!*' schreeuwde Hollis terug.

'Wie is uw vriend?'

'*Mi amigo es Señor Jones*,' antwoordde Hollis met een knikje naar Dillinger.

'Zelfs in een Chinees restaurant spreken ze nog beter Spaans,' mompelde Dillinger.

'Kom aan boord alstublieft. Zodra u op het dek staat, klimt u via de ladder rechts van u naar de brug.'

'*Gracias*.'

De twee leiders van de Amerikaanse eliteploeg liepen plichtsgetrouw de loopplank op en klommen langs de ladder naar boven. Hollis werd door nieuwsgierigheid verteerd. Een uur voor de landing in Punta Arenas had hij een dringend bericht in code gekregen van generaal Dodge met het bevel zich in vermomming bij de *Sounder* te vervoegen zodra ze binnenliep. Het enige wat hij wist, was dat de bemanning van het onderzoeksschip verantwoordelijk was voor de ontdekking van de truc van het Mexicaanse containerschip en de *Lady Flamborough*. Hij was er bijzonder benieuwd naar waarom ze bijna tegelijkertijd met zijn Speciale Strijdkrachten in Punta Arenas aankwamen.

Hollis hield niet van raadseltjes en had dan ook flink de pest in.

De man op de brug nam hen een volle vijf seconden nauwkeurig op, haalde ten slotte zijn rechterhand uit zijn zak en stak hem uit.

'Kolonel Hollis, majoor Dillinger, ik ben Dirk Pitt.'

'U weet klaarblijkelijk meer over ons dan wij over u, meneer Pitt.'

'Een situatie die we snel zullen rechtzetten,' zei Pitt opgewekt. 'Wilt u me naar de kapiteinskajuit volgen? De koffie is klaar, het is er warm en we kunnen er ongestoord praten.'

In de kajuit stelde Pitt hen voor aan Gunn, Giordino en kapitein Stewart. De officieren schudden iedereen de hand en accepteerden dankbaar een kop koffie.

'Ga zitten, alstublieft,' zei Stewart.

Dillinger zonk op een stoel neer, maar Hollis schudde zijn hoofd.

'Dank u, maar ik blijf liever staan.' Hij keek de vier mannen van de NUMA vragend aan. 'Als ik zo vrij mag zijn, wat is er verdomme aan de hand?'

'Het gaat uiteraard om de *Lady Flamborough*,' zei Pitt.

'Wat valt daarover te zeggen? De terroristen hebben haar vernietigd.'

'Ze drijft nog steeds heel erg heel rond,' verzekerde Pitt hem.

'Daarover heb ik niets gehoord,' zei Hollis. 'De laatste satellietfoto liet geen spoortje van haar zien.'

'Geloof me nou maar.'

'Kom maar op met bewijzen.'

'Je windt er ook geen doekjes om, is het wel?'

'Ik ben met mijn mannen hierheen gevlogen om levens te redden,' zei Hollis ruw. 'Niemand, zelfs mijn superieuren niet, hebben mij kunnen aantonen dat er aan boord van dat schip mensen zijn die kunnen worden gered.'

'Kolonel,' zei Pitt met een stem als een zweepslag, 'het is duidelijk dat we hier niet met de gebruikelijke schietgrage terroristen te maken hebben. Hun leider is buitengewoon vindingrijk en tot nu toe heeft hij de knapste koppen bij de inlichtingendiensten voor de gek gehouden. En daarmee blijft hij doorgaan.'

'Toch heeft iemand hem doorgekregen,' zei Hollis in een onhandige poging een complimentje te geven.

'We hadden geluk. Als de *Sounder* niet in de buurt was geweest, had het wel een maand kunnen duren voor we de *General Bravo* hadden ontdekt. Maar nu hebben we de voorsprong van de kapers tot een dag of twee kunnen terugbrengen.'

Hollis' pessimisme begon te smelten. Deze kerel gaf geen strobreed toe. Misschien kon de reddingsoperatie toch nog worden uitgevoerd. 'Waar is het schip?' vroeg hij bars.

'Dat weten we niet,' antwoordde Gunn.

'Een gefundeerde gissing is het beste waar we mee kunnen komen,' zei Giordino.

'Waarop gebaseerd?'

Gunn keek Pitt vol verwachting aan. Deze nam glimlachend het heft weer in handen.

'Intuïtie.'

Hollis' hoop begon te vervagen. 'Gebruikt u tarotkaarten of een kristallen bol?' vroeg hij sarcastisch.

'Eerlijk gezegd geef ik de voorkeur aan theebladeren,' pareerde Pitt.

Het bleef ijzig stil. Hollis meende terecht dat hij het met agressie niet ver zou brengen. Hij dronk zijn koffie op en draaide het kopje om en om in zijn handen.

'Goed, mijne heren. Het spijt me dat ik een beetje hard van stapel ben gelopen. Ik ben er niet aan gewend met burgers te praten.'

Pitt was niet kwaad, eerder geamuseerd. 'Als u dat meer op uw gemak stelt, wil ik u wel vertellen dat ik majoor bij de luchtmacht ben.'

Hollis fronste zijn wenkbrauwen. 'Mag ik dan vragen wat u op een NUMA-schip uitvoert?'

'Een lang verhaal waar we nu geen tijd voor hebben.'

Opeens wist Dillinger het. Hollis had het direct toen hij zich voorstelde in de gaten moeten hebben, maar zijn hoofd liep om.

'Bent u toevallig familie van senator George Pitt?' vroeg Dillinger.

'Vader en zoon.'

Er werd een stukje van het gordijn opgelicht en de twee officieren zagen er een straaltje licht door. Hollis trok een stoel bij en ging zitten. 'Goed, meneer Pitt, wilt u me alstublieft vertellen wat u weet?'

'Volgens het laatste rapport voer de *Lady Flamborough* naar Antarctica,' kwam Dillinger ertussen. 'U zegt dat ze nog steeds drijft. Dan zullen nieuwe foto's haar makkelijk tussen de ijsschotsen kunnen uitpikken.'

'Als u uw geld op de SR-90 Casper hebt gezet,' zei Pitt, 'dan bent u het kwijt.'

Dillinger keek Hollis ontmoedigd aan. Deze maffe oceanografen beschikten over veel meer informatie dan zijzelf.

'Van een afstand van honderd kilometer kan een SR-90 driedimensionale beelden reproduceren die zo scherp zijn, dat je de naad op een voetbal kunt zien,' stelde Hollis.

'Ongetwijfeld. Maar stel dat die bal is gecamoufleerd als een steen.'

'Ik weet het niet, maar . . .'

'U zou het beter begrijpen als we het u lieten zien,' zei Pitt. 'De bemanning heeft aan dek een demonstratie opgezet.'

Het open dek op het achterschip was met een enorm zeil van wit plastic afgedekt. Het plastic was strakgespannen en goed vastgezet, zodat het bij de harde wind niet zou bollen. Kapitein Stewart en twee bemanningsleden met een brandweerslang stonden klaar.

'Tijdens onze duik naar de *General Bravo* hebben we een rol plastic omhooggehaald,' begon Pitt te doceren. 'Volgens mij is het per ongeluk van de *Lady Flamborough* gevallen bij het rendez-vous van beide schepen en wijst het op een nieuwe vermomming. Op de laatste satellietfoto was er niets te zien, omdat iedereen naar een schip zocht. De *Lady Flamborough* ziet er niet langer meer als een schip uit. De leider van de kapers moet van kunst houden. Hij heeft het afgekeken van Christo, een controversiële kunstenaar die openluchtsculpturen van plastic vervaardigt. Hij wikkelt dat spul om gebouwen, om een strand, om een eiland. De leider is een stapje verder gegaan en heeft een cruiseschip met plastic omwikkeld. De omtrek van de romp zal met behulp van steigers veranderd zijn. Met de lappen plastic voorgesneden en genummerd kan een ploeg van honderd gijzelaars en kapers het in tien uur voor elkaar hebben gekregen. Ze waren daarmee bezig toen de Landsat boven hen passeerde. De versterkte vergroting was niet duidelijk genoeg om die activiteit te laten zien. Toen de Seasat een halve dag later volgde, viel er niets meer te identificeren, waren er geen omtrekken die met die van een schip overeenkwamen. Ga ik te snel?'

'Nee . . .' zei Hollis traag. 'Maar het maakt het er allemaal niet duidelijker op.'

Pitt gaf kapitein Stewart een knikje.

'Oké, jongens,' zei Stewart tegen zijn bemanningsleden. 'Een dun laagje.'

Eén man draaide de kraan open terwijl de andere de slang richtte. Een fijne nevel viel op het plastic en al gauw was het met een dun laagje water bedekt.

Voor er een minuut voorbij was, had de ijzige lucht het water in ijs veranderd.

Hollis zag deze transformatie peinzend aan. Toen liep hij met uitgestrekte hand op Pitt toe. 'Mijn complimenten, meneer. Dat hebt u uitstekend gezien.'

Dillinger stond als een door een kermisgast besodemieterde boerenpummel te gapen. 'Een ijsberg,' mompelde hij kwaad. 'Die klootzakken hebben het schip in een ijsberg veranderd.'

43

Hala werd verstijfd van kou wakker. Het was laat in de ochtend, maar het was nog steeds enigszins donker. De vrachtcontainerfaçade, samen met het ijsbedekte plastic om het cruiseschip heen, sloot het meeste licht buiten. Het kleine beetje dat de suites binnendrong, was net voldoende om de gedaantes van de presidenten Hasan en De Lorenzo op het bed naast haar te verlichten. Onder een dun dekentje lagen ze tegen elkaar aan om warmte te zoeken, en hun ijzige adem hing in condenswolken boven hun hoofden voor het tegen de wanden bevroor.

De vochtigheid in de lucht maakte de vrieskou onverdraaglijk. Hun lichamelijke conditie werd verder verslechterd door het feit, dat ze sinds ze uit Punta del Este waren vertrokken niets meer te eten hadden gehad. Het eerste deel van de reis hadden de gevangenen zich in leven gehouden met niets dan water uit de badkamer. Maar de leidingen waren bevroren, en de martelende dorst had zich bij de pijn van de honger gevoegd.

Omdat de *Lady Flamborough* was uitgerust voor tropische zeeën, was er maar een miniem aantal dekens aan boord. Iedereen die in Punta del Este aan boord was gekomen, had op een gematigd klimaat gerekend en alle winterkleren thuisgelaten.

Nergens was er enige warmte. Ammar had alle pleidooien voor verwarming in het schip afgewezen. Hij kon zich die luxe niet permitteren. De verwarming zou het ijslaagje op het plastic doen smelten en zodoende de vermomming saboteren.

Hala was niet de enige die wakker was. De meeste gevangenen konden onmogelijk in een diepe slaap wegglijden. Ze lagen daar in een soort hypnotische trance, niet in staat tot enige lichamelijke actie, maar zich bewust van hun omgeving. Elke gedachte aan verzet was snel verdwenen.

Hala kwam half overeind en steunde op haar ellebogen toen senator Pitt binnenkwam.

Met zijn grijze zakenkostuum over een blauw streepjespak zag hij er vreemd uit. Hij glimlachte Hala bemoedigend toe, maar het had een jammerlijk resultaat. De vermoeienissen van de afgelopen vijf dagen hadden hem zijn jeugdige uiterlijk doen verliezen en hij zag er nu zo oud uit als hij was.

'Gaat het een beetje,' vroeg hij.

'Mijn rechterarm voor een kop hete thee,' zei ze kranig.

President De Lorenzo ging rechtop zitten, met zijn voeten op het dek. 'Zei iemand iets over hete thee?'

'Een fantasietje, meneer de president,' antwoordde de senator.

'Ik had nooit gedacht dat ik ooit op een luxe cruiseschip van honger en kou zou omkomen.'

'Ik ook niet,' zei Hala.

President Hasan kreunde even toen hij zich bewoog en zijn hoofd optilde.

'Heb je last van je rug?' vroeg De Lorenzo met een bezorgde uitdrukking.

'Het is te koud om pijn te hebben,' zei Hasan met een verkrampte glimlach.

'Kan ik je helpen?'

'Nee, dank je. Ik blijf maar liever in bed om zoveel mogelijk mijn laatste krachten te sparen.' Hasan keek De Lorenzo met een dunne glimlach aan. 'Ik wou maar dat we onder comfortabeler omstandigheden vriendschap hadden kunnen sluiten. Als we hier heelhuids uitkomen, moet je Egypte bezoeken.'

De Lorenzo knikte. 'Die uitnodiging is wederzijds. Jij moet ook naar Mexico komen.'

'Een eer daaraan gehoor te geven.'

De beide presidenten gaven elkaar plechtig de hand – niet langer als verwende staatshoofden, maar als twee mannen die een lot deelden waarover ze geen controle hadden en die vastbesloten waren het met waardigheid tot een eind te brengen.

'De motoren zijn stilgezet,' zei Hala opeens.

Senator Pitt knikte. 'De ankers zijn net uitgegooid.'

'Dan moeten we vlak bij land zijn.'

'Jammer dat we dat niet zeker kunnen weten, met de patrijspoorten afgeschermd,' zei Hasan.

'Als een van jullie bij de deur gaat staan, zal ik proberen het raam te forceren,' zei Pitt. 'Als ik het glas kan breken zonder onze bewakers te alarmeren, kan ik een gat in de vezelplaat maken en met een beetje geluk kunnen we dan zien waar we zijn.'

'Ik ga wel bij de deur staan luisteren,' bood Hala aan.

'Het is al koud genoeg zonder de buitenlucht binnen te laten,' zei De Lorenzo mistroostig.

'Het is buiten net zo koud als binnen,' antwoordde de senator botweg. Hij verspilde geen tijd meer aan woorden en liep onmiddellijk naar het grote raam in de hut. Het was twee meter hoog en een meter breed.

De senator sloeg met zijn vuist tegen het glas. Het klonk als een doffe klap. Het glas was dik. Het was berekend op de verpletterende kracht van enorme golven in een orkaan.

'Draagt hier iemand een ring met een diamant?' vroeg hij.

Hala haalde haar handen uit haar lichte regenjas en hield ze omhoog. Aan haar vingers zaten twee kleine ringen met opalen en turkooizen. 'Moslims overladen hun vrouwen nu eenmaal niet met extravagante cadeaus.'

'Ik zou een hele karaat kunnen gebruiken.'

President Hasan trok een grote ring van zijn pink. 'Hier heb je een driekaraats.'

De senator bekeek de steen in het schemerlicht. 'Deze lijkt me uitstekend. Dank je.'

Hij sneed snel maar zo stil mogelijk een gat dat net groot genoeg was om een vinger door te steken. Af en toe pauzeerde hij om op zijn handen te blazen en ze vervolgens onder zijn oksels te houden. Hij sneed een cirkel om het smalle gat heen. Hij moest voorkomen dat een stukje glas tinkelend langs de romp zou vallen.

Hij stak een vinger door het gaatje en begon te trekken. Het ronde stuk glas gaf mee en hij zette het voorzichtig op het vloerkleed. Niet slecht. Nu had hij een opening die groot genoeg was om zijn hoofd door te steken.

De vezelplaat van de namaakcontainers hing een halve armslengte van het raam af en liep langs de hele romp door. Voorzichtig om zijn oren niet aan de messcherpe randen te snijden, stak de senator zijn hoofd door de opening. Hij keek van links naar rechts, maar zag enkel de smalle ruimte tussen de namaakcontainers en de romp. Naar boven zag hij een strookje lucht, maar het leek alsof het door mist werd afgedekt. Naar beneden had hij een smalle strook water moeten zien, maar in plaats daarvan keek hij naar het enorme vel plastic dat langs de waterlijn was vastgemaakt. Hij had geen flauw idee waar dat voor moest dienen.

De senator voelde zich veilig. Als hij de kapers die de dekken bewaakten niet kon zien, konden zij hem evenmin zien. Hij ging naar de slaapkamer terug en begon in zijn koffer te rommelen.

'Wat zoek je?' vroeg Hala.

Hij hield een Zwitsers legermes omhoog. 'Dat heb ik altijd in mijn scheertasje.' Hij grinnikte. 'De kurketrekker komt goed van pas bij spontane feestjes.'

Voor hij weer aan het werk ging, warmde senator Pitt langdurig zijn handen. Daarna pakte hij het rode handvat beet, stak zijn arm door de opening en begon met het kleine lemmet als een boor te draaien. Met het grote lemmet sneed hij de omtrek groter.

Het was een pijnlijk langzame bezigheid. Hij sneed heel voorzichtig de ene laag van de vezelplaat weg voor hij op de volgende aanviel. Hij verloor elk gevoel in zijn hand. Zijn vuist was stijf om het handvat bevroren. Het kleine mes voelde als een verlenging van zijn arm aan.

Ten langen leste had de senator een opening weggeschraapt die groot genoeg was om doorheen te kijken. Hij stak zijn hoofd door het glas en drukte zijn gezicht tegen het koude oppervlak van de vezelplaat.

Iets blokkeerde zijn uitzicht. Hij stak zijn vinger in het kijkgaatje en voelde het plastic. Hij begreep er nu helemaal niets meer van. Vloekend sneed hij een jaap in het ondoorschijnende materiaal en keek opnieuw.

De open zee zag hij niet, maar hij ontwaarde ook geen kustlijn.

Wat hij wel zag, was een muur van ijs die zich tot ver buiten zijn beperkte gezichtsveld uitstrekte. De glinsterende muur was zó dichtbij, dat hij het met een uitgestoken paraplu had kunnen aanraken.

Terwijl hij keek, hoorde hij een diep, dof gerommel. Het herinnerde de senator aan het gerommel van een kleine aardbeving.

Hij trok zijn hoofd terug en stapte achteruit, geschokt door het besef van wat hij had ontdekt.

Hala zag hoe hij verstijfde. 'Wat is er?' vroeg ze angstig. 'Wat heb je gezien?'

Hij draaide zich om en keek haar wezenloos aan. 'Ze hebben ons tegen een enorme gletsjer aangemeerd,' stamelde hij ten slotte. 'Elk moment kan de ijsmuur afbrokkelen en het schip als een stuk papier in elkaar frommelen.'

44

Twintigduizend meter boven het Antarctische schiereiland gleed het verkenningsvliegtuig op zijn deltavleugels met een snelheid van 3200 kilometer per uur door de ijle lucht. Ze was ontworpen om twee keer zo hoog en zo snel te vliegen, maar de piloot gaf haar veertig procent gas om brandstof te sparen en bij lagere snelheid scherpere opnamen van het aardoppervlak te kunnen maken.

Met één keer overvliegen konden haar vijf camera's binnen een uur de halve lengte van de Verenigde Staten opnemen. Haar fotografische apparatuur zorgde voor zwart-wit opnamen, kleurenfoto's, infrarood, driedimensionale beelden en nog wat technieken die zo geheim waren, dat commerciële fotografen er geen idee van hadden.

Luitenant-kolonel James Slade had weinig te doen. Het was een lange, vervelende verkenningsvlucht vanaf zijn basis in de Mojave-woestijn in Californië. De enige keer dat hij de automatische piloot uitschakelde, was gedurende het bijtanken. De motoren van de Casper hadden hevige dorst. Twee keer op de heenreis en twee keer op de terugreis moest ze door tankvliegtuigen worden bijgetankt.

Slade zocht een wat gemakkelijker positie om te zitten nadat hij het vliegtuig op het zuidelijkste puntje in opdracht van de boordcomputer had laten omdraaien en de automatische piloot opnieuw had ingeschakeld. Het met ijs bedekte land verdween achter de staart.

Hij zag er het nut niet van in naar de voorbijglijdende wereld te kijken, te meer daar Tierra del Fuego onder een deken van zwarte wolken verborgen ging en hij voldoende aardrijkskunde had gestudeerd om te weten dat het een kloteland was vol regen, wind en sneeuw. Hij was er bijna dankbaar voor, dat hij het monotone landschap niet kon zien. Hij liet het liever aan de infraroodcamera's van de Casper over om door het donkere wolkendek heen te dringen en het desolate doodse uiteinde van een continent te fotograferen.

Kapitein Collins staarde naar Ammars masker en moest zich dwingen om zijn blik niet af te wenden. Er lag iets duivels, iets onmenselijks in de ogen van de hoffelijke aanvoerder van de kapers.

'Ik verlang te weten wanneer u mijn schip vrijgeeft,' zei Collins op afgemeten toon.

Ammar zette zijn theekopje terug op het schoteltje, hield een linnen servet tegen zijn lippen en keek Collins koeltjes aan.

'Een kopje thee?'

'Op voorwaarde dat u mijn bemanning en passagiers eveneens thee aanbiedt,' antwoordde Collins rustig. Hij stond kaarsrecht in zijn witte zomeruniform te rillen van de kou.

'Dat antwoord had ik verwacht.' Ammar draaide het lege kopje ondersteboven en leunde achterover. 'U zult blij zijn te horen, dat mijn mannen en ik morgen rond de avond vertrekken. Indien u mij uw woord geeft dat er geen onbezonnen ontsnappingspogingen zullen worden ondernomen voor wij vertrekken, zal er niemand iets overkomen en kunt u het commando weer overnemen.'

'Ik had liever dat u nu de verwarming aanzette en eten distribueerde. We hebben een wanhopig gebrek aan warme kleding en dekens tegen de kou. We hebben in dagen niet gegeten en door de bevroren leidingen komt geen water. Om over de sanitaire problemen maar te zwijgen.'

'Lijden sterkt de ziel,' zei Ammar filosofisch.

Collins keek hem woedend aan. 'Wat een onzin.'

Ammar haalde verveeld zijn schouders op. 'Als u het zegt.'

'Mijn God, man, op dit schip zijn er mensen die ziek zijn, stervende.'

'Ik betwijfel het echt of iemand van uw bemanning of passagiers voor mijn vertrek aan kou of honger zal bezwijken,' zei Ammar kortaf. 'Ze hoeven alleen maar in de komende dertig uur wat ongemak te overleven tot u de motoren kunt starten om het schip te verwarmen.'

'Als de gletsjer afkalft, kan het voor ons allemaal te laat zijn.'

'De ijswand ziet er stevig genoeg uit.'

'U beseft het gevaar niet. Elk ogenblik kan een massief blok ijs losraken. Het gewicht daarvan zou de *Lady Flamborough* net zo verpletteren als een gebouw van tien verdiepingen dat op een auto neerstort. U moet het schip verplaatsen.'

'Dat risico kan ik niet nemen. Het laagje ijs op het plastic zou smelten en dat zou onze positie kunnen verraden, aangezien de infrarode satellietcamera's onze hittestraling zouden kunnen waarnemen.'

Een hopeloze woede tekende zich op Collins' gezicht af. 'U bent volkomen krankzinnig. Waar heeft dit alles toe geleid? Wat voor winst hoopt u hieruit te slaan? Worden we voor losgeld vastgehouden of als gijzelaars in ruil voor vrijlating van uw medeterroristen die ergens achter tralies zitten? Als u ons hier gewoon achterlaat, zie ik er echt de zin niet van in.'

'U zult spoedig genoeg de redenen voor de kaping van dit schip te weten komen, kapitein.' Ammar stond op en gaf de bewaker die achter Collins stond een knikje. 'Sluit de kapitein weer op.'

Collins weigerde een stap te verzetten. 'Waarom kunt u geen hete thee, koffie, soep of wat dan ook uitdelen om het lijden te verzachten?'

Ammar liep de eetzaal uit en zei zonder zich om te draaien: 'Goedendag, kapitein. We zullen elkaar niet meer zien.'

Ammar liep direct door naar de communicatiehut. Daar stond Ibn naar een telexapparaat te kijken dat de laatste persberichten met wereldnieuws uitspuwde. Zijn elektronika-specialist zat achter de radio naar een inkomend bericht te luisteren terwijl een stemrecorder het op papier kopieerde. De radio en telex werden gevoed door een draagbaar aggregaat.

Ibn draaide zich om toen hij Ammar hoorde binnenkomen, knikte hem toe bij wijze van begroeting en scheurde een grote strook papier van de telex.

'De internationale nieuwsmedia rapporteren nog steeds dat de *Lady Flamborough* vermist is,' meldde hij. 'Pas nu arriveren er bergingsschepen uit Uruguay om opsporingswerkzaamheden onder water uit te voeren. Mijn complimenten, Suleiman, je hebt de wereld voor de gek gehouden. Voor het westen achter de waarheid komt, zijn we terug in Cairo.'

'Wat is het nieuws uit Egypte?' vroeg Ammar.

'Nog niets om over te juichen. Hasans ministers controleren nog steeds de regering. Ze zijn zo slim geweest om de demonstraties niet door de veiligheidstroepen neer te laten slaan. De televisie in Cairo beweert dat Akhmad Yazids beweging een frontorganisatie voor Iraanse fanatici is. Veel aanhangers zijn onzeker geworden over hun loyaliteit en er is nog niet massaal geëist dat Hasans kabinet de regering ontbindt.'

'Wat nemen de strijdkrachten voor houding aan?'

'Minister van Defensie Abu Hamid wil zich nergens op vastleggen voor hij de stoffelijke overschotten van president Hasan en Hala Kamil heeft gezien.'

'Dus Yazid moet nog steeds een triomfantelijke coup plegen.'

Ibn knikte met een ernstige uitdrukking op zijn gezicht. 'Er is nog een nieuwsbericht. Yazid heeft bekendgemaakt dat de bemanning en de passagiers van het cruiseschip nog steeds in leven zijn en dat hij persoonlijk met de terroristen zal onderhandelen over de vrijlating van iedereen. Om indruk op de Amerikanen te maken, is hij zelfs zo ver gegaan om zijn leven voor dat van senator George Pitt aan te bieden.'

Een verlammende woede welde in Ammar op. Zijn waarnemingen werden scherper en zijn gedachten gingen als enveloppen in zijn geest open. Na een ogenblik zei hij ongelovig tegen Ibn: 'Bij Allah, die Judas heeft ons naar de slachtbank geleid.'

Ibn knikte bevestigend. 'Yazid heeft jou gebruikt en verraden.'

'Dat verklaart waarom hij het bevel om Hasan, Kamil en de anderen te doden uitstelde. Hij wilde ze ongedeerd tot Machado en zijn uitschot jou, mij en onze mensen konden uitschakelen.'

'Wat hebben Yazid en Topiltzin erbij te winnen om de gijzelaars in leven te houden?' vroeg Ibn.

'Door de reddende engel van twee presidenten, de secretaris-generaal van de Verenigde Naties en een vooraanstaand Amerikaans politicus te spelen zullen Yazid en Topiltzin aanzien verwerven bij de internationale leiders. Ze worden automatisch sterker terwijl hun tegenstanders grond onder hun voeten verliezen. Het staat hen dan vrij via een vreedzame coup de regering over te nemen waarbij ze hun machtsbasis uitbreiden en hun image van welwillendheid in de ogen van de wereld vergroten.'

Ibn liet verslagen zijn hoofd hangen. 'Dus we zijn voor de leeuwen gegooid.'

Ammar knikte. 'Yazid heeft ons vanaf het begin dood willen hebben om zich van ons zwijgen over deze en andere missies te verzekeren.'

'Wat gebeurt er met kapitein Machado en zijn Mexicaanse bemanning zodra ze ons hebben uitgeschakeld?'

'Na hun terugkeer in Mexico zal Topiltzin er wel voor zorgen dat ze verdwijnen.'

'Dan moeten ze toch eerst van het schip en het eiland ontsnappen.'

'Ja,' antwoordde Ammar bedachtzaam. Hij ijsbeerde kwaad in de communicatiehut rond. 'Het lijkt erop dat ik Yazids sluwheid zwaar heb onderschat. Ik was zo zelfvoldaan te denken dat Machado machteloos was, omdat hij niets van onze ontsnappingsplannen naar een veilig vliegveld in Argentinië wist. Maar dankzij Yazid heeft onze Mexicaanse kameraad zijn eigen vertrekplannen opgesteld.'

'Maar waarom heeft hij ons dan nog niet vermoord?'

'Omdat Yazid en Topiltzin hem daartoe het bevel niet willen geven voor ze hun zogenaamde onderhandelingen over de vrijlating van de gijzelaars hebben uitgevoerd.' Plotseling draaide Ammar zich om en greep de radioman bij de schouders. Deze zette snel zijn koptelefoon af. 'Heb je voor dit schip bestemde ongebruikelijke berichten ontvangen?'

De Egyptische communicatie-expert keek vreemd op. 'Raar dat je dat vraagt. Onze Latijnse vrienden zijn elke tien minuten met dezelfde vraag komen binnenlopen. Ik vond ze bijzonder stom. Enige bevestiging van een directe communicatie zou door Amerikaans-Europese afluistercentra worden onderschept. Ze zouden binnen een paar seconden onze positie hebben vastgesteld.'

'Dus je hebt niets verdachts onderschept?'

De Arabische communicatieman schudde zijn hoofd. 'Zelfs als dat het geval was, zou het bericht vast en zeker in code zijn.'

'Zet alle apparatuur uit. Laat de Mexicanen denken dat je nog steeds zit te luisteren alsof je op iets wacht. Als ze naar een binnenkomend bericht vragen, doe je of je neus bloedt en houd je vol dat je niets hebt gehoord.'

Ibn keek Ammar vragend aan. 'En mijn instructies, Suleiman?'

'Hou Machado's mannen goed in de gaten. Breng ze in verwarring door vriendelijk op te treden. Open de bar en nodig ze uit voor een borrel. Geef de meest vervelende wachten aan onze mannen zodat onze Latijnse vrienden kunnen uitrusten. Dan laten ze hun afweer verslappen.'

'Zullen we hen doden voor zij ons te grazen nemen?'

'Nee,' zei Ammar met een vonkje van sadisme in zijn ogen. 'Dat karwei laten we aan de gletsjer over.'

45

'Er zijn minstens een miljoen ijsbergen daar beneden,' zei Giordino ontmoedigd. 'Het is nog gemakkelijker een lilliputter in een smoking midden in een kolonie pinguïns te vinden.'

Kolonel Hollis verkeerde in hetzelfde humeur. 'Er moet er een tussen zitten die met de vorm en de afmetingen van de *Lady Flamborough* overeenkomt. Blijf zoeken.'

'Vergeet niet dat Antarctische ijsbergen van boven vlak zijn,' zei Gunn. 'De bovenbouw onder het plastic zal het schip een meertoppige vorm geven.'

Dillingers oog was door het vergrootglas vier keer groter. 'Verbazingwekkend detail,' mompelde hij. 'Het zou nog beter zijn, als we konden zien wat zich aan de andere kant van de wolken bevindt.'

Ze stonden allemaal in een kleine kamer in de communicatiehut van de *Sounder* een enorme kleurenfoto van de Casper te bestuderen. Nog geen veertig minuten nadat het vliegtuig was geland, was de film van de luchtverkenner ontwikkeld en aan de laserontvanger van het schip doorgestuurd.

Pitts concentratie was ergens anders op gericht. Hij zat aan de kant een grote zeekaart op zijn schoot te bestuderen. Af en toe keek hij luisterend op, maar hij droeg niet bij aan het gesprek.

Kapitein Stewart stond met een koptelefoon op bij de ontvanger naar een stem van het CIA-hoofdkwartier in Washington te luisteren. Hij hief een hand op en knikte naar Hollis. 'Het fotolab zegt dat ze de infrarood foto van de Casper over een halve minuut gaan uitzenden.'

Hollis beende door het kleine vertrek heen en weer als een kat die op het geluid van een blikopener wacht. Af en toe wierp hij een nieuwsgierige blik op Pitt die onaangedaan met een passer afstanden zat af te meten.

De kolonel had de afgelopen paar uur veel over de NUMA-man geleerd, niet van Pitt zelf, maar van de mannen op het schip. Ze spraken over hem alsof ze het over een levende legende hadden.

'Wordt nu doorgezonden,' kondigde Stewart aan. Hij zette de koptelefoon af en wachtte geduldig tot de foto ter grootte van een krant de ontvanger uitkwam. Hij bracht hem naar de tafel en iedereen begon de kustlijn rond het bovenste puntje van het schiereiland af te zoeken.

'De verschillen in de infrarode uitstraling worden op deze foto door kleurschakeringen voorgesteld,' verklaarde Stewart. 'Zwart is de koudste temperatuur. Donkerblauw, lichtblauw, groen, geel en rood vormen een toenemende warmteschaal naar wit, het heetste.'

‘Wat voor kleur kunnen we voor de *Lady Flamborough* verwachten?’ vroeg Dillinger.

‘Ergens in de bovenste regionen, tussen geel en rood.’

‘Eerder naar donkerblauw,’ wierp Pitt ertussen.

Iedereen draaide zich met een nijdige blik naar hem om, alsof hij tijdens een schaakwedstrijd had geniesd.

‘De hitte-uitstraling van de motoren en generatoren zullen even duidelijk te zien zijn als een golfbal op een green,’ wierp Gunn tegen.

‘Niet als de machinekamer is stilgelegd.’

‘Je bedoelt toch zeker niet een dood schip?’ vroeg Dillinger ongelovig.

Pitt knikte glimlachend en zei: ‘We hebben hier te maken met een chronisch verlangen de coach van de tegenpartij te onderschatten.’ Pitt legde zijn zeekaart opzij en stond op. Hij liep naar de tafel, pakte de infrarood foto en vouwde hem half op waarbij alleen het onderste puntje van Chili zichtbaar bleef.

‘Welnu,’ vervolgde Pitt. ‘Hebben jullie niet opgemerkt, dat telkens wanneer het schip van uiterlijk of van koers veranderde, dit gebeurde vlak nadat een satelliet was overgevlogen?’

‘Goed, de leider van de kapers kende het schema van de satellietomlopen en wist ongeveer wanneer de camera’s op hem waren gericht,’ zei Hollis. ‘Maar wat dan nog?’

‘Dus heeft hij zich volkomen ingedekt door alle krachtbronnen uit te schakelen waarmee hij door infraroodcamera’s zou kunnen worden waargenomen. En vooral ook om te voorkomen, dat de warmte het dunne ijslaagje op het plastic zou doen smelten.’

Vier van de vijf vonden Pitts theorie bijzonder waarschijnlijk. Alleen Gunn, de intelligentste van het stel, zag als eerste het zwakke in de redenering.

‘Je vergeet de temperaturen onder het vriespunt bij het schiereiland,’ zei hij. ‘Geen energie, geen warmte. Op het schip zou iedereen binnen een paar uur doodvriezen. Je zou kunnen stellen dat de kapers zelfmoord plegen, terwijl ze hun gevangenen vermoorden.’

Pitt glimlachte als had hij de hoofdprijs in een loterij gewonnen. ‘Ik ben het voor de volle honderd procent met Rudi eens.’

‘Je draait er omheen,’ zei Hollis geïrriteerd. ‘Verklaar je nader.’

‘Niets ingewikkelds: de *Lady Flamborough* is het Antarctische gebied niet binnengevaren.’

‘Is het Antarctische gebied niet binnengevaren,’ herhaalde Hollis mechanisch. ‘Maar man, kijk dan toch. De laatste satellietfoto laat haar op een kaarsrechte zuidelijke koers halverwege Kaap Hoorn en het puntje van het schiereiland zien.’

‘Ze kon nergens anders heen,’ protesteerde Dillinger.

Pitt tikte met zijn vinger tegen de slordige verzameling eilanden bij de Straat van Magellanes. ‘Wedden?’

Hollis stond verbluft te fronsen. Plotseling kreeg hij het door. ‘Ze is omgedraaid,’ zei hij botweg.

'De kapers waren noch van plan zelfmoord te plegen, noch wilden ze opsporing door infrarood foto's riskeren,' beaamde Pitt. 'Ze zijn nooit van plan geweest het pakijs in te varen. In plaats daarvan sloegen ze een noordwestelijke koers in naar de onbewoonde eilanden boven Kaap Hoorn.'

Gunn keek opgelucht. 'De temperaturen daar zijn niet half zo bar als rond Tierra del Fuego. Ze zullen het aan boord zonder verwarming verdomde koud hebben, maar ze zullen het overleven.'

'Maar waarom dan de ijsbergtruc?' wilde Giordino weten.

'Om eruit te zien alsof ze van een gletsjer zijn afgekalfd.'

Giordino staarde naar de infrarood foto. 'Gletsjers? Zo ver naar het noorden?'

'In een straal van achthonderd kilometer van hier in Punta Arenas komen er meerdere vanaf de bergen tot aan de zee,' antwoordde Pitt.

'Waar denk je dat ze is?' vroeg Hollis.

Pitt pakte een kaart waar de desolate en verlaten eilanden ten westen van Tierra del Fuego opstonden. 'Met de reikwijdte van de *Lady Flamborough* sinds ze het laatst door een satelliet is waargenomen, zijn er twee mogelijkheden.' Hij zette een X bij twee namen op de kaart. 'Hier recht naar het zuiden stromen de gletsjers van het Italia- en het Sarmiento-gebergte.'

Hollis zei: 'Dat is inderdaad in niemandsland.'

'Maar te dicht bij de olievelden,' zei Pitt. 'Een laagvliegend inspectievliegtuig van een oliemaatschappij zou de camouflage kunnen opmerken. Wat mij betreft, als ik in de schoenen van de kapers stond, zou ik nog een honderdzestig kilometer verder naar het noordwesten gaan. Wat me bij een gletsjer op het eiland Santa Inez zou brengen.'

Dillinger bestudeerde op de kaart de onregelmatige kustlijn van het kleine eiland. Vervolgens bestudeerde hij door zijn vergrootglas de bovenste helft van de infraroodfoto die Pitt doormidden had gevouwen om het zoekgebied te verkleinen.

Na een paar seconden keek hij blij verwonderd op. 'Als Moedertje Natuur geen ijsbergen maakt met een puntige boeg en rond achterschip geloof ik, dat we ons spookschip hebben gevonden.'

Hollis pakte het vergrootglas van zijn ondergeschikte over en onderzocht de kleine, langwerpige vorm. 'Hij heeft inderdaad de juiste contouren. En zoals Pitt zei, is er geen teken van hitte-uitstraling. Ze heeft bijna dezelfde koude kleur als de gletsjer. Niet helemaal pikzwart, maar heel donkerblauw.'

Gunn leunde naar voren. 'Ja, ik zie het. De gletsjer stroomt de fjord in die in een baai vol kleine eilandjes uitkomt. Een of twee middelgrote ijsbergen die van de gletsjerwand zijn afgekalfd, meer niet. Het water is zo goed als ijsvrij.' Hij zweeg even met een vreemde uitdrukking in zijn ogen. 'Ik vraag me af waarom ze de *Lady Flamborough* recht onder de gletsjerwand hebben gemeerd.'

Pitt kneep zijn ogen samen. 'Laat mij eens kijken.' Hij drong tussen Dillinger en Gunn door, boog zich voorover en staarde door het krachtige vergrootglas. Na een tijdje kwam hij met een woedend gezicht overeind.

'Wat zie je?' vroeg Stewart.

'Ze willen dat iedereen omkomt.'

Stewart keek de anderen niet-begrijpend aan. 'Hoe weet hij dat nou?'

'Als er een brok ijs van de gletsjer valt en op het schip neerkomt,' zei Giordino hardvochtig, 'dan wordt ze onder water geduwd en tegen de bodem platgeslagen. Er zal nooit meer iets van haar worden teruggevonden.'

Dillinger keek Pitt recht aan. 'Denk je dat ze, na alle kansen die ze hebben gehad, ten slotte de bemanning en de passagiers toch willen vermoorden?'

'Ja.'

'Waarom dan niet eerder?'

'De talloze misleidingen waren alleen maar een middel om tijd te rekken. Degene die de kaping heeft bevolen, had redenen om de presidenten Hasan en De Lorenzo in leven te houden. Ik kan je niet vertellen waarom . . .'

'Ik wel,' zei Hollis. 'Akhmad Yazid zit erachter. Hij was van plan de macht in Egypte over te nemen nadat was aangekondigd dat president Hasan en de secretaris-generaal van de VN, Hala Kamil, door onbekende terroristen op zee waren ontvoerd en gedood. Nadat hij dan met zijn naaste medestanders een solide machtsbasis had opgebouwd, zou hij beweren dat zijn agenten het schip hadden gevonden en vervolgens de welwillende man Gods uithangen door de vrijlating van de gijzelaars te bewerkstelligen.'

'Slimme knaap,' mompelde Giordino. 'Ongetwijfeld een kandidaat voor de Nobelprijs voor de Vrede als hij president De Lorenzo en senator Pitt als een bonus ook zou redden.'

'Yazid zou er natuurlijk wel op toezien, dat Hasan en Kamil na hun terugkeer in Egypte iets onfortuinlijks zou overkomen. Maar volgens de laatste berichten,' vervolgde Pitt, 'zijn de militairen neutraal gebleven en heeft Hasans kabinet geweigerd af te treden.'

Hollis knikte. 'Waarmee Yazids zorgvuldig afgewogen plan het raam werd uitgegooid.'

'Dus heeft hij zichzelf in een hoek gemanoeuvreerd,' zei Pitt. 'Dit keer moet hij de *Lady Flamborough* de vergetelheid insturen, of de veiligheidsdiensten komen achter zijn rol in de operatie.'

'Een theorie zonder lekken,' beaamde Hollis.

'Dus terwijl we hier staan te lullen, speelt de leider van de kapers Russische roulette met de gletsjer,' zei Gunn zacht. 'Hij kan met zijn team terroristen al per helikopter of boot zijn ontsnapt, waarbij ze de bemanning en passagiers hulpeloos opgesloten hebben achtergelaten.'

'We kunnen de boot al hebben gemist,' opperde Dillinger somber.

Dat zag Hollis niet zitten. Hij krabbelde een nummer op een stukje papier dat hij aan Stewart gaf. 'Kapitein, geef op deze golflengte alstublieft door dat de majoor en ik naar het vliegveld terugkomen en dat de manschappen zich onmiddellijk moeten verzamelen voor een briefing.'

'We zouden graag meekomen,' zei Pitt rustig maar vastberaden.

Hollis schudde zijn hoofd. 'Geen sprake van. Jullie zijn burgers. Jullie hebben geen training gehad. Je verzoek gaat alle perken te buiten.'

'Mijn vader zit op dat schip.'

'Het spijt me,' zei hij, maar zo klonk het niet. 'Schuif het maar op pech.'

Pitt keek Hollis met een kille blik aan. 'Een telefoontje van mij naar Washington kan het einde van je carrière betekenen.'

Hollis' mond verstrakte. 'Komt u klaar op dreigementen, meneer Pitt?' Hij deed een stap naar voren. 'We spelen hier niet voor spek en bonen. In de komende twaalf uur zullen de dekken van dat schip bezaaid liggen met lichamen.' Hij deed nog een stap naar Pitt. 'Ik ken meer vuile trucjes dan jij van je leven zult leren. Ik kan je met mijn blote handen aan stukken scheuren, ik...'

Niemand zag het aankomen. Het ene ogenblik stond Pitt rustig met zijn armen langs zijn zij, het volgende drukte hij de loop van een .45 Colt Automatic in Hollis' kruis.

Dillinger dook in elkaar voor de sprong, maar kwam niet verder. Giordino pakte de majoor van achteren in een ijzeren greep beet, waarbij hij diens armen tegen zijn zij vastpinde.

'Ik zal jullie niet met onze curriculae vitae vervelen,' zei Pitt kalm. 'Geloof me maar gewoon. Rudi, Al en ik hebben voldoende ervaring om in een veldslag ons mannetje te staan. Ik beloof dat we ons nergens mee zullen bemoeien. Naar ik aanneem, zullen jullie de *Lady Flamborough* tegelijkertijd vanuit de lucht en de zee aanvallen. Wij zullen om jullie uit de weg te blijven via land naderen.'

Hollis was niet bang, maar wel aangeslagen. Hij kon zich niet voorstellen hoe Pitt zo'n zwaar kaliber pistool zo bliksemsnel kon trekken.

'Ik geloof absoluut niet dat je me zou vermoorden,' gromde Hollis tegen Pitt.

'Nee, maar ik kan je wel garanderen dat je seksleven niet erg produktief meer zou zijn.'

Hollis schudde zijn hoofd. 'Ik begrijp er niets meer van.'

'Dat hoeft ook niet,' zei Pitt. 'Zijn we het eens?'

Hollis bracht zijn gezicht tot op een paar millimeter van dat van Pitt en sprak hem toe als een sergeant een rekruut. 'Ik zal jullie lammelingen door een Osprey binnen tien kilometer van het schip vandaan laten afzetten. Niet dichterbij, anders verliezen we het verrassingselement. Vandaar kunnen jullie gaan lopen. Als ik geluk heb, is het voorbij voordat jullie er zijn.'

'Lijkt me redelijk,' gaf Pitt toe.

Hollis kalmeerde. Met een blik op Giordino snauwde hij: 'Wees zo goed mijn adjudant los te laten.' Tegen Pitt zei hij: 'We vertrekken nú.'

Binnen vijftien seconden was het vertrek leeg. Pitt rende naar zijn hut om zijn tas in te pakken. Vervolgens ging hij naar de brug om met kapitein Stewart te praten.

'Wanneer kan de *Sounder* bij Santa Inez zijn?'

Stewart liep naar de kaartenkamer en maakte een snelle berekening. 'Op volle kracht zouden we in een uur of negen, tien bij de gletsjer kunnen zijn.'

'Doe dat!' beval Pitt. 'We verwachten jullie bij zonsopgang.'

Een van de wetenschappers op het schip kwam over de brug aangelopen.

Hij was een niet zo grote neger met een als uit hout gesneden strenge uitdrukking op zijn gezicht. Hij heette Clayton Findley en hij sprak met een zware, warme basstem. 'Heren, neem me niet kwalijk, maar ik durf te zweren dat ik u de naam Santa Inez heb horen noemen.'

Pitt knikte. 'Ja, dat klopt.'

'Vlak bij de gletsjer is een oude zinkmijn. Gesloten toen Chili de door de regering gesubsidieerde produktie stopzette.'

'Kent u het eiland dan?' vroeg Pitt verbaasd.

Findley knikte. 'Ik was hoofdgeoloog voor een Amerikaanse mijnbouwmaatschappij die hoopte dat ze de mijn door efficiënte, kostenbesparende operatiemethoden rendabel kon maken. Ze stuurden mij er samen met een paar ingenieurs heen om een onderzoek in te stellen. We hebben drie maanden in die hel doorgebracht. We ontdekten dat het erts bijna was uitgeput. Spoedig daarna werd de mijn gesloten en het materieel achtergelaten.'

'Kun je overweg met een geweer?'

'Ik heb weleens gejaagd.'

Pitt pakte hem bij de arm. 'Clayton, beste vriend, je komt als een geschenk uit de hemel.'

46

Clayton Findley bleek inderdaad een geschenk uit de hemel te zijn.

Terwijl Hollis zijn mannen in een leegstaand pakhuis instructies gaf, hielpen Pitt, Gunn en Giordino Findley bij het maken van een maquette van Santa Inez op een oude tafeltennistafel. Ze gebruikten daarvoor modder die ze bij de startbaan van het vliegveld opschepten en een draagbaar verwarmingsapparaat om het miniatuurlandschap te verharden. Met spuitbussen verf die hij van een van Hollis' mannen had afgetroggeld, gaf hij de landschapskenmerken aan. Grijs voor rotsachtig terrein, wit voor sneeuw en ijs van de gletsjer. Hij kneedde zelfs een schaalmodel van de *Lady Flamborough* en plaatste die aan de voet van de gletsjer. Ten slotte deed hij een paar stappen achteruit om zijn handwerk te bewonderen.

'Dat,' zei hij vol zelfvertrouwen, 'is Santa Inez.'

Hollis onderbrak zijn briefing en verzamelde zijn mannen om de tafel. Daar stonden ze enkele ogenblikken nadenkend naar de maquette te kijken.

Het eiland zag eruit als een middenstuk uit een puzzel die door een zatlap was gesneden. Naar het oosten grensde de gerafelde kustlijn vol fjorden en inhammen aan de Straat van Magellanes en de westkust lag aan de Grote Oceaan. Het was een stuk grond, nog niet geschikt voor een kerkhof, van 65 bij 95 kilometer, bekroond door de 1320 meter hoge Mount Wharton.

Stranden en vlakke stukken grond waren vrijwel niet aanwezig. De oude gletsjer lag als een zadel op het eiland: het resultaat van koude, bewolkte zomers die niet in staat waren het ijs te laten smelten. Weinig gebieden in de wereld waren de mens vijandiger. De hele eilandenketen in het Magellanesgebied kende geen vaste nederzettingen. Door de eeuwen heen was de mens gekomen en gegaan, onder achterlating van zulke schilderachtige namen als Halsbrekend Schiereiland, Wanhoopseiland en Hongerhaven.

Findley zwaaide zijn hand over het model. 'Stel je een kaal landschap voor met sneeuw in de hogere regionen, en dan heb je zo ongeveer een beeld van de werkelijkheid.'

Hollis knikte. 'Dank u, meneer Findley. U bent ons zeer van dienst geweest.'

'Graag gedaan.'

'Goed dan, laten we ons nu met de harde feiten bezighouden. Majoor Dillinger zal de luchtlandingsaanval leiden, terwijl ik het duikersteam aanvoer. We hebben lang en hard getraind op scheepsovernames bij nacht, maar geen een waar we de vijand zoveel voordelen gunden. We missen cruciale informatie, het weer is miserabel en we hebben met een gletsjer te maken die elk ogenblik kan afkalven. Verbijsterende problemen, moeilijke problemen die ons succes in de weg staan. Voor we over een paar uur de aanval inzetten, willen we zoveel mogelijk antwoorden zien te krijgen. Als jullie een zwakke plek in de operatie zien, laat het horen. Begin maar.'

'Is het eiland bewoond?' vroeg Dillinger Findley direct.

'Niet sinds de mijn is gesloten.'

'Weersomstandigheden?'

'Constante regen. Het is een van de natste streken van het continent. Temperatuur in deze tijd van het jaar een paar graden onder het vriespunt. Constante wind, soms hevig, wat het, gecombineerd met de regen, er nog ijziger op maakt.'

Dillinger keek Hollis met een ernstige blik aan. 'Geen schijn van kans voor een nachtelijke dropping.'

Hollis zei grimmig: 'We zullen er met de minikopters heen moeten en langs lijnen naar beneden gaan.'

'Hebben jullie helikopters meegenomen?' vroeg Gunn ongelovig.

Hollis glimlachte. 'We noemen ze postduiven. Ze zijn klein en compact en vervoeren een piloot in een afgesloten cockpit en twee man erbuiten. Ze kunnen in vijftien minuten worden gemonteerd. Een van onze C-140's kan er zes van vervoeren.'

'Ik heb nog een probleem,' zei Pitt.

'Ga je gang.'

'De *Lady Flamborough* is met navigatieradar uitgerust die op vliegtuigen kan worden afgestemd.'

'Daar gaat het verrassingselement,' zei Dillinger chagrijnig.

Hollis vroeg Findley: 'Zijn er nog meer nadelige condities waar we rekening mee moeten houden voor een aanval vanuit de fjord?'

Findley glimlachte vaag. 'U zult het gemakkelijker krijgen dan de majoor. U hebt het voordeel van de vriesrook.'

'Vriesrook?'

'Mistwolken die uit het contact van koude lucht met warmer water bij de gletsjerwand worden gevormd. Ze kunnen twee tot tien meter hoog worden. Gecombineerd met de gegarandeerde regen zal uw duikteam vanaf het moment dat ze aan hun nadering beginnen tot ze op de dekken klimmen onzichtbaar zijn.'

Hollis streek bedachtzaam over zijn kin. 'Als de dropping misgaat, kan het een grote puinzooi worden. Het verrassingselement is dan verdwenen en de twintig duikers zijn niet sterk genoeg om het zonder versterkingen tegen veertig bewapende kapers op te nemen.'

'Aangezien het zelfmoord zou zijn om te parachuteren,' zei Pitt, 'kunnen jullie toch gewoon je manschappen verderop op de gletsjer droppen. Vandaar kunnen ze naar de rand oprukken en via lijnen op het dek komen.'

Hollis knikte. 'Daar heb ik ook aan gedacht. Ziet iemand een bezwaar tegen deze tactiek?'

'Zoals ik het zie, is het grootste gevaar voor jullie de gletsjer zelf,' zei Gunn. 'Het kan een wirwar van kloven zijn met verraderlijke sneeuwkorsten die onder het gewicht van een man inzakken. In het donker zullen jullie langzaam en verdomde voorzichtig te werk moeten gaan.'

'Verder nog commentaar?' Niemand had nog iets te zeggen. Hollis keek Dillinger met een zijwaartse blik aan. 'Hoe lang denk je nodig te hebben om van een dropping tot gevechtsklaar te komen?'

In één vloeiende beweging trok Dillinger een vervaarlijk uitziend Bowiemes uit een schede op zijn rug en gebruikte het als aanwijsstok. 'Zoals ik het zie, zullen we onze sprong op de achterkant van de berg rechts van de gletsjer maken. Zodoende blijft onze C-140 voor de radar verborgen. Gebruikmakend van de wind die negen van de tien dagen uit het zuidoosten komt, glijden we met onze "onzichtbare" parachutes zeven kilometer om de berg heen en landen we binnen een kilometer afstand van de gletsjerwand. Tijdsverloop van sprong naar hergroepering op het ijs schat ik op achttien minuten. Nog eens twintig minuten om naar de gletsjerwand te lopen. Zes minuten voor de afdaling. Totaal: vierenveertig minuten.'

'Als ik jullie was, zou ik het verdubbelen,' zei Giordino afkeurend. 'Jullie zullen het verdomde moeilijk met je tijdschema krijgen als een paar van je mannen in een kloof vallen. Het duikersteam zal niets van de vertraging afweten.'

Hollis keek Al aan met een blik die hij gewoonlijk alleen voor vredesdemonstranten reserveerde. 'Dit is de Eerste Wereldoorlog niet, meneer Giordino. Iedereen heeft een op maat gemaakte miniatuurontvanger in zijn oor en een microfoon in zijn skimasker. Zolang we continu met elkaar in contact staan, kunnen we een gecoördineerde aanval opzetten.'

'Nog één ding,' onderbrak Pitt hen. 'Ik neem aan dat jullie wapens gedempt zijn?'

'Inderdaad,' verzekerde Hollis hem. 'Waarom?'

'Eén salvo van een niet-gedempt machinegeweer kan de gletsjer doen afkalven.'

'Ik kan niet namens de kapers spreken.'

'Dan kun je ze maar beter snel doden,' mompelde Giordino.

'Het gevangennemen van terroristen behoort niet tot onze training,' zei Hollis met een onheilspellende grijns. 'Welnu, als onze gasten verder hun kritiek voor zich kunnen houden, zijn er verder nog vragen?'

Richard Benning, de leider van het duikteam, stak een hand op.

'Benning?'

'Gaan we het schip onder of boven water benaderen?'

Hollis tikte met zijn balpen op een eilandje in de fjord dat achter een landuitsteeksel schuilging. 'Ons team zal per postduif op dit eiland worden afgezet. Afstand naar de *Lady Flamborough* ongeveer drie kilometer. Het water is te koud om zo ver te zwemmen, dus zullen we droog in rubberboten oprukken. Als meneer Findley gelijk heeft met zijn vriesrook, kunnen we zonder te worden opgemerkt naderen. Als het helder is, duiken we vanaf een afstand van tweehonderd meter.'

'Er zullen een heleboel ballen afvriezen als we lang op majoor Dillinger moeten wachten.'

De tachtig man om de maquette lachten nerveus.

Hollis zuchtte en zei glimlachend: 'Ik ben niet van plan de mijne te laten bevriezen. We zullen de majoor een goede voorsprong geven.'

Gunn stak zijn hand op.

'Wat is er nu weer, meneer Gunn?' zei Hollis vermoeid. 'Ben ik iets vergeten?'

'Alleen maar uit nieuwsgierigheid, kolonel, maar hoe zult u weten of de kapers op de een of andere manier achter de aanval zijn gekomen en een val opzetten?'

'Een van onze vliegtuigen, vol ultramoderne elektronische afluisterapparatuur zal tien kilometer boven de *Lady Flamborough* cirkelen om alle radio-uitzendingen van de kapers naar hun handlangers buiten deze streek af te luisteren. Als ze vermoeden dat de Speciale Strijdkrachten het net om hen heen aantrekken, zullen ze als gekken gaan schreeuwen. Onze communicatiemensen en vertalers kunnen elke uitzending onderscheppen en ons ruimschoots op tijd waarschuwen.'

Pitt wuifde even.

'Jawel, meneer Pitt.'

'Ik hoop dat u de NUMA-groep niet bent vergeten.'

Hollis trok een wenkbrauw op. 'Nee, die ben ik niet vergeten.' Hij wendde zich tot de geoloog. 'Waar zei u ook alweer dat die verlaten mijn lag, meneer Findley?'

Findley zette een lucifersdoosje op een heuveltje dat over de gletsjer en de fjord uitkeek. 'Hier, ongeveer tweeëneenhalve kilometer van de gletsjerwand en het schip.'

'Daar zullen jullie zijn,' zei Hollis tegen Pitt. 'Jullie kunnen als observatiepost dienen.'

'Een mooie observatiepost,' mompelde Giordino. 'Nacht, regen, sneeuw; we mogen blij zijn als we onze eigen schoenveters kunnen zien.'

'Veilig en wel en we kunnen niemand in de weg lopen,' zei Pitt pontificaal. 'We mogen een vuurtje in de haard stoken en een feestje bouwen.'

'Uitstekend idee,' zei Hollis zelfvoldaan. Hij liet zijn blik over zijn mannen glijden. 'Heren, ik zal jullie niet met pep talk vervelen. Laten we gewoon ons werk doen en wat levens redden.'

47

'Hoe lang nog?' vroeg Machado, uitgestrekt op kapitein Collins' bank, aan Ammar.

Ammar zat in de koran te lezen en haalde onverschillig zijn schouders op. 'Jij brengt meer tijd in de communicatiehut door dan ik. Zeg jij het maar.'

Machado deed alsof hij op het dek spuugde. 'Ik word doodziek van dat wachten. Laten we ze neerschieten en maken dat we uit dit vagevuur wegkomen.'

Ammar nam zijn collega in moorden nauwkeurig op. Machado had slordige gewoontes. Hij had vettig haar en rouwrandjes onder zijn nagels. Op twee passen afstand kon je al ruiken, dat hij niet vaak een bad nam. Ammar had respect voor Machado als een gevaarlijke bedreiging, maar verder voelde hij alleen maar afschuw.

Machado ging staan en begon rusteloos de hut rond te lopen voor hij zich in een stoel liet vallen. 'We hadden vierentwintig uur geleden instructies moeten ontvangen,' zei hij. 'Topiltzin is er de man niet naar om te aarzelen.'

'Akhmad Yazid evenmin,' zei Ammar, terwijl hij zijn ogen op de koran gericht hield. 'Hij en Allah zullen voor alles zorgen.'

'Waarvoor zorgen? Helikopters, een schip, een onderzeeboot, voor we worden ontdekt? Jij kent het antwoord, Egyptische vriend van me, en toch zit je daar als een sfinx.'

Ammar sloeg zonder op te kijken een bladzijde om. 'Morgen rond deze tijd zullen jij en je mannen veilig terug zijn in Mexico.'

'Wat voor garanties zijn er, dat we niet allemaal voor de goede zaak worden opgeofferd?'

'Yazid en Topiltzin kunnen het risico niet nemen dat we door internationale commandotroepen worden gevangengenomen,' zei Ammar vermoeid. 'Ze zijn bang dat we als we worden gemarteld zullen doorslaan. Geloof me, onze ontsnapping is geregeld. Geduld.'

'Hoe geregeld?'

'Dat deel van het plan zul je horen zodra instructies over het lot van de gijzelaars binnenkomen.'

Het bovenste laagje van de leugens begon af te bladderen. Machado kon het elk ogenblik door krijgen. Zolang een van Ammars mannen aan de knoppen van de radio zat, zou er geen enkel signaal worden ontvangen, aangezien het apparaat op een verkeerde golflengte stond afgestemd. Yazid – en Topiltzin waarschijnlijk ook – zou hem zitten knijpen als hij dacht dat hij van het oorspronkelijke plan was afgeweken en iedereen had vermoord, in plaats van ze voor propagandadoeleinden in leven te houden.

'Waarom sluiten we ze niet op eigen houtje beneden op om vervolgens het schip te laten zinken, zodat we ervan af zijn?' vroeg Machado geërgerd.

'De hele Britse bemanning samen met de Amerikaanse senator en alle andere niet-Mexicanen en niet-Egyptenaren afmaken zou niet zo slim zijn. Misschien vind jij het opwindend om het doelwit van een internationale klopjacht te zijn, kapitein, maar ik breng de rest van mijn leven liever in comfortabele omstandigheden door.'

'Stom om getuigen achter te laten.'

De idioot had geen idee hoe hij de spijker op de kop had geslagen, dacht Ammar. Hij legde zuchtend de koran opzij. 'Jouw enige probleem is president De Lorenzo. President Hasan en Hala Kamil zijn mijn probleem. Onze relatie stopt daar.'

Machado stond op, liep naar de deur en rukte die open. 'Dan moeten we maar gauw wat horen,' gromde hij nijdig, 'want mijn mannen voelen een steeds sterkere drang om mij aan het hoofd van de operatie te stellen.'

Ammar glimlachte innemend. 'Vanmiddag . . . Als we vanmiddag niets van onze leiders hebben gehoord, zal ik het commando aan jou overdragen.'

Machado grinnikte met een duivelse grijns. 'Daar zal ik je aan houden, Egyptenaar. Misschien krijg ik dan het gezicht achter dat masker te zien.' En hij liep naar buiten.

De deur was nog niet achter Machado in het slot gevallen of Ammar haalde een miniatuurradiootje van onder zijn jas te voorschijn en drukte op de zendknop.

'Ibn?'

'Ja, Suleiman Aziz?'

'Je positie?'

'Het achterschip.'

'Hoeveel zijn er aan wal?'

'Er zijn er zes naar de oude mijnpier overgezet. Met jou erbij zijn er nog vijftien aan boord. Het gaat langzaam. We hebben maar één driepersoonsboot.'

'Nog problemen met Machado's mannen?'

'Nog niet. De kou houdt ze van de dekken af. De meesten zitten in de lounge tequila te drinken. De rest slaapt. Jouw bevel om ze vriendelijk te behandelen was slim. Hun discipline is aanzienlijk verslapt.'

'De springladingen?'

'Alle explosieven zijn in een scheur aangebracht die parallel met de gletsjerwand loopt. De ontploffing zal de hele voorkant van de gletsjer op het schip doen neerkomen.'

'Hoe snel kan onze terugtocht zijn voltooid?'

'Ik schat nog een vijfenveertig minuten voor iedereen van boord is.'

'Voor het dag wordt moeten we zijn verdwenen.'

'Iedereen zal zijn uiterste best doen, Suleiman Aziz.'

'Kunnen ze het overzetten zonder jou af?'

'Ja.'

'Breng dan een mannetje mee. Ik zie je bij Hasans hut.'

'Gaan we ze executeren?'

'Nee,' antwoordde Ammar. 'We nemen ze met ons mee.'

Ammar zette de radio uit en stopte de koran in een zak van zijn jas.

Akhmad Yazids verraad zou worden gewroken. Nu hij wist dat Machado was ingehuurd om hem en zijn medekapers te doden, had Ammar geen enkele zin met de oorspronkelijke operatie door te gaan. Hij was nog woedender over het verlies van zijn honorarium dan over het feit dat hij in zijn rug werd gestoken.

Daarom, zo redeneerde hij, zou hij Hasan en Kamil in leven houden, en ja, ook De Lorenzo, althans tijdelijk, voor zijn onderhandelingspositie. Hij zou zich schadeloos kunnen stellen door alle schuld op Yazid en Topiltzin te schuiven. Maar alles op zijn tijd.

Hij moest zijn gijzelaars het schip afsmokkelen voor Machado en zijn mottige bemanning zijn zet in de gaten kregen.

Hala's hart zonk haar in de schoenen toen de deur openging en de leider van de kapers binnenstapte.

Hij zei met een dreigende stem: 'Jullie komen allemaal mee.'

Hala beefde en sloeg haar blik neer, kwaad op zichzelf omdat ze angst toonde.

Senator Pitt liet zich niet intimideren. Hij sprong overeind en was in drie passen de hut doorgelopen. Hij stopte pas toen zijn schoenpunten die van Ammar raakten.

'Waar breng je ons heen en met welk doel?' vroeg hij.

'Ik ben hier niet voor een van je stomme onderzoekscommissies,' zei Ammar ijzig. 'Ik laat me niet verhoren.'

'We hebben er recht op het te weten,' hield de senator vastberaden vol.

'Jullie hebben geen rechten!' snauwde Ammar. Hij duwde de senator ruw opzij en liep verder de kamer in. Hij keek rond naar de bleke, angstige gezichten.

'Jullie gaan een boottochtje maken en daarna een korte treinreis. Mijn mannen zullen dekens uitreiken tegen de vochtige kou.'

Ze keken hem allemaal aan alsof hij gek was, maar protesteerden niet.

Met een hopeloos gevoel hielp Hala president Hasan moeizaam overeind. Ze was het zat onder een constante levensbedreiging te staan. Het kon haar niet langer schelen.

En toch smeulde er diep in haar een wil tot verzet. De onverschrokkenheid van een soldaat die de strijd ingaat, wetend dat hij zal sneuvelen en niets te verliezen heeft door te vechten kreeg haar langzaam in haar greep. Ze was vastbesloten te overleven.

Kapitein Machado kwam de communicatiehut in en zag dat die leeg was. Eerst dacht hij dat Ammars man even naar het toilet was, maar daar was ook niemand.

Hij liep naar de brug en vroeg een van zijn bemanningsleden die in de radarscoop stond te turen: 'Waar is de radioman?'

De man draaide zich om en haalde zijn schouders op. 'Ik heb hem niet gezien, kapitein. Is hij niet in de communicatiehut?'

'Nee, daar is helemaal niemand.'

'Moet ik het even aan de leider van de Arabieren vragen?'

Machado schudde langzaam zijn hoofd. Hij wist nog niet helemaal wat hij van de verdwijning van de Egyptische radioman moest denken. 'Ga Jorge Delgado zoeken. Die heeft verstand van radio's. Beter een van ons aan het toestel dan die stomme Arabieren.'

Terwijl ze stonden te praten, merkten geen van beiden de sterke bliep op de radarscoop op, die aanduidde dat er midden over het eiland iets laag kwam aanvliegen.

48

Pitt zat in het Spartaanse omhulsel van de Osprey. Het kogelvormige gevaarte met zijn schuinstaande rotor steeg als een helikopter op, maar kon als een vliegtuig een snelheid halen van zeshonderd kilometer per uur. Hij was klaarwakker. Alleen een lijk kon in die aluminium stoeltjes met flinterdunne kussens door de turbulentie en het gebrul van de motor heen slapen. Alleen een lijk, behalve Giordino dan. Hij zag eruit als een levensgrote ballon – er was werkelijk geen andere beschrijving voor – met net genoeg lucht erin om hem vorm te geven.

'Hoe krijgt hij dat voor elkaar?' vroeg Findley met oprechte verbazing.

'Dat zit in zijn genen,' antwoordde Pitt.

Gunn schudde bewonderend zijn hoofd. 'Ik heb hem in de mafste houdingen op de mafste plaatsen zien slapen en ik kan het nog steeds niet geloven.'

Pitt en de anderen lachten en zwegen toen. Pitt probeerde zo goed en zo kwaad als het ging te rusten. Hij voelde een zekere tevredenheid. Hoewel hij niet bij de aanval mocht meedoen – dat kon je beter aan de beroeps overlaten die in de kunst van het redden van gijzelaars waren getraind – zou hij Hollis en zijn teams toch dicht op de hielen zitten en hij was vast van plan om Dillingers mannen langs de touwen te volgen zodra de aanval werd ingezet.

Pitt had geen enkel voorgevoel van de dood, en ook zag hij geen slecht voorteken daarvan. Hij twijfelde er geen ogenblik aan dat zijn vader nog leefde. Hij kon het niet verklaren, maar hij voelde de aanwezigheid van de senator.

'Over zes minuten landen we,' kondigde de piloot aan met een goedgehumeurdheid die Pitt in elkaar deed krimpen.

De piloot scheen zich niets aan te trekken van de onzichtbare, scherpgetande bergkammen waar hij overheen moest vliegen. Door de voorruit was alleen de duisternis te zien, en de hagel en sneeuw die tegen het glas sloegen.

'Hoe weet je waar we zijn?' vroeg Pitt.

De piloot, een ontspannen Burt Reynolds-type, haalde lui zijn schouders op. 'Dat heb je in je vingers,' grapte hij.

Pitt keek over de schouder van de piloot mee. De piloot zat met zijn armen over elkaar naar een klein scherm te kijken dat er als een videospelletje uitzag. Onder aan het beeld was de neus van de Osprey te zien terwijl bergen en dalen onder het gesimuleerde toestel doorraceten. In een bovenhoek stonden afstanden en hoogten in rode digitale cijfers te lezen.

'Onbezoedeld door mensenhanden,' zei Pitt. 'De computer vervangt iedereen.'

'Dan is het maar goed dat ze van seks nog geen kaas hebben gegeten,' lachte de piloot. Hij stelde een knop bij. 'Infraroodscanners en radar tasten de grond af en de computer zet het in een driedimensionaal beeld om. Ik sluit er mijn automatische piloot op aan en ga dan filosoferen over zulke geestverheffende onderwerpen als de nationale begroting en de buitenlandse politiek.'

'Dat hoor ik voor het eerst,' mompelde de tweede piloot droog.

'Waar heeft kolonel Hollis gezegd dat jullie ons moesten afzetten?'

'Vlak achter de top van de berg boven de mijn. De rest zul je met de benenwagen moeten doen.'

Pitt vroeg Findley: 'Heb je daar problemen mee?'

Findley glimlachte. 'Die berg ken ik even goed als het achterwerk van mijn vrouw, elk hoekje en gaatje daarvan. De top ligt maar drie kilometer van de mijningang af. Heuvelafwaarts. Zo gemakkelijk dat ik het geblinddoekt kan doen.'

'In dit kloteweer zou het daar weleens op neer kunnen komen,' mompelde Pitt somber.

De NUMA-ploeg klom snel langs het laadluik naar buiten waar het gehuil van de wind het motorgejank van de Osprey verving. Er werd geen tijd verspild, geen woord gesproken. Met een gebaar namen ze afscheid van de piloten. Een minuut later liepen de vier mannen met twee grote tassen gebogen door de sneeuw en hagel tegen de rotsige helling op naar de top.

Zwijgend ging Findley voorop lopen. Zijn zaklantaarn onthulde niet meer dan twee meter van het terrein voor hem. De wind was bijtend maar draaglijk, zo'n twintig kilometer per uur, schatte Pitt. De oneffen, rotsige bodem was spekglad en ze gleden herhaaldelijk uit waarbij ze soms een flinke val maakten.

Om de paar minuten moesten ze de sneeuw van hun skibril vegen. Al gauw zagen ze er van voren als een stelletje sneeuwmannen uit, terwijl hun rug tamelijk droog bleef.

Findley wist dat hij op de top was aangekomen toen hij de volle kracht van de wind in zijn gezicht kreeg. 'Niet ver meer,' riep hij boven het gehuil van de wind uit. 'Vanaf nu alles heuvelafwaarts.'

Pitt trok zijn handschoen weg om op zijn oude duikershorloge te kijken. De aanval was voor 05.00 uur gepland. Over achtentwintig minuten. Ze liepen achter. 'We moeten opschieten,' riep hij. 'Ik wil het feestje niet missen.'

Het volgende kwartier schoten ze goed op. De helling werd minder steil en Findley vond een kronkelend pad dat naar de mijn leidde. Verder naar beneden stonden de dwergsparren dichter op elkaar en werd de grond wat losser, waardoor hun laarzen een beter houvast kregen. De bijtende wind en hagel namen wat af en door gaten in het wolkendek werden de sterren zichtbaar. Ze konden nu zonder de hinderlijke skibrillen kijken.

Findley liep om een ertsheuvel heen en vond een smalle spoorbaan die hij in het donker begon te volgen. Hij wilde zich net omdraaien en 'We zijn er' zeggen toen Pitt hem plotseling in zijn kraag greep en zo krachtig terugtrok, dat hij zijn evenwicht verloor en op zijn achterwerk viel. In zijn val griste Pitt de zaklantaarn uit zijn hand en knipte hem uit.

'Wel verdomme, wat . . .'

'Stil!' siste Pitt.

'Hoor je iets?' vroeg Gunn zacht.

'Nee, maar ik ruik een bekende geur.'

'Een bekende geur?'

'Lamsvlees. Iemand is bezig een lamsbout te grillen.'

Met het hoofd in de nek begonnen ze allemaal te snuiven.

'Goeie God, je hebt gelijk,' mompelde Giordino. 'Ik ruik inderdaad gegrilde lamsbout.'

Pitt hielp Findley overeind. 'Ziet ernaar uit dat iemand jullie mijnconcessie heeft afgepikt.'

'Als ze denken dat daar nog bruikbaar erts zit, zijn ze nog stommer dan een ezel.'

'Ik denk niet dat ze naar zink graven.'

Giordino bewoog zijn voet in een halve cirkel. 'Voor je het licht uitdeed, zag ik hier ergens iets glinsteren.' Zijn voet kwam tegen een voorwerp aan en hij raapte het op. Met zijn rug naar de mijn knipte hij zijn pennelichtje aan. 'Een fles Château Margaux uit 1966. Die mijnwerkers hebben wel stijl.'

'Lamsbout en dure bordeaux, dat kan alleen maar van de *Lady Flamborough* afkomstig zijn,' concludeerde Gunn.

'Hoever is het van hier naar de plaats waar de gletsjer in de fjord uitkomt?' vroeg Pitt aan Findley.

'De gletsjer zelf strekt zich maar vijfhonderd meter naar het noorden uit. De ijswand bij de fjord ligt op minder dan twee kilometer naar het westen.'

'Hoe werd het erts getransporteerd?'

Findley wees in de richting van de fjord. 'Over deze spoorbaan. Die loopt van de ingang van de mijn naar de ertsmolen en dan naar het dok waar het erts in de schepen werd geladen. Een kleine laadpier die vlak bij de gletsjer ligt.'

'Wat is de afstand tot het schip zo ongeveer?'

'Een verrevelder met een sterke arm kan vanaf de pier met een honkbal de romp raken.'

'Ik had het kunnen weten,' mompelde Pitt bitter. 'Ik heb het over het hoofd gezien.'

'Waar heb je het over?' vroeg Findley.

'Het ondersteuningsteam van de terroristen,' antwoordde Pitt. 'De kapers hebben voor hun ontsnapping een vooruitgeschoven basis nodig. De verlaten mijn biedt een uitstekende schuilplaats voor de helikopters. En de spoorbaan kunnen ze gebruiken om op en neer naar de fjord te gaan.'

'We moeten Hollis waarschuwen,' zei Gunn.

'Kan niet,' zei Giordino. 'Onze vriendelijke vriend de kolonel heeft geweigerd ons een radio mee te geven.'

Pitt haalde zijn schouders op. 'Maar we kunnen ze helpen door de helikopters te saboteren en te voorkomen dat de terroristen in het mijnkamp Hollis en zijn mannen in de tang nemen.'

'Ze kunnen wel met z'n vijftigen zijn,' protesteerde Findley, 'wij zijn maar met zijn vieren.'

'Ze verwachten niet dat iemand midden op een onbewoond eiland door een storm aan de achterdeur komt aankloppen,' stelde Gunn hem gerust.

'Rudi heeft gelijk,' zei Giordino. 'Als ze hadden opgelet, hadden ze ons al in de gaten gehad. Ik ben ervoor dat we die klootzakken buitengooien.'

'En als ze achter ons aankomen,' vroeg Findley, 'gaan we dan met stenen gooien?'

Als één man knielden Pitt en Giordino neer en ritsten de tassen open. Giordino begon kogelvrije vesten uit te reiken terwijl Pitt de wapens ronddeelde.

Hij reikte Findley een semi-automatisch jachtgeweer aan. 'Clayton, jij zei toch dat je weleens jaagt? Hier is een vroeg kerstcadeautje, een twaalfpatroons Benelli super negentig.'

Met glanzende ogen liet Findley zijn hand langs de loop glijden alsof hij de binnenkant van een vrouwendij streelde. 'Da's mooi.' Toen zag hij dat Gunn en Giordino elk een Heckler & Koch machinegeweer met geluiddemper hadden. 'Dat kun je niet in de ijzerwinkel op de hoek kopen. Waar hebben jullie dat spul vandaan?'

'Van de Speciale Strijdkrachten,' zei Giordino nonchalant. 'Van Hollis en Dillinger geleend toen ze niet keken.'

Findley's mond viel open toen hij zag dat Pitt een ronde trommel in een oud Thompson machinepistool klikte. 'Jij houdt vast van antiek.'

'Er valt wel iets voor ouderwetse ambachtelijkheid te zeggen,' merkte Pitt op. Hij keek weer op zijn horloge. Over zes minuten zouden Hollis en Dillinger het schip aanvallen. 'Niet schieten voor ik het sein geef. We willen het beetje verrassingselement dat ze hebben niet van de Speciale Strijdkrachten afnemen.'

'En de gletsjer?' vroeg Findley. 'Zullen de schokgolven van ons geweervuur de ijswand niet laten breken?'

'Niet van deze afstand,' verzekerde Gunn hem.

'Denk er goed aan dat we een vuurgevecht zo lang mogelijk moeten uitstellen. Het vinden van de helikopters heeft de hoogste prioriteit.'

Pitt gaf Findley een paar seconden om zich te oriënteren. De geoloog knikte en ze begonnen zo zacht mogelijk in de schaduwen van de oude, verweerde gebouwen te lopen. Het gekraak van hun zolen op het grind werd door de wind die nu van de andere kant blies, overstemd.

De gebouwen rond de mijn bestonden grotendeels uit steunbalken en golfplaat. Het waren kleine schuurtjes met een paar grotere gebouwen van drie, vier verdiepingen hoog. Afgezien van de geur van gebraden lamsvlees leek het op een spookstadje uit het wilde westen.

Plotseling bleef Findley achter een lange schuur staan en wachtte tot de anderen om hem heen stonden. Hij gluurde om de hoek en fluisterde vervolgens tegen Pitt: 'Het recreatiegebouw annex kantine ligt een paar passen naar rechts. Van onder de zware gordijnen kan ik een streepje licht zien.'

Giordino snoof. 'Ze houden van goed doorbakken.'

'Enig teken van bewakers?'

'Het ziet er verlaten uit.'

'Waar kunnen ze de helikopters hebben verborgen?'

'De hoofdschacht gaat zes niveaus recht naar beneden, dus die kunnen we wel als parkeergarage vergeten.'

'Waar dan?'

Findley wees in het donker van de vroege ochtend. 'De ertsmolen heeft de grootste open ruimte. Hij heeft ook een schuifdeur voor groot materieel. Met opgevouwen rotorbladen kunnen daar gemakkelijk drie helikopters in.'

'De ertsmolen dus,' zei Pitt zacht.

Er was geen tijd meer te verliezen. De gezamenlijke aanval van Hollis en Dillinger kon elk ogenblik beginnen. Ze waren halverwege de kantine, toen de deur plotseling openging en een door de regen gefilterde lichtbundel hun laarzen bescheen. Ze bleven stokstijf staan met hun geweer in de aanslag.

Een paar seconden lang stond tegen het licht een gedaante afgetekend die zijn bord schoonschraapte en toen de deur weer dichtdeed. Direct daarna stonden Pitt en de anderen met hun rug tegen de muur van de ertsmolen aangedrukt.

Pitt bracht zijn mond vlak bij Findley's oor. 'Hoe kunnen we binnenglippen?'

'Er zijn openingen voor de transportbanden die het erts naar de vermaler vervoeren en daarna als slik naar de treinen. Het enige probleem is, dat die zich ver boven ons bevinden.'

'Lagere toegangsdeuren?'

'De grote schuifdeur,' fluisterde Findley even zacht als Pitt, 'en de hoofdingang. Als ik me goed herinner, leidt er een trap naar een zijkantoortje.'

'Ongetwijfeld op slot,' zei Giordino somber.

'Uitstekend bedacht,' gaf Pitt toe. 'Goed, de voordeur dus. Niemand zal bezoek van vreemden verwachten. Dus gaan we rustig naar binnen alsof we hier thuishoren. Drie makkers die uit de kantine komen.'

Ze liepen op hun gemak de hoek van de ertsmolen om en kwamen ongestoord door de hoge, verweerde deur binnen.

De ruimte was enorm. Dat moest ook wel, want in het midden stond een reusachtige machine die er met zijn transportbanden, waterslangen en elektriciteitssnoeren als een octopus uitzag. De ertsmolen bestond uit een massieve horizontale cilinder met daarbinnen stalen ballen van verschillende grootte die het erts verpulverden.

Langs een muur stonden enorme drijftanks voor het slik. Boven de massieve machinerieën hingen loopbruggen die je via stalen ladders kon bereiken. Langs de reling van een loopbrug hing een snoer vol lampen, gevoed door een draagbare generator die in een hoek stond te puffen.

Pitt had gerekend op twee, drie helikopters voor de evacuatie van de kapers. Er stond er maar één, een grote British Westland Commando, oud maar betrouwbaar, ontworpen voor troepentransport. Er konden ruim dertig man in. Op een monteurssteiger stonden twee mannen in militaire overal door een onderhoudsluik naar de motor van de helikopter te turen. Ze gingen zo in hun werk op, dat ze de bezoekers niet opmerkten.

Langzaam en voorzichtig liep Pitt de grote ruimte verder binnen met Findley rechts, Giordino links en Gunn achter hem. Nog steeds keken de twee monteurs niet op. Pas toen zag hij achter een steunbalk op een omgekeerde kist met zijn rug naar de deur een onverschillige wacht zitten.

Pitt gebaarde Giordino en Gunn in de schaduwen om de helikopter heen te lopen om andere kapers te zoeken. De wacht die de koude tocht van het open- en dichtgaan van de deur had gevoeld, draaide zich half om om te zien wie er binnen was gekomen.

Pitt liep langzaam naar de wacht toe en hief op twee meter afstand glimlachend zijn hand in een vage begroeting.

De wacht keek hem vragend aan en vroeg iets in het Arabisch.

Pitt haalde zijn schouders op en antwoordde in vriendelijk gebrabbel dat door het geluid van de generator werd overstemd.

Toen viel de blik van de wacht op de oude Thompson. De twee seconden tussen verwarring en lichamelijke actie kwamen hem duur te staan. Voor hij zich opzij kon laten vallen, had Pitt de kolf van de Thompson tegen zijn schedel geslagen.

Pitt ving de wacht op en propte hem tegen de steunpilaar aan alsof hij zat te dutten. Vervolgens kroop hij onder de voorkant van de helikopter naar de twee monteurs die aan de motor stonden te werken. Hij greep de ladder van de steiger beet en gaf er een flinke ruk aan, waardoor de steiger omkieperde.

In hun vlucht waren de monteurs zo verrast, dat ze niet eens schreeuwden. Ze probeerden alleen maar onverrichter zake de lucht vast te grijpen voor ze tegen de hardhouten vloer sloegen. Eentje kwam op zijn hoofd terecht en verloor onmiddellijk het bewustzijn. De andere landde op zijn zij en zijn rechterarm brak met een hoorbaar gekraak. Hij liet een pijnlijk gekreun ontsnappen, maar een klap met de kolf van de Thompson tegen zijn slaap snoerde hem onmiddellijk de mond.

'Mooi werk,' zei Findley die de zwijgplicht verbrak.

Findley en Pitt kropen voorzichtig onder de helikopter door en zagen tot hun verbazing Gunn en Giordino in een vouwstoel zitten met hun ogen strak op vier woedende gevangenen gericht die tot aan hun nek in slaapzakken zaten geritst.

'Jij geilt altijd op mooie pakjes,' zei Pitt.

Giordino wendde zijn ogen niet van zijn gevangenen af. 'En jij maakt altijd te veel lawaai. Wat was dat?'

'De monteurs zijn van de steiger gevallen.'

'Hoeveel hebben we er te grazen genomen?'

'Zeven in totaal.' Pitt hing de Thompson over zijn schouder. 'Clayton, aan jou de eer om ze te boeien en te knevelen. In de helikopter kun je wel wat riemen vinden. Al, hou ze goed in het oog. Rudi en ik gaan buiten een kijkje nemen.'

Pitt en Gunn begonnen met opgetrokken neus vanwege de zweetlucht twee gevangenen van hun bovenkleding te ontdoen die ze vervolgens zelf aantrokken. Toen wandelden ze zonder moeite te doen onopgemerkt te blijven naar buiten. Ze gingen midden op de weg tussen de gebouwen door lopen. Bij de kantine doken ze in de schaduwen en tuurden bij een raam door een spleet in de gordijnen.

'Ik zie er wel een stuk of tien, twaalf,' fluisterde Gunn. 'Allemaal tot de tanden bewapend. Ziet er naar uit, dat ze op het punt staan het gebied te ontruimen.'

'Hollis, verdomme,' gromde Pitt zachtjes. 'Als hij ons nou maar iets gegeven had om mee te communiceren.'

'Daar is het nu te laat voor.'

'Te laat?'

'Het is nu vijf uur twaalf,' antwoordde Gunn. 'Als de aanval volgens plan was verlopen, hadden Hollis' medische en ondersteuningstroepen nu over onze kop naar het schip moeten vliegen.'

Gunn had gelijk. De helikopters van de Speciale Strijdkrachten waren nergens te horen.

'Laten we de ertstrein gaan zoeken,' zei Pitt. 'Het lijkt me een goed idee om die buiten werking te stellen, zodat we alle transport tussen de mijn en het schip afsnijden.'

Gunn knikte en ze liepen geluidloos, bij de ramen in elkaar duikend, langs de muur van de kantine. Bij de hoek aangekomen bleven ze staan om voorzichtig om zich heen te kijken. Toen staken ze de open vlakte over naar de spoorbaan en renden over de dwarsliggers verder.

Pitt voelde een huivering over zijn rug. De wind was gaan liggen. Het was opgehouden met sneeuwen en in het oosten vervaagden de sterren.

Er zat iets goed fout.

49

Het leek Hollis wel of ze uren geleden in de boten waren gegaan.

De kleine Postduif-helikopters hadden Hollis' team op een eilandje in de mond van de fjord afgezet. Ze staken zonder moeilijkheden af, maar de getijstroom van vier knopen per uur was veel sterker dan ze hadden gedacht.

De geluidloze elektrische motor had er na vijf minuten de brui aan gegeven en er ging kostbare tijd verloren, toen de mannen van de Speciale Strijdkrachten moesten gaan peddelen. Het werd een wanhopige race met het ochtendgrauw om de *Lady Flamborough* als eerste te bereiken.

De zaak werd nog ingewikkelder toen Hollis merkte, dat hij noch Dillinger noch iemand anders van het landteam via de radio kon oproepen. Er bestond geen enkele manier om erachter te komen of Dillinger aan boord van het schip was gegaan of verdwaald was op de gletsjer.

Hollis vervloekte de kapotte motor, de stroming en Dillinger met elke haal van zijn peddel. Zijn zorgvuldig berekende opzet kon hij wel vergeten. De aanval liep ver achter op het schema en hij kon het risico niet nemen de aanval af te gelasten.

Alleen de vriesnevel die Findley had beschreven, bood enig soelaas. Die omhulde de boten met hun vastberaden mannen als een beschermende deken. Hollis richtte zijn infraroodkijker op de *Lady Flamborough* die er nu uitzag als een groteske ijssculptuur, drijvend voor het gebarsten porselein van een antieke tobbe. Het was nog een goeie kilometer. Zijn mannen begonnen van het constante gepeddel uitgeput te raken. Ze hadden weliswaar keihard getraind en geregeld geoefend met gewichten en ze haalden hun peddels dan ook geluidloos tegen de genadeloze getijstroom in door het water, maar hun spieren begonnen te verstijven en elke haal werd een marteling.

De beschermende mist begon op te lossen. Hollis werd bang dat ze een gemakkelijk doelwit werden. Hij keek naar boven en zijn vertrouwen stroomde met het eb mee. Door de open plekken in de mist heen kon hij zien, dat de hemel van zwart in een steeds lichter blauw kleurde.

Zijn boten dreven midden in de fjord en de dichtstbijzijnde oever die enige dekking bood, was nog altijd een halve kilometer verder weg dan de *Lady Flamborough.*

'Vooruit mannen, zet hem op,' moedigde hij aan. 'Het zijn de laatste loodjes.'

De vermoeide strijders spraken hun laatste reserves aan en voerden de snelheid van hun halen op. Hollis legde de infraroodkijker opzij en begon ook verwoed te peddelen. Misschien, heel misschien zouden ze het op het nippertje kunnen halen, dacht hij hoopvol terwijl ze het schip begonnen te naderen.

Maar waar was Dillinger? vroeg hij zich bitter af. Wat was er verdomme met het aanvalsteam op de gletsjer aan de hand?

Met Dillinger ging het niet veel beter. Hij had zelfs nog minder idee van de situatie. Onmiddellijk nadat ze uit de C-140 waren gesprongen, waren zijn mannen door de hevige wind alle kanten op verspreid.

Grimmig keek Dillinger naar boven en om zich heen om te zien, hoe zijn team het deed. Iedereen had een blauw lichtje, maar de sneeuw en hagel maakten het hem onmogelijk hen te zien. Op hetzelfde moment dat zijn parachute openging, verloor hij hen uit het zicht.

Hij drukte op de schakelaar van een zwart doosje dat aan zijn enkel zat gegespt en sprak in zijn kleine zender: ‘Majoor Dillinger hier. Ik heb het radiobaken aangezet. We hebben een glijvlucht van zeven kilometer voor de boeg, dus probeer zo dicht mogelijk bij me te blijven en richt op mij nadat ik ben geland.’

‘In deze soep mogen we van geluk spreken als we op het eiland terechtkomen,’ mompelde een kankeraar.

‘Radiostilte, behalve voor noodgevallen,’ beval Dillinger.

Hij keek omlaag, maar zag niets behalve zijn overlevingspak dat aan een aan zijn riemen bevestigd koord van twee meter bungelde. Hij bepaalde zijn positie met behulp van een lichtgevende hoogtemeter en een kompas die hij als de spiegel van een arts op zijn voorhoofd droeg.

Zijn grootste zorg was dat ze te ver gingen en in de fjord zouden landen. Hij nam het zekere voor het onzekere en landde . . . bijna een kilometer te vroeg. Een dunne laag sneeuw verzachtte zijn val en hij maakte een perfecte staande landing, op nog geen twee meter van een ijskloof vandaan.

Hij sloeg op de knop die de parachute losmaakte en deze zakte in elkaar voor de wind er vat op kreeg. Hij nam de moeite niet om hem op te vouwen en te verstoppen. Hij mocht geen tijd verspillen. De belastingbetalers moesten maar voor het verlies opdraaien.

‘Dillinger hier. Ik ben geland. Richt op mijn baken.’

Hij haalde een plastic fluitje uit zijn zak en begon er elke tien seconden met zijn gezicht naar een andere kant op te blazen. De eerste twee minuten was er niemand te zien.

Langzaamaan begonnen ze een voor een op een sukkeldraf naar hem toe te rennen. Ze waren ver verspreid neergekomen. Over het ongelijke oppervlak van de gletsjer deden ze er veel langer over dan Dillinger had verwacht.

Een had een gebroken schouder, een ander een verstuikte enkel. Zijn sergeant hield zijn pols omklemd waarvan Dillinger vermoedde dat die gebroken was, maar hij had de man te hard nodig om hem af te schrijven.

Tegen de twee gewonden zei Dillinger: ‘Jullie zijn niet in staat de rest van ons bij te houden, maar volg zo goed als je kunt in onze sporen. Zorg er wel voor, dat je je lantaarns afschermt.’ Dillinger knikte Jack Foster, zijn sergeant toe. ‘Maak de verbindingskoorden vast, sergeant, ik ga voorop.’

Foster salueerde en begon de koorden van zijn mannen te controleren.

De gebarsten ijsbodem was verraderlijk, maar ze vorderden in looppas. Dillinger was niet bang in een kloof te vallen. Het koord om zijn middel was aan voldoende spierbundels bevestigd om hem weer naar boven te hijsen. Twee keer liet hij stoppen om zich te oriënteren voor ze weer verder gingen.

Ze klauterden over scherpgetande ijskammen, en een kloof had hen bijna verslagen. Ze verspilden zeven minuten voor een anker zich aan de overkant vastbeet en de lichtste man hand over hand kon oversteken om het houvast te verstevigen. Weer tien minuten verstreken voor de laatste man was overgestoken.

Dillinger werd steeds ongeruster. Zijn team had al twee man minder en ze raakten steeds verder achter op het tijdschema. Hij betreurde het nu dat hij Giordino's ongevraagde advies niet had opgevolgd de geschatte tijd van dropping tot aanval te verdubbelen.

Hij bad dat het duikteam niet zou doodvriezen in het water terwijl ze bij de romp van de *Lady Flamborough* op hem lagen te wachten. Steeds opnieuw probeerde hij Hollis op te roepen om hem van zijn oponthoud op de hoogte te brengen, maar er kwam geen antwoord. Achter hem onthulden de eerste lichtstralen het oppervlak van de gletsjer. Er ging een trieste verlatenheid van uit, een angstaanjagende vreemdheid. Hij kon nu de vage glans van de fjord voor hem zien – en plotseling realiseerde hij zich waarom er geen radiocontact was.

Hollis kon het schip nu duidelijk zonder infraroodkijker zien. En een kaper met een scherpe blik die in de juiste richting keek, zou de silhouetten van de boten tegen het donkergrijze water kunnen zien afsteken. Naarmate de afstand kleiner werd, durfde Hollis nauwelijks adem te halen.

Tegen beter weten in hoopte Hollis het radiocontact met Dillinger te kunnen herstellen. 'Haai roept Valk, antwoord!' Hij probeerde het voor de honderdste keer, toen Dillingers stem plotseling in zijn oortelefoon bulderde.

'Valk hier, spreek maar.'

'Je bent te laat!' siste Hollis zacht. 'Waarom heb je niet eerder geantwoord?'

'We zijn nu pas binnen bereik. Er was geen rechte horizontale verbindingslijn. Ons signaal komt niet door het ijs heen.'

'Ben je op je locatie?'

'Nee,' zei Dillinger kortaf. 'We hebben hier met een delicate situatie te maken en het kan nog wel even duren voor die is opgelost.'

'Wat noem je delicaat?'

'Een op scherp gestelde reeks explosieven in een breuk achter de ijswand die per radiosignaal tot ontploffing kan worden gebracht.'

'Hoe lang om ze onschadelijk te maken?'

'Kan wel een uur duren voor we ze allemaal hebben gevonden.'

'Je hebt vijf minuten,' zei Hollis snel. 'Als we langer wachten zijn we dood.'

'Als de ladingen ontploffen en de ijswand op het schip valt, zijn we allemaal dood.'

'We moeten erop gokken dat de terroristen te overdonderd zijn om ze tot ontploffing te brengen. Schiet op. Mijn boten kunnen elk ogenblik worden ontdekt.'

'Ik kan jullie silhouet net over de ijsrand heen zien.'

'Jouw ploeg gaat eerst,' beval Hollis. 'Zonder absolute duisternis is elke afleiding tijdens de beklimming van de romp welkom.'

'Laten we op het zonnedek afspreken voor een borrel,' zei Dillinger.

'Ik trakteer,' antwoordde Hollis plotseling enthousiast. 'Succes!'

Ibn zag ze.

Hij stond op de oude laadpier, samen met Ammar, hun vier gijzelaars en twintig Egyptische kapers. Door een verrekijker zag hij hoe zwartgeklede gedaanten van de ijswand langs touwen naar beneden gleden, zich met messen een weg door het plastic baanden en daaronder verdwenen. Hij richtte zijn verrekijker iets lager en ontwaarde de mannen in boten bij de romp. Hij zag hen haken naar boven schieten en langs de touwen naar het hoofddek klimmen.

'Wie zijn dat?' vroeg Ammar die naast hem eveneens door een verrekijker stond te kijken.

'Volgens mij zijn het de Amerikaanse Speciale Strijdkrachten.'

In de helder wordende ochtend knikte Ammar. 'Daar kun je wel eens gelijk in hebben. Maar hoe hebben ze ons in Allahs naam zo snel kunnen vinden?'

'Voor hun ondersteuningstroepen arriveren, moeten we weg zijn.'

'Heb je de trein opgeroepen?'

'Die kan hier elk ogenblik zijn om ons naar de mijn te brengen.'

'Wat is er aan de hand?' vroeg president De Lorenzo.

Voor het eerst klonk er een angstig voorgevoel in Ammars stem door. 'Het ziet ernaar uit, dat we het schip op een buitengewoon gelukkig moment hebben verlaten. Allah glimlacht. De indringers zijn zich van onze aanwezigheid hier niet bewust.'

'Binnen een half uur krioelt dit eiland van Amerikaanse troepen,' draaide senator Pitt kalm de schroeven nog wat aan. 'Overgave lijkt me aanbevelenswaardig.'

Ammar draaide zich om en keek de senator woedend aan. 'Als ze hier komen, is er niemand meer om te redden.'

'Waarom heb je ons niet op het schip gedood?' vroeg Hala dapper.

Ammar verwaardigde zich niet haar te antwoorden en knikte Ibn toe. 'Breng de lading tot ontploffing.'

Ibn haalde een zendertje uit zijn jaszak en richtte het op de gletsjer.

'Wat voor lading?' vroeg de senator op gezaghebbende toon.

'De explosieven die we achter de ijswand hebben aangebracht, natuurlijk,' zei Ammar alsof iedereen daarvan wist. 'Ibn, ga je gang.'

Voor de stomgeslagen gijzelaars konden protesteren, schakelde Ibn de zender in en drukte op de knop die de ontstekers moest activeren.

De ontploffing klonk als het gedempte gerommel van de donder. De ijswand kraakte en kreunde onheilspellend. Maar er leek niets te gebeuren. De ijswand bleef stevig overeind.

Op acht verschillende plaatsen in de scheur hadden er explosies moeten plaatsvinden, maar de mannen van majoor Dillinger hadden ze allemaal op één na onschadelijk gemaakt.

Pitt en Gunn hoorden de knal terwijl ze de twee terroristen beslopen die druk bezig waren de oude mijnlocomotief op te stoken. De terroristen hielden even op om te luisteren, lachten en gingen weer door met hun werk.

'Die knal was geen verrassing voor die knapen,' fluisterde Gunn. 'Ze leken hem te verwachten.'

'De ijswand is niet aan het afkalven. Dan zouden we de grond hebben voelen beven.'

Het locomotiefje was aan een kolentender en vijf ertswagons gekoppeld. Het was een smalspoormodel zoals bij mijnen en op industriecomplexen werd gebruikt. Met zijn hoge schoorsteen en ronde ramen in de cabine stond hij daar te puffen als een locomotief in een prentenboek.

'Laten we de machinist en de stoker een mooi afscheid geven,' mompelde Pitt droogjes, 'dat hebben ze wel verdiend.'

Gunn keek Pitt bevreemd aan en schudde verbijsterd zijn hoofd. Ze renden gebogen naar het eind van de trein waar ze uiteengingen en, onder dekking van de ertswagons, ieder aan een kant naar voren slopen. De cabine was helder verlicht door de openstaande vuurkist en Pitt gebaarde Gunn met opgestoken hand te wachten.

De Arabier die als machinist optrad, was druk in de weer met kleppen en stoomdrukmeters. De andere schepte kolen van de kolentender in de vuurkist. Hij voerde een laatste schep zwarte brokken aan het laaiende vuur, veegde het zweet van zijn voorhoofd en klapte het vuurluik met zijn schop dicht, waardoor de cabine in het halfduister werd gehuld.

Pitt wees op de machinist en toen naar Gunn. Gunn wuifde dat hij het had begrepen, greep de handvatten beet en sprong de cabine in.

Pitt was het eerst binnen. Hij kwam kalm recht op de stoker af en zei vriendelijk: 'Goeiendag.'

Voor de stomverbaasde stoker kon antwoorden, had Pitt snel de schop uit zijn handen gegrist en er de Arabier een harde klap mee op zijn hoofd gegeven.

De machinist wilde zich net omdraaien, toen Gunn hem met de zware geluiddemper op de korte loop van zijn Heckler & Koch tegen zijn kin sloeg. De Arabier zakte als een zoutzak in elkaar.

Terwijl Gunn op de uitkijk stond, hing Pitt de terroristen half uit de zijramen van de cabine. Vervolgens begon hij aandachtig de wirwar aan pijpen, kleppen en hendels te bestuderen.

Pitt trok aan een grote hefboom en de locomotief schoof een centimeter naar voren. 'Goed, dat is de rem. Ik geloof dat ik zo'n beetje weet welke hendel waarvoor dient. Luister, als we langs de ertsmolen komen, spring je eraf en ren je naar binnen.'

'En de trein?'

'De Cannonball Expres stopt nergens,' antwoordde Pitt met een brede grijns.

Pitt haalde de pal van de vooruit-achteruitschakeling en duwde de hendel van zich af. Vervolgens schoof hij de stoomklep langzaam open. Onder het gerammel en geruk van de ertswagons begon de locomotief langzaam vooruit te rijden. Nu duwde hij de stoomklep helemaal open. De drijfwielen maalden een paar maal in het rond voor ze zich op de roestige rails vastbeten en de trein schoot met een ruk naar voren.

Het moeizame gepuf kwam steeds sneller naarmate het locomotiefje harder ging. Toen ze voorbij de kantine kwamen, ging de deur open en leunde een terrorist naar buiten die zijn hand opstak als om te zwaaien. Hij trok hem terug zodra hij de twee lichamen uit de zijramen van de cabine zag hangen. Het leek wel alsof hij aan een groot stuk elastiek vastzat, zo snel schoot hij schreeuwend het gebouw weer binnen.

Pitt en Gunn lieten een hagel van kogels op de ramen en de deur van het gebouw neerslaan. De trein schoot voorbij en naderde de ertsmolen. Pitt keek naar de grond en schatte de snelheid tussen de vijftien en twintig kilometer.

Hij trok het fluitkoord boven zijn hoofd naar beneden en bond het vast. De stoom door de koperen fluit sneed als een scheermes door de lucht.

'Nu!' schreeuwde Pitt.

Ze kwamen rennend, glijdend en struikelend op de grond terecht, maar bleven op de een of andere manier op de been. Zonder te aarzelen of te wachten om op adem te komen, renden ze met de trein mee en recht de trappen van de ertsmolen op om pas te stoppen toen ze beiden over de drempel struikelden en binnen tegen de grond klapten.

Het eerste wat Pitt zag toen hij opkeek, was Giordino die achteloos zijn machinegeweer met de loop naar boven gericht in zijn hand hield.

'Wie schoot er? Zij of wij?'

'Wij.'

'Krijgen we bezoek?'

'Een zwerm wespen uit een vernield nest,' antwoordde Pitt. 'We hebben niet lang om ons op een belegering voor te bereiden.'

'Dan moeten ze voorzichtig richten, want anders gaat hun helikopter kapot.'

'Een voordeel dat we tot het uiterste moeten uitbuiten. Al, jij sleurt samen met Findley alles wat los en vast zit naar de vermaler en jullie maken er een fort van. Rudi en ik zullen ze zolang mogelijk tegenhouden. De enige hoop voor de kapers om hun helikopter niet te beschadigen, is een massabestorming via de hoofdingang. We zullen er vanuit de ramen zoveel mogelijk neerschieten voor we ons naar de vermaler terugtrekken.'

'Nu weet ik hoe Davy Crockett zich bij de Alamo heeft gevoeld,' kreunde Giordino.

Findley en Giordino begonnen de vermaler te versterken, terwijl Pitt en Gunn zich elk in een hoek bij een raam installeerden. De eerste zonnestralen kwamen boven de top van de berg uit. Het was bijna dag.

Pitt voelde een golf van angst. Ze konden misschien voorkomen dat de Arabieren die de ertsmolen aan het omsingelen waren ontsnapten, maar als de kapers op het schip aan de Speciale Strijdkrachten ontsnapten en naar de mijn kwamen gerend, zouden hij en zijn handjevol mannen onder de voet worden gelopen.

Door het raam zag hij somber hoe het locomotiefje steeds sneller op zijn laatste rit over het smalspoor racete en met gillende fluit in de verte verdween.

50

De teleurstelling om het besef dat de gletsjer niet afkalfde, was duidelijk op Ammars gezicht te zien.

'Wat is er fout gegaan?' beet hij Ibn toe met een door woede verstikte stem. 'Het had een kettingexplosie moeten zijn.'

Ibns gezicht was als uit steen gehouwen. 'Ik maak geen fouten, Suleiman Aziz, dat weet je. Het commandoteam op de gletsjer moet ze onschadelijk hebben gemaakt.' Plotseling keek hij naar de berghelling en luisterde met een hand achter zijn oor. 'Geweervuur bij de mijn.'

Ammar luisterde, maar hij hoorde iets anders – het verre gesnerp van een stoomfluit. Het geluid bleef aanhouden en werd steeds luider. Toen zag hij de rookpluim en keek verbaasd toe hoe de trein wild door de bochten de berg afschoot en over een lang, recht stuk naar de pier kwam denderen.

'Wat denken die idioten dat ze aan het doen zijn?' riep hij uit.

De kapers en de gegijzelden waren totaal niet op het ongelooflijke schouwspel voorbereid. Ze stonden als verstijfd terwijl de trein als een op hol geslagen monster op hen afstormde.

'Allah sta ons bij,' prevelde een man met hese stem.

'Sta jezelf bij!' snauwde Ibn. Hij had zich als eerste hersteld en schreeuwde iedereen toe van de spoorbaan af te gaan. Als een stel gekken sprong iedereen alle kanten op, weg van de rails, net voor de ertswagons, voortgetrokken door het blinde locomotiefje, de pier opschoten. De drijfstangen bewogen zo snel, dat je ze niet meer kon zien.

De houten palen en planken trilden onder het geweld. De laatste wagon bonkte de rails af, maar werd aan de koppelstang – als een gillend stout kind bij zijn oor – over de geteerde planken gesleurd. De stalen wielen sloegen vonken uit de rails. Toen had de locomotief geen rails meer en schoot het eind van de pier af.

Een ogenblik leek de trein als vertraagd in een boog door de lucht te zeilen voor de locomotief de fjord indook. Wonder boven wonder ontplofte de gloeiende ketel bij het contact met het ijzige water niet. De locomotief verdween in een sissende stoomwolk, gevolgd door het knarsende geluid van scheurend metaal dat werd veroorzaakt door de wagons die boven op elkaar vielen.

Ammar en Ibn renden naar het eind van de pier en stonden hulpeloos naar de stoom en de luchtbellen te kijken.

'De lichamen van onze mensen hingen uit de cabine,' zei Ammar. 'Heb je dat gezien?'

'Jawel, Suleiman Aziz.'

'Dat geweervuur dat je zonet hebt gehoord; onze mannen bij de mijn moeten zijn aangevallen!' zei Ammar blind van woede. 'We hebben nog steeds een kans om te ontsnappen als we ze helpen voor de helikopter is beschadigd.'

Ammar beval een van zijn mannen om met de gevangenen in de achterhoede te volgen en begon de smalle spoorbaan op te rennen, met de andere leden van zijn team in ganzepas achter zich aan.

Ammar voelde een groeiende angst en onzekerheid in zich opkomen. Als de helikopter was vernietigd, konden ze niet ontsnappen en zich nergens op het kale eiland verbergen. De Amerikaanse Speciale Strijdkrachten zouden hen een voor een neerschieten of hen achterlaten om van honger en kou om te komen.

Ammar was erop gebeten te overleven, al was het alleen maar om Yazid te doden en de duivel te vinden die hem tot Santa Inez had gevolgd en een stokje voor zijn ingewikkelde plannen had gestoken.

Op het moment van de ontploffing stond kapitein Machado in de stuurhut. Hij voelde hem meer dan dat hij hem hoorde. Hij bleef verstijfd staan luisteren, maar het enige geluid kwam van een tikkende klok.

Plotseling trok hij wit weg. De gletsjer staat op het punt af te breken, dacht hij.

Machado rende naar de communicatiehut waar een van zijn mannen dommig naar de telex stond te kijken.

Bij Machado's binnenkomst keek hij wezenloos op. 'Ik dacht dat ik een explosie hoorde.'

De achterdocht begon in Machado's ingewanden te wroeten. 'Heb je de radioman of de leider van de Egyptenaren gezien?'

'Ik heb niemand gezien.'

'Helemaal geen Arabieren?'

'Al een uur lang niet.' De radarman dacht even na. 'Niet sinds ik uit de eetzaal hierheen ben gekomen. Ze zullen de gevangenen wel bewaken of wachtlopen op het dek, aangezien ze zo stom waren zich daar voor aan te melden.'

Machado keek bedachtzaam naar de lege stoel bij de radioapparatuur. 'Misschien waren ze toch niet zo stom.' Hij keek door de kijkspleten in het plastic voor de voorruiten van de brug. Er was nu genoeg daglicht om het voorste gedeelte van het schip te kunnen zien.

Er zaten een paar brede japen in het plastic. Te laat zag hij de touwen die van de top van de gletsjer door de opening kwamen. Te laat draaide hij zich om om over de intercom alarm te slaan.

Voor hij ook maar iets kon zeggen, stond hij opeens stokstijf stil.

In de deur stond een man.

Een man in het zwart, inclusief zijn handen en wat er door het skimasker van zijn gezicht was te zien. Hij droeg een groot kogelvrij borststuk met zakken vol fragmentatie- en verdovingsgranaten, drie messen en nog wat ander moordtuig.

Machado kneep zijn ogen tot spleetjes. 'Wie ben je?' vroeg hij, in het besef dat hij de dood in het gezicht staarde. Terwijl hij sprak trok hij bliksemsnel een automatisch 9-millimeter pistool uit zijn schouderholster en vuurde.

Machado was goed. Wyatt Earp, Doc Holiday en Bat Masterson zouden trots op hem zijn geweest. Zijn schot raakte de indringer midden op de borst.

Bij een oud kogelvrij vest zou de kracht van de inslag een rib hebben gebroken of een hart hebben doen stilstaan. De vesten van de Speciale Strijdkrachten waren echter het nieuwste van het nieuwste. Ze konden zelfs een .308 NATO-salvo stoppen en de kracht van de inslag zodanig verspreiden, dat het slechts een kneuzing opleverde.

Dillinger huiverde even, deed een stap terug en haalde tegelijkertijd de trekker van zijn Heckler & Koch over.

Ook Machado droeg een vest, maar van het oude model. Dillingers salvo kliefde er doorheen en haalde zijn borst open. Met zijn rug als een strakgespannen boog kromgetrokken, strompelde hij achteruit en viel tegen de kapiteinsstoel waar hij tegen de grond sloeg.

De Mexicaanse wacht stak zijn handen omhoog en riep: 'Niet schieten! Ik ben ongewapend . . .'

Dillingers korte salvo in de keel sneed het pleidooi van de Mexicaan af en sloeg hem tegen het scheepskompas waar hij als een lappenpop bleef hangen.

'Niet bewegen of ik schiet,' zei Dillinger een beetje laat.

Sergeant Foster stapte om de majoor heen en keek op de terrorist neer. 'Hij is dood, majoor.'

'Ik waarschuwde hem nog,' zei Dillinger achteloos terwijl hij een nieuw magazijn in zijn wapen schoof.

Foster trapte met zijn laars tegen het lichaam zodat het op de buik rolde. Uit een schede in de kraag gleed een lang bajonetmes dat kletterend op de grond viel. 'Intuïtie, majoor?' vroeg Foster.

'Iemand die zegt dat hij ongewapend is, heb ik nog nooit vertrouwd . . .'

Plotseling zweeg Dillinger en luisterde. Allebei hoorden ze het nu en ze keken elkaar vragend aan.

'Wat is dat in godsnaam?' vroeg Foster.

'Ik zou zweren dat dat de fluit van een oude stoomlocomotief is. Klinkt alsof hij van de berg met de oude mijn komt.'

'Ik dacht dat die verlaten was?'

'Die NUMA-mensen moesten daar wachten totdat het schip in onze handen was.'

'Waarom zouden ze een oude locomotief opstoken?'

'Ik weet het niet.' Dillinger keek peinzend voor zich uit. 'Misschien . . . misschien proberen ze ons iets te vertellen.'

Hollis en zijn mannen hoorden de ontploffing op de gletsjer vlak na een wilde schietpartij in de eetzaal.

Zijn duikersploeg had zich een weg door het plastic gesneden en een smalle ruimte tussen de namaakcontainers gevonden. Ze waren op hun hoede de deur naar de bar en lounge buiten de eetzaal binnengegaan en hadden zich verspreid. Pilaren en meubilair als dekking gebruikend, verrasten ze Machado's Mexicaanse terroristen.

Op één na waren ze er allemaal geweest. De laatste stond nog op de plek waar hij was geraakt, in zijn stervende ogen een blik van haat en vage verbazing. Toen stortte hij neer waarbij hij het dure, dikke tapijt rood kleurde.

Hollis en zijn mannen gingen verder, voorzichtig over en om de lichamen heenstappend. Een bloedstollend gekraak van de gletsjer liet de paar onbeschadigde flessen en glazen achter een rijk versierde bar rinkelen.

De mannen van de Speciale Strijdkrachten keken elkaar en hun kolonel benauwd aan, maar ze gaven geen krimp.

'Majoor Dillingers team moet er een hebben gemist,' merkte Hollis kalm op.

'Geen gijzelaars, kolonel,' zei een van zijn mannen. 'Het blijken allemaal terroristen te zijn.'

Hollis bestudeerde een paar van de levenloze gezichten. Ze zagen er geen van allen uit alsof ze uit het Midden-Oosten kwamen. Moet de bemanning van de *General Bravo* zijn, dacht Hollis.

'Majoor, rapport alsjeblieft,' zei hij in zijn radio.

'Tot nu toe licht verzet,' antwoordde Dillinger. 'Hebben nog maar vier kapers geteld. De brug is in onze handen en we hebben zo'n honderd bemanningsleden bevrijd die in de bagageruimte zaten opgesloten.'

'Goed werk. Ik ga nu naar de suites om de passagiers te bevrijden. Stuur de machinisten terug naar hun post om de turbines aan te zetten. We willen hier geen minuut langer onder die ijsberg hangen als nodig is. Kijk uit. We hebben zestien kapers neergelegd, allen Zuidamerikaans. Er moeten nog zo'n twintig Arabieren op het schip zijn.'

'Misschien zijn ze aan wal, kolonel.'

'Waarom zeg je dat?'

'Een paar minuten geleden hebben we de fluit van een locomotief gehoord. Ik beval een van de mannen de radarmast in te klimmen om te zien wat er aan de hand was. Hij meldde dat er een trein als een kanonskogel van de berg af kwam gestormd. Hij zag hem van een vlakbij gelegen pier afrijden waar zo'n vijfentwintig terroristen stonden.'

'Laat dat maar even rusten. We gaan eerst de gijzelaars redden.'

'Begrepen.'

Hollis leidde zijn mannen de staatsietrap op en sloop zo zacht als een fluistering naar de gang van de suites. Het was ongelooflijk, maar voor de suites stonden geen bewakers. De mannen begonnen de deuren in te trappen en vonden de Egyptische en Mexicaanse stafadviseurs, maar geen spoor van Hasan en De Lorenzo.

Hollis brak de laatste deur in de gang open, sprong naar binnen en stond voor vijf man in scheepsuniform. Een van hen deed een stap naar voren en staarde Hollis misprijzend aan. 'U had de deurknop kunnen gebruiken,' zei hij.

'U bent kapitein Oliver Collins?'
'Ja, ik ben Collins, alsof u dat niet wist.'
'Jammer van de deur. Ik ben kolonel Morton Hollis, van de Speciale Strijdkrachten.'
'Jezuslief, een Amerikaan!' stootte eerste officier Finney uit.
Collins gezicht klaarde op en hij begon Hollis' hand op en neer te pompen. 'Vergeef me, kolonel, maar ik dacht dat u een van hen was. Zijn wij even blij u te zien!'
'Hoeveel kapers?' vroeg Hollis.
'Nadat de Mexicanen van de *General Bravo* aan boord kwamen, zou ik zeggen dat het er zo'n veertig waren.'
'We hebben er nog maar twintig geteld.'
Aan Collins' gezicht was de beproeving af te zien. Hij zag er uitgemergeld uit, maar stond nog steeds kaarsrecht. 'Hebt u de twee presidenten, senator Pitt en juffrouw Kamil gered?'
'Ik ben bang dat we ze nog niet hebben gevonden.'
'Ze zaten in de suite hier recht tegenover gevangen.'
'Daar zat niemand,' zei Hollis kortaf. 'We hebben dit dek al afgezocht.'
Collins' gedisciplineerde zelfbeheersing viel van hem af. Hij stond volkomen perplex. 'Mijn God, dan hebben ze hen meegenomen.'
Hollis sprak in zijn microfoon. 'Majoor Dillinger.'
Binnen vijf seconden antwoordde Dillinger: 'Ik ontvang u, kolonel.'
'Contact met de vijand?'
'Nee, volgens mij hebben we ze allemaal wel zo'n beetje gehad.'
'Er worden op zijn minst twintig kapers plus de VIP-passagiers vermist. Zie je enig teken van hen?'
'Nee, geen teken van hen te bekennen.'
'Goed, stel het schip veilig en laat de bemanning haar de fjord uitvaren.'
'Kan niet,' zei Dillinger ernstig.
'Problemen?'
'Dat stelletje moordenaars heeft de machinekamer een goeie beurt gegeven. Alles kort en klein geslagen, inclusief generators en noodaggregaten. Kan wel een week duren voor het schip kan varen.'
'Dan moeten we de bemanning en de passagiers per reddingssloep afvoeren.'
'Sorry, kolonel. We hebben hier met echte sadisten te maken. Ze hebben de reddingssloepen ook vernield. De bodem eruit geslagen.'
Dillingers grimmige rapport werd onderstreept door een diep rommelend geluid dat door de gletsjer werd voortgebracht en als een trommel door het schip ging. Dit keer waren er geen trillingen, alleen het hartverlammende gerommel. Het hield wel een minuut lang aan voor het ten slotte langzaam wegstierf.
Hollis en Collins waren dappere kerels – niemand zou dat ooit betwijfelen – maar ze konden de angst in elkaars ogen zien.
'De gletsjer gaat afkalven,' zei Collins grimmig. 'De ankerkettingen door-

hakken en bidden dat het getij ons de fjord uitvoert, dat is de enige hoop die we hebben.'

'Geloof me, de komende acht uur is er geen eb,' zei Hollis. 'En ik kan het weten.'

'U zit vol vrolijke nieuwtjes, is het niet, kolonel?'

'Het ziet er niet bemoedigend uit, wel?'

'Het ziet er niet bemoedigend uit,' herhaalde Collins. 'Is dat het enige wat u te zeggen hebt? Hier aan boord van de *Lady Flamborough* zijn bijna tweehonderd mensen. Die moeten onmiddellijk worden geëvacueerd.'

'Ik heb geen toverstokje om de gletsjer weg te toveren,' legde Hollis rustig uit. 'Ik kan er een paar met rubberboten meenemen en onze helikopters oproepen om de rest op te pikken. Maar dat duurt minstens een uur.'

Hollis werd plotseling onderbroken door een vreemde stem in zijn oortelefoon. 'Kolonel Hollis, zit ik op uw golflengte? Over.'

'Wie is dat, godverdomme!' snauwde Hollis.

'Kapitein Frank Stewart van het NUMA-schip *Sounder* tot uw dienst. Kan ik u een lift aanbieden?'

'Stewart!' schreeuwde de kolonel. 'Waar zit je?'

'Als jullie door al die rommel konden heenkijken, zou je me op vijfhonderd meter aan bakboord zien.'

Hollis slaakte een diepe zucht en knikte naar Collins. 'Er nadert een schip. Instructies?'

Collins staarde hem ongelovig aan. 'Goeie God, ja natuurlijk! Zeg hem dat hij ons moet slepen.'

De *Sounder* was half zo groot als de *Lady Flamborough* en er niet op gebouwd als sleepboot te fungeren, maar ze gooide er haar schouders onder als een zware trekknol voor een brouwerijwagen, zwarte rook uit haar schoorsteen spugend.

Eerst leek er niets te gebeuren, maar langzaam, nauwelijks waarneembaar, verscheen er een beetje schuim rond de boeg van de *Sounder.* Ze bewoog!

Ondanks het gevaar rukten de passagiers, de bemanning en de soldaten van de Speciale Strijdkrachten de plastic zeilen weg om op dek te kunnen kijken en de zwoegende *Sounder* in gedachten vooruit te duwen. Tien meter, twintig, dan honderd. De kloof tussen schip en ijs werd martelend traag groter.

Eindelijk was de *Lady Flamborough* veilig.

Op beide schepen begon iedereen zo hard te juichen, dat het in de hele fjord echode. Later zou Collins dit schertsend het gejuich noemen dat het ijs deed breken.

Het triomfantelijke geroep werd gevolgd door een scherp gekraak dat in een luid gerommel overging. Het leek alsof de lucht elektrisch was geladen. De hele voorkant van de ijswand viel naar voren in de fjord als een enorme olietanker die zijwaarts te water wordt gelaten. Het ziedende water rees in een drie meter hoge golf die de fjord uitrolde en de twee schepen als kurken optilde voor hij in de open zee verdween.

Het gerommel bleef doorklinken in de oren van de lamgeslagen toeschouwers, die nauwelijks konden geloven dat ze nog in leven waren.

51

Eerst heerste er een complete verwarring. De Egyptenaren hadden er geen enkel idee van hoe sterk de troepenmacht was die tijdens het passeren van de trein op de kantine had geschoten. Ze deden de lichten uit en begonnen op de schaduwen in het hazegrauw te schieten, tot ze zich realiseerden dat de schaduwen niet terugschoten.

Er hing een angstaanjagende stilte tussen de houten gebouwen. Minutenlang deden de Egyptische kapers geen enkele poging om de kantine te verlaten.

Plotseling doken er zes man – twee aan de voorkant en vier aan de achterkant van het gebouw – halsoverkop naar buiten achter van tevoren uitgekozen dekking. Eenmaal in positie legden ze een cirkel van dekkingsvuur voor de rest van de mannen die hen op de hielen volgden.

Hun leider, een grote man met een zwarte tulband, leidde zijn mannen met een schril klinkend fluitje.

Na een moeilijke start bleek het Egyptische terroristenteam alles te zijn wat Pitt had gevreesd: uitstekend getraind en onverzettelijk. Ze doorzochten gebouw na gebouw, waarbij ze naar de ertsmolen toewerkten die ze in een halve maan omcirkelden. De door Ammar geselecteerde moordenaars waagden zich niet aan een onbezonnen aanval. Ze rukten stil en systematisch op.

Hun leider riep iets in het Arabisch; naar de wacht en de monteurs in de ertsmolen, naar Pitt terecht aannam.

Pitt vond dat ze nu te dichtbij waren om het risico te nemen in het raam te verschijnen. Hij trok de kleren van de terrorist uit en gooide die op een hoop op de grond. Hij rommelde in de zakken van zijn ski-jack en haalde er een spiegeltje uit dat op een smalle schaartang zat vastgemaakt. Voorzichtig duwde hij het spiegeltje boven het raamkozijn uit en liet de schaartang langer worden waarbij hij het geval als een periscoop ronddraaide.

Hij vond het doel waarnaar hij op zoek was; voor negentig procent verborgen, maar voldoende voor een dodelijk schot. Pitt zette zijn wapen van volautomatisch op enkel schot. Hij sprong snel op, richtte en haalde de trekker over. De dodelijke Thompson spuugde eenmaal. Zwarte Tulband deed met een uitdrukking van onbegrip op zijn gezicht een, twee stappen terug. Toen zakte hij in elkaar en viel voorover op de grond.

Pitt liet zich vallen en keek weer in het spiegeltje. De terroristen waren verdwenen. Als één man waren ze achter een gebouw gesprongen of kropen ze onder roestig mijngereedschap. Pitt wist dat ze niet zouden opgeven. Ze waren er nog steeds, nog even gevaarlijk. Ze wachtten alleen maar op bevelen van hun onderbevelhebber.

Gunn liet van zich horen door een salvo van tien kogels in een houten deur van een schuur aan de overkant van de weg te pompen. Traag zwaaide de deur naar buiten, opengeduwd door een draaiend, vallend lichaam.

Het vuur werd nog steeds niet beantwoord. Ze waren niet van gisteren, dacht Pitt. Nu de Arabieren zich realiseerden dat ze niet met een overmacht hadden te maken, maar door een kleine groep werden aangevallen, namen ze de tijd om zich te hergroeperen. Bovendien beseften ze nu dat hun onbekende aanvallers hun helikopter in handen hadden en zich in de ertsmolen verborgen hielden.

Pitt kroop naar Gunn toe. 'Hoe staat het er hier voor?'

'Rustig. Ze nemen er hun gemak van. Ze willen hun helikopter niet beschadigen.'

'Volgens mij gaan ze bij de hoofdingang voor afleiding zorgen om door het zijkantoor binnen te vallen.'

Gunn knikte. 'Dat lijkt me logisch. Het wordt in ieder geval tijd om bij deze ramen weg te gaan en ergens anders dekking te zoeken. Waar wil je me?'

Pitt keek naar de hoge loopbruggen. Hij wees naar een rij raampjes om een winchtorentje heen. 'Klim daarop en hou de zaak in de gaten. Geef een schreeuw als ze de aanval inzetten en geef ze een warm welkom met geconcentreerd vuur door de hoofdingang. En kom dan als de bliksem naar beneden. Ze zullen er niets op tegen hebben de muren boven de helikopter te doorzeven.'

'Ik ben al op weg.'

Pitt sloop naar het zijkantoortje. Op de drempel draaide hij zich om en riep naar Giordino en Findley. 'Hoe gaat het ermee?'

Giordino was van een hoop achtergelaten erts een barricade aan het maken. Hij keek op. 'Fort Giordino wordt volgens schema opgeleverd.'

Findley hield op met zijn werk en staarde hem aan. 'De F komt voor de G. Fort Findley.'

Giordino keek Findley even gemelijk aan en ging toen weer door met werken. 'Fort Findley als we verliezen, Giordino als we winnen.'

Hoofdschuddend verbaasde Pitt zich erover, dat hij met zulke ongelooflijke vrienden was gezegend. Hij wilde iets zeggen, uiting geven aan zijn dankbaarheid voor het feit dat ze hun leven op het spel zetten om een stelletje uitschot tegen te houden terwijl ze zich voor hetzelfde geld konden drukken tot Hollis en zijn mannen kwamen. Maar zij wisten het wel: mannen als zij hadden geen woorden van dank of bemoediging nodig. Ze zouden blijven, en ze zouden het uitvechten. Pitt hoopte vurig dat niemand onnodig zou sterven.

'Daar moeten jullie later maar over kibbelen,' beval hij. 'Bereid ze nu maar een warme ontvangst voor, voor het geval ze langs mij komen.'

Hij liep het muffe kantoor binnen, controleerde zijn Thompson en zette hem opzij. Na snel van twee gekantelde bureaus, een stalen dossierkast en een smeedijzeren kacheltje een barricade te hebben opgeworpen, ging hij op de grond liggen.

Lang hoefde hij niet te wachten. Eén minuut later hoorde hij een zacht geschuifel op het grind buiten. Het geluid hield op en begon opnieuw, zacht maar onmiskenbaar. Hij hief zijn Thompson en steunde de handgrepen op de dossierkast.

De waarschuwingskreet van Gunn kwam te laat toen door het bovenlicht van de deur een voorwerp naar binnen werd gegooid dat op de grond viel en verder rolde. Een tweede volgde direct daarna. Zichzelf vervloekend dat hij daar niet aan had gedacht, liet Pitt zich vallen en probeerde in de stalen dossierkast beschutting te zoeken.

Beide handgranaten ontploften met een oorverdovende klap. Versplinterd meubilair en vergeeld papier vlogen alle kanten op. De zijmuur werd weggeblazen en het grootste deel van het plafond kwam omlaag.

Het smeedijzeren kacheltje had de grootste klap van de scherven opgevangen en zat nu vol scherpgetande gaten. De dossierkast was gedeukt en verwrongen en de bureaus waren zwaar beschadigd, maar de enige verwondingen die een volkomen verdoofde Pitt had opgelopen, waren een diepe snee in zijn linkerdijbeen en een vijf centimeter lange jaap in zijn wang.

Het kantoor was in een hoop smeulend afval opgegaan. Pitt had een angstig visioen dat hij in een laaiend vuur vastzat, maar dat was maar even. Het door regen doordrenkte oude hout siste even hier en daar, maar weigerde te branden.

Pitt moest zich dwingen om de Thompson op volautomatisch te zetten en de loop op de versplinterde buitendeur te richten. Het bloed stroomde van de zijkant van zijn gezicht onder zijn kraag. Hij knipperde niet onder de hagel van kogels die over zijn hoofd vloog, afkomstig van de geweren van vier man die door openingen in de versplinterde buitenmuur naar binnen stormden.

Meedogenloos vuurde Pitt een lang salvo af dat zijn aanvallers neermaaide als een stel bomen in een tornado. Als dolgeworden balletdansers gooiden ze hun armen in de lucht en vielen wervelend op de grond.

Drie terroristen volgden de eerste golf en werden even meedogenloos door Pitt gestopt . . . op een na die met een ongelooflijke reactiesnelheid achter een rokende, leren sofa vol scheuren dook.

Pitt dacht dat er naast hem een kanon werd afgeschoten. Findley was achter hem op zijn knieën neergevallen en pompte drie patronen uit zijn jachtgeweer in de onderkant van de sofa. Stukken leer, hout en jutevulling vlogen alle kanten op. Daarna werd het stil en een arm van de terrorist viel levenloos naast een gekrulde poot van de sofa neer.

Uit de rook en kruitwolken kwam Giordino te voorschijn die Pitt onder zijn armen beetpakte, de ertsmolen insleepte en hem achter een kiepwagentje neerlegde.

'Moet je altijd zo'n puinhoop maken?' vroeg hij grinnikend. Toen betrok zijn gezicht. 'Ben je erg gewond?'

Pitt veegde het bloed van zijn wang en keek naar de rode vlek die zich door de stof om zijn been uitbreidde. 'Verdomme! Een prima skibroek naar de knoppen. Dat maakt me pas echt kwaad.'

Findley knielde naast hem neer, sneed de broekspijp open en begon de wond te verbinden. 'Je mag van geluk spreken dat je die ontploffing met een paar sneeën hebt overleefd.'

'Stom van me om niet op handgranaten te rekenen,' zei Pitt bitter. 'Ik had het kunnen weten.'

'Je hoeft je niets te verwijten,' zei Giordino schouderophalend. 'Dit doen we niet voor ons beroep.'

'Van die kant zullen ze niet meer aanvallen,' zei Findley. 'De ontploffing heeft de buitentrap weggeblazen.'

'Nu hebben we een goede kans om de helikopter in brand te steken en te maken dat we wegkomen.'

'Het nieuws wordt slechter, en beter,' zei Gunn die langs een ladder naar beneden klom. 'Langs de spoorbaan komen er nog zo'n stuk of twintig aan. Die komen hier over een minuut of zeven, acht aan.'

'De kans om er nu tussenuit te knijpen wordt steeds beter,' mompelde Findley.

'Hollis en zijn mannen?' vroeg Pitt.

Gunn schudde verslagen zijn hoofd. 'Geen spoor.' Hij haalde diep adem voor hij tegen Pitt zei: 'De terroristische versterkingen werden gevolgd door vier gijzelaars met twee bewakers. Door mijn verrekijker kon ik ze amper herkennen. Een van hen was jouw pa. Hij en een vrouw hielpen twee andere mannen vooruit.'

'Hala Kamil,' zei Pitt enorm opgelucht. 'De ouwe leeft, God zij dank.'

'En de andere twee?' vroeg Giordino.

'De presidenten Hasan en De Lorenzo waarschijnlijk.'

'Daar gaat mijn vervroegd pensioen,' zei Findley mistroostig terwijl hij een laatste pleister op Pitts verband aanbracht.

'De terroristen laten de senator en de anderen alleen maar in leven om zich van een veilige aftocht te verzekeren,' zei Pitt.

'En ze zullen niet aarzelen ze een voor een te vermoorden tot wij ze de helikopter geven,' voorspelde Gunn.

'Ongetwijfeld, maar als we ons overgeven is er geen enkele garantie, dat ze ze toch niet vermoorden. Ze hebben Hala al twee keer proberen om te brengen en ze moeten Hasan vast en zeker ook dood wensen.'

'Ze zullen een wapenstilstand afkondigen om te onderhandelen.'

Pitt keek op zijn horloge. 'Ze zullen niet al te lang marchanderen. Ze weten dat ze weinig tijd hebben. Maar we zouden een paar minuten kunnen winnen.'

'Dus wat is het plan?' vroeg Giordino.

'We rekken tijd en blijven zo lang mogelijk doorvechten.' Pitt vroeg aan Gunn: 'Waren de gijzelaars door de kapers omgeven?'

'Nee, ze lagen een goede tweehonderd meter achterop, voortgedreven door maar twee terroristen,' antwoordde Gunn. Hij keek in Pitts groene ogen en knikte toen begrijpend. 'Jij wilt dat ik de wachten te grazen neem en de senator en de rest bescherm tot Hollis eraan komt.'

'Jij bent de kleinste en de snelste, Rudi. Als iemand dit gebouw ongezien kan verlaten en achter die twee wachten kan komen terwijl wij hier de zaak afleiden, ben jij het wel.'

Gunn gooide zijn handen omhoog en liet ze weer langs zijn zij vallen. 'Dank je voor je vertrouwen. Ik hoop alleen maar dat het terecht is.'

'Daar ben ik van overtuigd.'

'Dan zijn jullie nog maar met zijn drieën.'

'Daar moeten we het dan maar mee doen.' Pitt kwam ongemakkelijk overeind en hinkte naar de hoop kleren van de terroristen die hij op de grond had gegooid. Hij raapte ze op en reikte ze Gunn aan. 'Trek aan. Dan denken ze dat je een van hen bent.'

Gunn bleef als aan de grond genageld staan, wilde zijn vrienden niet verlaten.

Giordino redde de situatie door een enorme hand op de schouder van de kleinere man te leggen en hem naar een onderhoudsgang te duwen die onder de vloer rond de enorme ertsmolen liep. 'Hierdoor kun je buiten komen,' zei hij glimlachend. 'Wacht met je ontsnappingspoging tot het er hier heet aan toegaat.'

Gunn was al half onder de grond in de gang voor hij kon protesteren. Hij keek voor een laatste keer naar Pitt, de ongelooflijk bestendige, onverwoestbare Dirk Pitt, die hem monter nazwaaide. Staarde naar Giordino, die ouwe steunpilaar die zijn bezorgdheid achter een luchthartige uitdrukking verborg. En ten slotte Findley, die met een brede grijns allebei zijn duimen opstak. Ze waren allemaal een deel van hem geworden, en zijn hart brak bij de gedachte dat hij hen moest verlaten zonder te weten of hij ze levend zou terugzien.

'Jullie blijven hier op me wachten, begrepen?' zei hij.

Hij dook onder de vloer en was verdwenen.

52

Hollis liep te ijsberen bij het piepkleine landingsplatform dat de bemanning van de *Lady Flamborough* in allerijl boven het zwembad had gefabriceerd. Een paar man stonden te wachten om aan boord van een Postduif te gaan die aan het landen was.

Hollis stond stil om met een bezorgd gezicht naar een nieuw salvo geweervuur uit de richting van de mijn te luisteren.

'Laad ze in en opstijgen met die hap,' riep hij Dillinger ongeduldig toe. 'Er is daar nog iemand in leven die in onze plaats vecht.'

'Die mijn moet het ontsnappingspunt van de kapers zijn geweest,' zei Collins die naast Hollis liep te ijsberen.

'En dankzij mij zijn Dirk Pitt met zijn vrienden hen blindelings in de armen gelopen,' zei Hollis nijdig.

'Kunnen jullie nog op tijd komen om ze samen met de gijzelaars te redden?' vroeg Collins.

Hollis schudde wanhopig zijn hoofd. 'Absoluut niet,' zei hij grimmig.

Rudi Gunn was dankbaar voor de plotselinge wolkbreuk. Dat gaf hem een goede dekking terwijl hij onder een stel ertswagentjes van de ertsmolen wegkroop. Op veilige afstand van de gebouwen liet hij zich een paar honderd meter de helling afrollen en liep vervolgens in een boog terug.

Hij vond de spoorbaan en begon die over dwarsliggers af te lopen. Hij kon maar een paar meter voor zich uit zien, maar al gauw ontwaarde hij een paar vage gedaanten voor hem. Hij telde er vier die zaten en twee die stonden.

Gunn stond voor een dilemma. Hij nam aan dat de gijzelaars zaten en de terroristen op wacht stonden. Maar hij kon niet schieten en dan kijken of hij gelijk had. Hij moest op zijn terroristenkledij vertrouwen om dicht genoeg te naderen teneinde vriend van vijand te kunnen onderscheiden.

Gunn haalde diep adem, liep verder en zei een paar keer '*Salaam*' met een kalme, rustige stem.

De twee staande gedaanten namen duidelijker vorm aan toen hij dichterbij kwam, en hij zag dat ze machinegeweren op hem hielden gericht.

Een van hen zei iets. Gunn hoopte dat het Arabisch was voor 'Wie is daar?'.

'Mohammed,' antwoordde hij, hopend dat de naam van de profeet hem er doorheen zou sleuren. Hij hield zijn Heckler & Koch lui voor zijn borst, met de loop opzij gericht.

Gunns hart begon aanmerkelijk rustiger te kloppen toen de twee terroristen hun geweer gelijktijdig lieten zakken en zich weer aan het bewaken van de gijzelaars wijdden. Hij ging achteloos naast hen staan.

Terwijl hij zijn blik op de hoopjes ellende gericht hield die voor hem op de grond tussen de rails zaten, en zonder ook maar naar de twee bewakers te kijken, haalde hij de trekker over.

Ammar en zijn mannen waren volkomen uitgeput toen ze de eerste gebouwen van het mijncomplex bereikten. Dankbaar liet Ammar zich op een bank in een schuurtje neerzakken. Met hangend hoofd zat hij uit te hijgen toen Ibn met iemand anders binnenkwam.

'Dit is Mustafa Osman,' zei Ibn. 'Hij zegt dat een gewapende groep commando's hun commandant heeft gedood en zich in de ertsmolen bij de helikopter hebben verschanst.'

Ammar ontblootte woedend zijn tanden. 'Hoe kon je dit laten gebeuren?'

Er was paniek in Osmans zwarte ogen. 'We waren niet... gewaarschuwd,' stamelde hij. 'Ze moeten van de berg zijn gekomen en de trein hebben veroverd waaruit ze ons kwartier beschoten. Toen we een tegenaanval inzetten, beschoten ze ons vanuit de ertsmolen.'

'Slachtoffers?' vroeg Ammar ijzig.

'Er zijn zeven van ons over.'

De nachtmerrie was erger dan Ammar had gedacht. 'Hoeveel aanvallers?'

Osman ontweek Ammars blik. Hij was verstijfd van angst. 'We konden het niet met zekerheid vaststellen,' mompelde hij. 'Vier misschien, of meer.'

'Vier man hebben dat allemaal aangericht?' zei Ammar ontsteld. Hij ziedde van woede, maar was te gedisciplineerd om zich aan zijn woede over te geven. 'En de helikopter? Is die beschadigd?'

Osmans gezicht klaarde enigszins op. 'Nee, we zorgden ervoor dat we het gedeelte waar hij stond niet onder schot namen.'

'Alleen Allah weet of de commando's hem hebben gesaboteerd,' zei Ibn.

'We zullen Allah gauw genoeg zien als we hem niet in vliegklare conditie heroveren,' zei Ammar zacht. 'De enige manier waarop we de verdedigers kunnen overmeesteren, is door van alle kanten tegelijk hard toe te slaan en ze door pure overmacht onder de voet te lopen.'

'Misschien kunnen we de gijzelaars gebruiken om over onze ontsnapping te onderhandelen,' zei Ibn hoopvol.

Ammar knikte. 'Dat is een mogelijkheid. Als het op dreigen met de dood aankomt, hebben de Amerikanen een zwak hart. Terwijl jij je mannen in aanvalsposities zet, zal ik met onze onbekende vijand onderhandelen.'

'Wees voorzichtig, Suleiman Aziz.'

'Als ik mijn masker afzet, moet je aanvallen.'

Ibn boog en begon onmiddellijk orders aan zijn mannen te verstrekken.

Ammar rukte een stuk halfvergaan gordijn van een raam. De stof was eens wit geweest, maar had nu een vaalgele kleur. Hij moest het er maar mee stellen, dacht hij. Hij bond het aan een oude bezem en stapte het schuurtje uit. Hij zorgde ervoor uit het zicht van de ertsmolen te blijven tot hij er tegenover was aangekomen. Daar stak hij het gordijn om een hoek en begon ermee te zwaaien. De gerafelde bestandsvlag werd niet door kogels doorzeefd, maar verder gebeurde er ook niets. Ammar probeerde in het Engels: 'Wij willen praten!'

Na een paar seconden werd teruggeroepen: '*No hablo inglés.*'

Daar had Ammar niet van terug. De Chileense veiligheidspolitie? Die waren dan veel efficiënter dan hij had gedacht. Hij sprak nauwelijks Spaans. Met aarzelen schoot hij niks op. Hij moest weten wie zijn succesvolle ontsnapping in de weg stond. Hij hield zijn geïmproviseerde vlag omhoog, hief zijn vrije hand en stapte de straat op voor de ertsmolen.

Het woord voor vrede, wist hij, was *paz.* Dat riep hij een paar maal. Eindelijk deed een man de voordeur open, hinkte langzaam de straat op en bleef op een paar passen van hem vandaan staan.

De vreemdeling was een lange man met intense, groene ogen die geen acht sloegen op de tientallen geweerlopen die vanuit ramen en deuren op hem waren gericht, maar zich in die van Ammar boorden. Op zijn wang zat een snee waar bloed uit sijpelde en op zijn dij had hij een stevig verbonden wond onder de opengereten broekspijp. Een van zijn handen was onbedekt, de ander stak in een handschoen en hing losjes uit een mouw van zijn ski-jack.

Ammar had slechts drie seconden nodig om deze duivel op zijn waarde te schatten – drie seconden om te beseffen dat hij met een gevaarlijk man had te doen. Hij zocht zijn geheugen af naar de paar woordjes Spaans die hij kende. 'Kunnen we praten?' Ja, dat was een goede opening.

'*Podemos hablar*?' riep hij.

Een onverschillige glimlach. '*Porque no*?'

Ammar vertaalde dat als Waarom niet? '*Hacer capitular usted*?'

'Laten we nou maar met die nonsens ophouden,' zei Pitt opeens in het Engels. 'Jouw Spaans is slechter dan het mijne. Het antwoord op jouw vraag luidt: Nee, we gaan ons niet overgeven.'

Ammar herstelde zich onmiddellijk, daar was hij teveel beroeps voor, maar hij was verbijsterd over het feit dat zijn tegenstander in plaats van een gevechtstenue een duur ski-jack droeg. De CIA, was de eerste mogelijkheid waar hij aan dacht.

'Mag ik weten hoe u heet?'

'Dirk Pitt.'

'Ik ben Suleiman Aziz Ammar . . .'

'Het kan me geen ene moer schelen wie je bent,' zei Pitt koel.

'Zoals u wilt, meneer Pitt,' zei Ammar kalm. Hij trok een wenkbrauw op. 'Bent u misschien familie van senator George Pitt?'

'Ik hou me niet in politieke kringen op.'

'Maar u kent hem wel. Ik zie een zekere gelijkenis. De zoon, misschien?'

'Kunnen we opschieten, alsjeblieft? Ik moest een uitstekende lunch met champagne onderbreken om hier in de regen te komen staan.'

Ammar lachte. Die man was ongelooflijk. 'U hebt iets van mij. Ik zou dat graag in uitstekende conditie terug willen hebben.'

'Je bedoelt natuurlijk een helikopter zonder kenteken.'

'Natuurlijk.'

'Eerlijk gevonden, maat. Als je hem terug wilt, moet je hem maar komen halen.'

Ammar balde ongeduldig zijn vuist. Dit ging helemaal niet zoals hij had gedacht. Met fluwelen stem vervolgde hij: 'Een paar van mijn mannen zullen sterven, jij zult sterven en jouw vader zal vast en zeker sterven als je hem niet aan mij geeft.'

Pitt gaf geen krimp. 'Je verzuimt Hala Kamil en de presidenten De Lorenzo en Hasan in het rijtje op te nemen. En vergeet niet jezelf erbij te rekenen. Er is geen enkele reden waarom jij ook niet de wormen zou mogen voeden.'

Ammar staarde Pitt met groeiende kwaadheid aan. 'Ik vind je stomme koppigheid onbegrijpelijk. Wat denk je met meer bloedvergieten te winnen?'

'Klootzakken als jullie naar de verdommenis helpen,' zei Pitt hard. 'Als jullie oorlog willen, moet je die verklaren. Maar je slacht geen vrouwen en kinderen af en je neemt geen onschuldige gijzelaars die niet kunnen terugvechten. De terreur houdt hier op. Ik ben aan geen enkele wet gebonden. Voor ieder van ons die je doodt, begraven wij er vijf van jullie.'

'Ik sta hier niet in de regen om over politiek te discussiëren!' Ammar had moeite zijn woede te beheersen. 'Is de helikopter beschadigd of niet?'

'Geen schrammetje opgelopen. En ik kan daar nog aan toevoegen, dat je piloten nog kunnen vliegen. Ben je nou gelukkig?'

'U doet er het beste aan de wapens neer te leggen en mijn helikopter met bemanning aan mij over te geven.'

Pitt haalde zijn schouders op. 'Val dood!'

Ammar kon het niet uitstaan dat hij Pitt niet kon intimideren. 'Met hoevelen zijn jullie? Vier man, vijf misschien? Dat komt neer op acht tegen een.'

Pitt knikte naar de lichamen die naast de ertsmolen lagen verspreid. 'De stand is negen-nul, dus je hebt nog heel wat in te halen.' Alsof het nu pas bij hem opkwam, voegde hij eraan toe: 'Voor ik het vergeet, ik beloof je dat ik die helikopter niet zal saboteren. Maar zodra een van de gijzelaars iets overkomt, schiet ik hem van hier naar de dichtstbijzijnde schroothoop. Dat is de enige overeenkomst die ik met je afsluit.'

Plotseling kreeg Ammar een gedachte als een openbaring. 'Jij was het!' knarste hij. 'Jij hebt de Speciale Strijdkrachten hier gebracht.'

'Dat was voor het grootste deel geluk,' zei Pitt bescheiden. 'Maar nadat ik het wrak van de *General Bravo* had gevonden, samen met een rol plastic die daar niets te maken had, vielen de stukjes van de puzzel op hun plaats.'

Ammar stond daar even van te kijken, herstelde zich en zei: 'U doet zichzelf te kort, meneer Pitt. Ik moet toegeven dat de coyote de vos deze keer te slim af is geweest.'

'De vos?' zei Pitt. 'Nu doe je jezelf te veel eer aan. Bedoel je geen worm?'

Ammar keek Pitt met samengeknepen ogen aan. 'Ik ga je eigenhandig vermoorden, Pitt, en ik zal er een groot genoegen aan beleven je lijf in stukken geschoten te zien. Wat heb je daarop te zeggen?'

Er stond geen woede in Pitts ogen, geen haat in zijn gezicht. Hij keek naar Ammar met dezelfde blik van geamuseerde walging als wanneer je een cobra in de ogen kijkt die achter glas zit.

'De ballen,' zei hij. Hij draaide Ammar zijn rug toe en liep rustig terug naar de deur van de ertsmolen.

Woedend smeet Ammar de bestandsvlag op de grond en liep in tegenovergestelde richting. Onder het lopen pakte hij een Amerikaanse Ruger P-85 semi-automatisch 9-millimeter pistool uit de binnenzak van zijn jas.

Plotseling draaide hij zich om, rukte zijn masker af en ging in de klassieke schiethouding staan, de Ruger met beide handen vasthoudend. Op hetzelfde moment dat het vizier op een lijn kwam met het midden van Pitts rug, haalde Ammar de trekker zes maal bliksemsnel achter elkaar over.

Hij zag hoe de kogels in het midden van Pitts ski-jack een groep ongelijke, rafelige gaten sloegen, en hoe de geconcentreerde inslag zijn gehate vijand naar voren, tegen de muur van de ertsmolen sloeg.

Ammar wachtte op Pitts val. Hij wist met grote zekerheid dat zijn tegenstander dood was voor deze tegen de grond sloeg.

53

Langzaam realiseerde Ammar zich, dat Pitt zich niet gedroeg zoals het hoorde.

Pitt viel niet dood neer. In plaats daarvan draaide hij zich om en Ammar zag de grijns van de duivel zelf.

Ammar stond als aan de grond genageld. Pitt had op een lafhartige aanval in de rug gerekend en had onder zijn dikke ski-jack een kogelvrij schild op zijn rug.

En met een verdovende schok zag hij dat de gehandschoende hand die uit de mouw hing namaak was. Een goochelaarstruc. De echte hand kwam met een grote automatische Colt .45 van onder het half opengeritste ski-jack vandaan.

Opnieuw richtte Ammar zijn Ruger, maar Pitt schoot eerst.

Pitts eerste kogel trof Ammar in zijn rechterschouder en draaide hem opzij. De tweede sloeg in zijn kin en onderkaak. De derde verbrijzelde zijn pols toen hij zijn hand naar zijn gezicht bracht. De vierde schoot dwars door zijn gezicht en kwam aan de andere kant naar buiten.

Ammar viel op zijn rug op het grind, het geweervuur dat boven hem was losgebarsten niet meer horend, onbewust van het feit dat Pitt ongedeerd door de deur van de ertsmolen was gesprongen voor Ammars mannen te laat het vuur openden.

Hij voelde vaag hoe Ibn hem achter een stalen watertank in veiligheid sleepte. Langzaam tastte zijn hand langs Ibns schouder omhoog tot hij de stevig gespierde schouder vastgreep. Hij trok zijn vriend naar zich toe.

'Ik kan je niet zien,' kraste hij.

Ibn pakte een groot stuk gaas uit een tas aan zijn riem en legde het zachtjes op het opengereten vlees waar eens Ammars ogen hadden gezeten. 'Allah en ik zullen voor je kijken,' zei Ibn.

Ammar spuugde hoestend bloed uit dat zijn keel was binnengelopen. 'Ik wil dat die satan, Pitt, en de gijzelaars in stukken worden gehakt.'

'Onze aanval is begonnen. Hun leven is een kwestie van seconden.'

'Als ik sterf . . . dood Yazid.'

'Je gaat niet dood.'

Ammar kreeg een nieuwe hoestaanval voor hij weer kon praten. 'De Amerikanen zullen nu de helikopter vernielen. Jij moet op de een of andere manier ontsnappen. Laat me . . . laat me hier achter. Dat is mijn laatste wens.'

Zonder iets te zeggen tilde Ibn Ammar in zijn armen en liep van het slagveld weg. Toen Ibn sprak, was zijn stem hees en zacht. 'Houd moed, Suleiman Aziz,' zei hij. 'We zullen samen naar Alexandrië terugkeren.'

Nauwelijks was Pitt naar binnen gesprongen, had de twee kogelvrije vesten van onder zijn jack gehaald, een weer van voor aangetrokken en de ander aan Giordino teruggegeven, of een hagel van kogels boorde zich door de dunne houten wanden.

'Nu is het jack ook naar de maan,' gromde Pitt terwijl hij zich in de grond probeerde te drukken.

'Als hij je van voren had geraakt, was je dood geweest,' zei Giordino. 'Hoe wist je dat hij je in je rug zou schieten?'

'Hij stonk uit zijn bek en hij had kraaloogjes.'

Findley rende van raam naar raam en gooide zijn handgranaten zo snel hij de pin eruit kon trekken. 'Hier komen ze!' riep hij.

Ammars miniatuurleger viel het gebouw schietend van alle kanten aan. Deze wilde aanvalsgolf kon niet worden gekeerd. Het scherpe gekraak van de klein kaliber AK-74's en het gestotter van Pitts .45 Thompson klonken in harmonie met de donderklappen van Findley's jachtgeweer.

Giordino trok zich terug naar de ertsmolen waarvandaan hij Pitt en Findley dekte tot ze alle drie de tijdelijke veiligheid van hun simpele fort hadden bereikt. Even waren de terroristen van hun stuk gebracht omdat ze hun vijand niet op de grond kronkelend of met opgestoken handen vonden, maar in een dodelijke hagel vanuit de ertsmolen terechtkwamen die hen als slachtvee neermaaide.

Pitt, Giordino en Findley decimeerden de eerste aanvalsgolf. Maar de Arabieren waren fanatiek en leerden snel. Aan de volgende aanval gingen intens geweervuur en ontploffende handgranaten vooraf.

Chaos! De doden hoopten zich op de grond op, en de Arabieren zochten dekking achter de lichamen van hun dode kameraden. Het was een angstaanjagend schouwspel – schietende geweren, ontploffende granaten, het gevloek en getier in twee talen van twee culturen die als dag en nacht van elkaar verschilden. Het gebouw trilde op zijn grondvesten. Granaatscherven en kogels kaatsten vonkend op de grote mechanische vermaler af. Er hing een scherpe kruitdamp in de lucht.

Op tien plaatsen tegelijk brak vuur uit. Het werd door iedereen genegeerd. Giordino gooide een handgranaat die de staart van de helikopter afrukte. Zelfs met hun laatste hoop op ontsnapping in rook opgegaan, vochten de Arabieren des te fanatieker blindelings door.

Pitt herlaadde zijn antieke Thompson met zijn laatste trommelmagazijn. Hij had nog nooit zo'n koele, berekenende vastberadenheid gevoeld.

Drie keer werden de Arabische terroristen teruggeslagen en drie keer vielen ze opnieuw aan. Hun stevig uitgedunde strijdmacht hergroepeerde zich en zette een laatste zelfmoordaanval in. De cirkel werd steeds strakker aangetrokken.

De moslims konden de gebetenheid van hun vijanden niet begrijpen. De

Amerikanen vochten wanhopig voor hun leven, terwijl zijzelf het gezegende martelaarschap in de dood zochten.

Pitts ogen staken van de rook, de tranen stroomden hem over de wangen. De ertsmolen stond te trillen van de kogels die als kwade horzels afketsten.

Roekeloos wierpen de Arabieren zich op de ertsmolen en klommen over de geïmproviseerde barricade. Het vuurgevecht veranderde in een gevecht van man tegen man waarbij de twee groepen tot één wild vechtende kluwen lichamen samensmolten.

Findley viel op zijn knieën, geraakt door twee kogels in zijn onbeschermde zij, maar hij bleef zijn lege jachtgeweer als een knuppel rondzwaaien.

Giordino was op vijf plaatsen gewond. Zijn linkerarm hing nutteloos langs zijn zij vanwege een kogel in zijn schouder, maar met zijn rechterhand bleef hij dapper brokken erts in het rond gooien.

De Thompson schoot zijn laatste kogel af en Pitt smeet een Arabier die plotseling voor hem oprees het zware geweer in het gezicht. Hij trok zijn Colt Automatic en vuurde op elke kop die in de rook opdook. Hij voelde iets in zijn nek prikken en wist dat hij was geraakt. Al te gauw was de Colt leeggeschoten, maar Pitt vocht door, het zware pistool als slagwapen gebruikend. Het leek wel of hij tegen een nachtmerrie vocht. Een granaat ontplofte zo dichtbij, dat hij er doof van was. Er viel een lichaam boven op hem, waardoor hij zijn evenwicht verloor en achterover viel. Zijn hoofd sloeg tegen een stalen pijp en een vuurbal explodeerde in zijn hoofd. Als een brekende golf spoelde de nachtmerrie over hem heen en verstikte hem.

De Speciale Strijdkrachten landden en hergroepeerden zich achter de ertsberg die hun nadering van de mijngebouwen verborg. Ze verspreidden zich snel in een losse gevechtsformatie en wachtten op het bevel om op te rukken. De scherpschutters hadden posities rond de mijn ingenomen en lagen plat op de grond door hun telescoopvizier te turen.

Hollis en Dillinger kropen zij aan zij naar de top van de ertsberg en keken er voorzichtig overheen. Het tafereel had alles van een kerkhof.

Er werd niet meer geschoten. Twee gebouwen stonden in lichterlaaie. De rook vermengde zich met de laaghangende wolken. Hollis telde minstens zeven lichamen die aan één kant van de ertsmolen op de weg lagen.

'Ik wil niet afgezaagd klinken,' zei Hollis, 'maar dit staat me niet aan.'

'Geen teken van leven,' was Dillinger het met hem eens. Hij keek door een kleine, maar krachtige verrekijker.

Hollis bestudeerde het gebouw nog eens vijf seconden lang nauwkeurig en zei toen in zijn radio: 'Oké, kijk uit waar je loopt; oprukken . . .'

'Wacht even, kolonel,' onderbrak een stem hem.

'Wachten!' beval Hollis.

'Sergeant Baker, op de rechterflank. Over de spoorbaan nadert een groep van vijf mensen.'

'Bewapend?'

'Nee, kolonel. Ze hebben hun armen in de lucht.'

'Goed. Jouw mannen gaan ze ophalen. Pas op dat je niet in een val loopt. Majoor Dillinger en ik zijn onderweg.'

Hollis en Dillinger kropen over de ertsberg naar de spoorbaan en begonnen in de richting van de fjord te rennen. Na een meter of zeventig doemden in de stromende regen menselijke gedaanten op.

Sergeant Baker kwam naar voren om rapport uit te brengen. 'Kolonel, we hebben de gijzelaars en één terrorist.'

'Jullie hebben alle vier de gijzelaars gered?' riep Hollis uit.

'Jawel, kolonel,' antwoordde Baker. 'Behoorlijk verzwakt, maar verder in goede conditie.'

'Prima gedaan, sergeant,' zei Hollis terwijl hij Bakers hand uitgelaten op en neer pompte.

Ze renden naar voren en werden door een golf van opluchting overmand, toen ze alle vier de gijzelaars herkenden. Hun opluchting ging in verbazing over toen ze in de gevangengenomen terrorist niemand anders dan Rudi Gunn herkenden.

Senator Pitt stapte naar voren en schudde Hollis de hand. 'Zijn wij even blij u te zien, kolonel,' zei hij stralend.

Hala omhelsde hem, gevolgd door Hasan en De Lorenzo. Toen was het de beurt aan Dillinger, die zo rood werd als een biet.

Nadat Gunn hen van de gebeurtenissen bij de mijn op de hoogte had gesteld, vroeg Hollis: 'Waar zijn de anderen?'

'De laatste keer dat ik ze zag, werden ze in de ertsmolen belegerd.'

'Jullie vieren hebben het tegen zowat veertig terroristen opgenomen?' vroeg Dillinger ongelovig.

'Pitt en de anderen voorkwamen dat de Arabieren konden ontsnappen en zorgden tegelijkertijd voor afleiding zodat ik de gijzelaars kon bevrijden.'

Hollis en Dillinger wisselden een blik. 'Dan moesten we maar eens gaan kijken wat er te vinden is,' zei Hollis. 'Die zijn er geweest,' mompelde hij tegen Dillinger.

Dillinger knikte. 'Hopeloos, tegen zo'n overmacht van goed getrainde terroristen.'

Gunn legde een arm om de schouders van de oude man. 'Maakt u zich geen zorgen over Dirk, senator. Die overleeft ons allemaal nog.'

Hollis gaf een teken en zijn mannen rukten als geesten op door het mijncomplex. Naarmate ze de ertsmalerij dichter naderden, werd het dodenaantal indrukwekkender. Ze telden dertien lichamen die als lappenpoppen op de straat lagen.

Het gebouw van de ertsmolen was door honderden kogels doorzeefd en was een voorbeeld van het vernietigende effect van handgranaten. Er was geen enkele ruit heel. Alle toegangsdeuren waren aan splinters geblazen.

Hollis kroop met vijf man voorzichtig door de gaten in de muren, terwijl Dillinger en zijn mannen naderden door de versplinterde opening die eens de hoofdingang was geweest. Overal smeulden en brandden kleine vuurtjes.

Vierentwintig lichamen lagen op elkaar gestapeld. De helikopter stond er nog in verbazingwekkend goede conditie bij, afgezien van zijn verwrongen staartstuk.

In dit bloedbad waren er nog drie man in leven; drie man die er zó beroet, zó bebloed uitzagen, in zó'n vreselijke staat verkeerden, dat Hollis zijn ogen niet kon geloven. Een man lag op de grond met zijn hoofd in de schoot van een ander, wiens arm in een smerige draagband hing. De derde stond op zijn benen te zwaaien. Uit wonden in een been, de onderkant van zijn nek bij zijn schouder, boven op zijn hoofd en op de zijkant van zijn gezicht stroomde het bloed.

De Speciale Strijdkrachten omgaven hen met stille bewondering. Rudi Gunn stond van oor tot oor te grijnzen. Hollis en Dillinger konden geen woorden vinden.

Toen richtte Pitt zich in zijn volle lengte op en zei: 'Het werd onderhand tijd. We hadden niets meer om handen.'

Deel IV: Sams Romeinse Circus

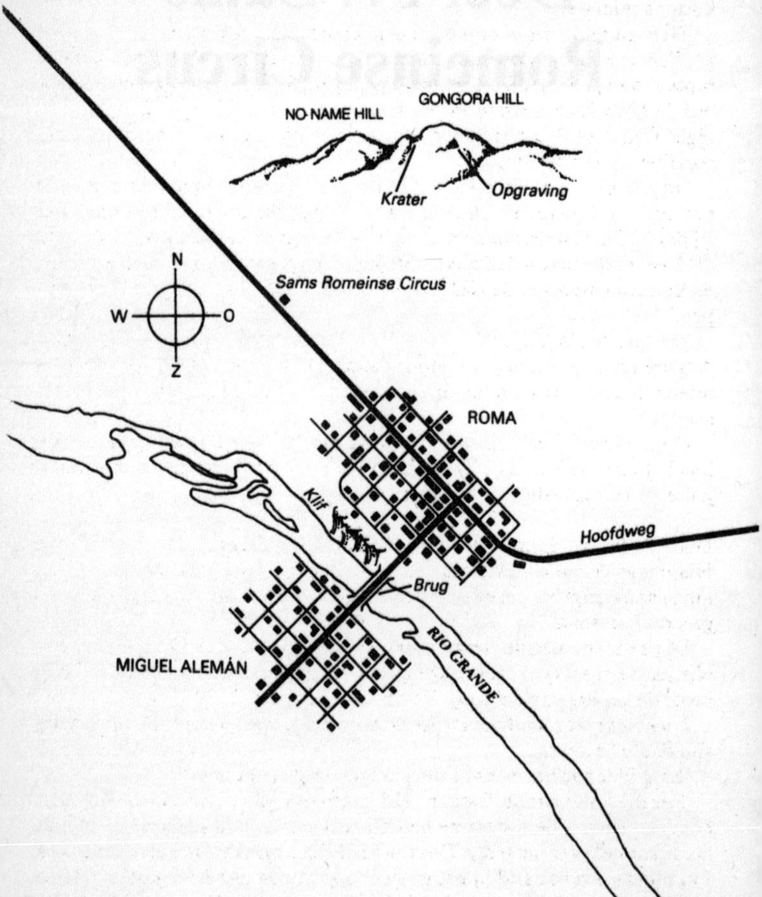
NO-NAME HILL
GONGORA HILL
Krater
Opgraving
N
W
O
Z
Sams Romeinse Circus
ROMA
Klif
Hoofdweg
Brug
RIO GRANDE
MIGUEL ALEMÁN

27 oktober 1991
Washington D.C.

54

Dale Nichols en Martin Brogan stonden op de trappen van het Witte Huis op de president te wachten die uit zijn helikopter stapte en over het gazon kwam aanlopen.

'Hebben jullie iets voor me?' vroeg de president hoopvol.

Nichols kon zijn opwinding niet langer verbergen. 'We hebben net een rapport van generaal Dodge ontvangen. Zijn Speciale Strijdkrachten hebben de *Lady Flamborough* onbeschadigd in handen gekregen. Senator Pitt, Hala Kamil en de presidenten De Lorenzo en Hasan verkeren in goede conditie na hun redding.'

De president was uitgeput van een aantal marathonconferenties met de premier van Canada in Ottawa, maar zijn gezicht klaarde direct op. 'God zij dank. Dat is inderdaad goed nieuws. Waren er slachtoffers?'

'Twee mannen van de Speciale Strijdkrachten zijn gewond, niets ernstigs, maar die mensen van de NUMA hebben een aantal schotwonden opgelopen.'

'Was de NUMA daar?'

'Dirk Pitt was verantwoordelijk voor het vinden van het cruiseschip. Met drie anderen voorkwam hij, dat de kapers met hun gijzelaars konden ontsnappen.'

De president wreef zich tevreden in de handen. 'Heren, het is tijd voor de lunch. Laten we een fles wijn opentrekken om het te vieren, en dan kunnen jullie me een volledig verslag geven.'

Douglas Oates, de minister van Buitenlandse Zaken, Alan Mercier, de Nationale-Veiligheidsadviseur en Julius Schiller waren eveneens bij de lunch aanwezig. Na het dessert deelde Mercier kopieën van generaal Dodge's rapport rond.

De president speelde met zijn vork terwijl hij het las. Toen keek hij met een blik van verrassing en triomf tegelijk op. 'Dus Topiltzin heeft samen met zijn broer de kaping van de *Lady Flamborough* opgezet.'

Nichols knikte. 'De feiten wijzen daar wel op, maar het zal niet eenvoudig zijn dat te bewijzen.'

'Enig idee wie het meesterbrein achter deze operatie is?'

'Zeker,' antwoordde Brogan. Hij overhandigde de president nog een dossier. 'Tijdens de overname had hij zich werkelijk uitstekend vermomd als de kapitein van het schip. Daarna had hij een masker op. Later heeft Dirk Pitt tijdens een bestand in het gevecht oog in oog met hem gestaan. Toen maakte hij zich bekend als Suleiman Aziz Ammar. De naam klopt. We hebben het een en ander over hem. Ammar moet hebben gedacht dat Pitt zo goed als dood was, dat hij zichzelf zo identificeerde.'

De president kneep zijn ogen samen. 'Volgens jouw dossier wordt hij ervan verdacht bij vijftig moorden van prominente regeringsmedewerkers betrokken te zijn. Is dat mogelijk?'

'Suleiman Aziz Ammar wordt algemeen als de beste in zijn beroep beschouwd. Een beroeps die zich in politieke moorden heeft gespecialiseerd. Blinkt uit door vermommingen en gedetailleerde planning. De helft van zijn aanslagen was zó perfect uitgevoerd, dat ze als ongeluk werden afgeschreven. Hij is moslim, maar hij werkt ook voor de Fransen, de Duitsers en zelfs voor de Israëli's. Wordt uitstekend betaald.'

'Is hij gevangengenomen?'

'Nee,' gaf Brogan toe. 'Hij bevond zich evenmin onder de doden of gewonden.'

'Is hij ontsnapt?' vroeg de president met een scherpe klank in zijn stem.

'Als Ammar nog leeft, zal hij niet ver komen,' verzekerde Brogan hem. 'Pitt gelooft dat hij hem met minstens drie kogels heeft geraakt. Van het eiland is geen ontsnapping mogelijk. Een kwestie van uren voor hij is gevonden.'

'Waren er geen andere overlevenden onder de kapers?' vroeg de president.

'Acht die we kunnen ondervragen,' antwoordde Brogan. 'Maar zij blijken Ammars huursoldaten te zijn, geen fanatieke Yazid-volgelingen.'

'Ze zullen eerst moeten bekennen, willen we bewijzen dat Ammar voor Yazid en Topiltzin werkte,' zei de president, niet bijster optimistisch.

Schiller zag het niet zo zwart in. 'Niet zo somber, meneer de president. Het schip en de gijzelaars zijn gered. President Hasan weet verdomde goed dat Yazid achter de kaping stak. Hij zal Yazid duchtig aanpakken.'

De president keek de anderen een voor een aan. 'Zijn de heren het daarmee eens?'

'Het zal zijn weerslag op Yazid hebben,' voorspelde Brogan. 'De Egyptische fundamentalisten veroordelen terroristische activiteiten. Ze zullen Yazid de rug toekeren, terwijl het parlement president Hasan zal steunen. Als ik het erg rooskleurig zie, zullen de militairen uit hun ivoren toren komen en hun loyaliteit aan Hasan uitspreken.'

De president nam een laatste slok van zijn wijn en zette het glas op tafel. 'Ik moet toegeven dat dit me als muziek in de oren klinkt.'

'De crisis in Egypte is nog lang niet afgewend,' waarschuwde minister Oates. 'Yazid is dan misschien een tijdje van het toneel verdwenen, maar tijdens president Hasans afwezigheid heeft de Broederschap van Moslims, fanatieke fundamentalisten, een verbond gesloten met de Socialistische Arbeiderspartij. Samen zullen ze ernaar streven om Hasans regering te ondermijnen, de banden met de Verenigde Staten te verbreken en de vredesovereenkomsten met Israël te verwerpen.'

De president wendde zich tot Schiller. 'Ben jij het met Dougs rampenscenario eens, Julius?'

Schiller knikte grimmig. 'Inderdaad.'

'Martin?'

'Niet helemaal,' antwoordde Brogan. 'We hebben nog steeds de tijd en de kans om de banden aan te halen met de komende heerser van Egypte.'

De president keek hem fronsend aan. 'Wie had je in gedachten?'

'Abu Hamid, de minister van Defensie.'

'Denk je dat hij een greep naar de macht zal doen?'

'Ja, zodra de tijd daarvoor rijp is,' legde Brogan geduldig uit. 'Hij heeft de militairen in zijn zak en hij is zo slim geweest de steun van de gematigde fundamentalisten te zoeken. Volgens mij heeft Abu Hamid een makkie.'

'We hadden het slechter kunnen treffen,' mompelde Oates met een flauwe glimlach. 'Hij is niet te beroerd geweest om wat van de miljarden dollars die we in Egypte hebben gepompt af te schuiven. Abu Hamid is er het type niet naar om een gegeven paard tegen zijn mond te trappen. Hij zal natuurlijk het voorgeschreven ritueel volgen door de Israëli's te veroordelen en de Verenigde Staten te vervloeken, maar ondanks die retoriek zal hij een vriendelijk communicatielijntje met ons openhouden.'

'En het feit dat hij het uitstekend met Hala Kamil kan vinden, zal ons ook geen windeieren leggen,' zei Nichols lomp.

De president zat zwijgend in zijn lege glas te kijken als was het een kristallen bol. Vervolgens keek hij op zijn horloge en stond op, gevolgd door zijn adviseurs. 'Sorry dat ik dit moet afkappen, maar ik heb een vergadering met de ambtenaren van Financiën. Breng mijn gelukwensen over aan iedereen die met de redding van de gijzelaars te maken heeft gehad.' Hij wendde zich tot Oates. 'Zodra senator Pitt terug is, wil ik hem en jou spreken.'

'Om te zien wat hij tijdens hun bezoeking met president Hasan heeft besproken?'

'Ik stel meer belang in wat hij van president De Lorenzo over de crisis ten zuiden van onze grens heeft gehoord. We kunnen veilig aannemen dat Akhmad Yazid een jaartje buitenspel is gezet, maar Topiltzin vormt een veel grotere bedreiging. Heren, concentreer je aandacht op hem. God sta ons bij als we de onrust in Mexico niet kunnen stabiliseren.'

55

Traag en met tegenzin rees Pitt uit de donkere diepten omhoog naar helder verlicht bewustzijn, alleen maar om erachter te komen dat dat met een stekende pijn gepaard ging. Hij probeerde in de behaaglijke leegte terug te kruipen, maar zijn ogen knipperden en het was te laat. Het eerste wat hij zag, was een blozend, glimlachend gezicht.

'Kijk eens aan, hij is weer in het land der levenden,' zei eerste officier Finney opgeruimd. 'Ik zal het de kapitein gaan melden.'

Terwijl Finney de deur uitliep, keek Pitt zonder zijn hoofd te bewegen opzij en zag een kaal mannetje in een stoel naast zijn bed zitten. De scheepsdokter, wist Pitt, maar hij kon zich zijn naam niet herinneren.

'Sorry, dokter, maar ik weet niet meer hoe . . .'

'Henry Webster,' zei hij, Pitts gedachten lezend. 'En u bevindt zich aan boord van de *Lady Flamborough* die door de *Sounder* naar Punta Arenas wordt gesleept.'

'Hoe lang ben ik bewusteloos geweest?'

'Ongeveer twaalf uur.'

'Geen wonder dat ik uitgehongerd ben.'

'Ik zal de kok een van zijn specialiteiten laten brengen.'

'Hoe gaat het met Giordino en Findley?'

'Giordino is een taaie. Ik heb vier kogels bij hem verwijderd, geen van alle op een kritieke plek. Het nieuwjaar zal hij kunnen meevieren. Findley's verwondingen waren veel ernstiger. De kogels kwamen door zijn rechterzij binnen en zitten in een nier en een long. Ik heb voor hem gedaan wat ik kon. Samen met Giordino is hij per helikopter naar Punta Arenas overgebracht, waarvandaan ze hen naar Washington vliegen. Findley moet worden geopereerd. Als er geen complicaties optreden, zal hij het best halen. Je vriend Rudi Gunn vond dat zij hem meer nodig hadden dan jij, dus is hij met hen mee naar huis gegaan.'

Voor Pitt iets kon zeggen, werd hem een digitaalthermometer in de mond gestopt en er direct weer uitgehaald. Webster keek naar de uitslag en knikte. 'En wat u betreft, meneer Pitt, u bent er zo weer bovenop. Hoe voelt u zich?'

'Ik denk niet dat ik aan een triathlon kan meedoen, maar afgezien van bonzende hoofdpijn en een stekend gevoel in mijn nek gaat het best.'

'U hebt geluk gehad. Geen enkele kogel heeft een bot, orgaan of slagader geraakt. Ik heb uw been en uw nek, of beter gezegd, uw schouder dichtgenaaid. Plastische chirurgie kan het litteken op uw wang wegwerken, of u moet van mening zijn, dat de vrouwtjes het sexy zullen vinden. De klap op uw hoofd heeft u een hersenschudding opgeleverd, maar op de röntgenfoto's is er geen fractuur te zien. Volgens mijn prognose zwemt u over drie maanden het Kanaal over.'

Pitt hees zichzelf voorzichtig in een zittende houding en stak zijn hand uit. 'Ik ben u bijzonder dankbaar voor wat u voor mij en mijn vrienden hebt gedaan.'

Webster stond op en schudde hem de hand. 'Het was me een eer, meneer Pitt. Ik moet nu gaan. U schijnt de man van het uur te zijn. Volgens mij heeft zich een aantal hoge bezoekers voor uw deur verzameld.'

'Dag, dokter, en nogmaals bedankt.'

Webster gaf hem een knipoog, deed de deur open en liet iedereen binnen.

Senator Pitt kwam voorop, gevolgd door Hala, kolonel Hollis en kapitein Collins. De mannen gaven een hand, maar Hala leunde naar voren en gaf Pitt een vluchtige kus.

'Ik hoop dat alles naar wens is wat de bediening betreft,' zei kapitein Collins joviaal.

'Je kunt je geen luxueuzer ziekenhuis voorstellen,' antwoordde Pitt. 'Jammer dat ik me niet een maand lang in deze luxe kan wentelen.'

'Helaas wordt je aanwezigheid morgen in het noorden gewenst,' zei Hollis.

Pitt hief zijn handen in wanhoop. 'Daar gaat mijn luxe cruise.'

Er werd naar zijn lichamelijke welzijn geïnformeerd, maar na een paar minuten bracht Hollis het gesprek op het huidige probleem. 'Zou je Ammar herkennen als je hem weer zag?' vroeg hij aan Pitt.

'Ik zou hem tussen een groep mensen uit kunnen pikken. Heb je hem dan niet gevonden?'

Hollis gaf hem een stapeltje foto's. 'Deze plaatjes zijn van de lichamen van de kapers, inclusief de gevangenen. Zie je daar Suleiman Aziz Ammar bij?'

Pitt bekeek ze langzaam een voor een en bestudeerde nauwkeurig de close-ups van de doden. Tijdens de veldslag hadden ze geen gezicht gehad, herinnerde hij zich. Met een morbide nieuwsgierigheid vroeg hij zich af wie door zijn hand waren gevallen. Ten slotte keek hij op en schudde zijn hoofd. 'Hij zit er niet bij.'

'Weet je het zeker?' vroeg Hollis. Hij haalde een grotere foto uit een envelop en gaf hem zonder commentaar aan Pitt.

Na een paar seconden keek Pitt Hollis vragend aan. 'Wat wil je dat ik zeg?'

'Is dat Suleiman Aziz Ammar?'

Pitt gaf hem de foto terug. 'Je weet verdomde goed dat hij dat is, of je zou die foto niet te voorschijn toveren.'

'Wat Hollis volgens mij achterhoudt,' zei Dirks vader, 'is dat Ammar, of zijn stoffelijk overschot, nog niet is gevonden.'

'Dan moeten zijn mannen zijn lichaam hebben begraven,' zei Pitt. 'Ik heb hem niet gemist. Hij is in zijn schouder en twee keer in zijn gezicht geraakt. Ik zag dat een van zijn mannen hem in dekking sleepte nadat hij viel. Godsonmogelijk dat hij nog rondloopt.'

'Het is mogelijk dat zijn lichaam is begraven,' gaf Hollis toe. 'Een uitgebreide speurtocht op en om het eiland heeft niet het geringste spoor van hem opgeleverd.'

'Dus de vos is de dans ontsprongen,' zei Pitt bedachtzaam. Hij keek in het rond. 'Ik zeg dat hij door de mazen van het net is ontsnapt. Wil er iemand wedden?'

Hollis keek hem echter duister aan. 'Je mag hopen dat hij dooier is dan een barracuda in de woestijn, want als hij dat niet is, zal de naam Dirk Pitt boven aan zijn zwarte lijst staan.'

Hala, gekleed in een goudzijden peignoir met een gemoderniseerd hiëroglyfenpatroon, kwam gracieus naar voren. Ze legde zacht een hand op zijn schouder.

'Dirk is verzwakt,' zei ze effen. 'Hij heeft een goede maaltijd en dan rust nodig tot het tijd wordt dit schip te verlaten. Ik stel voor dat we hem een uurtje met rust laten.'

Hollis stopte de foto's terug in de envelop en stond op. 'Ik moet hier afscheid nemen. Zodra we aanleggen, staat er een helikopter te wachten om me terug naar Santa Inez te vliegen om verder naar Ammar te zoeken.'

'Doe de groeten aan majoor Dillinger.'

'Dat zal ik doen.' Hollis stond even ongemakkelijk te schuifelen, maar toen schudde hij hem de hand. 'Ik bied jou en je vrienden mijn excuses aan. Ik heb jullie allemaal behoorlijk onderschat. Als je ooit van de NUMA naar de Speciale Strijdkrachten wilt overstappen, zal ik persoonlijk een aanbeveling schrijven.'

'Ik zou daar niet zo goed passen,' grinnikte Pitt. 'Ik ben allergisch voor bevelen.'

'Ja, dat heb ik gemerkt,' zei Hollis met een flauwe glimlach.

De senator kwam bij het bed staan en kneep hem in zijn hand. 'Ik zie je aan dek.'

'Daar zal ik ook afscheid nemen,' zei kapitein Collins.

Hala zei niets. Ze dreef de mannen de kamer uit waarna ze zacht de deur sloot en op slot deed. Ze liep terug naar het bed en bleef staan. De manier waarop haar peignoir over haar lichaam plooide, overtuigde Pitt ervan dat ze er niets onder droeg.

Dat bewees ze door de strik los te knopen en het kledingstuk van haar schouders te laten glijden. Hij hoorde de zijde langs haar zachte huid omlaag ruisen. Ze poseerde als een bronzen standbeeld, met vooruitgestoken borsten, handen plat tegen de dijen, een been voor het andere gehouden. Ze boog voorover en trok de deken terug.

'Ik ben je iets schuldig,' zei ze hees.

Pitt zag zijn spiegelbeeld in de spiegels op de deuren van de kleerkast. Hij droeg alleen maar wit gaasverband. Hij had zich in een week niet geschoren en zijn ogen waren bloeddoorlopen. Hij vond zichzelf er uitzien als een landloper waar ieder zichzelf respecterende zwerfster haar neus voor zou ophalen.

'Ik zie er niet uit,' mompelde hij.

'In mijn ogen ben je knap,' fluisterde Hala. Ze ging naast hem liggen en begon met haar vingers teder door zijn borsthaar te strijken. 'We moeten opschieten. We hebben minder dan een uur.'

Pitt slaakte een diepe zucht. Als hij zich te veel inspande en er een paar hechtingen losraakten, zou hij flink op zijn donder krijgen van dokter Webster. Laffe overgave. Waarom, zo vroeg hij zich af, bedenken mannen meer slinkse plannen dan een hele geheime dienst bij elkaar om een vrouw te verleiden, alleen maar om te ontdekken dat ze onder de meest onvoorstelbare omstandigheden, wanneer je het het minst verwacht, op je vallen? Hij was er meer dan ooit van overtuigd, dat James Bond het echt niet zo goed had.

Toen Ammar wakker werd, zag hij alleen maar duisternis. Het leek wel alsof er een stuk kool in zijn schouder brandde. Hij wilde zijn handen naar zijn gezicht brengen, maar een hand ontplofte bijna van de pijn. Toen herinnerde hij zich de kogels die in zijn schouder en pols insloegen. Hij hief zijn goede hand om zijn ogen te voelen, maar de vingertoppen raakten alleen maar een doek aan die strak om zijn hele hoofd was gewikkeld en zijn gezicht van voorhoofd tot kin bedekte.

Hij wist dat zijn ogen niet meer konden worden gered. Geen blindemansleven voor hem, dacht hij. Hij voelde naar een wapen om zichzelf te doden. Hij raakte enkel klamme rotsbodem aan.

Ammar werd wanhopig. Hij was niet langer in staat de angst voor hulpeloosheid te onderdrukken. Hij kwam moeizaam overeind, struikelde en viel.

Twee handen grepen hem bij de schouder. 'Geen beweging of geluid, Suleiman Aziz,' fluisterde Ibn. 'De Amerikanen zijn op zoek naar ons.'

Ammar probeerde iets te zeggen, maar hij kon geen verstaanbaar woord meer uitbrengen. Alleen een dierlijk soort gegrom klonk door de bloeddoordrenkte doek die zijn kaak ondersteunde.

'We zitten in een kleine kamer in een van de mijntunnels,' zei Ibn zacht in zijn oor. 'Ze kwamen heel dichtbij, maar ik had net de tijd om een muur te bouwen die onze schuilplaats verborg.'

Ammar knikte en trachtte wanhopig zich verstaanbaar te maken.

Het leek wel of Ibn door het inktzwarte duister kon reiken en zijn gedachten kon lezen. 'Wil je sterven, Suleiman Aziz? Nee, je zult niet sterven. We zullen samen gaan, maar geen minuut eerder dan dat Allah daartoe besluit. Rust, mijn broeder,' zei Ibn teder. 'Tegen de tijd dat we van dit eiland kunnen ontsnappen, zul je al je reserves nodig hebben.'

Ammar zakte in elkaar en rolde op zijn zij. De oneffen grond van de tunnel was nat en de vochtigheid drong door zijn kleren, maar hij leed te veel pijn om daar acht op te slaan.

Hij werd steeds moedelozer. Zijn mislukking was een ramp geworden. Hij zag Akhmad Yazid smalend boven hem uittorenen; toen vormde zich diep in Ammars geest langzaam een gordijn dat openging. Daarachter verscheen een zwakke gloed, een gloed die aanzwol en in een verblindende flits uiteenbarstte. En in dat ene huiveringwekkende ogenblik zag hij de toekomst.

Hij zou door wraak overleven.

In gedachten herhaalde hij dat woord steeds opnieuw, tot uiteindelijk zijn zelfdiscipline terugkeerde.

De eerste beslissing die hij zou moeten nemen, was wie door zijn eigen handen zou sterven, Yazid of Pitt? Hij kon niet alleen handelen. Hij was fysiek niet langer in staat zelf beide mannen te doden. Reeds begon zich een plan te vormen. Hij zou Ibn een deel van de wraak moeten toevertrouwen.

Ammar pijnigde zijn hersens over dit probleem, maar uiteindelijk had hij geen keus.

Ibn trok de coyote, terwijl Ammars laatste daad het doden van de adder zou zijn.

56

Het straalvliegtuig van de luchtmacht bedoeld voor het vervoer van VIP's was krap – Pitt kon nauwelijks rechtop staan – maar luxueus. Pitt kreeg het idee dat hij in het peperdure speelgoed van een stinkend rijk kind zat.

Zijn vader was niet in een spraakzame bui. De senator maakte het grootste deel van de vlucht aantekeningen voor zijn rapport aan de president.

Toen Pitt hem vroeg hoe hij zo toevallig op de *Lady Flamborough* in Punta del Este verzeild kwam, antwoordde de senator zonder op te kijken: 'Een presidentiële opdracht' en wel op zo'n toon, dat verdere vragen over het onderwerp overbodig waren.

Hala hield zich eveneens afzijdig en wijdde zich aan haar zaken. Ze hing de hele tijd aan de in-flight telefoon om instructies aan haar assistenten in het hoofdkwartier van de Verenigde Naties in New York te geven. Een vluchtige glimlach wanneer hun blikken zich kruisten, was haar enige erkenning van Pitts aanwezigheid.

Hoe licht vergeten ze het niet, dacht Pitt ijdel.

Hij dwong zijn gedachten naar de speurtocht naar de schatten van de Bibliotheek van Alexandrië. Even overwoog hij Hala's telefoonmonopolie te doorbreken voor een voortgangsrapport van Yaeger. Maar hij verdronk zijn nieuwsgierigheid in een droge martini.

Welke rivier was Venator opgevaren voor hij zijn kostbare voorwerpen begroef? Volgens Yaeger had de *Serapis* water ingeslagen en reparaties uitgevoerd in wat later New Jersey was. De onbekende rivier moest daar ten zuiden van liggen. Kon Venator zijn vloot de Golf van Mexico hebben ingeleid en de Mississippi zijn opgevaren? De bedding van nu moest heel anders zijn dan die van zestienhonderd jaar geleden. Misschien was hij de Orinoco in Venezuela opgevaren. Die was driehonderd kilometer lang bevaarbaar. Of de Amazone misschien?

De ironie van dat alles! Als Junius Venators reis naar het Amerikaanse continent onweerlegbaar werd bewezen met de vondst van de bibliotheekstukken, zouden de geschiedenisboekjes moeten worden herschreven.

Arme Leif Eriksson en Christoffel Columbus. Die zouden tot voetnoten worden gedegradeerd.

Pitt werd in zijn dagdromen gestoord door de stewardess die hem kwam vertellen, dat hij zijn veiligheidsgordel moest vastmaken.

In de avondschemering liet het vliegtuig zijn neus zakken in de lange aanvlucht voor Andrews Air Force Base in Washington. Kort daarna strompelde Pitt met behulp van een wandelstok die door de dankbare bemanning van de *Lady Flamborough* in allerijl uit een aluminiumbuis was vervaardigd, de trap af. Hij zette voet op het beton op bijna exact dezelfde plek waar hij vanuit Groenland was gearriveerd.

Hala kwam naar hem toe om afscheid van hem te nemen. Zij vloog met hetzelfde vliegtuig door naar New York.

'Je zult een dierbare herinnering zijn, Dirk Pitt.'

'We hebben nog steeds niet samen gegeten.'

'Volgende keer dat je in Cairo komt, trakteer ik.'

De senator hoorde dat en kwam erbij staan. 'Cairo, juffrouw Kamil? Niet New York?'

Hala schonk hem een glimlach, de schone Nefertiti waardig. 'Ik treed af als secretaris-generaal om naar huis terug te keren. De democratie in Egypte is stervende. Ik kan te midden van mijn mensen meer doen om haar in leven te houden.'

'En Yazid?'

'President Hasan heeft gezworen hem onder huisarrest te plaatsen.'

Senator Pitt fronste. 'Wees voorzichtig. Yazid is nog altijd een gevaarlijk man.'

'Als het Yazid niet is, staat er wel een andere maniak klaar.' Haar zachte donkere kijkers verloochenden de angst in haar hart. Ze gaf hem een dochterlijke omhelzing. 'Zeg tegen je president, dat Egypte geen land van krankzinnige fanatici zal worden.'

'Ik zal het zeggen.'

Ze wendde zich tot Dirk. Ze stond op het punt verliefd op hem te worden, maar ze vocht met alle wilskracht waar ze over beschikte tegen haar gevoelens. Ze had een korte bevrediging bij hem gevonden die haar lang was ontzegd, maar ze wist dat ze haar liefde voor een man nooit met die voor Egypte kon delen.

Haar leven behoorde degenen die niets dan armoede en ellende kenden.

Ze kuste hem teder.

'Vergeet me niet.'

Voor Pitt kon antwoorden, had Hala zich omgedraaid en haastte ze zich de trap naar het vliegtuig op. Hij bleef naar de lege deuropening staan kijken.

De senator las zijn gedachten en onderbrak ze. 'Ze hebben een ambulance gestuurd om je naar het ziekenhuis te brengen.'

'Het ziekenhuis?' zei Pitt afwezig, nog steeds naar de toegangsdeur kijkend die werd dichtgedaan. De straalmotoren gierden terwijl de piloot het toerental opvoerde en naar de startbaan begon te taxiën.

Pitt rukte het verband van zijn hoofd en gooide het in de uitlaatstroom van de straalmotoren waar ze als vliegende slangen door de lucht wervelden. Pas toen het vliegtuig was opgestegen, gaf hij antwoord. 'Ze krijgen mij geen enkel ziekenhuis in.'

'Overdrijf je niet een beetje?' zei de senator met vaderlijke bezorgdheid.

'Hoe ga jij naar het Witte Huis?' vroeg Pitt.

De senator knikte naar een helikopter die een honderd meter verderop stond te wachten. 'De president heeft voor vervoer gezorgd.'

'Kun je me bij de NUMA afzetten?'

De senator sloeg zijn arm om Pitts middel. 'Kom, rare snijboon die je bent, ik zal je naar de helikopter helpen.'

Pitt voelde de spanning als een steen in zijn maag terwijl hij in de lift stond te kijken naar de nummers die naar de verdieping van het NUMA-computercomplex stegen. Lily stond hem in de foyer op te wachten.

Haar glimlach bevroor toen ze de vermoeide blik zag en tegelijkertijd de lange wondkorst op zijn wang, het bultige verband onder zijn trui, het slepende been en de stok. Maar moedig toverde ze haar glimlach weer te voorschijn.

'Welkom thuis, zwerver.' Ze sloeg haar armen om zijn nek. Hij liet een zacht gekreun ontsnappen. Ze sprong terug. 'O jee, het spijt me.'

Pitt pakte haar beet. 'Geen spijt van hebben.' Toen drukte hij zijn lippen op de hare. Zijn baard schuurde tegen haar huid en hij rook naar gin . . . heerlijk mannelijk.

Eindelijk liet hij haar los en keek om zich heen. 'Wat hebben jij en Hiram sinds mijn vertrek ontdekt?'

'Dat zal ik Hiram je laten vertellen,' zei ze luchtig. Ze pakte hem bij de hand en leidde hem langs de computers.

Yaeger kwam zijn kantoor uitgerend. Zonder een woord van begroeting of belangstelling kwam hij direct tot de zaak van de doorbraak.

'We hebben hem gevonden!' kondigde hij met veel aplomb aan.

'De rivier?' vroeg Pitt gespannen.

'Niet alleen de rivier, maar volgens mij kan ik je binnen vijf kilometer van de grot met de voorwerpen neerzetten.'

'Waar dan?'

'In Texas, in Roma, een klein grensstadje.'

Yaeger had de welgedane, zelfingenomen blik van een tyrannosaurus rex die zich aan een brontosaurus te goed heeft gedaan. 'Naar de zeven heuvels genoemd, net als de hoofdstad van Italië. Toegegeven, nogal lage, onbelangrijke heuveltjes. Maar er bestaan wel berichten dat er in dat gebied zogenaamd Romeinse voorwerpen zijn opgegraven. Erkende archeologen lachen erom, natuurlijk, maar wat weten die ervan, nietwaar?'

'Dan heet de rivier . . .'

'De Rio Bravo, op zijn Spaans.' Yaeger knikte. 'Aan deze kant beter bekend als de Rio Grande.'

'De Rio Grande.' Pitt herhaalde de woorden proevend, genietend van elke lettergreep.

Na de volgende middag op Corpus Christi Naval Air Station te zijn geland, werden Pitt en Lily, samen met admiraal Sandecker naar het Oceanografisch Onderzoekscentrum van de NUMA gereden. Sandecker zei de chauffeur te stoppen bij een helikopter die naast een lange aanlegkade langs de baai klaarstond. Het was onbewolkt, de zon stond eenzaam aan de hemel.

Het was niet al te warm, maar vreselijk benauwd, en ze begonnen direct nadat ze de auto uit waren gestapt te transpireren.

Herb Garza, de hoofdgeoloog van de NUMA, kwam op hen toegelopen. Hij was een kleine gezette man, bruinverbrand, met een paar pokkenlittekens op zijn wangen en glanzend zwart haar.

'Dr. Garza,' zei de admiraal bondig. 'Fijn je weer te zien.'

'Ik heb naar jullie komst uitgekeken,' zei Garza hartelijk. 'Zodra jullie instappen, kunnen we vertrekken.' Hij stelde de piloot voor, Joe Mifflin, die, dacht Pitt, net zo levendig was als een deurknop.

Pitt en Garza hadden eerder aan een project samengewerkt aan de westelijke woestijnkust van Zuid-Amerika. 'Hoe lang is dat geleden, Herb?' zei Pitt. 'Drie, vier jaar?'

'Wie telt ze?' zei Garza met een brede glimlach en ze schudden elkaar de hand. 'Fijn weer met je in hetzelfde team te werken.'

'Mag ik je voorstellen aan dr. Lily Sharp?'

Garza maakte een gracieuze buiging. 'Oceaanwetenschappen?' vroeg hij.

Lily schudde haar hoofd. 'Landarcheologie.'

Garza keek Sandecker met een vragende uitdrukking aan. 'Is dit geen zeeproject, admiraal?'

'Nee, het spijt me dat we je niet volledig hebben ingelicht, Herb, maar ik ben bang dat we het ware doel van ons werk nog even langer geheim moeten houden.'

Garza haalde gelaten zijn schouders op. 'U bent de baas.'

'Ik heb alleen maar een richting nodig,' zei Mifflin.

'Zuid,' zei Pitt tegen hem. 'Zuid, naar de Rio Grande.'

Mifflin vloog de helikopter met de letters NUMA op de zijkanten naar het gebied waar de Rio Grande in de Golf van Mexico uitkomt. Het land onder hen was een vreemde combinatie van moeras en woestijn, zo vlak als een parkeerplaats, met cactussen midden tussen hoog gras. Spoedig was door de voorruit de stad Brownsville te zien. Waar de brug Texas met Matamaros in Mexico verbond, vernauwde de rivier zich.

'Kunt u me vertellen wat we eigenlijk moeten onderzoeken?' vroeg Garza.

'Jij bent toch in de Rio Grande Valley opgegroeid, is het niet?' vroeg admiraal Sandecker zonder antwoord te geven.

'Geboren en getogen in Laredo, stroomopwaarts.'

'Dan ben je op de hoogte van de geologie rond Roma?'

'Ik heb in die streek een paar keer veldonderzoek gedaan, ja.'

Nu was het Pitts beurt. 'Hoe liep de rivierbedding een paar eeuwen na Christus, vergeleken met nu?'

'De rivier was toen niet zo vreselijk anders,' antwoordde Garza. 'Het grootste verschil is dat het niveau van de Rio Grande veel hoger is geweest. Tot de oorlog met Mexico was hij wel tussen de twee- en de vierhonderd meter breed. De hoofdbedding was veel dieper.'

'Wanneer werd hij voor het eerst door een Europeaan gezien?'

'Alonzo de Pineda zeilde in 1519 de riviermonding binnen.'

'Kon je met een zeilboot tot Roma varen?' vroeg Pitt.

'Makkelijk. De rivier was breed genoeg om in te laveren. Een schip met zeilen hoefde alleen maar op een oostelijke aflandse wind te wachten.'

Ze zwegen terwijl Mifflin de kronkelende bedding van de rivier volgde. Ze zagen een paar lage, golvende heuvels. Aan de Mexicaanse kant lagen een paar geïsoleerd liggende, driehonderd jaar oude stadjes. Sommige huizen waren van in de zon gebakken steen met een rood pannendak, maar de buitenwijken bestonden uit primitieve hutjes met rieten daken.

Het bebouwde deel van de vallei, met citrusboomgaarden, groenten- en aloëvelden, ging over in droge vlaktes met mesquitebomen en witte distels. Pitt had een modderige, bruine rivier verwacht, maar hij werd aangenaam verrast door de diepgroene kleur van de Rio Grande.

'We naderen Roma,' kondigde Garza aan. 'De zusterstad aan de andere kant van de rivier heet Miguel Alemán. Afgezien van een paar toeristenwinkels is het voornamelijk een grensplaatsje op de weg naar Monterrey.'

Mifflin vloog over de internationale brug en daalde tot vlak boven het water. Aan de Mexicaanse kant waren mannen en vrouwen bezig hun auto te wassen, visnetten aan het repareren of aan het zwemmen. Langs de oever rolden een paar varkens in de modder. Aan de Amerikaanse kant zagen de gebouwen er oud, maar solide uit. Een paar werden gerestaureerd.

Sandecker beduidde Mifflin boven de heuvels om de stad heen te cirkelen. Hij vroeg aan Garza: 'Is Roma naar Rome vernoemd omdat het door zeven heuvels wordt omgeven?'

'Dat weet niemand zeker,' antwoordde Garza. 'Je zou moeite hebben zeven afzonderlijke heuvels aan te wijzen. Ze gaan allemaal zo'n beetje in elkaar over.'

'Hoe is de bodem samengesteld?' informeerde Pitt, die naar beneden keek.

'Voor het grootste deel puin uit het Krijt. Dit hele gebied lag eens onder water. Fossiele oesterschelpen zijn hier heel gewoon. Er zijn er van een halve meter groot gevonden. Er is hier een grindafgraving in de buurt die de diverse geologische perioden goed illustreert. Ik kan je een stoomcursus geven als je Joe even laat landen.'

'Nog niet,' zei Pitt. 'Zijn er in deze streek natuurlijk gevormde grotten?'

'Niet zichtbaar aan het oppervlak. Maar dat betekent niet dat ze er niet zijn. We weten absoluut niet hoeveel grotten zich onder de bovenste laag kunnen bevinden die door de oude zeeën zijn gevormd. Oude Indiaanse legenden spreken van geesten die onder de grond wonen.'

'Wat voor geesten?'

Garza haalde zijn schouders op. 'Geesten van de Ouden die in de slag met boze goden zijn gesneuveld.'

Lily greep onwillekeurig Pitts arm beet. 'Zijn er in de buurt van Roma archeologische vondsten gedaan?'

'Een paar pijl- en speerpunten, stenen messen en bootstenen.'

'Wat zijn bootstenen?' vroeg Pitt.

'Holle stenen in de vorm van een bootromp,' zei Lily met stijgende opwinding. 'Hun exacte oorsprong of doel is onbekend. Men neemt aan dat ze het kwade weren, vooral als een Indiaan de macht van een heks of een medicijnman vreesde. Een beeltenis van de heks werd aan een bootsteen gebonden en in een meer of rivier gegooid, wat het kwade voor eeuwig vernietigde.'

Pitt vuurde een andere vraag op Garza af. 'Zijn er voorwerpen gevonden die de historische tijdtafel in de war schoppen?'

'Een paar, maar die werden als vervalsingen afgedaan.'

Lily zei heel achteloos: 'Wat voor voorwerpen?'

'Zwaarden, kruisen, speerschachten; het meeste van ijzer. Ik meen me ook iets te herinneren over een stenen anker.'

'Van Spaanse oorsprong, waarschijnlijk,' opperde Sandecker voorzichtig.

Garza schudde zijn hoofd. 'Niet Spaans, Romeins. De mensen van het Staatsmuseum hebben ze als negentiende-eeuwse vervalsingen van de hand gewezen.'

Lily's vingers groeven dieper in Pitts arm. 'Zou ik ze misschien kunnen bekijken?' vroeg ze gespannen. 'Of zijn ze weggeraakt, vergeten in de stoffige kelders van een universiteit?'

Garza wees door het raam naar een weg die vanuit Roma naar het noorden liep. 'Die vondsten bevinden zich daar. De man die de meeste heeft gevonden, verzamelt ze en bewaart ze in een schuur die hij groots een oudheidkundig museum noemt. Sam Trinity, of gekke Sam zoals ze hem hier noemen, heeft deze streek zo'n vijftig jaar lang afgezocht. Hij zweert dat hier een Romeins leger heeft gekampeerd. Hij heeft een benzinestation en een winkeltje.'

Pitt begon te glimlachen. 'Kun je ons bij die plek neerzetten?' vroeg hij aan Mifflin. 'Ik vind dat we maar eens een babbeltje met Sam moeten maken.'

57

Direct bij de afrit van de weg stond een negen meter lang bord. Op een zilveren achtergrond stond in vuurrode letters:

SAMS ROMEINSE CIRCUS

De benzinepompen zagen er glanzend nieuw uit. De winkel had bakstenen muren, in de stijl van de Indiaanse dorpen in Arizona, met de dakpalen door de muren uitstekend. Binnen zag het er schoon uit, met planken vol souvenirs, kruideniersartikelen en frisdranken, netjes uitgestald. Het was een evenbeeld van duizenden andere kleine, afgelegen oases langs Amerikaanse autowegen.

Sam, echter, paste niet in dit decor.

Hij droeg geen baseballpetje met reclame voor Caterpillar erop. Geen versleten cowboylaarzen of verschoten spijkerbroek. Sam had een heldergroen poloshirt aan, een gele broek, en hij droeg dure, met de hand gemaakte golfschoenen van hagedisseleer. Onder een sportieve geruite pet was zijn goedgeknipte haar wit en sluik.

Hij stond in de deur van zijn winkel tot het door de rotorbladen opgeworpen stof in de lichte bries werd weggevoerd.

Garza was de eerste die naar buiten sprong en op hem toeliep. 'Hé, ouwe zandhaas.'

Trinity's donkere, gelooide gezicht spleet in een brede Texaanse glimlach. 'Herb, blij je weer te zien.'

Garza stelde iedereen voor, maar het was duidelijk dat de namen nauwelijks tot Trinity doordrongen. Hij maakte een gebaar en zei: 'Welkom allemaal bij Sams Romeinse Circus.' Toen merkte hij Pitts gezicht en zijn gekreupel op. 'Van je motor gevallen?'

Pitt lachte. 'Aan de verkeerde kant van een kroeggevecht.'

'Ik geloof dat ik jou wel mag.'

'We zouden graag wat in je museum willen rondneuzen,' zei Garza.

'Wat een eer. Ga je gang. Het gebeurt me niet elke dag dat er mensen per wentelwiek hierheen komen om naar mijn spulletjes te kijken. Iets drinken, pilsje, frisdrank? Ik heb een kan margarita's in de koelbox.'

'Een margarita zou heerlijk zijn,' zei Lily, die met een sjaal over haar hals wreef.

'Herb, laat onze gasten het museum zien. De deur is open. Ik ben over een minuutje bij je.' Trinity verdween in zijn huis naast de winkel.

'Aardige vent,' mompelde Sandecker.

'Sam mag dan op een zacht ei lijken,' zei Garza, 'maar o wee als je hem te na komt, dan is hij taaier dan een tien jaar ouwe biefstuk.'

Garza nam hen mee naar een gebouw achter de winkel. Het was er niet veel groter dan een garage voor twee auto's, maar het stond er vol vitrines van glas en wassen poppen die waren aangekleed als Romeinse legioensoldaten. Het was er brandschoon, geen stofje op de glazen vitrines. De voorwerpen vertoonden geen roest en waren glimmend opgepoetst.

Lily had een attachékoffertje bij zich waaruit ze een dik boek met illustraties en foto's haalde. Ze begon de voorwerpen met de afbeeldingen uit het boek te vergelijken.

'Ziet er prima uit,' zei ze na een paar minuten. 'De zwaarden en speerpunten komen overeen met Romeinse wapens uit de vierde eeuw.'

'Maak je niet te vroeg blij,' zei Garza ernstig. 'Alles wat je hier ziet, heeft Sam vervaardigd en het er waarschijnlijk met zuur en zonlicht oud doen uitzien.'

'Hij heeft ze niet vervaardigd,' zei Sandecker vlak.

Garza keek hem met sceptische belangstelling aan. 'Hoe kunt u dat nu zeggen, admiraal? Er bestaat geen enkel verslag van pre-Columbiaans contact in de Golf.'

'Nu wel.'

'Dat is dan de eerste keer dat ik dat hoor.'

'Het vond plaats in 391 na Christus,' legde Pitt uit. 'Over de Rio Grande voer een vloot schepen naar wat nu Roma is. Ergens in de heuvels achter de stad hebben Romeinse huursoldaten met hun slaven en Egyptische geleerden een enorme verzameling van de Bibliotheek van Alexandrië begraven.'

'Ik wist het wel!' riep Sam Trinity in de deur uit. Van opwinding liet hij bijna het blad met glazen en de kan die hij in zijn handen had vallen. 'Verdomd als het niet waar is! De Romeinen hebben echt over de bodem van Texas gelopen.'

'Je hebt gelijk, Sam,' zei Sandecker, 'en degenen die aan je twijfelden hadden ongelijk.'

'Al die jaren heeft niemand me willen geloven,' mompelde Sam verdwaasd. 'Zelfs nadat ze de steen hadden gelezen, beschuldigden ze mij ervan dat ik de inscriptie er eigenhandig had ingebeiteld.'

'Steen? Wat voor steen?' vroeg Pitt scherp.

'Die daar in de hoek staat. Ik heb hem door de Universiteit van Texas laten vertalen, maar het enige wat ze zeiden was: "Zo, Sam, je Latijn kan er best mee door." Ze hebben me er jarenlang mee voor de gek gehouden.'

'Bestaat er een exemplaar van de vertaling?' vroeg Lily.

'Daar, aan de muur. Ik heb het laten uittypen en inlijsten. Ik heb het gedeelte waar ze het afkraakten eraf gelaten.'

Lily tuurde naar de woorden en las ze hardop voor.

> 'Deze steen wijst de weg naar waar
> ik bevel gaf de werken uit de
> grote Hal der Muzen te begraven.

Ik ben aan de slachting van onze vloot ontsnapt en ben naar het zuiden getrokken om de barbaren te ontvluchten. Daar werd ik door een primitief piramidebouwend volk als wijze en profeet aanvaard.

Ik heb hun geleerd wat ik weet van de sterren en de wetenschappen, maar weinig van wat ik hun heb onderwezen, hebben ze in praktijk gebracht. Ze geven de voorkeur aan afgoderij en volgen de eisen van onwetende priesters om mensenoffers.

Zeven jaar zijn sinds mijn komst verstreken. Bij mijn terugkomst hier werd ik door droefenis overmand bij het zien van de beenderen van mijn vroegere kameraden. Ik heb ervoor gezorgd, dat ze werden begraven. Mijn schip is gereed, en spoedig zal ik naar Rome afzeilen.

Indien Theodosius nog in leven is, zal ik worden geëxecuteerd, maar dat risico loop ik graag om de kans te hebben mijn familie nog een laatste keer te zien.

Aan hen die dit lezen: mocht ik omkomen, de ingang naar de opslagkamer ligt onder de heuvel begraven. Ga in het noorden staan en kijk recht naar het zuiden naar de klif aan de rivieroever.'

Junius Venator
10 augustus 398

'Dus Venator heeft de slachtpartij overleefd, alleen maar om zeven jaar later op zijn terugreis naar Rome om te komen,' zei Pitt.

'Of misschien heeft hij het gehaald en is hij zonder iets te zeggen geëxecuteerd,' voegde Sandecker eraan toe.

'Nee, Theodosius is in 395 gestorven,' zei Lily verwonderd. 'Te bedenken dat het bericht hier al die tijd heeft gelegen en als een vervalsing is genegeerd.'

'Kennen jullie die Venator dan?' vroeg Trinity met opgetrokken wenkbrauwen.

'We hebben hem gevolgd,' gaf Pitt toe.

'Heb je naar die opslagkamer gezocht?' vroeg Sandecker.

Trinity knikte. 'Ik heb in al die heuvels hier gegraven. Maar behalve wat hier te zien is, heb ik niets gevonden.'

'Hoe diep?'

'Zo'n jaar of tien geleden heb ik een put van zes meter gegraven, maar ik heb daar alleen maar die sandaal daar achter dat glas gevonden.'

'Kun je ons laten zien waar je de steen hebt ontdekt, en de andere voorwerpen?' vroeg Pitt hem.

De oude Texaan keek naar Garza. 'Denk je dat dat oké is, Herb?'

'Geloof me, Sam, deze mensen kun je vertrouwen. Dat zijn geen schatrovers.'

Trinity knikte heftig. 'Goed, dan gaan we een ritje maken. We kunnen mijn jeep nemen.'

Trinity stuurde de jeep over een zandweg langs een paar moderne gebouwen en stopte voor een hek van prikkeldraad. Hij stapte uit, haakte een gedeelte los en trok het opzij. Toen klom hij weer achter het stuur en reed verder over een pad dat je door de begroeiing heen nauwelijks kon zien.

Boven aan een lange, flauwe helling stopte hij en zette de motor af. 'Dit is het dan, Gongora Hill. Lang geleden heeft iemand het naar een zeventiende-eeuwse Spaanse dichter vernoemd. Waarom ze een vuilnishoop naar een dichter noemen, gaat mij boven mijn pet.'

Pitt wees naar een lage heuvel, vierhonderd meter naar het noorden. 'Hoe noemen jullie die top daar?'

'Heeft geen naam, tenminste niet dat ik weet,' antwoordde Trinity.

'Waar heb je de steen ontdekt?' vroeg Lily.

'Een klein eindje verder.'

Na een hobbelige rit van twee minuten remde hij naast een ondiepe, droge sloot. Hij stapte uit en ging bij de rand staan.

'Hier zag ik een hoek uit de oever steken.'

'Deze droge sloot loopt tussen Gongora en die heuvel daar in,' merkte Pitt op.

'In de loop van een lange tijd kunnen erosie en zware regenval de steen wel vijftig meter van de top van de Gongora hebben gespoeld, maar niet een halve kilometer van de volgende top af naar hier hebben gevoerd,' zei Sandecker.

'En waar heb je de andere voorwerpen gevonden?' vroeg Lily.

Trinity maakte een breed gebaar naar de rivier. 'Die begonnen een beetje verder de helling af en lagen overal tot bijna in het stadscentrum toe.'

'Van wie is dit land?'

'Sinds Texas een republiek is, is zo'n zeshonderd hectare in handen van mijn familie geweest,' antwoordde Trinity.

'Dat bespaart ons een hoop gedoe,' zei Sandecker goedkeurend.

De zon begon achter de heuvelrug te zakken. Pitt probeerde zich het gevecht voor te stellen tussen de Indianen en de Romeinen en Egyptenaren die naar de rivier en de vloot toerenden. Hij kon het geschreeuw en wapengekletter bijna horen. Het leek wel of hij er die droevige dag zo lang geleden bij was geweest.

'Zestien eeuwen geleden zijn er een hoop goede mannen omgekomen om de wetenschap van hun dagen te bewaren,' zei hij zacht, starend in het verleden. 'Volgens mij is het tijd dat we die opgraven.'

58

De volgende ochtend reed admiraal Sandecker in zijn huurauto over de kronkelweg naar het buitenhuis van de president aan het geïsoleerd gelegen Lake of the Ozarks in Missouri. Hij vond de koele lucht verfrissend na de verzengende temperatuur aan de Rio Grande.

Gekleed in een warm met schapewol gevoerd jack liep de president de trappen van de veranda af om hem te begroeten. 'Fijn dat u kon komen, admiraal. Hoe was de reis?'

'Het grootste deel heb ik geslapen.'

'Het spijt me dat ik u met zoveel spoed hierheen heb gehaald.'

'Ik ben me bewust van de dringende aard van de zaak.'

De president legde zijn hand op Sandeckers rug en duwde hem de treden naar de deur op. 'Kom binnen, ontbijten. Dale Nichols, Julius Schiller en senator Pitt zitten al aan de uitsmijter.'

'De vertrouwensraad bij elkaar geroepen, merk ik,' zei Sandecker met een verholen glimlach.

'We hebben de politieke schok van uw ontdekking tot diep in de nacht besproken.'

De president voerde hem door het als een blokhut gebouwde huis. Ze liepen door een gezellige huiskamer die meer op modern comfort was ingericht dan als een jachthut. In een grote open haard van steen brandde een klein vuur. Ze kwamen de eetkamer binnen waar Schiller en Nichols, in vissersuitrusting, als één man opstonden om hem de hand te schudden. Senator Pitt, in trainingspak, zwaaide alleen maar.

Vanwege hun nauwe relatie met Dirk waren de senator en de admiraal goed bevriend. Sandecker ving een waarschuwende blik op van het sombere gezicht van Pitt.

Er was nog iemand, die de president niet had genoemd: Harold Wismer, een oude vriend en adviseur van de president die een enorme invloed uitoefende in de bureaucratie buiten het Witte Huis. Sandecker vroeg zich af waarom híj hier was.

De president trok een stoel bij. 'Ga zitten, admiraal, hoe wilt u uw eieren?'

Sandecker schudde zijn hoofd. 'Wat fruit en een glas karnemelk voor mij, graag.'

Een bediende in een wit jasje nam de bestelling op en verdween naar de keuken.

'Zo blijf je dus zo mager,' zei Schiller.

'Samen met zóveel conditietraining, dat ik dag en nacht zweet.'

'Allereerst willen we u en uw mensen feliciteren met deze magnifieke vondst,' viel Wismer met de deur in huis. Hij keek hem aan door een bril met roze glazen. Zijn dunne lippen werden bijna geheel verborgen door een warrige baard. Hij was zo kaal als een biljartbal en had bruine, wijd uit elkaar staande ogen die enigszins uitpuilden. 'Wanneer denken jullie te gaan graven?'

'Morgen,' zei Sandecker, in de verwachting dat het gras voor zijn voeten zou worden weggemaaid. Uit zijn koffertje pakte hij een topografische kaart van het gebied boven Roma. Deze werd gevolgd door een doorsnee van de heuvel die de geplande schachten aangaf. Hij legde ze op een lege plek op tafel uit. 'We zijn van plan tachtig meter onder de top twee onderzoekstunnels in de heuvel te graven.'

'Is dat de heuvel die "Gongora Hill" heet?'

'Ja. De tunnels zullen de heuvel van de tegenover elkaar liggende kanten van de helling die op de rivier uitkijkt binnendringen, maar op verschillende hoogte. Een, of allebei, moet zodoende op de grot uitkomen die Junius Venator op Sam Trinity's steen heeft beschreven, of als we geluk hebben op een van de oorspronkelijke toegangsschachten.'

'Weet u absoluut zeker dat er op deze plek een schatkamer met voorwerpen uit de Bibliotheek van Alexandrië ligt?' vroeg Wismer, die de strop aantrok. 'Geen twijfel mogelijk?'

'Nee,' antwoordde Sandecker gepikeerd.

'Maar zouden de . . .'

'Nee, de Romeinse objecten zijn authentiek verklaard.' Sandecker onderbrak Wismer ruwweg. 'Dit is geen oplichterij, geen poging tot vervalsing, geen wilde stunt. We weten dat hij zich daar bevindt. De enige vraag is hoe groot de schat is.'

'We willen niet suggereren dat de schatten van de bibliotheek niet bestaan,' zei Schiller snel, een beetje te snel. 'Maar u moet wel begrijpen, admiraal, dat de internationale reacties op zo'n enorme ontdekking moeilijk te voorspellen zijn, laat staan te controleren.'

Sandecker keek Schiller recht aan. 'Ik kan niet begrijpen waarom het aan het licht brengen van de wetenschap van de Antieke Oudheid een Armageddon kan veroorzaken. En bovendien, is het daar niet een beetje te laat voor? De wereld weet al van de schat. Hala Kamil heeft het in haar toespraak voor de Verenigde Naties aangekondigd.'

'Er zijn bepaalde factoren waar je je misschien niet van bewust bent,' zei de president ernstig. 'President Hasan kan beweren dat alles aan Egypte toekomt. Griekenland zal de gouden sarcofaag van Alexander opeisen. Om van de eisen die Italië kan stellen maar niet te spreken.'

'Misschien heb ik het mis, heren,' zei Sandecker, 'maar ik had begrepen dat we hadden beloofd de ontdekking met president Hasan te delen als een manier om zijn regering te versterken.'

'Dat is waar,' gaf Schiller toe, 'maar dat was voor jullie de locatie naast de Rio Grande hebben vastgepind. Daarmee hebben jullie Mexico erbij betrokken. Die fanatiekeling, Topiltzin, kan stellen dat de begraafplaats oorspronkelijk aan Mexico toebehoorde.'

'Dat valt te verwachten,' zei Sandecker. 'Maar hebben is hebben, en krijgen is de kunst. Wettelijk gezien behoren de voorwerpen aan degene toe die het land bezit waarin ze zijn begraven.'

'Meneer Trinity zal een flink bedrag krijgen aangeboden voor de grond en het recht op de voorwerpen,' zei Nichols. 'Belastingvrij, wel te verstaan.'

'Sinds wanneer zit de regering in de kunsthandel?'

'De kunst, de beeldhouwwerken en het stoffelijk overschot van Alexander de Grote zijn alleen maar van historisch belang,' zei Wismer. 'De gegevens in de schriftrollen, díe zijn van vitaal belang. Vooral de geologische gegevens kunnen een enorme invloed hebben op onze toekomstige onderhandelingen met het Midden-Oosten. En dan moeten we nog rekening houden met de religieuze kant van de zaak.'

'Waar moeten we rekening mee houden? De Griekse vertaling van de originele Hebreeuwse tekst van het Oude Testament is in de Bibliotheek vervaardigd. Die vertaling is de basis voor alle boeken van de bijbel.'

'Maar niet van het Nieuwe Testament,' verbeterde Wismer Sandecker. 'Er kunnen onder die heuvel in Texas historische feiten verborgen liggen die de stichting van het christendom aanvechten. Feiten die maar beter verborgen kunnen blijven.'

Sandecker keek Wismer met een kille blik aan en wendde zich tot de president. 'Ik ruik een samenzwering, meneer de president. Ik zou het op prijs stellen de reden voor mijn komst hier te horen.'

'Niets sinisters, admiraal, echt niet. Maar we zijn het er allemaal over eens, dat dit tot een uitgebreide en netelige operatie is uitgegroeid die binnen strenge richtlijnen moet worden behandeld.'

Sandecker was niet achterlijk, de val was dichtgeslagen. Bijna vanaf het begin had hij geweten wat ging komen. 'Dus nadat de NUMA,' hij zweeg en keek senator Pitt aan, 'en vooral jouw zoon, senator, het vuile werk hebben opgeknapt, worden we terzijde geschoven.'

'Het spijt me, admiraal,' zei de president vastberaden, 'maar ik neem u het project uit handen en draag het over aan het Pentagon.'

Sandecker was met stomheid geslagen. 'De militairen!' riep hij uit. 'Wie is op dat goddeloze idee gekomen?'

'Ik geloof niet dat je het begrijpt, Jim,' zei de senator rustig. 'Wat jullie hebben ontdekt, gaat de pure archeologie te boven. De wetenschap die onder die heuvel ligt begraven, zou onze Midden-Oostenpolitiek weleens voor tientallen jaren kunnen beïnvloeden.'

'Voldoende reden om deze zaak als een uiterst geheime operatie te benaderen,' zei Wismer. 'We moeten de ontdekking geheimhouden tot alle documenten zorgvuldig zijn onderzocht en de gegevens geanalyseerd.'

De bediende bracht het fruit en de karnemelk voor de admiraal, maar Sandecker had zijn eetlust verloren.

'Met andere woorden, jullie hebben tijd nodig om de waarde van dit buitenkansje te berekenen,' zei Sandecker wrang. 'Dan kunnen jullie gaan onderhandelen over de oude kaarten die de verloren vindplaatsen van erts en olie in het Middellandse-Zeegebied aangeven. Als Alexander niet helemaal tot stof is vergaan, wordt zijn gebeente met Griekenland geruild voor nieuwe overeenkomsten voor onze marinebases. En dit alles voor het Amerikaanse volk erachter komt, dat we het zootje hebben versjacherd.'

'We kunnen het niet publiek maken,' legde Schiller geduldig uit. 'Je ziet de enorme voordelen voor de buitenlandse politiek niet die jullie de regering in de schoot hebben geworpen. Die kunnen we niet zomaar in naam van de publieke belangstelling voor historische voorwerpen overboord gooien.'

'Ik ben niet naïef, heren,' zei Sandecker, 'maar ik moet toegeven dat ik een sentimentele ouwe patriot ben die gelooft dat het volk meer verdient van hun regering dan ze nu krijgen. De schatten van de Bibliotheek van Alexandrië zijn niet van een stelletje politici die ze kunnen versjacheren. Ze behoren tot heel Amerika.'

Sandecker wachtte niet op een antwoord. Hij nam snel een slok van zijn karnemelk en haalde vervolgens een krant uit zijn koffertje die hij nonchalant op de tafel gooide. 'Omdat iedereen zo druk bezig is met het grote geheel, hebben jullie assistenten een klein berichtje van Reuter gemist dat de meeste kranten over de hele wereld hebben opgepikt.'

Wismer pakte de krant op en las van de pagina waarop Sandecker hem had opengevouwen de kop en de tekst hardop voor:

'Romeinen in Texas aan wal gegaan?

Volgens hooggeplaatste bronnen in Washington is de speurtocht naar een enorme ondergrondse opslagplaats van oude voorwerpen uit de befaamde Bibliotheek van Alexandrië een paar honderd meter ten noorden van de Rio Grande in Roma, Texas, geëindigd. Archeologen hebben voorwerpen die door ene Samuel Trinity door de jaren heen zijn verzameld als authentiek verklaard.

De speurtocht begon met de ontdekking in het Groenlandse ijs van een Romeins koopvaardijschip uit de vierde eeuw n.Chr . . .'

Wismer liep rood aan van woede. 'Een lek, godverdomme!'

Schiller keek de president somber aan. 'Op die plek zullen duizenden mensen neerzwermen. Ik stel voor dat u het gebied door militairen laat afzetten.'

'Julius heeft gelijk, excellentie,' zei Nichols. 'Die heuvels worden door schatgravers met de grond gelijk gemaakt als ze niet worden tegengehouden.'

De president knikte. 'Goed, Dale, bel generaal Metcalf van de Generale Staf.'

Nichols stond op en liep naar de studeerkamer.

'Ik dring erop aan, dat we de hele operatie geheimhouden,' zei Wismer gespannen. 'We zouden bovendien het gerucht moeten verspreiden, dat de ontdekking op bedrog berustte.'

'Geen goed idee, excellentie,' adviseerde Schiller de president verstandig. 'Uw voorgangers zijn er tot hun schade achtergekomen, dat je het Amerikaanse volk niet iets kunt voorliegen. De pers zou een doofpot ruiken en u aan stukken scheuren.'

'Ik ben het met Julius eens,' zei Sandecker. 'Sluit het gebied af, maar zet de opgravingen door waarbij we het publiek zonder iets te verdoezelen op de hoogte houden.'

De president wendde zich tot Wismer. 'Sorry, Harold. Misschien is het beter zo.'

'Laten we dat maar hopen,' zei Wismer die somber naar de krant staarde. 'Ik moet er niet aan denken wat er gaat gebeuren, als die gek van een Topiltzin besluit er een punt van te maken.'

59

Sam Trinity stond te kijken hoe Pitt een paar elektrische voedingsdraden met twee metalen dozen op de open achterlaadklep van zijn jeep verbond. Eén had een klein beeldscherm en de andere een brede gleuf waaruit papier als een platte tong kwam gerold.

'Dat ziet er te gek uit,' merkte Trinity op. 'Wat is het?'

Pitt sloot de voedingskabel aan op een vreemd uitziend, dubbelbultig toestel op vier wielen met een duwstang. 'De Georadar One, gefabriceerd door de Oyo Corporation, een ondergrond-radar.'

'Ik wist niet dat radar door zand en rots kon heendringen.'

'Het kan tot tien meter, en onder ideale omstandigheden tot twintig meter diep een goed profiel opleveren. Terwijl de draagbare sonde het terrein verkent, wordt er een elektromagnetische impuls uitgezonden. De teruggekaatste signalen worden aan het kleurenscherm en de grafische recorder in de jeep doorgegeven. Dat is het zo'n beetje.'

'En wat zoeken we?'

'Een holte.'

'Bedoel je een grot?'

Pitt haalde grinnikend zijn schouders op. 'Dat is hetzelfde.'

Trinity staarde vanaf de heuvelrug waarop ze nu stonden naar de top van Gongora Hill, vierhonderd meter verderop. 'Waarom zoeken we aan de achterkant van de verkeerde heuvel?'

'Ik wil de apparatuur testen voordat we de goede plek onderhanden nemen,' antwoordde Pitt vaag. 'Bovendien bestaat er een kleine mogelijkheid, dat Venator ergens anders nog meer voorwerpen heeft begraven.' Hij zweeg en zwaaide naar Lily die even verderop door een landmeterskijker stond te turen. 'We zijn klaar,' riep hij.

Ze zwaaide terug en kwam aangelopen met een bord waarop een vel millimeterpapier zat vastgepind. 'Hier is je zoekraster,' zei ze. 'Ik zal achter de jeep aanlopen om de instrumenten in de gaten te houden. Om de twintig meter zal ik een vlaggetje in de grond zetten, zodat we in een rechte lijn kunnen blijven.'

Pitt knikte naar Trinity. 'Klaar, Sam?'

Trinity ging achter het stuur zitten en startte de jeep. Pitt stelde de apparatuur bij, pakte toen de duwstang van de sonde en wees naar voren. 'Vooruit.'

Trinity reed stapvoets naar voren en Pitt volgde met zijn zender/ontvanger vijf meter daarachter. Een lichte bewolking schermde de zon tot een vage, gele bal af. Gelukkig was het niet al te heet. Heen en weer gingen ze, bomen en struiken ontwijkend. De morgen ging over in de middag. Ze negeerden lunchtijd en stopten alleen maar op Lily's bevel, als ze de opnamen wilde bestuderen en aantekeningen moest maken.

'Een goede uitslag?' vroeg Pitt die achter op de jeep op adem zat te komen.

'We stuiten hier op iets dat er veelbelovend uitziet,' antwoordde Lily. 'Twee stroken verder kan ik je meer vertellen.'

Pitt merkte dat er aan de voet van Gongora Hill steeds meer auto's werden geparkeerd. Mensen gewapend met metaaldetectors zwermden over de heuvel uit.

Sam had het ook gezien. 'Mijn Verboden Toegang-bordjes halen niet veel uit,' gromde hij. 'Je zou denken dat er gratis drank werd aangeboden.' Hij tuurde over de rand van zijn zonnebril heen. 'Voornamelijk mensen uit de buurt. Iemand moet uit de school hebben geklapt. Morgen rond deze tijd komen ze uit alle uithoeken van het land aanzetten.'

De telefoon in de jeep zoemde en Trinity nam op. Toen gaf hij door het raampje de hoorn aan Pitt door. 'Voor jou, admiraal Sandecker.'

Pitt nam de telefoon aan. 'Ja, admiraal?'

'We hebben een dolk in de rug gekregen,' vertelde Sandecker hem. 'De adviseurs van de president hebben hem zover gekregen, dat hij de opgraving aan het Pentagon overdraagt. Het Witte Huis wil in de opslagruimte breken en de schriftrollen zo spoedig mogelijk ter bestudering afvoeren. Ze zijn bang voor vervelende confrontaties met landen die hun deel van de ontdekking zouden kunnen opeisen.'

Pitt sloeg met zijn vuist op het dak van de jeep. 'Verdomme! Ze kunnen dat niet als tweedehands troep zomaar in trucks gooien. Als schriftrollen niet juist worden behandeld, bestaat de kans dat ze tot stof verkruimelen.'

'De president heeft de verantwoordelijkheid voor deze gok op zich genomen.'

'Het verleden heeft geen voorrang op politiek, daar komt het op neer, is het niet?'

'Dat is niet het enige probleem,' zei Sandecker. 'Iemand in het Witte Huis heeft alles naar een persdienst laten uitlekken.'

'De massa's komen hier al aanzetten.'

'Die laten er geen gras over groeien.'

'Wat denkt de regering te doen aan het feit dat dit land eigendom van Sam is?'

'Laten we zeggen dat Sam een aanbod krijgt dat hij niet kan weigeren,' antwoordde Sandecker kwaad. 'De president en zijn vriendjes hebben een groots plan om uit de wetenschap in de bibliotheek rollen goud te slaan.'

'Hoort mijn vader daar ook bij?' vroeg Pitt.

'Ik vrees van wel.'

Pitt dacht even na en vroeg toen: 'Zou je met jouw invloed ervoor kunnen zorgen, dat we in de buurt kunnen blijven?'

'Geef me maar een smoes.'

'Lily en ik weten meer dan wie ook over het speurwerk. Je kunt stellen dat we als adviseurs van vitaal belang zijn voor dit project. Je kunt zeggen dat we een archeologisch onderzoek instellen naar voorwerpen aan de oppervlakte. Zeg wat je wilt, admiraal, maar zorg dat het Witte Huis toestaat dat we hier blijven.'

'Ik zal zien wat ik kan doen,' beloofde Sandecker, hoewel hij geen flauw idee had wat Pitt van plan was. 'Je hoort nog van me.'

Pitt gaf de hoorn aan Trinity terug en zei tegen Lily: 'We doen niet meer mee. Het leger neemt de opgravingen over. Ze voeren de vondsten af zo snel als ze ze in de laadbak van een truck kunnen gooien.'

Lily's ogen werden groot van ontzetting. 'De schriftrollen worden op die manier vernietigd,' stootte ze uit. 'Na zestienhonderd jaar in een ondergrondse bergplaats moeten perkament en papyrus voorzichtig worden behandeld. Een stijging in temperatuur of de zachtste aanraking kan ze doen verkruimelen.'

'Je hebt me dezelfde opvatting aan de admiraal horen verkondigen,' zei Pitt hulpeloos.

Trinity keek verslagen. 'Nou,' gromde hij, 'zullen we dan maar inpakken?'

Pitt keek naar de palen die de grens van het zoekraster aangaven. 'Nog niet,' zei hij langzaam en vastberaden. 'Laten we het karwei afmaken. De voorstelling is niet afgelopen voordat hij is afgelopen.'

De verlengde Mercedes stopte bij de pier van de jachtclub in de haven van Alexandrië. De chauffeur hield het portier open en Robert Capesterre stapte uit. In zijn witte maatkostuum met een blauw overhemd en bijpassende stropdas zag hij er niet langer als Topiltzin uit.

Hij werd langs een stenen trap naar een klaarliggende motorsloep geleid. Hij leunde achterover in de zachte kussens en genoot van de tocht door de haven en de ingang waar eens een van de zeven wereldwonderen had gestaan, de beroemde 135 meter hoge vuurtoren, bekend als de Pharos van Alexandrië.

De motorsloep zette koers naar een jacht dat buiten de haven voor een lang, breed strand voor anker lag. Capesterre had al bij eerdere gelegenheden over haar dekken gelopen. Hij wist dat ze vijfenveertig meter lang was, in Nederland gebouwd, gestroomlijnd als een vliegtuig, en dat ze transatlantische capaciteit had met een kruissnelheid van dertig knopen. Capesterre werd aan dek begroet door een man met een openstaand zijden overhemd, korte broek en sandalen aan. Ze omhelsden elkaar.

'Welkom, broer,' zei Paul Capesterre. 'We hebben elkaar al te lang niet gezien.'

'Je ziet er goed uit, Paul. Volgens mij zijn jij en Akhmad Yazid zo'n kilo of vier aangekomen. Een vreemde gewaarwording om je niet in uniform te zien.'

Paul haalde zijn schouders op. 'Ik word moe van Yazids Arabische kleding met die stomme tulband. Kijk naar jezelf. Ik zie jou ook niet in je Azteekse godenpakkie.'

'Topiltzin is tijdelijk met vakantie.' Robert zweeg even en knikte naar het dek. 'Je hebt oom Theodoors boot geleend, zie ik.'

'Die heeft hij toch niet meer nodig nu de familie niet meer in de drugssmokkel zit.' Paul Capesterre draaide zich om en ging zijn broer voor naar de eetsalon. 'Kom, de lunch staat opgediend. Nu ik heb gezien dat je eindelijk champagne drinkt, heb ik een van oom Theodoors beste flessen afgestoft.'

Robert nam een glas aan. 'Ik dacht dat president Hasan jou onder huisarrest had geplaatst.'

'De enige reden waarom ik die villa heb gekocht, is de ontsnappingstunnel die na honderd meter in een garage uitkomt.'

'Die eveneens jouw eigendom is.'

'Uiteraard.'

Robert hief zijn glas. 'Op het grootse plan van vader en moeder.'

Paul knikte. 'Hoewel het er op het ogenblik voor jou in Mexico beter uitziet dan voor mij in Egypte. Die idioot van een Suleiman Aziz Ammar ook, die heeft de hele operatie om zeep geholpen.'

'Is er iets bekend over overlevenden?'

'Agenten van de familie melden dat de meesten zijn omgekomen, onder wie Ammar en jouw kapitein Machado. Een paar zijn gevangengenomen, maar die weten niets van onze betrokkenheid af.'

'Dan mogen we van geluk spreken,' zei Robert. 'Heb je de laatste nieuwsrapporten gelezen?'

'Ja, de Amerikanen beweren dat ze de opslagkamer van de schatten van de Bibliotheek van Alexandrië in Texas hebben gevonden.'

'Jij zou je voordeel kunnen doen met de oude geologische kaarten. Als ze de weg wijzen naar rijke minerale en oliereserves kun jij de eer opeisen voor de heropleving van de Egyptische economie.'

'Die mogelijkheid heb ik overwogen,' zei Paul. 'Als ik het Witte Huis goed begrijp, wil de president de voorwerpen en schriftrollen als onderhandelingsmateriaal gebruiken. Terwijl Hasan bedelt om een schamel deel van Egyptes erfgoed, kan ik de zaak aan het volk voorleggen als een schande jegens onze geëerde voorvaderen.' Paul aarzelde, zijn gedachten namen een enorme sprong. Hij vervolgde met samengeknepen ogen: 'Met de juiste woordkeus kan ik de moslimwet en de woorden van de koran tot een strijdkreet verdraaien die Hasans regering op zijn voegen zal doen schudden.'

Robert lachte. 'Probeer dan wel je gezicht in de plooi te houden. De christenen mogen de meeste schriftrollen in 391 na Christus, dan wel hebben verbrand, de moslims hebben de Bibliotheek in 646 voorgoed vernietigd.'

Een ober diende Schotse gerookte zalm en Iraanse kaviaar op. Enkele minuten aten ze zwijgend.

Toen zei Paul: 'Ik hoop wel dat je beseft, dat het buitmaken van deze voorwerpen op jouw schouders neerkomt.'

Robert keek hem over de rand van zijn champagneglas aan. 'Heb je het over mij of over Topiltzin?'

Paul lachte. 'Over Topiltzin.'

Robert zette zijn glas neer en hief zijn handen. Hij kreeg een hypnotische blik over zich en begon bezwerend te spreken.

'Wij zullen oprijzen met tienduizenden, met honderdduizenden tegelijk. Wij zullen als één man de rivier oversteken en nemen wat op ons land is begraven, land dat ons door de Amerikanen is ontstolen. Velen zullen ten offer vallen, maar de goden eisen dat wij nemen wat Mexico rechtens toekomt.' Hij liet grinnikend zijn handen vallen. 'Moet natuurlijk nog een beetje worden bijgewerkt.'

Paul applaudisseerde. 'Ik geloof dat je mijn tekst hebt geleend,' zei hij.

'Dat doet er toch niet toe zolang het in de familie blijft?' Robert nam een hap zalm en spoelde het met een slok champagne weg. 'Stel dat ik de schat in handen krijg en in handen kan houden, wat dan?'

'Ik wil alleen de kaarten. Wat er verder naar buiten kan worden gesmokkeld, gaat naar de familie die het op de zwarte markt aan rijke verzamelaars kan slijten.' Paul keek zijn broer vragend aan. 'Hoe had je gedacht de bibliotheekschatten in handen te krijgen?'

'Nadat ik de macht heb gegrepen, heb ik een massale, ongewapende invasie van de Amerikaanse grensstaten gepland. Dit lijkt me een goede gelegenheid voor een test. Als ik mijn organisatie eenmaal in beweging zet, zullen de armen in de steden en de boeren op het land worden verzameld en naar het noorden, naar Roma in Texas worden getransporteerd. Binnen vier dagen kan ik er driehonderdduizend, misschien wel vierhonderdduizend aan onze kant van de Rio Grande hebben.'

'En verzet van de Amerikanen dan?'

'Geen enkele soldaat, douanebeambte of sheriff zal aan deze mensenmenigte weerstand kunnen bieden. Ik ben van plan de vrouwen en kinderen in de eerste golf over de rivier te sturen. De Amerikanen zijn een sentimenteel stelletje. De president zal geen bevel tot schieten durven geven. Passief verzet zal door een menselijke vloedgolf worden overspoeld en de ondergrondse grot met de schatten van de bibliotheek zal door ons worden bezet.'

'En Topiltzin zal ze leiden?'

'En ik zal ze leiden.'

'Hoe lang denk je dat je de grot in handen kunt houden?' vroeg Paul.

'Lang genoeg om specialisten in de oude talen de schriftrollen die op de lang verloren minerale reserves betrekking hebben eruit te laten pikken.'

'Dat kan weken in beslag nemen. Daar zul je de tijd niet voor hebben. Binnen een paar dagen zullen de Amerikanen voldoende mensen bij elkaar hebben gebracht om jouw mensen terug naar Mexico te duwen.'

'Niet als ik dreig de schriftrollen te verbranden en de kunstvoorwerpen te vernietigen.' Robert depte zijn lippen met een servet. 'Mijn vliegtuig zal nu wel zijn bijgetankt. Ik kan maar beter naar Mexico terugkeren om de operatie in gang te zetten.'

60

Duizenden arriveerden de eerste dag, tienduizenden de volgende. Van heel Noord-Mexico kwamen de door Topiltzin opgezweepte mensen in auto's, overvolle bussen, vrachtwagens of te voet naar het stoffige stadje Miguel Alemán aan de overkant van de rivier tegenover Roma.

President De Lorenzo probeerde de menselijke lawine tegen te houden. Hij zette het Mexicaanse leger in om de wegen af te zetten. De militairen hadden net zo goed kunnen proberen een vloedgolf tegen te houden. Vlak bij Guadalupe begon een regiment dat onder de voet dreigde te worden gelopen in de massa te vuren, waarbij vierenvijftig mensen, meest vrouwen en kinderen, omkwamen.

De Lorenzo had onwillekeurig Topiltzin in de kaart gespeeld. Het was precies de reactie waar Robert Capesterre op had gehoopt. In Mexico-Stad braken rellen uit en De Lorenzo realiseerde zich dat hij bakzeil moest halen, wilde hij een revolutie voorkomen. Hij liet het Witte Huis weten dat hij het betreurde niet in staat te zijn het tij te keren en stuurde de soldaten, van wie velen waren gedeserteerd om zich bij de kruistocht aan te sluiten, terug naar de kazernes.

De Capesterre-clan contracteerde beroepsorganisatoren onder wier leiding de volgelingen van Topiltzin een tentenstad van vijf vierkante kilometer opzetten, compleet met keukens. Sanitaire voorzieningen werden aangevoerd en geïnstalleerd. Niets werd over het hoofd gezien. Velen hadden het nog nooit zo goed gehad.

Langs de Mexicaanse rivieroever verschenen spandoeken met leuzen als: 'De VS hebben ons land gestolen', 'Wij eisen het land van onze voorvaderen', 'De kostbaarheden behoren aan Mexico'. De massa riep leuzen in het Engels, Spaans en Nahuatl. Topiltzin bewoog zich onder de mensen om ze tot een razernij op te zwepen die behalve in Iran zelden was gezien.

Op de steile oever van Roma stonden tientallen televisiecamera's statief aan statief de bonte demonstraties aan de overkant op te nemen.

Nietsvermoedende correspondenten hadden niet in de gaten dat de boerenfamilies die ze interviewden vaak bestonden uit beroepsacteurs die vloeiend Engels spraken, maar hun vragen stamelend, en met een zwaar accent beantwoordden. Hun vaak huilend uitgebrachte pleidooi om zich in Californië, Arizona, New Mexico of Texas te mogen vestigen, werd door heel Amerika uitgezonden en vond veel bijval.

De enigen die grimmig en onaangedaan bleven, waren de mannen van de grenspolitie, de U.S. Border Patrol. Een massale invasie was tot nu toe alleen nog maar een nachtmerrie geweest, maar nu leek het erop dat ze hun grootste angst werkelijkheid zouden zien worden.

Grenspatrouilles hoefden maar zelden van hun vuurwapens gebruik te maken. Ze behandelden illegale immigranten op een menselijke en respectvolle manier voor ze hen naar huis terugstuurden. Ze hadden het niet zo begrepen op de militairen die als mieren op de Amerikaanse oever van de rivier krioelden. De lange rij automatische wapens en de twintig tanks die hun dodelijke lopen op Mexico gericht hielden, konden alleen maar een bloedbad betekenen.

De jonge soldaten waren uitstekende vechters. Maar zij waren geoefend in het bestrijden van een vijand die terugvocht. Een vloedgolf van ongewapende burgers het hoofd bieden gaf hun een onbehaaglijk gevoel.

Brigade-generaal Curtis Chandler, de bevelvoerend officier, had de brug met tanks en pantserauto's laten afzetten, maar Topiltzin had daarop gerekend. De rivieroever lag afgeladen vol met elke boot, vlot en binnenband die ze in een straal van driehonderd kilometer hadden kunnen vinden. Er werden touwbruggen geknoopt die door de eerste golf konden worden overgedragen en vastgezet.

Deze eerste golf werd geschat op twintigduizend mensen, afgezien van het aantal zwemmers. Een van Chandlers vrouwelijke agenten was erin geslaagd de kantine van Topiltzins assistenten binnen te dringen, en meldde dat de vloedgolf op een avond zou worden ingezet nadat de Aztekenmessias zijn aanbidders tot een absoluut hoogtepunt had opgezweept. Maar het was haar niet gelukt er achter te komen om welke avond het ging.

Generaal Chandler gaf bevel om zodra de menigte aanstalten maakte het water over te steken over hun hoofden te schieten. Als deze waarschuwingsschoten hen niet tegenhielden . . . Chandler was een soldaat die zonder vragen zijn plicht deed. Als hij daartoe het bevel kreeg, zou hij met alle middelen die hem ter beschikking stonden de geweldloze invasie afwenden, ongeacht het bloedvergieten.

Pitt stond op het zonneterras op de bovenverdieping van Sam Trinity's winkel door Sams telescoop te turen. De zon was achter de westelijke heuvelrug verdwenen en het begon te schemeren, maar aan de overkant van de Rio Grande begon een spektakelstuk. Schijnwerpers in vele kleuren lieten hun bundels door de lucht zwaaien, terwijl andere op een toren stonden gericht die in het midden van het stadje was opgebouwd.

Hij stelde zijn telescoop in op een kleine gedaante in een wit gewaad dat tot op zijn enkels hing en met een kleurige hoofdtooi op, die op het podiumpje boven op de toren stond. Aan zijn geheven en druk gebarende armen te zien, was het middelpunt van de belangstelling een bezielende toespraak aan het houden.

'Hij doet niet voor Hitler onder,' merkte Pitt op.

'Ziet het ernaar uit dat ze vanavond zullen oversteken?' vroeg Lily.

Pitt keek van zijn telescoop op en schudde zijn hoofd. 'Ze zijn druk aan het werk met hun vloot, maar ik denk dat het nog wel achtenveertig uur zal duren. Topiltzin zal zijn campagne niet beginnen voor hij zeker weet dat hij het belangrijkste nieuws van de dag is.'

'Topiltzin is een schuilnaam,' vertelde Sandecker hem. 'Zijn echte naam luidt Robert Capesterre.' Hij hield duim en wijsvinger een centimeter van elkaar. 'En Capesterre staat zó ver van de machtsovername in Mexico af.'

'Aan die bijeenkomst aan de overkant van de rivier te zien, zit hij ook achter het Amerikaanse zuidwesten aan.'

Lily stond op en rekte zich uit. 'Ik word gek van dat gehang hier. Wij doen al het werk en de genietroepen gaan met de eer strijken. Waarom hebben we nog niets van de senator gehoord? Het wordt nu wel eens tijd.'

'Ik zou het niet weten,' antwoordde Sandecker. 'Toen ik hem Dirks opzetje had uitgelegd, zei hij alleen maar dat hij iets zou regelen.'

Trinity stond op de trap, met een schort voor, en riep: 'Heeft er iemand trek in mijn beroemde Trinity chili?'

Lily keek hem onbehaaglijk aan. 'Hoe heet is-ie?'

'Dame, zo zacht als een schuimpje of zo scherp als accuzuur, u kunt het krijgen zoals u wilt.'

'Geef mij het schuimpje maar,' besloot Lily zonder aarzelen.

Voor Pitt en Sandecker hun bestelling konden opgeven, draaide Trinity zich om en staarde in de schemering naar de naderende koplampen op de weg. 'Zal wel weer een konvooi van het leger zijn,' zei hij. 'Sinds de generaal alle wegen heeft afgesloten en alle verkeer naar het noorden heeft omgelegd, is er geen verkeer meer deze kant uitgekomen.'

Al snel konden ze vijf trucks onderscheiden, voorafgegaan door een kolibrie, het voertuig dat de onverslijtbare jeep had vervangen. De laatste truck trok een aanhangwagen die met een canvaszeil was afgedekt. Het konvooi sloeg niet de weg in naar het geniekamp op Gongora Hill. Onverwacht sloeg de kolibrie, gevolgd door de trucks, de oprit naar Sams Romeinse Circus in en kwam tussen de benzinepompen en de winkel tot stilstand. De passagiers stapten uit de kolibrie en keken om zich heen.

Pitt haalde er direct drie bekende gezichten uit. Twee daarvan droegen een uniform, de derde een trui en spijkerbroek. Pitt klom over de balustrade en liet zich voorzichtig zakken tot hij een meter boven de grond hing. Toen liet hij los en hij kwam recht voor hun neus neer, kreunend vanwege de plotselinge pijn in zijn gewonde been.

'Kijk nou eens wat er uit de lucht komt vallen,' zei Al Giordino met een brede glimlach. In het licht van de koplampen zag hij lijkbleek en zijn arm zat in een draagdoek, maar hij zag er even vechtlustig uit als altijd.

Kolonel Hollis stapte naar voren. 'Ik had niet gedacht dat we elkaar zo gauw alweer zouden terugzien.'

'Ik evenmin,' voegde majoor Dillinger eraan toe.

Met een enorme opluchting greep Pitt hun uitgestoken handen beet. 'Wat ben ik blij júllie te zien! Wat voert jullie hierheen?'

'Jouw vader heeft bij de generale staf al zijn overtuigingskracht aangewend,' verklaarde Hollis. 'Ik had nauwelijks mijn rapport over de *Lady Flamborough*-missie ingediend, of ik kreeg opdracht de teams te verzamelen en per voertuig over achterafweggetjes hierheen te komen. In het diepste geheim. Zelfs de commandant hier wordt pas van onze missie op de hoogte gesteld als ik me bij hem meld. Ik moet jou en dr. Sharp in alles bijstaan. Admiraal Sandecker is onze directe verbindingsman met de senator en het Pentagon. Dat is alles wat ik weet.'

'Het Witte Huis wordt niet in je marsorder vermeld?'

'Daarvan staat niets op papier.'

Lily en de admiraal kwamen de voordeur uitgerend. Terwijl Lily Giordino omhelsde en Dillinger zich aan Sandecker voorstelde, nam Hollis Pitt terzijde. 'Wat is er hier aan de hand? Het lijkt wel een circus,' mompelde hij.

Pitt grinnikte. 'Je slaat de spijker op zijn kop.'

'Wat is de rol van mijn Speciale Strijdkrachten?'

Pitt werd doodernstig. 'Zodra het gedonder begint, is het jullie taak het zaakje op te blazen.'

61

De dragline die de Speciale Strijdkrachten hadden meegebracht, was een enorm gevaarte. Het massieve gedrocht kroop op brede rupsbanden de helling op naar een plek die door een van Lily's vlaggetjes werd aangeduid. Na tien minuten van instructies en oefenen bracht Pitt de tweeëneenhalve meter brede grijper omhoog en liet hem als een stalen klauw met een dreun op de harde grond neerkomen.

In nog geen uur was er aan de achterkant van de heuvel een voor van zes meter diep en twintig meter lang uitgegraven. Op dat moment kwam er een Chevrolet Blazer aangereden met een troepenwagen vol bewapende soldaten in zijn stofspoor.

De stafauto stond nog niet stil, of er kwam een kapitein uit gesprongen. Hij had de kaarsrechte rug en de ogen van een man die zijn inspiratie vindt in legerdiscipline en reglementen.

'Dit is verboden terrein,' snauwde hij afgebeten. 'Ik heb jullie twee dagen geleden hoogstpersoonlijk gewaarschuwd niet terug te komen. Verdwijn onmiddellijk, mét jullie materiaal.'

Zonder acht te slaan op de officier klom Pitt naar beneden en staarde in de sloot. Roodaangelopen blafte de kapitein tegen zijn sergeant: 'Sergeant O'Hara, laat de manschappen zich gereed houden deze burgers uit dit gebied te escorteren.'

Pitt draaide zich langzaam met een innemende glimlach om. 'Sorry, maar we blijven.'

De kapitein glimlachte terug, maar zijn blik was dodelijk. 'U hebt drie minuten om te vertrekken, samen met uw dragline. Als u dan niet bent verdwenen, laat ik u met geweld afvoeren.'

Lily, Giordino en de admiraal kwamen aangelopen om van het schouwspel te genieten. Lily was slechts gekleed in een topje en een strakzittend kort broekje en paradeerde onbeschaamd voor de rij soldaten op en neer.

Vrouwen die nooit hebben getippeld, kunnen niet op een zodanige manier verleidelijk heupwiegend lopen, dat het een natuurlijke beweging lijkt. Zij vertonen de neiging het tot in het belachelijke te overdrijven. Lily vormde hierop geen uitzondering, maar dat kon de mannen niets schelen. Ze verslonden haar met hun ogen.

Pitt begon zich kwaad te maken. Hij had een hekel aan opgeblazen leeghoofden. 'U beschikt maar over twaalf man, kapitein. Twaalf genie-soldaten met nog geen honderd uur gevechtstraining. Ik heb veertig man achter me, van wie ieder afzonderlijk in nog geen dertig seconden de helft van uw troepen met zijn blote handen kan afmaken. Ik vraag het u niet, ik zég u zich terug te trekken.'

Het enige wat de kapitein zag, was Lily die voor de manschappen paradeerde, admiraal Sandecker die onbezorgd aan een grote sigaar stond te puffen, en een man met zijn arm in een draagdoek die hij nog niet eerder had gezien.

Hij wierp een snelle blik op Pitt, maar deze liet geen enkele emotie blijken. Hij gebaarde met zijn hand naar voren. 'Sergeant, verwijder deze mensen on-mid-del-lijk!'

Voor zijn mannen twee stappen hadden verzet, verscheen als bij toverslag kolonel Hollis. De camouflagekleuren van zijn gevechtskleding en de machinesmeer op zijn handen en gezicht kwamen ongelooflijk dicht overeen met die van de begroeiing om hem heen. Op een afstand van nog geen vijftig meter was hij volkomen onzichtbaar.

'Moeilijkheden?' vroeg Hollis aan de kapitein.

De mond van de kapitein viel open en zijn mannen bleven als bevroren staan. Hij kwam een paar stappen dichterbij en gaapte Hollis aan, maar zag geen rangkentekens.

'Wie bent u?' barstte hij uit. 'Wat is uw compagnie?'

'Kolonel Morton Hollis van de Speciale Strijdkrachten.'

'Kapitein Louis Cranston, kolonel, van het 486e bataljon genietroepen.'

Er werd gesalueerd. Met een knik naar de geniesoldaten met hun automatische geweren in de aanslag zei Hollis: 'U kunt nu wel het bevel tot plaats rust geven, dunkt me.'

Cranston wist niet goed wat hij met een onbekende kolonel die uit het niets verscheen aan moest. 'Mag ik vragen, kolonel, wat een officier van de Speciale Strijdkrachten hier doet?'

'Erop toezien dat deze mensen zonder moeilijkheden een archeologisch onderzoek kunnen instellen.'

'Ik moet u erop wijzen, kolonel, dat burgers in een tot militaire zone verklaard gebied niet zijn toegestaan.'

'En als ik nu eens zei, dat ze gerechtigd zijn hier te blijven?'

'Het spijt me, kolonel. Mijn bevelen komen rechtstreeks van generaal Chandler. Hij was bijzonder duidelijk. Niemand, en dat geldt ook voor u, kolonel, buiten de manschappen van het bataljon, mag dit gebied betreden ...'

Hij was nog niet uitgesproken, of Hollis haalde een fluitje uit zijn zak en liet het twee keer snerpen.

Als spoken uit het graf in een griezelfilm stonden veertig gedaanten die er eerder als struiken dan als mannen uitzagen, in een slordige cirkel om kapitein Cranston en zijn mannen heen.

'Pief paf poef, dood,' zei Hollis met een giftige blik.

'Zei u iets, baas?' zei een struik die als Dillinger klonk.

Cranstons eigenwijsheid smolt weg. 'Ikke ... zal dat aan ... eh ... generaal Chandler moeten ... eh ... rapporteren,' stamelde hij.

'Doe dat,' zei Hollis koeltjes. 'En vergeet er niet bij te vermelden, dat mijn bevelen van generaal Clayton Metcalf van de Generale Staf afkomstig zijn. Dat kan bij het Pentagon worden nagetrokken. Deze mensen en mijn team zijn hier niet om zich met uw opgravingen op de Gongora Hill te bemoeien. Onze taak is aan de oppervlakte liggende Romeinse voorwerpen te vinden voor ze verloren of gestolen worden. Begrepen, commandant?'

'Begrepen, kolonel,' antwoordde Cranston.

'Nog eentje!' riep Pitt, onzichtbaar vanuit de sloot.

Sandecker wenkte iedereen opgewonden naar de uitgraving toe. 'Hij heeft iets!'

De confrontatie was tijdelijk vergeten toen zowel genietroepen als Speciale Strijdkrachten zich aan de rand van de sloot verdrongen. Pitt zat op handen en voeten los zand van een lang, metalig voorwerp te vegen.

Binnen een paar minuten had hij het vrijgegraven en gaf het voorzichtig aan Lily.

Nu ze het oude reliek onderzocht, verdween haar luchthartigheid. 'Zwaard uit de vierde eeuw met karakteristiek Romeinse kenmerken,' verklaarde ze. 'Weinig corrosie, goede conditie.'

'Mag ik?' vroeg Hollis.

Ze reikte hem het zwaard aan en hij plaatste zijn handen bijna teder op het gevest en hief het zwaard boven zijn hoofd. Eerbiedig mompelde hij: 'Te bedenken dat de laatste man die dit heeft vastgehouden een Romeinse legionair was.'

Zodra de genietroepen naar hun kamp waren vertrokken, wendde Pitt zich tot Hollis. 'Gefeliciteerd met je camouflage. Ik heb er maar drie van je hele team gezien.'

Hollis keek oprecht verlegen. 'We zijn meer gewend aan oerwoud of bossen. Dit was een goede oefening voor droog terrein.'

'Prima werk,' deed Sandecker een duit in het zakje.

'Nu maar hopen dat generaal Chandler het rapport van onze brave kapitein slikt,' zei Giordino.

'Als hij er al naar wil luisteren,' antwoordde Pitt. 'Het meest urgente probleem van de generaal is een half miljoen vreemdelingen tegen te houden die de grens willen oversteken om de kunstschatten en de wetenschap van de bibliotheek te grijpen. Voor ons heeft hij geen tijd.'

'En wat moet er met het Romeinse zwaard gebeuren?' vroeg Hollis die het omhoog hield.

'Dat gaat terug naar Sams museumcollectie.'

Hollis keek Pitt argwanend aan. 'Heb je het dan niet in die sloot gevonden?'

'Nee.'

'Doe je dat voor je lol, gaten graven?'

Pitt deed alsof hij Hollis niet had gehoord. Hij liep naar de top van de heuvel en keek naar Mexico. De tentenstad was sinds de vorige dag twee keer zo groot geworden. Morgenavond, dacht hij. Topiltzin zou morgenavond zijn storm laten losbarsten. Hij keek naar links, naar de enigszins hogere Gongora Hill.

De genietroepen waren op de plaatsen waar Lily vier dagen geleden haar vlaggetjes had geplant aan het graven. Ze maakten twee aparte uitgravingen. Een was een gewone tunnel, compleet met stutten. De ander was een dagmijn, een uitgegraven krater aan de zijkant van de heuvel. Aangezien generaal Chandler het grootste deel van de genietroepen bij de verdediging van de grens had ingezet, vorderde het werk slechts langzaam.

Pitt draaide zich om en liep terug de helling af naar Hollis. 'Wie is jouw beste explosievenspecialist?'

'Majoor Dillinger is de beste van het hele leger.'

'Ik heb tweehonderd kilo C-zes nitroglycerinegel nodig.'

Hollis keek hem met een uitdrukking van opperste verbazing aan. 'Tweehonderd kilo C-zes? Tien kilo is genoeg om een slagschip op te blazen. Weet je wel wat je vraagt? Het nitrogelmengsel is instabiel voor schokken.'

'En een batterij schijnwerpers,' vervolgde Pitt. 'Die kunnen we van een rockgroep lenen. Spotlights, stroboscooplampen en oorverdovende audioapparatuur.' Hij wendde zich tot Lily. 'En jij moet een timmerman vinden die een kist in elkaar kan timmeren.'

'In godsnaam, waarom heb je al die troep nodig?' vroeg Lily met grote ogen van verbijstering.

'Dat wil je niet weten,' kreunde Giordino.

'Ik leg het later wel uit,' dekte Pitt zich in.

'Krankzinnig,' zei Lily niet-begrijpend.

62

De groene taxi stopte voor Yazids villa buiten Alexandrië. De militairen die daar op bevel van president Hasan bij het hek wachtliepen, bleven behoedzaam staan toen er niemand uitstapte.

Ammar zat op de achterbank, zijn oogkassen en kaak zwaar in het verband. Hij droeg een blauwzijden gewaad en een rode tulband. De enige medische behandeling die hij sinds zijn ontsnapping van Santa Inez had ondergaan, was een bezoek van twee uur geweest aan een chirurg in de sloppen van Buenos Aires. Daarna had hij een privé-vliegtuig gecharterd om hem over de oceaan naar het kleine vliegveld buiten de stad te vliegen.

Hij voelde geen pijn meer in zijn lege oogkassen, dankzij de verdovende middelen. Maar het was nog steeds een verschrikking om te moeten spreken door zijn verbrijzelde kaak. En hoewel hij een vreemde rust voelde, werkte zijn geest nog even meedogenloos en efficiënt als immer.

'We zijn er,' zei Ibn van achter het stuur.

Ammar riep het beeld van Yazid op, met elk detail, alsof hij het voor ogen had. 'Dat weet ik,' zei hij alleen maar.

'Dit hoef je niet te doen, Suleiman Aziz.'

'Ik heb niets meer om te hopen of te vrezen.' Ammar sprak traag, elke lettergreep tegen de pijn vechtend. 'Het is Allah's wil.'

Ibn stapte uit, opende het achterportier en hielp Ammar met uitstappen.

'Vijf meter naar voren is het hek,' zei Ibn met een van emotie gesmoorde stem. Hij omhelsde Ammar teder. 'Vaarwel, Suleiman Aziz. Ik zal je missen.'

'Doe wat je hebt beloofd, mijn trouwe vriend, en we zullen elkaar in het paradijs weerzien.'

Ibn draaide zich snel om en stapte in de auto. Ammar bleef onbeweeglijk staan tot hij het motorgeluid in de verte hoorde verdwijnen. Toen liep hij naar het hek.

'Blijf staan, blinde man,' riep een bewaker.

'Ik kom mijn neef, Akhmad Yazid, opzoeken,' zei Ammar.

De bewaker raadpleegde een lijst met ongeveer twintig namen. 'Oom zei je toch? Wat is de naam?'

Ammar genoot van zijn laatste spelletje in vermommingen. Hij had een oude schuld laten vereffenen die hij bij een kolonel in Abu Hamids ministerie van Defensie had uitstaan en een lijst met namen gekregen van degenen die toestemming hadden Yazids villa binnen te komen. Hij had er een uitgekozen met wie niet direct contact kon worden opgenomen.

'Mustafa Mahfouz.'

'Je naam staat hier inderdaad. Laat je legitimatie zien.'

De bewaker bestudeerde Ammars vervalste legitimatiebewijs in een vruchteloze poging de foto met het dik verbonden gezicht te vergelijken.

'Wat is er met je gezicht gebeurd?'

'De autobom die in de El Mansura-bazaar is ontploft. Ik werd door rondvliegende scherven getroffen.'

'Het spijt me,' zei de bewaker zonder het te menen. 'Dat is de schuld van je neef. Zijn volgelingen hebben hem laten ontploffen.' Hij wenkte een ondergeschikte. 'Als hij door de metaaldetector is gegaan, kun je hem naar het huis brengen.'

De metaaldetector maakte geen geluid.

Ammar werd door de voordeur binnengeleid. Aan het gegalm van de laarzen van de soldaat op de betegelde vloer te horen, was het een grote ontvangsthal. Hij werd op een stenen bank geholpen en ging zitten.

'Wacht hier.'

Hij bleef een paar minuten in stilte zitten wachten. Toen hoorde hij voetstappen naderen, gevolgd door een neerbuigende stem. 'Bent u Mustafa Mahfouz?'

Ammar herkende de stem direct. 'Ja,' antwoordde hij.

'Ik ben Khaled Fawzy, voorzitter van Akhmads revolutionaire raad.'

'Ik heb veel goeds over u gehoord.' Die arrogante klootzak herkent me niet dankzij het verband en mijn raspende stem, dacht hij. 'Het is een eer kennis met u te maken.'

'Kom mee,' zei Fawzy en nam Ammar bij de arm. 'Ik zal u naar Akhmad leiden. Hij dacht dat u nog steeds voor het uitvoeren van een opdracht in Damascus was. Ik geloof niet dat hij van uw verwondingen op de hoogte is.'

'Het resultaat van een aanslag op mijn leven, drie dagen geleden,' loog Ammar spitsvondig. 'Pas vanmorgen ben ik uit het ziekenhuis ontslagen, en ik ben direct hierheen gevlogen om Akhmad persoonlijk rapport uit te brengen.'

'Akhmad zal blij zijn met uw loyaliteit. Hij zal eveneens bedroefd zijn over uw verwondingen te horen. Helaas komt uw bezoek momenteel slecht gelegen.'

'Kan ik hem niet spreken?'

'Hij is in gebed,' zei Fawzy kortaf.

Ondanks zijn pijn had Ammar kunnen lachen. Hij voelde de aanwezigheid van iemand anders in het vertrek. 'Het is van vitaal belang dat hij me ontvangt.'

'U kunt vrijuit met mij praten, Mustafa Mahfouz.' De naam werd met groot sarcasme uitgesproken. 'Ik zal uw bericht overbrengen.'

'Zeg tegen Akhmad dat het om zijn bondgenoot gaat.'

'Wie?' vroeg Fawzy. 'Welke bondgenoot?'

'Topiltzin.'

De naam leek oneindig lang in de kamer te blijven hangen. De stilte werd intens. Toen werd zij door een nieuwe stem verbroken.

'Je had op het eiland moeten blijven om te sterven, Suleiman,' zei Akhmad Yazid dreigend.

Ammar had al zijn genie en zijn laatste beetje kracht voor dit ogenblik ingezet. Hij was niet van plan de dood af te wachten. Hij zou naar voren stappen om hem te omhelzen. Wraak was zijn bevrijding.

'Ik kon niet sterven zonder een laatste keer voor uw vergevende tegenwoordigheid te staan.'

'Bespaar me je gezwam en haal dat stomme verband van je gezicht. Je imitatie van Mahfouz was een vierderangs vertoning.'

Ammar antwoordde niet. Langzaam wikkelde hij het verband af tot het eind vrij kwam en liet het op de grond vallen.

Yazid snakte hoorbaar naar adem toen hij het vreselijk toegetakelde gezicht van Ammar zag. Door Fawzy's aderen stroomde sadistisch bloed: hij keek met perverse opwinding toe.

'De betaling voor mijn diensten,' raspte Ammar langzaam.

'Hoe komt het dat je nog leeft?' vroeg Yazid met bevende stem.

'Mijn trouwe vriend Ibn heeft me twee dagen lang voor de Speciale Strijdkrachten verborgen gehouden en ondertussen een vlot van drijfhout in elkaar gezet. Na tien uur lang op de stroming te zijn meegedreven, werden we dankzij Allah's genade door een Chileense vissersboot opgepikt die ons bij het kleine vliegveld van Puerto Williams aan land heeft gezet. Daar stalen we een vliegtuig waarmee we naar Buenos Aires vlogen, waar ik een straalvliegtuig heb gecharterd om ons naar Egypte te brengen.'

'Suleiman Aziz Ammar,' zei Yazid enigszins spijtig. 'De grootste moordenaar van zijn tijd, gevreesd en bewonderd door de CIA en de KGB, de schepper van de meest succesvolle aanslagen aller tijden. En dan te bedenken dat je als een vuile, meelijwekkende straatbedelaar moet eindigen.'

'Wat zeg je nu, Akhmad?' vroeg Fawzy verrast.

'Die man is al dood.' Yazids walging veranderde langzaam in bevrediging. 'Onze financiële experts zullen ervoor zorgen, dat zijn rijkdom en investeringen op mijn naam worden overgeschreven. Daarna wordt hij op straat gezet met bewakers die er dag en nacht op zullen toezien, dat hij in de sloppen blijft. De rest van zijn leven zal hij voor de kost moeten bedelen. Dat is veel erger dan een snelle dood.'

'Ik ben hier gekomen om je iets te zeggen. Als je dat hebt gehoord, zul je me laten doden,' zei Ammar gemeenzaam.

'Ik luister,' zei Yazid ongeduldig.

'Ik heb een rapport van dertig pagina's gedicteerd over de *Lady Flamborough*-zaak, compleet met namen, data van gesprekken, mijn observaties van het Mexicaanse deel van de operatie en mijn mening over de connectie tussen jou en Topiltzin. Op dit moment zijn de geheime diensten van zes landen het aan het lezen, alsmede de pers en . . .'

Hij zweeg abrupt, snakte naar adem toen zijn hoofd in een ondraaglijke flits van pijn uit elkaar leek te spatten. Fawzy had Ammar tandenknarsend van woede in het gezicht gestompt. Een gezonde man zou even zijn hoofd hebben geschud, maar Ammar verkeerde op het randje van bewusteloosheid. Teer littekenweefsel rond zijn ogen en zijn kaak was opengespleten.

Hij strompelde, blindelings Fawzy's woedende slagen met handen en armen afwerend, worstelend om zijn geest de pijn te laten vergeten, het bloed over zijn lijkwitte gezicht stromend, achteruit.

'Hou op!' riep Yazid Fawzy toe. 'Zie je dan niet dat hij smeekt te mogen sterven. Misschien liegt hij, in de hoop dat we hem hier en nu doden.'

Ammar kreeg zijn geest enigszins onder controle en lokaliseerde het geluid van Yazids stem en het gehijg van de waanzinnige Fawzy.

Hij stak zijn linkerhand uit en bewoog enigszins naar voren, tot hij er zeker van was dat hij Yazids rechterarm aanraakte. Toen greep hij hem vast en maakte met zijn vrije hand een bliksemsnelle beweging naar de achterkant van zijn nek.

Het mes zat met pleister in de kleine holte rechtsboven naast Ammars ruggegraat vast. Het was speciaal ontworpen om ongemerkt door metaaldetectors te komen. Ammar rukte het dunne, achttien centimeter lange lemmet van zijn rug. Zijn elleboog schoot als een drijfstang achteruit en toen ramde hij het mes net onder Yazids ribbenkast in diens borst.

De venijnige stoot hief de namaak-moslimrevolutionair van zijn voeten. Paul Capesterres ogen puilden uit van angst en ongeloof. Een hees gerochel was het enige geluid dat hij uitbracht.

'Vaarwel, ongedierte,' kraste Ammar door zijn bloedende mond.

Toen rukte Ammar het mes los en haalde in een boog uit naar waar hij voelde dat Fawzy stond. Hij voelde hoe het lemmet door een wang sneed.

Ammar wist dat Fawzy rechtshandig was en in een holster onder zijn linkeroksel altijd een oude 9-millimeter Luger droeg. Hij viel tegen Fawzy aan waarbij hij probeerde de arrogante fanaticus vast te grijpen en tegelijkertijd het mes omhoog te stoten.

Zonder zicht was zijn timing te laat.

Fawzy had snel zijn Luger getrokken. Hij duwde de loop in Ammars buik en haalde twee keer de trekker over voor het mes zijn hart vond. Hij liet het pistool vallen en sloeg zijn handen voor zijn borst. Hij zwaaide een paar stappen opzij en keek met een verwonderde uitdrukking op het mes neer dat in een opstaande hoek onder zijn borstbeen uitstak. Ten slotte rolden zijn ogen naar boven en viel hij slechts een meter van de plek waar Capesterre was gevallen op de grond.

Ammar liet zich langzaam op de tegelvloer zakken en ging op zijn rug liggen. Er was geen pijn. Zonder ogen zag hij visioenen. Hij voelde het leven uit zich wegstromen.

Zijn lot was bepaald door een man die hij slechts kort had ontmoet. Het beeld van de lange man met de groene ogen en de eeuwige grijns kwam weer terug. Een golf van haat doorvoer hem en verdween even onmiddellijk. Dirk Pitt . . .

Hij werd bevangen door een euforisch gevoel van tevredenheid. Zijn laatste gedachte was dat Ibn Pitt voor zijn rekening zou nemen. Dan was de lei schoongeveegd . . .

63

De president zat in zijn leren leunstoel naar vier televisieschermen te kijken. Drie stonden op de belangrijkste televisiestations afgesteld, terwijl de vierde op een rechtstreekse verbinding met een communicatietruck van het leger was aangesloten.

'Ongelooflijk zoveel mensen als er in een klein gebied kunnen leven,' zei hij verbaasd.

'Hun eten is bijna op,' las Schiller uit een recent CIA-rapport. 'Drinkwater is schaars en het sanitair begint verstopt te raken.'

'Vanavond of nooit,' zuchtte Nichols vermoeid.

De president vroeg: 'Om hoeveel mensen gaat het?'

'Volgens een computerberekening van een luchtfoto zijn het er vierhonderdvijfendertigduizend,' antwoordde Schiller.

'Die smerige moordenaar!' barstte de president woedend los. 'Kan het hem dan niets schelen, dat alleen al in de stormloop duizenden zullen omkomen?'

'Voornamelijk vrouwen en kinderen,' voegde Nichols eraan toe.

'De Capesterres staan niet om hun medemenselijkheid bekend,' mompelde Schiller zuur.

'Nog steeds niet te laat om hem uit te schakelen.' Dit kwam van de directeur van de CIA, Martin Brogan. 'Topiltzin onschadelijk maken staat gelijk aan het doden van Hitler in 1930.'

Schiller schudde zijn hoofd. 'Dat is geen praktische oplossing. De Mexicanen zouden onmiddellijk weten wie ervoor verantwoordelijk was. In plaats van tegenover een vreedzame massa zouden generaal Chandlers troepen tegenover een razende menigte komen te staan. Ze zouden Roma met elk wapen dat ze konden vinden bestormen, met pistolen, messen, stenen en flessen. Dan wordt het echt oorlog.'

'Daar ben ik het mee eens,' zei Nichols. 'Generaal Chandler zou geen andere keus hebben dan met alle middelen die hem ter beschikking staan zijn mannen en elke Amerikaanse staatsburger in dat gebied te beschermen.'

De president sloeg gefrustreerd met zijn vuist op de leuning van zijn stoel. 'Is er dan geen enkele mogelijkheid om een bloedbad te voorkomen?'

'Misschien kunnen we gewoon de schatten van de Bibliotheek van Alexandrië aan president De Lorenzo overdragen. Alleen maar opdat Topiltzin het niet in zijn smerige tengels krijgt.'

'Een zinloos gebaar,' zei Brogan. 'Topiltzin gebruikt die voorwerpen alleen maar als aanleiding voor een confrontatie. Volgens onze inlichtingen organiseert hij een zelfde invasie vanuit Baja naar Zuid-Californië en vanuit Nogales naar Arizona.'

'Konden we deze waanzin maar stoppen,' mompelde de president.

Een van de vier telefoons zoemde en Nichols nam op. 'Generaal Chandler, meneer de president. Op een beveiligde lijn.'

De president slaakte een diepe zucht. 'De man in de ogen kijken die misschien de opdracht moet geven tot het doden van tienduizend burgers is wel het minste wat ik kan doen.'

Het scherm vervaagde even en lichtte toen weer op met het hoofd en de schouders van een man van achter in de veertig. Onder het grijze haar zonder helm of pet stond het gezicht grimmig. De rimpels rond zijn blauwe ogen getuigden van de spanning en de verantwoordelijkheid.

'Goedemorgen, generaal,' begroette de president hem. 'Hoe staat het ervoor?'

'Het is net flink gaan regenen, wat voor deze arme mensen een zegen is. Ze kunnen hun watervoorraad aanvullen, het stof wordt neergeslagen en de stank van hun latrines begint nu al minder te worden.'

'Is, voor zover u kunt zien, de menigte ontmoedigd geraakt en keren ze nu naar huis terug?'

'Nee, meneer de president,' antwoordde Chandler. 'Integendeel. Ze denken dat de Aztekenmessias de regen heeft gebracht, en hij klopt zichzelf op de borst om hen daarvan te overtuigen.'

'Martin Brogan denkt dat het vanavond gaat gebeuren.'

'Mijn informatie komt met meneer Brogans tijdschema overeen.' De generaal aarzelde alvorens de doorslaggevende vraag te stellen. 'Zijn de orders nog altijd onveranderd, meneer de president? Moet ik ze koste wat kost tegenhouden?'

'Tot ik die herroep, generaal.'

'Ik moet zeggen, meneer de president, dat u me in een netelige positie hebt geplaatst. Ik kan niet garanderen dat mijn mannen vrouwen en vooral kinderen op bevel zullen neerschieten.'

'Ik heb begrip voor uw situatie. Maar als de linie niet in Roma wordt gehouden, zullen miljoenen arme Mexicanen dat zien als een open uitnodiging om ongehinderd de Verenigde Staten binnen te stromen.'

'Daar hebt u gelijk in, meneer de president. Maar als we een muur van moderne vuurkracht op een half miljoen schouder-aan-schouder staande mensen loslaten, zal de geschiedenis ons veroordelen voor het begaan van een misdaad tegen de mensheid.'

Chandlers woorden riepen bij de president beelden op van de nazi-gruwelen en het oorlogstribunaal van Neurenberg, maar hij bleef bij zijn besluit. 'Weerzinwekkend als dit mag zijn, generaal,' zei hij plechtig, 'de gevolgen van lijdzaamheid zijn onvoorstelbaar. Mijn Nationale-Veiligheidsexperts voorspellen dat een golf van hysterisch zelfbehoud het land zal overspoelen, met als gevolg de formatie van legers van verontruste burgers die de vloed van illegale immigranten willen tegenhouden. Geen enkele Amerikaan van Mexicaanse afkomst zou veilig zijn. Het dodental aan beide kanten zou astronomische aantallen bereiken. Conservatieve volksvertegenwoordigers zullen een formele oorlogsverklaring met Mexico eisen. En wat er daarna gebeurt, daar wil ik niet eens over denken.'

Iedereen in de kamer kon de storm van elkaar tegensprekende gedachten en gevoelens op het gezicht van de generaal aflezen. Eindelijk sprak hij met zachte, beheerste stem: 'Met respect verzoek ik dat we contact blijven houden tot de invasie.'

'Begrepen, generaal,' stemde de president toe. 'Mijn Nationale-Veiligheidsadviseurs en ik zullen ons direct naar de crisiskamer begeven.'

'Dank u, meneer de president.'

Het beeld van generaal Chandler werd vervangen door een close-up van een aak die door een kleine honderd man met touwen over rollers het water in werd getrokken.

Eén uur na zonsondergang kwamen ze.

Mannen, vrouwen en kinderen van wie sommigen nauwelijks konden lopen, hielden allemaal een brandende kaars vast. De laaghangende wolken van de regenbui gloeiden oranje op door de groeiende zee van flakkerende vlammetjes.

Ze stroomden in een enorme golf naar de oever. Een oeroude hymne zwol aan van een zacht gegons tot een luid gedreun dat over de rivier rolde en de ramen in Roma liet trillen.

Armen uit de steden en vluchtelingen van het platteland die hun hutten van gedroogde modder en golfplaat hadden achtergelaten, rukten als één man op, opgezweept door Topiltzins belofte van een nieuwe dageraad van het eens zo machtige Azteekse rijk op vroeger grondgebied in de Verenigde Staten. Het waren wanhopige mensen, op de onderste sport van miserabele armoe, die elke hoop op een beter leven aangrepen.

In een slakkegang liepen ze voetje voor voetje naar de wachtende boten over de modderige wegen vol regenplassen. Kleine kinderen schreeuwden het uit van angst toen hun moeders ze op de wiebelende vlotten duwden of droegen.

Door het gedrang achter hen werden honderden in de rivier geduwd. Een angstig gehuil ging op onder het aantal jonge slachtoffers dat merkte dat het water tot over hun hoofd zou komen. Velen gingen onder of werden door de stroming meegesleurd voor ze konden worden gered, iets wat sowieso bijna onmogelijk was, aangezien de meeste mannen meer naar achteren waren gegroepeerd.

Langzaam begonnen de boten in een ongeorganiseerde wanorde naar de overkant te varen.

Generaal Chandler stond op het dak van het politiebureau van Roma. Zijn gezicht was asgrauw en er sprak wanhoop uit zijn blik. Het schouwspel was nog ontstellender dan hij had durven vrezen.

In een microfoontje dat aan zijn kraag zat vastgemaakt, zei hij: 'Kunt u het zien, meneer de president? Ziet u de waanzin?'

De president staarde gebiologeerd naar het enorme scherm in de crisiskamer: 'Jawel, generaal, de verbinding komt helder door.'

Hij zat aan het eind van een lange tafel, geflankeerd door zijn naaste adviseurs, leden van het kabinet, en twee generaals van de Generale Staf. Ze zaten allemaal naar het ongelooflijke spektakel te kijken dat in stereofonisch geluid en helle kleuren werd vertoond.

De snelste boten hadden de oever bereikt, en hun passagiers kropen snel aan land. Pas toen de eerste golf helemaal aan land was en de vloot op de terugweg ging om de volgende passagiers op te halen, drong de menigte naar voren. De paar mannen die waren meegekomen, liepen met megafoons op en neer langs de oever om de vrouwen moed in te spreken en voorwaarts te dirigeren.

Hun kaarsen en hun kinderen beetgrijpend, drongen de vrouwen op onder de hypnotiserende invloed van de Azteekse taal. De camera's lieten duidelijk de gezichten van de doodsbange kinderen en van hun vastberaden moeders zien die recht in de geweerlopen keken. Topiltzin had beweerd dat zijn goddelijke macht hen zou beschermen, en ze geloofden hem vurig.

'Goede God!' riep Doug Oates uit. 'De hele eerste golf bestaat uit vrouwen en kleine kinderen.'

De mannen in de crisiskamer zagen met groeiend afgrijzen hoe een andere menigte vrouwen hun kinderen over de brug begon te leiden naar de afzetting van tanks en pantserwagens.

'Generaal,' zei de president. 'Kunt u een salvo over hun hoofd afschieten?'

'Jawel, meneer de president,' antwoordde Chandler. Hij wendde zich tot een van zijn adjudanten. 'Geef het bevel voor een salvo losse flodders.'

De adjudant, een majoor, blafte in zijn radio: 'Los salvo, vuur!'

Een donderend gebrul spoog een muur van vlammen in de nacht. De klap kwam als een windvlaag die vele kaarsen in de menigte uitblies. De oorverdovende knal van de tankkanonnen en het gekraak van geweervuur galmde door de vallei.

Een verlammende stilte, doordrongen van de cordietstank, viel over de lamgeslagen massa.

Toen werd de rust vergruizeld door het gegil van de vrouwen, snel gevolgd door het gehuil van de doodsbange kinderen. De meesten waren uit angst op de grond gevallen, terwijl enkelen als bevroren overeind bleven staan. Van de andere kant van de rivier zwol een gebrul aan van de mannen die vreesden dat hun vrouwen en kinderen dood of gewond waren.

Een pandemonium brak los en even leek het erop, dat de invasie was tegengehouden.

Toen lichtten op de Mexicaanse oever schijnwerpers op die hun licht wierpen op een gedaante die boven op een klein podium stond dat op de schouders rustte van een aantal in witte tuniek gehulde mannen.

Topiltzin stond in een parodie van Christus met uitgespreide armen. Met luide stem beval hij de vrouwen via luidsprekers op te staan en verder te gaan. Langzaam nam de schok af en begon iedereen zich te realiseren, dat er geen bloedige, verminkte lichamen waren. Velen begonnen hysterisch te lachen toen ze noch gewonden noch doden zagen. Een oorverdovend gejuich rees op toen de menigte aannam, dat Topiltzins wondermacht hen tegen de vernietiging had beschermd.

'Hij heeft het tegen ons gekeerd,' zei Julius Schiller spijtig.

'Chandler zit in de puree,' zei Nichols.

Generaal Metcalf van de Generale Staf knikte traag. 'Ja, het komt nu allemaal op zijn rug terecht.'

Het ogenblik van het noodlottige besluit was nu aangebroken. De pijnlijke kwestie kon niet langer worden ontweken. De president bleef zwijgend in zijn veilige stoel in de kelder van het Witte Huis zitten. Hij had de tijdbom aan de militairen doorgegeven, waarmee hij behendig de basis had gelegd om generaal Chandler als zondebok op te offeren.

Hij bevond zich tussen de spreekwoordelijke wal en het schip. Hij kon niet toestaan dat een leger buitenlanders zomaar ongehinderd over de grens stormde, maar evenmin kon hij de val van zijn hele regering riskeren door Chandler een rechtstreeks bevel te geven kinderen af te slachten.

De zingende vrouwen en kinderen waren nog maar een paar meter van de troepen verwijderd. De eersten van de slang met kaarsen die de internationale brug overstaken, keken omhoog naar de lopen van de tanks.

Generaal Curtis Chandler had een lange militaire carrière om op terug te kijken, maar niets om naar uit te zien, behalve een schuldig geweten. Zijn vrouw was een jaar geleden na een slopende ziekte gestorven en ze hadden geen kinderen. Als brigade-generaal hoefde hij zo kort voor zijn pensioen niet meer op een promotie te rekenen. Nu stond hij op de oever naar de honderdduizenden illegale immigranten te kijken die zijn vaderland binnenstroomden en hij vroeg zich af waarom het lot hem tot deze plaats en dit wrede moment had gevoerd.

De uitdrukking op het gezicht van zijn adjudant was op het uitzinnige af. 'Generaal, het bevel tot vuren.'

Chandler staarde naar de kleine kinderen die zenuwachtig hun moeders hand vasthielden. Hun kaarsen beschenen grote, donkere ogen.

'Generaal, uw bevelen, alstublieft?' smeekte de adjudant.

Chandler mompelde iets, maar de adjudant kon het door het gezang niet verstaan. 'Neem me niet kwalijk, generaal, zei u "vuur"?'

Chandler draaide zich met vochtige ogen om. 'Laat ze door.'

'Wablief?'

'Dat zijn mijn orders, majoor. Ik verdom het als babymoordenaar mijn graf in te gaan.'

De majoor knikte en sprak haastig in zijn microfoon. 'Aan alle commandanten, generaal Chandlers bevelen: laat de immigranten onze linies passeren, herhaal, laat ze door.'

Enorm opgelucht lieten de Amerikaanse soldaten hun wapens zakken en bleven minutenlang weinig op hun gemak staan. Toen begonnen ze met de vrouwen te flirten en knielden neer om de kinderen aan te halen.

'Vergeef me, meneer de president,' zei Chandler recht in de camera kijkend. 'Het spijt me dat ik mijn militaire carrière moet beëindigen met de weigering een rechtstreeks bevel van mijn opperbevelhebber uit te voeren, maar onder de gegeven omstandigheden meende ik . . .'

'Maak je maar niet druk,' antwoordde de president. 'Uitstekend gedaan.' Tegen generaal Metcalf zei hij: 'Zorg ervoor dat Curtis er een ster bij krijgt.'

'Het zal me een genoegen zijn, meneer de president.'

'Meesterlijk gespeeld,' zei Schiller die zich realiseerde dat het zwijgen van de president bluf was geweest. 'U wist wel wat u aan hem had.'

De president glimlachte flauwtjes. 'Ik heb samen met Curtis Chandler in Korea gevochten. Hij zou op een gewelddadige, gewapende menigte hebben gevuurd. Maar op vrouwen en baby's, dat nooit.'

'U hebt wel een ontzettende gok genomen,' merkte generaal Metcalf op.

De president knikte. 'En nu mag ik het Amerikaanse volk uitleggen waarom we zonder verzet te bieden een invasie van illegale vreemdelingen hebben toegelaten.'

'Jawel, maar uw beheerste optreden zal een sterk onderhandelingspunt zijn bij toekomstige besprekingen met president De Lorenzo en andere Centraalamerikaanse leiders,' troostte Oates hem.

'En ondertussen brengen de militairen en de politie de volgelingen van Topiltzin zonder ophef weer terug over de grens, voordat er een burgeroorlog uitbreekt,' voegde Mercier eraan toe.

'Ik wil dat die operatie zo menselijk mogelijk wordt uitgevoerd,' zei de president vastberaden.

'Vergeten we niet iets, excellentie?' vroeg Metcalf.

'Wat, generaal?'

'De Bibliotheek van Alexandrië. Niets staat Topiltzin nu meer in de weg om de kostbaarheden te roven.'

De president wendde zich tot senator Pitt, die zwijgend aan het eind van de tafel had gezeten. 'George, het leger is buitenspel gezet en jij bent nu onze laatste verdediger. Alle hoop is nu op jouw noodplan gevestigd.'

64

Gelukkig had er afgezien van de jonge slachtoffers die tijdens de eerste oversteek waren verdronken geen bloedbad plaatsgevonden.

Ongehinderd golfde de massa langs het leger door de straten van Roma naar de Gongora Hill. Topiltzin leidde de triomfantelijke pelgrims de helling op. De Azteekse namaakmessias had zijn rol als verlossser zorgvuldig voorbereid. De Egyptische schatten zouden hem de benodigde invloed en financiën bezorgen om president De Lorenzo en zijn regeringspartij zonder dat gedoe van vrije verkiezingen af te kunnen zetten. Het enige wat Mexico van de macht van de Capesterres scheidde, was een afstand van vierhonderd meter.

Het nieuws van zijn broers dood in Egypte had hem nog niet bereikt. Zijn naaste adviseurs hadden tijdens alle opwinding de communicatietruck in de steek gelaten waardoor ze het dringende bericht misten. Ze liepen gedreven door nieuwsgierigheid achter Topiltzins op de schouders gedragen platform aan.

Topiltzin stond kaarsrecht, in een wit gewaad met een jaguarhuid als een cape om zijn schouders. Een woud van draagbare schijnwerpers was op zijn platform gericht en baadde hem in een bontgekleurde corona. De schittering leidde hem af en hij gebaarde dat een aantal lichtbundels op de helling voor hen moest worden gericht.

De opgraving leek te zijn verlaten. Er was geen geniesoldaat bij de krater of de tunnel te bekennen. Topiltzin vertrouwde het niet helemaal. Met gespreide handen beduidde hij de oprukkende menigte halt te houden. Het bevel werd door luidsprekers herhaald tot de voorste rijen langzaam tot stilstand kwamen. Ze keken allemaal eerbiedig op naar Topiltzin in afwachting van zijn volgende bevel.

Plotseling klonk er van de heuveltop een luguber gehuil dat zó luid werd, dat de menigte de oren met de handen moest bedekken.

Een aantal stroboscooplampen knipperde over de zee van gezichten. In de nachtelijke lucht danste een lichtshow als van het magische noorderlicht. De mensen stonden als aan de grond genageld, volkomen in de ban van dit buitengewone schouwspel.

De lichtshow groeide tot een onbeschrijfelijke intensiteit aan, terwijl het gegil de lucht geselde met het griezelige timbre van een science-fictionfilm. De flikkerende lichten en het geluid samen bouwden een adembenemend crescendo op en toen gingen de stroboscooplampen uit en sloeg de stilte met een verlammende abruptheid toe.

Een minuut lang bleef het geluid in ieders oren nazinderen en zorgde het licht voor vuurwerk in hun ogen. Eén enkele lichtbundel belichtte de eenzame gedaante van een man boven op de heuvel. Het licht sprankelde en glansde op de metalen voorwerpen die zijn lichaam omgaven. Hij was gehuld in het gevechtstenue van een Romeinse legionair.

Hij droeg een wijnrode tuniek onder een ijzeren kuras. De helm op zijn hoofd en de platen die zijn schenen beschermden, waren tot een diepe glans opgepoetst. Een gladius – een kort, tweesnijdend zwaard – hing aan zijn zijde. Hij hield een ovalen schild in zijn ene en een opgestoken pilum – een werpspeer – in zijn andere hand.

Topiltzin keek gefascineerd toe. Een grap, een theatrale val? Wat waren de Amerikanen nu weer van plan? Zijn enorme horde gelovigen stond in verstomde stilte naar de Romein te kijken alsof hij een spook was.

Pure bluf, uit wanhoop geboren, besloot Topiltzin ten slotte. De Amerikanen speelden hun laatste kaart uit om zijn bijgelovige, straatarme volgelingen bij de schatten vandaan te houden.

'Het kan een truc zijn om u te ontvoeren en als gijzelaar vast te houden,' zei een van zijn adviseurs.

Er stond minachting in Topiltzins ogen. 'Een truc, ja, maar een ontvoering, nee. De Amerikanen weten dat als ik bedreigd word deze menigte wild wordt. Het is een doorzichtige manoeuvre. Afgezien van de gezant wiens huid ik naar Washington heb teruggestuurd, heb ik alle uitnodigingen om met hun ministerie van Buitenlandse Zaken te praten afgewezen. Deze theatrale opvoering is een onhandige poging om een laatste onderhandeling tot stand te brengen. Ik ben benieuwd wat ze te bieden hebben.'

Zonder verder iets te zeggen of naar de waarschuwingen van zijn adviseurs te luisteren, beval hij het platform op de grond te zetten en stapte hij eraf. De lichtbundels bleven op hem gericht zoals hij, in eenzame arrogantie, de heuvel op liep. Onder de zoom van zijn gewaad kon je de voeten niet zien, zodat het leek of hij zweefde.

Hij overtuigde zich ervan dat de veiligheidspal van de Colt Python .357 in een riem onder zijn gewaad op vuren stond. Hij hield ook een hand op een oranje rookbom voor het geval dat hij een visueel effect nodig had als dekking voor een snelle ontsnapping.

Dichterbij gekomen zag hij dat de Romeinse legionair een etalagepop was. Topiltzin bestudeerde de pop nieuwsgierig, maar ook op zijn hoede. Hij begon te zweten en zijn witte gewaad hing nu slap en verkreukeld om hem heen.

Van achter een groep cactussen kwam een man in cowboylaarzen, spijkerbroek en witte coltrui het licht van de schijnwerpers binnengestapt. Zijn opaalgroene ogen stonden ijzig koud. Naast de etalagepop bleef hij staan.

Topiltzin voelde zich in het voordeel. Hij verspilde geen tijd. Hij sprak als eerste in het Engels: 'Wat dacht je met de etalagepop en de lichtshow te bereiken?'

'Jouw aandacht trekken.'

'Mijn complimenten. Daar ben je in geslaagd. Als je nu zo vriendelijk wilt zijn het bericht van je regering door te geven?'

De vreemdeling bleef hem aanstaren. 'Heeft niemand je ooit verteld dat jouw gewaad eruitziet als een beddelaken dat door een spook is gebruikt?'

Topiltzins gezicht kreeg een harde trek. 'Dacht jouw president mij te beledigen door een gek te sturen?'

'Hier moet ik zeker zeggen: "Met een dief vang je een dief." '

'Je hebt één minuut om je zaak uiteen te zetten' – hij pauzeerde en maakte een weids gebaar met zijn hand – 'voor ik mijn volk bevel geef hun mars voort te zetten.'

Pitt draaide zich om en keek vragend naar de vele kilometers donker, onbebouwd land dat achter de heuvel lag. 'Hun mars waarheen?'

Topiltzin negeerde deze vraag. 'Je kunt beginnen met je naam, je titel en je status in de Amerikaanse bureaucratie.'

'Mijn naam is Dirk Pitt. Mijn titel is *meneer*. Mijn status is belastingbetaler en jij kunt doodvallen.'

Topiltzins ogen schitterden onheilspellend. 'Wegens oneerbiedigheid jegens iemand die rechtstreeks met de goden spreekt, zijn anderen op een vreselijke wijze aan hun eind gekomen.'

Pitt glimlachte met de verveelde onbezorgdheid van de duivel die door een predikant wordt bedreigd. 'Als we dan toch moeten praten, dan zonder al deze poespas, alsjeblieft. Van uitschot dat Robert Capesterre heet raak ik echt niet onder de indruk.'

Met open mond deed Capesterre een stap achteruit en keek Pitt stomverbaasd aan. Met een schor gefluister vroeg hij na een paar seconden: 'Hoeveel weet je?'

'Voldoende,' antwoordde Pitt achteloos. 'In Washington vormen de Capesterres en hun smerige zaakjes hét gesprek van de dag. Toen het nieuws over dat vettige broertje van jou bekend werd, degene die beweert dat hij een moslimprofeet is, kon je door het hele Witte Huis de champagnekurken horen knallen. Een dichterlijke rechtvaardigheid, nietwaar, dat hij werd gedood door de terrorist die hij had ingehuurd om de *Lady Flamborough* te kapen en de passagiers te vermoorden?'

'Mijn broer . . .' Capesterre kon het woord 'dood' niet over zijn lippen krijgen. 'Ik geloof je niet.'

'Wist je het dan niet?' vroeg Pitt, enigszins verbaasd.

'Ik heb hem nog geen dag geleden gesproken,' zei Topiltzin koppig. 'Paul . . . Akhmad Yazid was springlevend. Wat hopen jij en je regering met dat soort leugens te bereiken?'

Pitt keek Capesterre koeltjes aan. 'Blij dat je dat vraagt. De bedoeling is de schatten van de Bibliotheek van Alexandrië te redden en dat zal niet makkelijk gaan als jij je slaafjes in de schatkamer loslaat. Die zullen alles stelen waarvan ze denken dat ze het kunnen verkopen en alles vernietigen waar ze de waarde niet van inzien, vooral de schriftrollen.'

'Die zullen niet binnenkomen,' zei Capesterre vastberaden. 'Mijn volgelingen doen wat ik hen opdraag.'

'De boeken en kunstwerken moeten door bevoegde archeologen en geschiedkundigen worden gecatalogiseerd,' zei Pitt. 'Als je enige concessie van Washington wilt, moet je garanderen dat de bibliotheek als een wetenschappelijk project wordt behandeld.'

Capesterre strekte zich in zijn volle lengte uit, tien centimeter kleiner dan Pitt, en zwaaide lichtjes heen en weer, als een cobra die op het punt staat toe te bijten. 'Ik hoef niets te garanderen, meneer Pitt,' zei hij toonloos. 'Er wordt niet om concessies onderhandeld. Jouw leger is er niet in geslaagd mijn volk bij de rivier tegen te houden. Ik heb nu de stootkracht. De schatten uit Egypte zijn van mij. De zuidwestelijke staten zullen ook van mij zijn. Mijn broer Paul zal Egypte regeren. Onze jongere broer zal op een goede dag staatshoofd van Brazilië zijn. En daarom ben ik hier. Jouw regering heeft niets meer om over te onderhandelen. Als ook maar één vinger wordt uitgestoken om het overbrengen van de schatten naar Mexico tegen te houden, zal ik bevelen dat alles wordt vernietigd en verbrand.'

'Ik moet het je nageven, Capesterre, je houdt er grootse ideeën op na,' mompelde Pitt vol walging. 'Jammer dat je vrij mag rondlopen. In een gekkenhuis zou je een uitstekende vijfde Napoleon aan de pokertafel zijn.'

'Goedendag, meneer Pitt. Mijn geduld is op.' Geïrriteerd draaide Capesterre zich om naar de zwijgende menigte en hief zijn hand.

'Vind je niet dat je eerst je nieuwe rijkdom moet inspecteren, voor je die klaplopers van je de sarcofaag van Alexander de Grote laat vernielen?' vroeg Pitt.

Capesterre liet zijn hand zakken. Een ader in zijn slaap begon te kloppen. 'Wou je beweren dat die echt bestaat?'

'Met zijn stoffelijk overschot.' Pitt wees naar de tunnel van de afgraving. 'Wou je een rondleiding voor je de opslagkamer voor je beminde publiek openstelt?'

Capesterre knikte. Met zijn rug naar de menigte pakte hij de Colt onder zijn gewaad uit de riem en hield hem verborgen in zijn mouw. Met zijn andere hand greep hij de rookbom steviger vast. 'Eén vijandige beweging van jou of van wie dan ook die zich in de tunnel schuilhoudt en ik schiet je ruggegraat doormidden. Trek je trui op en laat je broek zakken.'

'Waar al deze mensen bij zijn?' vroeg Pitt glimlachend.

'Ik wil zien of je gewapend bent of een microfoon op je lichaam hebt.'

Pitt trok zijn coltrui tot zijn schouders op en liet zijn spijkerbroek op zijn enkels zakken. Op zijn lichaam of in zijn laarzen was geen wapen of afluisterapparatuur te bekennen. 'Tevreden?'

Topiltzin knikte. Hij gebaarde met zijn revolver naar de ingang van de schacht. 'Jij gaat voor.'

'Kan ik de etalagepop mee naar binnen nemen? Die wapens zijn echt.'

'Die kun je in de ingang neerleggen.' Capesterre draaide zich om naar zijn adviseurs om te gebaren dat alles in orde was.

Pitt fatsoeneerde zijn kleren, haalde de wapens van de etalagepop af en liep de schacht binnen.

Het plafond was iets minder dan twee meter hoog en Pitt moest zich bukken om onder de steunbalken door te lopen. Hij legde de speer en het zwaard neer, maar hield het schild boven zijn hoofd alsof hij zich daarmee tegen vallende stenen wilde beschermen.

In de wetenschap dat het schild tegen een schot van zijn .357 magnum even nutteloos was als een stuk karton, maakte Topiltzin geen bezwaar.

'Ontvangt u geluid en beeld, meneer de president?' vroeg generaal Chandler.

'Jawel, generaal,' antwoordde de president. 'Maar toen ze de tunnel inliepen, verdwenen ze uit het beeld.'

'We hebben nog een verborgen camera in de grafkamer, daar pikken we ze weer op.'

'Waar is Pitts afluisterapparatuur verborgen?' vroeg Martin Brogan.

'In het oude schild.'

'Is hij bewapend?'

'We denken van niet.'

Iedereen in de crisiskamer keek zwijgend naar het tweede scherm dat de uitgehouwen ruimte onder Gongora Hill liet zien. De camera was ingesteld op een gouden doodkist die in het midden van de ruimte op een verhoging stond.

Maar niet alle ogen waren op het tweede scherm gericht. Eén paar keek nog naar het eerste.

'Wie was dat?' riep Nichols uit.

Brogan kneep zijn ogen toe. 'Wie bedoel je?'

Nichols wees naar het scherm dat nog steeds het beeld gaf van de ondergrondse ingang. 'Er glipte een schaduw voor de camera langs en die is de tunnel ingegaan.'

'Ik heb niks gezien,' zei generaal Metcalf.

'Ik heb het ook gemist,' gaf de president toe. Hij boog zich over de microfoon die voor hem op tafel stond. 'Generaal Chandler?'

'Meneer de president?' antwoordde de generaal direct.

'Dale Nichols zweert dat hij iemand na Pitt en Topiltzin de tunnel in zag gaan.'

'Een van mijn adjudanten denkt ook dat hij iets heeft gezien.'

'Dus ik hallucineer niet,' zei Nichols met een zucht.

'Enig idee wie het kan zijn?

'Wie het ook is,' zei Chandler, 'het is niemand van ons.'

Na twaalf meter steil naar beneden te gaan, werd de tunnel vlakker en breder en mondde uit in een cirkelvormige ruimte. Pitt bleef voor een doodkist staan die op vier poten stond. Onder de lampen zag hij er goudglanzend uit. Tegen een muur stonden Romeinse wapens.

'Alexander de Grote,' kondigde Pitt aan. 'De kunstwerken en de schriftrollen zijn in een ruimte hiernaast.'

Capesterre stak zijn hand uit en raakte de doodkist aarzelend aan. Plotseling trok hij zijn hand terug en keek Pitt met een van woede vertrokken gezicht aan. 'Dit is geen tweeduizend jaar oude doodkist,' riep hij. Zijn stem echode door de tunnels. 'De verf is nog niet eens droog! Waar is de schat?' Capesterre liet zijn rechtermouw terugglijden waardoor de revolver zichtbaar werd.

'Alsjeblieft, zeg,' smeekte Pitt. 'We hebben de schatkamer nog niet eens gevonden.' Angst voorwendend begon hij van de doodkist weg te schuifelen tot hij met zijn schouder de muur aanraakte waar de oude zwaarden en speren tegenaan stonden. Zijn blik schoot naar de doodkist alsof hij verwachtte dat zijn bewoner elk ogenblik overeind kon gaan zitten.

Capesterre zag de vluchtige blik en om zijn lippen speelde een uitgekookt glimlachje. Hij richtte de revolver op de doodkist. Hij haalde de trekker over en er verschenen vier gaten in. In de rotsige ruimte klonk het alsof de revolver onder een enorme klok was afgeschoten.

'Jouw achterhoede, meneer Pitt?' smaalde Capesterre. 'Hoe dwaas.'

'We konden hem nergens anders verstoppen,' antwoordde Pitt spijtig.

Capesterre gooide de deksel open en keek naar binnen. Hij trok lijkwit weg en rilde van afgrijzen. Een laag gekreun ontsnapte hem dat in een langgerekt 'nee' overging.

Pitt draaide zich zodanig dat het schild zijn rechterhand afdekte. Hij schuifelde van de muur af tot hij tegenover Capesterres linkerzij stond. Toen keek hij bezorgd op zijn horloge. Hij stond op het punt zijn tijdslimiet te overschrijden.

Capesterre dwong zichzelf nogmaals in de doodkist te kijken. 'Paul . . . het is Paul,' stamelde hij geschokt.

'Ik heb gehoord dat president Hasan niet zou toestaan dat Akhmad Yazids volgelingen hem als een martelaar zouden bijzetten. Dus werd het lijk per luchtpost hiernaar toe gestuurd, waar jullie bij elkaar kunnen liggen.'

Terwijl Capesterre naar zijn broer staarde, maakte zijn geschoktheid plaats voor smart en vervolgens voor bitterheid.

'De door jouw broer gehuurde terroristen hebben mij en mijn vrienden proberen te vermoorden. Ze slaagden er alleen maar in mijn oldtimer te vernielen. Dat was een grote fout. Vervolgens namen jij en jouw broer mijn vader aan boord van de *Lady Flamborough* in gijzeling. Dat was pas echt een blunder. Jij gaat sterven, Capesterre. Over een minuut lig je er even koud en stijf bij als je broertje.'

Capesterres lichaam spande zich en de smart vervloog uit zijn ogen. 'Maar niet voor ik jóu dood!' siste hij en zakte door zijn knieën waarbij hij zich half omdraaide.

Pitt was op de aanval voorbereid. Het zwaard dat hij van de hoop bij de muur had gepakt, had hij al boven zijn hoofd geheven. Hij liet het in een zijdelings snijdende boog neerkomen.

Capesterre richtte buiten zichzelf de Colt. De loop was slechts enkele centimeters verwijderd van de richting van Pitts hoofd. De onder de looplampen glinsterende kling zoefde door de lucht. De revolver, met Capesterres hand die met de vinger om de trekker de kolf vastgreep, leken zich van zijn arm los te maken en naar het plafond te zeilen. Om en om wentelend vlogen ze door de lucht voor ze, nog steeds innig verenigd, op de kalkstenen grond vielen.

Capesterres mond zakte open en door de grot weerkaatste een ijle kreet. Hij zakte op zijn knieën, stom naar de afgehakte hand kijkend, niet in staat te geloven dat die niet langer meer deel van hem uitmaakte, niet lettend op de zich verspreidende stroom bloed.

Daar zat hij, licht heen en weer zwaaiend, de pijn door shock in toom gehouden. Langzaam keek hij met verdwaasde ogen naar Pitt op. 'Waarom?' fluisterde hij. 'Waarom geen kogel?'

'Een kleine genoegdoening voor iemand die Guy Rivas heette.'

'Kende je Rivas?'

Pitt schudde zijn hoofd. 'Vrienden van hem hebben me verteld hoe je hem hebt verminkt. Hoe zijn gezin aan zijn graf stond zonder te weten, dat ze alleen maar zijn huid begroeven.'

'Vrienden?' vroeg Capesterre niet begrijpend.

'Mijn vader en een man die in het Witte Huis woont,' zei Pitt ijzig. Opnieuw keek hij op zijn horloge. 'Jammer dat ik je niet kan helpen met opruimen, maar ik heb haast.' Hij draaide zich om en liep naar de tunnel.

Hij had nog geen twee stappen gedaan, of hij bleef abrupt stilstaan. Midden in de tunneltoegang stond een kleine getaande man in versleten legertenue. Hij hield een vierschots jachtgeweer met afgezaagde loop op Pitts buik gericht.

'Haast is niet nodig, meneer Pitt,' zei hij met een zwaar accent op zakelijke toon. 'Hier gaat niemand ergens heen.'

65

Hoewel iedereen in de crisiskamer besefte dat er een derde de tunnel was binnengegaan, schrokken ze toch toen de dreigende vreemdeling plotseling verscheen.

'Generaal Chandler,' beet de president, 'wie is die indringer, verdomme?'

'Het moet haast wel een van Topiltzins mannen zijn, meneer de president. Hij moet vanuit het noorden gepenetreerd zijn, daar is onze bewakingslinie dun.'

'Stuur een paar man om Pitt te helpen,' beval generaal Metcalf.

'Als een sectie ook maar in de buurt van de opgraving opduikt, zal de menigte denken dat we van plan zijn Topiltzin te pakken. Ze zouden razend worden.'

'De indringer is onder hun neus de tunnel binnengeslopen,' hield Metcalf aan. 'Waarom kunnen een paar mannetjes van jou dat ook niet doen?'

'Tien minuten geleden was dat nog mogelijk, maar nu niet meer,' antwoordde Chandler. 'Topiltzins technici hebben meer schijnwerpers geplaatst. De hele helling baadt nu in helder licht. Een rat zou daar nog niet ongezien naar binnen kunnen.'

'De opgraving komt op het zuiden uit, waar de menigte staat,' verklaarde senator Pitt. 'Aan de achterkant is geen uitgang.'

De president keek senator Pitt somber aan. 'George, als de menigte gaat oprukken, moeten we de operatie beëindigen voor jouw zoon kan ontsnappen.'

De senator wreef met zijn handen over zijn ogen en knikte ernstig. 'Dirk haalt het wel,' zei hij in rustig vertrouwen.

Nichols sprong op en wees naar het scherm. 'De menigte!' riep hij schor. 'Ze zijn in beweging!'

Terwijl anderen 2500 kilometer verderop de kansen op zijn overleven bespraken, was Pitts grootste zorg de zwarte mond van de loop van het jachtgeweer. Hij twijfelde er geen seconde aan, dat het werd vastgehouden door de hand van iemand die al vaak had gedood. Het gezicht achter het geweer had een verveelde uitdrukking. Ach jee, nog een, dacht Pitt. Als over een paar seconden zijn ingewanden niet tegen de muur werden uitgestreken, zou hij door tonnen aarde worden vermorzeld. Geen van beide mogelijkheden stond hem aan.

'Zou je me kunnen vertellen wie je bent?' vroeg Pitt.

'Ik ben Ibn Telmuk, goede vriend en dienaar van Suleiman Aziz Ammar.'

Ach ja, dacht Pitt, natuurlijk. 'Voor wraak gaan jullie wel tot het uiterste, is het niet?'

'Het was zijn laatste wens dat ik jou zou doden.'

Pitt liet zijn rechterarm langzaam zakken zodat het zwaard naar de grond wees. Hij gedroeg zich als een man die de nederlaag dapper accepteert; hij liet zijn schouders zakken, boog zijn knieën enigszins, ontspande helemaal. 'Waren jullie op Santa Inez?'

'Ja, Suleiman Aziz en ik zijn samen naar Egypte ontsnapt.'

Pitt fronste zijn wenkbrauwen. Hij had het niet voor mogelijk gehouden dat Ammar na het vuurgevecht nog in leven was. God, wat vloog de tijd. Ibn had hem zonder één woord moeten neerschieten, maar Pitt wist dat de Arabier alleen maar met hem speelde. Het schot van vijftig hagelkogeltjes zou midden in een zin komen.

Met uitstel was niets te winnen. Pitt mat met zijn ogen de afstand tussen hem en Ibn, en trok ongemerkt het schild wat dichter tegen zich aan.

Kreunend van de steeds feller wordende pijn wikkelde Capesterre een stuk van zijn gewaad om zijn bloedende stomp. Toen hield hij de bloeddoorweekte stof naar Ibn omhoog. 'Kijk wat hij mij heeft aangedaan!' riep hij. 'Schiet hem neer!'

'Wie ben jij?' vroeg Ibn ijzig zonder zijn blik van Pitt af te wenden.

'Ik ben Topiltzin.'

'Hij heet eigenlijk Robert Capesterre,' zei Pitt.

Capesterre schuifelde over de grond tot hij aan de voeten van de Arabier zat. 'Luister niet naar hem,' zei hij smekend.

Dat zag er beter uit, vond Pitt. Ibn werd even door Topiltzin afgeleid. Centimeter voor centimeter schuifelde hij opzij naar een positie waarin Capesterre tussen hem en Ibn lag.

'Waar is Ammar?' vroeg Pitt bruusk.

'Dood,' antwoordde Ibn. 'Hij stierf nadat hij dat zwijn van een Yazid had afgemaakt.'

Dat sloeg als een bom bij Capesterre in. Automatisch richtte hij zijn ogen op het lichaam van zijn broer in de lijkkist. 'Dus het was de man die door mijn broer was gehuurd om het schip te kapen,' bracht Capesterre in een hees gekreun uit.

Pitt onderdrukte de neiging om 'dat zei ik toch' te zeggen en schoof nog een centimeter op.

Het onbegrip stond in Ibns ogen te lezen. 'Akhmad Yazid was jouw broer?'

'Het bloed kruipt waar het niet gaan kan,' zei Pitt. 'Zou je Yazid herkennen?'

'Natuurlijk.'

'Kijk dan maar eens goed in de kist.'

'Denk er niet eens over iets te proberen, meneer Pitt,' zei Ibn. Hij bleef Pitt in de gaten houden terwijl hij naar de doodkist schuifelde. Toen zijn rechterheup tegen de draagstang stootte, bleef hij staan en wierp een snelle blik in de kist, om direct weer naar zijn prooi te kijken.

Pitt had geen vin verroerd.

Alles hing van het onverwachte af. Pitt gokte erop dat Ibns eerste, oppervlakkige blik in de doodkist een vertraagde reactie zou veroorzaken die door een tweede, langer durende blik zou worden gevolgd. En dat was precies wat Ibn deed.

In de truck van de Speciale Strijdkrachten, die een halve kilometer ten westen van de opgraving geparkeerd stond, zaten Hollis, admiraal Sandecker, Lily en Giordino via een tv-scherm te kijken naar het drama dat zich onder Gongora Hill afspeelde.

Lily stond bewegingloos, krijtwit, te kijken terwijl Sandecker en Giordino als een paar gefrustreerde dierentuintijgers met een bord vers vlees net buiten hun kooi op hun stoel zaten te schuifelen.

Hollis ijsbeerde door de kleine ruimte, met in zijn ene hand een ontstekingszender en in zijn andere een telefoonhoorn.

Hij schreeuwde tegen een van generaal Chandlers adjudanten: 'Ik verdom het om het spul nu tot ontploffing te brengen! Niet voordat de menigte de gevarenzone binnenkomt.'

'Ze zijn nu al te dichtbij,' wierp de adjudant, een kolonel, tegen.

'Nog dertig seconden!' snauwde Hollis. 'Niet eerder.'

'Generaal Chandler wil dat die heuvel nú wordt opgeblazen!' eiste de kolonel met stemverheffing. 'Dat bevel is van de president afkomstig.'

'Je bent niet meer dan een stem over de telefoon, kolonel,' rekte Hollis tijd. 'Ik wil dat bevel rechtstreeks van de president horen.'

'Je vraagt om de krijgsraad, kolonel.'

'Dat zou niet de eerste keer zijn.'

Sandecker schudde bezorgd zijn hoofd. 'Dirk haalt het nooit meer.'

'Kunnen jullie niets doen?' smeekte Lily. 'Praat met hem. Hij kan jullie door de luidspreker horen die aan de tv-camera is verbonden.'

'We mogen hem in geen geval afleiden,' antwoordde Hollis. 'Zodra zijn concentratie wordt verstoord, maakt die Arabier er een eind aan.'

'Genoeg!' mompelde Giordino woedend. Hij rukte de deur van de commandotruck open, sprong op de grond en rende naar Sam Trinity's jeep. Voordat Hollis' mannen hem konden tegenhouden, hotste de auto al door de struiken naar Gongora Hill.

Als een ratelslang die zich ontrolde zo snel, duwde Pitt met een sprong het schild tegen Ibn aan. Het zwaard werd een vage streep in de lucht.

Alle spierkracht in zijn arm en schouder zat in deze houw. Hij hoorde en voelde de kling tegen metaal slaan voor die iets zachts raakte. Er klonk een ontploffing, vlak bij zijn gezicht. Hij deinsde achteruit toen de grootste kracht van het schot het midden van zijn schild raakte en tegen het rotsige plafond afketste. Het stuk gewapend plastic dat majoor Dillinger die middag achter tegen het hout had genageld was gedeukt, maar niet geperforeerd. Pitts zwaardhand voltooide de boog en zette een moorddadige backhand in.

Ibn was snel, maar de schok bij het zien van Yazid had hem een kostbare seconde gekost. Hij had Pitts aanval uit zijn ooghoek zien aankomen en een slecht gericht schot afgevuurd voor de zwaardkling op het staartstuk van het geweer afketste en door zijn hand gleed, waarbij die zijn duim en vingers afhakte.

Ibn stootte een afgrijselijk gekreun uit. Het jachtgeweer met afgezaagde loop kletterde tegen de grond, bijna boven op de Colt die nog steeds in de greep van Capesterres afgehakte hand zat. Maar Ibn herstelde zich snel genoeg om Pitts zwaardslag te ontduiken en hij besprong Pitt in een wild-draaiende beweging.

Pitt was klaar voor deze aanval, maar toen hij opzij danste zakte hij door zijn rechterbeen dat in Santa Inez was gewond.

Ibn kwam als een panter op hem neer met satanisch schitterende zwarte ogen en ontblote tanden. Pitt verloor de greep op het zwaardgevest toen Ibn het wegsloeg. Zijn andere arm zat onder de riemen van het schild vast. Langzaam sloot Ibns goede hand zich om Pitts keel.

'Maak hem af!' bleef Robert Capesterre als een waanzinnige gillen.

Met een kurketrekkerachtige beweging bracht Pitt zijn vuist omhoog en sloeg Ibn op zijn adamsappel. De meeste mensen zouden met een verbrijzeld strottehoofd zijn gestikt, maar Ibn niet. Hij greep zijn keel beet en deinsde rochelend achteruit.

Ze kwamen allebei duizelend overeind, Pitt op één been hinkend, Ibn naar lucht happend en met een onbruikbare rechterhand die slap neerhing. Ze keken elkaar behoedzaam aan om te zien wie de eerste beweging zou maken.

Het kwam uit een onverwachte hoek. Plotseling dook Capesterre naar de Colt en probeerde verbeten met zijn overgebleven hand de stijve vingers van de kolf los te maken. De dode hand viel weg. Capesterres manoeuvre riep bij Ibn en Pitt een zelfde reactie op. Ze zochten om zich heen naar het dichtstbijzijnde wapen.

Pitt verloor. Het jachtgeweer lag in Ibns hoek, net als het Romeinse zwaard. In tijden van nood mag en moet een ieder trappen, dacht Pitt. Met zijn gewonde been trapte hij tegen Capesterres borstkas aan, wat met een verlammende pijn werd beloond. Tegelijkertijd smeet hij het schild als een frisbee naar Ibn en raakte de Arabier in zijn buik.

Capesterre stootte een langgerekt gehuil uit. Hij liet de Colt vallen en Pitt ving hem bij de bebloede kolf op voor hij de grond raakte. Ibn stond dubbelgebogen door de klap van het schild en probeerde het jachtgeweer met zijn linkerhand te richten toen Pitt schoot.

De Arabier wankelde naar achteren tegen de muur en viel toen voorover, waarbij zijn hoofd met een misselijkmakende klap tegen de stenen sloeg.

Pitt stond met op elkaar geklemde kaken te hijgen. Pas toen hoorde hij de razende stem door de luidspreker van de tv-camera. 'Maak dat je wegkomt!' riep Hollis. 'In godsnaam, rennen!'

Pitt was volkomen gedesoriënteerd en wist niet welke gang naar de gemakkelijke tunnelingang leidde en welke naar de moeilijker krateruitgang. Hij wierp een laatste blik op Robert Capesterre.

'Prettige reis naar de hel,' zei Pitt.

Capesterres antwoord was de rookbom. Onmiddellijk vulde de ruimte zich met een dichte wolk oranje rook.

'Wat gebeurt er?' vroeg de president, die naar de vreemde oranje mist keek die het camerabeeld van de ruimte verduisterde.

'Capesterre moet de een of andere rookbom bij zich hebben gehad,' antwoordde Chandler.

'Waarom zijn de explosieven niet ontploft?'

'Ogenblikje, meneer de president.' Chandler wendde zich van de camera af en begon kwaad met een adjudant te praten. Toen keek hij weer in de lens. 'Kolonel Hollis van de Speciale Strijdkrachten stáát op een persoonlijk bevel van u.'

'Kun je hem doorverbinden?'

'Een ogenblikje.' Binnen vier seconden keek Hollis' gezicht op een van de schermen de crisiskamer binnen.

'Ik weet dat u me niet kunt zien, kolonel,' zei de president, 'maar u herkent mijn stem.'

'Jawel, meneer de president,' antwoordde Hollis met opeengeklemde kaken.

'Als uw opperbevelhebber beveel ik u die heuvel op te blazen, nú!'

'De menigte beklimt de heuvel,' zei Nichols paniekerig.

'Als je nog langer wacht, kost dat een heleboel levens,' zei Metcalf dringend. 'In godsnaam, man, doe het nú!'

Hollis' duim hing boven de schakelaar. In zijn zender zei hij: 'Ontsteking!'

Maar hij drukte de schakelaar niet in. Hij gebruikte de truc van de gewone soldaat: 'Weiger nooit een rechtstreeks bevel, dan kom je voor de krijgsraad. Antwoord bevestigend en voer het gewoon niet uit.' Inefficiëntie was voor een krijgsraad een van de moeilijkst te bewijzen tenlasteleggingen.

Met ingehouden adem alsof hij onder water dook en zijn ogen stijf dicht tegen de prikkelende rook, dwong Pitt zijn benen in beweging, ze te laten rennen, of kruipen of wat dan ook om hem uit die gruwelkamer weg te krijgen. Langs de muur tastend vond hij een gang, half hinkend op zijn slechte been.

Hij voelde een ziedende levensdrang. Hij kon gewoon niet geloven dat hij, na de laatste paar minuten te hebben overleefd, nu zou sterven.

De schacht door de kalksteen begon omhoog te lopen. Hij voelde een briesje en wankelde naar buiten, de nacht in.

Maar Pitt was er nog niet. Er was nog een probleem. Hij was door de krateruitgang naar buiten gekomen. De schuine hellingen rezen vijf meter hoog. Zo dichtbij, en toch zo hartverscheurend ver.

Hij begon tegen de helling op te klauteren. Zijn gewonde been was nu volkomen nutteloos en sleepte achter hem aan. Pitt wist dat de ontploffing die hij zo zorgvuldig had uitgewerkt hem zou meesleuren. Uitputting dreigde hem in golven te overmannen, maar hij bleef koppig omhoogkrabbelen.

Toen greep een enorme hand Pitt bij zijn schouder en hees hem omhoog.

Schijnbaar volkomen moeiteloos gooide Giordino Pitt in de open achterbak van de jeep, sprong zelf achter het stuur en stampte het gaspedaal tegen de vloer.

Ze hadden nog geen vijftig meter afgelegd, toen Hollis de tweehonderd kilo C-6 nitroglycerinegel diep in de heuvel tot ontploffing bracht.

Even leek het alsof er van diep uit de ingewanden van de aarde een vulkanische uitbarsting omhoog rommelde. De heuvel begon vreselijk te schokken en de volgelingen van Topiltzin werden met open monden van de schrik tegen de grond gegooid. De ontploffing zoog de lucht uit hun longen.

Toen vloog de hele top van Gongora Hill tien meter de lucht in, bleef daar in de nacht hangen alsof hij door een reusachtige hand werd vastgegrepen, verbrokkelde en viel naar binnen waarbij hij een enorme stofwolk achterliet die als een naargeestige grafsteen boven de heuvel bleef hangen.

5 november 1991
Roma, Texas

66

Vijf dagen later, even na middernacht, landde de helikopter van de president op een vliegveldje buiten Roma. Hij werd vergezeld door senator Pitt en Julius Schiller. Ze werden verwelkomd door admiraal Sandecker, waarna ze allemaal via een laddertje de verborgen deur van een enorme, tienwielige grindtruck inklommen.

Twee agenten van de Geheime Dienst in werkkleding klommen bij de chauffeur in de cabine en vier anderen stapten in een oud, gedeukt Dodge busje dat achter hen geparkeerd stond.

Aan de buitenkant zag de truck er stoffig en verweerd uit, maar van binnen was de viereneenhalf bij tweeëneenhalve meter grote laadbak omgebouwd tot een kamer met een open keukentje en zes gemakkelijke stoelen. Om de vermomming compleet te maken, was de bovenkant met een laag grind afgedekt.

De deur in de laadbak werd dichtgedaan en ze maakten het zich gemakkelijk.

'Excuseer het ongebruikelijke vervoer,' zei Sandecker, 'maar we kunnen onze aanwezigheid niet prijsgeven door het af- en aanvliegen van helikopters bij de opgraving.'

'Dit is mijn eerste rit in een grindtruck,' zei de president, 'en de vering is niet te vergelijken met de limousine van het Witte Huis.'

'We hebben er zes voor geheime transporten laten ombouwen,' legde Sandecker uit.

'Een uitstekende keus,' lachte de senator en klopte tegen de metalen wand. 'Je hoeft ze niet meer kogelvrij te maken.'

'Is het geheim gebleven?' vroeg de president, ernstig nu.

Sandecker knikte.

'Dit keer zullen er ook geen lekken in het Witte Huis zijn,' garandeerde Schiller.

De president zweeg even. 'We hebben verdomd veel geluk gehad,' zei hij ten slotte. 'Die menigte had gemakkelijk in een orgie van wraak kunnen losbarsten toen ze zich realiseerden dat Topiltzin dood was.'

'Nadat de ergste schrik voorbij was,' zei Sandecker, 'liepen ze doelloos over de heuvel rond en staarden naar de krater van de ontploffing alsof het een bovennatuurlijk verschijnsel was. Vanwege de aanwezigheid van vrouwen en kinderen bleven bloedige rellen tot een minimum beperkt. Bovendien waren de naaste adviseurs van Topiltzin er stilletjes vandoor gegaan. Hongerig, vermoeid en zonder leider begon de massa langzaam terug de grens over te trekken.'

De president slaakte een zucht. 'Het ergste is voorbij. Als het Congres ons plan voor hulp voor Latijns-Amerika goedkeurt, moet dat onze zuidelijke buren in staat stellen financieel weer op de been te komen.'

'En hoe worden de Capesterres aangepakt?' vroeg Sandecker.

'Tussen ons gezegd en gezwegen, heren,' zei de president met een staalharde blik, 'kolonel Hollis van de Speciale Strijdkrachten bereidt een landingsoefening voor op een Caribisch eiland dat verder niet bij naam zal worden genoemd. Als enig lid van de familie Capesterre zich daar toevallig bevindt . . . tja, dan heeft hij verdomde veel pech gehad.'

Senator Pitt zei met een sarcastische glimlach: 'Nu Yazid en Topiltzin er niet meer zijn, zal Buitenlandse Zaken een tamme boel worden.'

Schiller schudde zijn hoofd. 'We hebben alleen maar twee gaten in de dijk gedicht. Het ergste moet nog komen.'

'Niet zo somber, Julius,' zei de president, nu in een joviale bui. 'Egypte is op het ogenblik stabiel. Nu president Hasan wegens gezondheidsredenen de regering aan de minister van Defensie Abu Hamid overdraagt, staan de moslimfundamentalisten onder grote druk.'

'Het feit dat Hala Kamil met Hamid gaat trouwen, doet de zaak ook geen kwaad,' voegde senator Pitt eraan toe.

Het gesprek werd onderbroken doordat de truck stopte, de deur van buitenaf werd geopend en het trapje ervoor werd gezet.

Ze stapten uit en keken om zich heen. Het gebied was met een gewoon hekwerk afgezet. Een groot bord bij de ingang vermeldde: SAM TRINITY, ZAND EN GRIND. Afgezien van een paar grindladers en een paar stortauto's was de plek verlaten.

De bewakingseenheden en elektronische opsporingsapparatuur waren voor iedereen die buiten rondliep zichtbaar.

'Zou ik meneer Trinity kunnen ontmoeten?' vroeg de president.

Sandecker schudde zijn hoofd. 'Ik ben bang van niet. Een uitstekende vaderlander, die Sam. Na vrijwillig de rechten op de schatten aan de regering te hebben overgedragen, is hij op tournee langs 's werelds honderd beste golfbanen gegaan.'

'Ik hoop dat we hem voldoende hebben betaald.'

'Tien miljoen belastingvrije dollars,' antwoordde Sandecker. Hij draaide zich om en wees naar een diepe uitgraving een paar honderd meter verderop. 'Wat er van Gongora Hill is overgebleven. Een grindmijn. We maken zelfs winst op onze zand- en grindwinning.'

'Waar is de tunnel?' vroeg Schiller.

'Daar.' Sandecker wees naar een oude directiekeet met het bordje KANTOOR achter een venster.

Nadat ze door twee deuren in een kaal kantoortje achter in de directiekeet waren beland, verzocht Sandecker hen in het midden van de kamer te gaan staan en zich aan een stang vast te houden die uit de vloer omhoog kwam. Hij zwaaide naar een tv-camera in een hoek van het plafond. De vloer begon langzaam te dalen.

'Heel slim,' zei Schiller vol bewondering.

'Inderdaad,' mompelde de president. 'Nu begrijp ik waarom het project niet is uitgelekt.'

De lift kwam dertig meter onder de grond schokkend tot stilstand. Ze stapten eraf in een brede verlichte tunnel met voor zover het oog reikte standbeelden langs de zijkanten.

Een vrouw stond hen op te wachten.

'Meneer de president,' zei Sandecker, 'mag ik u voorstellen aan dr. Lily Sharp, directeur van het catalogiseringsproject?'

'Dr. Sharp, we zijn u veel verschuldigd.'

Lily bloosde. 'Ik was maar een klein radertje in het geheel,' zei ze bescheiden.

Nadat ze aan Schiller was voorgesteld, begon ze aan een rondleiding langs de schatten uit de Bibliotheek van Alexandrië.

'We hebben 427 standbeelden gecatalogiseerd,' vertelde ze. 'De mooiste kunstwerken vanaf de vroege Bronstijd 3000 jaar voor Christus tot de geëxalteerde stijl van het Byzantijnse tijdperk in het begin van de vierde eeuw.'

De president was sprakeloos, overdonderd door het enorme aantal magnifieke klassieke standbeelden, sommige ouder dan vijfduizend jaar.

'Te bedenken dat ik hier voor de collectie van de Bibliotheek van Alexandrië sta,' zei hij eerbiedig. 'Ik kon niet geloven dat ze na de ontploffing niet was vernietigd.'

'De schokken lieten wat stof opdwarrelen en een paar stukjes kalksteen zijn van het plafond gevallen,' zei Lily, 'maar de voorwerpen hebben niet geleden. U ziet de standbeelden nu zoals Junius Venator ze in 391 na Christus voor het laatst heeft gezien.'

Na twee uur de ongelooflijke tentoonstelling te hebben bekeken, bleef Lily voor het laatste voorwerp staan alvorens de hoofdgang te betreden. 'De gouden sarcofaag van Alexander de Grote,' kondigde ze met gedempte stem aan.

De president liep aarzelend naar de gouden rustplaats van een van de grootste leiders die de wereld ooit had gekend en keek door de kristallen vensters. De Macedoniërs hadden hun koning in zijn ceremoniële wapenrusting afgelegd. Zijn kuras en helm waren van puur goud. Na bijna vierentwintig eeuwen was de Perzische zijde van zijn tuniek vergaan. Het enige wat van het onderwerp van romantische legenden was overgebleven, waren zijn beenderen.

'Cleopatra, Julius Caesar, Marcus Antonius, zij allen hebben bij zijn stoffelijk overschot gestaan,' doceerde Lily.

Nadat iedereen op zijn beurt had gekeken, leidde Lily hen de grote opslagruimte binnen.

Er waren zo'n dertig mensen hard aan het werk. Archeologen, vertalers en conserveringsspecialisten hanteerden voorzichtig de duizenden bronzen cilinders waarin de oude boeken zaten. Ze vertaalden de koperen plaatjes waarop een beschrijving van de inhoud stond.

'Hier zijn we dan,' zei Lily trots. 'Tot nu toe hebben we de complete werken van Homerus gevonden, veel verloren gewaande geschriften van Griekse filosofen, vroege geschriften in het Hebreeuws en manuscripten met nieuwe historische gegevens over het ontstaan van het christendom. Kaarten met tot nu toe onbekende koningsgraven, met de locaties van verloren handelscentra, waaronder Tarshish en Sheba en geologische kaarten met langvergeten mijnen en olievindplaatsen. De geschiedenis van de Feniciërs en de Etrusken, het is hier allemaal, uiterst gedetailleerd.'

Even was de president met stomheid geslagen. Ten slotte vroeg hij met gedempte stem: 'Wanneer denkt u hier klaar te zijn?'

'We beginnen met het afvoeren van de schriftrollen, daarna de kunstwerken,' zei Lily. 'Over zestig dagen hopen we de hele collectie naar een goed beveiligd gebouw in Maryland te hebben overgebracht. Conservering en vertaling gaat het langst duren. We hebben vijftien tot twintig jaar nodig om tot een vol begrip te komen van wat we hier hebben.'

'We kunnen de internationale gemeenschap niet veel langer meer in de waan laten dat al deze schatten zijn vernietigd,' waarschuwde Schiller. 'We moeten het bekendmaken, en gauw ook.'

'Dat hoef je mij niet te vertellen,' mompelde de president droogjes. 'Mijn populariteit is met vijftien punten gedaald en het Congres zit me op de hielen. Bovendien wil iedere regeringsleider me levend villen.'

Lily zei aarzelend: 'Als u het nog een dag of tien kunt afhouden, denk ik dat we hier van de belangrijkste stukken buitengewoon interessant film- en videomateriaal kunnen maken.'

Senator Pitt keek de president aan. 'Ik denk dat dr. Sharp ons net iets aan de hand heeft gedaan. Een dramatische onthulling door het Witte Huis, te zamen met een documentaire lijkt me een verdomd goed idee.'

De president pakte Lily bij de hand. 'Dank u wel, dr. Sharp. U hebt mijn leven wat draaglijker gemaakt.' Hij klopte vriendelijk op haar hand.

'Hebt u er nog over nagedacht wat u verder met de voorwerpen wilt doen?' vroeg Sandecker met nauw verholen irritatie.

De president glimlachte breed. 'Ik denk dat ik het Congres wel zover kan krijgen, dat ze gelden ter beschikking stelt om in Washington een replica van de Bibliotheek van Alexandrië te bouwen, waar we elk stuk dat Junius Venator uit Egypte naar Amerika bracht kunnen onderbrengen. Als andere landen hun nalatenschap willen bewonderen, zullen we het hun graag uitlenen. Maar het blijft eigendom van het Amerikaanse volk.'

'O, dank u wel, meneer de president!' riep Lily uit en omhelsde hem met onverholen enthousiasme.

Admiraal Sandecker schudde zijn hand. 'Dank u wel, meneer de president. Een groter plezier kunt u ons niet doen.'

Schiller zei zacht in Lily's oor: 'Zorg ervoor dat je eerst de geologische gegevens vertaalt. We kunnen de kunstwerken dan wel houden, maar de wetenschap moet met de hele wereld worden gedeeld.'

Lily knikte alleen maar. Nu alle vragen waren beantwoord, leidde ze het gezelschap van de president naar een hoek van de opslagruimte waar Pitt en

Giordino aan een vouwtafeltje zaten met een vertaler die door een vergrootglas het plaatje op een cilinder aan het bestuderen was.

De president herkende hen onmiddellijk. 'Blij je gezond en wel te zien, Dirk,' zei hij met een warme glimlach. 'Laat me je namens het hele land voor deze verbluffende gift bedanken.'

Pitt kwam zwaar op een stok steunend overeind. 'Ik ben blij dat het zo goed is afgelopen. Als mijn vriend Al hier en kolonel Hollis er niet waren geweest, lag ik nog onder Gongora Hill.'

'Hoe wist je eigenlijk dat de schatten van de bibliotheek onder deze lagere heuvel lagen, en niet onder de hogere Gongora Hill?' vroeg Schiller.

'Er was geen twijfel mogelijk,' antwoordde Pitt. 'Junius Venator schreef op de steen die door Sam Trinity was gevonden: "Ga in het noorden staan en kijk recht naar het zuiden naar de klif aan de rivieroever." Toen ik ten noorden van Gongora Hill stond en recht naar het zuiden keek, zag ik dat de steile oever van Roma bijna een halve kilometer rechts van me naar het westen lag. Dus ben ik in westelijke richting gegaan tot ik de eerste heuvel tegenkwam die aan Venators aanwijzingen voldeed.'

'Hoe heet hij?' vroeg de senator.

'Deze heuvel?' Pitt spreidde zijn handen. 'Zover ik weet heeft hij geen naam.'

'Maar nu wel,' zei de president lachend. 'Zodra dr. Sharp mij de ontdekking van de grootste schat in de geschiedenis der mensheid laat aankondigen, zullen we zeggen dat hij onder de heuvel zonder naam lag, No Name Hill.'

De ochtendnevel boven de rivier maakte plaats voor de gloed van een nieuwe zon die boven het Rio Grande-dal opkwam. Het presidentiële gezelschap keerde naar Washington terug, diep onder de indruk van wat ze hadden gezien.

Pitt en Lily zaten op de top van No Name Hill. Ze roken de vochtige ochtendlucht en zagen de lichtjes van Roma een voor een uitfloepen. Het leek wel een schilderij van Grant Wood.

Lily keek glimlachend in zijn ogen. Die hadden niet langer die vurige en harde blik, maar stonden zacht en nadenkend. Ze wist dat zijn geest door het verleden zwierf.

Ze had geleerd dat hij een man was die geen vrouw ooit volkomen zou kunnen bezitten. Een man die een vrouw zich wenste voor een hartstochtelijke affaire, maar die nooit zou trouwen. Ze wist dat hun relatie van voorbijgaande aard was en ze was vast van plan elk moment uit te buiten, tot ze op een dag wakker zou worden en zou merken, dat hij haar had verlaten voor het mysterie dat achter de volgende heuvel lag te wachten.

Lily zat tegen hem aan, met haar hoofd op zijn schouder. 'Wat stond er op het plaatje?'

'Welk plaatje?'

'Op die schriftrol waar jij en Al je zo voor leken te interesseren.'

'"Scheepswrakken met waardevolle vracht",' zei hij zacht, met een verre blik.

Ze keek naar hem op. 'Een kaart voor onderwaterschatten.'

'Er is altijd wel ergens een schat,' zei hij bijna afstandelijk.

'En jij gaat hem vinden.'

Hij glimlachte haar toe. 'Het kan geen kwaad te kijken. Helaas laat men mij daar weinig tijd voor. Ik moet het Braziliaanse oerwoud nog afzoeken naar El Dorado, de gouden stad.'

Ze keek hem met een vreemde blik aan en ging op haar rug naar de vervagende sterren liggen kijken. 'Ik vraag me af waar ze begraven liggen.'

Langzaam schudde hij het visioen van gezonken schatten van zich af. 'Wie?'

'De avonturiers die Venator hebben geholpen.'

Hij schudde zijn hoofd. 'Hij kan zijn Byzantijnse kameraden overal tussen hier en de rivier hebben begraven.'

Ze legde haar hand zacht achter zijn hoofd en trok hem naast haar neer. Ze drukten hun lippen geruime tijd stevig tegen elkaar. Boven hen hing een valk in de oranje lucht te bidden, maar hij vond niets van zijn gading en vloog naar het zuiden, Mexico in. Lily opende haar ogen en trok zich met een ondeugende glimlach terug.

'Denk je dat ze er iets op tegen zullen hebben?'

Pitt keek haar verbaasd aan. 'Waar op tegen?'

'Dat we op hun graf de liefde gaan bedrijven? Ze kunnen net zo goed recht onder ons liggen.'

Hij rolde om zodat zij op haar rug lag en hij boven op haar. Zijn lippen krulden in een spottende grijns. 'Ik denk het niet. Persoonlijk zou ik er in ieder geval helemaal niets op tegen hebben.'